続『琉球王女百十踏揚』

走れ思徳（うみとく）

与並岳生

走れ　思徳（うみとく）

続『琉球王女　百十踏揚』

表紙・挿画／安室二三雄

目次

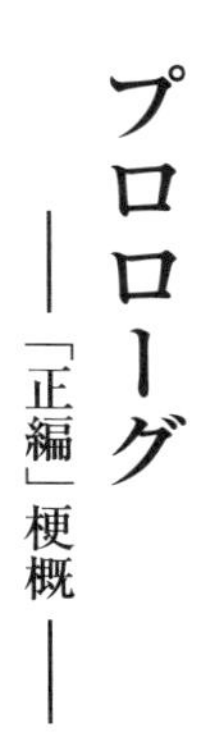

プロローグ

――「正編」梗概――

琉球の十三世紀から十五世紀は、群雄割拠の激動期で、各地で有力な「按司」たちが覇を競い、「グスク時代」を経て、中山・南山・北山の「三山時代」（「山」は「国」の意）が十五世紀初頭まで続いた。

その激動期を制し、琉球（沖縄本島）の統一王権を確立したのは、南山佐敷から出た尚巴志で、中山を制覇、北山を討伐して、浦添から首里に遷都し、首里城を築く。そして、南山を従え、ここに三山は統一される。この統一王権を「第一尚王統」といい、王は、宗主国たる明国皇帝から《爾を封じて琉球中山国王と為す》との詔勅を下ろされ、冊封される。

その第一尚王統第六代が尚泰久王で、明暦の景泰五年（一四五四）に即位した。

「百十踏揚」はその長女で、「うみないび」（王女）と呼ばれる。本名は真鶴金で、百十踏揚というのは、祭祀における、いわゆる〝神名〟であるが、神歌（古謡）おもろにも数々歌われて、この神名が通り名となった。

百十踏揚――。

百十は幾久しくの意、踏揚は踏んで揚る、つまり高めるという意味が込められていて、セヂ（精、霊力）の高さ、徳の高さを讃えた尊称である。

おもろでは、次のように讃えられた。

百十踏揚や
降れて　遊びよわれば
迎い　誇ら

百十踏揚や
君の踏揚や
遊ぶ　清らや
下の世の主の
思い子の君の

「遊び」というのは、首里城の聖域「京の内」祭祀での神舞いのこと。「下の世の主」は、天の主てだ（太陽）に対する「地の主」、すなわち踏揚の父尚泰久王のことで、踏揚はその「下の世の主」の愛し子（思い子）であると讃えているのである。このようにおもろで讃えられる王女は、百十踏揚のほかにはいない。その讃歌は首里王府編纂の『おもろ御さうし』の「第六」に九首も収録されている。

しかし、その百十踏揚は、「王女」であるがゆえに、また国家的政略の渦中に、翻弄されていくのであった。

三山は統一されたとはいえ、この統一王権は王たちが短命でめまぐるしく替わり、おまけに第五代尚金福王が薨ずると、次の王位をめぐって世子（志魯王子）と王弟（布里王子、尚金福王の弟で尚泰久の兄）が争い、首里城を焼き尽くす大乱（志魯・布里の乱）となって世子志魯が殺されるという醜態を天下に晒しつつ、首里王権は、風前の灯となったのである。

崩壊寸前の首里王権を横目に、首里王権から離れて、勝連半島には独自の道を進んでいた強大な阿摩和利按司がいたし、また首里と勝連の間には、首里王権下にありつつも「琉球第一の武将」として絶大な勢力を誇る中城護佐丸按司がいた。彼らに天下への野心が膨らめば、首里は一押しで倒れかねなかった。

そんな王権の立て直しに登場したのが、尚泰久王であった。その尚泰久王は、三山を統一した尚王統二代尚巴志王の七男であり、長子相続が建前の王権で何と四代前の王の子列へと再び戻り、それも七男というのはいかにも異例の即位であったが、王たるに相応しい者が、王家にはもういなかったのである。しかし、先王尚金福も尚巴志王の五男ながら即位したことだし、尚泰久はその尚金福王の弟であるから、すなわち先王の「王弟」であり、いささか強引ながら、何とか取り繕ったのである。

尚泰久王は外憂を取り除くべく、まず勝連阿摩和利の懐柔に、慈しんでいた王女百十踏揚を、やむなく降嫁する。しかし、これは、阿摩和利と中城護佐丸を除くための、尚泰久王の側近、伊是名金丸の策謀のはじまりであった。尚泰久王の妃は中城護佐丸の娘で、その護佐丸は金丸を疎んじ、いずれ護佐丸によって追放されるのではないかと危機感を抱いた金丸は、中城と勝連が対立関係にあるのを利用し、阿摩和利を抱き込み、「護佐丸謀反」を尚泰久王に讒言する。

　これによって、阿摩和利を「王軍」総大将に仕立てて、勝連軍と首里王軍をもって中城を挟み撃ちにし、護佐丸を討伐する。尚泰久王五年、天順元年（一四五八）八月十五日のことであった。

　だが――。

　幼くして捨てられ、天涯孤独の放浪の果てに、勝連へ辿り着いた阿摩和利の知らぬことであったが、護佐丸は実は、阿摩和利の父であった。

　護佐丸は読谷山按司として座喜味グスクにあった時、一族でもある屋良按司のいる北谷屋良グスクへ、比謝川を越えてしばしば訪れ、盟約を温めていた。その時、屋良按司が夜伽に差し出した屋良村の娘を慰んだ。娘はひっそりと、〝父なし子〟を産んだ。それが、後の阿摩和利だったのである。

　そうであれば、護佐丸の娘、つまり尚泰久王妃は阿摩和利には異母姉ということになり、その王妃の子の踏揚は、阿摩和利には姪、阿摩和利は踏揚にとっては叔父になる。叔父と姪――このことを知って、阿摩和利と踏揚は愕然となったことであった。

　護佐丸の遺書で自分の出自を知り、さらに護佐丸に首里への謀反の考えなどなく、これが金丸の企みだと知った阿摩和利は、首里へ乗り込み、金丸追及に乗り出そうとした。

　しかし、金丸は機先を制して、今度は阿摩和利謀反をデッチ上げ、配下の豪勇鬼大城賢雄に命じて、まず百十踏揚を、尚泰久王の命だとして拉致同然に勝連グスクから脱出させ、後顧の憂いを払って尚泰久王を安心させた上で、鬼大城を王軍の総大将に立てて、勝連を討伐する。

　二日にわたる大激戦の末、阿摩和利は鬼大城に斬られて炎の中に呑み込まれ、勝連は落城する。

　尚泰久王は阿摩和利討伐の戦功として、鬼大城を越来城主に任じ、さらに百十踏揚を鬼大城に降嫁する。百十踏揚は政略下に翻弄される。

　尚泰久王は天順五年（一四六一）六月、在位七

年にして薨じ（寿(じゅ)五十一）、側室の子で尚泰久王には三男の八幡王子こと思徳金(うみとくがね)が即位し、尚徳王となる。凛々しい青年王の誕生であった。

だが、尚徳王は武を誇り、側近の「内間御鎖(うざす)」金丸の諫止(かんし)も退けて、自ら兵を率いて喜界島討伐をおこない、凱旋するや、いよいよ驕傲(きょうごう)つのって金丸を疎んじ、尚徳王八年（成化四年、一四六八）、金丸は領地の西原内間に隠遁する。それが王権奪取クーデターの引き金で、ほどなくして尚徳王が謎の死を遂げ、首里城内では金丸に通じた安里大親(うふうや)が、金丸を王位に登らせる大演説をおこない、衆官は「オーサーレ！」「オーサーレ！」（そうだ、そうだ！）と呼応して、尚徳王妃とその子、一族を追い殺し、そして西原から金丸が迎えられる。

金丸は衆官に推される形で、王位に就き、尚王統の継承者として、尚円王を名乗る。――成化六年（一四七〇）五月、「第二尚王統」の幕が上がる。

尚泰久王の大恩、そしてその王女百十踏揚を妻とし、尚徳王へと引き継がれた第一尚王統への忠誠を固くする越来城主鬼大城は、ここに、護佐丸・阿摩和利討ちもすべて金丸の策略だったことを悟り、その王位簒奪に激怒、金丸＝尚円王へ反旗を翻そうとするが、その準備が整わぬうちに、金丸＝尚円王は王軍を動かして越来グスクの鬼大城を攻める。

鬼大城は百十踏揚との間に出来たわが子、幼い思徳(うみとく)とともに、百十踏揚に田場大親と安慶田を付けて越来グスクから脱出させた上で、王軍を迎え撃つ。越来グスクの支城知花グスクまで逃れつつ戦うが、多勢に無勢、焼き討ちされて壮絶な最期を遂げる。

山原へ向かった百十踏揚一行は、女の身での逃避行の無理を悟り、幼い思徳を田場大親と安慶田に託して逃がし、自らは覚悟を決めて、越来野で追討軍を待つ。

現われたのは金丸の懐刀(ふところがたな)として、中城・勝連討伐の陰で走り回った探索方(たんさくほう)、御茶当真五郎(うちゃたいまごろう)の率いる一隊であった。

「御茶当」とは王府の役職の一つで、茶の管理者のことだが、真五郎の場合は、それは役名だけで、実体は金丸＝尚円王の直属の探索方であった。

その探索方真五郎は、百十踏揚の王女らしく毅然とした覚悟に心を打たれ、独断で、百十踏揚をその兄ら（金橋(かねはし)王子、多武喜(たむき)王子）が隠棲する玉城(たまぐすく)に行かせる。

田場大親とともに逃れた思徳を案ずる百十踏揚に、真五郎は、自分が責任をもって捜し出し、尚円王の許しを得て、きっと百十踏揚の待つ玉城へお連れする、と約して――。

（正編『琉球王女　百十踏揚』は二〇〇一年一月四日～〇三年一月二〇日、琉球新報夕刊連載。五二七回・二〇〇三年、新星出版より発行）

第一章　生きていた男

1

朝から、重苦しい気配が、首里城を包んでいた。それは聖域「京の内」から漂ってきていた。虻（あぶ）の、群れ飛ぶ羽音（はおと）のような、陰気な音唱（おんしょう）が、その正体であったが、それはやがて、地を這い、正殿へと近づいてきた。

王の出御（しゅつぎょ）と、明国皇帝の使者冊封使（さくほうし）の来琉、そして重要な国家的神事のとき以外は、固く閉ざされた首里城正殿への奉神門（ほうしんもん）が、きょうは開け放たれていた。

その門を、青蔓（あおつる）を巻いた髪を振り乱し、白衣をたなびかせて、裸足を踏み鳴らし、合掌した手首を前後に寝立てさせつつ、すっかり神憑（かみつ）きになった神女集団が、神歌を低く斉唱しながら、上がって来た。およそ五十人——。

群れ飛ぶ虻の羽音のような、陰気な音唱が、この神歌の斉唱であった。

赤い太陽や鳳凰（ほうおう）、牡丹（ぼたん）などを描き込んだ極彩色の大きな神扇（かみおうぎ）を抱き、白鉢巻を垂らした老神女——後には「聞得大君（きこえおおきみ）」と改称される神女最高位の首里大君（しゅりおおきみ）を先頭に、神女集団は正殿前の御広庭（うなー）に入ってきた。

神歌といえば、厳か——というべきだろうが、裸足を踏み鳴らし神憑き状態となって喉声（のどごえ）で歌うその声は、不吉な呪い歌のように、御広庭を覆っていった。

正殿前には、赤い振袖の小姓らを従えた尚宣威（しょうせんい）王が、世子の「久米中城王子」真加戸樽金（まかとたるがね）を伴って正殿の階（きざはし）を降り、階の前に設けられた御座（うざ）に手を付いて、神女たちを迎えていた。左右には、王府高官らが、ずらりと並び、皆、手を付いていた。

その背後には、尚円王妃の世添御殿（よそいうどぅん）オキヤカを中心に、尚宣威王妃をはじめとする女官たちが華やかな衣装に白い麻衣を羽織って、ずらり並んでいた。

御広庭中央に進んで来た神女集団の神歌は、そこで喉声から解き放されたように、にわかに陽声（ようせい）に変わって、渦巻き高まり、足を踏み鳴らしながら進んで来て、王の十数歩手前で、歌を斉唱しながら立ち止まった。首里大君が神扇で左右の〝邪気〟を祓い、それから恭しく、神扇を天へ向け広げた。

　そして、厳かに、歌い始め、神女たちが手拍子を添えて、これに和していった。

　それは、天神キミテズリ神を崇めるおもろであった。

　キミテズリ神は国王一代に一度だけ現われて王の万歳を寿ぐミセセルを唱え、それによって王は神性が備わる、とされている。

　そのキミテズリ神がきょう天降りなされる——と、首里大君からのお告げがあって、きょうは開かずの門の奉神門が、開かれたのであった。

　神女たちはこの日、早朝から「京の内」の御嶽で神事を営み、キミテズリの神を迎え、正殿御広庭へと導いて来たのであった。

　クーデターにより尚徳王を滅ぼし、「第二尚王統」を開いた尚円王は、明暦の成化十二年（一四七六）七月二十八日に病没した。在位七年、六十二歳であった。

　尚宣威王の傍らに並んでいる世子——すなわち次代の王たるべき「久米中城王子」真加戸樽金というのは、尚宣威の子ではなく、尚円王の嫡子であった。本来なら、嗣子相続で、尚円王を継ぐべきところであったが、まだ幼冲（十二歳）ということで、元服する十五歳まではと、尚円王の弟、越来王子尚宣威が越来グスクから首里へ戻り、「つなぎ」の王として即位したのであった。これは尚円王の遺言であった。時に尚宣威四十七歳。

　きょうは、その即位から半年、成化十三年二月吉日——。

　キミテズリ神を体した首里大君と、神女たちのおもろの斉唱が区切りをつけるように止み、

「キミテズリ神のご託宣は下された」

と、首里大君が重々しく宣言し、尚宣威王以下群臣は、へへーッと平伏した。

　しかし、その時、首里大君の取った行動は、意外なものであった。

　平伏した尚宣威王の前へ進んで、王の傍らに伏していた「久米中城王子」真加戸樽金の手を取っ

て立たせ、背を抱くように神女たちの中へ導いたのである。

　神女たちの列が割れ、真加戸樽金を包み込むと、皆、くるりと身を返した。つまり、尚宣威王に背を向けたのである。

　その神女集団の先頭で、首里大君は真加戸樽金とともに振り返り、奉神門を背に、神女集団の頭越しに、平伏している尚宣威王と高官、女官に向き合って立つと、おもむろに神扇を天へ開いて、厳かに、ミセセルを唱えたのである。

　抑揚をつけた、長く尾を引く神言葉（かみことば）は、何を言っているのかすぐにはよく分からないが、それは、真加戸樽金様こそ真の王、キミテズリ神の讃える王——と言っているのだった。

　首里大君のミセセルが終わるや、神女たちは真加戸樽金の立つ位置を取り巻くように円陣をつくり、手拍子を打って、静かに回りながらおもろを歌い始めた。

首里（しより）　在（お）わる　てだこ
御愛（みかな）しの　てだ
百浦襲（ももうらおそ）い　ちよわちへ
世添（よそ）わりに　ちよわせ
（首里にあられる国王様よ、敬愛する国王様よ、国の浦々を治めあらせられませ、御世に添い、あらせられませ）

「てだこ」は太陽の子、「首里のてだこ」はすなわち国王である。

　そのように、まずは国王を讃えるおもろを歌い、神女たちは真加戸樽金を中心にして円陣を回り舞う。

　首里大君が真加戸樽金の手を取って、ともに舞い始める。おもろが高まっていく。

首里（しより）　在（お）わる　てだこが
思（おも）い子（ぐわ）の　遊（あそ）び　見物遊（みものあそ）び
なよればの　見物（みむん）
（首里御城におられる国王様の、国王様

の愛し子の神舞いの見事さよ、神舞いを
なされれば、その見事さよ）

繰り返し歌われるおもろは次第に高まり、神女たちの動きも早くなり、髪を振り乱し、麻の神衣をひるがえし、神憑きとなって渦巻いていった。

その後ろ、正殿前の尚宣威王は、その間、平伏したままであったが、その姿はうちひしがれたように、肩をすぼめて小さく見えた。神女たちに背を向けられて、はっきりと、キミテズリ神から忌避(きひ)されたことを悟って、深く恥入っていたのであった。

左右の群臣も、首里大君が真加戸樽金を立たせ、そして神女たちが一斉に尚宣威王に背を向けた時には驚いて、身を起こしてざわめいたが、首里大君がミセセルを降ろし、神女たちが真加戸樽金を取り巻いて、彼を讃えるおもろを歌っていくのを呆然として眺めているほかなかった。

その背後では、世添御殿オキヤカ以下の女官たちが立ち上がって、神女たちのおもろに合わせて、控えめながら、手拍子を打ち始めた。オキヤカの隣にいた尚宣威王妃とその侍女らは、肩をすくめて、うずくまっていた。

首里大君を介(かい)して降ろされるキミテズリ神の託宣には、何ぴとといえども、逆らうことを許されなかった。

尚宣威王は、やがて意を決したように身を起こし、それから天を仰いで、許しを乞うように、

《我レソノ徳ニアラズシテ帝位(ていい)ヲ汚(けが)シタルコト、コレ天ノトガメ有リケルゾヤ》

こう慨嘆し、従容(しょうよう)として退位した、と王府の史記『中山世鑑(ちゅうざんせいかん)』には出ている。〝在位〟わずか半年――。

もう一つの王府史記『球陽』も、

《尚真、幼冲(ようちゅう)なりといえども、誠に是れ、世の真主(しんしゅ)なり。汝らよろしく心を同じくして輔翼(ほよく)し、以て邦家(ほうか)（国家）を保つべし。我はその命に非ず。強いて大位(たいい)に就けばおそらく天に戻ること有らん》（原漢文）

と言って、尚宣威は退位した、とある。

尚宣威は悄然と首里城を出、旧称「越来王子」に戻って越来グスクに帰ったが、半ば蟄居同然であり、神から忌避された気落ちもあってか、まもなく病になって、退位から五か月後の成化十三年八月四日に没した。寿四十八。自害とも伝わる。

かくして——。

十三歳になったばかりの真加戸樽金が、即位して、「尚真王」となったのである。「第二尚王統」第三代王ということになるが、琉球王は元来、「宗主国」たる明朝皇帝による冊封によって正式に王号が定まるのであり、これに照らせば尚宣威は冊封を受けておらず、対外的には未だ正式な王ではなかったから、果たして第二尚王統第二代王といえるかどうか。

尚円王を継ぐ正式な王として明朝皇帝が詔勅を下ろしたのは尚真であって、従って尚真は正式には第二尚王統では二代目の王であり、尚宣威は尚真の即位までの王の〝代行者〟に過ぎなかった、ということが出来る。とすると、従来の琉球史が尚宣威を二代目王、尚真を三代目としている点は、再検討の余地があるかも知れない。

ただ、第二尚王統では中国皇帝の冊封を受けていない「王」が後に二人いる。尚益と尚成であるが尚益は在位わずか二年、尚成は五か月と短命のため冊封を受けられなかったのである。尚益の場合は、冊封は受けることが出来なかったが、後年、琉球を「征服」した薩摩が「王」と認め、江戸幕府への聘礼の「江戸上り」（江戸立）は「尚益王」の名でなされており、琉球国政においてはれっきとした「王」であり、げんに清朝でも冊封こそなかったものの、次王尚敬の冊封の際、冊封使は尚益に詔勅を下ろして「先王」として諭祭している。これは冊封を受けたのと同じ扱いであり、王の代数は冊封とは無関係に数えていくほかないかも知れない。

しかし、これは歴史考察の課題であって、今は、尚真の前に、尚宣威という存在があり、それを追い出すことなしには、尚真を即位させることが出来ず、尚真の母オキヤカは、「神」の力を利用して、これを成し遂げたのである。

2

「古琉球」期は祭政一致であり、天神地神、精霊、祖先神、ニライ・カナイ（海のかなたの楽土）の神が、人々の精神世界に深く根づいていた。これらの神々を祀る祭祀は女がこれを司どり、首里城の神事はすべて、城内西南の赤木やクバに覆われた杜「京の内」で営まれる。この「京の内」は男子禁制の神秘性を付加されていて、それだけ神女は敬われ、とりわけ首里大君をはじめとする、首里御城の祭祀に関わる高級神女の権威は絶大であった。

　首里御城の祭祀を司る神女たちは、王妃を中心とする御内原に住んでいた。御内原は内宮すなわち〝大奥〟である。むろん男子禁制であり、国王しか出入りできなかったが、王世子も成人（元服、十五歳）まではこの御内原の館で育てられた。世子の真加戸樽金――久米中城王子もまだこの御内原の母の許にあった。

　尚宣威王を追放するキミテズリの儀式は、この御内原の陰謀だったと言われている。

　王妃は御内原に入るのであるから、当然、尚宣威妃も入っていたはずであるが、尚宣威自体が〝つなぎ王〟であったから、その妃も、仮にも「王妃」になったとはいえ、いわば〝お客さん〟のようなものであり、御内原を支配していたのは、尚円王妃で、世子の真加戸樽金の生母たるオキヤカであったから、その下で身を慎んでいたであろう（オキヤカは宇喜也嘉と当てているからウキヤカとすべきであろうが、オキヤカで定着している）。

　オキヤカの王妃名は、世添大美御前加那志といった。舌を噛みそうな仰々しい名であるが、単に世添御殿とも呼ばれた。世添は王に添う意である。「加那志」とか「御殿」は貴族（王家・按司家）の敬称であり、王は御主加那志、てだ（太陽）加那志という。王妃や貴族たる按司の妃のことは「おなじゃら」という。女按司の意であり、普通にはこれで呼ばれる。

　「オキヤカ」も実は神名で、本名（童名）は伝わっていない。男も女も童名の数は限られて、十数名ぐらいしかなかったから、真鍋とか真鶴とか思加那とか真玉津とか、そんな名であったろう。

男女とも頭に付く「真」「思」は士族以上の冠称であり、それに名前の後につく「金」「樽金」は王家・按司家の尾称である。冠称も尾称もなく、ただの鍋、鶴、加那、徳は百姓名である。童名というが、これが生涯にわたる名である。

尚円王は伝承によれば、二十四歳で伊是名島を出た時、妻と弟（尚宣威）を伴っていたことになっているが、この伊是名妻は、オキヤカではない。オキヤカは六十二歳で尚円王が薨じた時はまだ三十二の女盛り。尚円王が伊是名を出た時には生まれてもいない。かの伊是名妻がどうなったか、伝承はないが、オキヤカは後妻だったのである。

これも伝承によれば、オキヤカは十八の時、当時尚泰久王に仕えて内間御鎖と呼ばれていた金丸に嫁いだという。

尚宣威王を忌避し、オキヤカの子の「久米中城王子」真加戸樽金を王位に就けようとする御内原の陰謀という時、これはむろん、御内原の主オキヤカの陰謀ということになるが、オキヤカは第二尚王統を樹立した尚円王の妃であり、世子真加戸樽金の生母であって、真加戸樽金が即位すればすなわち「国母」となる。それも約束されていることであって、それだけ彼女の権威は絶大であり、その意向は表（国政の場）でも抗えぬものであった。

約束された「つなぎ」の王とはいえ、玉座に居座っておれば、どのように変わるか分からない。尚宣威にも男子がおり、これを「世子」にして、オキヤカの子の「久米中城王子」真加戸樽金を、世子の座から引き下ろさぬとも限らない。

猜疑心をつのらせて、オキヤカは早々と、尚宣威の追放を画策したのだとされる。

尚真王が即位するや、生母オキヤカは「王母」「国母」として、未だ少年の王を輔翼して、簾政を敷く。幼沖の王に代わって母后が政治を仕切るわけであるが、それは古来、牝鶏晨す、あるいは牝鶏政を乱す——といって、メンドリが鳴けば家が倒れ、女が政治に嘴を入れれば国が乱れる、として、それまでの琉球史の中でも英祖王統の崩壊につながった西威王の例がある。西威王が幼冲だったのでその母が簾政を敷き、政治は乱れ、王統は察度に取って代わられるのである。

尚宣威王の退位も、第二尚王統を開いた尚円王妃、そして世子尚真の生母たるオキヤカがその女権をふるったのであり、そしてオキヤカは幼い尚真に代わって簾政を敷くのであるが、それは国を乱すどころか、むしろ、固め直したといえる。

オキヤカは、かの西威王の母のそれを教訓化したか、本来、政治的に優れた才があったか。その権勢を、尚真の時代への礎を固めていくことに注ぎ、そして見事に成功するのである。

オキヤカの権勢（女権）がどのようなものであったか、尚真王即位の翌年（成化十四年、一四七八）六月、朝鮮漂流民三人が、その一端を目撃している。

この朝鮮からの漂流者は、前年二月一日、朝鮮王府へ進上する柑子（みかん）を運んで行くため九人が乗り込んで済州島を発したが、東からの暴風に遭って西へ流され、さらに西風に煽られて南へ流された。

漂流十一日目、一人が餓死、十四日目に一小島を発見して上陸をはかったが、風浪のため舵が折れ、船はバラバラに壊れて積荷はすべて水没、五人が溺死した。

生き残った金非衣（金裴とも表記される）ら三人は板一枚にしがみついて漂っていたところ、たまたま通りかかった与那国島の漁船二隻に救助されて、与那国島に着いた。

与那国島には約六か月滞在して、西表島へ送られ、ここで五か月、年明けて、波照間島、新城島、黒島、多良間島、伊良部島、宮古島へと送られ、それぞれ一か月滞在したのち、宮古人十五人に護送されて二昼夜（三日二夜）かけて沖縄本島に来たのであった。

各島々でもそうであったが、沖縄でも那覇に宿舎を与えられて手厚く保護され、綿布も支給されて、衣服を作った。

そして、ある日、朝鮮人三人は、少年王尚真を伴った「国王の母の出遊」行列を見たのである。その見聞録は『李朝実録』に収録されている。

――王母は、四面簾をおろした黄金飾り漆塗りの大輦に乗り、担ぐ者二十人近く、皆、白苧（麻）の着物を着て、帛で首を包んでいる（帛は後年の官帽ハチマチ、このころはターバンのように巻いていた）。軍衛・儀仗はなはだ盛んにして、軍士は、長剣を持ち弓矢を佩き前後を擁護する。百人に近い。双角（角笛）・双太平嘯――すなわち路次楽を吹き鳴らし、火砲（花火か）を放ちながら進む。美婦（侍女）四、五人、綵段（緞子）の衣を着し、白苧の打掛を羽織って輦に添って行く。

朝鮮人らは、道端に出て拝謁した。

彼らの前で輦が止まり、侍女が酒を盛った鑞瓶二つを持ってきて、漆の木器に酒を注いだ。酒の味は朝鮮のそれと同じであった。

多くの衛士に守られて、騎馬の少年が、王母の輦に続いていた。

《年十歳可り。貌甚だ美なり。髪は後ろに垂らし、辮まず。紅絹の衣を着し帯を束ぬ》

これが十四歳の少年王尚真であった。

美しい肥馬に乗り、鞚を執る者は皆、白の麻衣であった。

騎馬の前導は四、五人。左右を守る者多く、衛士で長剣を持つ者は二十余人、傘を持つ者は少年に差し掛け、強い夏の陽射しから守っている。

朝鮮人らはまた平伏して、拝謁した。

すると少年は馬を降りて来て、手ずから、用意された鑞瓶から漆木器に酒を注いだ。朝鮮人らが飲み干すのを見届けて少年は頷き、馬に乗って通り過ぎた。

《――国人云う「国王薨じて、嗣君幼し。故に母后朝に臨む。少郎年長ずれば即ち当に国王為るべし」と。》

後年にまとめられた王府史記では、尚真はこの前年の成化十三年（一四七七）十三歳で即位したことになっているが、その次年に来た朝鮮人たちによれば、尚真はまだ即位していないかのようで、同じことを記した別記事では、

《（日本人通訳が来て）言いて曰く「国王薨逝

し、女主国を治む。輦に乗る者は是れ女主なり。騎馬の小児は即ち国王の子なり」と。》

とあって、尚真はすでに即位していたのだが、幼いので王母が簾政を敷き、少年王は未だ母の陰におり、国の人々は王母を「女主」として崇めていた。国人たちのそのような認識が、朝鮮人たちの見聞記にはとどめられたのである。

この時の「王母と少郎の出遊」が何のためなのか、朝鮮人たちの見聞録にはないが、路次楽を吹奏し、火砲を打ち鳴らしながら、まさしく王の行幸然とした、大掛かりで晴れやかなものであったらしく、恐らく、国人にわが子たる少年王尚真を披露するための出遊だったのではなかろうか。

漂流朝鮮人たちは那覇に宿舎を与えられていて、道々、人々は平伏して拝謁したことが分かるから、この行列は那覇まで下りたのである。

——行列が、華やかに通り過ぎて行った後、路傍の灌木の陰から、四方に散る国人＝百姓に紛れて、頬被りの上にクバ笠を被って、一人、すっと田舎道へ出て行った百姓姿の男があった。

3

十三夜の朧な月が、中天にかかっていた。

サンゴ礁の低い石垣を巡らした、茅葺きの農家の前に、黒い影が立った。

夜だというのに、クバ笠を被って、何やらひそやかな、男の影であった。肩幅が広く、大柄である。

石垣の中の農家は、母家と離れがくっつくようにあり、離れは戸口を開けて、薄い明かりが土庭にこぼれ、母家の雨戸の隙間からも明かりが洩れていた。

男の黒い影は、低い石垣の門を潜って、離れに近づき、

「ちゃーびらさい（ご免下さい）」

と、案内を乞うた。

返事がなく、男はもう一度「ちゃーびらさい」と声を掛けた。

「ウー（はい）……」

と、応ずる声がして、女が戸口に首を伸ばし、様子をうかがってから、男の黒い影を認めて、恐る恐るといった感じで出て来た。年配の百姓女であった。賄女で、名をウトといった。

ウトは警戒して、離れたまま、窺うように、

「あの、何か……」

と、黒い影を見上げた。

影が二、三歩前へ出ると、ウトは二、三歩身を引いた。

「怪しいものではない」

と、影はクバ笠を外して帯に下げた。しかし、頬被りはそのままであった。髪は束ねて後ろへ垂らしている。

「ウー……?」

ウトはなお胡散くさげに、上目遣いで男を見上げている。

「うみないびの前に、ご用があって来た。取次いで貰いたい」

男は押し付けるような言い方であった。

「何のご用ですか。こんな夜深くに……」

気圧されまいとするように、難じる口調で訊く。

「何、親戚の者だが、首里から歩いて来たので、遅くなってしまった。これを、うみないびの前に」

と、男は懐から平たい包みを出して、

「私のことはそれに書いてある。お渡しすれば分かるから」

と、包みを突き出した。

ウトは怪訝なそぶりを見せながら、歩み寄って、それを受け取ったが、なお逡巡している。

「怪しい者ではないと言ったろう。とにかくそれを、うみないびの前にお見せしなさい。わたしはここに立っているから……」

ウトを安心させるように言ったが、百姓姿ながら身分ある者の言い方で、有無を言わさぬ重さがあった。

「ウー……」

ウトは軽く頭を下げてから、身を返し、母家の方へ行った。

母家の通用口は離れに向かい合っていた。その通用口に立って、

「うみないびの前……」

と、ウトは中へ声をかけた。

うみないびの前――百十踏揚は、短檠の明かりで、書見をしていた。

踏揚の父、尚泰久王は越来王子と呼ばれていた頃、京・鎌倉を旅し、寺々を巡礼して仏教（禅宗）に帰依し、芥隠という琉球に来た大和僧を琉球国師となし、首里に次々に寺を建立、また梵鐘を鋳らせて、その寺々に懸けた。そして首里城正殿にも海外との交易への気概を刻み込んだ、通称「万国津梁の鐘」と呼ばれる大梵鐘を懸けた。

朝鮮にも使者を送って朝鮮王から百済由来の経典を大量に贈られた。踏揚も幼いころから、父のもとでその経典に親しみ、玉城での隠棲の日々は、父王からいただいたそれらの経典を読むのが、日課になっていた。書見台の側には、それらの経典が積み上げられていた。

ウトに声を掛けられて、踏揚は書見台から目を上げ、首を回した。

「何か？」

と訊ねたが、庭先での男とウトの遣り取りは聞こえていて、話の内容までは分からないが、誰か来たようだと思っていた様子で、問うように、かすかに顎を上げた。

「はい、男の人が……。これをお渡しするようにと……」

と、書状包みを差し出した。「親戚の者で、首里から来たと……」

「首里の親戚？」

「これを渡せば、分かると……」

「そう？」

踏揚は首を傾げながら、書状を受け取り、短檠の前に坐り直して、それを開いた。

読み始めた途端に、踏揚は驚いたように大きく目を見開き、その目であわただしく流し読んで、呆然と、天井を見上げた。

「あの……」

と、ウトが訝しむと、踏揚は我に返ってウトへ視線を返し、

「確かに、首里の親戚の者です。首里で色々あっ

て、ご報告に、来られたのです。怪しい者ではありませんから、ご案内して」

　何だか、顔が上気しているようだった。

「はい……」

　と、ウトが身を返して出て行こうとするのへ、踏揚は、

「あ、それから、お話しはだいぶ長くなりそうなので、ウトはもうお帰りなさい。そうでなくても、きょうはこんなに遅くなって、家族の者が心配しているでしょうから。帰りがてら、隣の兄上にもこれを申し上げて、今宵は誰も寄越さないでいいからと伝えなさい」

　ウトは村内の者で、通いで来ていて、夕方もしくは夜には引き揚げる。その後は、隣家の兄多武喜家から、小女が来てくれるのである。

「はい、それではご案内して来ますから」

「そうしておくれ」

　ウトはお辞儀をして、庭へ戻り、男を通用口に案内した。

　踏揚は顔を伏せ、手を付いて男を迎えた。


「さ、どうぞ……」

　と、ウトは男を進めてから、踏揚にお辞儀をして引き下がった。

　男は頬被りで戸口に立ったまま、しばらく、手を付いている踏揚を見下ろしていた。

　男はようやく、頬被りを取って、無言で部屋に入った。頬被りは取ったが、片頬に長く髪を垂らしていた。

　離れの戸を閉める音が背中に聞こえて、ウトが帰って行くようだった。

　男は、踏揚の前に少し距離を置いて静かに座ると、居住まいを直し、真っ直ぐ、踏揚を見下ろして、口を開いた。

「久し振りだな、踏揚……」

　まぎれもない声——。

「…………」

　踏揚は、もう万感胸に溢れ、金縛りにあったように、身を固くしたまま、気持とは裏腹に、顔を上げることができなかった。

　それと見て、男は踏揚の気持をほぐすように微

笑を浮かべ、

「まだ疑っているのかな。幽霊じゃないよ。書状に書いてあったように、紛れもなく私だよ、阿摩和利だ」

「はい……」

踏揚は、腫物(はれもの)に触るように、恐る恐る、顔を上げた。

短檠の明かりを受けた片顔が、微笑んで見ていた。

「もっとも、二十年ぶりだから、老けて、面影もなかろうがな」

確かに、薄明かりの中でもひっつめに結った髪には、白い物が目立ち、顔の皺も深くなっていて、すぐには阿摩和利と分からないが、声はまぎれもなく、昔のままの、包み込むような温かい響きがあった。

「あ、按司様……」

言ったきり、踏揚は気持が溢れて、言葉が出てこなかった。食いつくように、見詰めるばかりだった。

「よもや、生きていたとは、思いもしなかったであろう。驚くのも、無理はない。私は確かに、勝連の炎の中に呑み込まれた。鬼大城に斬られてな。誰も、私の最期を疑わなかったであろう」

「ど、どうして……」

「南風原大親(はえばるうふうや)に助けられた。南風原大親も炎の中に飛び込んできて、倒れていた私を担ぎ上げ、すばやく、私らしか知らない抜け穴から脱出したというわけだな」

「………」

踏揚は、ただ驚いているばかりであった。

「たまたま、勝連に交易に来ていた大和船で、大和へ行った。大和船――倭寇(わこう)だな。勝連とは馴染(なじみ)でな。唐、朝鮮と駆け回って、彼の地の文物(ぶんぶつ)を持ってきて、勝連のよい取引先だった。来て見ると、勝連は大いくさの最中(さなか)。びっくりして、具志川あたりに避難し、船頭――つまり倭寇の頭領(とうりょう)だな、彼らは勝連のいくさを見届けるために、勝連に忍び込んでいたのだな。私が気がついた時は、船の上だった。数日、意識がなかったそうだ。鬼大城に刺し抜かれた上に、炎に呑み込まれて大(おお)

火傷だ。とても助からぬところだったが、さすがに倭寇、唐や朝鮮の塗り薬、飲み薬を備えていて、彼らの懸命な治療で、意識を戻したのだ」

「…………」

踏揚は、目を瞠り、言葉を呑んで、語る阿摩和利を見詰めているばかりである。

阿摩和利は体の向きをずらせ、髪を垂らした片頬を明かりの中へ出した。

そして、片頬に垂れた髪を、静かにかき上げた。

アッ！……

と、踏揚は息を呑んだ。

その片頬は、醜く引き攣り、それは耳、首筋へと広がっていた。

阿摩和利はさらに、着物の襟元をはだけた。引き攣りは、首筋から片胸へ……。

「背中、片足まで、こうなっている」

と、阿摩和利は着物の上からさすって言った。

「…………」

踏揚はもう、見るに堪えず、目を伏せた。

どんなに酷い火傷を負ったことであろう。熱いものが込み上げてきて涙が溢れ、それは滂沱と、頬を濡らしていった。

阿摩和利はかき上げた片髪を降ろし、襟元を整えた。

「かような、無様な姿になっておる」

阿摩和利は自嘲した。

踏揚は、激しくかぶりを振った。

無様などというものではなく、あまりの痛ましさに、言うべき言葉もなかった。それは、文字通り死の淵に落ちていた証にほかならなかった。よくぞ、その炎の地獄から、脱出できたといわなければならない。

「倭寇は、つまりは海賊だ。その倭寇船で大和へ行った私と南風原大親は、そのまま、倭寇の組に入った。南風原大親も顔や手に酷い火傷を負った」

「…………」

「九州の博多から堺、大坂までは広い内海になっていてな。たくさんの島々があって、海賊の巣にもなっている。その島の一つがわれらの根城でな、博多倭寇と結んで、対馬を経て、朝鮮まで行き、海商い――すなわち交易をやっている。朝鮮や明国沿岸まで行く倭寇は、略奪や人攫いまでやって、攫った男女は、九州の島々に奴隷として売り飛ばし、荒稼ぎをやっている。実はこの琉球まで売り飛ばしに来ているらしいな。しかし、われわれの組は、略奪や人攫いはやらない」

「…………」

「ま、そんなことを、私はやっているわけだ。しかし、われわれの組は内海でも大きな勢力を誇っていて、大内殿といって、北九州から周防、安芸一帯の守護職で、いうなれば倭寇の元締めのような大きな力とも結んでいるから、海賊どももわが組には手を出せない」

「…………」

「博多船は、この琉球にもよく来ているはずだ。たいていは大内殿が送っている船だ。那覇港に入って、首里王府と商販をしているし、また琉球王の依頼で、朝鮮への使者役も引き受けている。われわれも、琉球国王の印を押した、つまり琉球からの国書を託された博多船とは、付き合いもあって、琉球の事情などもそれなりに聞いていたことだ。琉球国王が直々に朝鮮へ船を出し、倭寇が朝鮮沿岸で攫い、トカラや琉球に売り飛ばした朝鮮人らを買い取って朝鮮に送り返したりもしてきたようだ。朝鮮王はこれに対する見返りとして、貴重な方物を琉球に土産として贈る。このように琉球と朝鮮の交易は成り立っている。互いに大明国の冊封国であり、兄弟のようなものだからな。私は見ていないが、そなたのお父上、尚泰久王が遣わした船もあると、博多船から聞いた」

「…………」

「しかし、いかんせん、琉球から朝鮮は遠い。船も十分でない。そこでいきおい、九州船に頼らざるを得なくなる。九州方面の船は、朝鮮では倭寇として恐れられ、時には反撃も受けるが、琉球の国書を託されて琉球使者として行く博多船は、手厚くもてなされ、取引も正々堂々と出来、大きな利益を上げている。だから、博多船は単に琉球との取引に行くだけでなく、琉球国書を託されて琉球使者役を取り付けるために、よく琉球へ来ているわけだ。琉球の名を騙って朝鮮との商販をやったりもしているようだ」

二十年……。

積もる話は、山ほどにある。語り尽くせぬ。しかし、阿摩和利は自分がどう生きてきたのかを、出来るだけ、踏揚には語っておきたい。再び、この琉球に来ることはないのだから、との思いで、それらのことも語り継いでいった。

「そなたのお父上、尚泰久王が亡くなられ、金橋王子ではなく、側室の子の八幡王子が即位し尚徳王となったこと、その尚徳王の国書を託されて朝鮮に渡った博多船のことも聞いた」

「でも、生きておられたのですから、どうして、便りなと……」

踏揚は涙の目に、恨みがましさを添えて、阿摩和利を見上げた。

4

「そなたが鬼大城に嫁いだことも聞いていた。鬼大城は、私には不倶戴天の仇だ。便りをしようがないではないか」

「でも、博多船は琉球によく来るのであれば、そして博多船とはお付き合いもあると言いますなら、それに託して、何らかの形でご消息など……」

「何よりも、私は、おびただしい勝連の将兵を犠牲にしてしまった。そして、自分だけ、のうのうと生きている。私は元気だ、などと、どうして便りができようか」

「…………」

「しかし、そうしているうちに、金丸めの王位簒奪のことが伝わってきた。尚徳王が謎の死を遂げ首里城では謀反が起こって、何と、あの金丸めが王位に就いたという。そう、恐らく金丸めが策を弄して尚徳王を殺したに違いないのだ。しかもだ、尚家の者に非ざるに、おこがましくも尚姓を名乗り、尚円王だと？　それを聞いた時には、腸の煮えくり返るのを覚えたことだ」

「…………」

「金丸めはまさしく、天に唾する腹黒い策士だ。奴めに誑かされて、私はわが父護佐丸公をそれとも知らずに討ってしまったし、その私を、奴はまた鬼大城を誑かして討たせた。挙句には、どんな策を弄したか、尚徳王を弑逆し、とうとう王位を奪った」

「…………」

「それにとどまらず、こんどは鬼大城まで殺した。越来グスクのいくさのことも聞いたよ。私は、そなたも共に討たれたと思っていた」

「越来グスクが攻められた時、謀られた、金丸に誑かされた、と申しておりました」

「鬼大城がか」

「はい。護佐丸公、阿摩和利按司討伐も金丸の謀事であったと、よく分かった。それとも知らず、私は乗せられてしまった。金丸を信じた自分のお目出度さが、つくづく悔やまれる。阿摩和利按司、護佐丸公、許されよ、と」

「そう言っていたか。――しかし、最後は金丸に決然と向き合い、迎え撃ったは、さすがに鬼大城だ。男の意地を示したと言ってよい。鬼大城が許せと申していたなら、謀られた私の無念も含んで、金丸軍を迎え撃ったと認めてよい」

「按司様……」

「それにしても、そなたが生き延びていたとはな」

「御茶当真五郎に救われました。それで金丸の咎めもなく、ここで静かに暮らしております」

阿摩和利は驚いた。

「御茶当真五郎がな。意外なことだな。真五郎といえば、金丸の探索方として勝連のいくさでも陰で走り回っていたな。そなたが鬼大城とともに勝連を出た時、いや、恐らくは鬼大城に脅されてのことであろうが――」

「…………」

踏揚は頷いた。

「その時、屋慶名大親や津堅らがそなたらを追って行ったのだ。しかし、中城のワニヤマ（和仁屋間）の浅瀬で阻まれた。待ち受けて阻んだのは、真五郎の一隊だったそうだ」

「そうだったのですか。知りませんでした」

「あの真五郎がな……」

阿摩和利は呟いてから、

「私は二度と琉球には戻らぬつもりであったが、金丸めが王位を簒奪し、尚円王を名乗っていると聞いて、そして、鬼大城も討伐し、恐らくそなたも鬼大城とともに殺されただろうと思い、金丸め、もう許せぬと、勃然と怒りが沸き立ってきてな。で、密かに琉球へ戻って、奴めを殺そうと考えたのさ。暗殺、だな。そのついでに、真五郎めも捜し出して、殺すつもりであった」

「…………」

踏揚は驚いて、目を瞠った。

「いや、どうも倭寇になって、海賊とも争ったりしているうちに、こっちまですっかり海賊の荒々しさに染まってしまったのかな、すぐ刹那的な物の考え方になってしまう。殺すの、どうのとな」

自嘲してから、

「ま、首里城の守りは固く、金丸に近づくのは容易ではなかろうが、策を巡らせば何とかなろうと考えたことだ。また真五郎は術者だから、みすみす私の計にはかからぬだろうし、私もこのように老いてしまったが、何人か手練れを連れて行き、また倭寇の取引で朝鮮の火砲や秘密の武器などもあるから、何とかなると……。ところが、すぐに琉球へ渡ることが出来ない事情が、わが組に出来てな」

「…………」

「私を引き立ててくれていた頭領が亡くなってな。私が跡を継ぐことになったのだ。実は、頭領の娘が私の、妻になっている。それでだ」

踏揚の表情が、かすかに揺れた。

「驚いたか。成り行きでそうなった。子供も二人いる。そういうわけで、頭領となれば、改めて組を固め直さねばならなかった。倭寇はつねに相手の隙を狙って油断がならない。私のところは内海では一、二を争う勢力で、後ろには博多倭寇を取り仕切る大内殿もいるから、迂闊に手を出す組はなく、それに、面白いと言っては何だが、この醜い火傷顔が逆に凄みになって見えるらしく、倭寇仲間に睨みを利かすのに役立っていたというわけだ。

南風原大親は数年前に亡くなったが、二人が船上に並んで立つと、ちょっとした貫録物だったらしい。ま、自慢してもしようのないことだが、そんなわけで、組を固め直すために、琉球へ渡る機会を失っていた。それも目途（めど）がついたので、妻の弟と、わが子――そう、もう十七になるが、二人に組を委ねて、ようやく渡って来た。金丸を討つためにな」

「でも……」

「そう、ひと足遅かった。実は船を出したのは三月（みつき）前だったのだ。風に災いされて島々に避難し、奄美大島には十日あまりも足止めを食ったな。ところがそこで聞いた話は、金丸めは何と去年の夏に亡くなり、その弟が王位を継いだものの、それも短く、すぐ金丸の子が幼いながらも王位に就いて、尚真王を名乗ったと聞いた。琉球はこの二、三年目まぐるしく変わったということだな。博多にもしばらく行かなかったので、琉球の様子を聞きそびれていたわけだ。金丸が死んでしまえば、琉球へ渡る必要もない。だが、せっかく来たのだから、ちょっと懐かしい琉球の風に吹かれてもいいかなと思い、それに少しばかり商販の用意もしてきたので、ちょっと商売して帰ろうと、今帰仁の運天へ船を入れた。そして、今帰仁で馬を借りて、那覇まで来た。手下一人連れて、――これがさっき話した手練れだ。金丸が死んで、真五郎も気抜けしているだろう、そんな者を討ってもしょうがないと思ったが、場合によっては戦うことになるかも知れぬと思ってね。ところが、その那覇で意外なことを聞いた」

「わたくしが、玉城で、生きていると？」

「そう。これには驚いた。まさかと気も急いて、馬を飛ばして来た」

「わたくしは思徳――鬼大城賢雄とわたくしの子です、その思徳とともに、田場大親と安慶田殿に守られて、越来グスクを出たのです。わたくしは越来グスクに残るつもりでいましたが、賢雄がどうしても思徳を落ちのびさせよということで……」

「…………」

「でも、やはりこの女の身では、逃れるすべはないと悟り、思徳だけ田場様、安慶田様に預けて落ち延びさせることにし、わたくしは越来野で追手を待ちました。現われたのが御茶当真五郎で、わたくしの覚悟を聞いて、自分は尚円王から、わたくしの処置は一任されている、わたくしの兄たちのいる玉城へ行くようにと言われたのです。そのうえ、逃した思徳も必ず捜し出して、無事にわたくしの許に連れて来るからと申すので、玉城へ来たのです」

「ふん。真五郎も粋なはからいをしてくれたものだ。罪滅ぼしというわけかな」

「…………」

「それにしても、金丸めが生きているうちに来れなかったのは、返す返すも悔やまれる、目に物見せずにはおかなかったものを」

「わたくしが、兄たちから聞いたところによりますと、金丸は王位には就いたものの、苦労続きだったそうですよ」

「それは、どういうことだ」

「何でも、明国への使者が向こうで不祥事を起こして、皇帝から強くお叱りを受け、罰として、これまで毎年進貢してきたのを、二年一貢に減らし、王府は大きな痛手を蒙り、毎年、一年一貢への復帰を要請し続けているのですが、未だにお許しがないそうです」

踏揚は詳しいことは知らないが、それは次のようなことであった。

5

尚円王が即位した年（成化六年）の進貢は、唐営久米村の正議大夫程鵬を正使としてなしたが、程鵬は福建役人に賄賂を贈って、福建司直に摘発された。

賄賂を受けた福建役人は処罰されるが、程鵬については琉球からの進貢使者ということで成化帝が温情を示し「敢えて罪するには及ばぬ」と許した。

しかし、その翌年（成化七年）、尚徳王の訃を告げ、尚円王の冊封を要請する請封使として、唐営久米村の長史蔡璟が渡唐したが、彼は明国でとんでもない事件を起こしてしまう。

入手の経緯は不明だが、皇帝専用品で諸公(しょこう)、藩王への下賜品(かしひん)である、禁制の「大紅織金蟒龍(だいこうしょっきんぼうりゅう)」の羅緞(らどん)二匹（四反）を福州で密かに仕立てさせたのである。真っ赤な絹織物に金糸で四つ爪の龍を刺繍したものである。

蔡璟は明朝廷刑部で取り調べを受けた。そして、これはかつて尚巴志王が時の宣徳帝から頒賜(はんし)されたもので、仕立てるために持参したと、蔡璟は弁明した。然し、調べたところ、尚巴志にこれを下賜した事実はなく、尚巴志へのそれは麒麟(きりん)・白擇(はくたく)の刺繍をした郡王(ぐんおう)（二品）クラスのものだったと判明、蟒龍緞(ぼうりゅうどん)は没収された。

本来なら死罪となるところを、琉球の貢使ということで、この時も成化帝が温情を示して罪を許し、しかし尚円王を厳しく叱りつける勅諭を下ろしたのであった。

明国皇帝による尚円王の冊封は、成化八年（一四七二）夏におこなわれた。成化帝の詔勅には、

《――乃(なんじ)の父、尚徳王、封を紹(つ)ぎ襲(おそ)ひ、曾て未だ数年ならざるに、遽焉(きょえん)として薨逝(こうせい)す。爾(なんじ)、家(か)嗣子(かし)と為(な)り、云々》

と、尚円がクーデターを押し隠して、「尚徳王の子」として家を嗣いだと見せかけたのを、詔勅は疑いを入れずに認めて冊封している。だが「遽焉（突然）として薨逝」という言葉は意味深長にも読める。

その冊封に対する謝恩使（正使＝「王舅(おうきゅう)」武(ぶ)実(じつ)、副使＝正議大夫程鵬、通事(つうじ)＝蔡璋(さいしょう)）が同年秋、北京に行き、謝恩を済ませて福建から帰国する時、船が外海へ出たところで風に遭って引き返し、馬(ば)頭江(とうこう)に碇泊したが、そこでまた事件が起こる。

琉球船の姓名不詳の番人たちがひそかに上陸し、福州懐安県四郡の住民、陳二官(ちんにかん)夫妻を殺害して家屋を焼き払い、すべての家財、豚・鶏まで略奪した。成化十年六月八日のことである。これは近所の住民証言で明白であり、事件を調べた福建当局は、犯行は通事蔡璋の従者らの仕業(しわざ)と断定した。蔡璋はかの蟒龍緞事件の蔡璟の弟であった。

明国朝廷の礼部は激怒し、

「琉球は毎年入貢しているゆえに、かかる奸弊が生じるのです。これからは二年一貢を命ぜられたい」と奏上、皇帝はこれに従って、次のような勅諭を下ろした。

《――王は蔡璋らの責任を問い質し、殺人・放火・略奪をおこなった番人を追及し、法に順って懲罰せよ。今後、進貢は二年一貢とし、一船はただ百人を許し、多くとも百五十人を超えてはならない。正副使ら乗員の私貨を持参して売買するを許可しない》

と、進貢の制限と、便乗の私貿易を禁止する。進貢貿易は琉球の命綱ともいえるものであった。それへの制限である。

成化帝は尚円王が即位した成化六年、進貢使者程鵬の福建での賄賂事件、その翌年の請封使蔡璟の死罪にも相当する蟒龍緞事件を、琉球の使者として温情を示して、敢えて罪に問わなかったのに、こんどの事件であり、相次ぐ琉球使者の不祥事に、堪忍袋の緒が切れたのであった。しかも、明朝を逆なでしたのは、冊封の謝恩副使に、あろうことか、かの福建での賄賂事件を起こした進貢使者の程鵬を任じて送り出すという、無神経ぶりを見せたのである。

琉球王府はびっくりして独自に馬頭江事件を究明し、琉球人は一人も上陸していない、琉球人ではなく賊による事件であり、懐安県役人は陳二官の隣人某の証言で琉球人が犯人と決め付けているが、一夫のいい加減な言に過ぎないと無実を訴えたが、弁明は聞き入れられなかった。

進貢貿易、南蛮貿易に必要な銅銭が不足したので、旧制に沿って支給を求めたが、これも却下された。

このように、尚円王は在位七年の間に、何と三度も、成化帝のお叱りの「勅諭」を受けたのである。

ついに進貢貿易は「二年一貢」に制限されたまま、頭を抱えて、尚円王はやがて薨じたのであり、いいことよりも悪いこと、悩ましいことの方が多かったのである。――

踏揚が不祥事云々とぼかしていたのは、そのようなことなのであった。

「そういうことがあったのか。金丸＝尚円王は、明国皇帝からは不徳の王とされたわけだ。そうであれば、まさしく天罰というものだな」

「あの、ここにはいつまで？」

　踏揚は、話題を変えた。

「そなたが達者でいたことが分かって、来たかいがあった。もはや思い残すことはない。明日にも引き揚げよう。こんなところを、ウロチョロして、阿摩和利が生きていた、などとバレてしまっては元も子もない。勝連にも顔向けできぬことだ」

「勝連も何とか、立ち直ったようでございます」

「そのようだな。それを知って、私も少しは気持が楽になった」

「あの勝連の岬の塚……、いつか、もう一度、手を合わせに行ってみたいと思っています」

　阿摩和利との間の、日の目も見ることなく流れた子の塚のことであった。

「…………」

　阿摩和利も思い出して、込み上げてくるものを覚えた。闇から闇へと、流れ去ったわが子……そして、踏揚との勝連の日々……。

「でも、按司様が生きておられ、そしてこのように訪ねて来て下さって、真鶴、これ以上の嬉しいことはありません。夢のようでございます」

「ま、夢と思っていてよい。私ももう二度と、この琉球の土を踏むことはあるまいからな。そなたも気を強くもって、生きていきなさい。そのうち、真五郎が思徳を連れてくるだろう。真五郎なら、きっと捜し出すであろう」

「はい……」

「あまり夜深くなっては、誰に見られるか分からない。怪しまれてはいけないので、これで帰るが、よいな、気を強くもって、生きていくのだぞ」

「はい……」

　ひとたびは「夫婦」として睦み合った二人とはいえ、二十年という長い断絶を隔て、それぞれの男と女の道を歩んできて、今はもう超越した境地であり、阿摩和利は「妹」を教え諭す心境であり、踏揚もまた阿摩和利の口振りの中にそれを汲み取って、頼り切れる身内――「兄」のぬくもりを、しみじみと噛みしめながら、頷いたことであった。

うむ、と阿摩和利は頷いて、頬被りをし、座を立った。

「では……」

と、踏揚を見下ろす目には、しかし、さすがに光るものがあり、踏揚も、

「按司様……」

と、すがるように、涙の目で見上げた。――

6

夏の陽射しの中、中城の海に沿って、緑の勝連半島は、まどろむように横たわっていた。

半島の付け根、こんもり盛り上がった丘の上――そこは半島を東西に走る段丘の西の縁になっていたが、その上に、かつては勝連グスクが聳え立っていた。今は黒い点になって、建物らしいのもなく、廃城になっているのだ。

二十年……あの激しかった攻防も、今はもう夢のようだ。

麓に村のかたまりも見える。あれは勝連の主邑、南風原大親が治めていた南風原村であろう。一、二条、炊煙が上がっている。そろそろ夕餉の支度だろうか。

一見のどかな田園風景だが、見下ろす阿摩和利は、掻き毟られる思いで、それを眺めた。

おびただしい勝連の将兵を、この自分は犠牲にしたのだ。

将兵たちは、一家の頼りの夫や父であり、また老父母には頼りの子なのであった。遺族たちは、さぞや苦しい戦後を生きてきたことであろう。取り返しのつかぬことで、詫びて済むことではないが、

(すまなかった。許してくれ……)

と、阿摩和利は馬を下りて草場に膝を突き、クバ笠を外し、頬被りも取って火傷の痕が醜く残る頬もさらして瞑目し、手を合わせて、許しを乞うた。

那覇で、勝連のその後の様子はそれとなく調べたが、首里から代官も派遣されていて、人々は貧

しいながらも、けなげに暮らしを立てている様子で、勝連の名を馳せた漁撈も盛んになっているという。

「立ち直っている」

と、踏揚も言っていた。

しかし、その様子を見に入り込んでいくのは、さすがに気が咎めた。今さら、何のかんばせあって、勝連の土を踏むことが出来よう。

あのいくさは、勝連の意地だと、義憤を燃やして抵抗したのであったが、首里の狙いは結局はこの阿摩和利であったろうし、やはり潔く降伏すれば、あまたの将兵を犠牲に晒すこともなかったのだ。

一介の放浪者をあたたかく迎え入れ、按司の座に立ててくれた勝連の大恩を、自分は仇で返してしまったのだ。

ひっそりと音もなく、一見平和な半島の、緑に覆われた佇まいを眺め渡す胸内が、じわっと、溢れてくる。

踏揚は、いつか岬の塚に手を合わせに行きたい、と言っていた。その塚には、陽の目も見ずに闇から闇へと流れ去った、自分と踏揚の子がいる。まだ五体も形をなさず骨さえ作られていなかったから、とうに土に溶け込んでしまったであろうが、その土は今も闇の中だ。

阿摩和利の頬を熱いものが流れた。

（さらばじゃ……）

阿摩和利は手を合わせ、それから半島を見回して、

（許せ……）

と、もう一度詫びて、立ち上がった。

第二章　運天港

1

青屏風のように切り立った緑の断崖に抱かれ、湾口に丸盆を伏せたようななだらかな古宇利島を置いて、内海は穏やかにまどろんでいる。三つ四つ、渚に舫ったクリ舟がゆったり揺れていた。

今帰仁運天港——。

朝鮮王朝議政府のトップ領議政（正一品、首相）の申叔舟が、朝鮮王成宗の命により、一四七一年（成化七年、李朝成宗二年、尚円王二年）に編纂した『海東諸国紀』中の「琉球国之図」には、この運天港のことは、《雲見泊　要津》と記されている。

この図は、尚金福王の四年（一四五三）、委託されて琉球使者として朝鮮に赴いた博多の商僧道安が、朝鮮朝廷に琉球国書とともに呈したもので、「琉球最古の地図」とされているが、何やらタツノオトシゴかカメレオンのような形の略図だ。「日本諸国図」とともに道安（とそのスタッフ）が描いたものであろう。

地名やグスク（城）名は方音に当てたのであろうが、ずいぶんな当て方もある。越来は方音グイクであるが、その越来城は何やらおどろおどろしい「五欲城」である。当時は尚泰久が「越来王子」としてこのグスクにいたわけだが、その尚泰久も、さしづめ「五欲王子」ということになろうか。

城はグスク（グシク）で、地図は「具足」と当てているが、玉城城・中城城と城名でダブルと、ダブリの「城」は日本語で「じょう」と読ませようというのか、「玉具足城」「中具足城」、大城城は「越法（おほう?）具足城」、池グスクは「池具足城」。中城と大城の中間に「鬼具足城」というのもあるが、どのグスクのことなのか。「今帰仁城」は当てるのに苦労したと見えて「伊麻奇時利城」である。名護城は「那五城」、久米村は「九面里」、那覇港は「那波皆渡」（皆渡はミナト＝港）。古宇利島は「郡島」である。

運天も方音のウンティンをウンチンと聞きなして「雲見」と当てたのであろうか。『おもろ御さうし』には「うむてん」とあり、すなわち「うんてん」であって、「運天」と当てられる。

　その昔、大和は源平の頃、伊豆大島に流された源為朝が脱出し「運を天にまかせ」て辿り着いたのがここで、それで「運天」と呼ばれるようになったとの伝説があるが、為朝を出すまでもなく、航海は風波とのたたかいであり、つねに「運を天にまかせ」たものであったことだ。しかし『諸国紀』にも特に「要津」と書き込まれているように「運天」は古来、内外に知られた港であった。

　今も――。

　切り立つ緑の断崖のふもとに、帆柱を立てた白い船が碇泊している。那覇の港に来るのと同じ大和船だ。

　そういえば、勝連が阿摩和利のもとで栄えていた頃、あんな船がしばしば勝連にもやって来たな、と思い当たる。すなわち「倭寇」であり、勝連はその倭寇との取引で、尚泰久王が「万国津梁の鐘」に刻んだような「異産至宝」（海外の宝物）が溢れ、威勢は首里をしのぐほどだった。その勝連を抑え込むために、首里は阿摩和利を討伐したのだが、あの討伐では、自分も陰で動き回ったな……と、腕を組んで、遠く碇泊している大和船をぼんやり眺めながら、そんなことを思い出していると、

「久し振りだな、御茶当真五郎――」

　不意に、背後から声を掛けられた。

　いきなり背中から斬り付けられたようで、

「何？」

と真五郎は瞬間、身を躍らせて振り返った。

　砂浜に、クバ笠を被り、海老茶の頰被りをした大柄な男が、腕を組んで立っていた。小袖小袴、脛巾に黒足袋、大小二刀差した旅姿の大和者が、沖縄のクバ笠を被っている、と見えたが、流れるような島言葉（ウチナー口）である。

（ウチナーンチュ？　誰だ？）

　詮索するように、真五郎は鋭い視線を投げた。

　十数歩離れ、おまけにクバ笠を被った上に頰被りしているので、誰だか分からなかった。砂浜に立った姿はシャキッとして、青年のようである。

（武芸者？）

と、思わせる隙のない鋭さが感じ取れた。
大小差している——と書いたが、琉球における、いわゆる〝刀狩り〟——武器携帯禁止はこの数十年後のことで、この頃はまだ、琉球でも百姓以外の身分持ち、すなわち〝士族〟は、刀を差していたのである。それも大和の武士同様に、大小二刀も——。

『李朝実録』に、尚徳王二年に琉球に漂着した朝鮮人肖得誠の琉球見聞録があるが、それには、

《その俗、常に大小二刀を佩び、飲食起居にも身より離さず。刀は本国（朝鮮）の環刀に同じ》

とある。環刀はほぼ日本刀と同じく反りのある刀である。後年、東漸して来たポルトガル人も、レケア（ゴーレス＝琉球人）は「常にトルコ式の偃月刀に似て、それより稍々細身の長剣と、短刀を帯びている」と二刀をたばさんでいたことを書いている。

——クバ笠・頬被りの男はニヤリとしながら、しかし鋭く真五郎を睨んでいた。その数歩後ろに、従者らしい、これも同じ旅姿に、こちらは一本差しの総髪の若い男が、布包みをぶら下げた短い棒を担いでいる。

ビリッ！

——と、殺気を覚えた。

2

頬被りの男は、ゆったりと歩み寄って来た。従者が影のように付いて来る。

真五郎も大小差していたが、懐手のままであった。実は懐剣をしのばせていて、懐手はその短剣の柄に当てていた。このような隠し刀は探索方の備えであった。相手が組んだ手を解いて刀の柄に手をかければ、瞬時に短剣を抜き放つ、飛燕の構えだった。

しかし頬被りの男は、腕組みしたまま無雑作に歩み寄って来る。

（豪胆な……）

真五郎は、懐の中で懐剣を一、二寸、すっと抜き出した。

男はそれを見透かしているように、ニヤリと笑って、数歩先で立ち止まった。

殺気は消えていた。いや、さっき一瞬感じた殺気は、相手が顔を隠すようにクバ笠に頬被りしていたことへの、こちらの過剰反応だったのかも知れない。

それでも、真五郎は油断なく、男を睨んでいた。

（…………？）

男の片頬に、見覚えがあるように思った。

男は相変わらずニヤニヤして、

「まだ分からんか。ま、こっちも年を食ってしまったが、御茶当真五郎の眼力も、少々衰えたかな。俺だよ」

言いながら、男はクバ笠を取り、頬被りを外した。

頬被りでかくしていた片頬を、半白の髪がなお垂れ隠している。髪は総髪を後ろで束ね、風になびかせている。その髪は遠目にも、白髪まじりで、初老の顔立ちだが、特徴はもう紛れもなかった。

真五郎は、アッ、と心の中で叫んだ。

「あ、阿摩和利……」

男はニヤリと笑ったまま、

「いかにも、その阿摩和利よ。驚いたか」

「…………！」

「幽霊じゃないよ、ほら、足もある」

男――阿摩和利は、トントンと、黒足袋の足で砂浜を踏んだ。

「ま、まさか……」

真五郎はなお、幽霊でも見ているように、呆然としていた。碇泊している大和船を眺めて、奇しくも勝連のことを思い出していたのは、虫の知らせであったか。

「死んだと思っていたろう。勝連グスクでな。ところが、こうして、ちゃんと生きているのさ」

「ど、どうして……」

発した驚きは、玉城の踏揚と同じである。いや、誰だって、そう発するほかないだろう。

「いや、ひどい目に遭ったが、炎の中を抜けたのさ。だが、こんな無様になってしまった」

阿摩和利は、これも踏揚への自嘲と同様に、投げやりに言って、片頬を隠していた垂れ髪をかき上げた。

真五郎は、アッと、息を呑んだ。

その片頬は、耳にかけて醜くひきつっていた。

阿摩和利はさらに着物の襟をはだけた。ひきつりは首筋から胸へと広がっていた。酷い火傷の痕であった。

真五郎は正視に堪えず、目を逸らした。

阿摩和利は襟元を戻して、

「おぬしも知っている通り、勝連には誼を通じた倭寇があってな。たまたま、その倭寇船がやって来ていて、救われて、大和へ行ったってわけだ。俺も今では、その倭寇よ。海賊に成り下がっているというわけだ」

そういうことか……と、真五郎は、今はもう驚きから覚めて、

「あの大和船は、おぬしの……」

と、入り江奥の白い船へ顎をしゃくった。

「そう。倭寇船だよ」

阿摩和利は、あっさりと言ってのけた。

「琉球には――いや、おぬしの島でもござるか、しばしば来られるのか」

その名も高かった元按司であるから、つい敬語になる。

「二十年ぶりさ。倭寇は大和で忙しくてな」

「こたびは、何のために?」

「おぬしを殺すためだ」

阿摩和利は、ニヤッと笑って、平然と嘯いた。

「何と!」

思わず、真五郎は一歩引いた。

「ははは、冗談だ。もっとも、そのつもりもあったが、もうその必要もなくなった」

「…………」

「倭寇仕事も一段落したのでな。金丸、いや尚円王か。いろいろ謀られた、そのお礼でもしようかと思って来たんだがな。ついでにおぬしにも会うつもりでな」

「尚円王様は、おととし薨じられた」

「事情はすっかり分かったよ。ちと来るのが遅かった、残念だった。恨みのもって行き場所がなくなってしまったというわけだ。おぬしは残って

いるがな」

「…………」

「まさか、こんなところでバッタリ行き会おうとはな。これは天の引き合わせかな」

　阿摩和利はまた、ニヤリと笑う。四、五歩後ろに、目の鋭い若者が、これも総髪を風になびかせて、上目遣い（うわめづかい）に睨んでいる。担いでいる短い棒は、恐らく鑓（やり）か刀を仕込んであるのだろう。

　さっきビリッと感じた殺気は、阿摩和利ではなく、この若者が発したものかも知れない。そのひきしまった身体（からだ）は、バネのように鍛えられているだろう。荒海を乗り越え、海賊働きをしているのだ。

　阿摩和利は、片頬に穏やかな笑みを浮かべたままである。

「おぬしにも、随分と虚仮（こけ）にされたからな。ま、ただでさえ術者のおぬしには勝てぬだろうが、こう老いてしまってはなおのことな。しかし、せっかく来たのだ、阿摩和利の男の意地を見せようかと思ってな。金丸の分までな」

「…………」

　阿摩和利は何の構えもなく、微笑んでいるが、後ろの若者が、一瞬の隙を見て、ハヤブサのように飛び上がるかも知れぬ。真五郎は懐剣の柄を握りしめたままであった。

「しかし、――」

　と、阿摩和利は身体を回して、向かいの古宇利島へ目を投げた。

「さっきも言ったように、もう止めた。おぬしも金丸の命令でやっていたこと。肝心（かんじん）の金丸めがあの世へ行ってしまえば、おぬしへの恨みも宙に浮いたようなもの」

「…………」

「金丸がいなくなって、おぬしも身体が空いただろう。世は変わった。那覇では、尚円王の子という尚真王の行列を見た。まだ子供だ。オキヤカとかいうその母が引き連れた、晴れがましい行列であったな。わが子の天下へのお披露目といったところだろう。聞けば、そのオキヤカが権勢をふるっているそうだな。牝鶏（ひんけい）、政（せい）を乱す――か。尚円王の子がまだ幼いので、その成長するまではと尚円の弟尚宣威が即位したが、オキヤカが企んで、追放したと言うな。そうなのか」

「いや、手前はそのへんのところは……」

「それは言えぬな。メンドリ讒謗になろうからな。もしや、おぬしも煙たがられて、追放されたのではないか？　そなたは金丸の懐刀だったし、当然彼の弟尚宣威に付いていていたはずだからな」

「…………」

「金丸が越来グスクの鬼大城を討伐した時、王軍の総大将は尚宣威だったが、当然おぬしも、その先兵として走り回ったろうし、尚宣威は王位に就いて、やはりおぬしを頼りにしたろう。つまり尚宣威派として、オキヤカはおぬしも追放した、と俺は見たが」

「手前は別に……。ただ、おぬしが申すように、身体が空いたことは確かだが……」

「それよ。新しい王権下では、おぬしはもう必要がなくなった。今や琉球には、阿摩和利や護佐丸や鬼大城もいない。おぬしの出番もないわけだ」

「…………」

「でも、ちょうどよかったではないか、身体が空いて――」

と、阿摩和利は真五郎へ向き直った。

「…………？」

「鬼大城と踏揚の子の思徳金を、捜しているそうではないか」

「ど、どうしてそれを……」

「玉城へ行った。踏揚に会ってきたよ」

「うみないびの前に……」

「そう。船をここに繋いで、近くの村で馬を借りて行って来たのさ。越来グスクのいくさ、鬼大城の最期のことは、琉球から帰って来た博多船から聞いていた。てっきり、踏揚も鬼大城とともに殺されたと思っていたんだ。金丸が乗っ取った前王統のうみないび（王女）だから、金丸は生かしてはおかなかったろうとな。生きているという噂を聞いて、驚いて玉城へ行ってみたわけだ」

「そうでしたか」

「踏揚も、幽霊でも見たように、びっくりしていたな。おぬしでさえそうだから。お互い死んだと思っていた俺と踏揚が二十年ぶりに再会したなんて、ま、これは幽霊話のようなものだ」

「まさしく……」

「おぬしももう知っていることだろうが、私の父は護佐丸公で、私と踏揚は、血の繋がった叔父と姪。知らずに夫婦になったが、世の中というものは、奇しきものだ。何せ、狭い沖縄島だから、縁はぐるぐる繋がっているものだ。おぬしと俺も、辿り辿れば、どこかで繋がっているかも知れぬぞ」

「………」

「ははは、これも冗談だがな。しかし——」

阿摩和利は、改まって、真五郎を見た。

「踏揚は、思徳金との再会を心待ちにして、生きている。ま、踏揚のことだから、気強く生き抜いていくだろう。隣には兄の多武喜、世が世であれば世継ぎの王子だが、その兄もいることだ。長男金橋王子は亡くなったそうだが、そうなると多武喜王子は金丸が滅ぼした前王統のれっきとした継承者で、金丸には敵ということになる。どういうことで、安堵されたんだろう」

3

「それについては、ちょっとお聞きしたことがあります。尚円王様からじかに」

真五郎は、ちょっと姿勢を正して、語り出した。

「尚泰久王が薨じられ、次の王は当然世子の金橋王子様という段取りだったのですが、尚泰久王妃、つまり護佐丸公のお娘ごでもあられるオナジャラ（王妃）——そう、おぬしには異母姉ということになるでしょうが、そのオナジャラが亡くなって、ご側室が継妃に上がり、それによってご側室のお子の八幡王子を世子にと、尚泰久王におねだりし、尚泰久王様はこれを容れて世子を交代し、かくして八幡王子が即位して尚徳王となられた。そのことでは金丸様も八幡王子を立て、金橋王子、多武喜王子を説得して玉城へ下ろしたのです」

「金丸が側室と組んで、八幡王子の即位に加担したと、な。いや、画策というべきだろうな、それは。そういうのは、策士金丸の得意技だ」

「八幡王子は武勇にすぐれ、金橋、多武喜王子様方が異議を唱えれば、あの御城まで焼き尽くした志魯・布里の乱の二の舞いになりかねぬと悟って、金橋王子は自ら身を引いた。金丸様はこのことを気の毒に思われ、自ら八幡王子を立てた責任も感じ、陰ながら玉城へ下ろした金橋、多武喜様を援助され、暮らしを立てさせて、信を得ていた。で、何の懸念もないと安堵されたのです」

玉城（間切）は玉城按司の所領であるが、尚円王は玉城按司にも、富里村に安堵した金橋、多武喜、百十踏揚は首里の監視下に置かれているので、一切干渉しないよう、申し付けたという。

玉城按司としても、前王統の直系に関われば、どのような咎めを受けるか分からないので、村の管理は村役人にまかせ、訪れることもないのだと。

「そういうことか。あの天に唾するが如き策士金丸にも、人へ情けをかける心もあったということか」

「金丸様は尚泰久王には心から仕え、そのお取立てで大きく出世された。その大恩に報いるというお気持も強かったのです」

「それはどうだかな」

阿摩和利はせせら笑った。「王位を簒奪する野心を秘めて、面従腹背していたのではないか」

「世間では、そのように尚円王様の金丸時代を、腹黒い策士だったように陰口を言う向きもあります。それは確かに、中城護佐丸公を讒言して討たせ、また勝連按司のおぬしにも、さまざまな策を巡らし、私もそのために裏道を駆け回りました。その限りでは、策士に違いありません。しかし、それは自らの野心のためではなく、ひとえに、尚泰久王様の御代のご安泰のためでした」

「ふん。策士の走狗となって走り回ったおぬしとしては、そう言い繕うほかないだろうな」

「いえ、そういうつもりはありません。今さらこんなことを言えば、また怒られるでしょうが、金丸様は真実、尚泰久王様の御代を案じられていたのです。尚巴志王以後、即位された王様がそれぞれご短命で、落ち着かなく、外の有力な按司たちが連合などして動けば、首里王権は吹き飛びそうな危うい中で、とうとう王位をめぐる志魯王子、布里王子の御城まで焼き尽くす醜い争いとなり、断末魔の様相を呈しました。そこを、越来王子尚泰久様がご即位されて、首里王権は辛うじてその命脈をつないだのです。けれども志魯・布里の乱で首里王権はもはや国人の信を失い、王権基盤はぐらついていて、ちょっとつつけば倒れるところでした。そんな時に、背後には、按司の中の按司、琉球第一の武将と国人から敬われていた古豪、中城護佐丸公がおり、さらにその向こうにはおぬしの勝連――そのどちらかが動けば、首里はひとたまりもなかったでしょう」

「…………」

「それでも護佐丸公は尚泰久王様のお妃の父上、御舅に当たり、すぐにどうということはなかったのでしょうが、金丸様がもっとも恐れたのは、勝連のおぬしでした。一介の放浪者――いや、失礼、これは金丸様のお言葉ですが、それが、大和倭寇と取り結んで、首里を凌ぐほどの威勢を轟かす勝連の按司になった、その才覚を恐れ、これも金丸様のお言葉で申せば、まさしく梟雄――。で、それを抑えるために、百十踏揚様を降嫁なさったのですが、安心はできません」

「俺に、天下への野心なんかなかったのにな。金丸めも、無駄な取り越し苦労をしていたことだな」

「私は金丸様に言い付けられて、護佐丸公とおぬしを密かに見張っていたのですが、思いもかけぬことが分かったのです」

「俺と護佐丸公が、実は父子だったということかな」

真五郎は頷いた。

「護佐丸公の腹心、瀬名波大親がしきりに北谷屋良按司領で調べ物をしていて、ま、先代の屋良按司は護佐丸公の従弟だから、その誼で屋良へ出入りしているのかと思ったが、瀬名波大親が調べていたのを辿っていくと……」

「ま、座って聞こうか」

阿摩和利は砂浜に、どっかと胡坐をかいた。

真五郎も、肩を並べて座った。

眼前には、お盆を伏せたような古宇利島が、昼寝でもしているように横たわっている。運天港を外浪から護るサザエの蓋である。

「瀬名波大親が調べていたのは、おぬしの出自、特におぬしの生みの親のこと、そしてその親が、何か高価な反物を持っていなかったかとか、村人に聞いて回っていたと」

「護佐丸公が、屋良グスクを訪れた時、屋良按司が松という村娘を、夜伽に差し出した。護佐丸公はその村娘を慰さみ、その礼とか何とかで瀬名波大親に反物を持たせた、その反物のことだ。そして、その村娘松は、男の子を生み、加那と名付けた……。そう、それが俺だ」

「………」

「母は俺の幼い頃に亡くなり、俺は親戚に預けられたが、その親戚も水飲み百姓の子沢山。口減らしに俺は幼くして山に捨てられた。母が持っていた反物は、その親戚が売り払ったのだろう」

阿摩和利は、古宇利島の空に浮かぶ白雲を目で追った。若き頃の放浪生活が、思い浮かんで、胸が切なくなる……。

「瀬名波大親が、俺の出自を調べ始めたのは、踏揚が勝連に来て、そのお祝いにと護佐丸公の名代で勝連グスクへ来た時、俺が護佐丸公の若い頃に、瓜二つだったこと、そして俺が、屋良村の出と分かって、護佐丸公が屋良グスクを訪れた時のことを思い出して、もしや……と疑いを持ったことからだそうだ」

真五郎は頷き、

「金丸様はひどく驚かれて、護佐丸公と阿摩和利按司、連合するぞ、連合すれば首里の最大の危機ぞと、中城、勝連討伐を急がれ、画策を巡らしたのです。すべては、尚泰久王の首里を守るためです。金丸様ご自身の野心など、何もなく、ただ大恩ある尚泰久王様の御代のご安泰のためで、これは偽りありません」

「英明で知られたあの尚泰久王が、易々と騙されたわけか」

「尚泰久王様は、そのころ病がちになられて、国政のことはほとんどすべて、金丸様に委ねておられましたから……」

「護佐丸公と俺が父子だなどと、俺もまだ知らなかったのにな」

「金丸様は、そんなことは知らず、おぬしと護佐丸公、裏ではもはや手を結び、何食わぬ顔で、機会を窺っていると思われた。それで、急がれたのです」

「自分で勝手に幻を描いて、その幻に脅えたというわけか」

「中城と勝連のおぬしを討ったは、尚泰久王様の御代のご安泰のためであったことだけは、確かです。金丸様にご自身の野心などありませんでした。これも確かです」

「ふん。そのために、護佐丸公とわが勝連が生贄になったわけだ。金丸がわが仇敵であったことに変わりはない」

阿摩和利は、憮然たる面持で、古宇利島を睨んでいる。

真五郎も頷いた。こちらは、砂を噛むような、やり切れぬ思いであった。

4

真五郎は気持を入れ替えるように、語り継いでいった。

「そのようにして、尚泰久王様を守ろうとしたわけですが、尚泰久王様の病は恢復せず、間もなく亡くなられた。風前の灯の首里の王権を立て直そうとした尚泰久王様が薨ずると、首里王権はまたぐらつくのは必至。護佐丸公、そして勝連は討伐したが、中頭、さらに南山には有力な按司たちが健在です。首里王権の基盤が崩れないことを天下に示さねばならない。そんな時に、尚泰久王様のお後継ぎを巡って、ご側室が自分の子の八幡王子を押し出してきたのです。でも世子は金橋王子様で、八幡王子様は側室の子にして三男です。高官たちは当然のように金橋王子様を樹てようとしたのですが、金丸様から見れば金橋王子様は覇気がなく、温厚です。ぐらついている王権は保てないのではないかと考え、ここは首里王権の威厳を天下に示す時であり、そのためには、文武に秀で活力に富む八幡王子様こそ相応しいと、金橋王子と弟の多武喜王子、そして高官たちには、首里王権の浮動なるを天下に示すためにと、意を尽して説得し、八幡王子様をご即位させたのです」

「八幡王子が文武に優れ、尚泰久王も頼もしく見られていたことは、俺も聞いていた。何でも自分は武の神八幡太郎の生まれ変わりなどと言って、八幡王子を名乗ったとか。琉球には相応しくない大和の武の神だ」

「はい、凛然たるものでした。金丸様も八幡王子を即位させて、これで首里の威厳は高まると期待したのです。八幡王子は王位に就いて尚徳王を名乗り、国人の期待も集まりましたが、しだいに倨傲つのり、高官第一位の金丸様をも、疎んじるようになります」

「………」

「そして、自らの武威を示すために、喜界島遠征を企てたのです。海上遠く離れて、首里への貢納が絶えがちなことを理由に、謀反の心ありと、大げさにとらえ、兵二千、兵船五十隻、これを王自ら率いるというのです」

　喜界島からの琉球への貢納というのは、馬である。「ききゃ（喜界）馬」といって、農耕馬・荷駄馬として馬力があり、明朝への朝貢に重要であったが、喜界島は琉球服属への抵抗も絡んで、これを送らなくなった。

　単に馬だけなら、沖縄島内産でも間に合わせることは出来ようが、朝貢の断絶はすなわち謀反であり、その喜界島を許せば、奄美諸島への影響力を強めつつあった琉球として、他の島々への示しがつかぬとして、尚徳王は「看過出来ぬ」と、王軍を動かしたのである。

　とくに、自らを武の神八幡加那志になぞらえ、王の神号も「八幡之按司」と称していた尚徳王にとって、その武威を傷つけられたとして〝私憤〟さえ燃やして、その武威を改めて示すべく、自ら遠征に立ったのであった。

「遠征は多大な出費であり、それも遠く離れた喜界島を討ち据えたとて、何程のこともなく、まったく無駄な遠征であり、将兵を犠牲に供するだけです。しかも、王自ら、遭難の恐れも多い海を渡り、これまた生死を賭けたいくさの只中へ御身を投じることの無謀を訴えて、金丸様は強く諫止したのですが、何を小賢しいことを、俺には武の神八幡加那志が付いていると、押し切って出陣したのです。そして喜界島を討ち据えて凱旋しました。凱旋後はいよいよ驕傲つのり、金丸様をはじめとする高官たちの諫言をも、今や恐れるものなしと、ことごとく退け、金丸様も遂に蟄居を命ぜられたのです」

「ふむ……」

「誰のお蔭で王になったか、そのこともうち忘れ、自らは王たるべく生まれてきたのだと、これは金丸様への捨て台詞でした。金丸様は首を振り振り、自領の西原内間に引き籠りました。私も一緒に付いて行きましたが、金丸様は、この王では、かの喜界島遠征のように、国人に難儀が降りかかると、しきりに嘆いておられました。しかし、それでも、王位を乗っ取ろうという野心などなく、そのまま身を引くおつもりだったのです。伊是名島に帰ろうかな、ともおっしゃられていたのです。ところが――」

「尚徳王はやがて、不審な最期を遂げる……」

「そうです」

「金丸の謀殺ではないのか」

「いえ。金丸様は内間から動きませんでした。むしろ、それを知って驚愕されたのです」

「どういうことだろう?」

「〝影〟たちが動いたのです」

「影とは?」

「金丸様は、私を探索方として、色々なことを調べさせていました。とくに、中城、勝連のことで。しかし、探索方は私一人ではなかったのです。私は常に一人で動きましたが、ほかに、組を組んで動く者たちを置き、各地の按司たちの動きを調べさせていたのです。その〝影〟たちを、金丸様が内間へ蟄居なされていた時に、金丸様の名を使って動かした者がいたのです」

「誰だ?」

「那覇安里の、安里大親です」

「何で、安里大親が?」

「安里大親は、尚徳王に深い恨みを抱いていたのです。喜界島遠征から凱旋した時、群衆が泊港に出迎えたのですが、その時、泊村の住人呉なにがしなる久米村流れの者の妻が、清水を汲んできて、王に捧げました。長い航海で、船中の水も濁っているだろうと、気を利かせたのです。その水のおいしかったこと、そしてその清水で手足を洗ってもらって気持も一層晴れ晴れとなり、王は感激して、呉夫妻に宴を賜り、呉を取り立てて泊・安里方面を支配する泊地頭にした上で、その妻を泊の神職大阿母潮花司に任じ、さらに浦添に田畑まで賜ったのです」

「ふむ。その話は私も聞いたな」

「ところが、それまで、泊から安里までを支配下に置いていたのが、安里大親です。安里は霊能者で、古くは時之大屋子と呼ばれる、神事の日取りを決めたり人の吉凶を占ったり、オタカベ（御崇べ）ミセセル（神託）を扱う預言者すなわちトキ・ユタ（巫覡）だったのですが、安里・泊方面の支配役でもあったのです。その支配権を尚徳王の鶴の一声で、呉に奪われたのです」

「安里大親は、金丸とは誼だったのか」

「はい。金丸様は当時、明国や南蛮諸国との交易品を収納する那覇港内の御物城御鎖側という長官でしたから、御物城への往き帰りに、よく安里大親のところで寛ぎました。その安里が金丸様をつくづく見て、占いまするに金丸御鎖こそ、王の風格を備えておられる、顔にその福相が表れております、とか何とかおだてられたと、金丸様は苦笑されていました。そんな仲でしたので、安里大親は金丸様を訪ねて、よく首里御城に登って来ていました。尚徳王への含むものを胸内に秘めて——。そして金丸様が尚徳王の怒りに触れて、西原へ隠遁なされたと聞き、尚徳王を廃して、金丸様を王位に就けようと、画策を始めたわけです」

「それで、金丸の〝影〟たちを、金丸の名で動かしたと？」

「その通りです」

「金丸と昵懇であれば、西原内間を訪ね、色々と密議をこらしていたのではないかな」

「確かに二、三度は、お慰めに訪ねて来られました。しかし、金丸様は何も指示めいたことは申されませんでしたし、そのことを安里大親が持ち出せば、強く止められることは、安里大親も知っていましたでしょう。金丸様のお人柄はよく知っていたでしょうから。安里大親は独断で、尚徳王を〝影〟たちに密かに始末させ、そして国人の名をもって、金丸様を無理に引っ張り出したのです」

5

真五郎は、安里大親が首里御城（うぐしく）に登り、衆官を集めて、金丸様こそ、民を思い遣る御主（うしゅう）ぞ、内間（うちま）御鎖（うざす）こそ、我らが御主ぞと、大音声（だいおんじょう）で叫び、尚徳王の秕政（ひせい）をあげつらい、金丸様を讃える大演説、すなわち〝世謡い（ゆうてー）〟をなしたことを語り、

「呪術者であり預言者ですから、弁舌は巧みで、声も御城（うぐしく）中に響き渡る大音声です。衆官は煽られ、オーサーレ、オーサーレ！　と呼応し、御内原（うーちばる）の王妃や幼い世子らは恐れをなして、側近の官員らとともに逃げたのですが、安里大親が追い殺せと叫び、衆官は煽られて追い詰め、尚徳王ご一族は皆殺しになり、御側近も殺されたり囚われたりしたのです」

「おぞましい限りよな」

「それから、安里大親は、衆官に内間御鎖をお迎えしてこい、我らが御主（うしゅう）を、と王衣を捧げ持たせて西原内間へ迎えに行かせました。人々が御轎（おきょう）を捧げてやって来るのを見て、私は金丸様のもとへ飛んで行き、かくかくしかじか、王衣を乗せて御轎が来ることを告げますと、とんでもない奴らだ、俺は王なぞにはならぬぞ、真五郎、逃げようと海岸へ駆け出しましたが、たちまち群衆に取り巻かれ、無理矢理、王衣を着せられて御轎に乗せられ、首里へ連れて行かれたのです」

「いやはや……」

「首里御城では安里大親が、例の大音声で、内間御鎖こそ我御主（わーうしゅう）！　と繰り返し叫び、衆官がこれに和して、金丸様はもはや逃れようもなく、なるようになれとばかりに、憮然と、王衣を被って御轎に座っておられました。否やを言わせない雰囲気でした。金丸様のご即位はこんな成り

行きで、無理矢理だったのです。金丸様が王位を簒奪したわけではないが、結果的にはそういうことになりましょう。しかし、王を殺すという無謀が罷り通るような、人心の乱れを放置できないという気持で、お覚悟を決められたのです。それも、自分を擁しての無法であってみれば、責任がないとは言えなかったからです。自分がまとめねば、たちまち各地の有力な按司たちが、この機を逃さずに起ち、いくさが巻き起こるは必定(ひつじょう)、これを食い止めるためには、ただちに首里の盤石なることを天下に示すほかないと、すみやかに王位に就かれたのです」

「なるほど。――しかし、鬼大城を越来グスクに攻めたは、どういうことかな?」

「金丸様はひとたび王衣に袖を通されたからにはと、お覚悟を決められ、鬼大城はわが刎頸(ふんけい)の友、事情を説明して、首里に協力するよう使者を送ったのですが、鬼大城は激怒し、金丸の王位簒奪許すまじと、軍を起こす構えを見せたので、首里の衆官は協議の上、急遽、越来グスク攻略の軍が編成され、尚宣威様を総大将に、討伐に向かったのです。その時、金丸様、いやもはや尚円王でしたが、手前(てまえ)に密命を授けました。百十踏揚様は大恩ある尚泰久王様のうみないび、そしてきっぱりしたご気性(きしょう)ゆえ、追い詰められれば恐らく自害なさるであろうが、死なせてはならぬ、あの世へ行った時に、尚泰久王様に叱られる、きっと保護せよと。保護した後のことは、そちにまかせる、と」

「そういうことか。しかし、金丸は王位に就いたものの、明国皇帝から再三お叱りの勅諭を下ろされたと、踏揚から聞いたが」

「まだ、王権が固まらぬ中で、あれは唐営(とうえい)久米村の明国への使者たちが勝手なことをしたのです。お叱りの勅諭を下ろされても、尚円王様は、別にお慌てになりませんでしたよ。仕様(しよう)のない連中だと、苦虫を噛み潰しておられましたが」

「よく分かった。――今の話、踏揚にもした方がいいな。金丸については、踏揚にも誤解があるだろう。私がそうだったのだからな。しかし、尚泰久王への金丸の忠誠の誠を聞けば、少しは慰めになろう」

「越来野でお助けした時、大まかなことは申し上げておきました。ご納得されたかどうかは分かりませんが、頷かれて、玉城へ行くことを受けられましたから……」

「なるほど」

　阿摩和利は踏揚が、尚円王が明国皇帝から再三お叱りの勅諭を下ろされたことを言いながら、それを深くは語らず、むしろすぐに話題を切り換えたことを思い出した。許す許さないは別にして、踏揚は知っていたのだ。

　阿摩和利は頷いて、真五郎を見返した。その目には、もう敵意はなかった。

「何はともあれ、踏揚を助けて、玉城へ送り届けたおぬしのはからいには、私からも、改めて礼を言わずばなるまいな。踏揚はわが姪なのだから」

「いや、助けたといっても、あれは私が負けたかも知れません。うみないびの前の毅然たるご決意には、打たれるものがあって、感服しましたので……」

「ふむ……」

「しかし、お約束した思徳金様の探索はなかなかはかどりません」

「それがどうなっているのか、踏揚は心待ちにしているし、一度くらい報告に行ってみてはどうだろう」

「思徳金様の探索の成果があるなら、ご報告にもうかがいましょう。いろいろ人を走らせもしましたが、未だに何の手がかりもなく、探索も手詰まりの体たらく。とても玉城へは行けません。成果がないのに、ちょくちょく玉城へ行けば、何やら下心がありそうで、うみないびの前ならすぐに見抜いて蔑まれましょう」

「惚れたな」

「は？　あ……、め、滅相もない」

　真五郎は顔を赤くして、慌てて手を顔の前で振って打ち消した。

　阿摩和利は、慌てる真五郎をニヤリと見て、

「ま、いいではないか。陰ながらでもいいから、踏揚を支えていってほしいものだ。踏揚は少しのことではくじけぬ強い心を持っているが、今は思

徳金を待つことで、心を支えているように見受けられた。何とか捜し出して、玉城へ連れて行って貰いたい」

「そのつもりながら、さっきも申した通り、未だ何の手掛かりもつかめぬありさまで。もっともそれがしが探索に力を入れるようになったのは、ついこの二、三年のこと。尚円王様がご病気になられ、私もヒマを出されたような感じで引き込んでいました。尚円王様からは御遺言のような形で私にも弟尚宣威様の力になるよう仰せられたのですが、その尚宣威王様はさきほどのお話のようなことになられ、私はすっかりご用済みです。それで余生をかけるつもりで、踏揚様とのお約束を果そうと、気持を切り替えましたが、田場大親とその配下の安慶田殿は思徳金様を守って、天に上ったか地に潜ったか……」

「そうであったか」

「山原にも気配がない。といって、離島だとすぐに見つけられてしまうから、やはりこの沖縄島のどこかの山深く、と思っているのですが、この真五郎も年を食ってしまって、おぬしが見抜かれたように少々衰えてきたようで……」

真五郎も、もう五十近いであろう。髪にはやはり白い物が混じっている。

「ここにいるのは、山原探索でか」

「そうなんですが、山原は思いのほか深くて、持て余しています」

「しかし、おぬしが人まで使って探索をかけているのに、気配もないということは……」

阿摩和利は、背後の今帰仁の重なり合う山々を眺め渡してから、ふと思い当たることがあった。

「もしかすると、もうこの沖縄にはいなくて、奄美大島か、大和へ行ったのかも知れないな」

「私もそのように思ったりしています。奄美なら何とか探索のしようもあるが、大和となると、もう手に負えません」

「実は今度こっちへ来る時、奄美大島の入り江で、風待ちで何日か過ごしたが、奄美は結構山また山で、ことに裏奄美といわれる北側にかけては地形も険しく、集落も絶えて、いかにも未踏の山地。あの山の中へ紛れたら、容易には捜し出せぬであろう。どうだ、この山原探索が手詰まりなら、一度、奄美に探索をかけて見ては」

「裏奄美……。なるほど、行って見ましょうかな」

「もし行くのだったら、そしてこのまま出かけられるなら、俺の船で、奄美までは連れて行ってもいいが。俺ももう大和へ帰らねばならぬから」

「それは願ってもないこと。ぜひお願い致す」

真五郎は頭を下げ、そしてやおら、砂浜にガクッと膝を落とし、手を付いて、阿摩和利を見上げた。

「勝連での、それがしの振る舞い、改めてお詫び致す。鬼大城殿がうみないびの前を勝連から脱出させる時、中城ワニヤマの潮渡りで屋慶名大親らの追手を阻んだのは、確かにそれがしの一隊でござった」

「屋慶名大親から聞いたよ」

「それから鉄壁の勝連グスク、いくさが膠着して鬼大城殿が攻めあぐねているのを見て、城壁の周りを調べ、抜け穴を見つけて攀じ登り、一の曲輪（くるわ）に火を点けたのも、それがしでござる」

「だろうと思っていたよ」

「それによっていくさの形勢が変わりました。――私はやはり勝連の仇、阿摩和利按司の仇でござる。それにも拘わらず……」

「もう済んだことだ。おぬしとて、金丸の命（めい）でやったこと。それにいくさだ。もう、そのことは問わぬ。それより、そう、思徳金を捜し出して、踏揚が許へ連れて行くことで、そのことを償ってもらいたいものだ。さぁ仇殿よ、行こうではないか、奄美へ」

阿摩和利はさばさばした表情で、朗らかに言った。もう何のわだかまりも感じられなかった。

真五郎は、阿摩和利の拘らぬ人物の大きさを見た思いだった。

（ああ、こんな人を……）

真五郎は、命令のままに自制なく走り回っていた己の未熟を、今さらながら恥じる思いだった。

6

余談に入るが――。

時は室町、足利幕府第九代将軍足利義尚の時代である。

義尚は寛正六年（成化元年、一四六五）生まれで、奇しくも尚真王と同年であり、琉球に漂着した朝鮮済州島の金非衣ら三人が「出遊」する尚真王とその生母オキヤカの行列を見た成化十四年（成宗九年、一四七八）は、尚真王も足利義尚も共に十三歳の少年王と少年将軍であった。

ただ義尚の将軍襲位は、尚真の即位の五年前、八歳の時である。しかし、その将軍襲位と尚真王の即位の事情はよく似ていた。そっくりと言ってよい。幼将軍と少年王、その襲位と即位には、ともにその生母が画策を巡らしてこれを実現し、それぞれの生母は片や幕政、片や国政に関与し、いわゆる簾政を敷き、ともに女権をふるったのである。

義尚の父は第八代将軍義政。妻の日野富子との間に長く子がなかった。それで弟義視を養子にして家督を相続させたが、やがて富子に子（義尚）が生まれたため、義視を疎んじ、富子がわが子義尚に将軍を継がせようと画策し、これが京の都を焼き尽くし、十年にも及ぶ戦乱となる「応仁＝文明の乱」の原因となった。琉球の大和との通交も、これによって中断された。

足利義政は政治にはまったく関心がなく、文明五年（一四七三）十二月、妻富子の進言に従って、わずか八歳の義尚に将軍職を譲り隠居した。幼将軍は生母富子が後見し、富子は幕政に関与して、女権をふるったのである。（義政は後に京都東山に山荘を造って隠棲、東山殿と呼ばれた。後に同所に慈照寺＝銀閣を建立、茶の湯、絵画、華道など芸術文化を愛好し、日本近世文化の基礎ともなる「東山文化」を生む。）

尚真王、足利義尚がともに十三歳の秋、琉球にいた漂着朝鮮人、金非衣ら三人は、琉球に商販（交易）で来た九州博多の新伊四郎の船で、朝鮮に帰るべく琉球を去った。

宮古島から送られて来て、船便がないために、琉球（那覇）には約三か月も滞在した。この間、王府は王母オキヤカが権勢をふるっていたが、そういう政治的な事情には関係なく、王府はこの朝鮮人らを手厚く保護した。

琉球は古くから、朝鮮とは交流があり、朝鮮王からは数々の恩も受けていたことはすでに見たところである。こんごも、ともに明朝の冊封国として一層、友誼を深めねばならないから、朝鮮人の扱いは丁寧だったのである。

金非衣ら朝鮮人のもとへ通事（通訳）がやってきたので、朝鮮人らは倭国（日本）経由での帰国を願い出た。通事がこのことを国王に伝えた。すると国王は、

《日本の人は性悪なり。保つ可からず。你を江南に遣わさんと欲す》

という（もとより尚真王は幼冲であったから、これは王じきじきの言葉ではなく、王府からの言葉である）。

それでも、朝鮮人らは、日本はわが本国に近く、江南（福建）は遠いので、日本へ往くことを願った。

そんな時に、博多の新伊四郎の船が商販にやって来たのである。そして、新伊四郎は朝鮮人らの帰国の思いを聞いて、国王に、

《我が国、朝鮮と通好す。願わくは此の人を率い保護して還帰せしめん》

と、願い出た。「我が国」というのは北九州博多のことである。国王（王府）は条件をつけてこれを許し、

《途に在りて備に撫恤を加え領回せよ》

すなわち丁寧に保護して帰国せしめよと言って、帰国朝鮮人にさまざまな物を支給したことである。

銭一万五千文、南蛮貿易で仕入れた胡椒一百五十斤、そして明国との進貢貿易品でもある琉球産の青染布・唐綿布各三匹のほかに、三か月分の糧米（糙米＝玄米）五百六十斤、塩、醤、莞席（藺草の蓆）、漆木器、食案（食器）……。

金非衣は宮古島にいた時から頭痛に悩まされてきた。琉球（那覇）に至って、頭痛は強まった。国王（王府）はこれを知って、南蛮国の薬酒（シャム香花酒）を賜った。博多の新伊四郎らも艾で灸治療を試みたりして介護した。

このようにして、八月一日、朝鮮人らを便乗させた新伊四郎の博多船は、那覇港を出たのである。新伊四郎の船は、乗組員二百十九人という大船であった。

　行くこと四昼夜、薩摩に至って登岸する。その間、波涛は荒く、新伊四郎は頭痛の癒えぬ金非衣が、発作的に船を飛び下りるかも知れぬとみて、大小便の時もつねに従者を付けた。琉球国王に、航海中は彼らを厚く保護せよ、と命ぜられてもいたのである。今後とも琉球との商販を継続するためには、琉球王府の懸念には応えなければならないのであった。

　薩州に上陸して、金の病はようやく癒えた。

　この後、船は九月には打家西浦（熊本の高津瀬か）を経て、覇家台（博多）に至ったが、その博多は、いくさで慌ただしかった。

　大内殿と小二殿が相戦い、大内殿の出陣と凱旋で、博多は湧いていたのだった。

　大内殿というのは、百済聖明王の子孫を称し、足利氏に属して周防に本拠を置き、南北朝・戦国時代に中国地方に勢力を誇った豪族である。大内義弘（一三五六〜一三九九）の時代に、周防・長門・安芸・石見・豊前・筑前六ヶ国の守護を兼ねた。応永の乱（一三九九）で時の守護義弘が戦死し、一時衰えたが再興し、日明貿易で富強を誇った。

　新伊四郎の船が、琉球から漂着朝鮮人を便乗させて、博多に入った当時の守護＝国主は、大内政弘であった。

　「小二殿」はすなわち少弐氏のこと。もとは北九州の豪族で、鎌倉時代の初め、九州に下向、筑前、豊前、肥前、対馬の守護を兼ねた。代々太宰少弐（次官）の官途を世襲したので少弐氏と呼ばれた。南北朝時代は北朝側となったが南朝に敗れ、その後九州探題渋川氏に圧迫され、さらに後には九州に進出してきた周防の守護大名大内氏により勢力を失った。北九州と対馬を転々し、大内氏に追われて対馬宗氏を頼った少弐政資は、対馬守護宗貞国の援護で筑前に入り、大内軍を破って大宰府に入り旧領を回復した。

　しかし、対馬宗氏が離反、大内政弘が攻めて筑前を制圧、少弐政資を大宰府で破り、少弐政資は肥前へ敗走した。これが九月二十五日のことで、朝鮮人らを載せた新伊四郎の船は、まさに、その大内氏の筑前出兵時に、博多に着いたのであった。

博多は大内政弘の少弐政資追討軍の出陣で沸き立っていた。『李朝実録』には、琉球から送還された漂流朝鮮人金非衣らの証言で、次のようにある。

《――大内殿の送る所の主将、再び俺等及び四郎を邀え、酒飯を饋る。居る所の瓦屋、甚だ壮麗なり。庭下に侍立する者三十余人、皆佩刀す。門外に軍士の屯廬する者、其の数を知らず。俺等、主将の小二殿を往攻せんと兵を擁して出ずるを見る。軍士の槍・剣・小旗を持つ者、三、四万人なり。》

固唾を呑むうちに、

《凡そ四日、戦勝して還る。六級（首）を斬り、首を竿に梟す。或いは人、其の歯を柱して以て其の人の貴賤を験する有り。蓋し爵有る者は歯を染むるの故なり。》

もう一つの記録には、

《大内殿の軍士、諸家に散在す。一日、江上に人首四を懸くるを見る。又一日、首二を梟す。之を問うに則ち曰く「彼の梟首せらるる者は乃ち小二殿の人なり」と。》

新伊四郎は、この兵乱で少弐殿の敗残兵が島々に潜み、襲ってくることを懸念し、約半年、博多にとどまり、変乱の平定を待って、翌年二月、博多を発し壱岐、対馬を経て、五月、船は朝鮮に至り、無事、金非衣らを帰国せしめて、琉球との約束を果した。

琉球から来て、博多に上陸し、折しも、大内政弘軍が大宰府に出兵する様を見ていた者が、もう一組あった。阿摩和利の一行十数人であった。阿摩和利らは、大内氏の陣屋に入っていた。

大内政弘は周防、安芸等の中国地方及び博多を含む北九州豊前、筑前の守護でもあり、瀬戸内海の海商＝倭寇はその庇護下にあって、阿摩和利組もむろんそうであった。それで阿摩和利は瀬戸内海を自在に駆け、北九州方面にまで商販をおこない、朝鮮、明国沿岸までそれを広げていたのである。

阿摩和利は若き国主大内政弘にも会ったことがあり、その臣下たちとの交流もあって、博多の大内の陣屋を訪れたのも、そういう間柄だったからである。阿摩和利が百十踏揚に語っていた博多との交流というのは、このようなことであった。

大内の武将の一人は、港に入ってきた新伊四郎の大船を眺めて、

「あれは琉球から朝鮮人を乗せて来たのだ。琉球国使として、朝鮮人らを送還し、朝鮮との商販もやるのだ。琉球では会わなかったのか」

と、阿摩和利に訊いた。阿摩和利とはかねて誼の大内殿の武将は、阿摩和利が琉球からの帰りであると聞いていたからである。

阿摩和利が元は琉球人であることは、大内政弘も知っていた。博多船は琉球の国使役を兼ねて朝鮮と交易しており、新伊四郎もそれであった。むろん、阿摩和利と新伊四郎も交流があった。

「朝鮮人三人は琉球でも見ましたが、新伊四郎殿の船は私が琉球を出た後に、入って来たのでしょう。私は薩摩、熊本、長崎と、それぞれにしばらく滞在したりして、のんびりやって来ましたので、今になりました。後で彼の船も訪ねてみましょう。琉球の新たな事情を聞くこともできましょう。しかし、見れば見るほど、でかい船でござるな」

「あれは大内の宝船でもござるよ」

武将も大きく頷いた。

この後、阿摩和利は華やかな鎧兜(よろいかぶと)に身を包み、白馬に跨った若き武将、大内政弘に率いられた大内軍の出陣を見守った。槍々(やりやり)を陽にきらめかせ、甲冑(かっちゅう)に身を包んだ将兵三、四万の大軍の出陣は息を呑むほどに圧巻であり、阿摩和利もつい、いくさ世の血を湧き立たせたことである。

博多の人々は歓呼の声を挙げて、それを見送っていた。

四日後、大内政弘は凱旋した。阿摩和利はさっそく陣屋へ出向いて、政弘に面会し、戦勝を祝したことである。——

〔補遺〕

尚徳王の謎の死、金丸＝尚円王の即位は、歴史

的には金丸による「クーデター」とされているが、王府史記はこのクーデターを、尚徳王の暴虐に求め、クーデターを正当化している。もとより、これらの史記は尚円王が開いた第二尚王統からのものであれば、そういうことにせざるを得ないであろう。

《王、暴虐日に甚だしく、金丸屡々諌むれど聴かず。(喜界島より凱旋後は)驕傲いよいよ盛んにして残害益々甚しく、諌むる者は之れを罪し、諂ふ者は之れを悦びて、国政日に壊る。臣士隠遁する者、計り知れず》

こうして、金丸は成化四年(一四六八)戊子八月九日、致仕して領地の内間に隠棲した。

その間に、首里城ではクーデターが起こり、「鶴髪雪の如き老人」安里大親が、例の〝大演説〟をぶっていたのであった。

《国家はすなわち万姓の国家にして、一人の国家に非ず。先王尚徳の所為を看るに、暴虐無道にして祖宗の功徳を念はず、臣民の艱苦を顧みず、朝綱を廃し典法を壊す。妄りに良民を殺し、擅に賢臣を誅して国人胥怨む。天変累加し、自ら滅亡を招く。此れ天の万民を救ふ所なり――》

と、尚徳王の滅亡を自ら招いたものだとした上で、金丸を持ち上げていく。

《幸に今、御鎖側官金丸は寛仁大度、更に兼ぬるに温徳四境に布き、民の父母たるに足る。此れ亦天の我が君を生ずる所なり。宜しく此の時に乗じて世子を廃し、金丸を立て、以て天人の望みに順ふべし。何ぞ不可なること之れ有らんや》

というようなもので、満朝の臣士は「オーサーレ!」と和し、その呼応はあたかも雷鳴の如きで、これが有名な、

《物食ゆすど我御主、内間御鎖ど我御主》

という〝世謡い〟であった――と、伝えられる。

『球陽』は、

《尚徳王、その人となりや聡明勇猛にして、才力人に過ぎ、立ちち給ひてより、君の徳をば脩め給はず、朝暮漁獵に心荒み、暴虐無道のみ事として、民を傷害する事、桀紂にも過ぎたり》

と、悪しざまに罵っていく。桀は夏の王、紂は

殷の最後の王で、ともに酒色に耽り暴虐極まりなかった。桀紂はすなわち暴虐王の代名詞である。

もとより、これらは「金丸のクーデター」＝第二尚王統樹立を正当化するための讒謗でもあろうが、「妄りに良民を殺し」とかというのは、例えば喜界島討伐などはそれに当たるだろう。

しかし、『球陽』に先立つ、尚象賢羽地朝秀による王府史記『中山世鑑』は、これを日常的な暴虐に帰して、こう書く。

《無罪者ヲ殺ス事、一年ガ間ニ五十人ニゾ及ビケル。……智ハ諫ヲ拒グニ足リ言ハ非ヲ飾ルニ足ル。依テ吾知力ヲ恃ミ、自ラ人ヲ害スル事、数知レズ。或ハ科無クニ親ヲ殺サレテ哭シ、或ハ科無クニ子ヲ討レテ、泣悲シム者、国中ニ充満タリ》

抽象的であるが、武威を誇ったことなどはその通りで、それゆえに文官の金丸とは反りが合わなかったのも確かであろう。

御茶当真五郎は側近にいて、金丸が王位に就くことを拒んだと述べているが、『球陽』にも、群臣が鳳輦（御轎）・龍衣を捧げて内間へ来た時、金丸は大いに驚いて、

《臣を以て君を奪ふは忠なるか、下を以て上に叛くは義なるか、爾等宜しく首里に帰りて、貴族賢徳の人を択びて君と為すべし》

と言って、はらはらと涙を流し、固辞して海岸に逃げたが群臣が追って来て迫るので、

《已むを得ず、天を仰ぎて大いに嘆じ、竟に野服を脱ぎて龍衣を着し、首里に至りて大位を践む》

と『球陽』は記す。

このように、王府史記の印象は、第二尚王統の側から、クーデターを正当化するために尚徳王に対しては、これでもかと、悪罵の限りが投げつけていくのである。

しかし、尚徳王が言われる通りの「暴虐無道」だったかは別にして、一方では、父尚泰久王の「万国津梁」の精神を受け継ぎ、朝鮮や日本との通好を熱心に進めて、琉球の名を高めたし、また南蛮交易での実績など、もっと評価されてよいだろう。マラッカ、スマトラとの通商を開いたのも、尚徳王であった。

第三章　裏奄美

1

「爺、きょうはウサギを獲ってきた。焼いて食うぞ、精がつくぞ」

若者は、黒い塊をぶら下げて帰って来た。ケモノ（イノシシ）の皮で作った半纏、股引の山男の姿で、これはもうイノシシそのものだ。

気怠そうに縄を綯っていた老人は、目を細めて見上げた。伸び放題の髪も髭も真っ白で、痩せ細り、まるで深山仙境の仙人のようである。

「ほう、黒ウサギ……」

「手掴みで捕まえた」

「手掴みで……」

驚いて、エモノを見ると、なるほど後ろ足二本を捕まえられて、黒ウサギは逆さまにもがいている。

それにしても、この若者の敏捷さには、いつも舌を巻いてしまう。イノシシ、山鳥、ヘビ（ハブ）、ウサギ、そして谷川に下りれば、川魚、ウナギ、ヤマガニ、手作りのクリ舟で海へ出て行けば大きな魚もモリで仕留めてくる……といったぐあいに、エモノを獲る術にも、天性のものがあった。

「木の陰に隠れ、木になって立っていると、ヒョコヒョコとこいつが出てきて、足元をクンクン嗅ぎ出した。オレはイノシシの匂いでもするんだろうな、こんな物を着てるからな」

と、半纏・股引を開いて、クンクン嗅ぎ、「こんな風に、このウサギもヒョコヒョコ出てきて、俺の脚をクンクン嗅ぐんだ。それでヒョイと掴んだんだ」

木に化していたとは、気配を消していたということだろうが、すぐに物に同化してしまう、不思議な才能を持っていた。

イノシシも警戒せずに近づいてきて、難なく生け捕られたり、少し離れていても、ヤリで仕留めてしまうのだ、一発で――。

獣のように樹林を駆け抜け、険しい地形を上り下りの山暮らしで、大柄な体格はがっしり引き締まり、肩幅も出てきて、しだいに風貌が似てきた。

そう、鬼大城に、だ。

若い目元は涼しく、鼻筋も優しい……これは百十踏揚様ゆずりだな、とつい見惚れてしまう。

若者は、鬼大城と百十踏揚の忘れ形見、思徳金（うみとくがね）であった。前に見たように「思（うみ）」と「金（かね）」は敬称で、「金」はとくに貴族階級の尾称（びしょう）、百十踏揚は王女なのでその子だから、この尾称がつくのである。普通には思徳と呼ぶ。

季節で年を測ってきたが、あれからざっと八年、少年はもう十五歳になっていた。

老人は、元は越来グスクの臣、田場大親（うふうや）で、目の前に突き出されてもがいている黒ウサギをしげしげと眺めていたが、

「どうも、今は腹も空いとらんし、何だかもがいているのが哀れに見えて、食う気が起きん。こいつはしばらく、檻（おり）にでも入れておけ」

「そうかァ……」

思徳はちょっとガッカリしたように肩を落としたが、言われた通り、小屋の脇の木の枝を組み合わせて作った檻を開け、黒ウサギを放り込んだ。

檻はイノシシを生け捕ってきたら、しばらくそれに入れておいた。今は空っぽであった。

黒ウサギはパッと躍り上がって、檻の片隅に丸く縮こまった。思徳はしばらくしゃがみ込んで眺めていたが、

「ほんとだ。小さい黒目が脅えて、キョロキョロしているな。ちぢこまった身体が震えているよ。人間なら、助けて、助けてと言ってるところかな。爺が言うように、オレにも哀れに見えてきた」

田場は黒ウサギを観察して、独り言のように呟いている少年を振り返って、苦笑いしていた。

心根も優しいのだ。これも百十踏揚様ゆずりだな、と頷く。

「ま、きょうはイノシシの残りも、川魚もあるから、ウサギは後にしよう」

思徳は立ち上がって、檻を離れ、田場大親の側に、ドッカと胡坐（あぐら）をかき、田場が綯っているアダン気根（きこん）の縄を、手に取って見た。立ち居振る舞いはやはり鬼大城であった。

「ずいぶんな量になったね」

思徳は、木の枝を組み合わせた小屋の壁を見渡した。

　壁にはいくつかの種類の縄がぐるぐる巻かれ掛けられている。アダン（阿檀）のタコ足、サンニン（月桃）の幹、そして棕櫚（しゅろ）やマーニ（クロツグ）の茶褐色の毛苞（もうほう）を綯った棕櫚縄などである。

　縄は山暮らしの必需品だ。帯にも、小屋の木々を組み立て結わえるにも、茅を葺くにも、山菜やヤマイモを容れるモッコや籠も編み、エモノをぶら下げる紐にもなり、草鞋はその細縄を張って乾燥させたアダンやサンニンの葉で編む。

　老化して足腰の弱っている田場は、最近はほとんど山歩きはしないで、縄ばかり綯っている。思徳の武芸の訓練は、もっぱら安慶田が付きっきりになっている。安慶田は越来グスクでは知られた武芸者で、忍びの術の心得もあった。田場大親とともに思徳を擁して、王軍に攻められる越来グスクを逃れたのだった。

「それにしても、安慶田の帰りが遅いね。もう沖縄へ行って、半年ほどにもなるんじゃないか」

と、思徳はアダン縄を手にしたまま、空を見上げた。

　森深く、谷川沿いにある山小屋。鬱蒼と折り重なる樹木が切れて覗いている空は狭い。その空へ、ひょろ長く伸びたヘゴが数本、シダ状の葉を広げている。

「ま、船の都合もあるだろうし、……しかし、もうそろそろ戻って来ても、よさそうだが」

「どうなっているのかな、沖縄は……」

「そうじゃな……」

　田場も縄を綯う手を休めて、ヘゴのシダ葉が広がる狭い空を見上げた。

　幼少時から、田場と安慶田に仕込まれて、思徳はめきめきと腕を上げていた。

　さすがに鬼大城の子、天性のものがあって、槍、刀、弓、投げ縄、そして忍び技……と、田場と安慶田をうならせるほどの技を身につけた。今や、十分に敵とも渡り合えるだろう。

　敵は――。

いうまでもなく、金丸＝尚円王と、その弟の尚宣威である。

金丸は尚徳王を殺して王位を簒奪、尚円王を名乗った。そして前王統の尚泰久王の王女百十踏揚を妻にし、同王統への忠誠厚い越来グスクの鬼大城を、尚宣威を総大将とする「王軍」で攻め、討伐した。

幼い思徳金を擁してグスクを逃れた百十踏揚は、女の身での逃避行は無理として、思徳金のみ田場大親と安慶田に託して落ち延びさせた。その百十踏揚も、恐らく追討されたであろう。

金丸＝尚円王とその弟尚宣威は、思徳には両親を殺した不倶戴天の仇である。

その仇討ちのために、こうして山中に潜んで、訓練を重ねて来たのである。

といっても、相手は仮にも王、そして王弟である。首里城深くにおり、そして首里城の警護は幾重にも巡らされていることだ。

たった三人――それも田場はもはや年老いて、戦いなど無理であるから、思徳と安慶田のたった二人での仇討ちである。それも相手は鉄壁の天下城に守られた王と王弟である。むろん、正面から戦いを挑むことは出来ない。

やるとすれば、忍び込んでの、暗殺以外にない。

そのために、武芸の修練のみでなく、密林を縫っての〝忍び〟の術の工夫も凝らしてきた。

獣のように密林を駆け抜けていくすばしこさ、そして密林の木々にも同化する思徳の術は、天性的なものがあって、もう安慶田も及ばぬ進歩ぶりであった。

簒奪した王権を振りかざして攻め寄せて来た「王軍」を、越来グスクの鬼大城は憤然と迎え撃った。〝策士金丸〟への、烈々たる男の意地を燃やして――。鬼大城の男の意地は、しかし踏みにじられた。

だが、踏みにじられたままではない。それは今、こうして思徳に引き継がれたのだ。

まさに、一矢（いっし）報いんずば、冥界の鬼大城に再会した時、顔向けが出来ぬと、田場は固く心に決して、鬼大城の遺児思徳金を守って、この山中での歳月を重ねてきたのであった。鬼大城から「思徳を頼む」と託されたのだ。残念ながら百十踏揚は守りきれなかったが、それだけにまた金丸＝尚円王への怒りは、湧き立つ。

思徳も母の王統を簒奪し、そして父母を殺した金丸＝尚円王へ、若い怒りの血を燃やして、修練に励んできた。しかも、その尚円王は、なお鬼大城と百十踏揚の遺児思徳の行方を、殺すために捜し続けているに違いないのだ。殺らなければ殺られるのだ。

思徳金は武術に優れているといっても、まだ十五歳の少年である。

しかし、田場は老いてしまった。目の黒いうちに……と思えば、そろそろ仕掛けなければ、間に合わない。思徳金の足らないところは安慶田が補っていけばよい。

田場は、安慶田を漁師に化けさせて、琉球船が風待ちや避難で寄港するという奄美南部の海峡にある古仁屋へ行かせ、琉球の様子を探らせたりもしていた。琉球は尚円王の治世下に安定しているというのだが、最近の状況がよく分からない。

そこで、いよいよ乗り込む前にと、安慶田を直接、沖縄偵察に遣ったのである。

思徳は、腕が鳴ると言わんばかりに、若い血を滾らせて、安慶田の帰りを待っている。

その安慶田が、ようやく戻って来た。

しかし、その報告は、田場と思徳を打ちのめすものであった。

沖縄では――。

もう世が替わっていたのである。

金丸＝尚円王はすでに一昨年亡くなり、その弟の尚宣威が跡を継いだが、これも半年で退位し、尚円の子の真加戸樽金が十三歳ながら即位し、尚真王を名乗っているというのだ。

退位した尚宣威は実は尚真の母オキヤカに追放されたといい、旧城の越来グスクに蟄居していたが、これも半年ほどして病没した、と。

尚宣威は金丸「王軍」の総大将として越来グスクの鬼大城を攻め滅ぼした後、越来王子となって越来グスクに入ったのだという。文字通り乗っ取ったのである。まさしく、彼も仇であった。その尚宣威も、もはやこの世にはいない——。

「ふん。仇らは、自分で勝手に死におったか……」

田場は吐き出すように毒づいた。

目にもの見せんと、こんな山中に耐え忍んできたのに、起つのが遅かった、しかし、もっと前にといっても、思徳金が十二、三ではどうしようもなかったことだし……。

するりと、抜けられたという不快な思いが、胸にせり上げてくる。

思徳も、張りつめていた気持が、急に箍を外されたように崩れ去った。何のために、毎日朝から夜まで、修練を続けてきたのかと、目標を失って、地団駄踏む思いだった。

2

安慶田は干菓子や果物をはじめとする食べ物など、色々な沖縄土産を持ってきた。酒も——。

こんなうまいものが、沖縄にはあったのかと驚く。

田場は宝水でも嘗めるように、チビチビと酒を味わいながら、

「ま、金丸の子が王位に就いたとなれば、仇の子だから無理に結びつけられないこともないが、そこまではな。まだ十三だというし……」

ボソボソと呟いた。

思徳もゴロリと仰向けになって、目標がスポッと抜けて穴が開いたような狭い空を、虚ろに眺めた。

安慶田も仰向けになっている。こちらは旅疲れだろう。鬱蒼たる道なき密林を滑り落ちたりしながら、越えてきたのだ。

しかし、考えて見れば、自分たちを追う者も、もういないのではないか。まさか、追手まで、少年王に引き継がれたわけではあるまい。

だが、前王統の復活を恐れて、執念深く、前王統につながる者の追及を続けている可能性がまったくないわけではない。何しろ、尚真で尚円王統

は三代目ということになるものの、新王統が開かれて、まだ浅い。後継者を追放したり、わずか十三歳の少年が即位し、その母がようやく支えているような、何だかまだヨチヨチの新王統であり、基盤固めには不安材料をすっかり取り払わねばならないだろうから。

その時、
ガバッ!

と、思徳が跳ね起きた。

「何?」

と、安慶田も起き上がる。

田場も、亀の伸びた首のように皺くちゃで細くなり、喉仏の飛び出した首を伸ばした。

「誰か来る!」

思徳が耳を澄まし、目の前の谷川の傾斜へ目を凝らした。

深い密林が折り重なるこんな谷底へ、誰が来るというのか。

イノシシ?

いや、イノシシは音は立てない。たまにブー……と鼻息は鳴らすが、バキッバキッと小枝の折れる音、がさがさと密林をかき分ける音は、明らかに人が立てるものだ。

樵(きこり)? 炭焼き?

いや、彼らもこんな深い谷底までは来ない。

ガサガサと、かき分ける音が近づいて、ためらいなく、真っ直ぐこっちへやって来る気配がして、それはすぐに、黒い姿を現わした。

思徳がバネのように、その前へ出た。木枝の棒を手にして。

黒い姿は、総髪を後ろで束ねた、半纏・股引という旅姿の男だった。

男は立ち止まり、黙って見上げた。そして、射抜くような視線を、じッと、思徳に当てた。

遠目にも、男の総髪には、白い物が混じっている。初老の男であるが、その引き締まった体躯は殺気でも発しているように鋭く、尋常な者ではない。大小二本差している。

「何者だ?」

安慶田が、誰何(すいか)した。

「鬼大城とうみないび百十踏揚がお子、思徳金様と見申したが」

男が声を張り上げた。ハリのある声、そして意外にも敬称をつけての問いかけだ。

「何だと？　そういうおぬしは誰だ？」

安慶田が身構える形で問うた。

「それがしは、御茶当真五郎……」

男は臆することなく、堂々と名乗った。

「何、御茶当真五郎だと？」

「真五郎とな？」

田場も思徳の側に寄って、亀首を伸ばした。

思徳だけがキョトンと見下ろしている。御茶当真五郎という名は、前に田場か安慶田からチラと聞いたような覚えがあるが、それが何者なのかは知らない。

真五郎は、ためらいなく、スタスタと斜面を登って来た。

「ま、待て、真五郎」

安慶田が、刀の柄に掛けていた手を離して、その手で制した。

真五郎は、思徳らの手前七、八歩のところで立ち止まった。

「金丸の探索方、御茶当真五郎とな」

田場がもう一度、確かめる。

「いかにも」

真五郎は臆することなく、頷いた。

「ふん。その真五郎が何しに参った。我らを追って来たのか。金丸はおととし死んだと言うではないか。死んでも我らを追えと、遺言でも残したのか」

田場が、皮肉を言った。

「さあらず」

真五郎は軽く首を振る。

「では、何のために参ったのだ」

「思徳金様を、お迎えに参った」

「何だと？　やはり追ってきたのではないか」

「いや、これはうみないびの前、百十踏揚様の御許へ、お連れするためである」

「何だと？」

驚くことばかりで、田場も気が急き、さっきから「何だと？」「何だと？」と繰り返している。

「うみないび、うみないびの前の御許へだと？　うみないび、うみないびの前がまさか生きておられると？」

急き込んで、田場は訊く。

「さよう、生きておられる。玉城でつつがなく」

真五郎は、さらりと言ってのける。

「何と……」

田場が絶句し、思わず思徳を見返った。思徳はまだポカンと突っ立っている。

「我らを誑かしているのではあるまいな」

安慶田が穿った。安慶田の調べでは、そこまではいかなかったのだ。

「決して——」

真五郎はかぶりを振った。現われたときに放っていた鋭さは抜けていた。

「よし、事情を聞こう。しかし、その前に、刀を預かろう。悪名馳せた探索方、にわかには信じられぬのでな」

と、安慶田は手を出した。

真五郎はニヤッと笑って、黙って大小を鞘ごと抜き、一本まとめて安慶田の広げた両掌に置いた。

3

真五郎が言うのを聞けば、彼は何と、今帰仁運天で阿摩和利に、バッタリ行き会ったというのだ。

何と何と——阿摩和利まで生きていたというのだ。

燃え上がる勝連グスクの炎の中から脱出し、勝連に交易で来ていた倭寇船に助けられて大和へ渡り、今は自分も倭寇となってその一組を率いているという。彼も金丸＝尚円王を殺しに来たが、金丸はすでに死んでいて、ひと足遅れてしまったと口惜しがったが、しかし、百十踏揚が生きて玉城にいることを聞き、訪ねていったという。

阿摩和利と百十踏揚……ともに、もうこの世の人ではないと思っていた。その二人が、何とそれぞれ生きていて、二十年ぶりに再会を果したと。

——何やら夢物語かお伽噺のようだ。

「さよう、私は越来グスクを攻めた時、鬼大城殿が百十踏揚様とそのお子思徳金様をきっと落ち延びさせると踏んで、網を張り、そして実際に落ち延びていくうみないびの前と越来野で巡り合った。うみないびの前は思徳金様を田場大親と安慶田殿に託して逃がし、自分は追手に落ちるべく越来野に止まっておられたのだ。うみないびの前らしい、毅然としたお覚悟であった。私は心打たれ、お兄上様方のおられる玉城へ行くことをお勧めした。尚円王様から、うみないびの前の処置は任せられていたので。うみないびの前は許されるのなら、逃がした思徳を捜しに行くと仰せられたが、女身ではご無理と諭し、そのかわりこの真五郎がきっと捜し出して、玉城へお連れすると約束した」

真五郎は阿摩和利が生きていたことと、百十踏揚を助けたいきさつをそのように語った。

腕を組んで、何やら思い巡らしていた田場大親が、顔を上げた。

「阿摩和利が生きているとなれば、この思徳金様のお父上、鬼大城様は百十踏揚様を阿摩和利から奪い、その上で勝連を攻め滅ぼした、にっくき敵といえる。その鬼大城様のお子の、この思徳金を、やはり仇の子として狙うのではないか」

と、老顔に懸念を漂わせた。

真五郎は、笑みを浮かべて、かぶりを振った。

「むろん、阿摩和利は鬼大城殿が首里王軍に討たれたことは知っていました。しかし、そのお子の――」

と、思徳へチラリと視線を流してから、田場へ向き直った。

「思徳金様まで、怨みを伸ばすなどは……。阿摩和利は思いのほか、心の広い方でした。何の罪科もない仇の子まで、仇と狙っていくようなめめしい執念など、持ち合わせてはおられませんでしたよ。それどころか――」

真五郎は、阿摩和利と出会ったことを想い出すのか、ヘゴの葉が覆っている狭い空を見上げてから、

「踏揚は玉城でひたすら、思徳金を待ち続けている、早く捜し出して連れて行くようにと、阿摩和利は手前を励ましたことです。山原をいくら捜しても見つからないのなら、あるいは奄美の山深く

に潜んだのかも知れぬと彼が言うので、大和へ帰るその阿摩和利の倭寇船に便乗して、手前はこの奄美へ来たのです」

と、言うのであった。

真五郎は古仁屋の海峡で、阿摩和利の船を降りた。阿摩和利は、

「思徳金、捜し出せるといいがな。もし捜せなかったら、あるいは大和まで逃れて行ったかも知れぬ。おぬしも大和へ来い。俺も一緒に捜して見よう。倭寇仲間は色々と情報を持っている。手掛かりが掴めるかも知れぬ。俺も大和へ帰ったら探って見よう。何か分かったら、那覇へ行く博多船に便りを託して、玉城の踏揚に知らせよう」

そのように言って、大和へ帰って行った。

奄美の海峡で色々調べているうちに、その海峡で、どこか見覚えのあるような男が、人目を避けるように忍んで行くのを見た。それが、鬼大城の動向を探っていた越来グスクで見た顔で、確か兵たちにいくさの訓練をつけていた男だと思い出し、後をつけて、真五郎はこの山奥まで来たのである。

「そうであったか」

田場は胸の閊えをすっかり落とすように、大きく頷き、それから思徳へ向き直り、

「思徳金様。母上は生きておられたぞ。玉城で、そなたを待っておられるというぞ。ああ、こんな嬉しいことがあろうか」

と、天――狭い空を見上げて、天の神に感謝を捧げるように、両手を大きくひろげた。そして、顔を戻すと、思徳と安慶田へ、

「仇が死んでしまって、気が抜けてしまっていたが、こんな嬉しいことをすぐに聞くとは思いも寄らなんだ。さぁ思徳金様、玉城へ参りましょうぞ、お母上の御許（おんもと）へ」

「うん！」

思徳も目を輝かせた。

「このことは、博多船が琉球へ来た時に便りを託して、阿摩和利に知らせよう。阿摩和利も気にしているだろうし、彼に無駄な苦労をさせないために」

真五郎はそう言ってから、改めて思徳をしげし

げと眺め、

「それにしても、まこと、逞しゅうご成長なされた」

　と、二、三度、大きく頷いた。

「武芸も今や、真五郎殿にも負けませぬぞ。何しろ、首里城に侵入して、王と王弟を仇討ちするための修練を積んで来たのでな」

　安慶田は自慢して、

「しかし、修練が無駄になってしまったのは、返すがえすも残念だがな」

　と、呟いた。

「いやいや、武芸の修練が無駄なことはない。武芸は人間としての鍛錬でもある。また、琉球はこれから、どんな波乱が起こるか、先のことは分からぬ。首里王権はまだまだ若い。きっと、大いに役立つことがあろう。これからも修練を怠らぬことだ」

　と、真五郎は言って、

「そうだ、せっかくだから、思徳金様のお手並み、この真五郎にも見せて下さらぬか」

「おお、おお、思徳金様、せっかくだから、立ち会うて見なされ。修練の成果を試すよい機会でござる」

　安慶田も勧めた。

　思徳は「うん！」と頷いて、持っていた棒を振った。

　安慶田が小屋から棒を取り出してきて、真五郎に渡そうとした。が、真五郎は手を上げて、それを押しとどめ、

「真剣でやろうか。棒では気持が緩む。真の力量を見るためには、やはり真剣での立ち会いがよいと思うが」

　真五郎はそう言って、なぜか田場を返り見て、何やら思わせぶりに、かすかに頷いた。

「真剣だと？　お主、やっぱり、腹に含んでおるのではないか。先ほどから、もっともなことをぐだぐだ述べていたが、我らを誑かす言い訳ではなかったのか。やはり、思徳金様を打ち倒すのが、真の狙いではないか」

　安慶田が咬みつくように言った。

「いやいや、あくまで、お互い真剣で立ち会って

こそ、真の力が見抜けると考えたまでだ」

「と、もっともらしいことを言いながら……」

「よい、安慶田。刀を返してやれ」

田場が言った。

安慶田はまだ逡巡の色を浮かべたが、さっき預かった大小を取ってきて、真五郎に返した。真五郎はそれを帯に差し込んだ。

思徳は棒を放り出し、小屋へ入って、一振り携えて出てきた。

「思徳金様……」

「よかろう、安慶田。真剣にて立ち会わせて見よう」

田場が受けた。

「よし！」

思徳は決意を固め、ギラリと、刀を抜いた。

4

思徳が抜き放った刀は、越来グスクを出る時、鬼大城がいくつもの愛用の刀の中から、

「備前景光だ。尚泰久王様よりの御拝領の名刀である」

と田場に託したのであった。景光は正宗十哲の一人という。

「ほう！」

真五郎は、思徳がゆっくりと抜き放ったその刃に、目を瞠った。

刀紋が整然と波打ち、木の葉を空中へ投げてヒラヒラ落ちるそれを、一閃、空中で両断できそうな、繊細冷々たる刃の鈍い輝きは、見る者を吸い込むようであった。

「鬼大城様が尚泰久王様より御拝領の備前景光じゃ」

田場が誇った。真五郎はまた田場を振り返って、頷いた。田場は読み取ったように、軽く頷き返した。

真五郎は思徳へ目を返し、大刀をギラリと抜いた。これは普通の刀に見えた。が、あるいは名のある業物かも知れない。何せ探索方なのだ。

思徳が景光を正眼に構えた。

それを見て、真五郎は静かに片足を引き、八双

に構えた。

「参る！」

思徳も正眼から八双に構え直し、ズイッ……と半歩ほどにじり寄った。少しも怯まなかった。

真五郎は逆に、八双から正眼に構え直す。受けの姿勢である。思徳に踏み込ませて、跳ね上げようというのであろう。悠々たる構え直しである。

思徳は両手での八双の構えを、左片手構えにして右手を離した。

安慶田は固唾を呑んだ。

その瞬間、
キエーイッ！

と、怪鳥の一声のような奇声を発して、思徳が右手を大きく振って、その勢いとともに、ふわりと、飛び上がり、空中で再び両手持ちの構えを取って、真五郎に襲い掛かった。

真五郎はスッと身を躱しながら、振り降ろされる思徳の備前景光を、ガッシと受け止めた。そして、パッと後ろへ飛び、片手で正眼に突き付けた。

思徳は両手で八双に構え直し、半円を描いて、回り込んだ。真五郎はゆっくりと切っ先を上げて行き、それは大上段の構えとなった。

思徳は正眼に直して、鋭く突きを入れた。真五郎が飛び下がり、振りかぶって、思徳の突きを叩き、刃を返して跳ね上げた。そして真五郎も思徳もともに八双に取って、鋭く、二合三合と打ち合って、それぞれパッと飛び退った。

思徳が上段に構え直そうとするのを見て、真五郎は左手にダラリと刀を下げ、右手を思徳へ開いて、ニヤリと笑った。

「相撃ち、ということに致しましょう」

田場が満足げに頷き、安慶田もホッとしたように溜息をついて、肩の力を抜いた。思徳も刀を下げた。

「いや、失礼致した。試しの立ち会いでござった。田場様には、あらかじめ、お含みいただいた」

立ち会いの前に、真五郎が田場を見てかすかに頷き、田場も真五郎に頷きを返したのがそれであった。

真五郎は刀の刃を検めた。備前景光を受け止

めた刀の根方、鍔の手前に、二、三の刃こぼれがあった。それを撫でてから、

「備前景光か。聞きしに勝る名刀……」

と、感じ入ったように頷いた。

思徳も刃こぼれを検めた。やはり、真五郎の刀も業物と見えて、こちらも二、三の軽い刃こぼれがあった。思徳は、真五郎と同じように、それを撫でた。研ぎ直さねばならぬだろう。砥石はあるから、ついでに真五郎の刀も研いであげよう。

「真五郎殿の刀も、名ある業物と見受けたが」

田場が訊ねると、真五郎は「まぁ――」と、謙遜するように、

「備前景光には及びませぬが、これは筑紫ちゃらでござる。しかし、これは尚円王様にいただいた」

何と、それも御拝領の刀である。筑紫ちゃらも古来、名高い。ちゃらは琉球での刀の呼称である。おもろにも出ている。

聞こへ按司襲いや
鳴響む按司襲いや
筑紫ちゃら　佩きよわちへ
てかねまる　差しよわちへ
玉足駄　踏みよわちへ

とあり、原註に「てかねまる　御腰物異名」とあり、御腰物はすなわち刀で、「てかねまる」は「治金丸」と当てられる。

これは尚真王を讃えるおもろで、後に八重山のオヤケ・アカハチを首里・宮古の連合軍で攻め滅ぼし、宮古の首領仲宗根豊見親から尚真王に献上された宝刀「治金丸」であった。

琉球から明国皇帝へ、あるいは南蛮諸国の王への献上品（進貢・交易品）は古くから、日本の刀剣や扇が目玉であり、筑紫ちゃらをはじめとする、名のある日本の刀剣を、琉球は積極的に買い求めていたのである。明国や南蛮諸国王への献上品というだけでなく、琉球の士たちも日本の武士のようにつねに二本差しであったから、自家用にも、こうした大和の名のある刀剣を求め合っていたことである。

宮古の首領、仲宗根豊見親がオヤケ・アカハチ討伐（一五〇〇年）以前から「家宝」として、筑紫ちゃら（治金丸）を持っていたというのは、当時、宮古は正式な「琉球」の藩屏（はんぺい）ではなかったものの、琉球との貿易、あるいは独自の日本貿易で仕入れたものであったろう。宮古、八重山の〝士〟たちも、古くから刀を差していたのである。

ただ、琉球の〝士〟たちが、日本の武士同様に二本差しだったことは諸資料によって明らかであったものの、それらの刀を〝士〟たちはどのようにして入手していたのか、自由調達だったのか、各地の按司（領主）や王府がまとめて入手して臣下たちに頒布（はんぷ）していたのかは分からない。

ともあれ――真五郎と思徳はそれぞれ、刃こぼれを検めあって、鞘に収めると、真五郎は改めて、思徳の技を褒め讃えた。

「それにしても、なるほど、よく修練された。何より、山の中での修練だけに、剣にも邪気がなく、大らかである。大らかだから、よく相手が見える。十五でこれだけの技の使えるのは、他にいないであろう」

と、真五郎は納得して、頼もしげに頷いたことだ。

――奄美を去る時、思徳は檻に飼っていた黒ウサギを、密林に放した。黒ウサギは檻から飛び出し、蹲るように丸まって思徳を見上げていたが、思徳が、

（がんばって、生きていけよ）

と、心で呟いて手を振ると、パッと身を翻して、樹林へ飛び込んでいった。

第四章　再会

1

夢を見ていた。

燃え上がる炎。その炎の中から叫ぶ声。

「母上――ッ！」

必死に手を伸ばす、幼い思徳……真っ赤な炎が逆巻き、思徳の姿を、渦巻く黒い煙とともに呑み込み、重ねて、

「踏揚ーッ！」

自分を呼ぶ声――阿摩和利？　鬼大城？

「待って！　待って！」

手を差し伸べるが……。

「うみないびの前！」

揺さぶられて、踏揚はハッと目覚めた。

賄女（まかない）のウトが心配げに覗き込んでいた。あたりを見回して、夢だったと思い当たり、ホッとして、ウトへ目を返した。

「ああ、ウト……」

「悪い夢をご覧になっていたのでございますね。ひどく魘（うな）されておりましたよ」

と、手巾（てさじ）で踏揚の額の汗を拭いてくれる。魘されて、汗をかいていたのだ。

踏揚は、よくそんな風に、夢に魘されて、ハッと目覚めることが多い。うみないび（王女）として、何不自由なく、平穏に生きてきたのではないのだ。むしろうみないびであるがゆえに、いくさ世の荒波にまき込まれてきたのだ。同じうみないびでも、尚泰久王の長女――第一王女であったことで、百十踏揚は国の運命とともに、自ずとその荒波に翻弄されてきたのであり、他のうみないびたちとは違う波乱に富んだ来（こ）し方だったのを、ウトも人の話などで聞き知っており、それだけに、お痛わしく思いやらずにはいられないのであった。

額の汗を拭いてもらって、

「もう大丈夫です。ありがとう」

と、踏揚はウトの気遣いに礼を言った。

「どうぞ、お水を……」

ウトは水差しから湯呑みに水を注いだ。踏揚は体を起こして、それを受け取り、ひと口飲んで、

ふー……とため息をついた。

「おいしい水ですね」

「裏山の岩から滲み出している水です。けさ汲んで参りました」

「玉城はほんとに水には恵まれていますね。生命も伸びます」

「早く、お元気になって下さい。きょうは、鶏のシンジ汁（煎じ汁）を作りました。お魚も御汁にしました。精がつきます」

「ありがとう」

朝夕、涼しい風が吹いて、季節は秋口に入っていた。その季節の変わり目の風邪をこじらせて、踏揚はこの五、六日、臥っているのだったが、それはただの風邪ではなく、身体が弱って何か別の病も誘発させているのかも知れなかった。コホコホ……と、軽い咳もおさまらなかった。

隣家の兄多武喜が心配して、馬で首里か那覇へ行って、医者を連れてこようと言ったが、踏揚はかぶりを振って、そんな大げさな病ではない、ただの風邪だと言い張っていた。


踏揚は、命にかかわる病ならそれでいい――と、運命に抗ってまで生き抜いていくという、生への執着心を捨てていた。

この二十年、国の乱れを収めるための政略の具として、勝連阿摩和利へ嫁がされ、しかし、その阿摩和利のもとで平穏な暮らしに入ったのも束の間、身重の体で勝連グスクから無理矢理に連れ出され、勝連の落城、そしてこんどは勝連の仇たる鬼大城に嫁がされ、その鬼大城も討たれて、自分は幼い子思徳とともに逃れ、その思徳とも別れ別れになって、これでもかこれでもかと、痛めつけられてきた日々――もう十分に世の無情を受けてきたのだ。

この玉城で、ようやく平穏な日々を得たが、その平穏は、空しさをかみしめるばかりの日々ともいえた。

思いがけなく、阿摩和利が生きていて、そして訪ねて来てくれて、すっかり忘れていた喜びが胸に溢れ、生きていてよかったと思ったものの、阿摩和利が去り、長い夏が過ぎて季節が秋へ移っていく、その季節のうつろい、時の流れを感じると、阿摩和利が生きていたことを知って、もう何も思い残すことがないような気分になってくるのであった。

二十年ぶりに会った阿摩和利も髪に白い物が目立っていた。そして自分の髪にも、チラホラと白い物が混じってきている。……人もうつろっていく。それは抗いようのない、自然の流れなのだ。

ただ、かぼそくつながっている未練の糸は、思徳の行方を案ずるものだけであった。

思徳がどうなっているのか、生きているのか、もうこの世にいないのか、それが確かめられないことが、ただ一つの心残りであったが、仮にどこかで生きているとしても、その思徳自身が、世は替わり、前王統は根絶やしにされたと思い、この自分ももはやいないと諦めてしまっていることだろう。心はもはや亡骸(なきがら)同然に、ここに、こうして生きているけれども、それを知らせるすべもない。

御茶当真五郎が、捜し出して連れてくるとは言ってくれたが、それからもう八年、何の音沙汰もないのだから、諦めざるを得ない。真五郎も、もう捜すのを止(や)めてしまったに違いない。

何も、望みをつなぐものがない。糸はとうに、ぷっつりと切れているのだ。

ああ、これ以上、生きていたとて、何の甲斐があろう……と、思うこのごろであった。

目を閉じると、優しい母の面影が瞼に浮かぶ。微笑んで見下ろしている母——それは天上で、にっこりと手を差し伸べている観音様の姿であった。

(お母様(かあさま)……)

踏揚は心で、甘えるように呼びかけてみる。

……

「踏揚、気分はどうか」

と、兄の多武喜が訪ねて来た。多武喜も髪はもう真っ白で、薄くなっている。

「はい、何だか楽になった気がします」

「そうか」

と、多武喜は頷いて、「薬が手に入った。風邪にいいそうだし、精もつくという。後で飲んだらいい。白湯(さゆ)でな」

　多武喜は敷居ぎわにかしこまっているウトに顎をしゃくって、ウトがにじり寄ると、その薬の包みを渡し、

「それからウト。今夜は親戚の者たちが見舞いに来ると、連絡があった。後はわが家の者たちが面倒を見るから、きょうはもう帰りなさい。よもやまの身内話もあるだろうから」

　と、含めた。

（親戚の者？）

　踏揚に、心当たりはない。もしかして、阿摩和利が戻って来るのか知らん？　という思いがかすめた。

　阿摩和利と、護佐丸公の娘である踏揚の母は、異母姉弟である。多武喜は阿摩和利には従兄ということになる。あるいは、この間、訪ねて来た時に、阿摩和利は多武喜にも会って帰ったかも知れない。ウトを帰すのも、阿摩和利が生きていたことを余所に知られてはまずいと考えたからではないか、と。

　もし、阿摩和利が戻ってきて、もう一度会えるのかと思うと、踏揚はつい心がたかぶってくるのであった。

　叔父と姪だとはいえ、一度は夫婦として睦み合ったのだ。叔父と姪などとはお互いに知らずに。――でも、叔父と姪ということが分かったとはいえ、それはまさに護佐丸の中城を阿摩和利と首里軍が挟み撃ちに討伐したそのさ中、そして勝連落城前の瀬戸際の気持急く中でのことであり、踏揚にはそのこと自体の現実感がなく、阿摩和利はもっとも身近な、温かい存在に感じられるのであった。

　だが――。

　阿摩和利が戻って来たとは思えない。ある意味では「今生」の別れの言葉を交わし合ったことであった。阿摩和利が未練心を沸かせて、気持をひるがえすような人でないことは、踏揚がよく知っている。

　すると、「親戚の者」とは、誰であろう？

　だが、多武喜はそれを明かさなかった。

「お兄様、親戚って誰？」

と、訊いても、

「まあ、それは会っての楽しみに伏せて置こう」

と、勿体（もったい）をつけて謎をかけるのである。

「だが、人に知られるのは、ちと憚（はばか）りがあるので、ウトは帰したのだ。私も家の者を寄越すと言ったが、それも方便でな。私も家に戻るが、思いがけない話だ。楽しみに待っていなさい」

多武喜はさらに謎をかけて、帰って行った。

踏揚は思いつく人も浮かばず、ぼんやり天井を眺めて寝ていたが、落ち着かない気分で、夜の訪れを待った。

2

あれこれ思い巡らしているうちに、いつしか寝てしまっていたようだ。

「うみないびの前……」

という声で、踏揚はハッと目覚めた。

「うみないびの前……」

閉め切った雨戸の外、濡れ縁の方で、もう一度、ひそやかに呼ぶ、しわがれた声――。

踏揚は寝床の上に、身を起こし、髪の乱れを直しながら、

「どうぞ……」

と、答えた。

そして、寝床から身体をずらして、床の上に、居住まいを正して座った。

ゴトゴトと、戸板を開く音がして、濡れ縁の敷居際に、白い物がうずくまっているのが見えた。物――ではなく、人にほかならなかったが、それは夕暮れの薄明かりの中に、白い塊に見えたことだ。

その白い塊が動いて、顔が上がった。白（はく）髪、白髭（し）の中の顔である。着物も白っぽい物なので、全体が白い塊に見えたのである。

その白髪、白髭の中の顔が、しばらくじッと踏揚を見詰めた。踏揚は燧石（ひうちいし）を擦（す）って、行燈（あんどん）の蝋燭（ろうそく）に火を入れた。その明かりが、白髪の老人の顔を照らし出したが、何だか山の仙人が降りて来て坐っているようで、踏揚には、まったく思い当たるところがなかった。

その白い仙人が、手を付いて、

「うみないびの前、お久し振りでござる」

と言うのである。しわがれた声にも、聞き覚えがない。

「はい……？」

と、踏揚が首を傾げて、確かめるように見詰めると、

「田場、でござるよ」

「田場……、まあ、田場大親ですか」

意外に思って誰何すると、

「はい、その田場でござるよ」

白髪、白髭の中の顔が笑った。

踏揚は驚いて、

「田場……、田場大親！」

思わず、にじり寄り、田場も手を付いて膝を部屋の中へ進め、

「お、お久し振りでございます、八年ぶり……」

と、踏揚を、涙を浮かべた老いの目で見上げた。

その皺よった老顔をくしゃくしゃにしながら、

「う、思徳金様を、お連れしました」

と、後ろへ手を差し出した。

「思徳を！　思徳が来たのですか！」

踏揚は声を上ずらせ、戸口へ目を投げた。

田場は身を横に引いて、後ろを振り返り、

「思徳金様――」

と、呼んだ。

戸口に、塞ぐように、大きな人影が立った。若い青年であった。

若者は踏揚に目を注いだ後、静かに膝を沈め、敷居に手をついて、

「思徳に、ござります」

と、挨拶した。涼やかな若い声であった。

平伏するように深く頭を下げた後、若者は顔を上げた。

踏揚は、ポカンと、若者を眺めていた。

「思徳金様でござる」

と、田場が若者から踏揚へ目を移して、促すように見詰めたが、踏揚はとっさに、どうしたらいいのか戸惑ってしまった。

「………」

思徳金——と言われても、込み上げてくる実感がない。

　越来野で別れた時、思徳は七歳になったばかりであった。心に思い続けた思徳の姿は、利発そうな黒い瞳のくりくりした、あどけない少年のままの姿である。

　今、目の前に現われたのは、思い描いていた思徳とは、まるでかけ離れた、大人に見紛う大柄の若者であった。越来野で、藪蚊に刺されてむずかり、そして疲れ果てて萎れきっていた、あの幼い思徳が……この若者と？

「思徳金様、中へ——」

　田場が手を差し伸べて、思徳を部屋の中へ進めた。思徳は膝でにじり寄った。

　じッと、踏揚に目を据えたままであった。

　その澄み切った涼やかな瞳を、踏揚もじッと見返していたが、かすかに面影がよみがえってくるのを覚えた。

「思徳……」

　踏揚は自分に含ませるように、その名を呟いた。

「母上……」

　思徳もまた、自分に刻むように呼んだ。思徳には、母親の面影は思い浮かぶべくもなかった。越来野で別れた時は幼かったし、何か花に包まれたような、ふあっ、とした優しい印象しかない。いくら思い出そうとしても、母の顔は思い出せなかった。だから、今、目の前に座っているのが、自分の母だと言われても、やはり実感が伴わないのである。

　しかし、思徳は自分の心に刻み込むように、

（この方こそ、俺の母上なのだ）

と、その姿を目に焼き付けた。熱い思いが、胸に沁みていった。

　踏揚もとまどいから覚め、あの幼かった思徳が、時空を超えて、かくも立派に成長し、立ち現われたことを、もはや現実のものとして、しっかり受け止めていた。よく見れば、どこか鬼大城の面影があり、紛れもなかった。

「思徳。まあ、こんなに大きくなって。もっと近う寄って」

「はい」

と、思徳は素直に膝を進め、踏揚の前へにじり寄った。

踏揚が手を開いて差し伸べ、思徳はその掌（て）へ、自分の掌を重ねた。

踏揚はその思徳の手を包み込み、愛おしそうに撫で擦（さす）って、

「ほんとに、こんなに大きく、逞しくなって――」

と、しげしげと思徳を見、それから後ろの田場を見て、

「今まで、どこにいましたか」

と、訊いた。

「はい。あれから二年ほどは山原（やんばる）に籠りましたが、山原に漂着した大和船があって、頼み込んで乗せて貰い、安慶田と三人、奄美大島の裏山に潜んで、もっぱら思徳金様に武芸を仕込んでおりました」

「そう、奄美で……」

沖縄島を離れていたのだ。道理で、あの探索方の御茶当真五郎も、捜し出せなかったわけだと、踏揚は頷いた。

踏揚は思徳から手を離し、

「ずいぶん、苦労したことでしょう。でもまあ、よくもこのように凛々（りり）しくなって……」

と、思徳を改めて眺め渡した。その眼には、もう涙が溢れていた。

それを見て、思徳も熱いものが瞼に込み上げてきた。

「母上はもう亡くなられたものと、思っておりました。こうして、生きてお会いできようとは、夢のようでございます」

「この母とて同じです。二度と、生きている間には、会えまいと思っていましたよ。ほんとに、夢のようです」

と、踏揚は袖で涙を拭いながら、田場へ視線を流し、

「田場様と安慶田殿には、よくぞ長いこと、思徳を守って、ご苦労をかけましたね」

と、ねぎらった。

「何の。いずれの日か、仇（あだ）を討ち、朝敵（ちょうてき）の汚名を

晴らさずんば、の一念で、思徳金様に武芸を仕込む日々、むしろ毎日が、張り合いがあって、あっという間でしたよ。もっともそれがしは、もうこんなに老いさらばえてしまって、やはり時を重ねたかと、ふと振り返って見れば……」

田場は声を潤ませて、わが身を眺めるように視線を両袖へ落としてから、気持を振り切るように、

「しかし、うみないびの前、思徳様の武芸の上達ぶりは、天性のものがあって、なかなかのものので、さすが、鬼大城様のお血を引かれているだけのことはあります。残念ながら、もはや仇はいなくなりましたが、これからこの琉球がどうなっていくか、修練した思徳金様の武芸も、きっと役立つ時がきましょう」

田場は、奄美山中での御茶当真五郎の言葉を借りて、力づけるように言ったが、

「そうですか」

と、踏揚はむしろ少し顔を曇らせて、田場の言葉を遮り、

「してまた、ここにはどのようにして?」

と、話題を転じて、いきさつを訊いた。

驚くようなことばかりであった。

3

踏揚に会って帰る阿摩和利が、今帰仁運天港で御茶当真五郎とバッタリ行き会い、真五郎は彼の倭寇船で奄美大島に渡り、そして沖縄の様子を探りに行った安慶田をその大島の船だまりで見つけ、真五郎はその後をつけて、山中深く潜伏する思徳、田場のもとに辿り着き、その話で踏揚が生きていることなどを知ったというのであった。

密やかに会わねばならぬため、あらかじめ、田場が多武喜を訪れて人払いをして貰ったのだと。

「して、真五郎殿と安慶田殿は?」

踏揚は訊いた。

「はい、ゾロゾロとみんなで行くのは人目を引くということで、安慶田は生まれ島の越来の村へ帰り、真五郎殿は首里の様子などを探りに行きました。首里に、何やら懸念があるらしくて――」

「そうですか」

「それより、うみないびの前、ご病気で臥っておられると、多武喜様が……」

　田場は、踏揚の後ろに寝床が敷かれているのを見、思徳もチラと目を投げて、

「母上、お加減はいかがですか」

　と、心配顔で訊く。

「季節の変わり目の風邪を、ちょっとこじらせてしまっただけです。大事ありません。こうして、思いがけなく、思徳と会えて、もう病も吹き飛んだ気分です。ああ、ほんとうに、こんな嬉しいことはありません。話すことが、山ほどあります。田場様、これからどのように？」

「多武喜様のお計らいで、手前はうみないびの前の親戚、思徳金様はそれがしの孫、という形で、しばらくはこの家、うみないびの前の許に、と」

「まあ、一緒に暮らせるのですか」

「真五郎殿が首里の様子を探っていて、それにもよりますが……」

「首里はやはり、思徳の行方を捜すのでしょうか。朝敵鬼大城が子、そして前王統のわたくしの子として。わたくしはこうして、金丸尚円王に安堵されておりますのに……」

「さあ、そのへんがどうも今一つ見えないと。もしかしたら、真五郎殿も追放された前王、尚宣威様に付いていたとして、あまりよく思われていないようで、そんな懸念があって、首里へ行ったのです。尚真王は王とはいえまだ十三、その母オキヤカが尚真王に代わって、今は首里の主のように振る舞っているようですが……」

　踏揚もフッと不安が兆したが、それよりも、当分、思徳と暮らせるということに、ただ嬉しさが溢れてくるばかりであった。

　玉城（旧玉城間切、玉城村）は、太平洋に面して、沖縄本島の東南端に位置している。北は大里、南は具志頭に接している。

　東部は奥武島を抱いた海岸から若干の平地を越えて、いきなり断崖上の高台地となり、標高一五〇メートル前後の琉球石灰岩（第四紀）の丘

陵となる。その最高地が一七〇～一九三メートルの糸数グスクで沖縄本島のグスクの中では一番高い。それに次ぐ約一八〇メートルの玉城グスクである。首里城より高い。

糸数グスクが北端で大里に接し、その丘陵は玉城グスクへと連なり、玉城グスクの麓一帯に高台地の集落、富里、当山、中山、玉城などがある。

糸数グスクと、玉城グスクを置いた高台地から南西部は断崖下の低地で二〇～六〇メートルの新しい琉球石灰岩（粟石石灰岩）の海岸段丘が広がっている。

高地の断崖には、古い琉球石灰岩から滲み出た多くの湧水があり、里々は水に恵まれている。

玉城、大里、佐敷、知念、具志頭、東風平、摩文仁、高嶺などの旧間切はもとより旧南山である。それぞれに按司の居城があったが、玉城グスクはすでに廃城となり、「テンツヅ・アマツヅ（天頂・雨頂）グスク」と呼ばれて雨乞グスクとなっていた。玉城の按司がどのグスクにいたのか判然としないが、糸数グスクか垣花グスクに居していたのかも知れない。

しかし、玉城按司が地域において権勢を揮った様子はなく、伝承もない。

首里からは尚円王の達示として、富里の多武喜、百十踏揚は首里の監視下に置かれ、玉城按司に対しては干渉しないよう言い渡されていたようである。

百十踏揚や多武喜の家は富里村の背後にあり、背中は玉城グスクから続く丘陵になっていて、鬱蒼たる山林に覆われていた。村の背後ということは、村端ということでもある。

この当時は瓦葺きの家はなく、すべて茅葺きである。家々はサンゴ礁石を積み上げた低い石垣を巡らしていた。

思徳、田場大親が〝同居〟して、ふだんは火の消えたような家も、〝三人家族〟に賄女のウトも加えて〝四人家族〟――と、ちょっとにぎやかになり、コ・コ・コ・コ……と庭先を啄み回る鶏も何だか喜んで忙しげであった。

思徳は病で臥せる踏揚の付き添いのように、衝立(たて)を立てて同じ一番座に、田場は開け放しに接続した二番座で寝起きした。

踏揚は夜など、コホコホと軽い咳をしたが、思徳が心配して、

「母上――」

と、声を掛けると、

「大丈夫です」

と、気強く答えたことだ。

田場は裏山へ入って、山菜や、精のつく、あるいは咳などに効く食菜、薬草などを摘んだり、根ごと掘り起してきたりした。山原から奄美の裏山での八年間の山暮らしは、いわゆるサバイバル生活であり、野草、キノコ、果実、山菜、そして薬草などの知識は自ずと豊かになり、賄女のウトはびっくりして、夕方、家へ帰るときには、喜んで土産に持って帰ったりしていた。

それらは隣家の多武喜家にもお裾分けされて、喜ばれた。

そうした食草、薬草のおかげだろうか、踏揚は咳もおさまり、青白く弱々しかった顔色にも、艶(つや)が出てきたようであった。寝ているより、起きていることの方が多かった。

踏揚は、心から安らぎを覚える日々を送った。何といっても、思徳が側にいてくれることが、何よりの薬なのであった。

思徳は小さな庭を耕して、菜園をつくった。踏揚は濡れ縁に座って、庭で鍬をふるう思徳の若々しい姿を、目を細めて眺めていた。

毎日が葬式のように淋しく湿った日々であったが、こんな安らぎの日を迎えようとは、思ってても見ないことだった。

だが――。

そんな安らかな日々は、長くは続かなかった。

4

「真五郎殿が、首里に追われています」

越来の村へ帰っていた安慶田が、馬で駆け付けて来たのは、秋も深まり、朝夕は肌寒さを覚えるようになった頃であった。

「やっぱりな……」

と、田場は白い眉を顰めた。

「やっぱりと言いますと?」

踏揚も懸念はしていたが、確かめるために訊いた。

「メンドリですよ。首里のメンドリが鳴いているのです」

「メンドリだなどと……」

踏揚はそのあからさまな言い方をたしなめるように言って、

「どんな疑いで追われているのでしょうか」

と、安慶田に訊いた。

「人の噂なので、よく分かりませんが、謀反を企んでいると」

「謀反ですと? それはまた大げさな……」

「それがしの従兄に、安慶名グスクに奉公している者がおりまして、この間、ちょっと会ったのですが、安慶名グスクに御茶当真五郎が姿を見せなかったか、と探っていた首里の探索方がいたと言うのです。真五郎が中頭の、護佐丸公や鬼大城様につながる按司たちを焚きつけて回っているらしいというのです」

「どうして、真五郎殿がそんなことを……」

「先に王母オキヤカに追放された尚宣威王は、居城の越来グスクで亡くなりましたが、真五郎殿は金丸尚円王の遺言で尚宣威王を助けていくように言われていたようです。その尚宣威王をオキヤカがわずか半年で退位に追い込み、それで尚宣威は越来グスクに帰ったものの気落ちして病に伏し、亡くなる前にひそかに真五郎を呼び、牝鶏、政を乱すとはまさにこのこと、あのメンドリを殺せ——と遺言した。それで真五郎の暗躍が始まったと、だいたいそんなことのようです」

「その暗躍というのは、それがしが集めた噂では——」

と、安慶田は語り始めたが、それはおよそ次のようなことであった。

真五郎は、尚宣威が亡くなると、すぐ姿を消してしまったが、その一つは、前王統の忘れ形見、思徳金の行方捜しのためであったろう。尚円王健在のころから、人を使ったりして探していて、それを続けるために姿を消したのだと。

二つには、中頭の按司たちの周辺に出没していること。

三つには、鬼大城の臣下となった旧越来グスクの臣らと、連携して動いていること。

これらのことを併せ考えると、真五郎が謀反を企んで暗躍している疑いが強い、というのであった。

真五郎が思徳金を探し回っていたことは事実である。

しかし、それは新王統への反逆などという大層なものなどではなく、尚円王の許しのもとでのことであって、あくまで百十踏揚との約束を果たすためである。

中頭の按司たちと連携を図ろうと出没している？

確かに、中頭の有力な按司たち——安慶名按司、具志川按司、伊波按司、読谷山按司、屋良按司らは、それぞれ、血筋は遠くはなったが元々は護佐丸、鬼大城の一族であった。尚円王が王権を簒奪した後は、その尚円王が巧みな政治手腕を発揮して個別的に抑え込んできたが、その尚円王が亡くなるや、王権の箍が緩み、策略で滅ぼされた前王統への同情心が按司たちの間に芽生え、尚宣威を追放して、未だ幼冲のわが子を即位させたものの、少年王では国政をまとめきれるはずもなく、その母オキヤカが国政の前面に出ていかざるを得なかった。しかし簾政への表の臣たちの不満がくすぶって、尚円王即位から八年という新王統の王権基盤はグラつき、一押しで潰れてしまう危うさにあった。その王権の危機に、反対勢力が連合を図ろうと画策が始まることは、あり得ることだとしても、そのために真五郎が走り回っているというのは……。

いかにも、真五郎は尚円王統樹立に、金丸尚円の探索方として走り回り画策を巡らしてきた、いわば策士でもあるから、オキヤカに怨みを含んでいるとすれば、あり得ないとは言えないが……。

しかし、真五郎にはほんとうに、そのような秘めた野心があるのだろうか。

約束を守って、思徳を自分の許へ送り届けたのは、真五郎の誠意と思いたいが、あるいは――真五郎は、思徳を立てて、謀反を企み、そのための〝旗印〟とすべく、思徳を捜し回ったのであろうか……。

そして、オキヤカが真五郎をそのように見ているのであれば、真五郎につながる者として、この思徳や田場や安慶田も見られているとなれば、思徳と田場をこの玉城に置いておくのは危ない。親戚というのは、すぐに見破られるであろう。探索はじきに、この玉城に及んできて、自分や多武喜にも振りかかるのではないか。

自分はいい。しかし、思徳や田場をみすみす犠牲にさらすわけにはいかない。

といって、またかつてのように、逃がすのか。逃がすことは、「追われている」という真五郎を、見捨てることにならないか。

「…………」

踏揚は素早く思い巡らして、

「田場様――」

と、向き直った。「真五郎殿を助けに、思徳を安慶田殿とともに遣りましょう」

田場はちょっと考えてから、頷いた。

「謀反の疑いというなら、首里の探索の網は、幾重にも張られていきましょう。みすみす、網の中へ飛び込んでいくようなものですが、思徳金様と安慶田なら、切り抜けましょう。奄美山中での修練が、物を言います」

思徳と安慶田が、大きく頷いた。

踏揚も二人に頷き返して、

「思徳。わたくしは真五郎殿が謀反を企むような人とは思いません。そなたを捜し回ったのは、わたくしとの約束を果たすためで、決してやましいものではなく、真五郎殿の誠と信じます。首里の思惑は分かりませんが、謀反云々は、真五郎殿を捕えるための濡れ衣だと思います。そなたは真五郎殿に助けられ、沖縄へ戻ることが出来たのです。今度はそなたが、真五郎殿を助ける時です」

「はい！」

「奄美の山中で、忍びの術も会得したと言いましたね。それを生かして、首里の網をかいくぐって、真五郎殿を捜すのです。首里の探索方の動きを追えば、真五郎殿の行方は絞られていくでしょう。その首里の動きを見ながら、しかもその先を行くのです」

「はい！」

田場は、てきぱきと指示する踏揚に、感嘆のまなざしを向けていた。すべてを見抜いているような、踏揚の的確な指示なのであった。

安慶田は言った。

「そのことですが、首里の探索の網は、どうやら西原方面へ絞られつつあるようです。西原には金丸尚円の旧宅があり、西原山中は真五郎もその近くに住んでいたようで、西原山中は真五郎の庭のようなものですから、そこに潜んでいると、首里では見ているようです」

踏揚は頷いて、思徳に向き直った。

「真五郎殿と会うことが出来、ほんとうに真五郎殿が大それた謀反を企んでいるのであれば、そしてその謀反が、そなたを旗印にしようという魂胆ならば、それはきっぱり断わり、真五郎とは別れなさい。さきほど言いましたように、恐らく謀反は濡れ衣だと思いますが」

「はい。しかと見届けます」

踏揚は頷いて、

「それから、真五郎殿を助け出すことが出来たら、この琉球にいる限り、首里は執念深く追うでしょうから、すみやかに琉球を去るのです。ここへ戻ってきてはいけません。大和へ行きなさい」

「大和へ……」

解しかねるように、思徳は母を見た。田場も安慶田も、呆気に取られたように、ポカンと踏揚を見た。

「そう、大和へ。大和には、阿摩和利按司が、倭寇の頭領になっています。倭寇といっても、朝鮮や明国沿岸の貿易者との海上取引で、非道なことはしていないと仰っていました。わたくしもそれは信じています。阿摩和利按司なら、きっと匿ってくれるでしょう。あるいはそなたたちも、阿摩和利按司の倭寇仲間にされるかも知れませんが、海を生きるのもまた面白いかも知れませんよ」

「は……」

　思徳は今一つ実感がわかないといった顔つきで、ただ母を見ているだけだった。

「阿摩和利按司のいる島の名は、聞いています。九州博多を回り込んでいくと、島々の多い大きな内海(うちうみ)になっていて、それらの島々でもやや大きな島だそうです。ここに阿摩和利按司が書き遺した海の図があります」

　踏揚は寝床の頭の方に置いてあった手文庫(てぶんこ)へいざり寄って、一枚の紙を取り出し、いざり戻って、それを広げて見せた。筆で図面が書かれていた。それは阿摩和利が密かに踏揚を訪ねて来た時に描き遺したものだ。

「これが、その内海の図です。阿摩和利按司の島というのは、これです」

　と、踏揚は指で示し、「博多の海の人たちに訊いたら詳しく分かるはずです。博多の倭寇とも連携していると仰っていました。でも内海に入れば、誰でも分かるということでした」

　そのように言ってから、踏揚はふと思い付いたように、

「思徳が大和へ行ってしまえば、もう二度と会うことは叶いません。これが今生(こんじょう)の別れになりますから、形見(かたみ)を交し合いましょう。その刀で、思徳の髪を少し切りなさい。そして母の髪も少し切りなさい。それぞれを形見に抱いて、別れましょう」

「母上……」

　思徳はにわかに込み上げるものがあって、母を見返したが、

「さ、早く――」

　と、踏揚が急かすので、脇に置いてあった小刀を取り上げ、キラリと抜いて、総髪に束ねていた後ろ髪を分け、三、四寸ほどの長さで一掴み切り落として、田場が懐から出した懐紙(かいし)に置き、それから母へにじり寄って、顔を横向けた母の結い上げた髪の止めかんざしを抜き取った。長い髪がハラリと広がった。それを一掴みして切り取り、これは母が取り出していた懐紙に置いた。母の髪には白い物が交じっていた。

踏揚は、その自分の髪をじっと見て、懐紙でくるみ、

「さ、これを母じゃと思うて、持って行きなさい。母はいつもそなたの側におり、見守っています」

と、思徳に渡した。

思徳はそれを拝むように受け取って、懐へ入れ、それから田場の掌に載っていた自分の髪を、同じように懐紙にくるんで、

「これは、思徳です……」

と、母の差し出した掌に置いた。何か気の利いた言葉をつなげようとしたが、言葉が見つからなかった。それを踏揚が自分の気持も汲み上げたように言った。

「母もこれを思徳と思うて、肌身離さず持っています。諦めていた思徳に会うことが出来、短い間でしたけれど、一緒に寝起きもすることが出来て、もう思い残すことはありません。母のことは何の心配もいりません。隣には兄上もおります。ですから、思徳は思い切り生きていきなさい。田場様はわたくしの親戚として、ここに残っても怪しまれることはないでしょう」

「はい……」

「さ、あまり時を移してはおれません。もう行きなさい。仮に、真五郎殿が囚われて首里へ連行されたのなら、それでも何とか工夫を巡らし、真五郎殿を救出するのです。ただし、この場合も、出来るだけ血を流さぬようにして。真五郎殿の捕り手も、ただ命ぜられただけの者たちでしょうから。そして、仮に、真五郎殿がもはやこの世の人でなくなっていたら、身を引いて、どこぞに潜み、様子を見て、ここへ戻って来なさい。その後のことは、それから考えましょう。さ、行きなさい。真五郎殿を助けるのです。安慶田殿、お願いします」

「分かりました。思徳金様はそれがしが身に代えてお守りします」

安慶田は手を付いてから、立ち上がった。

「では、母上……」

思徳は立ち上がり、これが今生の別れになるかと、熱い思いで母を見下ろし、踏揚も見上げたが、

その目に別れの感傷はなく、思徳の決意を固めさせるような毅然とした表情であった。——しかし、それが母子の、この世での見納め(みおさ)となった。

思徳と安慶田が去った後、踏揚は激しく咳き込んだ。

口元を抑えた手巾(てさじ)に、べっとりと、血がにじんでいた。

「うみないび、い、いの前……」

田場は驚き、慌てて水を汲んで差し出した。

踏揚は口元を手巾で軽く拭いて、身体の底へ落とすように、ゆっくりりと水を飲み、なすすべなくうろたえ顔の田場に、

「大事ありません」

と、微笑みを返した。……

第五章　ウチャタイ山

1

西原嘉手苅の背後に〝ウチャタイ山〟と呼ばれている山林がある。ウチャタイマグラー（御茶当真五郎）の墓があって、怪力のマグラー幽霊が、幽霊たちを集めて夜な夜な宴を張っているというので、人々は恐れて近寄らなかった、マグラー幽霊はまたムーチー（鬼餅）などを腐らせるので西原ではムーチーの日（旧十二月八日）を一日前倒し、マグラー幽霊を騙したのだという。

　この話がいつごろ創られたものか分からないが、沖縄怪談の一つになっている。御茶当真五郎が得体の知れない者、世に害悪をもたらす者、という伝説から生まれたのである。

　まさに、世に害悪をもたらす者――として、御茶当真五郎は今、二重三重の捕り方に追い込まれて、西原の山中に潜んでいたのである。

　安慶田は浦添で馬を調達して来ていたが、思徳の馬は多武喜の名で、近くの農家の農耕馬を借り受けて、思徳と安慶田は玉城を出た。クバ笠を被り、百姓姿で――。

「真五郎殿のことですから、そう容易く捕まるはずはありませんが、捕り方の数が多ければ、そして二重三重に包囲すれば、分かりません。いよいよとなれば、血路を開いて行くでしょうが……」

と、安慶田は顔を引き締めて言い、

「問題は、我らがどうやって、その包囲陣を突破して、山中に入り込むかです。西原に入ったら、我らも顔を隠しましょう。この布で――」

と、懐に入れていた海老茶の布切れを出し、

「これで覆面しましょう」

　思徳はその一枚を受け取って懐に入れた。

「斬り合いとなった時ですが、できるだけ血を流さぬようにとのうみないびの前のお言葉もあり、取り敢えずは、峰打ちでやりましょう。しかし、向こうも手練れの者たちを集めているでしょうから、容易くはいかぬと思います。その時はその時で、血路を開いていくしかありませんが」

「分かった」

「さ、急ぎましょう」

二人は馬の尻に鞭を当てた。


その年――成化十四年（一四七二）。

王府は進貢使兼請封使として、梁応を北京に派遣して、尚円王の訃を告げ、尚真の冊封を請うた。

〝つなぎ王〟たる尚宣威はいなかったことにして、尚円王を直接に引き継ぐ形での請封である。

この梁応というのは、今は唐営久米村の中議大夫であるが、尚円王請封の時の通事（通訳）であった。位階を上げたのである。

朝廷は尚真の請封を容れ、正使に給仕中の董旻、副使に行人張祥を任じ、来夏の派遣を決定した。

請封使は併せて、進貢の一年一貢を要請したが、これは許されなかった。

むろん、冊封のことは請封使が帰国していないので、琉球には伝わっていないが、恐らく冊封は来夏になろうと見込んで、王府は準備に万全を期すべく、各部署に指令を飛ばした。尚円王の冊封から六年ぶり、新王統として二度目の大典となる。

これを乗り切れば、尚円王統は名実ともに定着しよう。

尚円王が新王統を開いて九年――明国皇帝は「尚円王」を認めて冊封したことで、もはや簒奪王統という悪印象は薄らいでいようが、にもかかわらず、尚宣威〝王〟を追い出して、まだ十三歳でしかないわが子の久米中城王子真加戸樽金を即位させ、かつその少年王の後見として国政に嘴を入れ、あたかも〝女主〟のように権勢をふるい出したオキヤカの強引さが、「牝鶏、政を乱す」として悪印象を上塗りしてしまったのではあるまいか。このことを国人はどう見ているのであろうか。

しかし、無事に冊封の大典を迎えることが出来れば、新王統は定着し、もはや国人が陰口をたたくこともあるまいと、オキヤカは強気である。

王府の幹部らは、尚円王に引き立てられた者たちであり、オキヤカを尚円王の成り代わりとして、まして新王の生母にしてその後見、すなわち事実上の王として、オキヤカに絶対的な忠誠を誓った。

オキヤカの権威を高めていくことが、自らの保身にもつながるのであるから、阿諛迎合し、それがまた本来勝気なオキヤカを増長させていく。権力の構造は、このように螺旋的に成り立っていく。権勢の揮い方は、その権力者の資質による。

　その幹部の一人が、点数稼ぎで、次のようなことをオキヤカに注進したことである。

「どうも、御茶当真五郎が、妙な動きをしているようでございます」

「真五郎……。あの探索方が?」

　オキヤカは首を傾げた。

「はい。真五郎は尚円王様の懐刀として、色々と陰で立ち働き、また鬼大城討伐も総大将の尚宣威様を助けて、立ち働いたのでございますが、尚宣威様のご退位に疑いを持ち、これは御内原の陰謀ではないかと、陰で非を鳴らしているという噂でございます」

「御内原といえば、このわたくしの陰謀と、か」

「はい。尚宣威様は病没と世間には伝わっていますが、実は意を含んでの自害だったようで……。でも、そのことを明るみに出すのは憚られるゆえ、王位を汚したることはわが不徳――と、そのことを詫びて謹慎しているうちに病になり、亡くなられたということになっておりますが、密かに漏れ聞こえるところでは、尚宣威様は真五郎を枕元に呼んで、何やら遺言したとも言います」

「遺言――。それはわたくしへの復讐ということか」

「――ということになりましょうか」

「………」

　オキヤカは眉を吊り上げた。目に瞋恚の色が燃えていく。

「そればかりではありません。真五郎はかねてから、鬼大城と百十踏揚の子の思徳金を捜しておりました。思徳金は越来グスク落城の際に、鬼大城が落ち延びさせ、以来、今日に至るも行方を絶っております。真五郎が思徳金を捜しているのは、玉城の百十踏揚が許へ連れていく約束をしたからだということでございます。尚円王様もこれをご了解なさっていましたから、誰も疑いませんでしたけれど、考えて見ますと、百十踏揚は尚円王様が滅ぼしました前王統、尚泰久王の第一王女。鬼大城が尚円王様に反抗したのは、妻がその百十踏揚で、つまり前王統への忠誠心からです。真五郎が捜しているのは、その前王統の忘れ形見でもあります」

「………」

「さらに、真五郎の不審な動きは、中頭の按司たちのところへ出没しているらしいというのでございます。中頭の按司たちは、遠くは護佐丸と鬼大城に血筋のつながる者たちで、とくに尚泰久王が越来王子として越来グスクにあった時に、強い結びつきがありました。つまり、前王統への忠誠心を持っていて、たとえ尚円王様の王統が開かれましても、面従腹背の向きもあろうかと、疑われております。百十踏揚と鬼大城が子の思徳金は、前王統への忠誠心を結びつける、その〝旗印〟になるのではないでしょうか」

「わが王統へ反旗を翻すと？　そのために真五郎がわれらを裏切って、走り回っていると言うのですか」

「裏切りと申せば、尚宣威様があのようなことになったことへの逆恨みだけではなく、あるいは百十踏揚と密約が出来ているのかも知れません。越来グスクから落ち延びた百十踏揚を助けたのは、真五郎です。そして、真五郎はどうやら、玉城の百十踏揚と通じているとの噂もあります。踏揚は首里御城にあった時は〝御国の花〟とうたわれたほどの美しい姫君です。真五郎が彼女を助けたのは、下心があってのことではないかとの噂もあります。もう三十五、六になっておりましょうか、いよいよ女盛りというところではないでしょうか」

三十五、六といえば、オキヤカに二つ、三つ上ということになろうか。「女盛り」という露骨な言葉がポロッと出て、オキヤカはちょっと眉を顰めたが、

「踏揚と真五郎は、もう男と女の関係、と言うのですか」

さらりと訊いた。

「そういう噂もありますが……」

オキヤカは軽く頷いて、下世話な話題に落ちるのを払い除けるように、

「思徳金の行方は？」

と、話を振った。

「まだ分からないのではないでしょうか。見つかれば、玉城の百十踏揚のところに何か動きがあるはずですが、今のところ何も……。しかし、ここしばらく姿を消していた真五郎を、最近、那覇の港で見掛けたという噂があります」

「噂ばかりですね」

「何しろ、真五郎は得体の知れない男ですから」

オキヤカは何やら思い巡らしていたが、

「尚宣威のことで、広がっているという噂――。御内原の陰謀という話は、これ以上、世間に広がらせてはなりません。放置すれば、それが謀反の口実ともなっていきます。中頭の按司たちが騒ぎ出せば、厄介なことになりましょう」

「はい……」

「尚宣威の退位は、決してわたくしが追い込んだのではない、御内原の陰謀ではない、ということを、改めて天下に示す必要がありそうですね。晴れの冊封を前にして、醜聞が広がり、ざわめきが起こってはなりません」

「御意」

「冊封では、王と王妃に皇帝陛下からの御下賜があるのは通例です。ところが、真加戸樽金は王とはいえ、まだ十四で妃がおりません。しかし来年は十五になります。妃を迎えてもいいでしょう」

「はい……」

「こうしましょう。尚宣威には娘がいます。まだ幼いけれど、彼女を妃に迎えることにしましょう」

「えっ？　尚宣威の娘ごを、でございますか」

「そうです。さすれば、尚宣威の退位がわたくしの陰謀ではなかった、ということを天下に示すことになりましょう。本当は、尚宣威が自分は王の器でないがゆえに、キミテズリの神からも忌避された、その不徳を恥じて、自ら退位したのだということを、さらに世間に広げながら、わたくしはむしろ尚宣威を労わっていた、その思いを込めて、彼の娘を真加戸樽金の妃に迎えたのだと分かれば、世間はもうわたくしのことをとやかくは言いますまい。むしろ、情けあるはからいと言うでしょう」

「なるほど。しかし、それでよろしいのでございますか」

「わたくしの心の広さを、人は讃えましょうぞ」

「それは、そうでございましょうが、尚宣威の娘となれば、尚真王様には従妹（いとこ）ということにもなりまするが……」

「構わぬ。いとこ同士の婚姻はよくあること。そのように取り計らいなさい」

「はっ、畏まりました」

「それから、真五郎の動きを見定めよ。真五郎は探索方として、すぐれ者だと、尚円王様もつねづね感心しておりました。あれが敵に回ったら厄介です。ひそかに始末した方が今後のためです」

「はい。いくらすぐれ者でも、真五郎は一人で立ち回る主義です。しかし、尚円王様は他に、武芸に優れた探索方の組を作っておられました。尚徳王の〝何〟の時は、実際に手をかけたのはこの組の者たちでございます。組は今も健在です。十数人からの組です。さっそく彼らを放ち、真五郎の行方を追わせましょう」

「それから、中頭の按司たちの動きも、探索方を遣（や）って探らせなさい。絶えず見張っていると、脅しをかけておくのです」

「畏まりました」

2

（ん……？）

真五郎は腰をかがめた姿勢で、そっと首を回して、窺い目に後ろを振り返った。ちょっと緩んだ草鞋（わらじ）の紐を締め直している時だった。

草道を野良帰りの百姓たちがチラホラ、通って行く。ポツンポツンと、茅葺きの農家が、へばりつくように見える。首里城下の村はずれであった。

真五郎から十数歩、道端の灌木（かんぼく）にまぎれた桑（くわ）の木蔭へ、スッと黒い影が隠れた。目の錯覚ではなかった。

きょうはこれで二度目であった。

昼過ぎ、真五郎は那覇の港を見に行った。進貢船が帰国し、港はごった返していた。貨物が続々と陸揚げされ、船乗りや、指揮する役人たちの指示する叫び声、荷役の人夫たちの荒声が飛び交っていた。二年ぶりの進貢船で、かなりの荷を積んで帰ってきたのである。

一年一貢から、不祥事を起こして明朝廷の怒りを買い、二年一貢に制限されて数年になる。王府は毎年使者を北京に派遣して、一年一貢への復帰を陳情し続けているが、制限は未だに解けない。

それでも、明国との進貢貿易とは別に、王府は南蛮との交易を積極的に進めていた。尚泰久王・尚徳王代には、それまでのシャムや安南に加えて、パタニ、マラッカ、ジャワ、スマトラなどとの通商を開く。明国産の陶磁器、絹織物類、日本製の刀剣や扇などを持って行き、染料の蘇木を中心に、胡椒などの香辛料、香木、更紗、象牙、犀角、南蛮酒、鳥獣など、南蛮から取り寄せた文物は明国との進貢、朝鮮との通交に回された。尚徳王などは朝鮮王に鸚鵡・孔雀を贈って喜ばれ、返礼に方冊蔵経全部を贈られ、これは首里城前の天界寺に大宝殿を建設して収めたことである。

南蛮貿易には毎年、二、三隻の大型船を送り出しており、南蛮の船もたまにやって来る。

尚泰久王は「舟楫を以て万国の津梁と為す」との気概を大梵鐘に刻み、首里城正殿に掲げたように、海外交易は明国との進貢貿易を軸に、南蛮、日本、朝鮮と結んで展開され、「異産至宝」は王府の蔵に積み上げられたが、日本との交易は応仁・文明の乱でしばらく途絶えた上に、明国進貢が制限を受けて、陰りが見えてきていた。

大和の大乱も尚真王が即位した去年の暮にはようやく終結し、通交再開が模索されるに至っている。これで進貢の制限が解かれれば、万々歳といったところであったが……。

真五郎はとくに、思惑があって港へ来たわけではなく、那覇に潜んで、首里の様子を眺めていたに過ぎない。そうしながら、〝女主〟オキヤカの権勢を窺っていたのである。

尚円王は玉城の百十踏揚とその兄多武喜を安堵し、真五郎が百十踏揚の子の思徳金の探索についても、とくに咎めず鷹揚に了解していたが、その尚円王が薨じ、オキヤカが王府の実権を握るや、尚宣威〝王〟を追放し、非業（ひごう）の死に追いやる様に、政を乱す〝牝鶏〟の冷血を、真五郎は見たのである。

3

オキヤカは尚円王がまだ王位に登らない前、金丸の名で呼ばれ、また役名の「内間御鎖」で呼ばれていた頃、後妻に迎えられた女性であった。

金丸は采地（さいち）として西原の内間を賜り、また役名も御物城御鎖（おものぐすくうざす）だったので通称「内間御鎖」と呼ばれていた。御物城御鎖は明国との進貢貿易を中心に海外交易を司る御物城の長官であった。王府の懐を握っていたのである。

オキヤカは現在三十四歳の、いわゆる〝女盛り〟——尚円王が五十五歳で即位した時は、二十五歳であった。

切れ長の目の、琉球人というより大和の女のような肌のなめらかな美女であり、元々、その美しさを意識してか、ツンと澄まして、それが妍（けん）をつくり、勝気な性格とも相俟（あいま）って、王妃となっては御内原（うーちばる）の主（ぬし）——すなわち〝内王（ないおう）〟として権勢を揮い、彼女に抗（あらが）う者はなかった。

祭政一体の当時の国政において、神女たちを束ね、〝神威〟を背後において、彼女の権勢は、絶対的なものとなったのである。キミテズリの神の御神託（ごしんたく）を降ろして、王さえすげ替えるのである。

首里城における神女体系は、首里大君を頂点に高級神女たちは君々（きみぎみ）と呼ばれたが、その君々を束ねる首里大君とて、御内原の主たる王妃の下にあったことである。

オキヤカには尚真の上に娘がおり、これは十五、六になってオトチトノモ（音智殿茂）なる神名（かみな）が付けられ、これに尾称の「金」が付いてオトチトノモ金と呼ばれていたが、オキヤカは彼女を首里大君の次位に付けた。

首里大君は後に聞得大君（きこえおおきみ）と改称されるが、その最初の聞得大君が彼女である。「聞得（きこえ）」というのは、オモロで「きこゑ中城」とか「きこゑ阿摩和利」とか歌われるように、その名が広く聞こえとどろく、偉大な――の意であり、神威を高めるための冠称である。王の姉妹がこの位に就いた。

　琉球には古くからオナリ神信仰があった。オナリは姉妹、もしくは女のことであり、男を守るのはそのオナリの精霊すなわちオナリ神であって、男が航海に出る時は、そのオナリ神たる姉妹の髪をひと房切って、守り神として、懐に入れて行くのである。

　聞得大君は、王を守るオナリ（姉妹）神である。

　王自体が「てだ（太陽）加那志」と神格化されていたが、それをさらに神と一体化したオナリが守っているという形で、祭政一致の形が整えられていたのである。

　真五郎が首里の情勢を窺っていたのは、今や御内原（内宮）から表へ出て来て、権勢を揮う〝女主〟オキヤカが、尚宣威を追い込んだように、この〝簒奪王権〟を打ち固めていくために、後顧の憂いとなりかねない非難の芽を、どのように摘み取っていこうとしているのか、前王統の忘れ形見たる玉城の多武喜（長男金橋はすでに鬼籍に入っていた）、百十踏揚の兄妹を、そしてその百十踏揚の子であり、尚円王になびかなかった鬼大城の子である思徳金をどうしようというのか、何とか見定めたいと思い、首里城下に潜んで探りを入れていたのである。噂は流れてくるものなのだ。

　那覇港での進貢船の荷役を眺めていた真五郎は、何気なく首を回した。

　すると、人ごみの中に、スッと身を沈めるように隠れるクバ笠の男が目を引いた。

（ん……？）

　と思って、じっと視線を注ぐと、そのクバ笠の男は、身を沈めた格好で、スス……と人ごみへ紛れて行ったのである。何だか逃げるように。

　真五郎は、ハッと思い当たった。自分を尾行しているのではないかと、探索方のカンが動いた。

　ちょっと誘いを入れて見ようと、腕を組んで、ブラブラと歩き出したが、その後は別に、付けて来るような者はなかった。

（気のせいだったか……）

　と、真五郎は気を抜いた。首里を探る自分の意識が、つい過剰な反応をしたのかも知れない。

しかし――。

今、桑の木蔭に、スッと隠れた黒い影に、

（やっぱり、つけられているのか……）

と、それは確信になった。

自分が百十踏揚と鬼大城の子の思徳金を捜し回っていることは、すでに知られていよう。尚円王ご在世の頃は人も使って捜させたりしていたのだ。

真五郎が未だに思徳金を捜し回っていることは、オキヤカの耳にも入り、猜疑心をつのらせて、自分を追わせているに違いない。百十踏揚と思徳金は、明らかに前王統の血筋を引き、鬼大城は前王統に忠誠を誓っていた。自分がその百十踏揚と思徳金に関わっているというので、俺が裏切ったと思っているのだ。

しかし、尚円王が開いたこの新王統の実権は、今やオキヤカが握っている。自分は何もオキヤカに忠義立てする必要もない。むしろそのオキヤカが、尚宣威を退位させて非業の死を遂げさせたことで、自分はこの新王統に見切りをつけたと言ってもいい。冷酷非情な女権下に陥ちたその新王統へ絶望したのだ。

頭の回りの早いオキヤカは、それを読み取ったのだ。恐らく、殺せ――という指令が発せられているに違いない。前王統と関わり蠢いている俺は、明らかに「後顧の憂い」の種に見られ、刺客が放たれているのだ。

真五郎も、尚円王が自分のほかに、探索方の組を作っていたことは知っている。真五郎は誰それがその組を作っているかはおおよそのところは見当をつけているが、彼らと関わったことはない。

その組が、動いているのだ。尚徳王の謎の死には、彼らが動いたともいう。術者が揃っているのだ。

さて、どう対応すべきか。

ともかくしばらく身を潜めて、様子を窺うことにしよう。那覇を離れよう。この分では、玉城の百十踏揚のところにも手が回っているかも知れない。そこには、思徳金と田場大親も行っている。

玉城のことは尚円王様が不問に付していたことで安心し、思徳金を行かせたのは軽率だったかと、真五郎は悔やんだ。

すぐ、玉城へ行こうと考えたが、

（待て待て、もう少し様子を探ってからだ）

と、逸る気持を抑えた。

自分が南へ動けば、影たちも動くであろう。それは逆に、玉城を危険にさらすことになるのではないか。

むしろ、単独で、逆に動いた方がいい。すれば、自分がまだ思徳金を捜し当てていないと思うだろう。〝敵〟の目標は、まず自分にあるのだろう。むしろ、今なお思徳金の行方を捜しているのだということを、こちらから知らせるのだ。そのためには、あの巧みに尾行を続ける影たちをおびき出すことだ。

さっきまで尾行を巻くことを考えていた真五郎は、その考えを捨てて、那覇の表通りへと出て行った。


やはり、尾行は付いて来ていた。

真五郎は一瞬、姿を消した。

追尾者は道なかでキョロキョロ、あたりを見回した。

そのすぐ真ん前に、真五郎は不意に姿を現わした。追尾者はギョッとしたように、立ち竦んだ。

着物裾が脹脛までの麻の百姓着の、日に焼けて色の黒い男だった。三十をとうに過ぎていると思われたが、目に鋭い光があった。どこかで見た覚えがある。王府のどこかの役所で会ったのだろう。影たちも、普段は王府であれこれと立ち働いているのだ。

「お。久し振りだな」

真五郎は、出会ったのが奇遇のように、懐かしげな笑顔を向けた。

男は、ドギマギして、目を泳がせた。顔が引き攣っていた。しかし、すぐに身体を引き締めるのが分かった。肩に力が入るのが見えたのだ。

真五郎が仕掛けてくると咄嗟に思ったのだろう。身構えるようになるのへ、真五郎は気づかぬふりで、

「忘れたかな。俺だよ、御茶当真五郎だ」

磊落に言って、「もっとも御役所はもう御用済

みだから、御茶当でもないがな」

相手は、真五郎が仕掛けてこないと見たのか、肩の力を抜いて、

「ああ、御茶当真五郎様。お名前はかねがね……」

「今は、どの御役所に勤めているのかな」

「はあ……、ま、下働きで……」

と、百姓姿を自分で見回す。

「進貢船が入って来たので、その関係かな」

「ま、そういうところで……」

「ふむ。俺も久し振りに那覇の賑わいを見物しに出て来たところだ。いやあ、長く山原の山の中を歩きまわっていたので、この那覇の賑わいは、何だか目が回るようだ」

半ば独り言のように言って、人ごみを見渡した。

「真五郎殿は、今は山原にお住まいで？」

「いや、人捜しさ。尚円王様のお許しを得て、捜している者があってね。でも、尚円王ご存命の頃は、色々と御用があって、じっくり捜しにも出られなかったが、今はすっかり御用済みの身、ぼちぼちと捜し回っているというわけだ。だが、山原の山は思いのほかに深くてな、未だに探し出すことも出来ないでいるのさ。しばらく、那覇で遊んでから、また山原さ」

少し、饒舌が過ぎたかなと思ったが、男は、

「そうですか。ご苦労さまなことで……」

と、少しも疑う様子はなかった。

「それじゃ。おぬしもがんばれな」

と、真五郎は手を上げて、男が軽く辞儀するのを見届けてから、その場を去った。

やれやれ……と、真五郎は心の中で苦笑った。ちょっと、わざとらしかったかなと思ったが、那覇を一人でぶらついている真五郎を見れば、そして、あれだけ言えば、真五郎が未だに思徳金を捜し出していないことは信じるに違いないと、手応えも覚えた。

これで、玉城は当面無事だろう。ここでさらに影たちの目を、南から逸らして、自分へ集中させよう、と真五郎は一工夫を考えた。

4

真五郎は大通りを、北へ向かった。

天久、安謝を越え、浦添に入ると、すぐに横道へ出た。人家は途絶え、起伏の激しい山道となる。黄昏が迫っていた。

歩き疲れて、ひと休み——といった風に、真五郎は道端の小岩に腰を降ろし、竹筒の水で喉をうるおした。

数人の影たちが道端の灌木に隠れたりしながら、音もなく付いて来るのを、真五郎はとうに知っていたが、気づかぬふりをしていた。

竹筒の水を飲んで、フーッと溜息をつき、真五郎は暮れなずむ空を見上げた。

バラバラッ——と、黒い影たちが、抜刀して、石ころ道へ躍り出て来た。

真五郎はおもむろに立ち上がると、取り囲む影たちへ身構えながら、竹筒の紐を帯に差し込み吊るし、太刀を、スラリと抜いた。

「メンドリが放った刺客か」

真五郎はニヤッと笑って、痛烈な皮肉を飛ばした。「天下のメンドリが、この一匹オオカミに、脅えているわけか」

「…………！」

「…………！」

黒い忍び装束で、影たちは鋭い視線に殺気を漲らせて、ジリッ、ジリッと、間合いを詰めてきた。八人——か。

皆の後ろに隠れるようにいるのは、昼間、那覇の人ごみの中で、ちょっといたずらをして驚かせた男だと、真五郎は見抜いた。百姓姿は黒装束に替えているが、まともに真五郎に目を合わせるのはバツが悪いのか、覆面の中でも、目を泳がせている。彼はすでにして腰が引けている。

真五郎はからかうように、その男へ視線を当てて、

「ほう、おぬしも正体はこれだったのか。尾行していたんだな。そうと分かっていたら、あそこで殺っておくんだったな」

ニヤッと笑い捨ててから、「しかし、貴様ら――」と、周りの影たちをグルリと見回し、「皆、それぞれ手練（てだ）れの者たちであろうが、何人だ、七人、いや八人か。徒党を組まねば、この御茶当真五郎ただ一人、手に余るというわけか。しかし八人でもどうかかな？　一人二人なら情けをかけてもよいが、こうなれば容赦なく斬り捨てていくほかないいな」

真五郎は相手を逆なでするように挑発の言葉を弄（ろう）した。

「ほざけ！」

先頭の大柄な影が叫んで、飛び上がるように躍り込んできた。

真五郎は振り下ろされた刀を、ガキッ、と跳ね返した。間髪を容れず、三、四人が、空気を裂くような殺気を迸（ほとばし）らせて躍り込んできた。真五郎は飛び下がりつつ身を回転させて、それぞれの刃を跳ね返した。一瞬のことだった。

第一撃を躱された影は、身をこごませて第二撃へ構え直した。

この時、真五郎の大柄な身体が、飛鳥のように躍り上がり、包囲陣の一角へ飛んだ。

その先にいた影が、血を噴いて仰向けに倒れた。アッ、と影たちが身を竦めると、真五郎は斬り倒した影の上を飛び越えて、灌木に覆われた岩山の中へ躍り込んでいった。

「逃げるか、真五郎、真五郎！」

「御茶当真五郎！」

「逃がすな！」

「真五郎、待てッ！」

口々に叫んで、影たちも岩山の中へ飛び込んでいった。

岩山は、深い樹林となり、右手は樹木の茂る断崖の丘陵が、東へと延びている。丘陵は、伊祖（いそ）の古グスクを経て、浦添グスクへと連なっている。

もう道はなく、丘陵の北麓は刺々しい岩山を包み込んだ鬱蒼たる樹林である。紛れ込めば、追手にはもう手に余る。

それでも、その山中で何度か激闘がおこなわれているらしく、喚声があがったりしていた。

伊祖丘陵の北麓には一本の川が密林を縫ってきており、それは牧港へつながっている。牧港の河口はかなり広く、板橋が架かっている。南北をつなぐ橋である。

牧港はマチナトといって、古くは「待港」とも当てていた。ここにも源為朝伝説があって、大里グスクの姫と懇ろになった為朝が一子（舜天）をもうけた後、また戻って来ると言い残して、この港から大和へ帰った。その為朝の帰りを姫とその子はこの港で待ち続けた。それで「待港」の名がついたというが、ここでの為朝伝説はあの運天港伝説とともに、これまた牽強付会であろう。

〝待つ港〟なら、それは伊祖グスクか浦添グスクの交易船の帰国を待つ意かも知れない。この港は、古くは中山の中心であった浦添グスク、そして伊祖グスクの重要な港であったことだ。

その牧港橋や道に、村人たちが三々五々集まって来て、伊祖丘陵麓の樹林を、指差したりしながら眺め、恐ろしげに話し合い、頷き合ったりしていた。

クバ笠を被って通りかかった百姓が、そのうろたえ騒ぐ村人たちに出くわした。

「どうしたのだ、何があった？」

クバ笠の男は訊いた。

「斬り合いだよ」

「斬り合い？」

「はじめ、この道の向こうで始まったのだが、みんな山の中へなだれこんで行った。ホラ、あの道端に一人斬られて倒れている」

なるほど、十数歩先の道端に、黒い物が横たわっている。

「一対七、八人の斬り合いだ。黒ずくめの連中でよ。御茶当真五郎がどうしたとか、聴こえてきた」

「何、御茶当真五郎だと？」

「知っている人か？」

「あ、いや……」

「確か、真五郎を逃がすな、とも聴こえた」

「恐ろしいことだ」

村人たちは、言い合いながら、首を伸ばすように樹林を眺めたりしていた。樹林は黄昏の中に、静まり返っていた。

クバ笠の男は、道端に倒れている黒ずくめの死体の側へいき、しゃがんで斬り口を調べた。見事に一太刀で着物ごと肩から胸へ、袈裟掛けに斬られ、どす黒い血が、流れていた。

男は立ち上がって、黄昏の中の黒い樹林を眺め渡した。

男は――安慶田であった。玉城の様子を見に、越来から出て来たのだった。

安慶田は、村人たちに気づかれぬよう、灌木の陰から、すっと、山の中へ入って行った。

伊祖グスクへの古道なのか、村人たちが薪や材木を伐り出すための道なのか、シダや茅に埋もれた山道があった。それをしばらく進んで行くと、枝が折れ垂れた木があり、折れ方が真新しく、枝葉が裏返ってまだ萎えてもいない。

安慶田はそこから、樹林へ入ってみた。

安慶田は棒を一本、杖代わりに持っていて、それで樹林の下草や枝をかき分けながら進んだ。棒は実は杖ではなく、刀を仕込んだ、すなわち仕込み杖であった。


しばらく進むと、バサリと幹を断ち切られた木があり、あたりが踏み荒らされていた。まぎれもなく、ここでも戦いがあったのだ。見回すと、草叢の中に黒い塊が横たわっていた。

近づいて見ると、黒ずくめの死体であった。これも一刀のもとに胴を薙がれていた。

豪剣――。

まさしく真五郎の剣であろう。

安慶田は耳を澄ました。しかし、ジー、ジッチョ……などという虫の声、そして山鳥の鳴き声のほかには何も聴こえず、山の中は静まり返っていた。戦いは、ずっと先へと流れていったようだ。

それに、森の中はもうすっかり暗くなっていた。

夜ともなれば、戦いも休止するであろう。ただでさえ、樹林は枝が絡まりあい、刺々しい岩々も突き出していて、日中に分け入るとしても大変である。暗闇となれば、進むこともままなるまい。

そのまま、山の中に潜み、明日の夜明けから、戦いは再開されるのではないか。

あるいは、真五郎ならこのような山の中も、もはやすり抜けて身を隠したのではあるまいか。真五郎は夜目も効く。潜んで追手を待ち受けているかも知れない。

追手たちも、夜陰に紛れて立ち働く者たちだから、夜目も効くだろう。

しかし、安慶田が確認しただけで、すでに二人が斬られており、この先にもまだ死体があるかも知れないが、真五郎の手強さを思い知って、慎重になって動けないのではないか。加勢を呼びに行ったのかも知れない。

いずれにせよ、明日には、山狩りがおこなわれるのではあるまいか。

安慶田は決意を胸に落として、急いで引き返し、玉城へ駆け付けたのであった。――

5

夜明け前に玉城を出た安慶田と思徳は、夜の明ける頃には首里北方、浦添グスクの東まで来ていた。村中を通る時は、怪しまれないよう馬を下りて引いて行った。

村人たちが数人、夜明けの道に出て、北の方を眺めたりしながら、何事か話し合っていた。

近づいて、どうしたのかと安慶田が訊くと、何やら首里から軍士らしい者たち二十数人が槍や弓なども持って、騎馬で浦添、西原方面へ、慌ただしく駆けて行ったという。

やはり、かの追手たちと合流して、山狩りに入るのだ。

東側は危ない。

「逆から入りましょう」

安慶田と思徳は、馬に飛び乗り、西の方へ駆けた。

首里末吉を回り込んで、前田から牧港へ出、宜野湾の嘉数へと回り込んだ。

小丘に登って眺め渡すと、刺々しい岩山が重なり合い、岩山の麓は樹林が波打っている。小丘を回り込んで、うねうねと東へ伸びている村道のはるか先の方で、何やらうごめく黒い人影が、豆粒のように見えた。道を過ぎっていく数頭の馬も見えた。裏手からも山狩りがなされるのであろう。

安慶田と思徳は灌木の陰に身を隠しながら、小丘を下りた。

林の中に馬をつないで、岩山の中の樹林へ、入り込んだ。

携えてきた風呂敷包みから、忍び装束を取り出して、百姓着を脱いで着替え、覆面をした。それから思徳は菰包みを開いた。大小二本。安慶田は例の棒杖から刀を抜き、柄の部分に鍔を嵌め込んだ。鍔は相手の太刀を受け止めて跳ね返すのに必要であった。

思徳は太刀をスラリと抜いてみた。鈍い光を放つ刃は、刀の命が脈打つように、刀紋が整然と波打っている。

大和でも名刀の誉れ高い、備前景光——父鬼大城が母の父にして思徳には外祖父たる尚泰久王から下賜されたという、父の形見の愛刀である。

（父上、これは父上の仇討ちでもありますぞ）

思徳は刃に呟いた。鈍い光を放つその刃を見ていると、自ずと、力が伝わってくるようであった。

安慶田も景光をしみじみと眺めて、

「見れば見るほど、力が湧いてくるような、見事な刀ですな。備前景光——」

吸い寄せられるように、安慶田も見入った。

思いを込めて、眺めた後、思徳はそれを鞘に納め、安慶田も仕込み杖を、二、三度打ち振って確かめた。脱ぎ棄てた百姓着を風呂敷に包み、草叢に隠して、二人は立ち上がった。

「さ、ここから、裏奄美山中での修練を生かす時ですぞ。イノシシになりますぞ」

「分かった」

思徳は頷いた。

それにしても——。

御茶当真五郎の救出あるいはその加勢に、こんな形で駆け付けようとは、思いも寄らぬことであった。

真五郎は父鬼大城を越来グスクに攻める首里軍の総大将尚宣威に付いていた。首里軍——すなわちその総大将たる尚宣威は、まぎれもない父の仇であり、真五郎はその仇の手先だったのだ。

だが、真五郎は一方においては母を助けた。そして、尚宣威がオキヤカの陰謀で追い落とされ非業の死を遂げるや、真五郎はオキヤカへの怒りを湧き立たせ、そして、前王統の忘れ形見たる自分を捜し回り、阿摩和利の助言を容れて、奄美までやって来て自分を見つけ、母の許へ送ってくれた。思いもしなかった母との再会……真五郎はもはや、自分にとっては恩人というべきであった。

真五郎は敵方であったが、直接、父鬼大城に手をかけたわけではない。

真五郎を仇としていた阿摩和利でさえ、真五郎を許したのだ。母も、真五郎の誠を信じている。

その真五郎が今、首里のオキヤカが放ったであろう追手に、取り囲まれている。

いかに真五郎が一騎当千のツワモノでも、多勢に無勢である。さぞや、追い詰められているであろう。

今度は自分が、真五郎を助ける番だ。それは母の言い付けでもあったことだ。

(母上、この思徳、きっと真五郎殿を助けますぞ)

思徳は母へ、そして己へ言い含めた。

思徳と安慶田は、樹林を、木々の枝を折らぬよう、音を消し、イノシシとなって抜けていった。

樹林は静まり返っていた。しかし、自分たちと同じように首里の追手、山狩隊もイノシシになって音を立てず、真五郎捜索の網を絞っているところだろう。だが、果たして真五郎はこの山になお潜伏しているのだろうか。

樹林の中には、針山のような岩々が重なり合っていた。険しい地形であるが、裏奄美の山中もこのような険しい密林であった。その中で修練を積んできた思徳には、その険しさも苦にならなかった。安慶田にしても同様である。

「このあたりは恐らく、西原の裏山あたりになっているでしょう」

と安慶田は言い、

「西原と言えば、尚円王が金丸の頃は御物城御鎖官で、その采地(さいち)内間の名を冠して金丸は内間御鎖と呼ばれていましたが、御茶当真五郎もその西原で金丸に見い出されて、取り立てられたと言われています。ですから、西原の山々は、真五郎には庭のようなものでしょう。それで追手をそこへ誘い込んだか、追い込まれたか、どっちかでしょう。きっとこの山中に、真五郎殿は潜んでいると考えられます」

「いくら西原の山々が庭のようなものだとはいえ、追手は山狩隊を繰り出しているし……」

「そう、急ぎましょう。山狩りの輪が絞られていく前に、何とかしなければ……」

　安慶田は少し考えを巡らしてから、

「一つ、攪乱(かくらん)してみましょうか。真五郎殿も、我らが駆けつけていることは、むろん知らない。それを知らせるためにも、攪乱戦法が効果的かも知れません」

「どのようにするのか？」

「そう、私は東側へ走りましょう。思徳金様は西から、斬り込んで下さい」

「分かった。では――」

　思徳は、素早く身を返した。安慶田は反対へ、岩山を回り込んでいった。

　追手――山狩隊がどのような手練れたちなのか、もとより分からないが、山――それも険しい密林へ入り込むと、思徳は水を得た魚というか、イノシシのように、生き生きと突き進んで行く。険しい裏奄美で、何年も修業してきたのだ。

　やがて――。

　岩陰を回り込んで抜けて行くと、樹林にうごめく黒い影たちの姿が見えた。

「恐らく、この近くに潜んでいるに違いない」

「もう網の中だ」

「袋の鼠だ。しかし、油断するな。相手は御茶当真五郎だ。すでに四人やられた。おまけにこの山はあいつの庭のようなものだ」

　黒い影たちはひそひそ囁き合いながら、腰をかがめて、樹々をかき分けて行く。及び腰といったところだ。

　その背後へ、思徳が叫んだ。

「その通り。ここは御茶当真五郎の山だ」

　突然、背中で上がった黄色い声に、黒影たちはギョッとして振り返った。

　その彼らの前へ、覆面の思徳は、抜刀して躍り出た。

「何奴ッ？」

黒い影たちが、慌てて構え直す。

四人――。すばやく見回して、こちらが一人と見届けたか、影たちは余裕を取り戻し、押し包むようにジリッと間合いを狭めてきた。

思徳は横へ走った。

四人が追いかける。

思徳は待ち受けるように歩を止め、躍りかかって来た先頭の一人を、横薙ぎに斬り払った。影は刀を空中へ放り投げ、ドサッと、草の中へ突っ伏した。

残り三人がギョッとして立ち竦むのへ、思徳は間髪を容れず躍り上がって、端の男をこれも横薙ぎに払った。男は仰向けにのけぞり倒れた。

思徳は残る二人へ、ズイッと踏み込んだ。二人は思わず身を引いた。

その時、東の方でも、ウワーッ、というような喚声が上がった。樹々がボキッ、ボキッと折れる音と喚声が聴こえた。

思徳の前の二人はギョッとして、振り返り、また慌てて思徳へ顔を戻して、身構えた。しかし、その目は泳いでいた。

思徳は安慶田が暴れているであろう東の喚声に呼応して、眼前の二人へ刀を振り上げた。

アッという間に仲間二人がやられるのを見せつけられて、残る二人は戦意を失い、

「に、逃げろ！」

と叫んで、樹林の中へ躍り込んで行った。その逃げ行く先に仲間たちが散開していたのだろう、樹々の枝をへし折る音や、ざわざわと枝葉が揺れて、ドッとこちらへ向かってくる。

思徳は身を翻して、それらざわめきの横手へ走り抜けた。

東側では安慶田がどういう戦いをしているのか分からないが、叫び声、喚き声が盛んに起こっている。安慶田自身も叫んでいることであろう。そうした戦闘の音によって、山中に潜んでいるであろう真五郎に、〝救援〟が駆けつけていることを知らせ、真五郎が飛び出し、三方で戦い、撹乱し

て、山狩隊をキリキリ舞いさせようというわけだ。

　こっちも負けずに、戦いの音を立てよう。

　思徳は岩山を回り込みながら、

「オーイ！　こっちだ、こっちだ！」

と、黄色い叫び声を上げげた。

　影たちが、すわっと駆け付けて来る。思徳は、さらに走り抜ける。

「ふざけやがって！　押し包んで、斬り捨てろ！　こっちの敵は、たった一人だ！」

　指揮官らしいのが叫び、ワーワーと、十数人が樹々をへし折り、かき分けながら駆け付ける。思徳はさらに走り抜ける。

「逃げるぞ、追え！　追い殺せ！」

　ざわざわ、ボキボキッと、樹々が折れ、枝葉が波打つ。

6

（何だ？）

　岩屋に潜んでいた真五郎は、聞き耳を立てた。盛んに喚声が上がり、こっちへ向かって来るようだった。

　真五郎は岩屋を出て、岩陰から首を出した。

　喚声は右手、左手の前方二か所から上がっていた。

　誰かが追手、山狩隊に、殴り込みをかけているようだ。一体、誰が？　と思い巡らし、ピンとくるものがあった。

「まさか……」

　思徳金と、安慶田か？

　それ以外に、思い当る〝味方〟はなかった。だが、どうして俺がこのように山中に追い込まれているのを知ったのか。

　ま、それは後で聞こう。後の楽しみだ。

　何やら、ハデに騒いでいるのは、俺と合流するためだろう。

「分かったよ、今出て行くぞ」

　二人に応えるように、声に出して言った。

　何やら、楽しくなってきた。

　正直のところ、ここが俺の死に場所になるかと、半ば覚悟を決めていたのだ。山の中だから、ある程度は凌げるとしても、追手は次から次へと増援して、どこまでも追って来るだろう。女狐はしつこい。多勢に無勢、さしもの俺も……と弱気も出ていたところだった。

待っておれ、今出て行くぞ！　三人で、大暴れだ！

真五郎は岩陰を出て、近くの尾根へ出た。そして叫んだ。

「御茶当真五郎、これにあり！」

たちまち、尾根周りに山狩隊が群がってきた。それらを悠然と見下ろして、

「さァ、命の惜しくない奴は、登って来い！」

と、挑発した。

真五郎が立っているところは、ぽっこりと小山になっている。斜面を攀じ登って行かねばならない。

十数人が地茅や灌木を掴んで攀じ登り、真五郎を取り囲んだが、斜面なので足元が安定しない。真五郎は小山の中央に仁王立ちに立って、へっぴり腰に構えて近寄ろうとする山狩隊へ、グルリと刀を回した。どこからでもかかって来いというわけだ。

二、三人がとびかかった。真五郎は身体を回転させて、それらを斬り払った。続く者はなかった。

「どうした、誰もかかって来ぬか」

挑発したが、斜面の前で、皆、立ち竦んでいる。槍を持っている者も二、三いるが、投げても真五郎には届かぬだろうし、届いたとしても軽く払いのけられるだろうから、槍も使えない。

左手前、喚声の上がるところへ、真五郎は目を転じた。黒い影たちが樹林にうごめいているのが見えた。

右手へ目を転ずると、こちらでは十数人が岩山の間を駆けて行くのが見えた。

「弓だ！　弓を呼べ！」

と、麓で指揮官らしい者が叫ぶ。

そうか、弓まで持って来ているのか。弓だと少々厄介だぞ。一瞬考えた真五郎は、刀を振りかざしながら、小山を滑り下りた。

ワーッ、と取り巻いていた者たちが逃げ散っ

た。果敢に飛び掛かって来る者もあったが、真五郎は一太刀で斬り払った。血しぶきが上がった。真五郎がためらいもなく刀を構えていた者たちは、真五郎がためらいもなく刀を振り上げてイノシシのように突進してくる勢いに、思わず身を引く。その中を真五郎は右手へ走った。雑木がからまりあい、藪草も深いので、追手たちも追撃はままならない。

雑木の切れた草場で、覆面の男が、十数人に取り囲まれて、立ち回っていた。

真五郎の姿を認めて、

「真五郎！」

と、黄色い声が飛んだ。覆面の男は、思徳金であった。

「おお、奄美の加那か。しばらくだったな」

真五郎は、でたらめな名で呼んだ。

取り囲んでいた追手たちは、顔を見合わせ、

「奄美だと？　奄美から来た男か」

「加那と言うぞ、奄美の加那――何者だ」

はまったな、と真五郎はほくそ笑んで、飛び掛かろうと身構える追手たちへ刀を構えて怯ませながら、覆面の思徳へ、ずかずかと近づいて行った。

「俺が追われているのがよく分かったな」

「叔父貴と一緒に商売で来て、西原へおぬしを訪ねて来たら、おぬしが追われていると聞いたんです」

思徳もうまい。

「向こうで戦っているのは、叔父さんか」

「そうです」

「よし、叔父さんを助けに行こう。向こうで孤軍奮闘しているようだ」

二人は、周りへ刀を構えながら、悠然と進んで行った。

「なめやがって！」

側から躍り込んできたのを、真五郎はハエでも払うように振り向きもせず斬り払い、歩みも止めなかった。行く手を阻んでいた者たちは、恐れをなして身を引く。

思徳にも一人が斬り込んできた。

思徳も歩きながら、斬り払った。目にもとまらぬ早業であったが、真五郎は（ん？）と、それを見た。峰打ちに気づいたようだ。

真五郎はすぐに、その意味を悟った。これは恐らく、うみないび百十踏揚の指示であろう。なるだけ血は流さぬように……と。裏奄美で武芸の鍛錬に明け暮れ、その腕前を実戦で試す絶好の機会に、抑えているのは、少年の本意ではあるまい。

「そうか、きょうはお袋さんの命日だったか」

と、真五郎は叫んだ。

「はい」

と、思徳も叫び返す。

「なるほど」

真五郎は頷いて、自分も刃を返した。そして、

「峰打ちでも骨の一、二本は折れるぞ。一生、苦労するぞ！　しかし、ずっと峰打ちというわけじゃないぞ。強そうな奴は容赦しない。たたっ斬る！　さぁ、どけどけ！」

と、周囲に刃を返した刀を回して凄んだ。

二人があまりに堂々と突き進んで行くので、取り囲んでいた者たちもすっかり気を呑まれている。

その向こうから、喚声と斬り合う音が、こちらへ向かって来る。

思徳と真五郎をゾロゾロと追って来る者たちも、向こうから何人の真五郎の加勢がくるのか分からないので、及び腰になっている。

やがて向こうから、斬り結びながら、

「えーい、どけ、どけ！」

と、喚き立てて、もう一人の覆面の男——安慶田が姿を現わした。

「おお、真五郎殿！」

覆面の安慶田が叫んだ。

三人はここに、合流した。

山狩隊も、相手が三人だけと知り、おまけに一つにまとまったので、態勢を立て直し、

「押し包んで、殺せ！　槍隊、前へ！　弓隊も早く呼べ！」

指揮官が、てきぱきと差配した。

樹林での戦いは、裏奄美で修練を続けてきた思徳と安慶田には、まるで庭を駆けるようなものであったし、真五郎にしても西原の山林で武芸を鍛錬し、加えて探索方として編み出した秘技と敏捷さで、山狩隊を存分に翻弄していたが、山狩隊は

二重三重に網を絞って、押し包んできている。

それに峰打ちを続けていっても、やがて彼らは息を吹き返すであろう。かといって、斬り続けて死体を並べていっても、押し寄せる山狩隊は圧倒的な数であり、きりがない。いかに鍛えた身体とはいえ、いずれ疲労も募ってこよう。

「逃げる――」

真五郎は二人に片目を瞑って呟くように言って、「俺が先へ行く。付いて来い」

と、いきなり樹林を駆け出した。思徳と安慶田も間をおかず、その後を追った。

「逃げるぞ、逃がすな！」

山狩隊は取り囲むように、追いすがって来た。行く手にも、立ち塞がる。その立ち塞がる行く手の者どもを薙ぎ払いながら、三人はまさに山鳥かイノシシのように樹間を駆け抜け、岩山を飛び越えて行った。

じわじわと網を絞り込んでいくことに眼目を置いていた山狩隊は、しゃにむに、その網を切り裂き、つむじ風のように突破していく三人に、完全にウラをかかれて、樹林の中で右往左往の体（てい）である。

三人はまもなく、樹林を抜け出た。山狩隊の網を突き抜けたのである。

茅道（かやみち）へ出た。山狩隊の馬が道端に数頭つながれていた。突如として、山の中から飛び出して来た三人に、馬たちは驚き暴れた。

「どう、どう――」

と、真五郎は竿立ちになった暴れ馬の手綱（たづな）を掴み、木の幹につないだ手綱の結び目を刀で切って、その馬に飛び乗った。思徳、安慶田も同様に続いた。

残った数頭の馬は、手綱を切って、その尻をチクッと刀の刃先で突き、また刃を寝かした冷たい刀で尻を叩いた。馬たちは狂ったように逃げ去った。

三人は手綱の先で馬の尻を打ち、村道を疾駆して行った。ふり返ると、山狩隊がようやく道に出てくるのが見えた。しかし、馬がいないので、追撃のしようもなく、ただ走り去る三人を無為（むい）に見送っているほかなかった。

道は曲がり、茅葺きの農家が散在している村へ出た。村人たちが数人、道に出て来て、山を眺め、指差したりしながら、騒いでいた。山の戦いに気づいたのである。

真五郎は手綱を引き絞って、その村人たちのところへ、馬を寄せた。村人たちはびっくりして、逃げ腰になった。

それを「待て待て」と真五郎は止めて馬を寄せ、

「あの山の中で戦いがあった。西原村の御茶当真五郎と、首里の山狩りが争って、七、八人は死んだろう。御茶当真五郎も殺されたようだ。死人を山の中に放置しておくと、山マジムン（山幽霊、魔物）になるそうだ。薪取りにも行けなくなるぞ。後で、村人たちで弔ってやることだ」

真顔で馬上から、諭すように村人たちに言う真五郎を、少し先へ行って振り返っていた安慶田が、ニヤッと笑って見ていた。（恐らくこれに尾ヒレがついて、西原の背後ウチャタイ山のマグラー・マジムンの伝説となっていったのであろう。マグラーは真五郎の方音である。つまり、その伝説は真五郎自身によって作られたということになろうが、真五郎が何ゆえにそのような〝伝説〟を仕立てのか。恐らく後の追跡を逃れるためだったかも知れない。真五郎は「死んだ」と。）

村人たちを脅して、馬を小駆けさせて来て、ところへ馬を小駆けさせて来て、真五郎は待っていた二人の
「さァ、行こう、北へ行こう！」

と、促した。真顔であった。

安慶田がまたニヤッと笑ったが、スレていない思徳は、マジムンの話が何の比喩なのか分からず、キョトンとした顔つきであった。

真五郎は安慶田をチラと見て、片目を瞑り、それから、

「行くぞ！」

と、馬腹を蹴った。

駆け去る三人を、村人たちは呆気にとられて見送っていた。

思徳と安慶田が乗って来た馬は、置き去りにされたが、そこへ馬を取りに行くわけにはいかなかった。恐らく、もう山狩隊が見つけてしまっているだろう。

第六章　白い蝶

1

北へ――というのは、玉城の反対側ということであり、三人が南の玉城とは無関係であることを示す策略にほかならなかった。玉城と関係ないことは、すでに山中で追手たちの頭にも刷り込んできた。

　覆面の思徳と安慶田は「奄美の加那とその叔父さん」ということにしたのだ。覆面の一人が、玉城の百十踏揚の子の思徳だなどと結びつける者はまずあるまい。玉城はこれで安全だと言えるだろう。

　三人はしばらく、山原に潜んで、ほとぼりのさめるのを待つことにした。

　山原の山中に落ち着くと、真五郎(まごろう)は、どうして自分が首里に追われて山に逃げ込んだのを知ったのかと、そのことを訊いた。

　安慶田が経緯を語った。

「うみないびの前が、私を助けに行けと?」

　真五郎は驚いて、思徳を見遣った。

「はい。母上は真五郎殿の誠を信じていると。自分も、そしてこの私、思徳も、真五郎殿に助けられた、こんどは思徳が真五郎殿を助ける時だと」

　思徳は若い瞳を輝かせて言った。

「………」

　真五郎は、天を仰いで、瞼を閉じた。踏揚の言葉を噛みしめるように、いや、その声をじかに聴くように――。

「しかし、真五郎殿を追う首里の追手たちも、ただ命ぜられてしていることで、出来るだけ血を流さずに、切り抜けなさいと、母上は……」

　真五郎は顔を戻して、

「それで、峰打ち。なるほど、いかにもうみないびの前らしい。中城、勝連、越来グスクと、三つも大きないくさに翻弄されて来られたうみないびの前です。血しぶくいくさは、もう見たくないというそのお気持、よく分かります。しかし、私は昨日来、もう七、八人も、血祭りに挙げてしまいましたな。うみないびの前のお気持を、聞いておりませんでしたからな。ま、これからは、なるだけ殺生(せっしょう)はやらないことにしましょう」

　真五郎は、ほろ苦く笑った。安慶田も笑って、

「さて、これからのことですが――」

と、話をそのことへ移した。

「母上は、事が済んだら、玉城には戻るな、大和へ行けと申されていました。大和にいる阿摩和利按司を頼れと」

　思徳は言い、真五郎は頷いた。

「確かに、玉城へ戻るのは危険です。玉城は見張られているかも知れませんからな。みすみす、網の中へ入り込むようなものだし、うみないびの前の御身(おみ)にも危害が及びましょう」

「でも、私は心配です。母上は病んでおられます。このまま、大和へ行けば、もう二度と、母上のお顔を拝むことは出来ないかも知れません」

「真五郎殿のお蔭で、せっかく、再会が叶いましたのに、すぐまた、……それも今度は、永久(とわ)の別れとなるやも知れぬ、と思うと……」

「…………」

「…………」

　真五郎も、安慶田も、黙って、肩をすぼめて呟く思徳を、痛ましげに見遣っていた。

　思徳は懐から小さな布包みを出して、真五郎に開いて見せた。それは紙縒(こよ)りで結んだひと掴みの黒髪であった。

「母上の髪です。私の髪も切って、交換しました。お互いの形見として……。母上はもうお覚悟を決めておられますが、このまま大和へ行ってしまうのは、どうしても忍ばれません。未練がましいようですが、せめてもうひと目、見納めに、と……」

　何しろ、七、八年ぶりに、それもすでにこの世にないと思っていたまぼろしの母と巡り合って、しかしそれも、瞬(また)くようなほんの短い再会は、涼風がさっと吹き過ぎたもののように、諦めきれぬものが、少年の心にはわだかまっているのだ。

「分かりました、思徳金様。玉城へ行ってみましょう」

　真五郎は、きっぱりと、決意を落として言った。

　思徳が目を輝かせた。

「えっ、いいのですか？」

と、安慶田が案じた。

「何、夜陰（やいん）に紛れて、それも警戒しながら、忍んで行けば、短い間なら、誰にも気づかれずに行けよう。真五郎は北、山原へ行ったと、追手には思わせて来たから、玉城には見張りも付いていまい。その油断を突いて行くのだ。大丈夫だろう。ともかく行ってみましょう。聞けば、うみないびの前はご病気でもあられる、そのことも気にかかるし……」

「分かりました」

と、安慶田も頷いた。

「ありがとう、真五郎殿」

「真五郎と、呼び捨てでいいですよ。しかし、その前に、私の提案ですが、我々が行くのは、大和でなく、南――南蛮（なんばん）がいいのではないかと。そのことも、うみないびの前のご意見をもう一度お訊きしたいと思います」

「南蛮――と？」

安慶田が驚き、思徳も疑わしげに真五郎を見た。

「阿摩和利按司の船で奄美へ渡る時――」

と、真五郎は阿摩和利にまだ「按司」を付けて呼ぶ。

「阿摩和利按司とは色々と語り合った。大和はつい先年まで、京の都を焼き尽くす大乱が何年も続いた。都の大乱はやっと収束したとはいえ、広い大和は、いくさの種は尽きないようだ。いつまた大乱になるかも知れないという。大和へ行けば、好むと好まざるに拘わらず、いくさに巻き込まれる恐れがある。それに――」

と、真五郎は続けた。

「阿摩和利按司も実は、妻の弟と、わが子に組を引き継いで、隠退するようだ。年でもある。ま、我々が行けば、阿摩和利按司の口聞きで組には入れて貰えるだろうが、阿摩和利按司が采配を揮うのでなければ、我らの出る幕も、ちょっとな……。それで、南蛮の方が面白いのではないかと、今ふっと思い付いたんだ」

真五郎は二人の顔を、窺い見るように言った。

「南蛮というと……」

奄美山中で育った思徳には、何か夢物語のように聞こえた。

むろん、山中に潜んだとはいえ、それは世に出て行くための潜伏であり、世に出ればそれに対応できるよう、田場と安慶田から、琉球の成り立ち、明国の冊封、進貢のこと、大和、朝鮮、南蛮との交易についても、一応のことは学んではいた。

しかし、いきなり、南蛮へ行こうと言われても、実感が湧かない。

真五郎は棒切れを拾って来て、土の地面に地図を描いて行った。

「ここが、今我らのいる琉球——」

と、ほじくるように棒で丸印をつけ、その隣に大きく曲線を引いて、「ここが唐、明国だ。とてつもなく大きい。大明国(だいみんこく)——」

そして棒を戻して、琉球から上へ線を引き、これが大和、そして朝鮮と線を引いて、こんどは棒を戻して琉球から先の方へ線を引いていき、

「このあたりが南蛮諸国。安南、シャム、マラッカ、スマトラ、ジャワ……」

と、棒でつつきながら示していく。「安南、シャム、マラッカは大明国と地続きであるが、スマトラ、ジャワは海が隔てている。ここはもう地の果てだが、琉球船はそこまで行く。もっともジャワとの通交はすでに絶えてしまったが……」

「…………」

思徳はまだ夢物語を聞いているようだった。

「これら南蛮諸国の中で、琉球がもっとも多く行き来があるのは、このシャムだ。別名アユタヤ王国ともいう。南蛮諸国の中でも隣国ビルマと並んで栄えている国だ。琉球との付き合いが最も古いから、琉球に対しては特に親しみを抱いている。行くなら、このシャムがいいと思う。我らが住みついても拒まないだろう」

安慶田は、もう南蛮へ行くつもりになっているのか、身を乗り出している。

「実は——」

と、真五郎が語り出したのは、意外な話だった。

真五郎はかつて、その南蛮諸国を巡って来たと言うのである。

「十数年も昔のことだから、今まで言わなかったが——」

真五郎は思い出すように、空を見上げた。

眩しく明るい空に、白い雲がゆったりと流れていく。その空は、はるか南蛮まで続いているのだと、真五郎は改めて感慨を甦らせた——。

2

真五郎が南蛮に渡ったのは、尚徳王の時代であった。尚円王は当時、進貢船や海外貿易を取り仕切る御物城御鎖（おものぐすくうざす）の役に就いていて「内間御鎖」と呼ばれていた。王庫を握る長官であり、事実上の財務大臣で、王府におけるその地位は絶対的なものであった。

その内間御鎖金丸が、

「真五郎。南蛮を見て来い」

と言うので、真五郎はシャムに向かう船に乗り込んだのであった。

南蛮交易を巡っては、不正取引の疑いなどがあった。交易のことは、進貢にせよ、南蛮にせよ、また大和、朝鮮にしろ、すべて王府の管理貿易であったが、中には乗組員がひそかに私的な取引をなしたり、抜け荷もおこなわれているとの噂があり、その実態の調査と、王府探索方が乗り込むことで、王府が目を光らせているぞと示し、改めて、乗組員たちの警戒心と自覚を喚起する狙いもあった。

密売に関しては、げんに摘発の例があった。

『明史』洪武二十三年（察度四十一年、一三九〇）に、察度王が世子武寧を朝貢させ、その元旦の朝廷表賀に、馬五頭、硫黄二千斤、胡椒二百斤、蘇木三百斤を貢した時、

《通事屋之結なる者、私（ひそか）に胡椒三百斤、乳香十斤を携えて門者（検者）に獲（とら）へられ当に官に没入せらるべかりしに、詔（しょう）して之を還さる》

との記事がある。通事は捕えられ、その所持物産は没収されたが、洪武帝（こうぶてい）は、遠人なるをもって、詔勅を発してこれを許し、物産も返還したのである。

しかし、尚金福王代の景泰(けいたい)初めには、「南支(なんし)」から齎(もたら)された砂糖を、日本本土で売却したことが発覚して、琉球王府が長嶺陵正なる者を、八重山に流罪にした事件もあった。

　後者は尚円金丸が、越来王子尚泰久の信任を得て、兄尚金福王の近臣となっていた時であり、その後金丸は即位した尚泰久王の下で、御物城御鎖に任じられて、尚徳王代もこれを勤めていたから、海外貿易の管理には神経を尖らせていたのだ。

　真五郎はその「御物城御鎖」金丸派遣のいわば監察使として、シャム（アユタヤ）での取引を見、マラッカまで回り、帰りは安南にも寄って、南蛮貿易の実態も調査したのである。

　シャム、マラッカでの意思の疎通はおもに明国閩(ビン)語・広東(カントン)語でなされ、唐営久米の通事(つうじ)（通訳）がこれをおこなった。マラッカ及びシャムにはおよそ半年も滞在した。

　真五郎はシャム語やマラッカ語を覚え、簡単な会話なら、じかに通わせるほどになった。

「ほう！　南蛮語ができるのですか」

　安慶田が目を瞠(みは)った。

「南蛮へ行ったのは、もう十数年も前のことだ。あらかた忘れてしまったが、行けば、まあ何とかなるだろう。万国津梁とは言うが、異国との通交はまず言葉が壁になって、思うにまかせぬが、言葉の問題は大和にしても、朝鮮にしても、同じ異国だ。しかし、琉球人は人相、骨格など、どちらかといえば、大和よりもむしろ南方に近い。あっちの方が色は黒いがな。しかし、安南やシャムの人たちは、人なつっこく、ニコニコして分け隔てしない。ハイサイ、ヤッチー（よう、兄さん）と思わず声を掛けたくなるほど、こちらもつい親戚のような気分になる」

「そいつはいい」

　安慶田はもう身を乗り出している。

　真五郎は南蛮の風土に思いを馳せるように空を見上げて、

「気候風土、樹華木もほとんど同じだ。琉球と同じように暑い。いや、琉球より暑いな。しかも年中夏だ。だが、この琉球とて暑い夏は長い。陽射しは同じように強烈だ。人だけでなく、気候風土まで似通っているから、〝兄弟島〟のように思える。だから、どうせ琉球を離れて新天地を求めるなら、南方がいいと思うのだ。俺も多少のつながりがあるし、言葉もなんとか通じるだろうしね」

と、南蛮と琉球の類似を挙げていく。

「………」

安慶田は頷いたが、思徳は思案を巡らしているのか、腕を組み地面を見詰めて、黙している。

その思徳を横目で見ながら、真五郎は続けた。

「阿摩和利も何かあったら大和へ、自分を訪ねて来い、と言ってくれたが、日本へ行った者の話に聞けば、南方のような親しみなど覚えず、冷たい感じだという。冬は寒くて大変だ。雪が降る。人や気候に慣れるのは大変だ。ま、阿摩和利は海に生きているから、また琉球を絶ち切って生きているから、そんな大和でも活躍出来ているわけだが、その阿摩和利の時代も、もはや終わりつつあるし……」

と、真五郎は「日本」へ行くことには、消極的であった。

「日本人は冷たい」

ということでは、尚真即位二年に琉球に送られて来た漂流朝鮮人金非衣らが、日本を経て帰国を願い出たのに対し、琉球王（王府）は、日本経由に否定的だった。

《日本の人、性悪なり。保つ可からず、なんじを江南に遣はさんと欲す》

――日本人は質が悪いので、安全は保障できない、ゆえに皆さんは江南（明国福建）に送り、そこから帰国させたい、と、琉球王（王府）は言うのであった。陸路を想定していたのだ。

当時の琉球においては、ともかくそのように、日本はあまりいい印象は持たれていなかったようだ。北九州の倭寇が、琉球王の名を騙り、国書を偽造して「琉球国使」と偽わり、朝鮮との不正取引などをおこない、これを朝鮮王が問題にしているということなどが、琉球にも伝わってきていた。真五郎もそれを言っているのだった。

安慶田は南蛮へ行こうという真五郎の話に、しきりに大きく頷いて、すっかりその気になっている。

だが思徳は、真五郎の話を聞きながらも、頭の中に、母の面影がちらついて離れない。

そんな南の果てへ渡ってしまえば、いよいよ、おいそれとは琉球には帰れまい。母はただでさえ病んでいる。もう、ほんとうに二度とは会えないのではないか。

母は、玉城には戻らず、そのまま大和へ行け、阿摩和利を頼れと言った。それは、自分というより、真五郎を守るためだ。真五郎は首里に追われている。だから、琉球にいるのは危ないのだ。

しかし、自分は首里に顔を知られているわけではない。首里の山狩隊の前には覆面で出たし、真五郎の機転で「奄美の加那」ということになっている。よもや、百十踏揚と鬼大城の忘れ形見だとは、誰も思うまい。だから、この沖縄にいたって問題はない。

むろん、玉城の母のもとで暮らせば、いくら親戚を装っても、自分が母と鬼大城の子だと分かってしまうだろうが、一緒でなく、例えば、近くに暮らして、時々、親戚の者として訪ねていくぶんには、そして用心を怠らなければ、隠し通せるのではないか。

安慶田にしても、越来方面では顔を知られているかも知れないが、行方をくらましてから七、八年にもなる。何より、彼が真五郎の一味になっているとは、誰も思うまい。安慶田も山狩隊の前には覆面で出たのだ。

問題なのは、真五郎一人ではないか。

その真五郎とて、むしろ、自分や安慶田との関わりを切って、一人で生き抜いていく方が身軽ではあるまいか。そして、密かに南方へ逃れて行けば、もはや首里の脅威ではないし、南蛮へ行ったことが分かったとて、まさか首里も南蛮までは追って行くまい。真五郎の安全は確保される。

（しかし……）

だからといって、真五郎だけ、どこへなりと行け、とは言えないではないか。母は、真五郎を守れと言ったのだ。真五郎から離れること、真五郎を突き放すことは、その母の言葉にも背くことになるのではないか。

真五郎は、実に母の命の恩人である。いや、自分にとっても、とうに亡くなっていると思っていた母に再会できたのは、真五郎のお蔭なのであり、返せぬ恩を受けたといってよい。

真五郎が裏奄美へ現われなかったら、自分は母が生きていることさえ、知ることが出来なかったのだ。

その恩人を、見捨てるなど、人の道ではあるまい。

南蛮へ逃げれば安心だ、とはいっても、異国に一人生き抜いていくのは不自由であろうし、やはり支えや助けがいるだろう。それに真五郎もいつまでも〝超人〟ではない。いつかは老いる。それもそう遠くない、真五郎はとうに四十を過ぎ五十に近い。余生は人の助けがいる。母が真五郎を助けよ、一緒に琉球を出よ、と言うのには、そんな将来的な意味も含まれているかも知れない。

しかし、真五郎と一緒に、南蛮へ行けば、もう二度と、母に会うことは出来ない……。


堂々めぐりに、考え込んでいる思徳を、真五郎は黙って、じっと見下ろしていた。

「新天地」といっても、安慶田のように、目を輝かすでもなく、若者は戸惑って視線を落としている……。

「母上のことを、考えておられるな」

真五郎が呟くように言うと、思徳は目を上げて、素直に頷いた。

その思徳の気持を読み切ったように、真五郎は言った。

「ま、俺はもう、この狭い琉球では生きていく天地が尽きたようだから、南蛮あたりへ逃げるが、思徳金様はこの玉城の片隅のほかは、顔を知られているわけではないから、このまま琉球で暮らしていくことも出来ましょう。その辺のことも、母上とお話し合って、決めればよいと思う。ともかく一度、玉城へ行きましょう。私も一度は、ご挨拶しなければなるまいから、同道致しましょう」

先ほどの、南蛮のことを熱っぽく語っていたのとは違って、どこか冷めたような口調であった。

思徳は何だか突き放されたような、そして、自分が真五郎を裏切っているような、忸怩たる気持になったが、

（そうだ、母上にきちんとお別れをし、真五郎殿とともに、新天地へ行こう。母上は玉城には二度と戻らず、真五郎殿、安慶田殿三人で、大和へ行けと仰ったのだ。別れはとうに覚悟なさっているのだ。この期に及んで、自分がめそめそしていれば、母上に叱られるだろう）

思徳は、きっぱりと心を決めた。

母上といつでも会えるように、近くに住んだとしても、そんなことをしていれば必ず、首里の探索方に見咎められよう。すれば、母上にも迷惑をかけることになる。追われているのは、真五郎だけではないのだ。首里を向こうに回して戦い抜いた鬼大城と、前王統のうみないび百十踏揚の子が、むしろ首里の捜し求めている本命ではなかろうか。

その自分を、真五郎は守り抜こうとしているのだ。真五郎だけ逃げればいい話ではないのだ。

思徳は気持を定めた目で、真五郎を見上げた。

「お願いします、玉城へ一緒に行きましょう。母上に、きちんとお別れを言って、そして南蛮の新天地へ、一緒に行きましょう」

真五郎は「うむ」と、頬を緩めた。

「決心がつきましたな」

と、安慶田も笑顔で大きく頷いた。

「もう少し、ほとぼりをさまそう」

ということで、三人はそれからなおしばらくは山原山中に潜んだ。

三人が「北」へと逃げたので、首里の追手たちも、恐らく山原探索に入っているだろう。迂闊には出ていけないのだ。

山原の原生林は広大で深い。追手たちが当てずっぽうに駆け回ったとて、どうにもなるまい。山裾の海べりに、ポツンポツンと孤立した村々に、聞き込みをかけているのだろうが、〝忍び〟の真五郎が、村人の目に止まるような潜入はしない。

原生林の奥深く、村人さえ入り込まない、険しい谷底に潜めば、万が一にも露顕しない。

原生林に潜む暮らしは、思徳も安慶田も、山

原、そして裏奄美で実に数年も暮らしてきたのだから、何の苦もない。険しい山歩きも庭を歩くようなものであった。

山奥深くで、何を食べ、どのように生き抜いていたのかを、ちょっと見ておく。

山原では崖下を囲って暮らした。裏奄美では山小屋を建てて雨露をしのいだ。イノシシを狩り、山鳥を礫や小弓で撃ち落とし、ヤマイモを掘り、木の実、キノコを採り、川魚や川エビ、また海にも出て魚を突いてきた。山中には意外と食材は多い。三月に一度くらいは、沖縄の情報を探るのも兼ねて、安慶田が奄美海峡の古仁屋へ出、銅銭で農家から米など当座の日用品を買ってきたりした。

安慶田は、ウチャタイ山へ入る時、山籠りも覚悟して、裏奄美から携えて来た丸く平べったい小ぶりの鉄板を布にくるんで腰にぶら下げていた。軽い凹みをつけた鉄板は米や煮物の料理用である。米は布袋に入れて、これは着替えや小道具類とともに背負荷に担いでいた。米袋は思徳も分け持って、いつでも〝野宿〟に入れるよう、小道具と一緒に布に包んで背負っていた。

真五郎も思徳探しの山原探索には、村々で米や鶏や魚を買うための銅銭を準備していたが、木を切って槍を造り、それでイノシシを仕留めたこともある。ハブを見つけると、これも獲って焼いて食った。山鳥の巣を見つければ、小さいけれど、卵だって手に入る。小弓で山鳥も仕留める。

米は木の葉や野芭蕉の葉などにくるみ、安慶田の凹んだ鉄板に水を入れて木の葉を上に重ねて蒸す。汁物はその鉄板に周囲をイノシシのなめし皮を巡らして零れないようにして作る。味は塩や海水、魚の干物などを使うが魚汁や鳥汁は塩だけでいい味であり、魚は木の葉や野芭蕉の葉、ヤマイモの葉にくるんで蒸し物もいい。山菜は豊富だ。谷川の水は新鮮である。

安慶田は草や木の葉を蒸し、天日で乾燥させて〝茶〟も作った。

結構グルメな野生生活なのであった。

そんな山暮らしをひと月ほど送って、さてそろそろほとぼりも冷めたろうと、三人が、首里の山狩隊から横取りした馬に跨って、山原山中を出たのは、ミーニシ（新北風）もとうに吹いて、この南島も秋が深まり、朝夕は冷える日も多くなった頃であった。

3

夜陰に紛れて、三人は玉城富里に着いたが、踏揚の家は灯も消えて、闇の中に沈んでいた。

（…………？）

人気がないのを怪しみつつ、隣の兄多武喜家へ行くと、田場大親が出て来て、涙ながらに、百十踏揚がもはや、この世の人でないことを語ったのである。

何と、踏揚はひと月余も前に亡くなり、四七日もすでに済ませたところだというのであった。

「静かに、寝入るような最期でした。何だか満ち足りたような、かすかな笑みをお口元に湛えて……。きっと、いい夢をご覧になりながら、逝かれたのでございましょう。半ば諦めていた思徳金様との思いもかけぬご再会、もう思い残すことなど、なかったに違いありません」

田場大親は、老いた目を潤ませながら語った。

思徳は愕然となった。ガーンと、脳天を槌で叩かれたように、頭の中が真っ白になった。

思徳が安慶田とともに、真五郎を助けるべく、馬で玉城を出た後、踏揚は咳き込み、血を吐いて、そのまま臥っていたが、ついに、その命の火は、多武喜や居残った田場大親らに看取られながら、静かに燃え尽きたのであった。

踏揚はすでに病んでいたが、思徳との再会を果たすまではと、消えなんとする命の火を吹き起こし起こし、辛うじて繋いできたのであろう。そして、夢にまで見た再会が、ほとんど奇跡的に叶い、かぼそく繋いでいた執念の糸が、ついにプッリ……と切れてしまったのだ。

思徳が真五郎、安慶田とともに首里の山狩隊と戦い、これを翻弄して、山原へ逃れていた、そのさなかのことであった。

ひと足、遅かった。

思徳は打ちのめされ、ほとぼりを冷ますために山原に潜んだことが、取り返しのきかぬ道草を食ったようで、返すがえすも悔やまれた。山狩隊と戦って、そのまま玉城へ駆け戻れば、あるいはまだ間に合ったかも知れない。駆け付けて、自分が呼び掛ければ、母はもう一度、その命の火を吹き起こしたかも知れぬ。

みすみす、母をあの世へ行かせてしまったのが、自分の責任のようにさえ思える。その死に目にさえ間に合わなかった、自分の迂闊さに、地団駄踏む思いであった。

ただ、母の病が、そんな瀬戸際にあったとは思わなかったのだ。母は毅然と、真五郎救出と、その後の身の振り方まで指示し、まさか、それが最後の命を振り絞ってのものだとは、夢にも思わなかったのだ。

田場の話では、思徳と安慶田が踏揚の指示を受けて、出立してすぐ、踏揚は激しく血を吐いたという。……文字通り、母は最期の命を振り絞って、自分に指示したのだ。

葬儀――といっても、多武喜も、踏揚も、いわば隠棲先であり、隣家の者や、親しく両家の世話などをしてくれていた近所の村人たちだけで密やかに……というのが、兄多武喜の考えであったが、仮にも前王統の王女――それも第一王女にしてセヂ（精、霊力）高く、かつては〝首里御城の花〟との噂はこの玉城にも聞こえていた。

いくさ世の激浪に翻弄され、ついにこの島の果てまで落ちて来て、ひっそりと余生を送っていた踏揚を、村人たちは痛ましく見ていたのだ。それだけに、訃報はすぐに広がり、富里村、隣の玉城村、糸数村などからも、村人たちが忍びやかに弔いにやってきて、密やかとは言いながら、参列者はいつしか数十人になったという。

当時の琉球の葬送について、『李朝実録』世祖八年二月（尚徳王二年、天順六年、一四六二）の条に、次のようにある。意訳で紹介する。

山上の巌下に墓室を造り、家人が亡くなれば女たちで焼いて収骨し函に収め、墓室に安置する。且つ家の正庁（表中座すなわち二番座）に神主（位牌）を奉安し、朝夕、家人と同じ食事を供えて祭る。……春秋に日を撰び（彼岸）門を開いて墓室に入り、これを祭る。白衣を着て三年の喪を終わる――。
火葬だったのである。これは琉球に漂着した朝鮮人を送還して朝鮮に使した普須古（阿普須古＝大城）・蔡環らが、朝鮮議政府の琉使宣慰使李継孫の質問に答えたものである。

多武喜家の仏壇には、まだ白木のままの真新しい踏揚の位牌が並べられていた。

その位牌――それがただの白木の「物」と化しているのを見て、思徳はようやく、母の死を現実として受け止めざるを得なかった。

そうか、母上はもうこの世にはいらっしゃらないんだ。あの世へ行かれたのだ。もう二度と、母上のお姿を、あの包み込むような温かい笑顔を、見ることは出来ないのだ……と思うと、ただ胸を掻き毟られるばかりであった。

多武喜の話によると、踏揚の家にも仏壇があったが、普段は締め切られていた。両親――尚泰久王と王妃の位牌は、多武喜家にあったので、踏揚家のそれは、ただ沖縄の民家の造りとして、仏壇はくっついているので、そういうものとして多武喜は見ていた。

仏壇があったことは思徳も知っているが、閉め切られたままなので、思徳もさして気に止めなかった。

ところが、その締め切った仏壇の中には、実は、何の文字もない、白木の位牌が四つもあったというのである。

踏揚は多武喜にもそれを見せたことはなかったが、賄女のウトが仏壇の拭き掃除の時に、それも手に取って拭いたりしていた。白木のままなので訝しく思いながらも、何か訳があるのだろうと、訊ねることは憚られた。

その白木の位牌は、もともとは五つだった。大きいのが三つに、小さいのが二つ――。

ところが、ある時から、位牌は四つになっていた。

その「ある時」というのは、「首里の親戚の者」

という頬被（ほおかぶ）りの男が踏揚を訪ねて来て、その後に大きい位牌が一つ減っているのに、ウトは気づいたのであった。

　それを聞いて、多武喜は思い当ることがあった。五つの位牌というのは、大きいのは恐らく、阿摩和利と、鬼大城であろうが、後の一つが分からない。あるいは中城、勝連、越来のいくさで犠牲になった将兵たちのそれではないかと、多武喜なりに想像した。

　踏揚は、あの三つのいくさに自分が関わっていたことで、ひどく気持を痛めていたのを、多武喜も知っていた。

　残り二つの小さな位牌は、言わずもがな、日の目も見ずに、闇から闇へ流れ去った阿摩和利の子であろう。

　しかし、三つあった大きな位牌が、「頬被りの男」の来訪後、二つになっていたのは、「死んだ」と思っていた人が生きていた、それがほかならず、例の「頬被りの男」だったのではないか。

「頬被りの男」とは誰か。死んだと思っていたのに生きていたのは？

　多武喜はこの時、阿摩和利に会っていないから、それが阿摩和利だったとはむろん知らないが、もしかしたら、阿摩和利が生きていたのではあるまいかと思ったという。

　鬼大城ではないのだ。鬼大城は知花グスクまで追い込まれて、その洞窟で火攻めに遭って壮絶な最期を遂げた。その遺体は回収されて、改めて葬られたのである。遺体が回収されなかったのは、阿摩和利である。

　阿摩和利は鬼大城に斬られ、そして勝連グスクの焼け落ちる炎に呑み込まれたという話であるが、その炎の中から甦ったのではあるまいか。「頬被り」というのも、顔の火傷を隠すためではなかったか、と。

　その「五つの位牌」の話を聞きながら、思徳は、母の優しい人柄に触れた気持になった。真五郎も、いかにもうみないびの前らしい、と胸に落ちるものがあった。

「その御位牌は？」

思徳は訊いた。

「そう、名前も何もない白木であり、つまり秘密の位牌なので、踏揚の他の身の回り品とともに、葬儀の時に焼いた。それから――」

と、多武喜は立って、仏壇に載せてあった白い包みを降ろして来た。絹布で包んだ細長い箱様のものであった。

「これは、踏揚の形見である」

そう言って、絹の包みを開いた。白木の箱であった。多武喜はそれを思徳の前へ押し出した。

「これは、そなたが持つべきものかも知れない。蓋を開けて見よ」

「…………？」

思徳は首を傾げながら、そっとその蓋を取った。木箱の中には、紫の袱紗包みがあり、それを開くと、柄のついた黄金の品が寝かせてあった。こぶしほどの大きさもある。

「それは簪だ。真鶴金――つまり踏揚だな。その踏揚が十六の時、百十踏揚という神名を授かり、その時の首里御城の京の内の神事に、首里大君と母上から授けられた神簪だ。これは首里大君に次ぐ大きいもので、それはつまり、首里の第一王女として、神事でも首里大君に次ぐ高級神女として位置付けられていたということだな。これは首里御城京の内での祭祀の時のみに差す。神聖なものなので、ずっと大事に持っていたのだな。真鍮に金箔をはってある」と、多武喜は付け加えた。

思徳は、手を合わせてから、その神簪を手に取って見た。冷いやりとした金属の肌触り――。唐草模様の飾り彫りが施され、気品がただよっている。

思徳は、母を偲びながら、しみじみとその簪を眺め、後ろに控えた田場大親、真五郎、安慶田にも見せた。

三人も踏揚の面影を浮かべながら、それを見た。

思徳は簪を箱へ戻し、袱紗に包んでから木箱に蓋をし、絹の白布で包んだ。

「せっかく再会できたのに、ほんの短いことであった。それを母者と思うて、大事に持っていたらいい」

と、多武喜はそれを思徳に託した。

「踏揚の位牌はこのまま、ここに祀ることにしよう。ここには、父上(尚泰久王)、母上(尚泰久王妃)、兄上(金橋王子)の位牌も並んでいる。一家が揃ったのだ。いずれは私もそこに並ぶ。みんな一緒だから、踏揚も淋しくはあるまい。そなたの形見の髪も踏揚に持たせたからね。安心して、これからの生き方を、田場大親や真五郎殿、安慶田殿とも相談しながら、考えていきなさい」

多武喜はそう言って、思徳を力づけるように、大きく頷いた。

4

その夜は遅くなったので、みんなは多武喜の家に泊まり、翌朝早く、思徳、真五郎、安慶田の三人は踏揚の墓に詣でた。

思徳は母の神簪を収めた桐箱を、風呂敷に包み抱いて来ていた。それを墓前に置いてから、手を合わせた。


墓は大きな巌下(がんか)の窪みを利用した、この時代特有の岩墓(いわばか)であった。

岩塊の上には溶樹(ようじゅ)が根を張っていた。背後は深い森が波打って広がり、玉城丘陵につながっている。

墓口を塞ぐ石蓋を固定した漆喰(しっくい)は、まだ乾き切らず、黄色く湿っていた。

手を合わせているうちに、微笑みを湛えた美しい母の顔が瞼に浮かび、自ずと、涙が溢れてくる。

その涙を払って、思徳は墓中の母に聞こえるように、声に出して語りかけた。

「母上、間に合わずに、申し訳ありません。母上の簪をいただきました。これを母上と思って……」

と、懐から母の遺髪の包みを取り出して、簪の箱の上に置いた。

「母上。この思徳は、真五郎殿、安慶田殿とともに、南蛮へ行くのですよ。南蛮の新天地へ。母上の御遺髪も一緒ですぞ。簪は失くしてはいけないので、南蛮へ行く時には伯父上(多武喜)にお預けして行きます」

思徳は、真五郎と安慶田に決意を披歴する意味も込めて、これも声に出して言った。

真五郎と安慶田は、胸を張って母に報告する思徳を頼もしげに見て、顔を見合わせて頷き合い、それから二人も、改めて、踏揚の墓へ手を合わせた。

瞑目して手を合わせる真五郎の横顔は、引き攣っていた。その胸内はもとより思徳の知らぬところであったが、真五郎もまた、墓中の踏揚へ、心で語りかけていたのである。

（うみないびの前、思徳金様はこの真五郎が、身に代えてお守り致しますから、ご安心下さい。この真五郎、うみないびの前にめぐり逢えましたことで、人の情け、男の道を知ることが出来ました。ありがとうございました……）

阿摩和利には「惚れたな」と冷やかされたが、百十踏揚は探索方の真五郎には、もとより〝高嶺の花〟であって、「惚れた」のどうのと、下世話なことが入り込む余地もなかったことだ。

真五郎が目を開けて見ると、思徳が目を上げて、岩墓の背後の森を見入っている。その視線を追っていくと、森の中にヒラヒラと、白い物が樹木を縫うように舞っている。

白い大きな蝶であった。それは、あたかも思徳に見詰められているのを感じたように、ヒラヒラと森の中から出て来た。そして、ゆったりと、岩墓のある巌の横を舞う。

真五郎はハッとした。

（うみないびの前……？）

ゾクッと、背筋を戦慄が走った。もとより、その戦慄は不気味さではなく、感極まったそれにほかならなかった。それはまるで、踏揚の化身のように、優雅な風情だったのである。

思徳へ目を返す。思徳は吸い寄せられるように、舞う蝶を追っている。真五郎でさえ、瞬間的にそう思ったのであるから、思徳はその白い蝶に、母の面影を重ねて見ているに違いなかった。母が、白い蝶となって、出て来たのだと……。

思徳の頬が緩み、微笑んだ。

蝶が大きく、上下した。何か言うように――。

思徳が頷いた。それはまるで、語り合っているようだった。いや、まぎれもなく、語り合っているのだ。

思徳は白い蝶を、母の化身——と信じて、そして、心で語り合っているのだ。母——踏揚の声も、自分の思いの中で聞き、自問自答の形で語り合っているのであった。

蝶はヒラヒラと、思徳にまとわりつくように舞っていたが、やがて、あたかも別れを告げるように、大きく波打ち舞ってから、森を離れ、明るい陽光の中へ、高く飛んで行った。

（さようなら、母上……）

思徳はそれを見上げて、心に呟いた。

母との再会——それは、ほんのひとときの幻であった。あの白い蝶のような……。

「短い間でしたけれど、一緒に寝起きすることが出来て、もう思い残すことはありません。母のことは何の心配もいりません。思い切り生きていきなさい」

「さ、これを母じゃと思うて、持って行きなさい。母はいつもそなたの側におり、見守っています」

そう言って手渡した形見の髪——今はもう遺髪となったが、簪の箱の上に置いたそれを取って懐に入れ、しばらく懐の中でそれに手を当てて、母の言葉を心に聴きながら、思徳は白い蝶がヒラヒラと陽光に羽を光らせ、別れを惜しむように上下しながら消えていった青空を見上げていた。

真五郎の視線も、踏揚の化身に見做（みな）したその白い蝶が、陽光の中へ舞い消えていくのを、感慨を込めて追って行ったが、その視線が、チラッと動く黒い物をとらえた。

黒い影たちが麓の灌木（かんぼく）の茂みに隠れて、蠢めいていたのだ。

墓前であるから、真五郎ら三人は、大小を腰から抜き、地面に置いていた。

真五郎は気づかぬふりをして、そっと刀を取って、腰に差し、

「思徳金様、安慶田殿、やっぱり見張られていたようですぞ」

と、二人に囁いた。

「えッ？」

思徳が驚くのへ、真五郎は顎で、斜面になった

墓下の藪（やぶ）を示した。

頷いて、思徳はすばやく、母の神簪を包んだ風呂敷を背負い、安慶田も刀を取って差した。

「行くぞ！」

真五郎が合図し、三人は一斉に抜刀して立ち上がった。

それを待ち構えていたように、風を切って矢が飛んで来た。先頭の真五郎が、ハッシと鞘ごと抜き上げた刀で叩き落とした。

「危ういところでござった。うみないびの前に助けられ申した」

何？　思徳と安慶田は顔を見合わせた。

「白い蝶――」

「ああ……」

思徳は合点がいった。陽光の中へ飛んでいった蝶を、真五郎は目で追っていって、潜んでいた刺客たちを見つけたのだ。真五郎も、白い蝶を母上の化身と見ていたのだ。蝶が飛んで行かなければ、まさに危ういところであった。

「二の矢が来ますぞ」

感に入っている暇はなかった。

灌木の陰から躍り出た黒装束、黒覆面が、きりりと弓をひきしぼっているのが見え、

「危ない、伏せよ！」

真五郎は思徳と安慶田に叫び、それから構えている弓手に、

「墓前を生血（なまち）で汚すわけには参らぬ。俺がそこへ行くから、待っておれ。ただし、覚悟してな！」

不敵に叫ぶや、墓前を飛び下り、自らまるで的になるとばかりに、弓手の前へ飛び出し、疾風となって突進して行った。

それも真っ直ぐにではなく、右へ左へ直角に飛び、そのために、弓手は的を絞り切れず、慌てて右へ左へ的を回しているところへ、アッ、と見上げると、真五郎の身体が眼前で舞い上がり、

「喰らえ！」

と、何かの塊を投げた。それは狙い外さず、弓手の胸を直撃し、弓手はウッと呻いて仰向けに倒れ、弓矢が宙へ放り出された。投げたのはこぶし大の石塊だった。弓手は気を失ったようだ。

「墓前を離れたとはいえ、ここも聖なる墓域である。やはり貴様らの汚い血で汚すわけにはいかぬ」

真五郎は嘯いて、ギラリと抜刀し、抜き身を右手水平に、鞘を左手にして、灌木の中へ飛び込んで行った。

後方の思徳は、真五郎の飛鳥にも似た素早い動きを、唖然として見惚れていたが、バラッ、バラッと、真五郎を取り囲んで行く黒い影たちを、三、四、五人と数えて、真五郎のもとへ駆け下りて行った。安慶田も遅れじと、駆け下った。刺客たちは皆黒装束に黒覆面と、文字通りの黒い影たちで、目だけを爛々と光らせていた。

三人が固まって付け入る隙も見せずに周囲を見回せば、黒い影たちも立ち竦み、ぐるぐると三人を取り巻いて回り込むだけであったが、その背後の高みに、もう一人弓手がいて、きりりと、引き絞っているのが見えた。

飛び込んで行くには、距離があった。が、弓手には十分な射程距離である。飛来する矢は、身を沈めて躱すか、刀で叩き落とすしかない。

だが、矢に心を奪われていると、眼前の刺客たちに隙を見抜かれる。一瞬の隙を、彼らは狙っているのだ。

その黒い影たちを蹴散らそうと身を躍らせば、背後の弓が狙っている。迂闊に動けない。

矢が飛んでくるか、周りの黒い影たちが、一気に飛び掛かって来るか……ここは、主導権を影たちに取られている形であった。

「逃げる。馬のところへ走るぞ！」

真五郎は身構えて回り込みながら、安慶田と思徳に合図した。

「おお！」

と、安慶田が応じて、グイと踏み出し、二、三人がスッと身を引くのを見て、

「行くぞ！」

と、真五郎が前方の影二人へ躍り込んだ。二人が身を引くのと同時に、真五郎は刀を振り上げて突進した。その後ろから、思徳も安慶田も、同じように刀を八双に構えながら走った。

「逃がすな！　追え！」

矢を番(つが)えて引き絞っていた弓手も、敵味方入り乱れた形になり、それも射程距離を離れてしまっては、どうしようもなかった。

影たちの喚(わめ)きを背に、三人は、つむじ風のように駆け抜けた。

馬は麓の岩陰につないであった。

三人は飛び乗り、追いすがる影を一つは安慶田が、一つは思徳が、それぞれ馬上から、薙ぎ払った。むろん、峰打ちで――。

影たちがなお追いすがるのを尻目に、三人を乗せた馬は、風を巻いて駆け去った。

しかし、覆面をしていなかったから、思徳も安慶田も、遂に素顔を晒したことになる。真五郎ともども、もう琉球を歩くことはできない身の上となったのであった。――

5

尚真王の冊封は、成化十五年（一四七九）の夏に行われた。

明国皇帝が派遣した冊封使、董旻(とうびん)、張祥(ちょうしょう)以下約五百人を迎えて、文字通り国を挙げての晴れやかなものとなった。

冊封式典では、成化帝（憲宗）の「爾(なんじ)を封じて琉球国中山王と為(な)す」という詔(みことのり)が尚真に下され、さらに勅書(ちょくしょ)も下ろされて、王と王妃（居仁(きょじん)）には様々な下賜品が授けられた。下賜されたのは、尚真王には色とりどりの宝玉(たま)を金糸で縫いつけた玉筋(すじ)七本の皮弁冠(ひべんかん)（王冠）と、龍の文様の皮弁服(ひべんふく)（王服＝唐御衣装）、王のシンボルでもある金箔碧(きんぱくへき)玉(ぎょく)の石帯(せきたい)、皮と絹製の靴、大礼服など、王の冠服一式、同時に王妃には綵段(さいどん)（綾絹）などである。

尚真王に対する冊封は、その華やかさとは別に、とくに真五郎を驚かせたことがあった。

十五歳になった尚真王は冊封に間に合わせて妃を迎えたのだが、その妃というのが、何と、オキヤカすなわち御内原(うーちばる)の陰謀により、即位わずか六か月で退位に追い込まれ、悄然と越来グスクに引き込み、その五か月後に非業の最期を遂げた尚宣威〝王〟の娘だったのである。

真五郎はその娘が真蒲戸という童名であることを知っていたが、後に伝わる王府の史書にはこの童名はもとより王妃名も伝わらず、ただ「居仁」という諡号のみが今日に伝わっている。

だが、オキヤカは何ゆえ、自分が追放した尚宣威の娘を、わが子尚真王の妃に迎えたのであろうか。

「ふん、オキヤカも考えたものよ」

と、真五郎が推理して見せたのは、次のようなことであった。

尚宣威追放がオキヤカの策謀だとして、世間ではオキヤカの冷酷さへの陰口が色々と立っていた。尚宣威に付き従っていた真五郎自身、オキヤカの陰謀に憤然としたことだ。

その世間の悪評はむろん、オキヤカにも聴こえてきていた。オキヤカはその悪評を一気に吹き飛ばす策を考えた。尚宣威の退位は、自ら「その器に非ず」と身を引いたこと、オキヤカはそれを気の毒に思い、その娘を尚真の妃に迎えることで、むしろ尚宣威への温情を示し、心の広さを世間に印象づけるために、そうしたのだ。

真五郎は、そのように語った。

「この琉球にはキツネ（狐）というケモノはいないが、大和ではずるがしこい知恵を巡らす女をメギツネ（女狐）という。悪名を被せられてキツネも気の毒だが、オキヤカはさしづめそのメギツネだな。そのメギツネには、尚宣威様の憤死をそばで見ていた俺なんかも、さぞかし目障りだろうな。で、しゃかりきになって俺を影たちに追わせているわけだ」

真五郎はオキヤカの猜疑心の強さを語ってから、

「しかし、人身御供のように首里御城の御内原に迎え入れられた尚宣威様の姫ご——真蒲戸様（居仁）も、可愛そうなことだ。いずれは、彼女にもメギツネの策が伸びるのではあるまいか……」

と、先を見透したように呟き、それからかぶりを振って、

「真蒲戸様は何とかメギツネの策謀から助けてあげたいが、そこまでは俺にも無理だ」

と、空を見上げてから、吹っ切ったように、

「ま、そんなドロドロも俺たちにはもう関係ない

ことだ。勝手にやってろと言いたい。俺たちは南蛮の新天地へ行くんだからな」

サジを投げたように言って、思徳と安慶田を視線を流し、思徳と安慶田もつられて頷いた。――

真五郎、思徳、安慶田の三人が、シャム行きの船に乗って、琉球を去ったのは、尚真王冊封の翌年、成化十六年（一四八〇）八月であったが、

「どうも、先ごろシャム国に向かった船に、御茶当真五郎や、鬼大城と百十踏揚の遺児思徳金、思徳金の守役の三人が、偽名を使い、水主（水夫）に化けて乗り込んだらしい」

という情報が、首里城御内原のオキヤカのもとに届いたのは、船が那覇港を出港して数日後のことであった。

浦添伊祖の山道や樹海、そして西原の山林、また、玉城の百十踏揚の墓前で、さんざ翻弄され、何人かの犠牲者も出した首里の〝影〟らは、その後も執念深く、山原を中心に真五郎探索を続けていた。

王母オキヤカは、一度ならず二度、三度と、真五郎らに返り討ちに遭った〝影〟や追尾隊の不甲斐なさに、その美しい眉を吊り上げて、〝影〟らを指示していた側近の高官を怒鳴りつけたことである。

そして、いよいよ自分が嘲弄されているかのように、真五郎への憎悪が湧き立ってきて、

（おのれ……）

と、瞋恚の炎を燃え上らせ、真五郎と思徳の誅殺を、改めて命じたことである。

首里城の事実上の最高司令官ともいうべき王母オキヤカの命令は、〝神〟の命令にほかならならず、絶対的であった。

オキヤカとしては今まさに、わが子尚真王の王権基盤を固めつつある時に、自分への敵対者が闇に紛れてうごめいているのは不快であり、また不気味であって、強気のオキヤカながら、さすがに不安をかき立てられずにはいられない。

真五郎は亡き尚円王が「稀代の術者」と言っていたように、確かに、こちらも選び抜いた〝影〟たちを翻弄している様は、尋常ではない。そういう術者なら、この御内原に忍び込んで、この自分とわが子真加戸樽金＝尚真王の寝首を掻くことも

あり得よう。

真五郎はついに、鬼大城と百十踏揚の子の思徳金を捜し出し、その思徳金と守役の三人になって、うごめいているらしいのだ。

そもそも、真五郎は越来グスクを落ち延びた百十踏揚を保護し、尚円王の許しを得て、玉城に安堵した。はじめから、踏揚とつるんでいるのだ。もしかしたら、もはや真五郎と踏揚は〝男と女〟の関係になっているのかも知れぬ、と想像を巡らして、王母という権力者ながら、女盛りの弧閨をかこっているオキヤカは、女の嫉妬のようなものさえ覚えていたことだが、しかし今はそんなことより、真五郎らの暗躍が、さし迫ったものとして、彼女を苛立たせる。

何やら、背中に刃を突き付けられているような、あるいは天井の隙間から毒気を吹き込まれてくるような錯覚に、つい後を振り返ったり、寝所の天井を眺め渡したりする……。

易姓革命たるこの王権は、すでに十年を経過したとはいえ、その新王統を開いた尚円王が業半ばにして薨じてしまった。未だ「幼冲」の尚真王がこの新王統を引き継ぐにはいかにも荷が重く、改めて王権基盤を固め直さなければならない。すなわち、新王権はまだ緒に就いたばかりの不安定なものであって、急所を突かれれば崩れ落ちてしまいかねない脆弱さを抱えていた。

その急所とは、ほかならぬこの御内原の自分であり、未だ少年に過ぎぬわが子尚真王である。

自分が前王統の遺訓を受けている立場であれば、王権奪還への好機とばかり、決起したであろう。

玉城富里村に隠棲している前王統の第一王女百十踏揚には、術者御茶当真五郎が付いている。そして、その踏揚の側には、その兄——世が世であれば、尚泰久王の世継ぎともなり得た第二王子の多武喜がいる。

亡き尚円王の話によれば、多武喜に前王統復活への野心はないとのことであったが、百十踏揚の子の思徳金が加われば、あるいはその思徳金を旗印に、立ち上がる可能性もないではない。

思徳金は百十踏揚の子というだけでなく、尚円王の襲位に激怒し、「王位簒奪者」と弾劾し、立ち向かった、その名の通りの剛毅な鬼大城の子でもあり、また中頭地域には、北谷の屋良按司、具志川按司、安慶名按司、石川の伊波按司ら、尚泰久王の岳父中城護佐丸、そして鬼大城とも由縁のある按司たちがおり、彼らは尚円王の鬼大城討伐を快くは思っていないはずだ。そして、ただでさえオキヤカが女権を揮っていることに、地方の按司たちは「牝鶏政を乱す」などと、侮っている向きもあるのではあるまいか。

尚円王の易姓革命に疑念を抱き、面従腹背している按司たちを糾合すれば、未だ少年王下の首里はひとたまりもないだろう。

げんに、真五郎が中頭の按司たちのもとへ出没しているようだ、との〝噂〟も聞こえてきていたことだ。

玉城の踏揚と、その兄多武喜の動静を注意深く見守る必要があり、それとなく探索方に見張らせてもいるが、今までのところ、踏揚、多武喜には何の動きもなく、不審な来訪者もないということで、監視を緩めていた。

第一に、踏揚、多武喜とも、尚円王が安堵したのであり、それを改めて監視追及するということは、尚円王の〝不明〟を言い立てるようなことになりかねず、その上に、玉城は首里王権下にあるとはいえ、玉城按司の所領になっていて、首里が直接、監視の目を光らせていることが知れれば、玉城按司は疑念を抱き、首里への不信感を募らせるかも知れない。

玉城按司は旧南山の有力な按司である。

尚王統を開いた尚巴志王孫の尚徳王を滅ぼし、王権を〝簒奪〟した尚円王に対しては、その強引な印象がなお各地の按司たちの中には燻っているかも知れない。今は王権基盤の確立期であって、按司たちを懐柔しなければならない時である。

尚円王は何とか、各地の按司たちを抑えてきた。尚円王が薨じると、その弟の尚宣威が王位を継いだのであるが、わずか半年でオキヤカは画策を巡らしてこれを追放、未だ「幼冲」のわが子真加戸樽金を樹てて尚真王となし、簾政を敷くという強引さは、すでにして王権の乱れともいうべきであり、改めて各地の按司たちを固め直す必要に迫られているのだ。

そんな大事な時期に、玉城按司に疑念を抱かせてはならない。そう思い巡らして、玉城の多武喜、踏揚兄妹の監視も緩めざるを得なかったのである。

しかし、真五郎追尾隊が西原の山中に〝山狩り〟をかけた時、覆面をした得体の知れない二人が、真五郎の加勢に駆け付けて来たという。「奄美の加那」とその「おじ」と呼び交わしていたそうだが、踏揚が亡くなって、その真新しい墓前に真五郎が二人の男を伴って詣でた。一人は、体格は大人だが、顔付きはまだ十六、七にしか見えない少年であり、もう一人は髭面の五十年配の男であった。

少年は紛れもなく、踏揚の子の思徳金であり、髭面の男はその守役であろうと、見て取れた。いうまでもなく、西原山中に真五郎の加勢に現われた「奄美の加那」とその「おじ」という覆面の二人が、これに違いなかった。

しかも、踏揚が亡くなった後、玉城の富里村での〝影〟たちの聞き込みによれば、西原山中の山狩り前、まだ初々しい少年と、白髪白髯の、痩せさらばえて仙人のような老人の二人が、しばらく、踏揚の家に同居していたという。同居するくらいだから、若い男は思徳金に違いない。ついに現われたのだ。白髪の老人の正体は分からないが、例の髭面とともに、真五郎と思徳金の守役であったろう。

明らかに、真五郎と思徳金らが、動き始めたのである。

「きっと見つけ出して、始末せよ」

オキヤカは、身にひしひしと迫って来る術者真五郎の殺気を感じながら、強く言い渡した。

しつこく迫って来る〝影〟たちを、真五郎は斬り抜けているものの、いよいよ追い詰められていると悟れば、乾坤一擲、一気に事を運ぶべく、この御内原に忍び込んで来るかも知れない。

オキヤカは首里城の警備を「曲者の侵入の気配あり」として一層厳しくするとともに、御内原でも女官たちに薙刀を持たせて、オキヤカと尚真王の寝所の警護を強化させた。

その一方で、真五郎探索の網を広げさせた。

しかし、その後、三人の消息は、プッツリ途絶えた。

中頭の按司たちにも、不審な動きは見られず、首里への朝貢（年貢）にも滞りがない。首里の威令は行き届いていた。

去る冊封式典には地方の全按司が貢物を捧げて参列し、新王と首里の弥栄を祈念し、忠誠を誓ったことだ。

何より大明国皇帝の詔勅を下ろされた尚真王は、もはや侵すべからざる存在なのであり、尚真王および首里への不忠は大明国皇帝への不忠となるのであって、面従腹背して来た一部の按司たちも竦みあがり、むしろ疑念を持たれることを恐れて、首里への忠誠の誠を示すであろう。

まことに、冊封式典は、首里王権を盤石にする極め手であった。

オキヤカも地方按司たちへの猜疑心を払い除け、首里城の警備態勢を通常のものに戻した。万に一つも、地方按司たちが謀反を起こすことなどはあり得なかった。

謀反——前王権の復活など夢物語であり、そういう謀反の〝旗印〟となり得たかも知れぬ百十踏揚も亡くなった。その兄の多武喜はまだ生きているが、老いて謀反を企むほどの覇気などあるまい。たとえそれを企んだとて、従う按司などもはやおるまい。

しかし……。

謀反の心配はなくなったが、姿を消した御茶当真五郎と踏揚の子の思徳金が、闇にまぎれてどう動くか。

真五郎の狙いは、この自分の首だ。ついでに、わが子の真加戸樽金——尚真王である。真五郎は稀代の術者であり、この御内原へ忍び込むことなど、朝飯前であろう。

この自分が、そしてわが子尚真王が寝首を掻かれれば、わが王権は瓦解する。地方の有力按司たちが黙っていまい。たちまち、王権をめぐるいくさ世となろう。

真五郎は踏揚の子の思徳金を〝旗印〟に、尚泰久王、護佐丸、鬼大城につながる中頭の按司たちを糾合するであろう。

つまり、真五郎、思徳金のたった二人——いや、思徳金の守役らしい者を加えて、たった三人でも、天下をひっくり返すことはできるのだ。

オキヤカは、そこまで想像をふくらませて、思わずゾクッと、鳥肌が立った。

首里城そのものの警備は通常に戻したが、御内原の警護は緩めなかった。

それにしても、真五郎め——と、オキヤカは眉を吊り上げ、瞼に浮かぶその姿を、切り刻み、引き千切(ちぎ)ってやりたい衝動にかられた。

一介の探索方(たんさくほう)に過ぎぬ身で、大明国皇帝が冊封し、琉球の天下人たる我ら母子に、恐れ気もなく歯向かうとは、断じて許されぬことだし、許さない。捜し出して、引き摺り出し、切り刻んでやらずば、気が済まない——と、焦燥感が湧き立ってくるが、それはまた、彼を葬り去らねば、枕を高くして眠れない恐怖感と背中合わせのものであった。

オキヤカは、引き続き真五郎探索を続けよと、側近に厳命した。


〝影〟たちは山原の村々に聞き込みをかけ、また密林に分け入って捜し回ったが、山原の密林は深く広く、手に余る。

海へ逃げたかも知れぬと、西は慶良間、伊是名、伊平屋、東は平安座、津堅の島々の海ンチュたちにも聞き回った。

そして、首里の探索方はついに、津堅の海ンチュ頭(がしら)すなわち「海勢頭(うみしーど)」(網元)から、海ンチュになるために頼って来た三人の男たちがあったことを突き止めたのである。

年齢、風貌など、玉城の踏揚の墓前から、〝影〟たちを蹴散らして逃げ去った三人に紛れもなかった。

津堅島では、三人はよく海働きをして、海勢頭の信を得た。そして、南蛮への船に乗り込みたいと言うので、水主(かこ)に推薦してやった。

王府は各島々の海ンチュたちを、明国への進貢船、南蛮交易船の乗組員に徴用していて、津堅島からも南蛮行きの水主として七、八人送り出したが、その中に三人も加えたのである。

だが、これが分かったのは、那覇港からシャム行きの二船がすでに出航した後だったのである。海上を追い掛ける術はないし、南蛮へ逃げられては、どうにもならぬ。

ともかく来年、船が帰って来るのを待つほかないが、三人は「逃げた」のであるから、恐らく帰って来ないだろう。

王府は来年も、シャム、マラッカに交易船を出す予定であった。その船に、〝影〟たちを便乗させ、南蛮に探索をかけることが論議されたが、雲をつかむような話であった。三人が南蛮に韜晦して帰って来なければ、何の心配もいらぬではないかという意見も出た。しかし、彼らが帰って来ないという保証はない。

真五郎がオキヤカと尚真王暗殺に執念を燃やしているなら、何らかの方策を巡らして帰って来るのではないか。

南蛮航路だけではない。シャムとは陸続きの明国に渡って、帰国進貢船に紛れ込んでくるかも知れぬ。進貢船はよく、漂流して明国にとどまっていた琉球人を連れ帰ったりもしている。その漂流者になりすまして――。

南蛮、明国からの帰国船に目を配るとともに、やはり「逃げた」のであるから、南蛮に韜晦するつもりだろうと、その探索に、来年のシャム、マラッカ行きの船に、選り抜きの探索方を便乗させようということになった。オキヤカの強い意向でもあった。

南蛮探索は途方もないことではあるが、手を拱いているより、ともかく動くことだ。南蛮へ行けば、手掛かりが得られるであろう。

こうして、王府は南蛮探索方を五、六人選抜し、唐営久米村の通事で南蛮語にも通じている者から、その探索方たちに南蛮語を学ばせることにした。

とにかく、真五郎と思徳金の行方を突き止め、その「死」を確認しないことには、オキヤカの気は休まらないのであった。不安の種を放置していては、枕を高くして眠れない……。

地の果て、海の果てまで、追って行くのだ。

第七章　南蛮貿易

1

本章は、しばらく物語を離れて、南蛮貿易の実態を見ていくことにしたい。解説的でいささか固い話になるが、ご容赦願いたい。

琉球＝沖縄の歴史的気概をいう時に、象徴的に、尚泰久王の「万国津梁」という言葉を使う。しかし、筆者もそうであるが、ちょっと安易に使い過ぎるきらいがなくもない。実際にはどうであったろうか。中国・日本・朝鮮に詳しく触れる余裕はないが、南蛮貿易を通して、その一端を見ておきたいと思うのである。

史書の引用では、漢文読み下しは先学のそれを下敷きにしたが、それ自体が古語まじりで難解であり、筆者も漢和辞典を傍らに置いて、苦闘を余儀なくされているけれど、そこは古琉球期の雰囲気として読んでいただければ幸いである。旧漢字はできるだけ新漢字に直し、ルビも意味を理解しやすくするため音訓混用で紹介するが、読み下し文の送り仮名は基本的に旧仮名遣いも交えた。これも時代の雰囲気として。

とくに難解なのは使者などの人名である。通事（つうじ）（通訳）などを勤めた唐営（とうえい）久米村人の唐名（とうな）を除いて、当時の琉球人名表記は、地名や童名（わらびな）が混在している上に、万葉仮名のようにすべて音読（おんよ）みの漢字表記なので、さっぱり分からない。東恩納寛淳ら泰斗（たいと）、先学（せんがく）の考証、解読を参考にカッコ内で琉球名を示すことにしたが、それでもなお判然としないのも多く、先学たちもだいぶ持て余したようだ。分からないものは、当て字表記のままルビもふらない。

使者の名で「結制（結致）」というのがよく出てくるが、これは役名であり、後年のウッチ＝掟（おきて）（取締役）である。

南蛮――。

いうまでもなく「南方蛮族」の意で、もとよりこれは、古代中国の華夷（かい）思想――すなわち漢民族が自国を中華・中原（ちゅうげん）・中国と称し、その高みから、諸国を東夷・西戎・北狄・南蛮（まとめて「夷狄」）と、見下して呼んでいたところから定着した言葉であった。

琉球でもこの明国の呼び方を踏襲したが、しかしそれは、南方諸国・民族を蔑視したものでなかったのは、いうまでもない。琉球も「南蛮」諸国もともに明朝の冊封国として、また交易文書によく出て来る「四海皆兄弟」「四海一家」の精神で、〝同僚〟意識をもってそう呼んでいたのであり、むしろ、琉球にとっては「異産至宝」（異国の宝物）をもたらす、宝島なのであって、尊敬の気持さえ込めていたのだった。

四面海に囲まれた――いや開かれたというべきか、その地理的条件から、琉球は大きく海に依存しており、南方への展開も日本に先駆けて、盛んになっていったのは必然である。

南蛮交易圏は、十五、六世紀には、シャム（暹羅）、ジャワ（爪哇）、パレンバン＝旧港（三仏斉）、マラッカ（満剌加）、ベトナム（安南・交趾）、スマトラ（蘇門答剌）、パタニ（仏太泥）、スンダ（巡達）、ルソン（呂宋）の九か国に及んでいた。

当時の琉球の世界観は、明国を中心に、これら南方諸国、そして北は日本、朝鮮がすなわち「全世界」であった。（ヨーロッパ人とて、まだ「太平洋」の存在も知らない、いわゆる「大航海時代」以前である。）

この認識下での「世界」の国々と通交し、また架け橋ともなっていたのであって、尚泰久王が「舟楫を以て万国の津梁と為」し、「異産至宝」は王庫に満ちていると、誇らかに「万国津梁の鐘」を首里城正殿に懸けたことは、単なる気概でも誇張でもなく、まさに言葉通りのことだったのである。

南蛮貿易の歴史は、『球陽』武寧王の条に、

《本国は唐宋より以来、朝鮮・日本・暹羅・爪哇等の国と相好みを通じて往来貿易す》

とあり、但し時代が古くて記録がない、と付記している。

しかし、元の仁宗紀に、延祐四年（一三一七）六月十七日夜、舵を失った小船一隻が温州永嘉県

（浙江省南部）の海島に漂着、十四人が乗っていたが、彼らは「海外婆羅公管下密牙古人民」で、六十余人が大小二船で「撒里即」地面に行かんとして風に遭い、大船は壊れて、多数が海の藻屑となり、ただ十四人が小船で漂着したのだ、とある。琉球はまだ「グスク・按司時代」の英祖〝王統〟三代英慈の頃である。

「撒里即」はマレー語Salatの当て字すなわち海峡の意、その「地面」はシンガポール（新嘉坡）のことで、インド洋へ抜けるマレー海峡の要衝であった。

「婆羅公管下密牙古」は「保良公管下宮古」と解される。

当時の宮古島で海外交易に従事していたのは、東平安名崎の根方にあった保良（現在の保良の東北部海岸）が中心的な存在であったと思われ、その旧蹟「保良元島」からは、宋・元代の陶磁器の破片がおびただしく出土したことである。同様の出土品は保良の反対側、今日の城辺砂川海岸の「砂川元島」とそれに続く上比屋遺跡からもかなりの量で見つかっており、宮古島が保良・砂川を中心に、古くは盛んに海外交易をなしていたと考えられる。

磁器類は中国の産品にほかならず、彼らは中国でそれを仕入れ、南蛮との交易品としていたのであろう。

『李朝実録』成宗八年（成化十三年、一四七七）の漂流朝鮮人らの見聞録では、宮古島を「悖羅弥古島」と書いており、これは「婆羅密牙古」すなわち「保良宮古島」であって、宮古島にその名が冠せられていたほどに、保良は威勢があったのだろう。

「保良宮古島人民」は、実に、明朝成立の五十年も前、すなわち「琉球」が正式に南蛮貿易及び明国進貢を始める半世紀以上も前の十四世紀初頭には、すでにしてシンガポール方面まで交易に出ていたのである。

十三、四世紀は、琉球（沖縄本島）は「グスク・按司時代」から三山時代への移行期であって、遠く海を隔てた宮古・八重山は「琉球」の干渉外にあった。「琉球」よりも南洋に近いという地理的条件から、先行的に、独自の交易活動がなされていたのであろう。（保良元島・砂川元島を拠点に海外交易に従事していた人々は、元来の宮古島民との接触を避けていたともいわれ、南下した倭寇の拠点ではなかったかともいわれている。）

　しかし、琉球（沖縄本島とその周辺離島）もまた、『球陽』武寧王条にあるように、三山時代へ移行する以前の唐・宋の昔から、南蛮へ、そして日本（大和）・朝鮮へと、船を繰り出していたというのであり、その頃の大和交易のことはおもろにも歌われている。

　摩文仁の「金殿」様は、伊敷の下の浜を港として整え、大和船・楠船を造って、大和へ「かはら」や「手持ち」（方物）を買いに上った――というおもろがあるが、これは三山形成以前の、各地の有力な按司たちが、独自に船を造り、海外交易に出ていたことを歌っていると思われる。「かはら」は勾玉と解されている。

　一三六八年、漢族朱元璋（洪武帝）がモンゴル系の元を滅ぼして明朝が興り、跳梁を極めていた倭寇対策のために海禁令（鎖国）が発せられて貿易も制限され、明朝の冊封下に、朝貢貿易という官営貿易のみが許されることになり、琉球も三山時代となって、明朝の冊封を受け、海外交易は三山王の下で官営貿易となっていった。

　琉球の南蛮貿易は「唐・宋以来」というが、明朝への朝貢では中山王察度の入貢（洪武五年、一三七二）から、常に蘇木（染料）や胡椒など、南蛮貿易で得た方物が添えられているから、文献を欠いているものの、確かに明朝入貢以前から、南蛮との交易がおこなわれていたのであろう。

　洪武二十二年（一三八五）、察度王が使者を高麗恭譲王に遣わしたことが『高麗史』に見える。察度王の明朝初入貢から十七年後で、倭寇に囚われて琉球に売り飛ばされた朝鮮人らを送還したのだが、その時の高麗王への礼物に、蘇木・胡椒など南蛮産物などが加えられていた。

　翌洪武二十三年の察度の明朝への朝貢品にも、南方物産の蘇木三百斤・胡椒二百斤が加えられていた。

察度の時代には、すでに南蛮貿易が盛んにおこなわれていたのであり、そして、その南蛮産物は、明国、朝鮮通交の〝目玉〟となっていたのである。

琉球の南蛮諸国との通交は、九か国の中でも、シャムが歴史的にもっとも古く十四世紀中葉、察度・武寧の時代に盛んになって、第一尚王統期には周辺諸国へ広がり、尚徳王代にはマラッカとの通交も始まって、シャム、マラッカ通交が、南蛮貿易の軸となっていった。

琉球では南蛮を「なばん」「まなばん」と呼んで、おもろや辞令書などに出てくる。

しより　おわる　てだこが（首里におわす王様が）
うきしまは　げらへて（浮島を造り整えて）
たう　なばん（唐・南蛮）
よりやう　なはどまり（寄り集まる那覇の港よ）

——と、おもろは歌う。

かつて那覇は離れ島で「浮島」と呼ばれていたが、尚巴志王代に明国から来て琉球国相（こくしょう）（王相（おうしょう）府王相（ふおうしょう））となった懐機（かいき）によって、尚泰久王の兄尚金福王代に、長虹堤（ちょうこうてい）なる約一キロに及ぶ石橋が築かれ陸続きになったのである。懐機は三仏斉（さんふっせい）（パレンバン＝旧港）との通交も手掛け、「琉球王相府王相懐機」として、同国への書簡、奉書などを残している。

南蛮には、刀剣や扇など日本交易で得た製品、明国進貢貿易で得た磁器、絹織物などの中国製品、そして琉球産の硫黄（いおう）などを積んで行き、南蛮からは蘇木を中心に、胡椒、檀香（だんこう）、沈束香（ちんそくこう）、丁香（ちょうこう）、薔薇露水（ばらろすい）などの香木（こうぼく）や香辛料、花布（かふ）（更紗（さらさ））、錫（すず）、象牙（ぞうげ）、犀角（さいかく）、鸚鵡（おうむ）・孔雀（くじゃく）、南蛮酒など、南洋の物産を仕入れ、これらが中国進貢貿易、日本、朝鮮交易に転じられたのである。

朝貢品・礼物奉献（れいもつほうけん）による国家間の「酬謝（しゅうしゃ）」を交わした上で貿易をおこなっていたが、この貿易品を「附搭貨物（ふとうかもつ）」といった。

朝鮮通交の場合は、倭寇が掠（りゃく）して売り飛ばしてきた朝鮮人虜囚（りょしゅう）を朝鮮王に送還し、「酬謝」の形の通交——すなわち〝見返り貿易〟であったが、中国・南蛮の場合は朝貢・礼物奉呈の上、附搭貨物の売買をなすのである。

貿易は基本的に貨幣による売買取引であった。このことは、琉球が南蛮貿易の銅銭が不足しているので支給して貰いたいと、明朝に要請したりしていたことでも分かる。

明国は、建国当時は「属国」懐柔のこともあって、進貢船や銅銭の支給、そして下賜品など大盤振る舞いであったが、景泰・天順期すなわち第一尚王統後半あたりには勢いにも陰りが見えて来て、進貢船の支給も、そして銅銭等の支給も停止してしまった。銅銭の支給は、尚巴志王以降は途絶え、紙幣と絹に替えられた。

尚巴志王代までは、明朝への表文には、朝賀・慶賀の時には琉球産の馬や硫黄を大量に献上した上で、「一件、船隻の事」として給船もしくは修理を、「一件、番貨の事」として「価鈔貫」（鈔は宝鈔とも称し紙幣のこと、貫は銅銭）の支給を願い出て、このころは要請通り支給されていた。

南蛮交易には銅銭が必要であり、明朝が銅銭支給を停止すると、たちまち交易に支障をきたした。

天順三年（一四五九）には尚泰久王が、首里城が「失火」によって焼失し王庫も焼けて鍍金銀印（明朝下賜の王印）をはじめ、銅銭・貨物を失ったので、尚巴志王代の例に沿って「給価」（銅銭支給）を要請したが、却下された。

首里城火災というのは、尚泰久の兄尚金福王が薨じ、王位を争って金福王の子の世子志魯王子と金福王の弟で尚泰久の兄の布里王子が相争い、その際、首里城も焼失したのである。

尚泰久王に続いて尚徳王も成化元年（一四六五）、絹では南蛮での方物収買が出来ないので、銅銭を支給してほしいと願い出たが、これも却下されている。

このため琉球は、独自で金貨や銅銭を鋳造せざるを得ず、尚泰久王は明国から鋳造工を招いて、製法を学ばせた。そして「大世通宝」を鋳造、続く尚徳王も「世高通宝」、尚円王も「金円世宝」を鋳造したが、これも琉球内での通用というより、海外交易に備えたものであろう。

明朝には多くの馬と硫黄が献上されているが、これについて見ておく。

馬はいうまでもなく、小柄な島馬（しまうま）である。明国北方の大柄の立派な馬には比ぶべきもないが、琉球馬は矮小ながら馬力があり、農耕馬として重宝がられた。

この献上馬は、多くは喜界島からも取り寄せていたと思われる。喜界島は古くから馬の産地として知られ、同島に産する馬は「ききゃ馬」と呼ばれていた。「ききゃ」は喜界のことである。

喜界島が琉球への朝貢を断ったのを、反逆として、尚徳王が遠征したのには、この「ききゃ馬」が絡んでいたと考えられる。

とすれば、御茶当真五郎（うちゃたいまごろう）が尚円王の話として、あんな僻遠（へきえん）の小島を攻めたとて、何程のこともないのに、王自らいくさ船に駕（が）して征討したのは無謀だと非難したというが、馬が明朝への欠かすことの出来ない献上品であった以上、尚徳王が躍起になったのも分かる。


明朝への献上馬は、決して少ないものではなかった。

洪武十二年（一三七九）には察度王が百二十四頭、宣徳六年（一四三一）には尚巴志王が百七十五頭、以後しだいに減少して第一尚王統期には年平均四十四頭が献じられた。年平均と書いたが、一年一航海であり、一船ないし二船でこれだけの馬を積んで行ったのであり、これによっても進貢船の大きさが推し測れよう。

尚真王代には年平均二十一頭、次の尚清王代にはぐっと減ってわずか年五頭、尚元・尚永王代には三頭……と減っていって消える。

馬は南蛮貿易ではない。旧港に一度だけ、二頭が献上されているが、スマトラ、ジャワは馬の産地でもあり、これは琉球馬の〝見本〟か、儀礼的に贈ったのかも知れない。

硫黄は、久米島北東の硫黄鳥島産である。

申叔舟（シンスクチュ）『海東諸国紀』の例の「琉球国之図」鳥島の下に、「琉球を去る事七十里。此の島の硫黄は琉球国の採る所なり。琉球に属す」とあり、本文「国都」の説明に「土産の硫黄、之を掘るも、一年にして復た坑に満つ、取るに窮り無し」――いくら採掘しても硫黄はどんどん溜まる、と言っている。

薬品用・火薬の原料として明国では重宝がられた。

硫黄の出荷は、尚巴志王～尚円王代には年平均（すなわち一航海平均）三万九、三二九斤、尚真王代には年平均二万七、四六七斤、尚清王代には九、一〇七斤……と下がっていく。

硫黄はシャムには毎年三千～五千斤が運ばれたが、マラッカ、ジャワ、三仏斉（旧港＝パレンバン）、パタニにはない。これはマレー半島が火山帯にあって、ジャワ、スマトラは硫黄産出地だったので、輸入する必要がなかったのである。

朝鮮、日本には硫黄も馬も輸出されていないが、成化二年（一四六六）尚徳王が将軍足利義政に使者を送った際、使者たちは辞去の挨拶に「火砲」を鳴らして、京人を驚かせたという。爆竹のようなものであったろうが、辞去の「礼砲」とは豪勢なもので、これとても硫黄がふんだんにあったので、それで火薬を製造したのであろう。

2

南蛮通交へ戻る。

こちらは琉球が出掛けるだけでなく、南蛮諸国の船々も那覇港に入って来たりしていたのは、那覇港が「唐・南蛮、寄り集まる港」であるという、先に見たおもろでも分かる。

『明史』暹羅（シャム）伝永楽二年（一四〇四）九月の条に、琉球へ渡航のシャム船が途中風に遭って福州に漂着し、明朝廷は、

《属国の互に締盟するは見事なり》

として、これを賑恤し、船を修理して琉球に送らしめている。「属国」というのはシャムも琉球もともに明朝の冊封国だったからで、その「属国」同士が友好的に通交をおこなっているのは喜ばしいことだと、述べているわけだが、シャム船は琉球に行こうとして遭難したのであった。

『海東諸国紀』中の「琉球国之図」には、那覇港のことを「那波皆渡」とし、

《津口、江南・南蛮・日本商舶所》

と記入しており、景泰七年（尚泰久三年、一四五六）に琉球に来た漂流朝鮮人は、

《市は江（那覇港）の辺りにあり、南蛮・日本・中原（中国）の商船来りて互市す》

と那覇港の賑わいを言い、成化十五年（一四七九）、尚真王即位のころに来た漂流朝鮮人らも那覇港のことを、

《江南人及南蛮人皆来り、商販して往来絶えず》

と言い、彼らは実際に、南蛮人を那覇で見ている。

《俺等皆南蛮人を目睹したり。推髻垂れ髪にして其の色深黒、殊に常人と異る》

と述べている。南蛮といってもどの国の者かは分からないが、成化十五年には、シャム人が来琉している。

朝鮮人らが見た彼ら南蛮人の肌色は「深黒」だったという。といっても「黒人」というわけではなく、恐らく褐色の修辞であったろう。

進貢船は、先に見たように、明国が建国の勢いのあった初期のころ（尚巴志王代まで）は、琉球懐柔のために支給し、琉球はそれを南蛮貿易にも回していた。二百人前後も乗り込める、外洋航海用の大型ジャンク（戎克）であった。

どれくらいの大型船かというと、尚清王冊封（一五三四）のために来た陳侃の船は、長さ十五丈・幅二丈六尺・高さ一丈三尺・船室二十三・水夫百四十人・兵百人・その他百人の計三百四十人——。

明代の単位で一丈は約三・一一メートル、一尺は約三・一一センチだから、舟の長さは四六・六五メートル、横幅約七メートル、高さ約四メートルという規模であり、ほぼこれと同規模の船だったろう。

尚円王即位元年（成化六年、一四七〇）、明への進貢船には、実に三百六十六人が乗り組んだのであり、尚円王代は平均して二百六十四人であった。続く尚真王代も平均百四十一人であった。

支給船の船名はすべて明国の命名で、「恭」「勝」

「天」「仁」など、漢字一文字を当てた。この一字は「仁義礼智信」の五徳目や、宇宙、天地、また千字文の中から好字を選び、「〇字号船」と呼ばれた。

支給船は新造船のほかに、福建・浙江所属船からも分けられた。

『歴代宝案』によれば、第一尚王統（尚巴志～尚徳）には十四隻、尚円王代には七隻、尚真王代は十一隻の船名が見えるが、代を経ても同名の船が重なっているのは、同じ船を補修などして使用していたのであろう。

明国支給の〇字号船に、琉球はさらに独自の名を付けた。これらの船名は『おもろ御さうし』の第十三「船ゑと」のおもろなどに多く出てくる。

せちあらとみ（勢治荒富）　まさりとみ（勝り富）
せいあらとみ（勢荒富）　こがねとみ（黄金富）
とくまさり（徳勝り）　せやりとみ（勢遣富）
すずなり（鈴鳴）　たから丸（宝丸）

というような、嘉例な名であった。

これらは〝おもろ名〟と呼んでいいが、命名の時は神事が執り行われたので、これは船の〝神号〟でもあった。

進貢も南蛮貿易も、すべて王府管理の官貿易であったから、主な乗組員には王府から辞令書が発せられた。

辞令書は、たとえば次のようなものであった。

志よりの御ミ事（首里の詔）
まなはんゑまいる（南蛮へ参る）
せちあらとミちくとの（勢治荒富筑登之の）
一人まさふろてこくに（人は、真三郎てこくに）
たまわり申候（り申し候）

ひらがな表記の日本語である。「せちあらとみ」は先に挙げた船名、「ちくとの」は筑登之（位階）、「てこく」は文子（役名）である。

航海は、往きは北東からの季節風が吹く旧八月～十一月がもっともよいが、十二、一月というのもあった。帰りは南西の季節風の吹く旧三、四月である。南蛮は乾季である。

まはへ　すずなりぎや
まはへ　さらめけば
たう　なばん
かまへつで　みおやせ
おゑちへ　すずなりぎや
おゑちへ　さらめけば

というおもろは帰国を歌ったものである。

――南風がそよそよと吹けば、すずなり（鈴鳴=船名）よ、唐、南蛮よりの貢物を満載して、奉れよ、南からの追手風がそよそよ吹けば、すずなりよ、というものだ。

3

航海日数は、順風に恵まれればシャムまで約四十日、マラッカまで四十数日、パレンバン（三仏斉、旧港）までおよそ五十日であった。

一五〇九年にマラッカで囚われたポルトガル人ルイ・デ・アラウジョのインド総督に宛てた一五一〇年の書簡に、「この諸港（マラッカ）にジャンクの来る季節は次の如し。ゴール（ゴーレス=琉球）は当地（マラッカ）へ一月に来たり、四月その国に向かいて出帆す。ほぼ四十日間その往航に要し、当地よりは胡椒と丁字（丁香）を舶載し行く」とある。

貿易の形態は、明朝への朝貢（進貢）、南蛮諸国とのそれは「半印勘合執照」と呼ばれた。

海禁下の明国に対する諸国の往来は、明国発行の勘合符によった。これは明国の倭寇=海賊対策としてのもので、勘合符を持たない船は海賊船として打ち攘った。

勘合符は暹羅・安南・爪哇・満剌加・蘇門答剌・日本等に、それぞれ一百道（百通）を、明朝の改元ごとに発行し、明国へ通じる時は一道ずつ携航せしめた。

勘合符は国名の分字であり「暹羅」なら「暹」と「羅」、日本なら「日」「本」に分字して一字は明朝が、一字は対象国が持って照合するのである。

しかし、琉球の場合は、これら諸国とは違っていた。諸国の国名を二分した勘合符ではなく、千字文などから一字を取り、そして明朝改元とは関係なく琉球王府が独自に発行した。勘合字は、察度・武寧父子の時は「天」字、尚巴志王~尚円王代は「地」、尚真王以降は琉球王の代替わりごとに勘合字が定められ、尚真王代は「玄」、尚清王代は「黄」字が使われた。

その一字を半分に切って半印にし、それで半印勘合符と呼ばれたのである。

琉球はこの半印勘合符に、航海・交易ごとに番号を重ねていき、執照文とともに相手国に提示していくのである。勘合番号は明国・南蛮通しであった。

琉球のこの一字の半印勘合符は、明国支給の漢字一字の船名とはまた別のものであり、たとえば成化三年（尚徳王七年、一四六八）八月九日、明国への進貢船は、船名は「福」字号だが、半印勘合字は「地」であったから、勘合番号は「地一二一号」、成化六年の尚円王即位年（一四六九）の進貢船はこの番号を引き継いで「地一三七号」、成化十二年（尚円王七年）の進貢船「寧」字号の勘合番号は「地一九二号」であったが、その翌年の尚真王即位元年の「義」字号船（進貢）は半印勘合符が替わって「玄」字となり、礼儀上一号を飛ばして二号から始まった。

この勘合符に、船名・半印勘合番号・使者名・乗組員人数・年月日・方物品目を明記した執照文を添えて福建布政司に提示し、赴京せしめるのである。

執照文には、添え状が添えられた。南蛮の場合も同様である。

たとえば、正徳四年（尚真王三十三年、一五〇九）八月のマラッカへの「康」字号船（玄一七四号）の帯同した執照の添え状の大意は次のようである。

《琉球国中山王尚真、航海貿易の為に、以下のことをお願い申す。琉球は産物少なく、明国への進貢物に欠乏している為に、非常に不便を感じている。それゆえ正使佳満度（蒲戸）・通事高賢等を康字号海船に便乗せしめ、磁器等の貨を積載して貴国満剌加に派遣し、蘇木・胡椒等の貴国の産物を購求して帰国し、翌年の明朝廷への朝貢に備えんとしている。然るに今琉球を発せんとする琉球船の乗組員は別に旅券なるものを所持していない為に、海賊と間違われて、途中の支那官憲から通航を阻止される恐れがあるので、琉球王府では正使佳満度等に玄字一七四半印勘合執照を給付して琉球国主の使者たる事の証明にしたいと思う。されば、彼等の通過する海峡、沿海の諸外国の官憲、あるいは守備兵は、その船が海賊船なるや否や、すなわち半印勘合執照を携帯しているか否かを確認して速やかに航海せしめ、長く留め置きて帰国を遅からしめぬようにして欲しい。》

琉球の南蛮貿易は、このように独自の半印勘合執照でなされたのであるが、国家間の取引であるから、それぞれの国王から咨文、咨回文が交わされ「礼物」（献上品）が交換されて、交易に入るのであった。

咨文というのは明国朝貢国同士が「同格」の立場で交わす照会文書で、咨回文は咨文に応えた回答である。

通交文書はすべて漢文のため、読み下しで紹介していくが、たとえば琉球国王からシャム国王への咨文は、次のようであった。

《琉球国王見す、礼儀の為の事切開す、貴国と相通ずること今に多年を経たり、海道遙なりと雖も上祖（先代）の義を忘れ難く、前後の恩恵、深厚を意ふ……四海を一家と為し永く盟好を通ず》

というような挨拶で始まり、これに対するシャム国王からの咨回は、次のようになる。

《暹羅国王謹咨回奉
琉球国王殿下。》

――すなわち、シャム国王、謹んで琉球国王殿下に咨回し奉る、というように始まって、

《恭しく惟ふに、天に体し道を行き、善を以て民を牧ひ、感徳孤ならず、仁親宝と為す。曩古より今に至るまで、両国財を通ずるの美は、邇きに至り遐きを歴るまで、有を貿し無に易するの交りは、常に使を遣はし来ること、絡駅として絶えず、況や……》

と、挨拶を返すのである。

咨文・咨回文はこのように儀礼的な挨拶を交わした後、事件・事故など問題が生じた場合は、そのいきさつや、救恤に対する礼意などを述べつつ、今後とも友誼を深め通交を続けようという内容になる。

事件や事故では、たとえば尚徳王四年（天順八年、一四六四）八月九日、シャムへ向けて、正使亜斯美（安次嶺）・通事王元と鄭彬の船と、正使達古是（沢岻）・通事紅英の船の二隻が同時出航したが、これが翌年（成化元年）になっても帰国しないので、その年八月十五日にシャムに向かった「安」字号船・琉球名「吾刺痲魯」すなわち五郎丸であるが、正使崇嘉山（津嘉山）・通事田泰に、尚徳王名でシャム国王へ、二船の消息を尋ねる咨文（八月十五日付）を持たせている。

《旧歳、正使達固是、同正使亜斯美等、海船二隻に坐駕し礼物を齎し、詣り献じ永く前盟を固くす。其の船二隻或は彼に在つて売買し、遅延するに由る、未だ何事に因つて致すを知らず、今に至る迄未だ本国に回らず》

問い合わせの二船は、シャム朝廷へ礼物を献じ、商販を行って帰国したことが、シャム側の咨回文で分かった。帰国途中に遭難したと見られる。

同年八月十五日に那覇を発した正使読詩（渡口）・通事魏鑑及び李進の船は、明国の絹二十五匹に大青盤二十個・小青盤四百個・青碗二千個、日本産腰刀五把・扇三十把、硫黄二千五百斤の礼物を献じ、咨文を呈し、先の二船の消息が、遭難であったことを、次のように報告した。

《前者船を遣して彼に適き、阻留久しくして、風迅かに期を過ぎ、海に在つて損失するを致す》

——すなわち、前二船は彼の地（シャム方面）滞在が長引いて帰国に適した南西季節風の期に遅れてしまい、帰途、暴風雨のために難破し、船人・船貨ともに失われたのである。咨文の添書きによれば、「亜哇群尼」（粟国島）で難破したという。

一船二百人前後の乗組員なので、二隻だと四百人前後となるが、「船人ともに失われた」と漠然としていて、何人が犠牲になったのか、また遭難が一隻なのか二隻ともどもなのかも不明である。

『球陽』にもない。

　ただ二号船の通事となった紅英はその後も通事としてシャムへ派遣されているところから、彼の乗り込んだ正使達古是の船はその後、帰国したと見られている。

　しかし、正使亞斯美の船は遂に帰らなかったのである。毎年のようになされていたシャム通交が、それから四年ほど断絶したのも、約二百人も犠牲となった痛手のためだったか、あるいは史料の欠落か、不明である。

　成化六年（一四七〇）三月、マラッカ国王から、尚徳王に宛られた咨文は、「四海之内皆兄弟也」と述べて多数の礼物を呈したが、追伸で衝撃的なことが述べられていた。

《復た奉ず。賢王殿下毎歳差し来たる使臣通事、倶に好し。只この度、甚だ非を為すに至る。実に勧諭を聞かず、行ひて争闘をせんと欲す。是、州府を攪擾す。後年乞うらくは、適当の人員を差はし、前み来つて交通せんことを》

——従来の貴王使臣は実に立派であるが、今回の使員は当国にて悪事をなし、わが制止も聞かず、争闘をなして国府を騒がした。今後は適当な人員を遣わされるようにと、願っている、というものであった。

　この咨文は成化五年に帰国した阿普斯（安富祖）・林昌・陳泰らの船（勘合番号「地一三〇号」）が帯同してきた。王府は驚愕し、国王名で〝お詫び〟を追記したマラッカ国王への咨文（同年八月十五日付）を、同月マラッカに向かった安遠路（安室）・通事陳泰らの船（勘合番号「地一三八号」）で送った。

　しかし、この時の国王は尚徳王ではない。尚徳王はこの年四月二十一日に薨じたことになっている。つまり易姓革命＝クーデターにより殺害され、金丸が王位に就いて尚円王となった。従って咨文の琉球国王は尚円王である。

　マラッカ国王へのお詫びは次の通りである。

《前歳は多く下人有り。故に禁令を違ひ、事を作りて端無し。貴王咨文至るの日、聞知す。随って即ち区処す。今後苟くも常儀を失する者あらしめば、望むらくは希言回示して以て懲せしめよ。
両ながら永く一盟に協ふに負く事無きを尚ぶ》

事を起こした使臣は、前年八月十五日に発した正使阿普斯の従人らであって、彼らは直ちに琉球で「区処」（処罰）されたのである。処分の内容は分からない。阿普斯らの船が尚徳王存命中の三月末から四月上旬に帰国したのであれば、尚徳王はシャム国王の咨文を読んだであろう。果断の尚徳王であれば、ただちに処分を断行したのではあるまいか。

「希言回示して以て懲せしめよ」というのは、貴国において処罰するのでなく、それは琉球国の責任にかかるので、こちらでやるから帰国させてほしいというもので、自国民を妄りに他国に委ねないという、琉球の自主独立の毅然たる姿勢を示していると言えようか。

4

外洋の航海は遭難の危険とともに、海賊にも備えねばならなかったから、進貢船も南蛮貿易船も、ともに明国支給の大砲や弓、鑓、刀などで武装していた。

第一尚王統の初期、思紹王代の永楽（日本は応永）の中ごろ、朝鮮へ向かった琉球船を、対馬の海賊が約二十隻で襲撃、死傷数百人を出し、琉球船は焼かれ、積載の物資は横奪され、生存者は捕虜になるという事件があった。

『李朝実録』によると、世宗三年（永楽十九年、応永二十八年、一四二一）十一月——琉球は思紹王が在位十六年で没し、尚巴志が即位した年であった。

前九州総管源道鎮（前九州探題渋川満頼で、探題を辞して剃髪、道鎮を名乗った）から朝鮮議政府への書簡は、事件のことを次のように述べている。

《——近ごろ琉球国の商船が対馬の賊に襲われ、
双方の使者数百人を出し、琉球船は焼かれ、積
載の物資は横奪され、多数が捕虜となった。琉
球国はこのごろ我（博多）に貢献（通交）して

いるので、対馬の賊の罪を問わんと思うものの、対馬の人は人面獣心にして、教化、法令を以て制し難い。貴国も沿海の州都の守りをより厳重にして、対馬賊徒に備えられたい》

源道鎮すなわち前九州探題渋川満頼は職を後継者に託して辞したが、前探題として隠然と権力を揮っていた。その拠点博多はこのころ、朝鮮との関係で、対馬の宗氏・大宰府少弐氏連合と対立していて、「対馬の人は人面獣心」という悪罵はそのこともあるが、実際、対馬倭寇は朝鮮沿岸を荒らし回っていたのであり、琉球船も彼らに狙われていたのである。

永楽十八年（応永二十七年、一四二〇）、日本に来た朝鮮の使者宋希璟の『老松堂日本行録』に、

《朝鮮の船は則ち本より銭物無し。彼の後に来る瑠球船は宝物を多く載す。若し其の船来たらば則ち奪取する也》

という海賊の談話を記している。この海賊というのは、対馬倭寇のことであろう。

南海の方物を積んだ琉球船は、まさに宝船として海賊に狙われていたのである。

この対馬海賊の襲撃の前後と思われるが、朝鮮の世宗即位年（思紹十三年、永楽十六年、一四一八）八月、慶尚道観察使（道長官）が報じてきたところによると、朝鮮への琉球船が大風で壊れ、礼物は漂失し、七十余人が溺死、生存者も多くは病傷し、閑山島に保護されているといい、世宗は命じて衣服・厨伝（飲食と宿舎）を賜い、都に送らしめた。

この年、朝鮮には「国王の二男賀津連」が派遣され、明国の磁器類・金襴・綿布、琉球の麻布や紬、それに南蛮の蘇木や沈香など多彩な礼物を献じているが、遭難したのはこの「賀津連」の船と同時に派遣された使船ではなかったかと見られている。

このように、海賊の襲撃や遭難があったりして、琉球はやがて朝鮮との交易には、倭寇とも一脈通じた北九州の海商たちに委託するようになったのである。尚巴志は対馬の早田六郎次郎を使った。倭寇は対馬など日本のそれだけでなく、明国海賊

も含み、それらの跳梁は明国沿岸にも及んでいた。

琉球は、明国への進貢や、南蛮交易にも、これらの海賊を警戒しながら、それなりの武装をしてなされていったことである。

5

もう少し、南蛮貿易の実態を見ておく。

「四海一家」の信条で一見、友好的に進められたかに見える南蛮貿易だが、大海を片道四十日余もかけて行き来するのであったから、苦難の海航であった。見てきたような遭難や海賊の危険も背中合わせであったが、その上にまた、交易国でのトラブルもあった。

ここでは歴史的にもっとも古く、また頻繁だったシャム交易でのそれを見ておく。

洪熙(こうき)元年（一四二五）、尚巴志王からシャム国王への咨文は、苦情をつのらせたものであった。

《――近頃、使者佳其巴那(かきはな)（垣花）と通事梁復(りょうふく)の告げたところによれば、永楽十七年（思紹十四年、一四一九年）、使者阿乃佳(あらか)（新川）等が三隻で、礼物を捧げてシャム国に至り、奉献の事を済ませて国に回(かえ)ることを告げると、所(しょ)在宮司(ざいきゅうし)が、礼物が薄い故をもって、琉球船が持ってきた磁器類の貨物（一般貿易品）を官買(かんばい)した上、一般シャム商人が蘇木・胡椒等を琉球船に私売することを許さず、ともにシャム官憲がそれらの売買をなし、高い関税をかける。それで琉球は往復の旅費等を弁(べん)ぜねばならず、大きな損失を蒙った。》

言っていることは、シャムの貿易係官が、琉球の磁器類を官買と称して安く買いたたき、蘇木・胡椒等の南蛮物産はシャム官憲が自国商人から安く買い上げて、これを琉球船に高く売りつけた、という。それを「王の令旨(れいし)」だと称してやったのである。

琉球船は大損をこうむり、旅費にも事欠いたのである。

シャム人の貿易の仕方については、ポルトガル人トメ・ピレスの『東方諸国記』（書名は岩波書店『大航海時代叢書V』による。引用も同書。訳者は生田滋ほか。同書の原題は『紅海からシナ［の国］までを取り扱うスマ・オリエンタル（東洋の記述）』）に、次のようにある。

《（シャム人は）外国人商人たちに対し、狡猾さをもってのぞみ、かれらの商品を国内に置いていくようにしむけ、しかも支払いが悪い。……（関税については）外国人商人は九につき二を納める。シナ人は（朝貢国なので優遇され）十二につき二を払う。商品を持ち出す時に人々が十五について一を払うことは疑いないようである。（ところがシャムでは）どんな品物についても十について二の税を払う。》

尚巴志の咨文は続く――

《――礼物が薄いということであるから、今後のシャム通交はシャム国王の「令旨」を受けて、礼物なども加増して交渉せねばならぬ。そして翌永楽十八年の佳其巴那（かきはな）を使者としたシャム遣船に当たっては、礼物を加増して、以前のような商人との自由貿易を願ったが許されず、依然としてシャム貿易は官の売買にかかって利益が少なく、とくに磁器において甚だしい。乗組員の旅費さえ出ないありさまで、国王（琉球）の命を奉じても（乗組員は）往復しようとしない。数万余里、歴海（れきかい）の険しい風波を乗り越えてきて、このありさまで、それでも琉球は永楽十八年から二十一年は辛抱して毎年船を派遣して来たが、それでは大損をして収支相償（あいつぐな）わず、ついに次年二十二年（尚巴志三年、一四二四）には、遣船を停止したのである。》

つまり、琉球は貿易中断の実力行使に出たのである。

「礼物」というのはシャム宮廷への献上品で、たとえばつぎのようなものであった。

織金段（しょっきんどん）五匹・素段（そどん）二十匹・大青盤二十箇・小青盤四百箇・小青碗二千箇・硫黄三千斤・腰刀五柄・摺紙扇（しょうしせん）三十柄

明国との進貢貿易で得た磁器や絹織物に、琉球産の硫黄、そして日本製の刀剣類で、これがほぼ従来の礼物であって決して薄いものではなかったのだが、「薄い」とシャム貿易官が言うので、佳其巴那の時から、加増した。具体的に何を加増したのかは不明である。

二年後の洪熙元年（一四二五）、尚巴志王は「礼物」を加増して再び使者佳其巴那・通事梁復をシャムに遣る時、抗議を込めた要請を、咨文に付け加えた。

《――参考までに申し上げると、洪武より永楽（十六年）の間、察度王・武寧王・思紹王と、毎年使者を遣わし菲儀（薄謝）を捧げて奉献したること多年に及び、貴国の親愛をこうむり、四海を以て一家たるを懐念い、遠人を寵愛して常にまた貿易をなさしめ、しかも官売買の事もなく、琉球はその厚意に感謝してきた。これに照らし、遠人航海の労を矜憐み、磁器を官買するを廃し、蘇木・胡椒等の貨の自由収買を許可して、国に回らしめてほしい。》

シャム国王はこの琉球国王の要請を受け入れたと見えて、その後、宣徳四年（一四二九）までの四年間に八隻がシャムに行っているが、官の売買はなかった。

しかし、その宣徳四年十月十日、シャムには使者有南結制の「洪」字号船と、使者南者結制（別に南闍度とあり同一人と思われ、すなわち並里であろう）の船の二隻が派遣され、翌五年帰国したが、その報告によれば、琉球船はまたしても官売買にかかってしまったのである。

二隻の琉球船がシャムに至って礼物を献ずると、同地の係官、菅事頭目（港務官）は官買と偽って明国産磁器類をほとんど略奪まがいに没収、そして値も遅延して払わず、しかもやっと払ってくれたものの極少で、結局大損をなした。

《――数万余里の海路を経て、非常な難儀を冒してシャムに至っても、従来のような自由売買を許して寛柔撫恤するなく、あまつさえ官買を行い、貴国官が琉球商品を買い占めるために大損をする故に、使臣等も採算の取れぬ貴国貿易を再三告辞して、貴国への航行を承知しない。》

と、尚巴志王の咨文（宣徳六年九月三日付）は抗議する。シャム行きの王命を下しても、乗り込もうとしない。それで昨年（宣徳五年）のシャム遣船はまたしても停止するの余儀なきに至ったのだと。どこの国にも権力を振りかざす横暴な役人はいたのである。

琉球船はシャム港務官の横暴に泣いたが、宣徳五年十月十八日に、三仏斉国（パレンバン＝旧港）に派遣された正使歩馬（小浜）結制（掟）等が、翌宣徳六年に帰国して報告したところによれば、彼らは三仏斉国でシャムの商船に出会い、面接してその語るところを聞けば、かの宣徳四年に官権をふるった例の菅事頭目は、尚巴志王の抗議を受けたシャム国王によって、次の年（宣徳五年）、琉球貨物を官買した故をもって、譴責され、職を解かれたという。これを受けて、尚巴志王の咨文は、

《――今、貿易のために正使伯兹母（鉢嶺）を遣わすから、互いに通交の礼儀を守り、よろしくシャム政府で琉貨の買い占めを行うことを免じ、蘇木・胡椒等を自由に売却せしめられたい。それを以て、翌年の大明国への進貢品に当てたいと思う。》

尚巴志王の咨文は、敢えて「大明国」を振りかざして、自由貿易を訴えた。シャムが琉球船に対して、そのように搾取的態度を取れば、大明国への朝貢に影響が出るぞ、このことを琉球は大明国に報告するであろう、さぁどうするか、と遠回しに脅して、対決するのである。

シャムも琉球と同じ明国の冊封国である。大明国皇帝に、シャムの琉球いびりが聞こえたならば、シャム国王はきっと咎められるであろうと。

時のシャム国王は、この琉球の要請を聞き届け、以後、琉球が不利になるような官売買はなくなったが、琉球が南蛮貿易から撤退し、ずっと後の十七世紀に進出してきたオランダ人らは、シャムの管理貿易に手を焼いたようである。

琉球の南蛮交易は九か国に及んでいた――と述べたが、この成化中期すなわち尚真王即位のころに、国書を交わして通交していたのは、シャム、マラッカ、スマトラ（蘇門答剌）の三か国のみであり、尚巴志王代に開かれた三仏斉（旧港＝パレンバン）、さらに遠地のジャワとの通交は、すで

に尚忠王代に断絶し、パタニ（仏太泥）とはまだ通交がなかったし、スンダ（巡達）との交易も後のことである。

パレンバン（浡淋邦、宝林邦とも書く）は三仏斉シュリーバイジャヤ王国の首都であったが、永楽五年（思紹二年、一四〇七）、広東人の海賊陳祖義が罪を逃れて拠り、占拠して旅客を横掠していたので、大船六十二隻兵二万七千八百という大軍勢でインドへ大航海し、その帰途立ち寄った鄭和が陳祖義一味を掃討、施進卿なる豪族を旧港宣撫使（支配）に任じて治めさせた。

しかし、永楽十一年（一四一三）三仏斉はジャワのマジャパイト王国の侵略を受けてその管下となり、ジャワはパレンバンを「旧港」と改称した。ただジャワは海を隔て、おまけにヒンズー国家のマジャパイト王国は王族の内紛や、アラビア・イスラム商人の進出によるイスラム教の浸透、マレー半島の新旗手マラッカの興隆などによって国力衰微し、「旧港」支配には手が回らなかった。

旧港＝パレンバンは依然として施氏が支配し、永楽二十一年（一四二三）には施進卿の息子施済孫が父を継いで旧港宣撫使となった。

琉球はある偶然を奇貨として、宣徳三年（尚巴志七年、一四二八）、三仏斉（旧港）に通じた。

永楽十七年（一四一九）、三仏斉船が日本交易のため博多に行こうとして南九州に来着、翌年、海賊（倭寇）の襲撃を受けつつも何とか博多に辿り着いたが、船は壊れ、九州探題渋川道鎮（琉球文書では「九州官源道鎮」）は翌十九年、乗組員二十余人を琉球に送り、その送還を依頼してきた。

琉球はこの年（永楽十九年、一四二一）、思紹王が六十七歳で薨じ、その子の尚巴志が即位したところであった。尚巴志は五十歳になっていたから、思紹の十七歳の時の子ということになる。

琉球は三仏斉にまだ通ぜず、時の国相懐機によると「海道を諳んずる火長（船長）なく其の便なかりし処、遠国の人を久しく留め置くべきにもあらずと、国王の許しを得て闍那（謝名）結制を正使としてシャム国に護送し、三仏斉への転送を請わしめ」たのである。この転送は、洪武三十年（一三九七）

に明朝洪武帝が三仏斉を招撫するときシャムに命じて詔勅を転送した事例に倣ったのである。

スマトラ島、ジャワ島は大スンダ列島の二大島であり、地図で見ると、北緯十度あたりから赤道を越えて南緯十度に至る熱帯海域を仕切るように弓なりに位置して、そこはもう当時の東洋世界では文字通り〝地の涯・海の涯〟であった。そこまでは琉球船も行きかねていたのである。

三仏斉（パレンバン＝旧港）は「諸国の商船が蝟集し就中暹羅船の出入りが最も盛ん」な交易国であった。

琉球も通交を開かんとして、「転送」した三仏斉人が無事に帰国したかどうかの問い合わせを兼ねて、同国との正式な貿易を願い出た。すなわち宣徳三年十月、「天」字号船で正使実達魯（童名の小樽か）らをシャム経由で初めてパレンバン＝旧港へ派遣した。

パレンバンへの琉球国相懐機の十月五日付文書は、同国管事官（支配者たる宣撫使施氏のことか）に宛てたもので、日本から送られて来た三仏斉人をシャムへ護送し、転送を依頼したいきさつを述べ、彼らは「無事到着せしや否や」（六年余が経過していたが通交がなかったためにパレンバンからの音信はなかった）と問い合わせつつ、《今また実達魯等をして磁器類を装載して貴国物産を収買せしむるにつき便宜を図られたい》として、礼物に、素段五匹・甲冑二領・宝刀二柄・腰刀二柄・磨扇十把を呈した。

この懐機文書に同九月二十四日付の国書を添えた。同国書の内容は、懐機の貿易を願い出た文面と同一だが、こちらは礼物に、素段二十匹・大青盤二十個・小青盤四百個・小青椀二千個を添えた。

琉球船は遂に、「赤道」を越え、南半球の入り口に達したのであった。

パレンバン管事官は無事到着の返礼が遅れたことを詫び、貿易を許容し、返礼の使者として財賦・察陽らを帰国する実達魯らの「天」字号に便乗させて宣徳四年、琉球に遣わし、奇物・封書を国相懐機に呈し、琉球の厚意を謝した。

使者の財賦・察陽らはとくに尚巴志王にも謁見

を賜わり、尚巴志は使者たちの民族衣装の立派なことを賞讃し、大いに歓待した。尚巴志は懐機に、船を仕立て、礼物を備え、財賦ら使者たちを護送回国させよと命じた。

しかし、同年は船隻の都合がつかず、翌宣徳五年十月十日、歩馬（小浜）結制および達且尼（沢岻）を使者として、財賦らを送回せしめた。

パレンバンは宣撫使（支配）が替わっていた。施進卿の子の施済孫が亡くなり、彼には男子がなかったために娘二人が跡を継ぎ、この姉妹で治めていた。すなわち二人の「女頭目（女王）」の出現であった。

懐機文書は「先年貴国人護送に当つて火長なきために暹羅国に転送したる無礼」を詫びつつ、貴国がわざわざ答礼のために使者を遣わしたこと、また本国船隻も貴国において優待を蒙ったことに対する答礼使として、歩馬結制・達且尼を遣わして、併せて貿易を乞わしめた、とある。

前に述べたように、パレンバン＝旧港との通交は熱いものがあったが、やがてマラッカが商港として活況を呈していったのに伴い、旧港は衰微し、琉球も遣船を断念、正統六年の「安」「永」字号二船をもって、通交を閉じるのである。十三年間に往来はおよそ十回、長い南蛮交易史の中では線香花火のような短さであった。

パレンバンのあるスマトラ島の東、ジャワ・スンダ島との通交は、パレンバン＝旧港に二年ほど遅れて宣徳五年（尚巴志王九年）を嚆矢とするが、琉球の咨文は四通あるのみだ。何せ遥かな〝地の涯・海の涯〟であり、あまり活発ではなかったろう。

ジャワはスタヒ王の治世下にあったが、先に見たように国力衰微し、琉球との通交にも消極的であった。

琉球も意気込んでジャワとの通交を開いたのだが、交易の利を上げることができず、成果はあまりなかった。

おまけに正統六年の遣船は往路、遭難して福建省福州府閩県に漂着して、目的を果たさずに帰国、またその翌年（正統七年）七月に派遣した船も遭難して、これまた目的を果たさずに帰国した。

翌七年十月にも一隻派遣したが、結局これが最後になった。こちらは十一年と短い通交であった。

6

さて——。

「万国津梁」というはたやすい。だが、波荒き「歴海」を越え、南蛮諸国へ繰り出した琉球のスタンスは、やはり見直してみなければなるまい。

琉球は大洋に浮かぶ海邦＝島国であり、しかも島は小さく「資源稀少」であったから、必然的に、「舟楫を以て」異国の物産を求めていかざるを得なかった。「海邦＝島国」にとって、海はまさに国の命運を左右するものであった。

そうした海洋民族の血潮が、国の盛衰をかけて、「歴海」へと乗り出していったのである。

成化四年（一四六八）八月十五日付で、尚徳王がマラッカ国王に宛てた咨文は次のような内容であった。

《曾て聞す。食貨は乃ち民の先務なり。儀礼は由て国の当施たり。苟くも交隣の心を失へば、貿易の事又何を以て国の富と致し、民をして安から使めん哉》

尚徳王はこのように交隣・信義に基づく「四海皆一家」を信条に、南蛮貿易を押し進めたのであるが、それは尚巴志王に始まる第一尚王統の根本精神であった。

翌成化五年、尚徳王は「易姓革命」によって亡び、「内間御鎖」金丸が王位に就いて尚円王を名乗り、第二尚王統を開いたが、同王統においても貿易のスタンスはそのまま継承され、即位した尚円王は成化五年、シャムへの交易船派遣に当たって、シャムへの咨文に、

《貴国、蔽邦と地避邈にして、風馬牛の相及ばざる如しと雖も、舟車の至る所、人力の通ずる所なり》

と、海邦の気概を示した。

はじめに見たように、琉球の南蛮諸国への咨文

にはほとんど「四海皆一家」あるいは「四海の内皆兄弟」の決まり文句があり、南蛮諸国の咨回文にもそれが反映されているが、四海皆一家——すなわち「行き逢えば兄弟」（イチャリバチョーデー）である。

その琉球人たちは、南蛮でどのように評価されていたのかを、さいごに見ておく。

琉球人たちが南蛮諸国で、きわめて友好的に迎え入れられていたことは、諸国の咨文・咨回文に決まり文句のように示されている。

それには琉球国王と琉球国への尊敬の念が溢れており、公文書における修辞的な彩りがあるとはいえ、信頼関係がなければ、何十年も——シャムに至っては実に百年余も、交易関係が持続するはずはないのである。

実際に、どのようであったか、御茶当真五郎が、思徳や安慶田に、

「南蛮の人々は人なつっこく、ニコニコと隔てがない」

と語っていたように、彼らとて交易国であっただけに、来貿者には胸襟を開いて歓迎し、まさに隔意なく、〝行き逢えば兄弟〟という親しみと厚意を琉球人たちに見せたことである。彼らにとっても琉球船は貴重な文物をもたらす宝船でもあったことだ。

ここではとりあえず、マラッカの歓待と厚意を見ておく。

成化十六年（尚真王四年、一四八〇）三月二日、マラッカの長史で海軍司令官の楽作麻翕の琉球への奉書は、琉球人が交趾（安南）へ漂着し、水を求めて現地人と争闘、殺し合うという事件に発展したことを聞き、楽作麻翕はただちに琉球人救出のために、小船を現地に派遣した。

《聞知するに宝船一隻（琉球船のこと）交趾に打在し、水を失ひて交趾人と相殺す。聞知せる楽作麻翕、小船一隻を差使して、前んで占城地面に往き、相尋ねて人口二名有るを着止するを得たり。其の日久しからずして一名病故す》

琉球人二人が生存していてこれを保護したのであるが、一人はまもなく病死し、残り一人はマラッ

カへ交易に来た琉球船で帰国させた――という。
いつの事件なのか、同書ではわからないが、この二年前の『明史』の成化十四年三月戊子に「成化十一年、琉球船漂風之衆（漂流者）を得、遂に率ゐて以て侵掠す。臣邦辺兵の敗る所と為る」とあり、琉球船は成化十年か十一年に派遣されたもので、水をめぐるトラブルから殺し合いとなったようである。

交信の手段が季節風を利用した航海に拠るしかなかった時代である。安南交趾での争闘の報がマラッカに届いたのはずいぶん遅れているが、ともかくこれを聞いて、楽作麻翕は船を派遣して、琉球人の行方を捜索させ、ようやく占城で二人の生存者を保護したのである。

南蛮貿易の琉球船は二百人前後が乗り組んでいたから、安南での争闘で二人の生存者――というのは、他は遭難死したり、殺されたり、また捕虜になったり、逃走したりしたのか、詳細は不明であるが、マラッカはこの事件が伝わって来た時点で、すぐに琉球人救出に向かったのである。これとても、琉球とマラッカが強い信義で結ばれていたことを示すものであろう。

歓待については、マラッカ国王は成化十七年（一四八一）、交易を終えて帰国する琉球使者約二百人全員に宴を賜わり、金花酒（シャム香花酒のような酒か）をふるまったほどである。同年三月のマラッカ国王から琉球国王への咨文は、

《――以て茲に使臣通事等前み来り、船隻礼物、国（マラッカ）に到りて、平安にして法禁（不法）無し、売買を所属して早かに金花御酒を登途の衆臣に勅封して、国に回へらしむ》

とある。

7

琉球人の評判について、修辞的な外交文書以外の史資料がわが方にはないが、実は後年、東進してマラッカを占領したポルトガル人らの見聞記に、それが散見される。

ポルトガル人らは、琉球＝琉球人を、一方では

ゴール Gore＝ゴーレス Gores とし、一方ではレケア Lequer＝レケオス Lequers と呼んだことはよく知られている。

「ゴーレス」については明治・大正・昭和初期に、日本史学界で、倭人＝倭寇・高麗人・琉球人など諸説乱れて論争されたが、「琉球人」で定着した。「レケア・レキオ＝レケオス・レキオス」が琉球＝琉球人であることは当初から異論はなかった。

しかし、なにゆえ琉球人が「ゴーレス」と呼ばれたのか、その語源についての考察はほとんど深化せず、今日に至っている。

ポルトガル人らは、その名をマレー半島のアラビア人やマレー人らから聞いて、そのまま使ったのである。

十五世紀後期のアラビア人航海士の著書に、「支那の向こうに連なる島々」があるとして、その島のことを次のように記す。

《――次に Al-ghur の島が来る。これは支那の向こうに位置して南の方によっていて、人の住んでいる大きな島だ。その王は支那人と闘っている。そこには Al-ghur と呼ばれる鉄の鉱山がある。人の住んでいる世界のうちで、有名な島の中に Leikyu 島が数えられる。それはふつう Al-ghur という名で知られている》

（引用したのは、安里延著『沖縄海洋発展史』＝昭和16年刊＝からだが、安里は沖縄県師範学校教諭であった。先述の諸引用も同書や『歴代宝案』、東恩納寛淳『黎明期の海外交通史』その他によった。）

アラビア人航海士は、明らかに琉球列島のことを述べているのである。しかし、伝聞の寄せ集めなので、だいぶ混同がある。「支那人と闘っている」というのは倭寇のことで、琉球ではないのだが、ごっちゃになっている。

Al-ghur が gore になって Gores となる。そして、Al-ghur は「鉄の鉱山の名」といいながら、Leikyu も含めた諸島が Al-ghur（ゴール）と呼ばれるといい、このあたりがどうやらゴーレスの由来らしい。

十六世紀初頭の別の書ではこのアラビア人を

承けて、「鉄の鉱山 Al-ghur」のある島をジャワ語で Likiwu という、とあり、Leikyu と Likiwu、そしてレケア＝レケオスも同一であって、すなわち「琉球（人）」にほかならない。

ポルトガル人らは琉球＝琉球人を、レケオ＝レケオス、またはゴール＝ゴーレスと呼んだのである。

ゴーレス説にはさらに、琉球の通事や乗組員など、交易に携わった唐営久米村の中でも「梁」氏が多く、彼らは故郷の呉江（江蘇省、揚子江河口）を自慢し、その「呉江梁氏」がゴーレスに聞こえ、いつしか琉球人をゴーレスと呼んだという説もあり、何となく「これかな」と思わせもするが、どんなもんであろうか。

確かに唐営（後に唐栄と改称）久米村の梁氏の進貢貿易・南蛮貿易での活躍はめざましいものがある。尚巴志王代から尚質王代の二百五十年間に進貢貿易などに使者・通事・火長以下主要乗組員として活躍した唐営人の延べ人数を、東恩納寛淳が記録から数え上げているが、

①梁姓一六〇人②蔡姓一五〇人③鄭姓一一四人④林姓九〇人⑤陳姓五九人⑥金姓五六人⑦程姓三七人⑧紅姓二九人……

と続き、確かに梁姓がダントツではあるが——。

とまれ、マレー人らが「ゴール」と呼んだのは、島にある鉄の鉱山のことで、それが転じて「ゴーレス」という島民のことになったというのだが、ポルトガル人らはその「レケオス」や「ゴーレス」について、占領地マラッカや、パタニ、シャムなどで聞いたであろうか、琉球人の気質などについても、興味深い報告をしている。これも安里延著書から抜粋引用する。

《その国の国王は家臣以外の者の通交を許さない》

というのは、南蛮貿易が国家管理のものであることで、これはいうまでもないことだが、

《（彼らは）国王の印記のある多量の金錠を持って来るが、それがその国の貨幣なるか、単に出航の際の貨物検閲の修了を示すものか確かめられなかった。そのわけは、彼らが寡言の人種で自らの国情については決して他言しないからで

あるという。》

「寡言の人種」というのはいかにも琉球人らしいが、国情を他言しない、というのは言い含められていたことでもあろう。

国王の印記のある金錠というのは金貨のことか。先に触れたように、尚泰久王が「大世通宝」、尚徳王が「世高通宝」、尚円王が「金円世宝」という金貨幣を鋳造しており、大世・世高は尚泰久王・尚徳王の神号であり、金円は尚円王の神号ではないが明らかに尚円王をさしていて、「王の印記」というのはこれを言っているのだろう。

ゴーレス＝レケオス（琉球人）は言う。――金の国王印記を鋳造した金塊は、彼らの国に近いペリコ Perico という島に多量に産するというが、金鉱のあるペリコなどという島はない。寡言にして国情を暴露しない彼らはデタラメな名を挙げて、誤魔化したのである。

ポルトガル人らは述べていく。

《彼らは皮膚白く、常にトルコ式の偃月刀（えんげつとう）に似て其れよりやや細身の長剣と長さ二掌（パーム）の短刀を帯びている。……彼らは勇敢にして、マラッカに於いて畏敬（いけい）されている。》

《何れ（いず）の港に於いても、彼らはその齎（もた）らせる商品を、一時には取り出さず、小量ずつ貿易する。》

《いずれの港に於いても彼らは誠実を尚（たっと）び、偽（ぎ）言（げん）を許さず。マラッカの商人で不正の取引をなす者があれば、彼らは直ちにこれを捕える。》

これも先に、マラッカに於ける「琉球人の不祥事」――国王の制止をきかずに争闘し、州府を騒がせた事件も、その不祥事がどのようなものであったか不明ながら、ポルトガル人らが言うように、信義を重んじ、不正取引などには断固たる態度を取る琉球人の気質が、惹き起こしたものではなかったか。

同様に、安南人と琉球人の争闘に対しマラッカ国王が琉球人救出に向かわせたという事件の、安南人と琉球人の争闘なるものも、不正や非道、命の水も分けてくれないという無情に対する抗議から始まった争闘だったかも知れない。

《彼らは常に取引を急ぎ、交易終われば直ちに帰路に就く。彼らは此の地に植民地を営まず、母国を長く離れるのを好まない人種である。》取引を急ぎ直ちに帰路に就く――というのは、琉球―南蛮の長い航海は、季節風を利用していたからで、遅滞すれば風を失い、遭難の危険があったからである。げんに、先にも見たように、尚徳王代の天順八年には、シャムから帰国する二船が、季節風が過ぎてしまって遭難したのである。

《マラッカの人々には、彼らは当地に於けるよき人にして、支那人よりも富裕で正直である。》と、ポルトガル人は述べる。《彼らは支那人よりも気質良く、かつ取引も円滑になした》と。

「富裕」とか「気質」については、取引においては、けんか腰にしゃかりきにならず、こせこせせず、ゆったりしていたことを言っているのかも知れない。だが、これはあくまでポルトガル人が受けた印象である。

《マレー人は天性傲慢にして、其の短剣にて巧妙に人を刺殺するを誇りとしている。彼らは凶悪にして信義の念がないが、ゴーレスは信義を重んじ、美風に富む敬愛すべき人種にして、異国人と交易することを公正なる行為と考え、かくの如く信義を重んじているのである。》

マレー人に対するポルトガル人の辛辣な評価は、征服者として傲慢、抑圧的で、マレー人を野蛮人、未開人、異教徒として、あるいは奴隷視するポルトガル人に対するマレー人の反抗に、悪印象をもっての非難かも知れないが、元来、マレー人の気性の荒さは、諸書に見えるところでもある。

トメ・ピレス『東方諸国記』にも「レキオ人」（琉球人）評判記がある。トメ・ピレスはポルトガルのマラッカ占領直後にマラッカに来て、マラッカでは琉球が同地との交易から撤退したことを知らないから、「きのうの友人」を語るように、琉球人の評判は熱く語られていたのである。琉球人評判記としては、このトメ・ピレスの書がもっとも古い。彼は書いている。（岩波書店『大航海時代叢書V』より）

《レケオ人はゴーレスと呼ばれる。かれらはこれらの名前のどちらかで知られているが、レキオ人というのが主な名前である。……マラヨ人（マレー人）はマラカ（マラッカ）の人々に対し、ポルトガルとレキオ人との間に何の相違もないが、ポルトガル人は婦人を買い、レキオ人はそれをしないだけである。》

《レキオ人は、かれらの土地に小麦と米と独特の酒と肉を持っている、魚はたいへん豊富である。……われわれの諸王国でミラン（ミラノ）について語るように、シナ人やその他のすべての国民はレキオ人について語る。かれらは正直な人間で、奴隷を買わないし、たとえ全世界とひきかえでも、自分たちの同胞を売るようなことはしない。かれらはこれについては死を賭ける。》

《レキオ人は偶像崇拝者である。もしかれらが航海に出て、危険に遭遇したときには、かれらは、「もしこれを逃れることができたら、一人の美女を犠牲として買い求め、ジュンコ（ジャンク船）の舳で首を落しましょう」とか、これと似たようなことをいって祈る。》

恐らく、これは航海の守護神として女神の媽祖信仰のことを言っているのであろう。

トメ・ピレスは続ける——

《かれら（レキオ人）は色の白い人々で、シナ人より良い服装をしており、気位が高い。……かれらはジャンポン（日本）へ赴く。それは海路七、八日の航程のところにある島である。かれらはそこで黄金と銅とを商品と交換に買い入れる。レキオ人は自分の商品を自由に掛け売りする。そして代金を受け取る際に、もし人々がかれらを欺いたとしたら、かれらは剣を手にして代金を取り立てる。》

《（マラッカへの交易品は）主要なものは黄金、銅、あらゆる種類の武器、小筥、金箔を置いた寄木細工の手筥、扇、小麦である。かれらの品物は出来がよい。かれらは黄金を携えて来る。かれらはシナ人よりも正直な人々で、また恐れられている。かれらは多量の紙と各色の生糸を携えて来る。また麝香、陶器、緞子を携えて来る。またかれらは玉ねぎやたくさんの野菜を運んで来る。》

《かれらはシナ人が持ち帰るのと同じ商品を持ち帰る。……毎年マラカには一隻ないし二、三隻のジュンコがやって来て、ベンガラ産の衣服を大量に持ち帰る。レキオ人たちの間では、マラカの酒がたいへん珍重される。かれらはブランデーに似たものを多量に積荷する。マラヨ人はそれを飲んでアモク（兵士、騎士）になるのである。レキオ人は一ふりが三十クルサドの価格の刀剣をたくさん携えて来る。》

このように、ポルトガル人らによる評判記を見ると、堂々と、胸を張って交易していた琉球人たちの姿が見えてくる。

いかにも、尚巴志王がシャム国王に対し、不当な官売買を敢然と告発、抗議したように、琉球人たちは不正取引を許さず、信義を重んじ、国家的な友好を大切にして、この南蛮貿易をおこなっていたのであり、そういうことによって、南蛮諸国において信頼されていたのである。

琉球の南蛮貿易は、波乱万丈な展開であった。総括的に述べるならば、琉球の南蛮貿易はシャムを軸として、一時期は赤道を越えて旧港（パレンバン）・ジャワまで伸びたが、両国の衰微とマラッカの興隆で、天順年間以降は、シャム、マラッカの二本柱となり、マラッカがポルトガルに占領されることによって、シャムを主軸に、新たにパタニが加わり、後年、ルソンなども模索されたものの、これもスペイン人の進出によって、撤退を余儀なくされ、やがてシャムからも手を引き、中国との進貢貿易、そして日本（薩摩）の枠に押し込められ、「万国津梁」も萎（しぼ）んでいったのである。

第八章　アユタヤの風

1

成化十六年（尚真四年、一四八〇）八月――。

真五郎、思徳、安慶田の乗り組んだシャム行きの二船――正使武志馬の船と、正使倪始の船は、助け合うように、宮古、八重山を越え、台湾沖へ出て行った。（咨文の使者名は武志馬、倪始とあるが、武志馬は「内間」、倪始は「具志」で、以下内間・具志とする。）

波は穏やかであった。姿は見えないが、やや遅れて、マラッカ行きの船も付いてきているはずだった。

つまり、この八月の南蛮行きの船はシャムに二隻、マラッカに一隻の計三隻が同時に出航した。乗組員は一船二百人内外だから、六百人前後が南蛮へ向かったのである。まさに、海外貿易に国の前途を賭ける、琉球の姿を映し出すような大移動というべきだった。

この年は明国への進貢は一年一貢の間の年で、進貢船は出ていないが、前々年――成化十五年は明国へ進貢を兼ねた謝恩船「義」「礼」号船など三隻が出ている。これは合せて七、八百人が乗っており、さらにシャムへの船も出ている。このシャム行きの船は遭難（これについては後に見る）してしまったので人数は分からないが、通例二百人前後なので、これを合わせると、約一千人にものぼったのではないか。

真五郎、思徳、安慶田の三人が乗り組んだのは、内間率いる一号船であった。三人は、津堅島から送り出された水主（水夫）として、紛れ込んだのであった。

三人は、玉城で百十踏揚の墓前に詣でた際、首里の探索方らと斬り合い、馬で山原へ逃れた後、南蛮船に乗り込むためには、海人（漁師）の経験が必要ということで、真五郎に率いられて、潜んでいた山原を出、クリ舟で津堅島に渡った。そして、津堅海ンチュを束ねる海勢頭（網元）に真五郎が渡りをつけて、三人は漁師になり、数か月を海で暮らしたのである。

奄美から琉球へ戻って、はや二年が経過し、思徳は十八歳になっていた。

真っ黒に海焼けした思徳は、胸幅厚く、両腕も逞しい海ンチュになっていた。

南蛮交易や明国への進貢は、基本的に唐営久米村の者たちが担うのであったが、乗組員は一隻二百人前後と多勢になり、海ンチュとして名を馳せていた久高島や津堅島、慶良間諸島の海ンチュたちが王府に徴用されて、水主として乗り組んでいた。三人はそれに紛れたのである。

前章で見たように、乗組員の役付きには、王府から辞令書が出されたが、水主たちは辞令ではなく、久米村の係官が取り仕切った。さして厳しい身元調べはなかった。

津堅島の海勢頭から送られて来たので、真五郎らはすんなり採用されたのである。何より数か月の漁師生活で、三人は真っ黒に焼け、すっかり海ンチュの風貌になっていたから、怪しむ者などなかったことだ。

三人が乗り組んだ正使内間の船には、実はシャム人七人が乗り込んでいた。同船はこのシャム人らの護送を兼ねていたのだった。

七人のシャム人は三人が遭難者、四人はこれを迎えに来たシャム国使らであった。

この遭難は、琉球・シャム（アユタヤ朝）交易史の中でも、二重遭難という不幸な事件であった。

発端は三年前、成化十四年である。琉球では尚真王の冊封前年、すなわち請封が明国におこなわれた年である。

シャム・アユタヤの港に入った琉球船（正使濬馬巴、副使杜納奇、通事鄭興）が、船火事を起こして船財すべてを失った。濬馬巴はすなわち玉那覇、杜納奇は渡名喜で、以下この名ですすめる。

シャム国は、正使は謝替（役名＝港務官）の柰・悶英、副使は同じく謝替柰曾、通事柰栄等を任じて船一隻を出し、琉球国王への咨文、礼物等を奉じ、琉球使者らを護送して琉球に向かった。

シャム使の名はほとんど「柰」が頭に付いているが、これは「奈」と同じで、東恩納寛淳によると中国南音「ノイ」でシャム語の「ナイ」を写したもの。シャムでは古来七級に区分される官位の外、つまり位階を持たぬ者に付けられる「君」とか「氏」に相当する敬称だが、漢籍（大清一統志）では「官制九等」とあり、「人は皆、有名無姓で官位階を持つ者には頭に「握（屋）」が付き、官位のない民の上級者は「柰」と称される、とある。

さて、火災で船を失った琉球使者らを護送して、港務官（謝替）の柰悶英らのシャム船は琉球へ向かったのであったが、途中、強風に見舞われて船が破損し、アユタヤへ舞い戻った。そして、ひと冬を置いて船を修理し、再度琉球へ向かうことになった。

「ひと冬」というが、シャム・アユタヤは年中夏同然であり、これは乾季のことである。この乾季が琉球船の航海期で、ひと冬置くというのは一年置く意である。

そこへ新たな琉球船が来た。正使倪実（これも倪始と同じく具志）、通事鄭珞等の船であった。咨文・礼物をシャム朝廷に奉じ、貿易をおこなって翌成化十五年三月末、帰国の途についたが、その時、前年の火災で船を失った玉那覇・渡名喜ら琉球人を乗せた柰悶英らのシャム船も、これに同航して琉球に向かった。

ところが――。

シャムからの両船が那覇港に入ろうとした時、にわかに暴風が起こって、具志らの琉球船、前年の船火事での琉球人被災者らを護送する柰らのシャム船ともに転覆沈没、船人・財物ともに失われた。

つまり帰国の具志ら及び前年被災の玉那覇・渡名喜ら琉球人と、シャム使らも犠牲となり、ただシャム人番従（水夫）三人のみ九死に一生を得るという、これまでにない一大海難事故となったのである。

犠牲者の数は分からないが、琉球船は一便二百人内外が乗り組んでいたから、帰国の具志らの船、及びシャム船で護送される玉那覇ら被災琉球人もそれぐらいの数であり、加えて護送のシャム船も相当数の乗組員がいたであろう。恐らく、六百人内外が犠牲になったのではあるまいか。歴史的な大海難というべきであった。

その秋（成化十五年）シャムに来た琉球船（泰刺＝太良もしくは平良、通事紅錦）によって、このことが報告された。助かったシャム人水夫三人は、琉球で怜恤（救済）を賜わっているという。三人が護送されなかったのは、遭難時の負傷か何かで病み、そのために同行できなかったと思われる。

シャム国王は驚いて、さっそく実情調査と、琉球で怜恤を受けているシャムの水夫三人の身柄受け取りのため、翌成化十六年三月、正使泰刺・通事紅英らの帰国に託して、港務官の柰納ほか三人のシャム人を、琉球国王への咨文と礼物を持たせて同行せしめたのである。

今、真五郎、思徳、安慶田が乗り組んだ正使内間のシャムへの船で護送されるのは、帰国するシャム国使柰納ら四人と、三人のシャム人生存者であった。

シャムは直行で、四、五十日の航程であった。

真五郎らにとって、問題は、シャムへ着いてからのことであった。

一応、水主として乗組員の員数に数えられているから、抜けるのは難しいが、抜けねばならないのだ。

「この船はシャムにはふた月ばかり滞在しよう。ま、何とか行方を晦ますことは出来るだろう。シャムは広い。強いてアユタヤにとどまることもない。マラッカに行ってもいい」

と、真五郎は向こうへ行っての心配は、あまりしていないようだった。どこへ行っても、またどんな窮地に落ちても、大胆に切り抜けて行く、天性の才覚を持っている探索方なのである。

その点、思徳も安慶田も、大船に乗った思いである。言葉の問題はあるが、これは真五郎に付いて、徐々に覚えていけばよい。

船には七人のシャム人が同乗している。何とかつなぎをつけておいた方がいいのではないかと、思徳も安慶田も考えたが、真五郎は行方を晦ますことを考えて、接触は試みないことにした。

しかし、航海中に、にわかに嵐に巻き込まれ、これが三人に思いがけぬ展開をもたらしたのである。

　台湾を抜け、右手にモヤッと霞む大陸を眺めながら、やがて広東沖という頃、激しい暴風雨に襲われたのであった。

2

　行く手に、にわかに不気味な黒雲が沸いたと思ったら、見る見る広がってアッという間に空を覆い、稲妻が炸裂して凄まじい雷鳴がとどろき、それで黒雲の層が破裂したように、沛然と、塩辛い豪雨が降ってきて、風が巻き起こった。海が泡立ち、巨大な怪物が二つも三つも、むっくり、むっくりと起き上がるように、大きくうねり上げてきた。

「竜巻だー！」

「早く帆を下ろせー！」

「急げー！」

　船上はたちまち大混乱となった。振り注ぐ雨が塩辛いのは、竜巻が吸い上げた海水が混じっているのであった。

　大波が砕ける甲板上を、十数人の水主（かこ）たちが、喚声を上げて、中央の主帆、舳と艫の前帆、後帆へ走り、帆綱に取り付いたが、そこへ、ドドーッ！と、大波が襲ってきて凄まじい勢いで砕け、船体も大波に揺り上げられて大きく傾き、帆綱に取り付いた水主たちははじき飛ばされ、舷側へ叩きつけられた。

　暴風雨は一気に強まって、ビュービューと吹き付け、船は大波の背に揺り上げられては、断崖を落下するように波底に叩きつけられた。甲板には大波が砕け、必死に帆綱に取り付こうと這い上がった水主たちは滑り落ちたり、はじき飛ばされた。

　今や、船は激浪に翻弄される一枚の木の葉であった。

　その揺れ叩かれる中で、遂に主帆の帆綱が切れた。

　大きな網代帆（あじろほ）は、上枠棒（うわわくぼう）に二本の太綱の先端を左右に結んで吊り、太綱は帆柱に取り付けた滑車を通して襷がけに甲板の帆桁に結んである。帆の下枠棒はこの帆桁に固定されている。

帆の上げ下ろしは、水主たちが呼吸を合わせ、上げる時は左右の太綱を引き、下ろす時は送り出すように綱を緩めるのである。

その主帆を吊った左右二本の太綱の一つ、右側が真ん中あたりから切れ、そして、上部の枠棒を繋いだ切れ残りが、撥ね上がって、帆柱の滑車に絡み付いたのである。大帆は片吊り状態となり、ビュービューと絶え間なく吹き付ける風雨に煽られて、ぐるっと回転しては戻り、二、三度それが繰り返されて、遂に上帆桁が真ん中から、ポッキリと折れてしまった。半閉じ状態になった大帆は一、二回の揺さぶりで、下枠桁に固定された帆の下方が、引き裂かれた。

折れた上帆桁に右半分が吊り下げられた大帆は、煽られて裏返しとなり、まだ固定された左半分の帆を、バタン、バタン！　と叩き始め、あたかも蝶の羽のように開いたり閉じたりの状態になった。

「早く帆を降ろせ！　帆柱が倒れるぞ！」

水主頭（かこがしら）が叫んだ。

帆柱は甲板を貫いて、船底の龍骨から突き立ててある。中央の主帆は甲板から七丈（約二一メートル）も出ている。樫材なので途中から折れることはないが、揺られ、叩かれ続ければ、龍骨に差し込んだ根っこからもがれる恐れがある。これがもがれて倒れれば、船はバラバラになってしまうだろう。

いや、もがれるまでもなく、船体が大きく傾けば、大帆と帆柱の重みで、船はそのまま横倒しになりかねない。

濡れ鼠になった水主たちが、這い上がり、滑り落ちたり、風波に吹き飛ばされたりしながら、物を掴んで、何とか、主帆、前帆、後帆の三本へ取り付き、前帆と後帆はようやく下ろすことができた。前帆と後帆は竹ではなく藺草（いぐさ）編みの蓆篷（せきほう）（アンペラ帆）である。

しかし、帆綱が左側一本になった主帆は、下ろすために緩めようとしても、上帆桁に取り付けて固定した右綱が切れて滑車に絡み付いているので、滑車が動かず、綱が送り出せない。

「誰か登って綱を解け！　急げ！」

水主頭が叫び、一人の水主が帆柱に取り付いた。

太い樫の帆柱には、軽く削って凹ませた足掛かりが、とびとびにつけてある。水主は帆柱にしがみ付いて登り始めたが、ドドーンッ！　と、甲板を乗り越えて襲ってきた大波と暴風雨に叩かれて、帆柱から吹き飛ばされ、甲板に叩きつけられた。そして、そのまま息絶えてしまったのか、気絶したのか、ゴロゴロと無抵抗に甲板を転がった。

「助けろ！」

という叫びで、水主たちが駆け寄ろうとした途端、船は大波に押し上げられ、水主たちはワーッ！と悲鳴を上げて、雪崩れ落ちるように舷側へ落下した。

帆柱から落下して風雨に叩きつけられ、丸太のように転がっていた水主が、綱を掴んで、よろよろと立ち上がり、頭を二、三度振った。一瞬、気絶していただけで、気を戻したのであった。


押し流されつつ甲板上で騒ぐ乗組員、水主らは、側に掴む物のある者はそれにしがみついたが、猛烈な風雨と大波に叩かれて、ワーッ！　と吹き飛ばされたり、舷側に叩きつけられたりした。

船がグーッと傾く。

「転覆するぞー！」

と、絶叫が上がる。

皆、思わず目を瞑ったり、甲板上に伏したり、物に掴まったりした時、船体はググーッと、大波の背に揺り上げられて持ち直し、助かった……と思った途端に、こんどは盛り上がった大波が砕けて、船は奈落へ落ちるように、ドーン！　と落下する。帆を下ろす前に、もう一、二度、大波に叩かれれば、船はバラバラに砕けよう。誰もが、生きた心地はなかった。

バタン、バタン！　と、折れた大帆の片帆が裏返る。

傾いた船が戻って、ほっと息をつく間もなく、次の大波が襲い、船はまたググーッと傾く。

必死に物に掴まり、怒鳴り合い、叫び合いながら、バタン、バタンと音を立てて煽られる破れ帆を見上げた乗組員らの目が、大波に叩かれながらも帆柱にしがみついて、するすると、猿のように登って行く、一人の水主の姿を認めた。

甲板の水主、乗組員らは風雨に打たれて目を瞬(しば)たきながら、おお！　おお！　と見上げた。

七丈もある帆柱の先端に辿り着いた水主は、帆柱を両股に挟み込み、両手を使って、絡んだ太綱を解きにかかる。船は左右に大きく揺れ、その船体とともに、帆柱が大きく傾く。

あ、あ……、と下で見上げる水主や乗組員が固唾(かたず)を呑むうちに、帆柱の上では水主が絡まる綱を解き切って、下へ向かって大きく手を振り回した。

ピンと張った左側の綱を緩めろ、と合図しているのである。

「よーし！　綱を緩めよ、帆を下ろせー！」

水主頭が叫び、十数人の水主たちが、すわっと取り付いた。

大帆がグンと一段下がった。

「ゆっくりだ、そうそう――」

と、水主頭が叫ぶ。帆はずるずると下ろされた。破れた大帆が、下枠桁へ畳まれるのを見届けて、帆柱の上の水主は、するすると滑り下り、トン！　と甲板に飛び降りた。

思わず、揺れる甲板上に、拍手が沸き起こった。降りてきた水主を乗組員たちが取り囲んだ。

「よくやった」

水主頭も彼の背を叩いて褒めた。

若い水主は、思徳だった。

3

乗組員らの拍手の中を、思徳は照れ笑いを浮かべ、頭をかきながら甲板へ出て来た。逞しい海の男そのものだが、照れ笑いするその顔は少年のものであった。

真五郎と安慶田は、大きく揺れる船尾甲板で、風雨に叩かれながら後帆の帆綱を守っていたが、思徳の帆柱の上での働きを眺め、思徳が捌き終えるのを見届けて、顔を見合わせて「うむ」と頷き合った。

その後ろに、シャム使の柰納らが船枠や横棒に掴まっていた。彼らも揺れに耐えながら、思徳の帆柱での奮闘を心配そうに眺めていたのだが、思徳が作業を終えてするすると帆柱を下り、甲板に飛び降りるのを見て、柰納が、傍らの配下に、

「身軽なものだ。たいした若者だ」

と、感嘆の言葉を投げた。むろんシャム語である。

すぐ前にいた真五郎が、反射的に振り返り、ニッと笑って、

「猿ですから――」

と、シャム語で応じた。ついシャム使につられたのである。

シャム使が、おや？　という顔で、

「シャム語が分かるのか」

と、真五郎を覗き込んだ。むろんシャム語である。真五郎は頭を掻いて、

「多少……」

と、シャム語で答えて、照れ笑った。


シャム使が何か言おうとして手を上げた時、船がまた大きく揺れ、みんなは掴まり物にしがみついた。

大帆は降ろすことが出来たものの、七丈もある太い樫材の帆柱の重みで、船が大きく傾けばなお危ない。大波は次から次へとうねり上げてきて、船は大きく揺れ続け、まるで荒波に弄ばれる木の葉だった。

吹きつける暴風雨の中で、水主たちはびしょ濡れになって、数十人が主帆柱を固定した横材がはじけ飛ばないよう取り付いたり、太綱を巻き付けたりした。

舳と艫の上甲板でも、十数人ずつで畳んだ前帆、後帆に取り付き、真五郎、安慶田も、彼らとともに、艫の後帆にしがみ付いていた。

誰もが、海の神、空の神、命の神に祈りつつ耐え抜いた。

その祈りが通じたか、嵐は一刻ほどで、しだいに収まっていった。まだ海はうねり、船は大きく揺れ続けたが、

「もう大丈夫だ、あと少しで嵐を抜けるぞ、もうひと踏ん張りだ、みんな頑張れ！」

　水主頭が叫んだ。

　船はやがて、雨雲の下を抜け出た。明るい陽光が海上に差していた。嵐を、無事に乗り切ったのであった。

　揺れはまだ続いていたが、その揺れる中を、思徳が身体で巧みにバランスを取りながら、トントンと艫甲板へ上がって来た。ニコニコと照れ笑っている。

「よくやった」

　と、真五郎は素直に褒めた。シャム使も同じ甲板にいて、これはシャム語で、「見事だった」と思徳へ頷き、それから真五郎を顧みた。通訳してくれというのだろう。真五郎は頷いて、思徳を振り返った。

「見事だったと、褒めておられる」

　思徳はまた照れ笑って、頭を掻いた。

　その時は、シャム人との接触は、それだけだった。


　思徳は、正使の内間に呼ばれた。唐営久米村人の火長（船長）が側に付いていて、ニコニコと頷いている。火長以下、操船に関わる乗組員たちはほとんど久米村人たちであり、水主頭もそうであった。

「よくやった。お前の働きがなかったら、どうなっていたか」

　内間と水主頭は、改めて思徳の働きを褒め、内間は、これからは火長に付いて手伝うよう申し渡した。思徳は乗組員・水主たちからあたかも〝救世主〟のように、持ち上げられた。

　正使具志の率いる二号船は、嵐の前は付かず離れず、後ろからついて来ていたが、今は姿も見えなかった。同船も恐らく波浪に巻き込まれて離れてしまったのであろう。

　その数日後、おだやかな海を船は順調に波を割って行った。破れた主帆も補修されて、ピンと張っていた。

　屋根が吹き飛ばされた前甲板の、正副使の展望室、火長室も修復された。

船はゆったりと、青い海原を裂いて進んでいた。島影は一つも見えず、見はるかす、大海原であった。

真ン丸い昼の月が、蒼穹に白く薄く浮かんでいた。

思徳はその白い月に、母の面影を重ね、

（ああ、母上が見守っておられるのだ……）

嵐を潜り抜けたのを、母の助けだったのだと、胸に落としたことであった。

トビウオの群れが、船と併走するように、盛んに飛んだ。

船べりに身を預けて、そのトビウオの飛翔を見ていた思徳が、ヒョイと半身を乗り出して、さっと左手を振り、さらに右手も振った。

身を返して、真五郎と安慶田に見せた思徳の両手には、それぞれトビウオが掴まれていた。一瞬で、トビウオを両手に掴んでいたのだ。丸々と太ったトビウオであった。

安慶田は裏奄美での修行で、思徳の〝離れ技〟はよく知っていたから、ニタッと笑って頷いたが、真五郎は呆れたように、首を左右に振った。

思徳は捕えたトビウオを、未練（みれん）げもなく、海へ放り投げた。焼いて食おうとかサシミにしようとかいうのでなく、何の刺激もない航海の退屈しぎの遊びだったのだ。トビウオは〝九死に一生〟を得、仲間の後を追って、合流したことであろう。

真五郎は、裏奄美を去る時、思徳が檻に入れていた黒ウサギを山へ逃がしてやったのを思い出し、ほのぼのとした気持になった。

思徳は目を上げて、水平線の彼方を眺め、また母の面影を思い浮かべていた。

（母上、思徳は今、遠い南蛮、シャムの国へ向かっているのですよ）

懐に手を差し入れながら、その母の面影へ報告した。懐には、母の遺髪が入っていた。

（がんばりなさい）

と、母の面影がにっこりと頷いた。思徳はこの南蛮への船旅も、優しい母に見守られているような気がした。——

余談になるが、トビウオの話では、この後のヨーロッパ人「大航海」時代に、インド洋から帰還するオランダ人リンスホーテンがその『東方案内記』に、ちょっと面白い観察記を載せている。大西洋上でのことだが、

《――赤道へかけて、たくさんの飛び魚（フリーヘンデ・フィス）を見かける。大きさは鰊位だ。大きな群をなしていっせいに飛び立ち、水上二、三ファーデム〔尋〕の高さを約四分の一マイルも飛び続けると、翼の鰭が乾いて、もうそれ以上は飛べなくなって水に落ち、からだを濡らしてはまた飛び立つ。どうして飛ぶかというに、かれらを食べる大魚に追跡されて、それで空中に飛び出して逃げるのだという。ときどき船に落ちる。われわれの船にもたくさん落ちてきた。あまり高く飛び上がりすぎて、翼の鰭が乾いて落ちたのに違いない。》（岩波書店『大航海時代叢書』Ⅷ）

船にたくさん落ちてきたトビウオをどうしたのかについてまでは、リンスホーテンは書いていないが、思徳らの船の甲板にも、確かに飛び損ねたか、何尾ものトビウオが落下し、甲板の板敷きを濡らしてバタバタと跳ねた。思徳は立って行って、それらを拾い、海へ投げ返したことである。

リンスホーテンは、トビウオは大魚に追われて空中へ飛び上がるようだとしているが、船にたくさん落ちてくるというのは、トビウオの群れは明らかにパニックを起こしているのであり、船底を海中から見上げて大魚と間違えたに違いない。思徳らの船の甲板に落下したトビウオたちも、船底の黒い影を大魚と間違えて、パニックを起こして逃げ惑ったのだろう。

思徳がトビウオをヒョイヒョイと掴み獲り、そして惜しげもなく海へ返し、また甲板に落ちたトビウオを拾って海へ返す様子を、また上甲板から、シャム使の柰納らが見ていた。

彼らも真五郎のように頭を振って驚いていたが、せっかく捕えた獲物を惜しげもなく海へ投げ返すのを見て、柰納は感に入ったように頷いたことだ。

だがこの時も、それだけだった。

4

真五郎は正体がバレるのを案じて、つとめてシャム国使らとの接触を避けるようにしてきたが、シャム使も真五郎がなるだけ距離をおこうとしているのを察したか、積極的な接触は遠慮しながらも、何かにつけて真五郎の姿を求め、一言二言、話しかけてきた。

真五郎は乗組員らの目を避けるようにして、やむなく応じていたのだが、シャム国使が真五郎に話しかけたりしているのを、正使の内間も気づいて、通事を通してシャム国使に訊ねたのであろう、ある日、真五郎を呼び、

「お前、シャム語が出来るそうだな」

と、訊くのであった。

内間は年のころ三十ちょっと、と見える。

まさか、真五郎の正体を知っているわけではなかろう。尚円王在世(ざいせ)のころは二十代、どの役所に勤めていたのか分からないが、まだまだ若かったわけだから、要職には就いていなかったろう。というより、真五郎はいわば尚円王の〝影〟であるから、めったに表には顔を出さなかったし、世が変わってからは首里城に姿を現わすこともなく、隠退してきたので、真五郎の正体は知る由もなかったはずだ。

今も「津堅島の海勢頭(うみせど)の世話で水主になった」と言うと、船員名簿を捲りながら、

「名は、サンダー(三良)か」

と、少しも疑わなかった。

「どこで、シャム語を覚えたのか」

と、内間は訊く。

「いえ、ずっと昔――そう、もうかれこれ二十年以上も前の若いころ、シャムへの交易船にやはり水主として乗ったことがあり、もうほとんど言葉は忘れましたが、片言を思い出して、シャム国使様にはお答えしていたのです」

「なるほど」

と、内間はこれにも、何の疑いも挟まずに頷いた。

二十数年前といえば、この内間はまだ幼少で、御城(うぐしく)にも上がっていなかったろう。

内間は怪しむどころか、心強い助っ人を得たような顔で、

「水主の仕事を切り上げて、通事の紅錦とともに、シャム使らの面倒を見てくれぬか」

と、頼むのであった。「シャム国使殿にご不自由をかけるわけにはいかぬ。遭難シャム人の護送でもあり、シャムの宮廷でも注目しており、粗相(そそう)があってはならぬから」

通事の紅錦は前年も、泰剌(たいら)とともにシャムに使し、シャム船の琉球での遭難を報告した。事情を知っているだけに、今回も任じられたのである。久米村の長史(ちゃぐし)であり、明国語、シャム語、マレー語に通じ、南蛮にも数回航し、名通事としてその名は知られていた。

真五郎はシャム国使付きとなり、誰憚ることなく、シャム人らと談笑することが出来た。

思徳も、安慶田も、真五郎組だということで、シャム人らとの接触はお構いなしとなった。


数刻後、はるか後方に近づいてくる帆影(ほかげ)が見えた。離ればなれになっていた二号船が、ようやく追い付いて来たのである。後で聞くと、こちらも嵐に巻き込まれ、前帆を破られたが、補修して、内間船を追い掛けて来たということだった。

両船は相前後して、波穏やかなシャム湾に入って行った。

火長付きとなって、屋根のある火長室に入っていた思徳は、下甲板に真五郎と安慶田が出て来たのを見て、火長に断わって、甲板へ下りて行った。

甲板に降り立った思徳は、ひときわ高く見える南国の蒼穹を仰ぎ、

（おお！　わが新しき天地——）

と、開放感を味わうように、いささか気取って胸を張り、両手を広げて深呼吸をしたが、燦々と照りつける太陽の直射に、たちまち、

「うわー、暑い！」

と、悲鳴を上げた。開放感も気取りも、一瞬で灼(や)け溶けた。

ほんとに、脳天を打ち砕くように、南国の太

陽はカッカと灼きつけてきて、思わずクラッと、眩暈(めまい)さえ覚えた。

　真五郎と安慶田の側へ行き、

「火長室は涼しかったけど、まともな照り付けは、さすがに凄いや」

　悲鳴まじりに声を上げて、掌を頭の上に翳(かざ)した。

「琉球の夏の太陽だってこんなものだろう」

　安慶田も眩しさに眉間に皺を立てて目を細め、チラと太陽を見上げたが、すぐ「うわー」と顔を戻した。まともに見れば、目玉を焼き潰されるだろう。

　さすがに真五郎も、眩しさに顔を顰めながら、

「シャムは、雨季と乾季がある。雨季は三、四月（旧暦、以下同じ）から八月まで。今は乾季だ。乾季は九月から年越えて二月ごろまでだ。この乾季がシャムの冬というわけだ。この乾季が、琉球の交易期だ」

　と、教える。

「へえ、この暑さで冬ですか」

「これが冬とはな……」

　安慶田も呆れたように言った。

「そう、琉球の夏と同じだ。雨が降らないだけだ。雨がないから、湿気がなく、カラッとしている。木蔭などへ入ると、涼しい。じとじと肌にまとわりつき、むあっとする琉球の夏の暑さとは違うな。太陽は琉球より強烈だがな」

　真五郎もさすがに、眩しさに顔を顰めて空を見上げた。

「眩々(くらくら)します。痛いくらいです。あっという間に、もう汗が噴き出してきました」

　思徳は噴き出した額の汗を手で拭った。

「まったくだ。こりゃたまらん」

　安慶田も陰へ避難した。

「ははは……」

　と、真五郎も笑って、頭の上に手をかざしながら、陰へ入った安慶田を追って行った。

　思徳は懐から手巾を出して広げ、頭に被って、船縁へ行き、身を乗り出して海を覗いた。海はどんよりと白濁していた。魚は見えなかった。

「琉球の海のように、青く澄んではいないな。海は琉球が綺麗だ」

　と、思徳は真五郎をかえり見た。真五郎も頷いた。

「そう、日本、朝鮮、明国、安南などへ行った者たちも、海だけは琉球が一番だと言うな」

「やっぱり……」

〝捨て〟去って来た琉球だが、何となく誇らしくなる。

5

　船は、両岸に椰子の木などが見えるチャオプラヤー川（メナム川）を、帆を張って、ゆっくりと遡上して行った。向かい風の時は帆を畳み、艫の両側に取り付けた大櫂(おおかい)を降ろして片方数人ずつの水主たちが交代で、舵長の手合図を見上げながら、ゆっくりと漕いで行き、時にはシャム側の曳き船の助けも借りたりするが、今はちょうど追い風で、漕ぐ必要もないと、火長が言っていた。船は三本の帆を張ったまま、川を遡上して行った。後ろから具志船も帆を張って付いて来ていた。

　当時はまだ、河口のバンコクの町は開かれていなかった。アユタヤはその河口から、現在の単位にして約百キロ。十七世紀初期の明国人の記録（『東西洋考』）シャム交易の条では、当時すなわち十七世紀初頭には、すでに三つの関が出来ていて、アユタヤ城下の港、第三関までジャンクで遡航九日とあるが、今はまだ関も置かれていないから直航である。火長の話では、追い風でもあり、四、五日の遡航だろうという。

　シャム第一の川チャオプラヤー（全長一二〇〇キロ）は、シャム国土中央部を北部の古都チェンマイまで、鈍色の帯のように、長々と貫いている。川幅はさして広くないが、中流域からはデルタ地帯を含んで広大な平坦地である。河口からアユタヤ方面まで、川は流れるともなく、平坦な大地を裂いて、波も立たず、遊覧のような、のんびりした遡航であった。

　船上から眺めると、見渡す限り平坦な草原である。山らしい高地や、森らしいのも見えない。ところどころに、こんもりと椰子の叢林（そうりん）が見えるのは、集落のようである。

　椰子と灌木の黒い小叢のほかは、ほんとに、青蕭を敷いたように、延々と地茅（ちがや）の野が広がっている。

　地茅の中に、光って見えるのは、水田であり、青蕭を敷いたような草原に見えるのは、茅野もあるがほとんどは稲田だという。シャムは米の国なのであった。

　アユタヤ以前、シャム中央部に開かれたスコータイ王朝で発見された、「シャム最古」といわれる石碑には、

《水中に魚あり、田に稲あり》

と、その豊かさを誇る言葉が刻まれていた。

　スコータイ、アユタヤ、そして後に開かれるバンコクに至る、シャム中南部、チャオプラヤー川を挟む平地は、ビルマ（ミャンマー）のエイヤーワーディ、ベトナムのメコン平地とともに、東南アジア陸部の三大デルタとして、スコータイ石碑にあるように、古来、米作で知られていた。

　チャオプラヤー川は、そんな平坦な大地を裂いて伸びているから、流れているようには見えない。ずっと北方へ行けば山地があり、そこが源流になっているという。

「こんなに低くどこまでも平坦だから、雨季には大変だそうだ」

と、火長は舵長に短い言葉で指示を送りながら、両岸を指して、思徳に説明してくれた。彼は舵工の頃から何回もシャムに来ているとのことであった。だからシャムの事情については通事紅錦とともに、熟知しているのだった。

「この川だって、ほら、陸地との落差はあまりないだろう。雨季の雨というのが凄まじい。豪雨だ。それが半端でない。覆いつくした雨雲の底が抜けたような土砂降りになったりする。それが数刻も続く。この川もたちまち水位が上がり、氾濫して両岸の平地を水浸しにしていく。ずっと奥地まで、この平坦さだ。草原のように見えるのはみんな稲田だ。シャムは米の国だ。雨季には稲田も水中に没する。稲は全滅、と思うだろう。ところ

が、ところが、このシャムの稲は凄いのだ」

「へえー、どういう風に？」

「水に負けじと、ぐんぐん伸びていくな。凄い速さでな。どんなに冠水しても、稲はどんどん伸びて上へ出る。そう、人間の背丈、あるいはその倍以上にも伸びる。薄（すすき）みたいにな。浮稲（うきいね）という」

「浮稲……。信じられないな」

「そうだろう？　でも本当なのだ。モミ蒔きや取り入れの仕方もとても簡便だ。手入れもほとんどしない。稲は自然成長する。手間暇がかからないから、米作りは楽なもんだ。南蛮では、米はシャムがもっとも多く生産していると言うな。マラッカはじめ諸国にも出荷されている。われわれも、シャム米は大量に買って帰るな。琉球の米は、琉球産だけではなく、シャム米もかなり入っている」

「へえー、そうなんだ」

　驚くことばかりだったが、驚きはそれにとどまらなかった。

「シャムはこの米で酒を作る。椰子酒もあるが、多くは米が原料だ。南蛮酒。こちらではラオと言うな」

「琉球もシャムから多く、米とともに南蛮酒を仕入れる。そして、琉球でもこのシャム米を使って、酒を造っているんだ。シャム米を発酵させてな、シャムのラオと同じ方法で造っているんだ。だから、琉球の酒は、このシャムの酒と同じ味だ」

「そうなんだ。でも俺はまだ、酒は飲んだことがないんで、味のことは……」

「あ、そうか。酒は大人のものだからな」

　火長は思徳を顧みた。身体はもうすっかり偉丈夫だが、顔はまだ少年である。

「ついでだから、もう少し酒の話をするとな、南蛮との貿易は、それぞれの国書を交わし、それぞれの国王へ礼物を送り合ってから物産を売買するんだが、シャム国王から琉球王への礼物には必ずこの南蛮酒が加えられる。ただ、わが国王へ贈られる酒は、特別の上物でな、香料を混ぜてあるから、非常に香ばしい。文書では香花酒（こうかしゅ）――香りの花酒（はなざけ）と書くな。その最高級の香花酒を大きな甕二つ、そして椰子酒も香料を混ぜた最高級の椰子香花酒を五甕（かめ）――というのが、通例だ」
「贈答用は特別なんだ」
「そう、国王への贈り物だからな」
　シャム国王から琉球王に送られたシャム酒は、朝鮮王にも転贈されたりしており、『李朝実録』には「天竺酒」「南蛮国酒」「南蛮国薬酒」などと見えているが、この「薬酒」というのは香料を入れた香花酒のことである。後年、尚清王冊封のために来琉（嘉靖十三年、一五三四）した冊封使陳侃（ちんかん）は、尚清王にシャム渡来の南蛮酒をすすめられて賞味した。
《清而烈（せいにしてれつ）――》
　と陳侃は述べ、中国の「露酒」（蒸留酒）に似ているとも言っている。
　ずっと後年になるが、東恩納寛淳は戦前（昭和八年）シャム調査旅行に行ったが、シャム酒ラオ・ロンを賞味する機会があり、
《その香気と云ひ風味と云ひ泡盛と全然同一であるに驚いた私はその見本を一壜首里の酒造組合事務所に送つて鑑定して貰つたところ、泡盛と似てゐるばかりでなく、むしろ古酒に匹敵する風味があると折紙をつけて呉れた。》
　――と述べている（「泡盛雑考」）。
　この物語の当時は、まだ「泡盛」の名はなく、ただ「酒」といったが、薩摩入り後、薩摩が「焼酎」と呼び、そして「泡盛」と呼んで、やがて「泡盛」が定着したのであった。その「泡盛」は当初からシャム米を原料とするシャム・ラオ酒の製法に学んで発達したといわれている。（現在の泡盛も原料はかつてシャム米といったタイ米である。）

6

　両岸は、どこまでも青蓆を敷いたように、平坦であった。

　ところどころに、村らしい樹木の塊が見えた。民家は茅葺きか樹皮を乗っけたような佇まいだが、何となく薄っぺらな感じである。家々の周りには必ず椰子の木が数本ずつ突き出していた。

　ほら、と火長は川岸に沿った村を指さした。

「あの岸辺の家は、足があるだろう。ああいう民家はこの南方には多い。つまり高床式だな。雨季に水浸しになる地帯、とくに川のほとりの家々はああやって、みんな足を付けている。人の行き来は雨季には小舟だ。足代わりだな。小舟は長竿で操るが、巧みなものだ」

「民家の屋根は椰子の葉を編んだり、木の皮などで葺いているが、いかにも薄っぺらに見えるだろう。壁も多くは椰子の葉や竹などを編んだ網代壁だ。向こうまで筒抜けになったりしているな。開けっ広げだ。泥棒がいないんだ。それにしても、風が吹けば吹き飛ばされそうな、簡単な造りだろう。それがな、シャムには琉球のような颱風がないんだ。だから家々も、雨と、太陽の照り付けを避ければいいのさ。見渡せば山もなく、森も見えない。材木もあまりないので、家の柱も竹や椰子の幹などを使っているな。掘立小屋のようなもので十分なのさ」

「家々には、たいてい椰子の木が見えるな。椰子はここでは財産だ。椰子の果汁は実にうまい。砂糖も椰子の花を切って、滴り落ちるその汁をため、鍋で炊き上げて作る。白い砂糖が出来る。花の汁や実で酒も作れる、椰子酒だな。椰子にもいろいろな種類があって、そういうのを家々では植えてある。椰子の葉は屋根になり、日除けの帽子が編めるし、物入れの籠も作れる。扇も作る。琉球では檳榔や棕櫚などで、これらを作るな。同じだな。椰子の幹は家の柱や棟になり、椰子は捨てる所がないのだ。だから大切にしている」

遡って行くに従って、川幅はだいぶ狭まってきた。一方の岸辺に立って「おーい！」と呼べば、聴こえるだろう。

火長は思徳に語って聞かせながらも、両岸が迫る水路の川筋へ油断なく視線を走らせ、そのつど舵長に指示を送り、甲板で入港に備えて忙しく立ち働く乗組員たちを見回して、あれこれと指図を送る。

「財産」の椰子の木は、民家に数本ずつ聳えているだけでなく、川岸や平野の奥の方にはこんもりとした林も見える。あれは誰かの「財産」なのか、村の共有財産なのか、火長に聞こうと振り向いたが、火長は入港前で慌ただしく、甲板の乗組員たちへ指示を飛ばしている。

まぁいいか、後で聞こうと、思徳も近づく桟橋を、

「ついに、着いたか……」

わが新天地へ——と、感慨を込めて眺め渡した。

アユタヤの都は、チャオプラヤー川が、ぐぐっと直角に東西へ枝分かれし、右（東）はパサック川となる。地図で見ると、両掌の上に乗っている形である。そして上部をロッブリー川がチャオプラヤー川とパサック川を繋いでいる。つまりアユタヤはこの三本の川に囲まれて、島のようになっており、三つの川は天然の掘であり、城壁である。

川岸の椰子の向こうに、パゴダという巨大な仏塔がいくつも見える。シャムの名物である。パゴダの先端は鋭く天を突き刺す針のようだ。

川岸には板桟橋が掛けられており、交易所の建物が、椰子並木を背中に、市場のように立ち並んで、大小のジャンクが色とりどりの旗を掲げて碇泊している。諸国の船が寄り集まって来ているのだ。その間を、艀（はしけ）や小さな川舟が行き来していた。

追い風に送られて、船尾の大櫂を使うこともなく、船は港に入ったが、接岸に当たっては、大櫂を逆漕ぎして船を止め、待機していた川舟の助けが必要であった。

桟橋は荷役の人々で、ごった返していた。

彫（ほり）が深く鼻の尖った黒い顔や、褐色の皮膚に、薄く隈取（くまど）りしたような深い眼窩（がんか）の目をキラキラ輝かせた男たち、鼻の広い褐色の顔、黒い顎髭（あごひげ）を蓄えた者たち、明国人と分かる装束の者たち、様々な衣装、琉球のハチマチのように頭をぐるぐると巻いたのはターバンで、琉球のハチマチより膨らんでいる。そして、黒や白、紫の南蛮帽をかぶった男たち、竹編みの大きな笠を被った者たち……まさしく、諸国から人々が集まっていることが分かる。皆、商人とその人夫たちであろう。黒人の姿もある。

その人々が騒々しく喋り合い、叫び合って、忙しく行き交っていた。アユタヤは、諸国人が寄り

集まる十字路（アジマー）になっているのだった。

　荷役の象もノッシ、ノッシと、その巨体を揺らして行き交う。丸太のような長い鼻を内へ外へキュッと曲げたり、ダラリと垂らしたり、絶えずくねくねと動かしている。真っ白な長い二本の牙を誇らしげに突き出して行くのもある。

「でっか……」

　思徳は象のあまりの大きさに目を瞠り、安慶田も、

「馬の二倍はあるな。いや、もっとかな」

と、驚いている。

　長い鼻は骨がなく、伸縮自在で、手の働きもするという。鼻の先端は割れていて、それで食べ物は何でも掴み、鼻の根にある口へ器用に運んで食べるという。手の代わりでもあると。

　真五郎だけは昔来たことがあるから、象は見慣れていたので、驚きもせず、ただ、

「なかなか立派な牙をしているな」

と、長い鼻の下からにょっきり突き出している真っ白な象牙に見惚れている。

　その象牙が、蘇木や香料とともに、南蛮貿易の目玉で宝玉並みに貴重なのだが、思徳は初めて見る生きた象牙に、ただ感動するばかりであった。

　これも火長の話だが、牙は雌雄ともにあるが、雌の牙は短い。だから、反り返った長い牙を誇らしげに見せているのは雄象である。牙のないのもいるが、図体は大きく大人象に見えるから、あれは象牙を取られた象であろうか。どうやって象牙を取るのか、これは後で聞いて見よう。

　シャムは象の国でもある。象は荷役だけでなく、いくさにも駆り出されるという。

　アユタヤも前王朝のスコータイや北東部勢力、隣国のクメール帝国といくさを繰り返してきたが、指揮官らは訓練された「いくさ象」で、指揮を揮うのだという。敵陣に乗り込むや、巨象は敵の歩兵らを蹴散らして行くのだ。

　鈍重そうな巨体であるが、訓練された「いくさ象」は敏捷で、大地を揺らし、土煙りを巻き上げ、空気をビリビリと裂くような雄叫びを上げて、突進して行き、敵兵らを踏みつけ、蹴散ら

し、長い鼻で巻き上げて放り投げる。

　固く厚い皮膚はまるで甲冑のようであり、矢を射かけられても槍で突いても平気で、逆に怒らせるだけであり、猛り狂った巨体が復讐心を燃やして襲いかかるのであるから、踏みつけられまい、鼻に巻き上げられまい、牙に串刺しにされまいと、敵歩兵らは恐怖にかられて、ただ逃げ惑うばかりである。まるで戦車なのである。

　アユタヤの都には、兵部のもとに、象軍団も組織されていて、今も訓練をしているという。

　そんな「いくさ象」の話は、思徳は後に聞いたのであるが、今、ノッシ、ノッシと、長い鼻と大きな耳を揺らして、悠然と行く巨象は、巨体の割には小さな優しい目をしていて、チラリ、チラリとこちらを見て、

「おや、見慣れない者たちだな」

　とでも言ってるように思徳には見え、思わず親しみを込めて手を振ったが、チラチラとこちらを見遣る小さな目は、誰何（すいか）するというより、何やらはにかんでいるようにも見える。牙がチョロッとしか出ていないから、あれは雌象のようで、それも何となく若く見えるから、あれはきっと娘象に違いない。チョロッと口元から出ている白い牙は、八重歯のように愛らしささえある。

　小さな、優しそうな目でこちらを窺い見したり、前へ逸らしたりしている。見詰められて恥ずかしがっているのかな、と思徳は何だかほのぼのとした気持になった。

　象は性格が従順で、〝娘象〟も象使いの小ムチで急かされて通り過ぎて行ったが、少し行ってから、一度こちらを振り返った。思徳は満面の笑顔を作って、手を振った。象はつんとした様子で、長い鼻を揺らして人ごみの中へ入って行った。

　桟橋に群れる人々の中には、琉球人と見分けのつかない顔立ちも多い。

　琉球船が着くと、驚いたことに、そんな琉球人に見紛う風貌の男や女、子供たちがニコニコと、何か物言いたげに寄って来る。真五郎が彼らに応えるように手を振った。

　真五郎は思徳と安慶田を振り返って、

「あれは半分、琉球人かも知れないな」

と、気になることを言い出した。

「どういうこと?」

安慶田が怪訝そうに真五郎を見、思徳も首を傾げた。

「南蛮へ琉球の船が来るようになって、もう六、七十年にもなる。前にも言ったように、来たらたいてい二、三か月は滞在する。琉球国王の名を背負っているので、乗組員、水主たちは身を慎み、破目をはずすようなことはないが、そうではあっても、琉球二世、三世も出来ようというものだ」

真五郎は、港のシャム人らの中には、そのように、琉球人の血の混じった者たちがいると言うのだ。

安慶田は「ふむ」と分かったように頷いたが、思徳はさすがに驚いた。

「同じように、安南やマラッカにも、琉球と血のつながる者たちはいるな。しかし、シャムに一番多い。こうして琉球船が入って来ると、父の国の船だと、懐かしがって集まって来るのかも。琉球の血の混じった、いわば〝半琉球人〟――。そういう者たちの中には、王宮に勤めて出世している者たちもいるという話だ」

真五郎は岸辺の〝半琉球人〟たちへ、親しみを込めて手を振ってから、思徳と安慶田へ顔を返し、

「前に話したろう。風土がよく似ていることと、人懐っこいという話。それには、こういうこともある。いわば親戚だな」

と、笑った。思徳も安慶田も納得して頷いた。

「ま、その話は置いて、この南蛮での琉球人の評判だがな。シャムでもマラッカでも、琉球人は信義に厚く、勇敢だと評判がいい。何しろ何十日もかけて大洋を乗り越えて来るのだからな。大きな遭難も何度かあったが、それでも恐れずにやって来る。俺たちだってそうだったからな。シャム国使殿も、シャムに来る貿易者では、諸国の中で琉球が一番だと仰っている。こんどの遭難者護送についても、琉球の手厚い対応に感謝している。シャムでもマラッカでも、琉球のことを、四海皆兄弟――という親しみをこめて歓迎している。行き逢えば兄弟、人情に変わりはない」

港に群がっている人々、荷下ろしに忙しく立ち働く人々、そんな中に〝半琉球人〟の顔たちが紛れていた。その彼らが、何やら笑い、叫び合って、かいがいしく立ち働いている姿は、いわばこのシャムの大地に根を張って、国の根っこを支えているようにも見えて、思徳は何だか力が湧いてくるのを覚えた。

しかし、見渡す南蛮人たちは、全体的に色は浅黒いが、琉球人と背丈も風貌もあまり変わらない。琉球人とて彼らより浅黒い人も多いのだ。

しばらくは逃亡生活も覚悟していたが、このように諸国人が分け隔てなく、大らかに行き交う国なら、まして〝半琉球人〟も多い国柄ならば、韜晦（とうかい）するのは容易だな、と胸を撫で下ろす心地だった。

だが、危惧どころか、思いがけない展開となったのである。

7

船べりにずらりと居並んだ乗組員たちに見送られて、シャム使の柰納（ナイノイ）ら七人が船の板橋を、内間ら琉球の正副使、通事らに導かれて降り、埠頭に立って振り返り、手を振った。

船べりから見下している乗組員らも勢いよく手を振って、「さようなら」「お元気で」と、琉球語や、中には挨拶ぐらいは習い覚えたのか、シャム語や明国語を投げる者もあった。

手を振りながら、船べりを見上げたシャム使が視線を流し、真五郎、思徳、安慶田の三人組を認めると、振る手を降ろして、内間ら琉球の正副使、通事と、何やら語り合う。

通事紅錦が琉球使に通訳する。内間が驚いたように、船べりを振り返り、視線を流した。

シャム使が軽く、真五郎ら三人組を指した。内間が頷く。

それへシャム使がまた何か言い、通事紅錦が内間に通訳する。

その間にも、船べりと埠頭では乗組員らとシャム人らが、なお手を振り合って、別れを惜しんでいる。

内間が副使に何やら指示し、副使が真五郎ら三人組の真下にやって来て、

「おーい！　そこの三人、降りて来い！」

と、両手を口に当てて叫んだ。

真五郎が、自分たちのことかと、自分、思徳、安慶田を指さし回すと、副使はうんうん、と頷いた。

真五郎らは乗組員たちをかき分けて、板橋を下りて行った。

「何か？」

と、真五郎は首を傾げて、内間を見た。

「うむ」と内間は勿体をつけるように頷いてから、

「実はな、シャム国使殿が、お前たち三人に、自分たちに付いて来るようにと、申されておるのだ」

と、思いがけないことを、内間は言うのであった。

「付いて行く、と申されますと？」

「ふむ。お前たちは、命の恩人で、お礼がしたいと仰るのだ」

内間は思徳を見て、

「お前が綱の絡んだ帆柱を、見事に処理したのに感激しているのだ。あのままでは、船は転覆しかねなかった。とくにこのシャム人の中の、あの後ろの三人は、琉球船とシャム船の二隻が沈没した先の遭難で、九死に一生を得たのだ。あの遭難をまざまざと思い出して恐怖に震え、大揺れの船底に転がりながら、ただひたすら仏に祈っていたそうだ。生きた心地もしなかったのだ」

内間は頷いている真五郎と安慶田へ視線を回して、

「いや、我らとて、もう駄目だと観念したことだ。生きた心地はなかったがな」

と、内間は思徳へ視線を返して、

「あの暴風雨の中での、お前の帆柱の処理をシャム使殿は見ておられたのだ。シャム使殿も、お前のことを命の恩人と申されておる。そして、生存者を無事に帰国させることが出来、自分も使命を果すことが出来たと喜んでおられる。お前の恐れを知らぬ勇敢さ、そしてすばしこさ……何でもトビウオをヒョイヒョイと手掴みしたのも見ておら

れてな。そして――」

と、内間は真五郎へ視線を返した。

「お前が、シャム語ができるということでも、意を強くされ、またお前の面構えを見て、感じるものがあったようだ。三人をしばらくこちらにとどめて、働かせたいと申されるのだ」

内間は、どうだ？　という表情で、三人を見回した。

「えっ、このシャムで働けと？」

真五郎が、そして思徳、安慶田も驚いて顔を見合わせた。

「そう」

と、内間は頷き、「琉球からは毎年、一、二隻の大型船がここに来る。お前たちにシャム語を学ばせて、その交易の手伝いをさせたいと申される。ここには琉球との通事役が不足している。今後の琉球とシャムの通交にも大いに役立つとな。私も賛成だ。どうだ、しばらく、このシャムで仕事をして見ないか。お前たちがシャム語を学び、通交を助けるのは、琉球にとってもいいことだ」

真五郎は、思徳と安慶田を代わるがわる見た。思徳にも、安慶田にも、むろん否やはなく、わけても思徳は、若い瞳を輝かせたことだ。

三人の了解の表情を見て、シャム使は満足そうに頷いた。

三人の名前は、乗船時に、真五郎がでたらめに取り繕った。津堅島から来たが、前には久高島にもいた、大和船に乗って、大和にも行った……などと、身よりのない〝海の放浪者〟で、真五郎と思徳は叔父と甥、安慶田は親戚などと曖昧なことを言って、沖縄で身元を調査しようもない、しがない水主(かこ)風情(ふぜい)であることを、内間や副使、通事には印象付けてきた。

真五郎ら三人はいったん船へ戻って、着替えなど私物を包んだ小さな風呂敷包みを担ぎ、板橋を降りて行った。

三人は今まさに、その南蛮の新天地――燦々(さんさん)たる太陽の大地へ、第一歩を踏み出したのだ。

汗ばむ顔に、乾いた風が吹いてくる。

（シャムの風、アユタヤの……）

思徳は胸を大きく広げて、その風を胸奥深く吸い込んだ。——

8

思徳、真五郎、安慶田の三人は、柰妠(ナイノイ)らに伴われて、港務監督署らしい役所へ挨拶に連れて行かれ、それから王宮を見に出かけた。

アユタヤの都は、きらびやかであった。青や緑や黄色、白、金箔の浮彫が、壁面をびっしりと埋め尽くした幾層もの巨大な建物群は寺院で、それらには、先端が蒼穹(そうきゅう)へ突き刺すような巨大なパゴダ（仏塔）が重なり合って、どっしりと聳え立っていた。

それはまさに、御仏(みほとけ)の国、夢の世界のようであった。

寺院やパゴダ群に取り囲まれるように、大屋根をピンと逸らした、レンガ色の屋根と、金箔や彩色できらびやかに飾り立てた端正な建物群が、重なり合って横たわっていた。

それが王宮であった。

アユタヤの都大路(みやこおおじ)は、人が溢れていた。巨大な寺院とその仏塔パゴダが取り巻いており、飾り立てた傘付き駕籠(かご)を背に乗せた立派な牙の象がノッシ、ノッシと巨体を揺らして行く。駕籠に乗っているのは貴族だといい、彩色のターバンを巻き、ゆったり羽毛の扇を使っている。従者二、三人が小ムチを使って、象を導いて行く。

色鮮やかな長裾の服を優雅になびかせ、日除けの傘をさして行く女たちも多い。

女たちがまとっている衣装は、琉球にも「紅花布(こうかふ)」として入ってきている。すなわち更紗(さらさ)である。

男も女も皆、裸足である。

黄衣をまとった僧たちが三、四人連れだって、スタスタと人々の間を行く。こちらも裸足である。

シャムなど東南アジア大陸部は「上座(じょうざ)仏教」を国教(こっきょう)としている。

上座仏教というのは、「テーラバーダ（上座部）・長老の思想」と呼ばれ、インドから伝わった菩薩=利他(りた)中心の大乗(だいじょう)仏教に対し、スリランカ由来の、出家者中心・自利中心の、いわゆる小乗仏教（大乗仏教の側からの蔑称）であり、シャムでは前王朝スコータイが導入し、アユタヤもこれを引き継いでいる。

　大乗仏教は阿弥陀仏が衆生を救うという利他的な考えで僧は自分たちを「菩薩」と呼ぶのに対し、上座仏教（小乗仏教）は衆生済度でなく出家僧が修行を積んで自己解脱を求めるというものである。

　国王はダンマと称する正法に基づいて国政をおこなうのを理想とし、出家僧たちによる「サンガ」と呼ばれる仏教僧団の清浄性によって正法が確保されると考え、そして僧団の清浄性は、出家僧たちが戒律を正しく守ることで保持されるとして、出家僧たちが修行に専念できるようにと、その生活を財政的に支え、寺院整備などの環境を整える。これを財施という。

　一方、僧団サンガは国王の支配の正統性を付与し、ダンマと仏教王の理想的あり方を国王に教える存在と位置づける。これを法施という。


すなわち両者は持ちつ持たれつの関係を持つ。国教であるから、国民はこれを信じる義務がある。

　男子は一生のうち一度は寺に入って修行を積まねば、一人前とは認められない。十二、三になると剃髪して寺に入り、得度を受け、修行に入る。修行期間は一定ではない。

　青少年が剃髪して出家僧となる得度式に送り出す時は、家族が青少年を肩車し、また板座に乗せ、地域、村の人々が前後を護って、鳴り物入りのパレードをして、その寺入り＝修行入りを晴れやかに祝う。お祭りのような賑やかさである。

　黄衣は一枚の布で、片肌脱ぎや首だけ出してぐるぐる巻きに着して、修行や托鉢に回る。

　一般の在家信者たちは、この出家僧を在家の模範として、修行に専念する出家僧に食事をはじめ、日常生活を助けることで功徳を積み、仏の加護が得られ、良い来世をめざす。

　出家僧たちは、灼熱の大地を、黄衣をひるがえし、施しを受ける鉢を抱え、裸足で托鉢に回るが、これも修行であり、在家信者たちはこれを温かく迎え、施すのを義務としている。

　思徳らが見たのは、この黄衣をぐるぐる巻きにまとった托鉢僧たちであった。

　托鉢僧たちは灼熱の太陽を浴びて、黙々と、そしてすたすたと行くが、行き逢った人々（在家信者）は合掌して迎え、見送る。思徳らも柰納に倣って、立ち止まって手を合わせた。

　手を合わせたことで、思徳は何だかシャムに同化したような気分になった。

　この時期、シャムはアユタヤ朝（ちょう）の全盛期であった。

　北部チベット、雲南方面から南下して来た、漢籍では「暹（せん）」と記されるシャム族は、一二四〇年頃、チャオプラヤー川の中流域スコータイに達し、支流ヨム川河畔に拠点を置いて、クメール帝国の北の拠点となっていたスコータイのクメール太守を追い払い、シャム最初の王国スコータイを樹立した。

　クメール帝国は弱体化していた。それに乗じたのである。同地に残されたクメール式仏塔の寺院などは、そのクメールの遺産である。

　ヨム川河畔のスコータイ王都は、西へ行けばベンガル湾へ出、東方はメコン圏クメール、つまり東西回廊につなぐ交通の要衝であった。

　一方、スコータイの北方、メコン川北部流域、今日のラオスとビルマ（ミャンマー）に接するチェンセンにも、シャム族の王国が形成され、同国の王都はチェンライなどを経て一四九六年、チャオプラヤー川上流のピン川流域の盆地チェンマイに遷都し、同地を王都とするラーンナー王国が成立した。

　チェンマイは「新たな城市」、ラーンナーは「百万の水田」の意である。

　こうしてシャムは中北部、チャオプラヤー川上流域で二王国が並立したが、そこへ、南部平野に勃興したアユタヤ勢力が進出して、とくにスコータイと攻防を繰り広げていった。

　そのスコータイは、第三代ラームカムヘーン王（在位一二七九～九八年頃）の時代に全盛期を迎え、チェンマイのラーンナー王国を除いた今日のタイ領のほぼ全域を支配下に置き、東南アジア大陸部で最大の領域を持つ王国となった。といっても、実効支配ではなく、各地の有力なムアン（民俗学上のムラ、クニ）と友好を結んで、名目上の「支配権」を持ったものであった。

ラームカムヘーン王は、マレー半島中部パタニなどを包含した、漢籍では「単馬令（たんまれい）」すなわち今日のナコーンシータマラート（リゴール）から高僧を招いて、「上座仏教」を導入し、国教となし、多数の寺院を建立した。

ラームカムヘーンは王をポークン（父君）と呼ばせ、慈愛主義で民を治めた。後の時代を含めて、タイの三大王（マハーラート）の最初の「大王」であった。

《水中に魚あり、田に稲あり》

という石碑は、同王代の建立という。

スコータイ石碑は、ラームカムヘーン王の偉大さを讃え、その版図はマレー半島までも含む広大な広がりを持っていたことが記されている。もっとも、その版図すべてに実効支配が及んでいたわけでなく、名目支配も含んでいたことは、先述した通りである。（ラームカムヘーンの石碑は、実は後代に創られたのではないかとの説もあるという。）

シャムは国の中央を貫くチャオプラヤー川を中心に東西に広大な盆地（デルタ）が広がる稲作国家であり、それぞれの盆地にムラ＝クニがまとまり、これを「ムアン」といったが、その中の大ムアンが王朝を樹立して、周縁の中ムアン、小ムアンを従える、いわゆる「マンダラ型王国」を形成していた。

ラームカムヘーンはこれらのムアンを抑えて、その版図を大きく広げたわけであったが、同王の没後、その子の四代ルータイ王（在位一二九八〜一三四六年頃）代から周辺の有力ムアンが離反して、そのマンダラ国家が崩れはじめた。

しかし、第六代リタイ王（在位一三四六〜六八年頃）の時に、チャオプラヤー川東方の要衝ピサヌロークに遷都し、離反したムアンを平定して再統合、勢いを盛り返した。

だが、その頃、南部チャオプラヤー川中流域でアユタヤが勃興（ぼっこう）、スコータイ朝の南部への支配力を阻んだだけでなく、ピサヌロークに遠征してスコータイ朝への攻撃を繰り返した。

ピサヌロークのスコータイ朝はマハータンマラーチャー二世（在位一三六八～九八年頃）の時、ついにアユタヤに屈し（一三七八年）、辛うじて「王国」の体裁は残されたものの、アユタヤの属国になり下がった。

そして一四三八年、マハータンマラチャー四世が没し、スコータイ王朝は九代にして、滅亡した。

スコータイには前支配者のクメール帝国によるクメール式尖塔のパゴダ（仏塔）と仏教寺院に加えて、スコータイ自身のパゴダ、寺院が数多く創建されたが、六代ルタイ王が王都をピサヌロークに移して以降、忘れ去られ、十九世紀に〝発見〟されるまで、密林に埋没して、歴史から消えていた。

アユタヤ朝（一三五一～一七六七年）はスコータイを併合して、シャム中南部における第二王朝を築き、チャオプラヤー川が支流のロッブリー川、パーサック川の三本の川に囲まれて島状をなす要衝に、王都を開いた（一三五一年）。

その地は古くはアヨーダヤという町があり、十一世紀ごろには南シャムの上座仏教の中心として知られていた。それが「アユタヤ」であった。アユタヤはインドのバラモン教守護神の住む平和な都の意だという。アヨータヤー、アユッタヤーとも呼ばれるが、アユッタヤーは後にビルマに征服され、ビルマを追い払って再復興して以後の呼び名である。

9

アユタヤ王朝は、初代ウートーン王（在位一三五一～六九年）が、チャオプラヤー川の西ターチーン川のスパンブリー、そして東の支流でクメール帝国のチャオプラヤー川流域における最大の要衝ロッブリーの、両ムアンの王女と婚姻を結び、両ムアンの中間アユタヤに都を置いたのである。

ウートーン王は即位すると、王子ラーメースアンをクメールのロッブリーに、義兄パグアをスパンブリーに派遣して支配させ、両王家（ムアン）の権威に乗っかる形で成立したのだが、それは後に両家の勢力争いを引き出し、両家が王位を奪い合うことになった。

一方、ウートーン王はクメール帝国（アンコール朝、中国名「真臘国（しんろうこく）」、後のカンボジア）との間で、東部プラーチーンブリーからチャンタブリーにかけての地域で支配権をめぐって対立、王子のラーメースアンがアンコール・トムを攻撃し、義兄パグアの援軍を得てようやくこれを陥（お）とした。そして、多数のクメール人を捕虜にして連行した。

その中のクメール官吏らから、クメール帝国の統治機構を聴取して、これを導入した。侵略はしたが、排他的でなく、外来文化も積極的に導入したのである。

当時の東南アジア内陸部の戦争では、〝戦利品（せんりひん）〟として土地よりも人を連行して、人口希薄な地に住まわせて土地を開き、また諸文化、行政、技術を吸収していったところに特徴がある。

アユタヤはその後もクメール帝国へ勢力を拡大していき、七代ボーロマラーヤー二世（在位一四二四〜四八年）は一四三一年、ついにクメール帝国アンコール朝を崩壊させる。約十万人にのぼる捕虜を連行、これによって、アユタヤにはクメールの王権思想や文化が入り込んでいく。

アユタヤにはそのクメール文化を象徴する、トウモロコシや砲弾型のクメール様式の仏塔を持つ寺院なども建立され、アユタヤ文化を多彩にしていくのである。

残存クメール族は王都アンコール・トムと、その寺院群アンコール・ワットを放棄して東方へ移動していき、東のベトナム、西のシャムに挟まれて衰退していく。

栄華を誇ったクメール帝国のシンボル、アンコール・トムとアンコール・ワットも打ち捨てられて、スコータイのように、以後長く密林に埋もれ、十九世紀、仏人学者によりその壮大な遺跡が発見されるまで、世界史からも忘れ去られていたのである。（クメール帝国が崩壊した一四三一年、琉球は尚巴志王十年であった。）

アユタヤの都は河口から約百キロも離れていたが、おだやかな水路チャオプラヤー川でシャム湾へ結び、東西南北、海路と陸路でつないで、強大な交易都市が形成されていった。

アユタヤを中心とする平地（デルタ地帯）には、見て来たように山地・森林資源がない。それで、現在のラオス、カンボジアなど北東部熱帯雨林から、蘇木・香木、そして犀角、象牙などの豊富な森林産物を川でアユタヤに運び、ジャワをはじめとする東南アジア島嶼部諸国、マレー半島などから香辛料を集積して、一大交易都市が形成されたのである。

シャム交易圏の中でも、年に一、二隻の巨大船でやって来る琉球は、大明国、日本の物産及び琉球産の硫黄などを齎す〝宝船〟として、とくに歓迎されたことである。

琉球国王からシャム国王への礼物は、中国産の絹の織金（金糸の刺繍布）、緞子、青磁器の大青盤・小青盤・小青碗、日本産の刀剣や摺紙の扇子、そして琉球の硫黄などがあったが、大青盤（大皿）は二十個・小青盤（小皿）は四百個・小青碗は二千個と大量であり、また硫黄は二千五百斤・三千斤・五千斤と、これも少なくない。これが毎年である。

しかもこれは王への「礼物」であって、貿易品（附搭貨物）とは別である。琉球が明国進貢でいかに明国製品を大量に輸入していたか、これによっても推しはかることができよう。

琉球のシャム通交は察度王代に始まったのであるが、その通交のきっかけは、明朝への朝貢が縁となったようである。

琉球、シャムとも明朝の冊封国であり、両国の朝貢・進貢船は、琉球は福州、シャムは広東と、停泊地が隣り合っていたし、また朝貢の際には、両国使ともに並んで明国皇帝に謁見したであろう。必然的に、両使の交流があり、そこで交易が約されたと思われる。

思徳、真五郎、安慶名らが乗った琉球船が入って来た時、シャムは全盛期の第八代トライローカナート王の時代であった、と述べた。

同王（在位一四四八〜八八年）の時代に、シャムの政治機構の原型が整ったとされている。

トライローカナート王はアユタヤがクメール帝国を滅ぼした一四三一年の生まれで、思徳らがシャムに着いた年は四十九歳、在位三十二年で、油の乗り切った年代であった。

王は、統治機構の整備とともに、従来からの四要職（首都・宮内・大蔵・農務）に加えて、カラーホーム（兵部卿）・マハートタイ（内務卿）を設置する。兵部卿の設置で軍事力も強化された。

さらに、サクディナー（位階田）という身分制度を導入して、官僚機構・支配機構を整備した。

琉球では尚真王が即位して間もないが、尚真王も後年、按司の首里集居・武装解除、そして帛（ハチマチ）・かんざし（簪）の制など、〝目に見える身分制〟を導入して、中央集権化、官僚機構を整備したが、よく似ている。

シャム使と遭難者を護送し、真五郎、思徳、安慶田の三人をアユタヤに降ろした内間・具志の両船は、シャムでの商販をおこなって、翌成化十七年（尚真王五年、一四八一）五月初め、南蛮物産を満載して、相次いで帰国した。

両船はシャム国王トライローカナートから琉球国王尚真への咨回文と礼物を帯同した。

シャム国王から琉球王へ謝意を表する咨回文は同年（成化十七年）三月十五日付で二通。一通は内間船、一通は具志船へ。遭難など万が一を考えて、使船二隻の場合はそれぞれに同趣旨の咨文・咨回文を託し、礼物もそれぞれ別途に同じ方物を託すのである。

シャム国王の咨回文は、意訳すれば次の通りであった。

――前使は不幸にして風に遭って漂流し、遂に命を洋中に喪ってしまった。これは天命というべきであろう。後に柰納を使として貴国に遣わし、実情を探らしめ、番従三名を帯領して貴国船に護送されて無事に帰国することが出来た。厚くお礼を申し上げる、――と述べた上で、

《春景まさに暮れんとす。貴使武志馬（内間）等、国に還らん事を告ぐ。謹んで薄菲儀を備へ回使に付与し、前み来たりて殿下に酬謝す、伏して希くは海納せよ》
と、ちょっと文学的な表現を交えた咨回文であった。年中暑い国だが、北部山地では季節感があった。

　琉球国王への礼物として、二船それぞれに、
蘇木三千斤、紅布十四、香花酒上等一埕、椰子酒、香花酒五埕（具志の船には香花酒上等は二埕）
――などが託された。埕は甕のことである。

10

　那覇港には、南蛮からの貿易品が山のように積み上げられた。その荷役でごった返す埠頭に、迎えの役人たちとともに、オキヤカ側近の高官も出て来た。

　下船した内間に、その高官がすぐに訊ねたのは、御茶当真五郎と思徳、そして従者の三人の消息であった。

　だが、三人は別名で乗り組んだのだから、御茶当真五郎とか思徳と言われても、内間らには誰のことか分からない。

　高官は、三人は津堅島の海ンチュと偽り、名前も偽称しているのだと言って、彼らの人相など、特徴を語った。

　内間は顎に手を当て、空を見上げて思い巡らし、「ああ」と頷いて、顔を戻した。

「名前はまるで違いますが、それらしい三人は確かに水主として乗り組んでいました。津堅島の者だと言っていましたな」

「うむ。で、その三人は一緒に帰って来たのか」

　高官は急き込んで訊いた。

「その三人なら、シャムで降りましたよ」

　内間はあっさりと言い、何か文句があるのかという気持で、高官を見た。どうも最初から、傲慢な態度が気に入らない。

「降りた？　降りたとは？」

「シャムに留まることになったのです」

「留まると？　それを許したのか」

「はい」

「馬鹿め！」

高官は目を剥いて、罵った。

「馬鹿？　馬鹿とは……」

内間はムッとして、高官を見返した。

すでに貿易担当官の御物城御鎖（おものぐすくうざす）とは帰国の挨拶を済ませていたが、駆け付けて来たこの高官は、「ご苦労」と労わるどころか、出迎え一番の言葉が、罵倒である。

嵐に遭遇し、九死に一生を得ながら、片道四十数日を懸けた苦難の航海をし、シャム使を無事に送り届け、かつシャム商人らと渡り合って、明国進貢の目玉たる南蛮物産を大量に仕入れ、使命を果して、また四十数日を懸けて、実に八か月余に及ぶ長旅を、ようやく帰って来たのだ。

（何を言いやがる！）

憤然として、内間はソッポを向いた。側に付き添っていた副使や通事も、憮然として高官を睨んだ。

高官もさすがに失言に気づいたか、愛想笑いを浮かべて、

「あ、いやいや、ついカッとして済まん。実はあの三人、国事上の重罪の疑いで追っていた者たちだ。それでだ……」

と、弁解した。

「重罪……」

内間は副使、通事を振り返った。

「さよう。今一歩のところで、そなたらの船に紛れ込んで、南蛮へ逃げたのだ。そなたらの帰国を、首を長くして待っていたのだ」

弁解がまた、内間らの気持を逆撫でしたことに、この高官は気づかない。自分らの都合しか、頭の中にはないのだ。こんなのが、簾政を敷く〝女主〟の側近かと、内間は呆れる思いだった。

だが、オキヤカ側近の傲慢はともかくとして、内間には、三人がとても「重罪者」などには思えなかった。

船の遭難を救い、シャム使からも「命の恩人」

と感謝され、自分の下でも誠実に立ち働いた三人は、竹を割ったような性格で、まさに好漢というべきで、乗組員らからも親しまれたことだ。彼らがシャム使とともに立ち去るのを、みんな船縁に出て、「チバリヨー！（頑張れよー）」と励まし、別れを惜しんだものだ。

あの好漢たちが、いったい何の罪を？

だが、内間はそれを詮索する気になれなかった。

「私が彼らの下船を許したことを、ご側近は非難されておりましたな」

砂を噛むような気持で、それを蒸し返した。内間も副使も、王府の要職にある。

オキヤカ側近は確かに高官だが、かといって、シャム交易の正副使――すなわち国使も勤めた実績者に対する、無能な下僚扱いは心外である。

「…………」

高官は先ほどの直対応を反省してか、黙って内間を見た。

「あれは、理由（わけ）もなく下船させたわけではありませんよ」

「と言うと？」

内間は胸を張って、

「護送したシャム使殿がいたくご信頼されて、自分の下で立ち働かせたいと、申し出られたのです」

ダメ押しの嫌味でもあった。側に付いていた通事の紅錦が口を添えた。

「何でも、アユタヤには琉球船との通事に事欠いていて、三人にシャム語を特訓し、こんごの琉球船の来航に備えたい。このようなことでございました」

内間は頷いて、

「これは今後の琉球の円滑な交易にもよい事と思い、シャム使殿に宜しくお願いしますと答えて、下船を許したのです。このことはアユタヤの国王様にもご報告すると、シャム使殿は申されました。実際に、シャム使殿は我らが滞在中に、このことを宮廷にご報告され、国人皆を悲嘆させた、前シャム使のご難儀に対する琉球国王のご厚誼への感謝、――それは前年のシャム国王のわが御主加（うしゅが）

那志前（国王）への咨文にも示されておりますが、こたびのシャム使の護送等へ改めて礼がしたいとのシャム国王のご令旨により、我らはアユタヤの宮廷に招かれ、香花酒や御料理を賜わったのです」

と、心持ち胸を張った。

「宮廷に……」

と、高官は目を瞠った。

「はい、宮廷に――」

内間は勿体をつけるように頷いた。それから、ジロリと高官を窺い見て、

「このことは後ほど登城した際に、直に御主加那志前にご報告致しましょう。三人を独断にてシャムに降ろしたこと、しかし、それはシャム国側のたっての要望によることであり、その場の成り行きでもありましたので、そう取り計らったのであり、事後ながら、このことのお許しも、いただく所存でございます」

宣言するように言った。

「…………」

高官は殴られたように沈黙し、ただ曖昧に頷くほかなかった。

副使や通事も心なしか、どうだという顔で、胸を張った。

奇しくも、マラッカ国王もこの成化十七年初め、前年に来て交易を終え、間もなく帰国する正使沈満志（志真志）ほか琉球使者全員に「金花酒」を振る舞い、このことはやがて帰国する沈満志が帯同するマラッカ国王の咨文にも触れられ、これは前章で紹介した。

シャム国王も、乗組員全員ではないが、主だった者たちを宮廷に招き、もてなして帰国させたのであり、真五郎ら三人のシャム滞留のこともすでに、国王承認を受けているのであった。

（いかなる重罪か知らぬが、三人はもう手の届かぬところにいるのだぞ）

と、何だか、さきほどの罵倒への仕返しをした気分になった。

「分かった。さっきはついカッとなって悪かった。三人の今後のことについては、王府で話し合うことにする。長の船旅、護送と交易の上首尾、

ともかくご苦労であった。後日、御城で会おう」

高官は、やっと労いの言葉を言った。素直にそのことを言えば、角は立たなかったのだ。それでも内間は、従者らを促して立ち去る高官の、ふんぞり返るような傲慢な背を、砂を噛むような気持で、ただ形ばかりの辞儀をして、見送った。

見送りながら、怫然と、あの好漢三人組を、こいつらの餌食にはさせないぞ、という反発心が湧き立ってきたのであった。

「今後のことは王府で相談する」という、あの高官の言葉には、なお三人の追及を諦めないというような含みが感じ取れた。どんな罪かは一応調べてみなければなるまいが、許せる範囲のものであれば、助けてやりたい。いや、彼らの罪などというものは、あの陰のないさっぱりした三人なら、極悪非道なことではあるまい。

高官は「国事上の重罪者」だと言っていた。何だか、政争に絡んだもののようである。であれば、なおさらだ。今の王権は、簒奪王権ではないか。簒奪王権の「国事」など、こじつけではあるまいか。するとあの三人は、「国事上の罪」というからには、簒奪王権の理不尽に反抗した、正義漢ではあるまいか……。

そう読んで、彼ら三人を擁護する気持が湧いてきたのであった。

王府がなお三人に執着するのであれば、この秋にも出るであろうシャム行きの船に、捕方が乗って行くかも知れない。そうであれば、捕方が下船する前に、すばやく三人にこのことを報せて、逃がしてやろう。後日、通事の紅錦と、このことを打ち合わせよう。次の船の通事が誰になるかはまだ分からないが、紅錦を通して含めさせようと、胸に落とした。

11

しかし、その秋のシャムへの交易船の派遣は、見送られた。

前年の琉球船・シャム船の二重遭難という悲運が尾を引いていた。シャム、琉球ともに多くの人命と船二隻を失ったのである。

そして、シャム通交のことは、この成化十七年以後、正徳三年（尚真王三十一年、一五〇八）まで約二十七年間も王府記録から抜け落ちている。シャムだけでなく、もう一つの主要なマラッカとの通交記録も一、二あるだけで、それぞれの咨（し）文（ぶん）・咨回文がごっそりとないのである。

明国への進貢は毎年おこなわれ、大量の蘇木、胡椒などの香辛料は滞りなく運ばれているから、この史料の欠落期間も、恐らく毎年、シャム、マラッカには大船一、二隻が往来していたはずである。

明国進貢、南蛮通交の琉球側の文書は、唐営久米村の大夫らが書式に従って執筆し、その際、写しをとり、明国、南蛮からの公文書とともに久米村役所に保管していた。その散逸を恐れて後に王府は久米村の大夫らに筆写編集を命じた。こうしてまとめられたのが『歴代宝案』で、一部は王府に、一部は久米村の天妃宮に保管した。

史料欠落は、その後の歴史変遷の過程においてである。薩摩入りがあって、史資料がかきまわされた。首里城の火災もあった。さらに日本新政府（明治）による琉球併合（琉球処分）があり、文書類も多く奪われた。久米村は薩摩支配、琉球処分後も、『歴代宝案』は天妃宮に秘匿し続けたが、それでもどこかの過程で、かなりの部分が「不明」となってしまったのである。

南蛮貿易史料の欠如した〝空白の二十七年間〟に、何とか史料が残っているのは、弘治三年（尚真王十四年、一四九〇）に正使嘉満度（カマド）（蒲戸）・通事紅錦の「寧」字号船が、マレー半島東岸のパタニ（仏太泥）と初めて通交を開いたこと、同五年（一四九二）九月、正使泰那（田名）・通事文質の船がマラッカへ向かい、その六年後の弘治十一年（尚真王二十二年、一四九八）に正使宋能・通事鄭規の「寿」字号船（半印勘合番号「玄」一二一号）がパタニ、同十六年（尚真王二十七年、一五〇三）正使呉詩（ごし）（具志）の船がマラッカへ行ったくらいしか、史料では拾えない。

マラッカへの呉詩の船は往航の途中、大風に遭って広東に漂着し、船は転覆した。それで乗組員らは上陸したが、官憲に捕えられた。広東から報告を受けて、孝宗（こうそう）（弘治帝）が勅命で、福建に護送して食を与え療養させて、琉球からの貢船で帰国させた。マラッカには行っていない。そのように、史料は欠落しているが、シャムには、内間・具志船の帰国後、二年ほどは例の二重遭難が絡んで、実際に通交が途絶えたのである。

シャムから帰国した正使内間・具志らの報告によって、シャムでは前年のシャム船の琉球での遭難・沈没によって多くの人命を失って、遺族らは悲嘆に暮れ、仏教の国だけに、当局は王都の寺院で改めて彼らの供養をおこなった。準国葬級のものであった。

シャム国がそのように悲嘆に暮れている時に、礼物交換など晴れがましい儀式を伴い、〝元気〟な交易活動をなすのは、謹むべきではないかと、シャム国の〝喪〟に準ずるために、同年秋の遣船を見送り、代わりにマラッカへ二隻派遣したのであろう。シャムへ「逃げ」た真五郎ら三人の追跡も、従ってこの二、三年は中断されたのであるが、実際には、その追跡も躊躇せざるを得ないところが出てきたと思われる。

シャム国が、シャム使と前年遭難の生存者らの護送船を、嵐の中で救い、〝命の恩人〟として滞留を許した三人を、追って害するなどということは、シャム国王と官憲の手前、遠慮せざるを得なかったのである。

三人（オキヤカはまだ安慶田の名は知らない）はもはや、「手の届かぬ所」へ行ってしまったというべきであった。

でも、彼らがシャム官憲の下にあれば、――そう、港務官の下で今後の琉球船との架け橋役を勤めるということであったから、彼らはいわばシャムの準官吏になったわけであり、そういうことを擲（なげう）ってまで、琉球へ舞い戻り、命の遣り取りをするほど、執念深くはあるまい。彼らは、シャムで新しく生き直しているのだ。であれば、自分やわが子尚真王はまず安泰というべきだ、とオキヤカは見て、それなりに胸を撫で下ろしたことであった。

ただ二年後のシャムとの通交再開の時、オキヤカは、彼ら三人が果たしてシャムにいるかどうか、久米村通事から南蛮語を学ばせていた探索方一人を使船に便乗させて、確かめさせた。

懸念はあるまいと思うものの、念には念を入れるというのが、〝メギツネ〟のしつこさであった。

再開したシャムへの使船は、とくにオキヤカの命で、正使内間、通事紅錦が再任された。シャム交易の事情にも明るいし、ついでにシャムで降ろした琉球の三人がその後、シャムでつつがなく使命を果たしているかどうかも確かめるということで、三人の顔や時のシャム使との交流も深い内間・紅錦が任じられたのであった。

しかし、内間と紅錦は、三人のシャムでの働きぶりを確認するというのは表向きの理由で、〝女帝〟オキヤカには、隠された思惑があるのだろうと、その意図をすぐに見抜いた。

南蛮通交の正副使には首里士が任ぜられ、通事は久米村からと定まっている。副使は通常二人だが、今回任じられた副使の一人は、滑らかではないものの、ひと通り南蛮語の話せるという男だった。

紅錦によると、久米村のかつて南蛮・明国通事を勤めた者が、密かに首里へ呼ばれ、首里士に南蛮語を指南しているとの話を聞いていた。その男が、これであろうと、内間はピンときた。

目付きの鋭い、何だか暗い雰囲気の、三十代と見える男であった。探索方に違いない。

オキヤカ側近から内間への指示は、シャム国の内情など、王府としてもよく知っておくことが、今後の通交にも役立つので、今回の派遣ではとくに彼にその使命を与えたので、出来ればシャムの要路にもつなぐよう、便宜を図って貰いたい、ということであったが、それも表向きで、恐らく三人を追って、密かに始末しようというのがほんとうの狙いだろう。

内間はこの懸念を、紅錦に伝えた。

「恐らく――」

と、紅錦も頷いた。

三人を守る――ということでは、内間と紅錦はすでに合意が出来ていたことだ。

　三人の「罪状」については、それとなく内間も調べてみたが、なんでも国母オキヤカに盾ついていたらしいというだけで、漠然としていた。すべてはオキヤカの胸の内という感じである。

　御茶当真五郎なる者は、亡き尚円王の探索方だったようだが、それを何ゆえ、尚円王妃のオキヤカが追っているのか。

　尚円王亡きあと、真五郎は王弟尚宣威の付き人になったらしいが、その尚宣威が尚円王の遺言で、尚真の元服（十五歳）まで、〝つなぎ〟の王として即位したものの、わずか半年で、キミテズリの神の忌避により追放され、オキヤカはわが子の尚真を未だ十三歳の「幼冲」ながら、強引に即位させたのである。恐らく御内原（うーちばる）のオキヤカの陰謀であろう。

　越来グスクに追放された尚宣威は、隠棲半年にして没した。その死は、自害だったとも伝わる。

　御茶当真五郎がオキヤカに盾ついているというのは、このことに絡んだものではないのか、という想像はつく。

　もしそうであれば、いかにも、真五郎は正義感を燃やして、オキヤカに盾ついているというべきなのだ。が、それ以上のことは、内間にも分からなかった。まして、真五郎が引き連れている少年が、かの伝説的な豪勇、鬼大城と百十踏揚の子、思徳であることなど、知るすべもなかった。

　しかし、時の権力者に敢然と立ち向かう真五郎は、まさに男気（おとこぎ）があるというべきだ。それに味方することは、自分もその〝反逆〟に加担することにほかならないが、自分とて、あの尚宣威追放には、釈然としないものを覚えたことだ。

　いや、自分だけでなく、多くの官員が、それが「御内原の陰謀」であると見抜いたはずだ。ただ、首里の官僚として、時の権力者には追随していかざるを得ない。自分がそうであったように、見識ある者たちも〝大人の対応〟で、御内原――というより〝内王〟オキヤカの理不尽を、毒を呑み込む気持で胸内に収めたのだ。

　オキヤカは、尚真王の冊封に際して、尚宣威の娘を尚真王の妃に迎えたが、それは御内原の陰謀を押し隠すための、見え透いた取り繕いであり、姑息というべきだが、それもまた、官員は呑み込まざるを得なかったことだ。

だが――。

そういうことに、真五郎が敢然と立ち向かったというなら、真五郎はまこと男の中の男というべきであり、何だか爽快なものさえ覚えたことである。

しかし、その真五郎にも、さすがに首里の堅壁は破れなかったのであろう。結局、南蛮へ逃げざるを得なかったのだが、その真五郎を、オキヤカはなお追って始末しようとしている。執念深いことだ。

自分には「御内原の陰謀」に対して、何もできなかったが、裏から真五郎を助けることは出来そうな気がする。

それは取りも直さず〝反逆〟に加担することだが、何、あからさまに〝反逆〟を示すわけではない、密かに、真五郎らを逃がしてやるだけだ。

誰にも、この胸内の秘めた思いは分からない。

そう、通事の紅錦以外は――。その紅錦も、義侠心のある正義漢で、真五郎を守ろうと言っている。

何気なくやる――。

内間はふてぶてしい気持になった。荒波を乗り越えて、南蛮を行き来する使者に任じられるような男だから、豪胆である。

オキヤカ側近の高官から「馬鹿」呼ばわりされたことで、見返してやるという反発心も加わっていた。

しかし――。

真五郎がいくら優れた探索方といえども、事情の分からない異国では、協力者が必要であろう。

もし、三人がアユタヤの港務所に勤務しているのであれば、探索方の副使に先んじて通じ、逃がしてやろう。シャムの港務官には、三人についての情報を封じさせよう。

もっとも――。

これは内間には知らされていなかったことだが、実はその探索方の副使も、シャム国王および官憲に、あらぬ疑念を持たれてはならぬので、あまり深追いはせぬようにと、言い含められていたのだが……。

　内間の船がシャム交易を済ませて帰国したのは、翌成化二十年（一四八四）であった。

　シャム国王から琉球国王への咨回文（しかいぶん）や礼物も従来通りのものであったが、礼物目録を付した咨回文も、史料としては例の〝空白の二十七年〟に含まれているので、確認できない。

　史料は欠落しているが、内間、紅錦、そして探索方の副使からの報告では、くだんの三人はシャム官憲の信頼も厚く、二、三年も琉球からの使船が途絶えたので、彼らも港務所から役替えとなり、遠地の要衝に派遣された、ということであった。紅錦が先回りして、かねて馴染みのシャム港務官に耳打ちしていたことでもある。

　遠地というのがどこか、どんな役回りなのか、シャム官は明かさなかった。国政に関わることは無闇（むやみ）に口外してはならないのであろう。探索方も、敢えて、その行方を追及しようとはしなかった。

12

だが――。

　帰国して一年後、内間は三人の消息について、意外なことを聞いたのである。

　内間はシャムから帰国後は、二年連続の旅役（たびやく）の褒賞とともに、一年の特別休暇を与えられて、〝自由〟な日々を送っていた。首里城内官に復帰する時は、位階も上がり、一内局を差配する立場に昇進する段取りになっていた。

　この時代の位階、宮中席次は未文明である。王族に次ぐ「按司」の地位は古来、不変であるが、一般士族の、里之子（筑登之）→親雲上（筑登之親雲上）→親方という身分とその昇位は、近世中期に定められたもので、それまでは「うっち（掟）」「あすたべ」「さとぬしべ（里主部）」「大やくもい（大屋子）」などの役名があった。

　内間は「大やくもい」となったが、これは近世期の「親雲上」に比定される高位であった。

シャムで降ろした三人の消息を内間が聞いたのは、内間と入れ替わりにその秋シャムに出、この年——成化二十一年（尚真王十七年、一四八五）の初夏に帰国した使船によってであった。

同船の使者は大里といい、内間より年下だが、昵懇であった。家も同じ首里内で、さして遠くなかった。

その大里が、帰国の挨拶を兼ね、一献酌み交わそうと、シャムの香花酒を携えて、夜、内間の自宅にやって来たのだった。

その大里が語るところによれば、アユタヤの港務所では、先年、シャムに帰化して官吏になっている〝琉球三人組〟が、評判になっている、というのであった。

何でも去年、アユタヤ王宮で、国王のご臨席を仰いで、兵部卿主催による武芸大会があり、王宮親衛隊、兵部、そして港務所など主だった役所から選抜された数十人の武芸者たちが、得意の技を競い合い、勝ち抜き戦で最終五人が勝者となったが、何と、その五人の勝者のうち三人が、港務所代表として出場した〝琉球三人組〟だった。

勝者五人は国王から直に言葉を賜わり、豪勢な恩賞を下賜された。

それればかりではなく、〝琉球三人組〟は王の命令により、王宮親衛隊への入隊が決まり、今は王宮警護の任に就いている、というのだ。

「まさか……」

内間はわが耳を疑うばかりに驚いたが、

「いえ、まことの話のようです。三人は王宮親衛隊となったので、港務所でもその後の消息ははっきり聞けませんでしたが、武芸競技の話は、港務所の自慢にもなっていました。三人が、港務所から送り出されたのは、港務所でも代表選抜の競技をおこなって、七人が選抜され、三人もそれで選ばれたということです。三人はすでに、シャムへの帰化が許されて、いわばシャム人となっているようですが、それでも『琉球三人組』と呼ばれていると。——これは、わが琉球にとっても、名誉なことではありませんか」

大里は目を輝かせて、そう語った。

「まことならば……」

　内間はなお信じられない思いであった。

「まことの話ですよ。凄い話です」

「このことは、御主加那志前には？」

「はい、ご側近を通して、ご報告致しました。ご側近によりますと、御主加那志前も大変驚かれて、『それは目出度いことだ、琉球の名誉だ』と申されたということです。次の船では、執照の添え状で、そのことを問い合わせるとともに、国王咨文にはこの意を込めて、シャム国王殿下の特別なるご厚意を謝する一言を加えるよう、久米村大夫に御命じになられるということです」

　内間は大里の話を聞いているうちに、胸が高鳴ってくるのを覚えた。

　見込んだ通りの男たちだったのだ。

　しかし、それにしても、三人が三人、シャム王宮の武芸大会を制するとは、何という、凄い奴らだ。なるほど、そのような秘めた力を持っている者たちだったからこそ、〝内王〟オキヤカが脅威を覚え、必死に追っていたわけだ。

　国王に報告されたのだから、それはすぐオキヤカの耳にも入っただろう。

　オキヤカがどんな顔をしたか、見たかったものだ。

　だが……尚真王は、母オキヤカが必死に三人を追っていたことを知っていたのであろうか。

　尚真王は、「琉球の名誉だ」と、素直に喜んでいたという。王は、母が三人を追っていたことは、知らないのではないか。オキヤカ一人で、〝災いの根〟を刈り取り、わが子尚真王の安泰をはかろうとしていたのではあるまいか。

　三人の話を聞いて、オキヤカは打ちのめされているに違いない。いい気味だ。

（そう、三人はもはや、あなたの手の届かぬところへ行ったんですよ）

　内間は溜飲の下がる思いだった。

　久米村では、紅錦もさぞかし驚き、心に快哉を叫んでいることだろう。後で久米村へ訪ねて見よう。

　せっかく、シャムへの船に、探索方を潜りこませたものの、探索方は手ぶらで帰って来た。

しかし、三人がシャムの官吏になっており、今は遠地へ送られているようだとの報告を聞けば、オキヤカはもう十分であった。

彼らはもう戻って来ないだろう、と思った。

胸を撫で下ろしていたところへ、三人がアユタヤ王宮での武芸大会を制し、王宮親衛隊に入ったという話が舞い込んできた。

これには、さすがに驚いたが、しかし、これでいよいよ、三人がシャムの地に根を下ろしたものと、確信した。

王宮親衛隊といえば、この首里城においてもそうだが、一般兵士より格式の高いもので、恐らくシャムでもそうであろう。

その名誉ある部署を放り捨ててまで、琉球へ命の遣り取りをしに来ることはあるまい。

もはや、何の憂いもない、というべきだ。

側近が、次のシャム行きに、今一度、探索方を便乗させようと進言してきたが、

「もうよい」

と、オキヤカはにべもなくはねつけた。

しかし、オキヤカ自身、年とともに、心境も変化してきて、実は三人を追う執念も、薄らいできていたのである。

先年、シャム行きの船に探索方を同乗させたのも、念のためという程度のことだったのである。深追いはするな、と付け加えたのも、そういうことであった。

わが子尚真王の御代（みよ）も、もはや十数年、幼冲（ようちゅう）だった王も今や二十代。凛々しい青年王として自立し、オキヤカが簾政（れんせい）を敷く必要は、ほとんどなくなっていた。

オキヤカ自身も、四十を過ぎた。

そうした時の経過が、彼女の人柄を、和らげてもきているのだった。

琉球は大きく変わりつつあった。

オキヤカが穏やかな心境になっていったのには、〝国師〟芥隠（かいいん）老師の導きもあった。

芥隠承琥（かいいんしょうこ）は、前王統尚泰久王のころに京五山

の上に立つ南禅寺から、薩摩を経て琉球に来た禅僧であった。『琉球国由来記』の「諸寺旧記」中にある「開山国師行由記」には、次のようにある。

「海南琉球は小邦たりと雖も、人廉にして根気あり」

と聞いて、布教のために渡琉を決意、

《遂に景泰年中、海を踰え漠を越え、遠く茲の土に来たり、法求人と為る。始め国王尚泰久、その道風に嚮し、召して法要を詢ふや、師の横談堅説、大いに旨に契へり。尚泰久、歓喜の余り、箇々の精舎（寺々）を創建、以てこれを歴住せり》

彼の風貌は「容貌奇異、虎視牛行」——すなわち大柄で、目は虎の如くに鋭く、すべてを見通すように深く澄み、牛の如くにどっしりと重々しく威厳に満ちていた。

尚泰久王は彼を開山住持として数々の禅寺を創建した。

首里に万寿寺、安国寺、天界寺、那覇に天龍寺、普門寺、広厳寺などを建てたが、中でも首里城前の天界寺は王家の菩提寺として、守礼門先の広大な敷地に建てられ、後代の冊封使をして「その巧美精を尽す」と感嘆せしめた。円覚寺が出来るまで琉球第一の巨刹であった。

寺々には尚泰久王の理念ともいうべき「昏夢撞破・天心正誠・君臣道合・蛮夷不侵——」の銘を刻んだ梵鐘が掛けられた。その理念の上に立って、首里城正殿前に鐘楼を築いて掛けたのが「万国津梁」の大鐘であった。

——琉球国は南海の勝地にして、三韓の秀を鍾め、大明を以て輔車と為し、日域を以て脣歯と為し、此の二の中間に在りて、湧出せる蓬莱嶋なり。舟楫を以て万国の津梁と為し、異産至宝は十方刹に充満せり。……（原漢文）

交易をもって海外（世界）をつなぐ、万国の架け橋たらんとした海邦琉球の、気概溢れる銘文である。

第二尚王統を開いた尚円王も首里の旧宅を寄進

して、そこに天王寺を創建したが、それも芥隠が開山住持となった。尚円王も前王統を引き継いで、芥隠に帰依し、国師として敬っていたことである。

芥隠はすでに老境にあったが、琉球禅宗の総領であった。おもに前王統以来の王家菩提寺たる首里城前の天界寺にあったが、オキヤカもわが子尚真王ともども、しばしば芥隠をたずね、その教えを乞うていたことである。

百十踏揚が亡くなった時、芥隠はその天界寺で供養の誦経(ずきょう)をしたことも、オキヤカは寺の高僧から聞いた。

天界寺は前王統の菩提寺で、尚泰久王が祀られていた。百十踏揚はその尚泰久王の第一王女であるから、そこでの百十踏揚供養は自然なことであったといえる。

これはオキヤカの知らぬことだが、芥隠は阿摩和利に嫁ぐ前の若き百十踏揚と面識があった。というより、

「何、女(おなご)の身で、しかもこのお年で経典にお目を通されていると?」

と驚き、慈しんでいたという。尚泰久王は天界寺を訪れる時は、たいてい百十踏揚を伴ったのである。踏揚が勝連阿摩和利に嫁ぐ前だから、十四、五歳の頃である。

女が手墨学問(てすみがくもん)などしない時代であるから、芥隠が驚いたのも無理はない。百十踏揚は父王尚泰久に学び、読み書きが出来、難解な経典にさえ親しんでいた。そのように学問にも手を染め勤(いそ)しんだ百十踏揚は、当時もっとも先進的な、開かれた女性であったということが出来る。

芥隠和尚と百十踏揚のつながりを、オキヤカは芥隠の超越した人柄として見た。まさしく生き仏のような芥隠の、白い眉毛に包まれた穏やかな老貌に見詰められるだけで、オキヤカ自身、大らかな慈悲の世界に包まれて浄(きよ)められる心地になり、芥隠が百十踏揚を供養したということも、老師の広い御心(みこころ)として、素直に受け容れることができた。

仏の世界に生きる芥隠には、易姓革命(えきせいかくめい)などなまぐさい政治が入り込む隙間など、ないのであった。

それに、オキヤカとしては、百十踏揚に対して

は、その在世の頃は、女の嫉妬のようなものを覚えはしていたものの、尚円王が安堵したものを、今さらどうこうする気もなかったし、それも、もはや亡くなってしまえば、靄が晴れるように霞んで消えていったことである。

踏揚と一緒に玉城にいた尚泰久王の第二王子多武喜も先年、鬼籍に入った。恐らく芥隠は、百十踏揚の時と同様に、多武喜をも大恩ある尚泰久王の忘れ形見として、丁寧に供養をなしたことであろう。

そのように、百十踏揚、多武喜ともに鬼籍に入ってしまって、オキヤカの前王統への蟠りは、ほとんど消えた。

ただ何とか始末しなければと考えていたのは、自分に敵意を抱き、踏揚と鬼大城の子の思徳金を焚きつけて——そう恐らく真五郎が焚きつけているのだろう——その憂いのタネとなっている思徳金のことであったが、その執念も時の経過とともに、しだいに薄らいでいった。

そもそも、真五郎と思徳金は生きているといっても、遠い南蛮にいる。それもシャム吏員となって、生き直しているようで、ほとんど憂いはない。

シャムからの帰国船も、その後の三人の消息は伝えてこないが、シャム吏員となった彼らは、先使の内間らの報告によると、何やら遠地へ派遣されたらしいということだったから、三人のことも、

（もう過ぎたことだ……）

と、オキヤカは恩讐を超えて、超越した心境になってきていた。

わが子尚真王が、青年王として逞しく自立していく姿を見ながら、もはやわが王権が安定したという実感が、オキヤカの心を開かせてもいたのであった。

その尚真王は、自らの「自立」と、首里王権の威光を天下に示さんと、さまざまの国家的事業に乗り出していた。オキヤカは今や簾政から解放され、尚真王の凛々しさを、ただ目を細めて眺めていたことである。

13

尚真王が手掛けた一大事業の一つは、前王統尚泰久王が王家の菩提寺として首里城前に創建した天界寺に代わる新王統（第二尚王統）の菩提寺にして、臨済宗の琉球総本山として、首里城に接続する形で北面に、宏大な円覚寺を創建し、それに連動して首里城一帯を松で埋め尽くす大植林運動であった。尚真王は二十七歳になっていた。

円覚寺は鎌倉円覚寺を模して、弘治五年（尚真王十六年、一四九二）、国師芥隠承琥を開山住持に、京・鎌倉から高僧・宮大工らを招いて設計し、官民総動員体制で着工した。二年をかけて弘治七年（尚真王十八年、一四九四）に落慶した。

寺域一、〇八〇坪。禅宗七堂伽藍の形式を供えた巨刹であった。山号は天徳山。

高さ約二メートルの石垣を巡らし、総門を入れば、石段の上に三間重層の壮麗な山門がどっしりと聳え立つ。仏殿・法堂・祖師壇・荒神堂・土地堂・方丈・寝室・僧房・厨庫・浴室などを備えた。

仏殿には釈迦・文殊・普賢の木像、法堂には薬師・弥勒・勢至の三像、方丈の壇には虚空菩薩の木像、祖師堂には菩提達磨大師・護法韋駄尊天の木像、土地堂には大帝・判官・大権の木像――。

おぎやか思いが　おこのみ（尚真王様のお考えで）
円覚寺　造へて（円覚寺を創建して）
祈りよわれば（祈念なされれば）
太陽が　誇りよわちゑ（王をこそ誇り給えや）

と、おもろは円覚寺創建を厳かに歌う。「おぎやか思い」は尚真王の神号である。

尚真王は少年期、自分に代わって国政をてきぱきと指揮した母を、深く尊敬し、言い換えれば今日いうところのマザコンの典型的なところであろうか、神号にも母オキヤカの神号を付け、それに「思い」を付け足しているわけである。

首里城前面に前王統以来の壮麗な天界寺、そして北面には天界寺を大きく凌ぐ円覚寺を接続して、首里王城域はいよいよ壮大な規模となった。

目出度いことは重なった。円覚寺落慶の年、尚真王には第一子が誕生した。母は正妃、すなわち尚宣威の娘真蒲戸金（諡号「居仁」）。その第一子（長男）の童名は思徳金、後の尚維衡である。

思徳金といえば、オキヤカには百十踏揚の子の名がチラついたかも知れないが、前にも見たように童名の数は限られていて、思徳というのはもっとも広く親しまれた一般的な名であったから、目くじらを立てるほどのこともなかった。

喜びがあれば悲しみもある。

円覚寺落慶の翌年五月十六日、尚泰久王以来、琉球の法灯で、オキヤカも帰依するに至った芥隠承琥が示寂した。年齢は不明だが、琉球布教に来た時は、京南禅寺の第四十六世椿庭海寿の法嗣（後継ぎ）の一人に指名されていたほどの高僧であるから、その段階ですでに四十代もしくは五十代に達していたであろう。とすれば、恐らく九十幾つかであったろう。まことに、〝生き仏〟であった。その琉球臨済宗（禅宗）の開祖にして法灯は、琉球第一の巨刹の落慶を見届けて、身罷ったのであった。

悲しみがあれば、また喜びもある。

翌々年（弘治十年、一四九七）、尚真王の夫人（側室）の一人、真玉津が男子を産む。真玉津は諡号を「華后」といい、史書ではこの諡号しか伝わっていないから、本稿も以後「華后」で通すことにするが、その華后が産んだ男子は、実は五男であった。

正妃居仁が長男を産んだのは、つい三年前だのに、もう五男である。いや、長男の後に長女が誕生しているから、この五男は第六子である。

尚真王には、正妃のほかに、二夫人（側室）があった。それが競い合うように子を産んだのである。尚真王は、その長寿が示すように、下世話な言い方をすれば、まことに精力絶倫な王であった。

二夫人（側室）の一人が華后であり、もう一人は、ちょっと伝説的な彩りで語られる「天女の子」であった。

首里の北方から流れて那覇の安謝に至る安謝川の南側支流に銘苅川（めかるがわ）があった。その川添いの銘苅村の百姓銘苅子（めかるし）がある日、川へ降りて来て水浴をしていた「天女」を見た。銘苅子は川辺の樹に掛けられていた天女の衣を隠して天女の前に出た。驚いた天女は衣を捜したが、ない。天に帰ることが出来ず、銘苅子に言い寄られるままに、その妻となった。あちこちにある、いわゆる天女伝説である。宜野湾の「森の川」伝説も同じだが、むろん、察度王にからむ森の川伝説の方が古い。

銘苅川伝説の天女はやがて女子を産む。その銘苅子と天女の間に生れた娘が、尚真王の夫人となり、銘苅子も首里に取り立てられた（天女は衣を見つけ天に帰っていった）という。この銘刈の天女伝説は後に組踊『銘苅子（めかるし）』となった。

銘苅子と天女の子、尚真王の夫人となった娘の名は伝わっていないが、尚真王の長女は、この〝天女〟の娘の子だ。

六人の子で生母がはっきり伝わっているのは、居仁の子の長男、〝天女〟の娘の長女、夫人華后の子の五男の三人だけである。

この後に生れた子も含めて、尚真王には七男一女の八人の子があるが、後に起こる、ある〝事件〟によって、正妃居仁の子は長男と二男の二人、その他は夫人華后と、〝天女〟の子と推測される。

この〝事件〟のことは後に触れることにして、ついでだから、自立した尚真王の威信を高める国家的事業について、もう少し見ておく。

円覚寺落慶からほどなくして、尚真王は円覚寺周辺から首里城正面丘陵一帯を松樹で覆う、一大植林事業に着手する。

そのいきさつは、同年（尚真王二十一年、弘治十年、一四九七）に建てられた「円覚禅寺記碑」「万歳嶺記（ばんざいれいき）」「官松嶺記（かんしょうれいき）」に記されている。

「円覚禅寺記碑」は、尚真王を「万世太平（ばんせいたいへい）の基（もとい）」を開いた偉大な王と褒め称えた上で、万民を幸福にするために円覚寺を創建したこと、その創建には、課役（かやく）を命じられたわけでもないのに、貴賤老（きせんろう）

弱が集まって、作業に従事した——と、王の徳に万民が感動して応えたことを述べる。

　その円覚寺落慶の時、王は「公卿大夫庶人」すなわち国民に、おのおの若松一株を植えるよう諭したので、道を造り、松を植えた。かくして、ここに登る者は王宮と寺院を仰ぎ、その壮大さに拝跪し、頭礼して万歳を唱えない者はなく、よって円覚寺の礼楽も大いに興り、詩歌となる——と、美辞麗句を弄して、碑文を飾る。

「官松嶺記」は諸官僚に命じて、首里城西方の丘陵に松苗数千本を植え、この地を「官松嶺」と称することになったことを述べ、「万歳嶺記」はこの官松嶺に連続して同様に松を植え、その丘陵を松の「命長し（寿）」にかけて、万歳嶺と称した、とある。

　今の首里観音堂（当時はない）一帯の丘陵が、官松嶺・万歳嶺である。

　おもろは次のように松の植林を讃える。

おぎやか思いぎや（尚真王様が）
おこのみの　並松（植えさせた松並木は）
おぎやか思い　誇て（尚真王様こそ誇り）
末勝て（末長く）
枝　差ちゑ　ちよわれ（枝々を広げて誇れよ）

○

おぎやか思いぎや　おこのみ（尚真王さまのお考えで）
大道は　造へて（大道を造り）
若松　植ゑ差ちゑ（若松を植えそろえて）
神てだの　揃て（神々も揃って）
誇りよわちゑ（誇り給う）

○

おぎやか思いが　おこのみ
松並は　植ゑ差ちゑ
十百末ぎやめも（いついつまでも）
上下の（人々の）
見物する　清らや（鑑賞するこそ清らかである）

——と、松の植林を讃えるおもろは続いていく。

翌年には、「国王頌徳碑」が円覚寺記碑の隣に、晴れやかに建立されたが、これは唐営久米村の大夫らが尚真王の徳を讃えるために、明国朝廷翰林院の高官許天錫に頌辞を乞い、これを刻んだ碑であった。久米村の大夫というが、もとより首里の指示によるものであろう。

南蛮貿易はこの年（尚真王十四年、弘治二年、一四九〇）、初めてマレー半島東岸パタニに通じた。明国進貢はまだ二年一貢が続いていたが、そのほかに謝恩使・慶賀使などが派遣され、その際も交易をおこない、実質的にはほぼ毎年のように明国には通じていた。

尚真王の治世は大きく膨らんでいった。

そして——。

弘治十三年（尚真王二十四年、一五〇〇）は、「大琉球」創建への結節点となった。

宮古の首領、仲宗根豊見親（豊見親は琉球の按司と同義）からの要請により、大里親方を総大将とする首里王軍が、仲宗根率いる宮古軍とともに、八重山の事実上の首領、オヤケ・アカハチを討伐するのである。

王府史記『球陽』には、大小戦船四十六艘、兵三千余の大軍で攻めたとある。

尚徳王が喜界島に遠征した時は、兵船五十余艘、兵二千と大掛かりであったが、兵数はこれを大きく凌いでいた。

聞得大君ぎや（聞得大君が）
赤の鎧　召しよわちへ（赤鎧姿で）
刀うちい（太刀を佩き）
大国（偉大な国に）
鳴響みよわれ（とどろきわたれ）

王軍は、赤鎧を着し、太刀をかざした武者姿の聞得大君の、声高らかなおもろに送られて出陣した。

島討ち据えて　戻れ（島を討ち据えて戻れ）
島が命（島の運命は）
おぎやか思いに　みおやせ（尚真王様に奉れ）

大国（ぢゃくに）鳴響（とよ）みよわれ

　アカハチ征討軍には、聞得大君の命（めい）を奉じた久米島のノロ（祝女）君南風（きみはえ）（チンベー）が従軍した。神の加護を祈り、かつ敵を呪詛調伏（じゅそちょうぶく）するためである。当時の「神」は権力に従属した征服神にほかならない。衆生（しゅじょう）を救う仏ではないのである。

　赤鎧を着して、さながら女武者然と刀を打ち振り、八重山遠征の王軍に、ご神託を与えて送り出した時の聞得大君というのは、尚真王の姉、オナリ神のオトチトノモ金である。それまで首里大君と称していた最高神女は彼女の代から「聞得大君」に改称されたのである。「聞得」は前に見たように「聞こえとどろく」の意である。

　オトチトノモ金は按司家に嫁いだが、同時に「聞得大君御殿（うどぅん）」を称して、国家的行事には最高神女として祝詞を捧げるのである。

　権力を護る人為的な「神」を戴いた、政教一体の時代である。いくさも最高神女がその「神」の「ご神託」をいただき、その加護のもとでおこなうのであるが、その「神」も「ご神託」も、むろん権力者の意図を映したものにほかならない。

　神事を司るのは、神女たちであり、いくさもその神女が「神」の加護を祈って、始められるのであった。

「女（いなぐ）やいくさの先走（さちば）い」という言葉はもともとそのことを言ったのであるが、この俚諺（りげん）にはまた、争いのタネはしばしば「女の思惑」が絡んでいるという比喩も込められている。

　首里兵船四十余隻・兵三千に加えて、宮古軍も総動員態勢で加わっているから、かつてない大軍勢となって、オヤケ・アカハチ（遠弥計赤蜂）の拠点、石垣島大浜海岸を埋め尽くしたことであろう。

　さしものアカハチも、多勢に無勢、奮戦したが、ひとたまりもなかったはずだ。

　オヤケ・アカハチは波照間島から石垣島に来て、大浜を拠点に勢力を広げ、石垣島の頭（かしら）たちを次々に圧迫し、さらには、八重山を支配下に治めていた宮古の仲宗根豊見親に対抗して、八重山の自立を謀（はか）った。

仲宗根も単独ではアカハチを討伐出来ぬと見て、首里に訴え出た。首里（琉球）と宮古・八重山は緩やかな朝貢関係にあったが、仲宗根はオヤケ・アカハチが八重山から首里への朝貢を拒み反逆している、と訴えたのである。

尚真王はこれに応えて、宮古・八重山を「琉球」版図にしっかり組み込むよい機会とばかり、国軍を挙げたのである。

アカハチを討伐した王府は、仲宗根の進言により、アカハチに圧迫されて、宮古の八重山支配拠点、西表島古見に逃れていた石垣村の頭長田大翁を、「古見大首里大屋子」に、また初めて「八重山頭職」を設けて、仲宗根の二男真刈金豊見親を、これに任じた。

翌年には、尚真王は仲宗根豊見親を正式に「宮古頭職」に任じ、八重山もその支配監督下に置いた。

こうして、宮古・八重山は首里王権下に組み込まれ、頭職は首里の任命となったのである。第三章「裏奄美」で、仲宗根が家宝の「治金丸」を尚真王に献上したことを見たが、それはこの臣従関係を示す証にほかならなかった。

14

アカハチ討伐の翌年――弘治十四年（尚真王二十五年、一五〇二）。

尚真王は首里城西方見上森の南涯、眼下に那覇一帯を見下ろす岩山に、第二尚王統の陵墓として、「たまおとん」（玉陵、霊御殿）を造営する。石造の重厚、荘厳な陵墓である。
石板屋根、石造勾欄を設けた玉陵の造りは、首里城を模したのだという。

見上森にあった父尚円王の遺骨をこの玉陵に収骨した上で、墓庭に石碑を建てた。すなわち「たまおとんの碑」である。現存する最古のひらがな書きの碑文とされるが、それはまことに、異様な碑であった。

「しよりの御ミ事（首里の御詔）」として、今後、この陵墓に葬られる資格を持つ者九人の名を特定して刻んでいるのである。（説明のために上に番

号を振る）

①首里おきやかもひかなしまあかとたる
②御一人よそいおとんの大あんしおきやか
③御一人きこゑ大きミのあんしおとちとのもいかね
④御一人さすかさのあんしまなへたる
⑤御一人中くすくのあんしまにきよたる
⑥御一人ミやきせんのあんしまもたいかね
⑦御一人こゑくのあんしまさふろかね
⑧御一人きんのあんしまさふろかね
⑨御一人とよミくすくのあんしおもひふたかね
い上九人

①は尚真王。「おきやかもひ」（おきやか思い）が神号であるのはすでに見た。「かなし」は尊称の「加那志」、「まあかとたる」は童名の真加戸樽である。

②はその母「世添御殿の大按司オキヤカ」（尚円王妃）、③は尚真王の姉「聞得大君の按司オトチトノモイ金」、④は尚真王の長女「差笠（神女名）の按司真鍋樽」、⑤は華后の子の五男「中城の按司まにきよたる（真仁尭樽金）」、⑥は三男の「今帰仁の按司まもたいかね」、⑦は四男「越来の按司まさふろかね（真三郎金）」、⑧は六男「金武の按司まさふろかね（真三郎金）」、⑨は七男「豊見城の按司おもひふたかね」

尚真王を含めて「以上十人」である。童名「真三郎金」が兄弟中に二人もいる。しかも三男でもなく四男、五男にこの名である。童名にはあまりこだわらなかったのである。

もうお気付きであろう。尚真王の母、姉、長女までであるが、正妃居仁、長男、二男が排除されている。二夫人は側室だから外されたのは分かるが、正統直系が排除（永久追放）されているのだ。

しかも、五男が三、四男をも飛び越えて男子の最初にきて、「中城の按司」である。中城の按司と言えば中城王子すなわち王位を継ぐべき世子である。

しかも碑文は九人の名を挙げた後に、何やら恐ろしげなことを刻んでいる。

この御すゑハ千年万年にいたるまでこのとこ

ろにおさまるへし　もしのちにあらそふ人あらはこのすミ見るへし　このかきつけそむく人あらハてんにあをきちにふしてたゝるへし
大明弘治十四年九月大吉日
（――この御末（尚真王の子孫）は千年万年に至るまでこの所に収まるべし、もし後に争う人あらば、この墨（碑文）見るべし、もしこの書き付け背く人あらば、天に仰ぎ地に伏して祟るべし）

「たまおとんの碑」の建立時点の、正妃居仁の消息は不明だが、長男尚維衡はまぎれもなく健在である。二男も後に「大里王子」と呼ばれるようになったようだから、生きていたわけだ。にも拘らず、この「排除」である。何があったのだろうか。

御茶当真五郎が、懸念した通りのことが、起こったのである。

居仁（真蒲戸）は、尚真王生母オキヤカの陰謀により、王位をわずか六か月で追放された尚円王の弟尚宣威の娘であり、陰謀を取り繕うために、オキヤカが敢えてわが子尚真の妃に迎えたのであった。

「メギツネめの策謀さ。そのうち真蒲戸様にも牙をかけるに違いないが……」

と、真五郎は案じつつ、南蛮へ行ったのである。

いかにも、御内原の陰謀があったのだが、これはオキヤカではなく、夫人（側室）華后の陰謀なのであった。

碑が建立された年、オキヤカは五十七歳になっている。この四年後には病没しているから、すっかり老境にあって、恐らく病がちにもなっていたろう。

老いたオキヤカに代わって、その全面的な引き立てにより、御内原を仕切っていたのが、夫人の華后だったのである。

華后は夫人として御内原に入ってから、尚真王の寵愛深く、オキヤカに取り入り、その意を受けて、オキヤカに代わって御内原を仕切り、五男（華后には第一子）まにきよ樽金を産んでからは、いよいよ気強くなって、正妃居仁の存在などほとんど無視し、御内原に実権を揮うようになった。

もともと、御内原における居仁は、オキヤカに冷遇されて、正妃とはいえ、〝追放された尚宣威の娘〟として、ひっそり身を慎んでいたのであり、存在感はなかった。

華后がまにきよ樽金を産んだ時、オキヤカは五十三歳、老境に入っており、尚真王の御代（みよ）も万全となって、もはや国政に口を出す必要もまったくなくなり、御内原の〝隠居〟同然に暮らしていたことである。

オキヤカの長女、尚真王の姉のオトチトノモ金は按司家へ嫁ぎ、そして聞得大君御殿（うどぅん）として御内原を出ていたから、オキヤカはかつての自分を見るような、才気にあふれた夫人華后に、御内原を仕切らせていたのである。

御内原の実権を握った、華后の陰謀は必然であった。

しかし、華后が名実ともに、御内原の〝主（ぬし）〟として女権を揮うためには、夫人（側室）の身分では、やはり越権になる。げんに、高級神女、高級女官たちの中には、オキヤカの目が光っているから口を噤（つぐ）んでいるものの、陰では華后の〝出過ぎ〟をあれこれ非難がましく言っている者もいるようだった。

彼女たちを黙らせ、そして誰が見ても、納得せざるを得ない実体となるには……。

華后がピンときたのは、

（世子交代――）

これである。

今、世子（中城王子）は、正妃居仁の子の長男尚維衡である。

この世子の座を、わが子まにきよ樽金（これも以下、元服後の名「尚清」にする）とすげ替えるのである。世子の生母となれば、誰に遠慮もなく、天下晴れて実権を揮うことが出来る。

こうして、華后は尚真王の寵愛をいいことに、尚真王にねだり、また自分の意見なら何でも聞き届けるようになっていたオキヤカも動かし、遂に、尚維衡を世子の座から〝追放〟、わが子尚清（当時四歳）を世子の座に据えることに成功する。

この陰謀は、正妃居仁の存否とも関係しよう。

正妃居仁の生没年は史書では不明だが、御茶当真五郎によれば、彼女が尚真王妃に迎えられた時は、まだ十二、三の幼さだったというから、長男尚維衡を産んだ時は二十四、五歳というところであったろう。

　しかし、華后の陰謀、尚維衡の追放に関する伝承でも彼女の影がまったくないところを見ると、世子交代の陰謀がなされた頃には、すでにこの世にいなかったのではないかと思われる。正妃が健在だのに、世子交代はあり得ないだろうからである。

　居仁がすでにこの世の人でなく、華后は事実上の〝継妃(けいひ)〟のような存在になっていたはずだ。そうでなければ、兄たちを飛び越えて、五男であるわが子尚清を、第一位の世子の座へ就かせることは無理であったろう。

　長男尚維衡は生母の護りもなく、孤立して、容易に追い遣られたのではあるまいか。

　居仁がすでにこの世の人でなかったとしたら、その死はどういうものであったろうか。事件の伝承もないから病死であったのだろうが、あるいは、華后の陰謀は世子交代という最大級の思い切ったものだけに、それは正妃まで伸び、密かに薬などを盛られた可能性も否定できない。とにかく、正妃の存否が、この世子交代のもう一つの鍵であったのだから。

　尚維衡の追放に関しては、まことしやかに語られる伝承がある。

　〝衣蜂(いほう)の計(けい)〟という。

　ある日、華后は一匹の蜂をつかまえ、殺して、その死骸をあたかも生きているように胸のあたりの着物に止まらせ、仮寝をよそおった。その胸の上の蜂を尚維衡が見つけて払い除けた。その時、尚維衡の手が華后の胸に触れ、このことを、華后は尚真王に訴えた。尚維衡が自分の乳房を掴もうとした——と。

　王は激怒し、尚維衡を「斬り捨てよ！」と、家臣に命じた。

　命ぜられた家臣——我那覇(がなは)親方は密かに尚維衡を匿(かくま)い、王の怒りが収まったところで王を説得、浦添グスクに謹慎させた。

　こうして、華后の子の五男尚清は世子の「中城王子」となったのである。

「たまおとんの碑」から居仁と尚維衡、そして二男の名が排除されたのは、この追放によってである。居仁の名も除外したのは、彼女はオキヤカが追放した尚宣威の娘だったからである。

「この書き付けに背いて訴訟など起こせば、天に仰ぎ地に伏して、祟るべし」

　わざわざ、このようなおどろおどろしい文句を刻んだ碑を、神聖侵すべからざる王家の墓陵に建立したのは、後々、尚維衡らが「直系」長子(ちょうし)を名乗って出て来るのを封じるためであった。異議申し立てがあれば、華后の陰謀も白日のもとに晒されるからである。

　恐らくこの「たまおとんの碑」も、華后が尚真王に「動かざる証明」のことをねだり、「天下に公約」する形で、建てさせたのであろう。えげつないと言わねばなるまい。英明とされる尚真王も、女（華后）の色香にからめられたのである。

　しかし、この碑が建てられた時、尚維衡はまだわずか七歳であった。七歳の子のワイセツ行為などあり得ないから〝衣蜂の計〟の伝承は牽強付会(けんきょうふかい)もいいところだ。

　後年、重臣たちの取り成しで尚維衡はもう一度首里に戻され、再び世子（中城王子）の座に就いた、との伝承もある。

　そして、その尚維衡十六歳の時、再び父王の逆鱗に触れることがあって、また浦添へ追い遣られたと。これなら〝衣蜂の計〟の話もあり得よう。つまり〝衣蜂の計〟は尚維衡七歳の時でなく、この十六歳ごろの混同かもしれない。

　だが、尚維衡が世子に返り咲いたということになると、尚清が世子の座から降ろされ、また世子交代がおこなわれたことになるわけで、そうなると、尚維衡を排除した「たまおとんの碑」は具合が悪くなる。

　書き直すか撤去せざるを得ない。

　しかし、碑文は直されなかった。尚真王としては、碑は天下への公約であるから、書き直しは不明を晒すことになる。いったん発した以上、権威にかけて撤回するわけにはいかないのである。

だから、再び首里に戻されたという場合でも、世子の再交代はなかったであろう。

尚真王の再度の「激怒」が長男尚維衡の〝追放〟を正当化する陰謀を、覆い隠すための方便として使われているわけだが、しかし、そんなことより、尚維衡が首里に戻されたという伝承自体がそもそも怪しい。なかったのではないか。

ついでだから、この顛末も見ておこう。

尚真王は六十二歳、在位五十年という長期政権を全うして薨じた（嘉靖五年、一五二六）。古王統も含めると舜天も在位五十年だが、こちらは伝説的な部分があり、明確なところでは、尚真王が全王権で最長の在位であった。二位は察度の四十六年、三位は尚穆王の四十三年、四位は尚貞王四十一年、五位英祖四十年である。

その尚真王が亡くなると、後継をめぐって尚維衡と尚清のやりとりがあったと、向象賢羽地按司朝秀の『中山世鑑』にある。

それによれば、王府では「中城王子」尚清は世子なのでその通りに彼の即位を議定した。しかし、尚清は、

《斉の子糾は弟として兄桓公に背きて、卒に天下に悪名を流せり。是、天理を失いし者なり》

と、中国の故事を持ち出して、

「本来の世子は浦添王子（尚維衡）である。罪を得て浦添に行かれたが、その罪が虚名（嘘）であるのは、国人の知るところである。しかるに私が、その兄を超えて王位に就くことは、天理の容れざるところである。浦添王子をこそ王位に就けるべきである」

と、評議の臣らを諭し、自らの即位を辞退したのである。臣らは反駁し得ず、この旨を浦添王子尚維衡に伝えた。

しかし、尚維衡もまた即位を固辞した。

「私は少年の昔から、かかる隠居暮らしで、汚俗に滲み野民となって年久しければ、どうして、父祖の跡を継いで、礼楽がおこなえましょうぞ」

と、尚維衡もまた、「伯夷叔斉は父の命を重く受け止めて遠く去った」という中国古伝の聖人の

伝を引きながら、「自分の隠居は夷斉に及ぶところではないが、少なくとも夷斉の行いに学びたいものだ」と即位を固辞し、ここに至って尚清は「止む無く」即位した——というのである。

これも、かの母華后の陰謀を取り繕う、『世鑑』のフィクション臭いが、そこで著者の向象賢羽地按司朝秀が、尚清に尚維衡の「罪」なるものが「虚構」であることをわざわざ言わせているのは、向象賢もまたあれが陰謀であったという認識だったのであろう。

この即位の時、尚清は三十歳になっている。母の華后はすでに十一年前に亡くなっていた。母の後ろ盾もなく、さすがに兄らを差し置いての即位に後ろめたいものを感じ、尚清はポーズを見せたのかも知れない。しかし、これはずっと後の話である。

話は、「たまおとんの碑」をめぐる陰謀のことであったが、そのような女のいじましい陰謀もあったものの、尚真王の治世は、琉球を大きく押し広げ、琉球がもっとも隆盛を極めた時代であり、尚真王は「名君」として、神号「おきやか思い」の名で、かずかずのおもろにも讃え上げられていったのである。おもろで、王としてもっとも多く讃えられているのは、尚真王である。

明国進貢は、尚円王代に一年一貢から二年一貢となり、長年にわたり一年一貢への回帰を要請し続けてきたが、これもまもなく念願叶って一年一貢に復し、南蛮貿易も順調に推移していった。

後のことになるが、「信」字号船の「せぢあらとみ（勢治荒富）」が南蛮シャムに向けて出航する際に、尚真王が聞得大君（尚真王の姉オトチトノモ金）とともに那覇港で神事をおこなって、これを見送るおもろがある。

大君は　崇べて（聞得大君があがめて）
せぢあらとみ押し受けて（勢治荒富浮かべて）
大君に（聞得大君に）
追手　乞うて（順風を乞うて）
走りやせ（航海させ給え）
按司添いぎや御想ぜや（国王様のお心を添えて）

このおもろには詞書が付いていて、「正徳十二年十一月二十五日ひのとのとりのへ（丁酉の日）に、せぢあらとみ（勢治荒富）まなばん（真南蛮）に御つかいめされし時に、おぎやかもい天（尚真王）の御み手づから召され候ゑと」とある。

しかし、その南蛮にもやがて、ヨーロッパの「大航海」の波が寄せて来る。

琉球の南蛮貿易も、その波を被って、やがて撤退を余儀なくされていくのであるが……。

さて――。

シャムへ渡った御茶当真五郎、思徳、安慶田の三人は、どうなっていたであろうか。

第九章　琉球三勇士

1

成化十六年（一四八〇）秋、琉球に来たシャム国使奈呐は琉球船で帰国し、水主に化けて同行した真五郎、思徳、安慶田の三人組は、とくに奈呐に乞われて船を降り、アユタヤの諸外国との交易を司る港務所勤務となったところまでは、前章で見た。

三人は主に琉球船の通事などをすることになっていたが、当座は客員待遇で、さし当たりはシャム語の習得に励んだ。

真五郎はすでに素地があり、語学にも天性のものがあったか、またたくまにシャム語を流暢に操り、一方、元来が利発な思徳は、若さもあって、こちらも綿に水が吸い込むように覚えていった。安慶田は年を食って、覚えるのは時間がかかったが、一年もすれば何とか、シャム人らとの意思の疎通がはかれるようになった。

語学習得は市井に出て、人々と触れ合うのが早道である。

さいわい、アユタヤは交易都市としてすでに国際化していて、思徳らが自由に散策しても、咎め立てる人はなく、行き交う人々も、いわば琉球でいう国柄から、むしろ諸国友好のお「行き逢えば兄弟」といった親しみを見せて行く。郷に入れば郷に従う気持ちで、思徳らは、シャムの文化に馴染むために、アユタヤに林立した寺院を経巡り、国教たる上座仏教文化にも、積極的に触れていった。

三人のシャムにおける任務は、琉球船に備えるのが第一の目的であったが、その後二、三年、シャムには琉球船が途絶えた。先年のシャム船・琉球船の二重遭難の影響であった。

しかし、アユタヤの港には、マレー、スマトラ、ジャワ、モルッカ諸島産の胡椒をはじめとする香辛料を積んだ交易船が、頻繁に出入りしていた。

南方から船でもたらされる物産に加えて、北東部山地からも陸路と水路で、蘇木、香木など熱帯林の産物が入り、明国華僑も賑わい、さらにベンガル湾に面したペグー（後の南部ビルマ）や、マレー半島西南岸のマラッカから、イスラム商人らによってもたらされた貿易品が、アユタヤ港市には集積され、思徳らもそれらの交易業務に駆り出された。

内間、紅錦らの二度目のシャム交易の時、思徳らは姿を見せず、「遠地に行っている」という話であったが、それは内間・紅錦と、アユタヤ港務所が口裏を合わせたのではなく、実際に、思徳ら三人はシャム北東部の蘇木、香木などの産地へ、視察に出かけていたのだった。

蘇木、香木類は、明国進貢貿易のための、琉球の主要な輸入品であり、その産地の熱帯降雨林は、真五郎にも興味があり、柰帒に頼んで、視察出張をさせてもらったのである。

その北部山地の熱帯林には、野生の象や、トラ（虎）も棲んでいるということであった。

捕えられて檻に入れられ、アユタヤに運ばれて来たトラを、琉球の三人は見たことがあった。

縞模様の美しい肢体を、なすすべもなく檻の中に横たえていたが、檻の外の人間を、瞬き一つせずジーッと睨み回していく双眸は、澄みきって、射抜くように鋭かった。

ぐにゃりと横たわった柔らかそうな肢体は、しゃきっと立てば、頭を含む胴体部分の長さは六、七尺（約二メートル）、人間の大人より大きく、尾は三尺余（約九十センチ）、体重は人間（平均的な大人）の三倍余（約二百キロ）もあって、まさに熱帯樹林の王者という風格だ。獲物の獣や鳥を見つけると、その胴体をしなやかに伸縮させて、音もなく空中を飛ぶように駆ける。その様は見惚れるばかりに、優雅でさえあるという。森林の水辺や岩屋に棲み、おもに夜間に活動する。

むろん人を襲うこともあり、北部山地の村々では、実際に襲われて死んだ者もあるというが、その密林の王者も、今は囚われて檻に閉じ込められ、ただ双眸を爛々と光らせて、檻の外の人間をジーッと睨み回しているだけである。悠然と、いかにも孤高の趣はあるが、しかし、いずれは毛皮だけになって敷物か壁掛けにされてしまうのだろう。それを思うと、「獰猛」さで恐れられた密林の王者が、思徳には何だか哀れにも見えてきた。

囚われの王者を憐れむ思徳の気持を、トラは本能で感じ取ったのか、ぐるりと檻の周りを回り込んでいく思徳を追うその双眸は、睨むというより、何だか「救い」を求めて、物悲しげに追ってくるようであった。

　真五郎は、実は蘇木や香木の産地への興味というより、その山林に棲む象やトラを、実際にこの目で見たいものだと、気持を逸らせていたのであった。

　さすがに、真五郎は武人であった。いや、真五郎だけではない。トラを見に行きたいものだと言うと、思徳はすぐ飛びついて、若い目を輝かせた。

「トラ……」

　安慶田はちょっと怯み顔を見せたが、すぐかぶりを振ってその怯み心を払い捨てた。真五郎、思徳と三人ならば、怖いものなしである。

　それに、琉球の山原、裏奄美の山林で修行してきた彼らには、どんな険しい密林であろうと、庭を歩くようなものであったし、この南蛮の熱帯雨林とて何程のこともあるまいと、タカをくくっていた。たとえばったり、トラに遭遇しても、すぐに対処できるだろう。

「恐らく、トラは深い山の中を、悠然と歩き回っているだろうな。出会えるかな」

　思徳は興味津々、わくわくする気持を隠さなかった。

　でも、その出張では、山歩きに優れた三人も、十数頭の野生象の群れには遭遇した（それ自体、思わぬ見物であった）が、しかし、トラには行き逢えなかった。もっとも、近隣の集落で聞くと、トラはよく見掛けるということなので、もう数日、山歩きをすれば、きっと出会えたであろう。

　聞けば、人食い虎というのも確かにいるそうだが、それは老いて獣や山鳥が獲れなくなり、手っ取り早く獲物を得るために、集落へ降りて来て家畜を襲い、人間をも襲うのである。それがうまくいくと味を占めて、よく集落へ降りて来るようになるらしいが、人々は逆にニワトリや小動物を餌に罠を仕掛け、待ち受けていたりするし、「人食い虎」が現われたと声が上がるや、鳴物を打ち鳴らし、総動員で山狩りをするので、さしものトラも恐れて、めったに集落に降りて来ることはないという。

2

思徳ら三人が、アユタヤで一躍有名になったのは、シャムへ来て二年ほど経った、成化十九年（一四八三）ごろのことだ。

前章で予告的に、兵部卿の主催による武芸大会について触れたが、三人は宮廷広場で開かれたこの大会に港務所代表として出場し、何と、大会を制したのである。

小さな武芸競技は、娯楽をかねてよくおこなわれ、港務所でも例年のようにあって、三人もシャムに来た当座は控えていたが、思徳のすばしこさを知っている奈納が、

「どうだ、ちょっと出て見ないか」

と言うので、思徳は、どうしたものかと、真五郎と安慶田を見た。すると、奈納は真五郎、安慶田へ視線を流して、

「二人もどうだ」

と、誘いを掛けた。

「われらが出てもいいのですかな」

と、真五郎は目を輝かせた。

「何、これは皆の楽しみだ。誰が出ても構わない。琉球の技など見せてくれたら、皆喜ぶぞ」

夜など人目の絶えた時刻に、三人は密かに、宿舎の裏庭で、素振りや、立ち会いの稽古を続けていた。そのことを、奈納は伝え聞いていたのかも知れない。

奈納が乗り気なので、三人はそろって出場した。シャム人の腕自慢たちを相手に、真五郎は木刀と棒で翻弄し、安慶田も鎗遣いの妙技を披露、思徳は木刀と、弓の技を披露した。

思徳の弓は矢十本、見事に的を射て大喝采を受け、港務所での競技は三人の独壇場となって、シャム人たちの目を瞠らせた。

琉球で王母オキヤカが放った選りすぐりの影――刺客たちを翻弄しつつ、血路を開いてきた三人であり、腕前はシャムの武人たちをはるかに凌いでいたのであった。

このころには、真五郎も思徳も、もうシャム語は難なくこなせるまでになっていた。習得が遅れ気味の安慶田も何とか、会話できるようになっていた。

こうした各部独自の武芸競技の集大成――いわば〝中央大会〟として、王宮広場での武芸大会となったのであるが、このような武芸大会は、アユタヤ始まって以来のことであった。

トライローカナート王は先年、兵部卿を設置して軍備の強化に乗り出した。

五十年ほど前、ボロマラチャ二世の代にアユタヤはクメール帝国の首都、アンコール・トムを攻め陥とし（一四三〇年代）、クメールを南部へ放逐したが、チャオプラヤー川上流ピン川流域の山岳地帯からの産品の輸入ルートともなっていた北部シャムのチェンマイ＝ランナータイ王朝が、アユタヤに敵対し、確執が長く続いていた。

チェンマイ朝は、スコータイ朝とほぼ同時期に成立した王朝であった。

アユタヤは、スコータイ＝ピサヌロークを滅ぼしたが、チェンマイはそのスコータイのさらに北方遠く、十五世紀初めまで、アユタヤも手を付けなかった。

チェンマイ自体が、スコータイ、アユタヤの上座仏教文化を取り入れて、両王朝様式の仏塔を持った寺院も多く建立され、その点では友好的であった。

アユタヤ支配当時のシャムの領域概念は、今日のタイのスコータイ＝ピサヌロークあたりから南半分、及びラオス、そしてマレー半島の大半であった。北ビルマに近接したチェンマイは、アユタヤの直接支配下にはなく、自立した王朝であった。

もともとはさらに北東、シャム最北端のチェンセンを拠点としていたランナータイ朝のメンラーイが、南に新しい地を求め、周囲を山地に囲まれた静かな平野へ移って城市を創建した。これがチェンマイ（新しい城市）であった。

現在のチェンマイ市庁舎前に、三体の銅像が立っている。チェンマイの創建者メンラーイ王、スコータイのラーマカムヘーン王、そしてパヤオのガームムアン王の三人が、チェンマイのメンラーイを真ん中に手を組み、また背に回して、友情を示している。メンラーイはスコータイ、パヤオの王と相談して、この新都（チェンマイ）の地を定めたという。

三王は一二八七年に同盟を結び、五年後の九二年に、メンラーイは新たな城市を建設したのであった。

南方にアユタヤが興ってスコータイ＝ピサヌロークを滅ぼしたが、チェンマイとアユタヤはその後も交流していた。

しかし、やがてアユタヤとチェンマイは反発し合い、戦争を繰り返していく。

チェンマイはシャム北部域の産物の集積所であり、また明国通交のルートにもなっていて、アユタヤは同地を直接支配下に置こうとはかり、一方チェンマイも権益を守りつつ、さらに南方アユタヤへの野心を燃やしたのではないかと思われる。

トメ・ピレスは『東方諸国記』に、「シアン（シャム）人は、あるいは内陸部で、あるいはパハンで、常に戦争をしている。かれらは好戦的ではあるが、勇敢ではない」（生田滋ほか共訳）と書いている。パハンはマレー半島のことで、これは後に触れるが、「内陸部の戦い」というのは、アユタヤのチェンマイとの戦いをさしている。

アユタヤとチェンマイの武力衝突は、一四五〇年代半ばに始まったとされる。プレーとランパーンで、アユタヤが攻撃を仕掛けたのに始まり、以後三十年近く、戦争は繰り返された。その後、カムペーンペットと、アユタヤが対外的軍事作戦の拠点としたピサヌローク周辺でも戦ったが、双方ともメリットなく、勝負はつかなかった。

十五世紀中後期といえば、シャム＝アユタヤはトライローカナート王の時代であり、同王が兵部卿を設置し、軍備を強化したのは、こうしたチェンマイとの戦いを背景にしていたのである。

チェンマイとの戦いでは、巧みなスパイ作戦も織り交ぜ、トライローカナート王はチェンマイに妖術使いの僧を送り込んだ。チェンマイのティロカラチャ王も、ピサヌロークとアユタヤにスパイを放った。それらは想像以上に効果を挙げた。

チェンマイのティロカラチャ王はアユタヤが

放った妖術使いの僧の策略で、大きなダメージを負った。スパイ僧の幻術まじりの策謀によって、王は後継者である唯一の息子が、謀反を企てていると勘違いして死刑に処したのである。しかし、後にスパイ僧は正体を暴かれ、死ぬまで鞭打たれた――という。

チェンマイとの確執はまだ続いており、これとは別に、アユタヤにとっては、西方のビルマ勢力への備えも必要となってきた。

ビルマは未だ統一されず、ちょうど琉球の三山時代の様相で、北・中・南に分かれた三勢力が鼎立し、それぞれがその伸長を図っており、将来、ベンガル湾交易圏と結ぶシャムの壁となって、抗争が起きるのは必然と見えた。

その三勢力の中でも、南部ハンタワディ（ペグー）朝はベンガル湾交易圏の中心となって勢いがあり、ダンマゼーディ王（即位一四七二年）は、その王権の強化を目指し、シャム＝アユタヤをしのぐ上座仏教の国造りを目指していた。

即位四年目の一四七六年には、上座仏教の正式な受戒法会得のため、二十二人の僧侶を本場スリランカに派遣した。

僧侶一行は三年の研修を終えて帰国し、寺院にスリランカ様式の新しい戒壇を設け、具足戒（僧が守るべき戒律）を義務づけ、他宗を弾圧し、上座仏教の浸透を図った。多くの寺院が建立され、おびただしい仏塔が聳え立って、上座仏教王国の国威を誇示していた。

そのペグー朝が、南方のマラッカ国とともに、ベンガル湾交易を抑えており、シャムのペグー側にある港も、圧迫を受けつつあった。

そうした北部シャム＝チェンマイとの対抗、そしてベンガル湾情勢も睨みながら、アユタヤは国威発揚、国民の士気高揚のため、ここに兵部卿による武芸大会を開催したのである。

王宮親衛隊、兵部卿下の各部兵士、港務所などから代表が選抜されて、技を競い合うことになり、思徳ら三人は港務所代表七人のうちに選ばれて、出場したのであった。

3

アユタヤ初の武芸大会というだけに、トライローカナート王も、目を輝かせて臨席した。

　金色のきらびやかな仏塔を象（かたど）った王冠を被り、口髭を生やした王は、五十二、三歳になっているはずだった。口髭はすでに白かった。小姓たちに守られ、金・赤・黄色と、極彩色に飾り立てられた「ロム」と呼ばれる傘蓋（さんがい）を立てた、一段高い玉座（ぎょくざ）に、王は深々と座した。

　仏塔を象った被り物は、官員のそれは「シャダー」というが、王のそれはすなわち王冠であり、「モンクー」という。それぞれ上から見ると、曼荼羅（まんだら）をなしている。天を突いて聳え立つ寺院の仏塔自体が、そもそも曼荼羅を象っているのである。

　傘蓋は日除けというだけでなく権威の象徴でもあり、貴族の出御（しゅつぎょ）には翻（ひるがえ）るものである。このような、権威を示すシンボルとしての傘蓋は、形はさまざまに変容するが、諸国にある。琉球王宮にもある。琉球では涼傘（りゃんさん）という。

　傘蓋（さんがい）は王や貴族の出御だけでなく、神事などの晴れやかさの飾りとして、聖所にも立てられる。今、この武芸大会も聖なる王宮広場での聖なる催しとして、四隅にその傘蓋が晴れやかに翻っていた。

　トライローカナート王の座した玉座の壇下（だんか）左右には、貴族、宮廷の高官らが居並び、それらに続いて、各部署の吏員らが詰めかけた。

　一般庶民も見学を許されて、王宮広場をぐるりと取り巻き、その数は数千人にのぼった。まさしく、国を挙げた大会であった。

　はじめに〝戦象（いくさぞう）〟が十数頭も出た。その巨象の背中の台座や首に、二、三人ずつ兵士が打ち跨（またが）り、鎗（やり）に模した長昆（ちょうこん）を振り回し、繰り出して、突き合い、薙ぎ合い、撃ち合った。上半身裸できりりと鉢巻を締めた兵や、兵帽を被り、あるいは胴具足を着、楯をかざして相手の長昆を受け止め、手繰り寄せて、象から叩き落としたり、互いに象の上で組み合っては、そのまま落下したりした。

　兵士らを乗せた象たちは、耳を広げ、鼻を

キュッと上へ巻いて長い牙を突き出し、角笛を吹くような雄叫びを上げ、ドシン、ドシンと、土煙りを巻き上げて縦横に突進して行く。

象たちの巨体は、一見鈍重そうにも見えるが、巻き上がる土煙りでも分かるように、意外に敏捷で、角笛のような雄叫びを上げ、地響きを立てて行く様は、大地が揺れるような、重量感に溢れたものであった。

聞きしにまさる〝戦象〟の闘いの迫力に、観衆はどよめき、湧き立った。思徳らはただ圧倒され、口あんぐりと目を瞠っているばかりであった。

真鎗(しんそう)ではなく、長昆なので突かれても怪我はしないが、突き飛ばされて、象から転落し、骨折したらしく、救護班の担架で運ばれていく者もあった。

〝戦象〟による戦いは、この武芸大会の前座(ぜんざ)、いわゆるアトラクションで、兵部卿象部隊の威容をアピールするものであった。

〝戦象〟は現在、七、八百頭もいて、都を離れた北の森や草原で、訓練を続けているということであった。

その迫力溢れた象部隊の戦いの興奮さめやらぬ中で、いよいよ各部選手たちの競技が始まった。

4

武器は多彩であった。

シャムをはじめとする南蛮諸国の刀剣、鎗、弓を中心に、選抜されてきた強者(つわもの)らが、次々に妙技を披露して、豪勇ぶりを示していった。デモンストレーションであった。

このデモンストレーションでは、真五郎は樫の六尺棒、安慶田は長柄の鎗、思徳は琉球から携えてきた、父鬼大城の形見、備前景光(びぜんかげみつ)を燦(きら)めかせて、妙技を披露した。

デモンストレーションの後、いよいよ胴具足(どうぐそく)や手甲(しゅこう)、あるいは楯(たて)を手にしたりしての、真剣・真鎗の立ち会いとなった。

武芸を競うだけだから、むろん相手の命を奪ってはならない。相手の武器を絡め取るか、叩き落とすか、寸止めで、勝負を決める。胴具足や楯の防具を着しての闘いだから、斬り合い、突き合っても構わないが、防具のない素手や首、頭、素足は突いたり斬り払ってはならない。

　このようなルールの説明が、審判長からなされた。審判長や、その下の審判員らも、仏塔を象った官帽（シャダー）に、飾り立てたシャムの武者服を着していた。

　選抜されて出場する〝選手〟は、五十人――。

　これが二十五人ずつ東西に分かれ、一対一で闘い、勝者が絞り込まれて、東西十組二十人が準決勝に臨み、胴具足や手甲、そして楯などを手に、真剣、真鎗で、一斉に渡り合った。一応、防具は身に着していたものの、受け損ねたりして、負傷者も出、担架で運ばれていく者もあった。観衆の興奮も最高潮に達していった。

　最終決戦者は十人に絞り込まれた。

　思徳、真五郎、安慶田の港務所代表の三人組も勝ち残って、十人の中にいた。見物の港務所勢は、柰吶を中心に、湧き立った。

　在位長く、名君として国民の尊崇を集めているトライローカナート王も、国民的にも知られた豪勇、巧者らの手に汗握る対決に、玉座で身を乗り出していた。

　最終決戦者十人の名が発表され、広場中央に呼び出された。思徳、真五郎、安慶田もそれぞれ、港務官柰吶が付けてくれたシャムの役名、「柰某」で参加していた。

　十人は一列に整列して、国王に向かって合掌し、腰を折って礼拝した。観衆のどよめきが一段と高まった。

　王は手を上げて応えてから、壇脇（だんわき）の侍臣（じしん）に、何事か囁いた。

　王の言葉を受けた侍臣は、名簿を開いて、広場の決戦者たちを眺めた後、王へ向き直って答えた。

　決戦者たちの素性を、王は訊ねたのであろう。十人のうち七人までは王宮親衛隊と兵部の強者（つわもの）たちであり、王もかねて見知っているはずで、まったく見知らぬ者は三人――思徳、真五郎、安慶田だけであったろう。

「何者か？」

　と、王は訊ねたに違いない。

侍臣がどう答えたのかは分からないが、柰妠の話では、三人は琉球から来て、港務所が抜擢し、雇用していると宮廷には届け、この武芸大会にも、同じ届けを出したというから、名簿を照合した侍臣の答えは、そのようなことであったろう。侍臣の答えるのを聞いて、王は「ほう！」と言うように頷いた。

仏塔の官帽（シャダー）を被った審判役の武将が指示を飛ばし、十人は五人ずつ東西に分かれ、木椅子に控えた。あらかじめ東西の対決者は決められていた。

これまでは東西に分かれて数組が同時に試合を繰り広げてきたが、最終戦に勝ち残った十人は、一組ずつの決戦となった。

「五の一――」

と、審判の手が上がった。これは思徳の組であった。

思徳は木椅子から立ち上がり、頭を下げてから、白線を引いた競技輪の中へ進んだ。

出てきた相手は、いかにも荒武者といった感じの三十代に見える大柄な男で、上半身は裸。筋骨隆々たる褐色の皮膚は、椰子油でも塗りたくってあるのか、テカテカと陽光を跳ね返している。

胸幅は広く盛り上がり、両腕には黄色い布（きれ）を巻き、頭には白い鉢巻をきりりと締めて、長い鎗を挑発的にしごいている。よほど自信があるのだろう、胴具足も手甲もしていない。全身、赤銅色（しゃくどういろ）の鋼（はがね）のようであった。

思徳も、逞しさでは見劣りしない。思徳は着衣ではあったが、こちらも胴具足、手甲なしであった。ただ、防具を着けていなくても、命まで取り合う試合ではない。相手をぎりぎりのところで封じる、すなわち寸止めで勝敗は決まる――。

「はじめっ！」

審判武将の合図が、空気を裂いた。

二人はそれぞれの位置で合掌礼を交わし合ってから、試合の姿勢を取った。

思徳は、備前景光（びぜんかげみつ）を、水の流れるように、スーッと抜いた。

眼前の荒武者は、思徳の戦意を打ち砕くように、いきなり、「キェーッ！」と、怪鳥の一声にも似た奇声を上げ、鎗をシュッシュッ、としごいた。思徳は、景光を下段に下げて、摺り足で、ゆっくりと回り込んだ。

相手は腰をかがめ、下から思徳を睨み上げながら、こんどはフイッ、フイッ、と喉笛のような息遣いに変え、シュッ、シュッ、と鎗をしごいて、一瞬の隙を窺っている。その鎗先は、これも檻の中で見たコブラという毒蛇の鎌首にも似ていた。

並みいる強豪を打ち負かしてきているだけに、並の腕ではない。隙もない。

思徳は静かに、下げていた景光を正眼へ、そして、誘いをかけるように、ゆっくりと上段へと移していった。

思徳が正眼からススッと切っ先を上げた瞬間、相手はそこに一瞬の隙を見たか、「キェーッ！」と、またしても怪鳥のような奇声を発して躍り上がりつつ、空中から鋭く鎗を突き入れてきた。まさに、電光石火の早技であった。

思徳はさっとこれを躱して、パッ、と数尺躍り上がり、刀を返し、上段から峰で相手の鎗を叩いた。相手はすぐに鎗を引き、ニヤッと笑いながら構え直して回り込んだ。

思徳もそれに合わせてゆっくりと回り、シュッ、シュッと、小出しに突き出される毒蛇の鎌首のような相手の鎗を、やはり刀を返したまま峰で払っていった。峰を使っているのは、取り敢えずは刃こぼれを防ぎつつ、いざ！　という〃奥の手〃を秘して、相手をあしらえるだけあしらおうとの考えなのであるが、相手の鎗さばきは鋭く、思徳に余裕を与えなかった。

（出来る！）

思徳は、相手を侮っていた自分の傲慢を悟った。刃こぼれなど心配しているどころではなかった。

思徳は刀の峰を返した。

その思徳の〃焦り〃を見抜いたか、相手はまたニヤリと笑ったが、眼光は爛々と、殺気を含んで射抜いてくる。

思徳は、八双に構え直した。その瞬間、相手はまたもや怪鳥の叫びとともに躍り上がり、稲妻のような鋭い突きを入れて来た。思徳は反射的に身を沈めて、その鎗を下から峰で払い上げ、相手が鎗を戻して、おもむろに構え直し、間髪を容れず、ヤーッ！　と鋭く突き出すのへ、思徳は反射的に、キェーィ！　と、こちらも怪鳥の叫びとともに、ふわりと飛び上がり、突き出される鎗へ、飛び降りざまに一閃、空中で返した景光を打ち降ろした。

鎗の樫柄は、真っ二つだった。

斬り落とされた鎗を、相手は呆然と眺めた。

「勝負あり！」

すかさず、審判の手が上がった。

思徳は静かに礼をして数歩下がり、それからおもむろに、景光を鞘に収めた。

とたんに、ドッと汗が噴き出した。懐から手巾を出して、顔と首の汗を拭いた。思徳はまだ、刀の峰で軽くあしらおうとした自分の傲慢に、忸怩たる思いを、ほろ苦く噛みしめていた。その傲慢は、相手の武芸者に対するものだけでなく、この異国に対する礼儀の心を、いつしか見失いつつあるもののように思われ、遠く傘蓋の翻る檀上の玉座を見上げ、

（申し訳ございません……）

と、心から詫びる気持を込めて手を合わせ、深々と頭を下げた。しかし、ある意味では、心を改め直したこの瞬間に、思徳は真にシャムへ〝同化〟した、と言えるかも知れない。爽やかなほど、素直な気持になっていた。

安慶田は三番目に鎗で戦って、これも鎗の相手を打ち据え、真五郎は五番目に出て、こちらはアトラクションに続いて初戦から使っている樫の六尺棒で、先端が二叉の相手の薙刀を巻き上げて天高く飛ばした。

五人が勝ち残り、その中に琉球三人組がいた。

しかし、試合はそれまでで、すなわちこの大会の勝者は五人であった。

5

広場は、〝五勇士〟を讃える歓呼と拍手に、沸き返った。

宮廷吏がやって来て、五人を玉座壇の下へ導いた。

玉座下横にいた高官が数歩段を下りて、

「見事であった。五勇士には、国王陛下から、ご恩賞が下される。謹んで受けられよ」

と、周囲にも聞こえるよう大きな声で告げ、その反対側から、下賜品を捧げた十数人の廷吏たちが登場、五勇士に次々に賞品を授けていった。

下賜品は、高さ約一尺ほどの金色の象と紅布、そして、金色の柄の長鎗であった。

恩賞授与の間は、観衆も歓声を収め、厳かな雰囲気の中で、授与式はおこなわれた。

恩賞授与式が終わって、玉座の国王が、傍らの侍臣に何やら囁いた。侍臣は頭を下げてから、壇を下り、さきほど恩賞授与の言葉を述べた高官に、王の言葉を伝える。高官は頷いて、傍らの廷吏に指示し、五勇士の一番左側にいた思徳の方を向いて、顎をしゃくった。

廷吏が下りて来た。

「王様が、おぬしのその刀を、ご覧になりたいと申されている。鎗の樫柄を軽く真っ二つにしたのに、驚いておられる」

身分もない、港務所の下吏だから、「お前」と呼ばれるところだが、仮にも王宮の武芸大会を制した勇士であるから、「おぬし」と尊敬を込めた呼び方なのである。

思徳は驚いて、景光を差し出した。

「いや、おぬしが直々に、御披露申し上げるのだ。王様には、直にお訊ねしたいこともあられる」

思徳は廷吏に伴われて、玉座への壇を上がって行った。後ろでは、真五郎がにんまりと顔を緩め、その側で安慶田はただ口をあんぐり開けて、見上げていた。

玉座の前へ導かれた思徳は、王より一段下に控えた侍臣が手を差し出すので、その手へ景光を載せた。

侍臣はそれを両手で捧げ持って、王へ呈した。

日本刀は明国産の磁器類とともに、「腰刀」としてアユタヤ王宮への毎年の礼物に加えられていたから、珍しいものではなく、王宮の廷吏らに配られ、彼らはその切れ味も試したりしていたに違いない。しかし、それが遣い手の技によって、鎗の固い樫柄をバナナ樹でも撫で切るようにスパッと両断したのに、改めて驚いたのであった。

王は片手で景光を受け取り、海老茶糸巻きの柄、漆鞘の拵えをつくづくと検分してから、スラリと抜き放ち、刀身を立てた。

景光の刀身は、刀文が大海の波のように、鈍色に、整然と波打っている。

王はそれを下から上へ、そして上から下へとゆっくり眺めてから、静かに漆鞘へ収め、片手で侍臣へ手渡した。手渡しながら、何か囁いた。

侍臣は拝してから身を返し、景光を思徳へ返した。

思徳は、あたかも拝領品を授けられたように、自分の景光を恭しく両手に受け取り、王へ一礼した。侍臣が王の言葉を伝えた。

「王様は、そなたの飛鳥にも似た技にも感嘆されたが、その刀にも驚かれた。あれほどの固い鎗の柄を一刀両断しながら、刃こぼれ一つない。名刀だと――」

思徳は、景光を両手に捧げ持ったまま、深々と礼をした。

「父の形見で、日本国の、備前景光という、前代の名工の手になる刀ということでございます」

「ビゼン、カゲミツ、とな。父、というのは、琉球の名のある武将であったか」

「四代前の琉球国王、尚泰久王の第一王女、百十踏揚を妻とし、一城の主を勤めました。私はその息子でございます」

「何と、そなたの母者は、琉球の第一王女だと申すのか」

「今の琉球王統に滅ぼされた前王統の王女です。落ち延びて隠棲しておりましたが、その母も、先年亡くなりました。それで私は、仲間と共に――」

と、壇下を振り返って、真五郎と安慶田へ視線を走らせてから侍臣へ向き直り、「新たな天地を求めて、このシャムを頼って来たのでございます」

「ふむ、亡命して来たというわけだな。母者の父はショウタイキュウ王とな。このアユタヤ王宮の文庫には、歴代の琉球国王の咨文、執照も保管されている。後で調べてみよう。ご苦労であった」

思徳は景光を捧げ持ったまま下がり、壇を下りて、改めて恭しく玉座を見上げた。

侍臣と思徳の遣り取りは、むろんシャム語でなされたので、王にも直に聴こえていたはずだ。すでに白くなった鬚髭の王が、にこやかに頷き、それから傍らに控えた老臣を振り返った。老臣もにこやかに頷き返した。

思徳は深々と礼をして、五勇士の居並ぶ列へ戻った。

五勇士中のシャム人二人も、国王から直に言葉を賜わった思徳を、羨望と敬服を込めて振り返っていた。

真五郎ら三人はまもなく、国王の令旨によって、シャム国への帰化が許され、同時に、王宮親衛隊への入隊が決まった。アユタヤの窓口ともいえる港務所勤務では、必然的に琉球船と関わり合わねばならず、世を忍ぶ亡命者たちには都合も悪かろうと、これも王の思い遣りからのことであった。

アユタヤ初の武芸大会を制した勇者に対する処遇というわけであったが、王はとくに、思徳が琉球王家の血筋を引いているということに、敬意をもって遇せよと、側近に命じたことであった。

6

王宮親衛隊はいわゆる近衛隊であり、シャム国最強の部隊であった。王宮の警護、王の出御の警護がその主任務であるが、アユタヤの都そのものが三つの川に取り巻かれた島になっており、要所に警備所が置かれ、その警備や、騎馬での警邏の任にも就いた。

親衛隊は総勢およそ一千ということである。一方、兵部卿下に正規兵数万、予備兵数万がいるということであった。

真五郎ら琉球の三人は、それぞれ「奈」の冠称を付けられ、兵士名を付けられて、正式に王宮親衛隊に編入されたが、この兵士名はいうなれば番号のようなもので、特に意味はなかったし、紛らわしくなるので、三人についてはこれまでと同じく、彼らの琉球名で話を進めていく。

真五郎は編入後、すぐに五十人ほどの一小隊を指揮することになった。武芸大会で見せた鋭い技、気迫、毅然たる面構え、そして年長者ということで任命されたのである。思徳と安慶田もその真五郎との三人組なので、同小隊へ編入されたが、三人組はかの武芸大会で大観衆を沸かせ、王から褒賞された五勇士中の三勇士であり、真五郎小隊はたちまち、王宮親衛隊の花形として、王に近侍する部隊に組み込まれたのであった。

王の出御は、飾り立てた馬の場合もあったが、多くはゆったりと、傘蓋を立てた象に揺られてのものであった。

象での出御は象の背に玉座を据え、王妃と並んで出かけるのがほとんどであった。そういう出御は、国民に親しく接するのが目的であり、都大路の左右に跪き、合掌して迎える民衆に、笑顔を振りまき、手を振って応えていくのであった。

王出御の時、真五郎小隊は王・王妃の象の横に付き、時には騎馬の前導隊に加わることもあった。


武芸大会の勇者とはいえ、その素性は異国の〝亡命者〟に過ぎぬ者への処遇としては、まことに異例というべきであったが、シャム＝アユタヤは交易国として、東西南北を結んで国際都市化していて、諸国人分け隔てなく受け入れてきており、そうした大らかな国風によるものであった。

かつてクメール帝国を攻めた時、アユタヤはアンコール・トムなどから数万のクメール人を〝戦利品〟として連行、アユタヤをはじめ近在の諸ムアン（集落）に分散居住させた。そして、アユタヤの行政機構の整備には、すぐれたクメールの行政の仕組みを取り入れ、また彼らクメール人たちの心を繋ぐべく、クメール様式の寺院文化も大いに導入したように、決して排他的でなく、すぐれたものは取り入れて、国造りに役立てていったことだ。国民もそういうことへの違和感はとくに持たなかったろう。

だから、琉球三人組も、まさしく王宮主催の武芸大会を制した「五勇士」中の誉れある三勇士であって、〝異邦人〟ながら、取り立てていくのに、何のためらいもなかったのであった。

　そうではあったが、その琉球三勇士の一人、一番年若い思徳に対する、トライローカナート王の処遇は、人々の目を瞠らせるほど、手厚いものであった。わけても人々が、

「えッ？」

と、わが耳を疑うほどに驚いたのは、その琉球の若者に、宮廷最高官の娘が嫁ぐことが、内務卿から発表されたことである。

　この宮廷最高官というのは、位階第一位の「握雅（オックヤー）」の称号を持ち、王の外戚に連なる貴族で、職名は「大庫（たいこ）」すなわち財務兼外務長官であった。実は、武芸大会の時、王の傍らに近侍し、にこやかに振り返った王に頷き返していた、あの老臣にほかならなかった。

　その人の娘との婚姻ということで、思徳も〝準貴族〟に列せられ、そして位階七位の「握板（オックパン）」の称号が授けられたのである。

　まさに、破格の取り立てであった。真五郎も安慶田も、ただ口をあんぐり開けて、驚いたのであったが、これが王の取り計らいと知って、いよいよ恐縮したことであった。

　トライローカナート王は、かの武芸大会で、親しく思徳を謁見し、彼の持って生まれた気品であろうか、爽やかな対応、澄みきった瞳が、心に残っていた。

　そのすがすがしい若者が、実は琉球王統の血筋を引く者であることに、王は強い共感を抱き、歴代琉球王のシャム国王への咨文・咨回文・執照などを、改めて調べ直させた。

　王はまた、交易に来た琉球使者たちからも、琉球王統の変遷を聴取させ、さらに思徳の護衛者たる真五郎、安慶田からも琉球王統の変遷、易姓革命（えきせいかくめい）のことを詳しく聞き取らせた。

　こうして、思徳がまぎれもなく、前王統の尚泰久王の第一王女にして、同王統最後の王尚徳の実姉にあたる「百十踏揚」の忘れ形見である確証を得、そういう身分に相応（ふさわ）しい処遇を、王は考えたのである。

　琉球で排斥された前王統の遺児が、亡命先のこの南蛮シャムで取り立てられるというのは、皮肉

といえば皮肉であったが、トライローカナート王は頓着しなかったのである。

　王が十七歳で即位した正統十三年（一四四八）は、琉球は前王統第四代尚思達王四年であった。琉球王統は各王が短命で次々に替わり、尚巴志王以後は、尚忠王―尚思達王―尚金福王―尚泰久王―尚徳王と、約三十年間に何と五人も王が替わった。平均六年ずつの在位であった。そして易姓革命があって尚円王となり、今は尚真王である。

　自分が即位してすでに三十六年になるが、琉球では実に六人も王が替わっている（トライローカナート王は追放された尚宣威〝王〟のことは知らない。尚宣威を入れると七人になる）が、自分が玉座に座って今日まで三十五年、そのうち前半の二十二年――すなわち大半は、実に琉球〝前王統〟との付き合いであった。

　どの国でも、王統王権は複雑な内部事情を抱え、王位をめぐる陰謀も渦巻き、易姓革命はつきものである。このシャムとて例外ではない。アユタヤ朝はスコータイ朝を攻め滅ぼし、そしてアユタヤ朝の中においても、王を交代で出してきたスパンブリー家とロッブリー家の確執が深く、易姓革命ではないが王族内のドロドロした〝内紛〟を処理しながら、今日を築いてきているのであった。トライローカナート王はスパンブリー家の出であり、アユタヤ王権は同家が正統を継いでいた。琉球王統の交代も、易姓革命とはいうものの、敢えて言えばこのようなものではなかったか。

　今、武芸大会に立ち現われた若者――すなわち滅ぼされた琉球前王統の遺児は、琉球内での居場所がなくなり、遥かなこのシャム国まで、亡命して来た。現琉球王統に対する信義から言えば、この亡命者は琉球に送還すべきかも知れない。

　しかし、琉球へ送還すれば、彼は身の安全を保障されるか。

　今の琉球国王が、懐の広い明王(めいおう)ならば、安堵(あんど)されるかも知れないが、普通なら、恐らく、易姓革命で滅ぼした前王統の遺児として、処分されてしまうだろう。それは、このシャムのスコータイ朝以来の紛争の歴史に照らして分かることである。

いや、どの国でも王権をめぐる争いは血なまぐさいのであった。とりわけ、易姓革命なら、滅ぼした前王統は、根絶やしにするのが常であろう。

　前琉球王統の血筋を引くこの若者も、琉球へ送還すれば、そういう運命にさらされるだろう。

　だが――。


　並みいる強豪を打ち負かして武芸大会の勇者となったこの好漢を、みすみす人身御供に差し出してよいか。

　いや、琉球へ送還するかどうかという前に、このシャム＝アユタヤが交際して来た琉球王統はむしろ前王統の方がはるかに長い。

　そして、その前琉球王統は、咨文・咨回文・執照文などを見る限り、尚巴志王をはじめとして、「四海一家」の信条で、このシャム＝アユタヤ朝との交易を、積極的に押し進めてきており、アユタヤの発展にも大きく貢献してきているのであった。これを見るべきである。

　とくに官売買で関税の高いシャム交易の不利に対して、堂々と抗議し、琉球の商販を改善させた尚巴志王の咨文には、毅然たる琉球の気概がにじみ、侮れぬものが窺える。

　シャムも朝貢している大明国の冊封国では、琉球はシャムより上位に遇されている。それは、琉球国の歴史の古さに鑑みているのだろうが、まさに、それを拓いたのは琉球の前王統なのだ。

　この亡命して来た若者の祖父に当たる尚泰久王は、かの尚巴志王の子であり、琉球王宮に、海外との通交を大きく開く気概を込めた大梵鐘を懸けたというのである。

　その銘文は、前王統の血筋を引く若者を護衛してきたシャム名柰某――すなわち前王の側近だったという、琉球名「ウチャタイマグラー」（御茶当真五郎）が暗記していて、側近に求められて書き記し、上呈してきた。

　もはや琉球の追手の手の届かぬところにいるのだと悟って、真五郎はそのように名を明かしていたが、シャム人には何やら呪文のように聞こえて、誰もその「本名」で呼ぶことはなく、また強いて覚えることもなく、シャム名の柰某で呼んでいた。同様に安慶田も「アギダー」と明かしていたが、こちらもシャム名の「柰某」で呼ばれていた。思徳はすでに位階を有していたから、その位階名「握板（オックパン）」で呼ばれた。

真五郎が書き記して呈した「万国津梁の鐘」の銘文は、全文漢文で、それを暗記していた真五郎の記憶力と、スラスラと漢文で書き出したその秘めたる学識の高さは、アユタヤの宮廷吏らをうならせたことだ。

《琉球は南海の勝地（しょうち）にして――》

と始まるその銘文は、まことに凛然と、格調高いものである。その尚泰久王の子の尚徳王――すなわちこの武芸大会勇者の若者の叔父王も、父尚泰久王の志を力強く引き継いで、「万国」との交易を盛んにした。当然、シャム交易も積極的に押し進めた。当時、シャムに服属していたマラッカと、初めて通交したのも同王であり、琉球のこの南海への進出は、目覚ましいものがあり、南海交易の活気を、琉球はもたらしてきたのであった。

そのように、シャム＝アユタヤ朝の繁栄に、琉球の前王統は大きく貢献してきたのであり、現王統への信義立てから、前王統に対する信義を翻すことは、恩を仇で返すことと同じである。

その琉球前王統の遺児が、新天地をこのシャムに求めて亡命して来たのであれば、かつての琉球国王の信義に応えて、保護することは、シャム国の義務というべきではないか。

トライローカナート王は、このように決断を下したのである。

いや、単に保護するだけでは足りない。シャムよりもはるかに古い歴史を誇る、栄えある琉球王統の一族として、厚くもてなすべきである。それは仏の道でもあろうし、アユタヤ王の懐の広さを示すことにもなる。

琉球には敢えて、このことを報（しら）せる必要はない。その保護と処遇を報せれば、角（かど）も立とう。これは自分の信条において、アユタヤ朝内で内部処理することなのである、と。

もっとも――。

琉球からの海外亡命は、これが初めてではない。

琉球が中山・山南（南山）・山北（北山）と三山に分かれて凌ぎ合っていた頃、南山王（王子）の朝鮮への亡命例がある。

洪武二十七年（察度王四十五年、一三九四）、中山王察度は朝鮮に使者を派遣、倭寇に囚われ琉球に売り飛ばされて来た朝鮮人被虜男女十二人を送還したが、その際、

「山南王子承察度が朝鮮に逃げて来ているはずなので、送り還して欲しい」

と、朝鮮王に要請したことが、『李朝実録』太祖三年九月の条に出ている。

「山南王子承察度」の亡命、中山王察度の回国要請の顛末は詳らかではないが、朝鮮側では「調査する」と返答したのではないか。

四年後の太祖七年（武寧王三年、洪武三十一年、一三九八）、『李朝実録』二月の条には、

《琉球国山南王温沙道、其の属十五人を率いて来たる。沙道、其の国の中山王に逐われ、来たりて晋陽に寓す。国家、歳ごとに衣食を給す。是に至り、上、国を失い流離するを以て、衣服・米菽（食糧）を賜いて之を存恤（救済）す。》

とある。山南王「温沙道」は中山王に追われて朝鮮に亡命、晋陽（慶尚南道）に潜んでいたという。先の「山南王子承察度」とこの「温沙道」は同一人であろう。「承察度」は中山王が示した名であるが、「温沙道」は彼ら亡命の南山王自身が称していたのを朝鮮側がその音で表記したのであり、温沙道も承察度もともに「ウフサト」（大里）と読める。中山察度王は彼を「山南王子」としていたが、その承察度＝温沙道自身は、自らを王子ではなく「山南王」と名乗っていたのであった。琉球では中山との鬩ぎ合いで山南（南山）が激動していた時代であった。

太祖はこの「流離の山南王」を憐れんで、一行を朝鮮の都漢城にとどめ、同年四月、そして五月にも朝謁して慰労したが、温沙道は「流離」の苦難から、ついに同年十月十五日、この亡命先で帰らぬ人となった。異境に、非業の最期を遂げたと

いうべきであった。

琉球三山時代の南山王の朝鮮亡命のことは、思徳も知らないが、御茶当真五郎だけは、王府中枢で立ち働いていただけに、琉球の来し方は調べており、三山時代の攻防や、南山王の朝鮮亡命のことも知っていた。

もとより、このことはアユタヤのトライローカナート王の知るところでもないが、琉球からの「流離の王族」に対する憐憫と信義に基づく厚遇は、はからずも、かの朝鮮王と同じ温情による処遇になったわけだった。

とまれ、思徳はこのアユタヤ王の庇護(ひご)を受けて、「琉球王族」として処遇され、ここに「握(オック)」のシャム官位を賜わり、そして、官位一位、王側近貴族「握雅(オックヤー)・大庫」の娘と結婚し、同時にその「義父」握雅の護衛を兼ねた付き人となったのであった。

思徳の妻となった「握雅・大庫」の娘は、彼の三女で、十七歳であったが、れっきとした貴族の娘に違いなかった。これによって、思徳もまた貴族の一員に列して位階を授けられることになったわけである。

結婚した二人には、城内に一軒家が下賜された。

真五郎は王宮親衛隊の小隊長、安慶田は彼の副官となったが、二人の住居も思徳の一軒屋と棟続きで、三人は一つ屋根の下、そのまま〝一家〟をなしていくことになった。

結婚した時、思徳は二十一歳になっていた。

ということは、真五郎は五十四、五、安慶田もそれぐらいになっていたわけだ。思徳には、二人は〝父〟のような存在であった。

王の出御の護衛と、王宮警護当番以外は、真五郎と安慶田は親衛隊の武芸訓練に打ち込んだ。乞われて兵部の軍事訓練に出向くこともあった。

思徳は「義父」握雅の付き人として、常に義父とともに王の側近として侍したが、真五郎と安慶田の親衛隊訓練の時は、義父の許しを得て参加し、真五郎と安慶田を手伝ったりした。

王自体が思徳の武芸の才に感服して、親衛隊の訓練にも進んで加わらせていたことである。

そして、思徳は王の覚えもめでたく、年々、その位階を上げられ、王晩年には、第六位の「握文（オックムーン）」を授けられた。

7

トライローカナート王が薨じたのは、弘治元年（尚真王十二年、一四八八）であった。

寿五十七。十七歳で即位して、在位四十年、シャムでは最長の在位であった。

同王の代にアユタヤ朝の諸制度は整えられ、不動の体制を築き、発展させた名君とうたわれただけに、その死は、アヤタヤはもちろん、シャム中に深い悲しみをもたらした。

折しも、宗主国たる大明国でも前年、それまで太祖洪武帝の三十一年に次いで二十三年という長期在位の成化帝（憲宗）が崩（ほう）じ、宗主国自体が大きな悲しみに包まれている最中（さなか）でもあった。

成化年間は、琉球においても、風雲急を告げた波乱の時代であった。尚徳王から尚円王へと易姓革命（クーデター）があり、それに伴い、王女百十踏揚を妻として越来グスクにあった鬼大城が討伐され、百十踏揚の運命は三度（みたび）大きく変転し、思徳も世を忍ぶ身となったのであった。

さらに、首里城の内宮御内原（ないぐううーちばる）の陰謀による、尚宣威〝王〟のわずか半年での退位（追放）、「幼冲（ようちゅう）」の尚真王の即位（成化十三年）と母后（ぼこう）オキヤカの簾政（れんせい）――。

琉球はそのように激動したが、ここアユタヤはトライローカナート王の下で、北部チェンマイとの確執を抱えながらも、治世は安定していた。

思徳らがシャムへ渡ったのは、そのトライローカナート王の晩年になり、とくに思徳が取り立てられて義父とともに親しく近侍したのは五、六年に過ぎなかったけれども、身内にも等しいほどの、返せぬ大恩を賜わったのであった。

思徳は側近の義父握雅とともに、王宮内で定められた期間、喪に服した。

弘治元年（一四八八）、トライローカナート王を継いで、その息子が即位し、ボロマラチャ三世を名乗る。クメール帝国の王都アンコールを攻め滅ぼした伯父ボロマラチャ二世の名を継いだのである。「ボロマ」はシャムの王名であり、トライローカナート王も上にこれが付いて、正式にはボロマトライローカナートであるが、長ったらしく舌を噛みそうなので、略してトライローカナート王としてきたのである。

思徳の義父握雅は引き続き側近第一位として近侍する。握雅もスパンブリー家に連なる貴族であったし、何よりもトライローカナート王を支えて、アユタヤ朝の安定と、諸制度の改革に勤めてきた功績者であった。

しかし、その思徳の義父「握雅」も、もはや老齢であり、ボロマラチャ三世の即位を見届けて、彼は隠退することになった。その長男、位階第二位の握浮哪（オックプラ）が父を継いで位階第一位の握雅・大庫に昇進して、王側近となり、思徳は隠退した義父握雅の指示もあって、引き続き新しい握雅となった握浮哪に付いて、王に近侍した。

この年、思徳は二十六歳になった。

妻が懐妊し、やがて男子を産んだ。思徳もついに人の「親」となったが、真五郎と安慶田の前では、この若い父親はさすがにこそばそうであった。

この年、真五郎は五十七、安慶田は五十八。ともに高齢者として、内規に従い親衛隊を引退した。しかし、引退者には、いわば今日の〝年金〟のような王府からの生涯扶養があった。

真五郎、安慶田は遂に妻帯せず、思徳の父親代わりであり、思徳に子が出来ると、とくに安慶田はすっかり「おじいちゃん」になって、〝孫〟をあやすのを一日の楽しみにして暮らした。

真五郎は時折、

「ちょっと遊んで来る」

と言って、フラッと出て行き、数日帰らなかったりした。

何やら〝密命〟を帯びて、この異国で探索方（たんさくほう）になったようにさえ見えたが、元来の探索方の血と性（さが）が、彼をじっとさせておかなかったのだろうか。

ある日、思徳と安慶田の前に、のっそりと、一人のシャム老僧が立った。

黄衣（こうい）に裸足（はだし）。燦々たる陽光を浴びて、剃り上げた頭がテカテカ光り、陰になった浅黒い顔から、鷹のような目が射し込んできた。

「……？」

思徳が確かめるように見ると、ニヤッと白い歯を見せたのは、何と真五郎ではないか。

思徳と安慶田は、呆気に取られた。

「その恰好は……」

「どうしたのですか」

安慶田と思徳が、魂消た声を上げると、

「ご覧の通り、シャム坊主になった」

さばさばと言う。

見れば分かることだが、冗談でしょう？　と、思徳も安慶田も、まだポカンと、真五郎のテカテカ光る丸坊主の頭から素足へ、そして素足から丸坊主へ、またヒラヒラと風になびかせている黄衣へと、確かめるように目を移し、すっかり呆れて顔を見合わせ、かぶりを振り合った。

「びっくりしたか」

「びっくりも何も、出し抜けに、また……」

思徳は、かけるべき言葉が見つからなかった。


「これから、シャムの寺々を巡礼に行く。旧都のスコータイ、それから北のチェンマイ、チェンライ、そして西へ回り、ペグー（ビルマ）あたりまで行くつもりだ」

隣村へ行くような感じで言う。

思徳も安慶田も、あんぐりと、口を開けたままであった。

「ずっと考えていたんだ。親衛隊を辞してから、することがなくなった。骨休めしながら、あちこちの寺を回って来たが、仏像の前に立つと、やはり心が穏やかになるな。あの切れ長の優しい半眼に見詰められると、あの半眼が、お前は何をしてきたのだと、微笑みながらも遠回しに問い詰めてくる感じでな。手を合わせながら、琉球でのことなども、あれこれ思い出してな。供養の旅に出るか、と思い立ったのだ」

「…………」

「…………」

「琉球では、いくつもの大いくさの裏で走り回り、さまざま策を巡らしてきたことだ。中城、勝連、そして越来グスク……。私の策は功を奏して、そのために多くの将兵を犠牲に供した。また、首里の影たちも多く血祭りに挙げたな。——それらの供養をしなければ、とあの仏像の優しく見つめる半眼に、約束したというわけだ。今さら、ではあるがな……」

「………」

「………」

思徳と安慶田は、言葉を失ったまま、ただ顔を見合わせるだけであった。

真五郎は、二人の懸念を払い除けるように、晴れやかに笑って、

「これは——」

と、思徳へ視線を当て、

「そなたの母上、うみないびの前の伝(でん)でなすことでもあるな」

と、意外なことを言うのだった。

不意に母のことが出てきて、

「母上の伝とは?」

と、思徳は首を傾げた。安慶田も怪訝そうに真五郎を見遣っている。真五郎はその二人を見回して、

「ほら、玉城の多武喜(たむき)様が話しておられただろう。うみないびの前が密かに祀っておられた、白木の位牌のこと」

「ああ……」

思徳は思い出した。五つの白木の位牌——。三つは大きな位牌、二つは小さな位牌。

大きい位牌の一つはいつしか消えて二つになっていたが、それは阿摩和利按司が生きていて取り除かれたのではないか。残り二つは、一つが思徳の父でもある鬼大城の、もう一つは母百十踏揚には外祖父に当たる中城按司護佐丸公や、中城・勝連・越来のいくさで犠牲になった将兵の位牌だと思われる……と、伯父上(多武喜)はそのように話しておられたのだった。

「このシャムの大地で、寺々を眺めているたびに、あれらのいくさのことが、空しく思われてな。殺伐たるこの身も、この年になって、仏心(ほとけごころ)が出てきたというところだな。このシャムは我々を身内のように受け入れてくれたが、とは言っても

異国は異国。この旅の身では、うみないびの前のように位牌を作るわけにもいかないし、それよりも、このシャムやペグーは寺院の国、仏の大慈大悲(だいじだいひ)が空にも地にも、風にも溢れている。その仏のふところを行けば、血に塗(まみ)れたこの身も浄(きよ)められましょう。その心をもって、犠牲に供した幾多の将兵に詫び、供養しようというわけだな、柄にもなくな……」

　ちょっと投げやりな言い方で、真五郎は自嘲した。

「しかし、あれらの琉球のいくさは、何も真五郎殿の責任ではないでしょう」

　思徳も中城討伐に始まる連鎖的な琉球のいくさについては、彼なりの見方をもっていた。安慶田も頷いた。

「いや、気持を逸(はや)らせて、裏で駆け回ったのだ。いくさの先兵(せんぺい)だったのは、違いないのだ」

　真五郎はきっぱりと言った。

「でも、供養なら、このアユタヤの寺のどちらかに籠ってもできましょうに……」

「そういう坊主くさいことが嫌いなのは、お分かりでしょう」

　進んで坊主になりながら、坊主臭いのは嫌だとは、矛盾もいいところだが、真五郎は元来が野性の男であり、仏像の前に鎮座して瞑目合掌し、誦経して暮らすなどという〝坊主暮らし〟は、確かに似合わない。

　無頼な旅僧――。

　いかにも、その方が真五郎らしいか……。

「この南蛮の国々が今、シャムの先、どうなっているのか、ちょっと興味もあるしな。チェンマイは目下のところはアユタヤに敵対し、ペグーもいずれそうなるだろうが、その敵国の様子も今のうちに見ておきたい」

　何やら、思うところのある口振りである。

「しかし、チェンマイもペグーも、何と言っても敵国だ。怪しまれてはいけない。これは、そのためでもある」

　と、真五郎は黄衣(こうい)を広げた。黄衣というが、実際はオレンジ色である。

「チェンマイもペグーも僧侶はこのアユタヤと同じ黄色い僧衣だ。ともかく、ふらふらと風に吹かれて当てどない旅をするには、こんな坊主姿が咎め立てされぬだろうしね」

要するに、坊主姿は前罪への供養を兼ねながら、放浪の旅の方便でもある、と。

なるほど、そういうことかと、思徳と安慶田は、取り敢えずは納得したが、

（待てよ……）

ふと、思徳に疑問がきざした。

前罪への供養をしながら風に吹かれて放浪する、などと気楽なことを言いつつ、わざわざ〝敵国〟へ潜入して行くのは……もしかしたら真五郎は、彼の特異な才能を見抜いた王側近の〝ある筋〟から、秘密の指令を受け、探索方として探りに行くのではあるまいか。

あり得ぬことではない。アユタヤ、チェンマイの戦いでは、かつて双方が探索方を出し合い、謀略合戦も繰り広げたのだ。アユタヤのトライローカナート王は、アユタヤでは名君とうたわれているものの、チェンマイに妖術使いの僧を送り込むという姑息な策を弄したこともあるというのだ。

だが、探索方として送り込まれるとしても、それを問えば真五郎は笑って誤魔化すだろうし、思い過ごしならば、真五郎を疑うことは、彼を信頼していないというに等しいことだ。

それに、秘密の指令を受けて探索方として行くなら、わざわざその〝敵国〟へ行くことを明かすことはしないだろう。やはり思い過ごしか。

いや、あるいは……。

誰かの秘密指令を受けて、というより、真五郎自身が、十年に及ぶシャム＝アユタヤの庇護に対する礼意を示すため、進んで敵情を偵察し、アユタヤに呈しようという、彼自身の漢気からのものかも知れない。

（うむ……）

何となく、こっちの方が、実感がある。

しかし、思徳はそれ以上の詮索をする気になれなかった。どういうことであるにせよ、真五郎にまかせておけばよいことだ。

思徳は兆した疑いを胸うちに呑み込んだ。

「それじゃあ――」

真五郎は黄衣をたくしあげるように片手を上げ、身を翻（ひるがえ）した。

「え……？」

思徳がわれに返って真五郎を振り返った時には、真五郎はもうすたすたと、背を向けて歩き出していた。

思徳と安慶田は、呆気に取られて、見送るほかなかった。

真五郎は、飄然（ひょうぜん）と、二人の前から去った。

異境にかれこれ十年も家族として身を寄せ合い、助け合って暮らしてきたのに、惜別の宴はおろか、それらしい言葉もなく、あっさりした別れであった。

そして、それっきり、真五郎の消息は絶えた。

――

この年――弘治三年（一四九〇）秋、琉球は初めて、マレー半島東岸中部のパタニ国（仏太泥）と通交を開いた。船は「寧」字号、正使は佳満度（かまど）、通事紅錦（こうきん）。パタニはシャムに服属しており、その通交はもとよりシャムの口添えによるものであった。

アユタヤは第九代トライローカナート王を継いで、その子のボロマラチャ三世が即位したが、同王は短命で、即位三年後の弘治四年（一四九一）に薨（こう）じてしまう。

彼に嗣子（しし）なく、弟のラーマティボジ二世が即位した。アユタヤ十一代王であった。アユタヤ王はこれまで嗣子相続で来ていたが、ここに初めて嗣子が絶え、王弟の即位となったのであるが、王弟であるから、父はむろん、かの名君トライローカナートであり、〝嗣子〟ということも出来た。琉球でも、前王統は尚忠王、尚金福王、尚泰久王の三王は兄弟であり、かつ尚巴志王の子で、尚金福・尚泰久はそれぞれ王弟にして、かつ尚巴志王の嗣子ということも出来た。シャムの王位継承もこれと似たようなものであった。

即位したラーマティボジ二世王は、父トライローカナート王の遺志を継いで様々な改革をなした王として知られるが、即位してすぐ手を付けたのは、兵軍の整備で、これは王宮親衛隊と兵部卿下の軍を一体的に再編し、軍部の強化をはかったのである。

これは当面、北部シャム＝チェンマイとの戦いに備えたものであったが、西方で勢力を広げているビルマ圏を睨んだ、戦略的な再編でもあった。

同王は王子時代から武人的な剛毅さを備え、父王トライローカナート及び兄王ボロマラチャ三世のチェンマイ遠征には、王子として総大将を勤めたことである。

ポルトガル朝廷の官撰（かんせん）年代記作者ジョアン・デ・バロス編纂の『アジア史』には、「彼（ラーマティボジ二世王）は三回にわたってチェンマイと戦い勝利した」とある。

王宮親衛隊と兵部卿（へいぶきょう）の再編で、思徳は親衛隊を離れ、兵部指揮官の一人に抜擢された。指揮官といっても、とくに一軍を指揮するというのではなく、全軍を巡回して訓練を見、かつ指導する、いわゆる巡回指導武官で、これも兵部で初めて設置されたものであった。

思徳の武芸はすでに親衛隊では筆頭クラスであったが、単に個別的な武芸に優れているというだけでなく、兵陣の組み方、動かし方においても、優れた素質を見せ、トライローカナート王は早くから彼のその才質を見抜いて、親衛隊のみでなく、兵部訓練に派遣したりしていたのであり、ラーマティボジ王も軍の総大将としての王子時代から、そういう思徳を頼もしく見ていたことである。

王はしばしば親衛隊を閲兵したが、思徳のてきぱきした、そして的確な指揮ぶりに改めて感嘆し、彼の武才をもっと活用すべく、彼のために、この巡回指導武官のポストを設けたのである。

それとともに、思徳は位階も一段上げられ、第五位握悶（オックミューン）を授けられた。

このように強化された兵軍のもとで、王は〝宿敵〟チェンマイとの戦争に決着をつける計画を練った。

チェンマイは王権が揺らいでいた。これはトライローカナート王代の謀略戦の影響であった。アユタヤが送った妖術使いの僧の謀略で、チェンマイのティロカラチャ王は、唯一の後継者である息子が謀反を企んでいると勘違いして、これを死刑に処したのであった。

チェンマイはティロカラチャ王が没すると、その孫が王位を継いだが、臣下の不満を買ってすぐ退位させられ、彼の十三歳の息子に交代させられるなど、チェンマイ王権は不安定になった。

シャム＝アユタヤ王は、このチェンマイ王室の〝乱れ〟に乗じ、「今こそ!」とばかりに、自らも出陣しての、チェンマイ大遠征計画を立てたのである。

王を守護する特設近衛隊の将として、思徳も出陣する手はずになっていた。

しかし、この時のチェンマイ遠征は、見送られた。

マレー半島西南岸の交易国マラッカが、シャムに反逆し、チェンマイにかかずらっているどころではなくなったのである。

8

マラッカは建国以来、シャムに服属し朝貢していたが、マラッカ王はここへ来て、シャムへの服属を「撤回」して朝貢を停止し、半島東岸の重要な港市で、やはりシャム属下のパハンなどもこれに追随して、シャムの翼下を抜け出る動きを見せてきたのだ。

弘治四、五年（一四九一、二）のことで、時のマラッカ国王はスルタン・マフムード・シャーであった。

マラッカ国の反逆は、同地を支配下に置いて、海峡域から南東方の島嶼（とうしょ）諸国、また西方ベンガル交易圏とも結ぶシャム＝アユタヤにとって、死活的な問題であった。

わざわいの根は、いうまでもなくマラッカのイスラム王であった。彼がマレー半島南部及び周辺諸国を焚きつけ、脅しをかけて、シャム＝アユタヤへの反逆をそそのかしているのである。

マラッカ王の「反逆」を放置すれば、南蛮諸国交易の〝盟主〟としてその名を馳せているシャム＝アヤタヤの威勢に傷がつくばかりでなく、侮られ、権益をマラッカに奪われてしまいかねない。

ラーマティボジ王は激怒して、チェンマイ遠征を中止して、マラッカ討伐軍を編成したのであった。

マラッカは、南蛮では、新しい国であった。

十四世紀後期、ジャワのマジャパイト王はスマトラ＝パレンバン王国を攻撃して支配下に置き、パレンバンの地名を「旧港」に変えた。

この時、パレンバンの「王子」パラメスワラは約一千人を引き連れて海峡を越え、対岸のシンガプラ（シンガポール。プラは城市の意）に逃げた。パラメスワラとは、ジャワ、パレンバンの言葉で「非常に勇敢な人」の意だといい、その通りに彼は好戦的な「騎士（アモク）」でもあった。

シンガプラへ逃れて来たパラメスワラは、同地の領主を殺害して占領した。

彼が来た頃のシンガプラは、シャムの支配下にあった。

シャムのマレー半島への伸張は、スコータイ朝ラーマカムヘーン王（在位一二八三〜一三一七年）の時代だが、本格的にはアユタヤ朝（一三五〇年成立）になってからであった。

代々のアユタヤ王はリゴール、パタニ、シンガプラなど半島東岸沿いの主要港を抱えた各領主（王）と婚姻関係を結んで、それらの地を服属させた。

パラメスワラが侵略して殺害したシンガプラ領主は名をサン・アジといい、その妻は、実はシャム＝アユタヤ王の娘で、つまりシャム王は彼には「義父」であった。

シャム王の娘、といっても、シャム王は各地の有力者、領主、王らと婚姻関係を結んで多くの夫人（側室）を置き、その側室の一人、パタニの重要なアンダリ（役人＝貴族）の娘との間に生れた娘が、このシンガプラ領主サン・アジの妻となり、シャムとシンガプラは姻戚の絆で結ばれていた。

シャム＝アユタヤ王は、「婿」に当たるシンガプラ領主を殺害されて激怒した。しかし、アユタヤからシンガプラは遥かに遠い。しばらく手を拱（こまね）いていたが、ついにリゴール、パタニの兵を動かしてパラメスワラを攻めた。

パラメスワラは北方へ逃げ、ムアール川上流のパゴに移り（一三八五年頃）、さらにマラッカ川上流のブレタンに移った（一三九一年頃）。

逃亡生活でパラメスワラの勢力は微々たるものになっていたが、ブギと呼ばれる海上生活者らと結んで、交易活動に乗り出し、港市を闢くべく、海岸地域へ進出していった。

後にマラッカとなるこの地は、当時はまったく無名であり、内陸部のマレー人と海上生活者の小規模な交易地に過ぎなかった。パラメスワラは同地をマラッカと命名し、港市を創建したのであった。

後年マラッカを占領したポルトガル人によると、マラカ（マラッカ）の名はパレンバン方面の言葉で、「隠れた逃亡者」の意だというのと、その「逃げ出して来た人々」にこの地の人々が持って来てくれた果実ミロバランの木（マレー名ムラカ）が多く生育していたことから、その名が地名になったとの説があり、またマレーを意味する「マラヨ」も「逃げ出した人々」の意で、要するにマラッカも、マレーも、その名はいずれも「逃亡者」に由来していた、と述べている。

港市マラッカを建国したパラメスワラは、シャムとの抗争を避けるため和睦し、シャム王に服属の意を示して朝貢、シャム商人らの交易を受け入れた。

シャムからマラッカへの輸出品は、大量の米（シャム米）を中心に、塩、塩魚、オラカ（椰子酒及び椰子の実）、野菜、安息香、蘇木、鉛、錫、銀、黄金、象牙、そして陶磁器など大量の中国製品であった。シャムはこの交易を、マレー半島を越えて西海岸、ペグー側に向き合うテナサリをはじめ、ジュンカロン、テラン、ケダの港から出荷した。ケダは小国ながら錫の産出国として知られ、シャムに服属し入貢していた。

一方、マラッカからシャムへの商品は、トメ・ピレスの『東方諸国記』によると、諸物産とともに、「男女の奴隷を人々は多数携えて行った」という。

物産としては、白檀（香料）、胡椒、水銀、辰砂（鉱石、酸化水銀、深紅色の顔料）、雄黄（天然砒素の硫化物、顔料）、阿片、丁字（香辛料）、肉荳蔲・荳蔲花（ナツメグ＝薬用、香辛料）、インドの織物、呉絽（ラクダの毛の粗い織物）、薔薇水（香料）、ブルネイの竜脳（香木＝竜脳香）、カシミールの香料……などが、マラッカからシャムへ運ばれた。

マラッカは東西の世界を結ぶ、地図で見れば海の切り通しのような、海峡の出入り口を抑えたその地の利から、東西をつなぐ交易国として、急速な成長を遂げていった。

パラメスワラはシャム、ジャワと結ぶ一方で、勢力の安定と拡充のため、永楽三年（一四〇五）に初めて明国に朝貢し服属した。永楽帝はパラメスワラを「マラッカ国王」に封じた。

シャムは属国マラッカの急速な伸張を警戒して、その明国朝貢を妨害したが、マラッカは逆に、明国をバックに、シャムからの独立をはかる狙いを秘めていた。シャムへの服属は元来、シャムの干渉を避けるための方便でもあったのだ。

折しも明朝では当時、数次にわたる鄭和(ていわ)大艦隊のインド洋を超えてアフリカに及ぶ大征西(だいせいせい)がおこなわれていて、インド洋へ出て行く艦隊の寄港地として、マラッカは格好の位置にあり、鄭和は同地に艦隊基地「官廠(かんしょう)」を置いた。パラメスワラは永楽帝が授けた「国王印」をシャムに奪われていたが、鄭和は永楽帝の意を受けて、改めてパラメスワラをマラッカ国王に任じた。

この鄭和の基地設置はマラッカにとって大きなバックボーンとなり、シャムも手出しが出来なくなった。

南蛮諸国はほとんど明朝へ朝貢しており、各国とも相次いで使者を派遣していたが、マラッカ王もこれと競い合うように、毎年、あるいは一、二年置きに使者を派遣し、国王の代替わりには国王自ら出掛けて行ったのであった。

南蛮諸国で、王自身が明国へ朝貢に出掛けたのは、マラッカだけであった。

永楽三年の第一回派遣から、思徳らがシャムへ渡った翌年、成化十七年（一四八一）までの七十六年間に、マラッカの明国への使者派遣は二十八回に上り、このうち国王自ら出かけたのは五回もある。国王が出掛ける時は大掛かりであった。

永楽九年（一四一一）にはパラメスワラ自身が出掛けているが、妻子を含め五百人、宣徳八年

（一四三二）の第三代スリ・マハラジャは弟をはじめとして二百二十八人の大使節団を組んだ。

マラッカはインド洋を吹き渡る季節風の終わるところであった。この季節風が、ベンガル湾、アラビア海と結んで、交易を盛んにし、マラッカは同地の商人らと強いつながりをつけ、シャムにはない独自の交易ルートを、西方へ広げていった。

こうしてマラッカは、西はインド洋交易圏と結んで、ヒンズー、イスラム商人が溢れ、東はマレー半島諸国、スマトラ、ジャワ、ボルネオ、モルッカ諸島をつなぐ一大港市となっており、それらの礼物と交易関税で、王家の富は絶大であった。

マラッカの交易国としての成功は、自らは貿易船を持たず、ヒンズー、イスラム商人をはじめとして、港市として、諸外国商人らにマラッカを開放したことにある。

マラッカで商販をするイスラム商人やインド商人らには、大富豪も誕生して同地に根を張り、王家はそれらの「富」といよいよ深く広く結んで、発展したのであった。


ポルトガル人が初めてマラッカに来たのは一五〇九年だが、その時には、マラッカにはペルシャ、アラビア、ベンガルからの商人四千人、グジャラート（グザラテ＝インド）商人一千人がいたという。大資本を持った商人もたくさんいて、港にはジュンコ（ジャンク）が何隻も碇泊していた。

マラッカを建国したパラメスワラは、海峡諸国がそうであったようにヒンズー教徒であったが、港市の経営は圧倒的なイスラム商人に頼らざるを得ず、一四一三年ごろに即位した二代目王イスカンダル・シャーは、ついにイスラム教に改宗して、イスラム商人の全面的な後援を得た。つまりマラッカは王がイスラムに改宗することによって、西方貿易圏の一大集積地としての安定化をはかったのである。

ただ、海峡及びジャワなど東方島嶼部はなおヒンズー勢力が強く、このため、イスカンダル・シャーを継いだスリ・マハラジャは、王権を元来のヒンズー教に復した。そして、同王が没するとラジャ・イブラハムが、やはりヒンズー王として即位した（一四四四年）。

しかし、すぐにクーデターが起こって同王は排斥され、ムザファール・シャーが「イスラム王」として即位する（一四四五年）。第五代王である。すなわち、このクーデターはイスラム商人らが背後で画策したのであろう。

以後、マラッカ王はイスラム王として「スルタン」を名乗ることになった。

ムザファール・シャーは、クーデターを起こしてヒンズー王を倒し、王位に就いたので「簒奪王（さんだつおう）」とも呼ばれる。何やら、琉球王統の易姓革命や尚宣威追放劇を見るようである。もっとも、このマラッカの政変は、琉球の尚円金丸による易姓革命（一四七〇年）より二十五年も前のことである。

ムザファール・シャーの在位は、一四五九年までの十四、五年である。「簒奪王」などと何やら暴虐なイメージもあるが、王は正義感が強く、マラッカの改革に大きく貢献し、シャム、ジャワ、シナとの交易を緊密にして、大きく広げたとされる。

彼は政略的に多くの夫人を持ったが、彼女たちは近隣小国の諸王の娘たちであり、そうした姻戚の絆を結ぶことによって、「イスラム王」として、マレー半島内陸部から海峡諸国へ、さらにジャワなど南東方島嶼地域への影響力を強め、それによってイスラム商人らは、元来がヒンズー教の東南アジア諸国へ乗り込んでいき、それらの地をイスラム教支配下へと、塗り替えていった。そして、マラッカがこの地域のイスラム化の拠点となったのであった。

ムザファール・シャーを継いだ第六代スルタン・マンスール・シャー（在位一四五九？〜一四七七年）の代に、琉球はマラッカに通じた。初通交は、尚徳王三年（一四六三）であった。マンスール・シャーは琉球を歓迎した。

9

第七章「南蛮貿易」で見たが、成化十六年（一四八〇）マラッカの海軍司令官楽作麻拿（ラクスマナ）から琉球国王への書簡で、琉球人が交趾（コーチ）で現地人と争闘、相殺（そうさつ）す――と聞いて救助に駆け付け、生存者二人を助けたが一人は病死したこと、また同年三月のマラッカ国王から琉球国王への咨文（しぶん）に、マラッカで交易を終えて帰国する琉球使臣らに、国王が金花御酒（きんかごしゅ）を賜わって慰労した、とあるが、成化十六年のマラッカ王はこのマンスール・シャーか、その次の第七代スルタン・マフムード・シャーであった。

　つまり、この成化十六年（一四八〇）は、マンスール・シャーが没し、その子のマフムードが王位を継いだばかりの、王交替の年に当たっていたからである。成化十六年（一四八〇）、マラッカから帰国した琉球船（正使沈満志・通事鄭珞）がもたらしたマラッカ国王の咨文に、次のような挨拶がある。

《満剌加（マラッカ）国王謹（つつし）みて琉球国王殿下に奉じて恭（うやうや）しく聞（ぶん）す、中華唐朝（ちゅうかとうちょう）の聖恩宥（せいおんゆるや）かにして、臣（しん）、年方（としまさ）に六歳にして神恩（しんおん）を感謝し、小邦（しょうほう）を保佑（ほゆう）して安泰なり……》

　このマラッカ国王というのは、第七代マフムード・シャーのことで、彼が王位に就いたことの挨拶であるが、何と彼は未だわずか六歳と幼冲（ようちゅう）の王であった。

　このことに照らせば、王宮は諸国を受け入れた前王マンスル・シャーの治世を引き継いで運営されていたはずで、それによって琉球も快く迎え入れられたのであった。

　そのように諸国に開いていたマラッカが、ここへきて突然、南蛮貿易の〝盟主〟ともいうべきシャムに抵抗を示して、通交を閉ざしたのである。

　しかし、マラッカがシャムと断絶した弘治四、五年といえば、第七代マフムード・シャーはたかだか十六、七歳の少年王であった。シャムとの断絶も、まさにその未熟さからの〝暴走〟ということも出来た。

　トメ・ピレスは、彼（マフムード・シャー）は王宮の「頽廃的（たいはいてき）な甘い生活」の中で何不自由なく育てられ、「傲慢」きわまりない少年王となっていて、

《彼はすぐにシアン（シャム）王に対する服従

を撤回し、もはや彼の国に使節を派遣しようとしなかった。マフムード・シャーはジャオア（ジャワ）にもほとんど服従せず、ただシナにだけ服従し、『なぜマラカ（マラッカ）はシナに服従している諸王に服従していなければならないのか』と語っていた。》

と、『東方諸国記』に書いている。

マラッカがここへきて、にわかにシャム＝アユタヤへの反逆の意を明らかにしたのは、トライローカナート王の薨去と、続く王の短命、そして嗣子相続（ししそうぞく）の制が崩れ、シャム＝アユタヤの王権が、ぐらついたと見て、マラッカ少年王は強気になったかも知れないが、何より、彼は「傲慢」で、それゆえに他者への服属を拒絶したからであったとし、その少年王マフムードの「傲慢」ぶりについて、トメ・ピレスは次のように書いたのであった。

《彼はそれまでのどの王よりも正義に乏しく、たいへん贅沢で、毎日阿片（アヘン）を吸っていた。彼はまた不遜であった。》

《彼は力ずくでパハン、カンパル、アンダルゲリの王をマラカに連れて来ていた。彼は非常に尊敬（畏怖？）されていたので、たいへん離れた所からでなければ誰も話しかけなかったし、それもたいへん稀（まれ）であった。……彼は大食漢で、大酒家であった。》

マフムード・シャーの傲慢はまた、マラッカの国力――すなわち王の「富の力」にも依拠していた。

マラッカ王がシャムへの朝貢を停止し、関係を断絶したのは弘治四、五年（一四九一、二年）と述べた。シャム＝アユタヤはただちにマラッカ遠征計画を立てたが、実際の派遣はかなり遅れた。

何しろ遠地であり、その間、外交的駆け引きなどもあったかどうかは不明ながら、実際に遠征軍を派遣したのは、バロス『アジア史』によると、ディオゴ・ロペス・セケイラ率いる最初のポルトガル艦隊がマラッカに到着した約九年前というから、一五〇〇年（弘治十三年）のことであろう。

シャム王は二百隻もの大艦隊の建造を命じたが、それらはほとんどがランシャラと櫂で漕ぐカラルス――すなわち軽装簡便な兵船であった。それに六千の兵たちが乗り込んだ。総司令官はマレー半島の根方、シャム支配下のリゴール市（六昆）の総督ポヨアであった。

　リゴールはシャム支配下のマレー半島東海岸の港市をまとめる中心地であり、艦隊はその地に集結して発したのであった。

　しかし、リゴール市からマラッカまでは海岸に沿って二百レグワ（ポルトガルの一レグワ leguoa は約三・二カイリ＝約五・九三キロだから二百レグワは約一、一八六キロ）も南下して行く長い航路で、雷や嵐がしばしばくる。実際、その嵐に襲われて艦隊は、マラッカに到着する前に、ちりぢりになってしまったのだ。

　ただ若干の船がマラッカから三レグワのプロサパタ（プロ・ピサン島）に漂着した。

　この時のマラッカ王のやり方が姑息であった。成化十六年に六歳だった王は、このシャム艦隊が来たのが一五〇〇年ならもう二十六歳の「傲慢」な青年王になっている。

　マラッカ王はシャム艦隊の一部がプロサパタに漂着したのを知ると、飲食物を贈って、あたかもマラッカが以前のようにシャム王に「奴隷のように服従」していることを装った。漂着したシャムの船長らはこれにコロリと騙され、総司令官ポヨアの船の到着を待たず、飲食物を運んできた人々とともにマラッカへ向かい、そして二隻のカラルス船を派遣して、伝言をリゴール総督ポヨアに送った。

「われらが見た限りではマハメド（マラッカ王）はよほどポヨアに服従の意を示しているので、よかったらゆっくり来ていただければ自分たちはマラッカでお待ちしている」――と。

　しかし、にこやかにマラッカに連れて行かれた船長、船員らを待っていた運命は「誰も生きてその夜を過ごすことは出来ない」ということであった。つまり皆殺しにされたのである。

　王はさらに、たくさんの人々にシャム人の服装をさせて、あたかもシャム船長らが派遣したように、シャム人（ポヨア）迎えに行かせた。

　ポヨアはバラバラになった艦隊を全部集め切れていなかったため、偽装したマラッカ人らをてっきり味方だと思い込んで引き入れた。これによって艦隊は撃破され、ポヨアは辛うじて「櫂（かい）の力」で逃れた。

報告を聞いたシャム王は、マラッカ王マハメド（スルタン・マフムード・シャー）の「悪行」に怒り、新たな艦隊の建造を命じ、また陸地でも大軍を編成した。その陸地軍には四百頭の象も組み入れられた。海上と陸上合わせて三万人の大軍であった。

海上はリゴール総督ポヨアが指揮、陸戦隊は別の司令官が率いた。

リゴールを中心に編成された陸戦隊には、特に顧問格で、アユタヤから特別編成軍約五千が参加した。その一大隊約五百人を率いたのが、「握悶（オックミューン）」思徳であった。

これは思徳が、これまでのアユタヤの厚遇に報いるべく、志願して加わったのであるが、思徳は遂に、南蛮のいくさに巻き込まれた、というべきでもあった。

マラッカは琉球の取引相手でもあった。それも、そのマラッカ通交を開いたのは前琉球王統の最後の王尚徳であり、思徳には母の弟、すなわち叔父王であった。

そしてこの間、マラッカは琉球を厚遇してきたし、現マラッカ王も、代々の王と同様に、好意をもって琉球を受け入れているとも聞いていた。

琉球とのことで言えば、思徳は控えているべきであったが、自分たちは琉球王権から〝仇敵〟として追われ、それで国（琉球）を捨てて逃れて来たのであり、琉球王への義理はない。

叔父王（尚徳王）が通交を拓（ひら）いたということでマラッカとの因縁はあるものの、現琉球王権はその叔父王を滅ぼし、王権を簒奪したのであって、むしろ自分にとっては〝仇〟にほかならない。

しかし、そういうしがらみは別にして、そしてシャムへの朝貢停止という、あからさまな反逆と敵意に加えて、シャム艦隊への卑劣な騙し討ちなど、マラッカ王の「悪行」への怒りがアユタヤじゅうに高まっている時に、火の粉を被らずにやり過ごそうと控えているのは、卑怯というべきであり、この間のアユタヤ王宮の厚遇を踏みにじることではないか。

　そもそも、自分はアユタヤ王の好意によって、もはや帰化してシャム人となったばかりか、アユタヤ朝（ちょう）の位階を賜わり、すっかりシャム官人――それも今や「軍中枢」に陞（のぼ）っているのであって、とうに、琉球を乗り越えていると言うべきなのだ。

　シャム＝アユタヤへの恩義はむろんのことだが、何より、騙し討ちをしたマラッカ王の卑劣さに、思徳も義憤を覚えずにはいられなかった。安慶田も同じように怒っており、

「俺の分まで戦ってきて貰いたい」

　と、出陣に同意した。

　真五郎がおれば、きっと同じことを言ったであろう。

　いや、真五郎のことだ。七十近くなっているとはいえ、根っからの武人であり、鍛え上げてきたその身体はなお壮健そのものであったから、

「いざ、共に！」

　と、馬に打ち跨ったことであろう。

　安慶田の義憤と、真五郎のことも胸に落とし、今こそシャム＝アユタヤの自分たちに対する厚恩に報いる時と、思徳は使命感を胸に、出陣したのであった。

　今は「琉球人思徳」ではなく、「シャム人握悶（オックミューン）」として――。

10

　思徳らアユタヤ隊は船でリゴールまで行き、同地でリゴール部隊と合流、思徳らの隊は陸戦隊に編入された。

　それからさらに船でパタニを経てクランタンへと南下、陸戦隊はマラッカに同調して叛意を見せていたクランタンで船を降りて、同地を制圧しながら、迂回してパハンへ向かうことになった。

　総司令官ポヨアはパタニからそのまま艦隊を率いて、パハンに向かった。

　クランタン、パハンはマラッカとの戦いの突破口であったが、クランタンはパハンに従属しており、従ってパハン討伐が本命であった。

パハン市の総督はマラッカ王マフムードのいとこであった。シャム王はポヨアと陸戦司令官に、二人で彼を海と陸から挟み撃ちにして捕え、連行せよと命じ、その際にとくに働きが顕著な司令官を、占領した同市の総督に任ずることも申し渡した。

パハンに到着したポヨアは、約三千人を率いて上陸、パハン市を包囲して、総督を要塞の一つに追い詰め、一部の人々を同要塞から出して降伏させた上で、艦隊の後続部隊と、陸軍の到着を待った。

陸軍はリゴールを中心に、パタニも含めたシャム服属地域から駆り出された兵らで編成されていた。

しかし、各地から寄せ集めの陸軍は、司令官の統率力の弱さから、指揮系統が乱れ、それぞれの出身地に応じて分裂があり、統制がとり難かった上に、マレー半島を貫く脊梁山脈の険しい山地と熱帯雨林は行軍も困難で、暑熱の厳しさと、熱帯蚊などで病気に罹る者も続出、司令官も熱発して、クランタン近くまで来て、しばらく休息することになった。

司令官は起き上がれず、結局、陸戦隊は司令官不在の状態となって、進軍命令はしばらく取り消され、兵たちは自由にされた。

「自由」になった兵たちは、クランタンの市内に入って人々を殺し、また家々を荒らして略奪し、婦女子を暴行したりし始めた。

そこへ到着したのが、思徳の大隊五百人であった。思徳らアユタヤ隊は象部隊とともに後続部隊で、思徳は数人の将とともに、騎馬でその後続隊を率いていた。

クランタンへ進んだアユタヤ軍の思徳らが、先陣隊の狼藉の報を聞いたのは、先導させた偵察隊が、駆け戻って来て急報したからであった。

先陣隊が司令官不在で統制が乱れ、一部は市内へ入って狼藉を欲しいままにしている、というのであった。

「何だと?」

思徳は目を剥き、騎馬の将たちに、

「行くぞ!　狼藉を止め、軍を立て直すのだ!」

叫んで、馬腹を蹴った。

十人ばかりの騎馬の将たちが従いて来た。そのあとを歩兵が追い掛けた。象部隊は本陣に待機していた。

　しかし、もはや手遅れだった。

「自由」になった兵たちは、あちこちで婦女子を追い回し、衣服を剥(む)いて、乱暴し、また住家から物品を略奪するという狼藉に走っていたのである。

「止めろ！　止めろ！」

　思徳は馬を駆け巡らして、手を振り回し、暴徒と化した兵らの狼藉を制止しようと叫び回ったが、集団心理に駆られた兵らはその制止も耳に入らないのか、奇声を発して、婦女子を追い回した。

　思徳は馬を飛び下りて、婦女に襲い掛かっている兵を引きはがして蹴飛ばし、次の狼藉現場へ飛び込んで行った。

　その頃には、クランタンの兵士らの抵抗も始まっていた。

　反撃の矢雨(やあめ)が、リゴール兵らに浴びせられた。兵らは矢に追われて、算を乱して逃げ出した。

「退却！　退却！」

と、思徳も叫んだ。

　逃げ遅れた兵が、行きがけならぬ〝逃げがけ〟の駄賃とばかりに、女の手を引っ張っている。攫(さら)って逃げようというのであろうか。さもしい限りだ。

「止めろ！」

　思徳は女に襲い掛かる暴兵に掴みかかり、引き剥がそうとした。

「何を！」

と、兵は振り向きざま、闇雲に殴りかかってきた。思徳はその手を掴んで捻(ねじ)り上げ、蹴り飛ばした。思徳に蹴り飛ばされた兵は、他愛(たわい)もなく転がり、したたかに腰を打ったと見えて、さすりながら、顔を顰めた。

「見苦しいぞ。早く退却しろ！」

　思徳は兵を叱り飛ばした。兵は腰をさすり、ゲッタ・ゲッタと、足を引き摺って、逃げ出して行く兵たちを追って行った。

　思徳は、無惨にも衣服を引き裂かれ、半裸にされて倒れている女の手を取って立たせ、

「早く行け」

と、町の方を指した。

その時、うなりを上げて飛来した矢が、町を指した思徳の左腕を貫いた。

ウッ！　と呻いて振り返ったのへ、さらに数本の矢が降ってきた。思徳は反射的に右手で鞘ごと刀を抜き、襲ってくる矢雨を払い除けつつ、走り抜けようと身を翻したが、その右腿を、風を切って飛んできた矢が射抜いた。激痛が走り、思徳は足を薙がれたようにつんのめり、蹲（うずくま）った。

そこへ、大きな黒い塊が覆い被さってきて、蹴り上げられ、叩きつけられた。黒い馬が荒々しい鼻息を吐いて走り去った。

（やられた……）

はっきり、それを確認したまでは、覚えている……。


「思徳金様……、思徳金様……」

遠く、天上から、誰かが呼んでいる。

天の声……いつか聞いたような……真五郎？

そうだ、真五郎の声だ。ああ、俺は夢を見ているのだ。

しかし、ズキズキと、全身が痛む。

「思徳金様……、思徳金様……」

「真五郎……？」

手をさしのべようとしたが、身体が泥のようにべったりと地に張り付いて動かない。そして瞬間、激痛が走った。

夢の中で、思徳はまた気を失った……。


——思徳が意識を取り戻したのは、数日後であった。

彼はリゴール総督府（リゴール王宮）の寝台の上にあった。

ズキンズキンと左半身が痛むのは、左腕が根っこからばっさり切断されているからであった。

気を失った彼を、馬で運んで来たのは、シャムの老僧だったという。

その時はすでに左腕はなく、薬草を当ててぐるぐる布で巻いて出血を止めている状態であった。布は血糊で真っ黒になっていた。そのシャム僧によれば、左腕を貫いていたのは毒矢で、毒はすでに腕の付け根近くまで上り、紫色になって、このままではまもなく全身に回る様子だったので、そのシャム僧が思徳の刀（備前景光）で、斬り落とし、薬草を塗り込んだのだという。

胸や足、太腿にも矢が突き刺していたが、それらは毒矢ではなかった。しかし、腕の切断といい、胸や足の矢傷の手当といい、いずれも的確な処置で、また薬草の種類にしてもその効能を知悉し、医術に心得のある僧らしかった。

その老僧は、運び込んで、しばらくは総督府で経過を見、薬草の取り換えなど、手当を続けていたが、もう大丈夫と見たらしく、総督府付き医師や吏員らに、薬草のことなど、いくつか事後の指示を与えて、

「では、よろしく――」

と、立ち去ったという。

無口な僧で名も告げなかった。とうに六十は過ぎていると見えたが、腕の筋肉などは引き締まり、飄然と、歩いて立ち去って行く足取りは、矍鑠と、壮健そのものであった。

浅黒く、南蛮人と変わりなかったが、大柄で、南蛮人というより、

「そう、何だかあなたに似ていましたな」

と、リゴール役人は言うのだった。思徳が琉球人だということを、彼らは知っていたのであり、つまり老僧は、どうやら琉球人のようだったと言っているわけであった。

（真五郎だ……）

思徳は確信した。

真五郎が、風に乗って、助けに来てくれたのだ。それにしても、真五郎はどこを歩いていたのだろう。

北部シャムのチェンマイやチェンライまで回ると言っていたが、アユタヤを去ってもう七、八年になる。ペグーあたりも行くということだったので、あるいはペグーへ南下していて、シャムとマラッカのいくさを聞いたに違いない。

もしかしたら、自分が親衛隊や兵部の指南役も勤めていることをどこかで聞き、出陣しているの

ではないかと考えて、この戦地へ飛んで来たのかも知れない。根は探索方であるから、自分を捜し当てるのも、雑作はなかったろう。

夢の中で聞いた、「思徳金様、思徳金様」という、どこか懐かしいような〝天の声〟は、まぎれもなく、気を失った自分を真五郎が揺り起こす声だったのだ。また夢の中で走った激痛は、この腕を切り落とされた時の痛みだったのだろう。風に吹かれて行く――と言っていた真五郎は、まさに「風に乗って」自分を助けに飛んできたのだ。

何か、形見を遺したのではないかと思い、聞いて見ると、それらしい物はなく、ただ、しばらくは杖がいるだろうからと、使い古した木の棒を置いて行ったという。

紛れもなかった。真五郎が愛用していた樫の六尺棒であった。

（真五郎、ありがとう……）

思徳は熱い物が込み上げてきて、涙目で空を仰いだ。白い雲の中で真五郎が振り返り、ニヤッと笑った――と見たら、それは頭の白いマレー大ワシであった。来る道々、山の上、樹林の上を高く悠然と舞っているのを何回か見た。

その大ワシが白い首を回してこちらを振り返り、「さらばじゃ――」

と、言うように頷いて、空高く、悠然と舞い去って行った。

「さようなら、真五郎……」

思徳は、真五郎の手垢に磨かれて、黒光りしている樫の六尺棒にすがって、舞い去る大ワシを見送った。


シャムのマラッカ攻撃は、結局失敗に終わった。というより、さんざんな敗戦だったのだ。とくにクランタンで崩れたのが、敗戦の大きな原因となった。

クランタンで、リゴールから出陣した陸戦隊は、兵士たちの統率が崩れ、強盗、婦女暴行と狼藉を働いた。

バロスの『アジア史』によると、その凌辱された婦人の中に、市の総督の二人の息子と結婚した、「たいへん身分の高い女性」がいた。

ただ、かの息子二人は夫人が凌辱される瞬間に、助けに行くことが出来なかったので、この被害を隠し、ひそかに五百人以上の人々を集めて、シャム陣営に夜襲を掛け、多数を殺害した――と、バロスは書いているが、思徳を襲った騎馬は、その「息子」の一人だった。

妻を凌辱され、憤怒に燃えた彼は、馬に打ち跨り、兵士数人を引き連れて、暴兵らを追った。

リゴール兵らはまだ市街の家々へ押し入って略奪を続け、火を点け、女たちを追い回していた。

総督の「息子」とクランタン兵らは矢を射掛けながら、暴兵らを追い散らして行った。その矢が、思徳をも襲ったのであった。

クランタンの反撃が始まり、矢が飛んでくるようになっていたのに、それを意に介さず、ただ、衣服をもがれ、無惨な姿になって暴行される婦人を救うことと、リゴール兵らの狼藉を止めることだけに、思徳は気持を奪われていた。油断といえば油断――いや「一生の不覚」というべきであった。

矢に射抜かれた思徳を騎馬で襲ったのは、総督の「息子」であった。彼はクランタンでは名を馳せた「騎士」であった。

バロスの記録では、妻を凌辱されたクランタン総督の「二人の息子」は、五百人余の兵を率いて、市の周辺にいたシャム兵らを襲い、それからパハンに向かい、同地に向かっていたシャム兵らをすべて殺害した。

パハン市ではリゴール総督ポヨアがパハン市総督を一要塞に包囲し、パハンに向かうシャム兵らがほぼ全滅したのも知らずに、彼らの到着を待っていた。

クランタン総督の「二人の息子」は兵を率いて夜陰に乗じて、包囲された総督の要塞に潜入、合流してポヨアを攻撃した。

ポヨアは危機一髪、船に退却したが、陸上に残された兵士の大部分は殲滅され、また船も一部拿捕(だほ)された。

総司令官ポヨアは海上、陸上での大損害の報告を受けて、マラッカへの進撃を断念、来た道を退却し、陸戦隊にも退却を指示し、これ以上の損害を出さぬよう命じた。

シャムのマラッカとの戦いが、バロスの記録通り弘治十三年（一五〇〇）だったとすれば、琉球は尚真王二十四年で、折しもこの年は、琉球でも大いくさがあった。

首里王軍と宮古仲宗根豊見親（とよみおや）の連合軍が、大小戦船四十六隻、兵三千をもって、八重山のオヤケ・アカハチを攻め滅ぼしたのである。

北の琉球と南のマレー半島——二つのいくさはもとより何の関連もないが、むろんシャム・マラッカの戦いは琉球にも伝わり、このため弘治十三年から数年、マラッカ、シャム、パタニ通交は途絶えたと思われる。

マラッカ遠征に失敗したシャム＝アユタヤ王は、四百年の歴史と伝統のある、栄光のシャム王国が、たかだか百年そこらの新興国に敗北を喫したのは、まさに歴史的恥辱であり、改めてシャム＝アユタヤの強大さをマラッカはもとより、周辺諸国に示すべく、新たなマラッカ遠征計画を立てた。

一軍はクランタンを経て海路、半島東海岸沿いに大艦隊でマラッカに向かわせ、一軍は半島西海岸へ出て、そこで艦隊を編成し、ベンガル湾添いの交易港、テナサリ、タヴァイを経てマラッカに向かい、挟み撃ちにするという計画であった。

しかし、シャムのマラッカ再遠征は実現しなかった。

その準備中に、西方から大きな波——ヨーロッパが押し寄せ、遠征は中止されたのであった。

第十章　暹羅国使

1

明暦の正徳五年（尚真三十三年、一五一〇）初夏——。

那覇港に帰って来た琉球船から、三人の南蛮人が、降り立った。

「暹羅国使」と、その従者であった。

「暹羅」はシャムの漢称、琉球国王への咨文もそのように表記しているが、本稿では「シャム国使」で話を進める。

そのシャム国使は、仏塔を象った白っぽい官帽に、ガウンのような詰襟のシャム官服を着した大柄な男で、官帽からはみ出した鬢髪や鬚髭には、チラホラ白いものがまじって、年の頃五十に近いと見えた。仏塔官帽はシャダーという。

右手に、黒光りのする杖をついていたが、これは樫の六尺棒であった。左手は袖を帯に挟んでいる——と見えたが、よく見れば腕がないのであった。国使は隻腕であった。

従者の一人は、二十歳になったかならぬかの、まだ少年といった感じで、こちらも仏塔帽だが、国使のそれよりはやや小ぶりで簡素、一見して、身分が下位であることが分かる。もう一人の三十代中ごろと見える男は、紫に黄色い縁取りの平帽であった。

三人が乗って来た船は、シャム交易の帰国船で、これは前年、出航していった船であった。

前年——正徳四年秋は、琉球からは三隻の南蛮交易船が出た。シャムへ二隻、マラッカ（満剌加）へ一隻である。

シャムへの二隻のうち一隻は八月に出た。「寧」字号船（勘合番号「玄」一七二）で、正使勿頓之玖、二人の副使は假士と三魯毎、通事は梁敏、蔡璋の二人、火長林椿、乗組員総員二百二十七人。

もう一隻は十月出航の「信」字号船（勘合番号「玄」一七五）、正使鄭玖、副使馬沙皆（真境）、梁夔、通事鄭昊、梁俊、火長高義、乗組員百五十七人。同船は安南経由（安南への勘合番号は「玄」一七六）であった。
マラッカ行きは「康」字号船（勘合番号「玄」一七四）で、これは八月出航のシャム行き「寧」字号船と同時に出た。正使は弘治三年にパタニと通交を拓いた佳満度である、パタニの時は「嘉満度」の表記であったが、同一人である。副使は嘛寧球、吾刺毎、通事高賢、高賀、火長梁実、乗組員総員百五十七人。通事の高賢、高賀は父子であり、高賢は息子に通事役を習熟させるために、連れて来たのであった。

つまり、三隻合せて五百四十一人が、シャム、マラッカへ渡ったのであるが、この年はさらに明国への進貢船「義」字号（勘合「玄」一七一号）が出ており、これには総勢百九十九人が乗り組んでいたから、合わせると実に七百四十人が、南蛮、明国へと、一斉に出ていったのである。毎年のように、この人数前後が海外交易に出ており、まさに海邦琉球の姿を映していよう。

シャムへの二船には、副使・通事それぞれ二人の内一人が「梁」姓（氏）、マラッカ行きの火長も「梁」姓で、この一年だけでも海外交易における久米村「梁」氏の活躍がだいぶ目立っている。

八月出航のシャム行き「寧」字号船の通事梁敏、マラッカ行き「康」字号船の火長梁実、十月出航のシャム行き「信」字号船の通事梁俊は、梁敏を長兄とする兄弟であった。この「信」字号船の副使の一人梁夔も一族であった。前年（正徳四年）帰国した進貢使者、久米村正議大夫の梁能は、マラッカ行きの火長梁実の父であった。

南蛮行きもそうだが、明国進貢における「梁」氏の活躍を見れば、そして家譜も単に「梁氏家譜」ではなく、わざわざ「呉江梁氏家譜」と出自を誇るように付しているのを見れば、自慢してそう名乗っていたと思われ、なるほど「呉江梁氏」＝「ゴーレス」説の根拠が出てきそうである。久米村家譜で出自を表題に付しているのは、この梁氏ぐらいのものである。

「呉江梁氏」＝「ゴーレス」説を言えば、話が戻りそうなので、ここでの深追いは止めるが、ただ、八月のシャム行き「寧」字号船の通事梁敏については、その家譜で分かった事実があるので、つけ加えておく。

前に『歴代宝案』の南蛮貿易に関する公文書が、成化十七年から正徳三年（一四八一〜一五〇八）まで二十七年間、ごっそり欠落していたことを述べたが、実はその間の弘治五年（一四九二）に、梁敏はシャム交易の通事に立っている。史料欠落期もシャムとの通交は連綿と続いていた証左である。

八月出航の安南経由シャム行きの「信」字号船の正使は、鄭玖で、鄭姓だからむろん唐営久米村人であって、「梁」氏とともに活躍めざましく、東恩納寛惇の指摘の通り、梁、蔡姓に続いて第三位である。

しかし、通事以下、操船に関わる者は別にして、久米村人が南蛮への正使に任じられるのは、異例なことでもあった。

久米村は明朝が興り、琉球が朝貢してほどなくして、福建省閩地方を中心に渡来した者たち（「閩人三十六姓」という）の居留地で、それで唐営（後に営は佳字の栄に改めた）であり、琉球の明国への窓口となり、進貢貿易を担って来たのであった。那覇に接続して区画をなしている。

久米村はまさしく、琉球の中の明国であった。人名も男子は基本的に一字姓に一字または二字の漢名であり、位階も明国の制にならって、秀才→長史→中議大夫→正議大夫と進み、髪型、衣服、冠婚葬祭等の諸習俗も中華（明朝）の風にしたがい、行政もまた、久米村は特別自治区をなしていた。

久米村内では明国語（閩語）が日常的に飛び交っていたが、代が進むにつれて琉球女性との婚姻、また嗣子が絶えて琉球人を養子に迎えて家系を繋ぎ、進貢業務ではどうしても琉球人との遣り取りなので、琉球語も浸透してきて、琉球化もかなり進んできた。それでも、漢文の公文書作成、操船、乗組員の一切はなお久米村人が仕切り、福州を経て北京まで行く進貢使者一行も久米村人であった。王府高官（首里人）が明国使者に立つのは、明国皇帝の登極や祝事に対する慶賀使、琉球国王の代替わりの冊封を求める請封使、そして冊封謝恩使という特別な場合のみであった。

　このように明国進貢では、久米村は独占的な位置付けであったが、朝鮮、日本、そして南蛮諸国への正副使は、王府高官（首里人）が立つのが普通であって、久米村人の鄭玖が、この南蛮交易の正使に任じられたのは、いかにも異例なことだったのである。

　鄭玖はこれまで、専ら明国への進貢に従事してきていた。長史時代は成化二十二年と弘治四年に進貢副使、正議大夫に昇進してからは、弘治八年、同十二年、同十七年に続いて、つい三年前の正徳元年（一五〇六）にも、進貢正使を勤めあげてきていた。

　明国語、南蛮語も堪能で、学識高く、外交折衝力も卓越し、また人柄も穏やかで、王府でも高く評価され、

「一度、南蛮を見ておきたい」

　という鄭玖の希望もあって、このたびは特に南蛮正使に任じられたのであった。

　すでに五十代半ばで、

「恐らく、この南蛮旅が、自分の海仕事の総仕上げであろうな」

　こう言いつつ、この安南経由シャム行きの「信」字号船に乗り組んだのであった。同船通事の鄭昊は彼の息子であった。

2

　シャム、マラッカ行きの三隻とも、翌正徳五年の四、五月のうちに、蘇木をはじめとして、紅布（こうふ）（更紗（さらさ））、香木、胡椒など南蛮物産を満載して、相次いで帰国した。
　シャム国使らが同乗して来たのは、この正使鄭玖の「信」字号船であった。
　シャム国王から、咨文とともに、琉球国王へ献じられた礼物は、
　蘇木三千斤、紅布十四、香花酒（こうかしゅ）上等二埕（てい）、椰子酒一埕、香花酒五埕
　——であり、これは常例の礼物であった。
　五十近くに見える隻腕のシャム国使は、浅黒い

風貌に南蛮服なので誰も疑わないが、よく見れば、南蛮人には少ない二重瞼であった。

もともと、琉球人と南蛮人は、風貌、骨格がよく似ている。南蛮人は目や唇の周りが浅黒く、唇の黒い者が多いが、琉球人とてよく似た顔は多い。しかし、二重瞼というのは、とくに琉球人に多い特徴の一つである。

何より、このシャム国使は、かつて「謝替」として アユタヤの交易を司る港務所に勤め、琉球船とも接していたということで、琉球語が堪能であったし、その上、隻腕だった――と書けば、読者にはもう彼が誰であるか、お分かりであろう。

いかにも、思徳である。

片腕は九年前のシャムとマラッカの戦争で、毒矢を受けて切断したのである。どこからともなく現われたシャム老僧――いや、御茶当真五郎に救われたのである。

杖にしているのは、その真五郎愛用の六尺棒であった。

従っている二人のシャム人は、三十代半ばの一人は、眼窩がややくぼんで周りは薄く隈取ったようだし、唇の黒さも、いかにも南蛮人の特徴を見せていて、背は高くなかったが、二十歳になるかならぬかに見える若い男は、やや色が白く、国使に近い背丈、それに、目の周りの隈もなく、二重瞼で、唇の黒ずみもなく、むしろほんのりと赤みがかっていた。

「よく似ておられますな。もしや父子ではありませんか」

と、正使鄭玖にも疑われたものだが、

「そうです」

と、国使はあっさり認めたことである。

自分の身の回りの世話をさせるとともに、息子に琉球のこと、言葉なども学ばせて、今後の両国の交易活動に携わらせるつもりであり、その研修を兼ねて連れて来たのだと言う。

「いや、見るからに、なかなか頼もしげな若者ですな」

と、鄭玖はひと目で若者に好感を抱いたようだ。

しかし、鄭玖のシャム国使を見る目付きは、何

やら疑わしげで、しげしげと眺めてから、

「国使殿。間違っていたら、どうぞお許し下さい」

と、詮議するような眼差しを向けた。

「何か？」

シャム国使はにこやかに振り返った。

「実は以前、南蛮通事を勤めた者から、チラと聞いた覚えがあるのですが、何でも昔、琉球からシャムへ渡り、アユタヤの王宮親衛隊に入った三人組があったとか。彼らは武芸に秀でて国王から取り立てられ、わけても、その中の若者は抜きん出て、国王側近の貴族の婿になった、というような話だったのですが……」

「私が、その時の若者ではないかと、お疑いなのですか」

「はあ。どう見ましても、国使殿は琉球人らしく見えますし、その琉球語の言い回しは、琉球人でないとなかなか……」

「ははは。バレましたかな。シャム人になりすましていましたがな」

「と言いますと、やはり？」

「はい、その琉球三人組の中の若者が私です。徳と言います。思徳、と呼ばれていました」

「な、何と！」

「あれは――」

と、思徳は船尾で海原を眺め、身ぶり手ぶり交えて、船員らとにぎやかに語り合っているわが子を、顎で示し、「わが妻となったその貴族の娘の子ですよ。ほかに妹がいます」

思徳は、母百十踏揚の血を受け継いでか、元来、拘泥しない大らかな性格であった。思徳は鷹揚な鄭玖の人柄に感じ入って、隠し事をする気持など、とうに捨てていたのである。

「いやあ、驚きましたな……」

鄭玖は、度肝を抜かれたような顔で、思徳を眺め、目をパチパチさせて、絶句している。

「長い航海、それに使者殿の分け隔てのない、大らかなお人柄に接していますと、腹に隠しているのも何やら騙しているようで何ですから、明かしてしまいましたが、このことはどうか、使者殿の胸内に収めておいていただけたらと思います。何しろ、私はアユタヤの国王陛下の咨文を捧げて参りますので、実は国使の正体はシャム人ではなく、亡命した琉球人だとなれば、いささか問題にもなろうかと思いますので……」

　鄭玖は、深く頷いた。

「よく、私を信頼して打ち明けて下すった。仰る(おっしゃ)ことはよく分かりました。この胸の中にしっかり収めておきましょう」

　鄭玖はポンと胸を叩いて、「それから、お互い使者同士で紛らわしいし、私はもはやシャムでのご用を済ませて、使者の役目も終わりますので、これからはどうぞ、鄭玖と名前で呼んで下さい」と付け加えてから、

「しかし、ほんとに驚きましたな……」

　と、鄭玖はなおも感に入ったように、腕を組んで、しきりに首を左右に振ったり、何かを胸内に落とすように頷いたりしていたが、さすがに隻腕が気になると見えて、

「その左腕のことも、お訊きしていいですかな」

　と、遠慮がちに指差した。

「あ、これですか」

　思徳は視線を帯に挟んだ左袖へ落として、「これは昔、マラッカへ遠征した時に、毒矢を受けて、切り落としたのです」

「切断……」

　鄭玖は息を呑んだ。

「マラッカとのいくさとは、あの七、八年前の……」

「そうです。陸と海から攻めたのですが、統率が乱れて、マラッカへ行く前に蹴散らかされ、結局、負けいくさとなりました」

「話には聞いています。琉球もそのいくさのために、一年は南蛮通交を見合わせました。あのいくさに、ご出陣なさったのですか」

「まあ、その挙句が、こんなざまになって……」

　思徳はまた帯に差し込んだ左袖へ目を落としてから、自嘲した。鄭玖はかぶりを振った。

「最前線に立たれたわけですね。何と、琉球人が異国の王軍の将として……」

鄭玖の感慨はそこへ飛んでいったが、思徳は当たり前のことのように、

「まあ、私もアユタヤで官位を賜わり、兵部にいましたから、陸戦隊の一部を率いて、出陣したのですが……。シャムはこの失敗に踏まえ、新たなマラッカ遠征計画を立て、それは今年、決行する予定でしたが、去年秋、新たな問題が発生して、様子見のために、遠征は中止になりました」

「去年秋といえば、マラッカに、西方から大きな波が押し寄せたわけですね。西洋の、ポルトガルとかいう国の艦隊が……」

思徳は頷いた。

琉球からの船は、去年十月に「寧」字号船が、そして十二月はじめにこの鄭玖の「信」字号船が安南経由でアユタヤに到着、マラッカの異変を聞いた。

マラッカ王は多数のポルトガル人を捕虜にし、ポルトガル艦隊は退散したというが、大報復があるのではないかなどと、シャムでは大きな噂になっていた。ポルトガルは南蛮にはないような最新鋭の大砲や銃を備え、西洋の歴戦を経てきた最強の軍隊だとも言われ、マラッカを攻め、このシャムまで来るのではないか、と。

マラッカには「寧」字号船とほぼ同時期に、正使佳満度の「康」字号船が到着したはずであるが、マラッカとポルトガルの争いの中で、琉球船がどうなったかは、まだ聴こえてこなかった。

「アユタヤはむろん、マラッカの情勢を色々と探っていますが、私がこうして琉球へ使者に立つのも、一つにはマラッカへやって来たポルトガル船隊とのことがあります。ポルトガルがマラッカへ来たのは南蛮の胡椒をはじめとする香辛料を求めてと聞いています。いずれは海峡を越えてジャワ、ボルネオ、モルッカあたりへも行くだろうと、アユタヤでは噂しています。当然、南蛮貿易の中心ともなっているアユタヤにも彼らはやって来ましょうが、アユタヤとしては、マラッカのような馬鹿ないくさはしないつもりです。交易を開くことになるでしょう」

「賢明です」

「むろん、ポルトガルがいくさを仕掛けてくれ

ば、その時はシャムも覚悟を固め、海陸全軍で迎え撃つつもりだし、ポルトガルとしても本国をはるかに離れ、地理不案内な外国の内海に閉じ込められるのを恐れ、安易にいくさは仕掛けられないだろうと、アユタヤでは見ています。だから、琉球のシャム交易の道は常に安全に開かれており、安心して従来通りに来航してほしいと要請するのが、今回の使者の使命です」

「なるほど」

「ま、私はこの通り、片手を失って、仮にいくさとなった場合も役に立ちそうにないので、琉球へ行けと使者役を命じられたわけで……」

　と、思徳はまた自嘲するように言って、

「しかし、よもやこうして、琉球へ帰ることになろうとは、思ってもいませんでしたよ。いや、帰ると言っても、またすぐアユタヤに戻るわけで、故郷を覗きに行くようなものですが……」

「何年ぶりですか」

「そう、十八の時に出まして、今四十八ですから、ちょうど三十年ぶり、となりますか。故郷――と言っても、六、七歳の頃よりずっと山の中に身をひそめ、世を忍んでいましたから、他島と同じですがね、ははは……」

「世を忍んで……」

「あ、これは正体をばらしたと同じですかな。ここまで言えば、隠しているのも他人行儀というものですから、明かしてしまいますが、私は前王統の忘れ形見ですよ」

「えっ？」

「尚泰久王の第一王女、百十踏揚が私の母です。父は尚円王に滅ぼされた鬼大城……」

「何と！」

　鄭玖は唖然として、目を瞠った。

「前のアユタヤ王はこのことをお知りになって、私を琉球王族の遺児として、引き立てて下さったのです」

「それで、アユタヤ貴族の姫君と……」

「そういうことです。でも、このことが琉球で明らかになれば、今さらではありますが、いろいろと差し障りも出てきましょうから、今のことはどうか、これも鄭玖殿の胸内（むねうち）に……」

「分かりました。よくぞ、お明かし下された。決して、他言は致しますまい」

「お願いします」

と、思徳は頭を下げた。

「はい――」

鄭玖はポンと、胸を叩いて見せた。思徳は頷いてから、去って来た南蛮の晴れわたった蒼穹を振り返り、

「それにしても、マラッカへ行った琉球船は無事でしょうかね」

と、仰ぎ見て、

「私の任務の一つはその帰国船から最新のマラッカ情勢を聴取することもありますが……」

と、呟いた。

「巻き込まれていなければよいのですが……」

と、鄭玖も案じ顔になって、思徳が振り仰いでいるマラッカ方面の空を見渡した。

　正徳四年八月下旬、シャム行きの「寧」字号船とともに那覇港を出航したマラッカ行き「康」字号（勘合番号「玄」一七四、正使佳満度（かまど）、乗組員総員百五十七人）は、二か月近い航海を経て十月末、マラッカ海峡に入った。

　マラッカ海峡を南蛮諸国の大小船が慌ただしく行き交い、マラッカで異変が発生していることは見て取れた。すれ違う船に、通事高賢、高賀が大声で訊ねると、西洋のポルトガルなる国の船隊が突然現われ、通商を迫っているというのであった。いくさになるかも知れぬと、諸国の船は急ぎ帰国するのも出ていて、すれ違った船もジャワの船で、巻き添えになるのを恐れて、逃げて来たところだという。

　どうするか？

　琉球船も正副使、通事らが相談し、せっかく月日を重ねてやってきたのだから、とにかく行って見ようと、船を進めた。

　しかし、マラッカの港に、もうポルトガルの船隊の姿はなかった。インドへ帰還したということであったが、マラッカは異様な興奮に包まれていた。

数日前に、陸上で荷役作業に従事していた数十人のポルトガル人らが襲われて殺害されたといい、獄舎にはなお数十人の捕虜が収監され、ポルトガルは近く報復に来るのではないかと、不穏な噂が飛び交っていた。

通事の高賢、高賀は情報収集のため、急いで船を降り、港務所に駆け込んで行った。

マラッカにやって来たポルトガル船は、ディオゴ・ロペス・デ・セケイラ率いる五隻の船隊であった。

3

十五世紀後期、ヨーロッパは大航海時代に入った。

ポルトガルとスペインは一四九四年、スペインは西方へ、ポルトガルは南方へと航路を分けるトルデシリャス条約を結んだ。これにもとづいてポルトガルは九七年十二月にバスコ・ダ・ガマが四隻の船隊でアフリカ西岸を南下して、喜望峰を「発見」、迂回してインド洋（当時は単に大洋＝マール・オセアノ）に入り、アフリカ東岸諸港を経て、ベネツィアに入った。そしてアラビア、ペルシャを経て、インドに至り、広大な交易圏の見込みをつけたのであった。

一四九九年、バスコ・ダ・ガマは帰国した。

これを引き継いで翌一五〇〇年（琉球では八重山のオヤケ・アカハチが首里王軍・宮古軍に滅ぼされた年）、ペドロ・アレバレス・カブラルが、宣教師や商人を交えた千二百人が乗り込んだ十三隻の艦隊でインドに向かい、カナノールに商館を建設して、貿易拠点を作ったが、カリカットで初めて、土地の王と衝突した。

〇二年、ガマは再び二十隻の艦隊でインドへ向かったが、アンジデフ島付近でイスラム教徒の船二隻を拿捕して沈め、乗客を殺害した。カリカットではイスラム商人の追放を市に要求したが容れられなかったため、市を砲撃した。

さらに、メッカへの巡礼船を捕え、乗客八百人を殺害した。稀に見る大量殺戮であった。

ガマはコチンに進み、商館を建設して帰国した。

翌〇三年、後にインド総督となりマラッカを占領するアフォンソ・デ・アルブケルケは、いとこのフランシスコ・デ・アルブケルケと艦隊を率いてインドに来航した。フランシスコはコチンに要塞を建設、翌〇四年、マラバル軍がこれを攻撃したが、ドゥアテ・パシェコが撃退。これによって、インドでのポルトガル勢力がほぼ確立した。

しかし、侵略者ポルトガルへの敵対の動きも活発化していき、ポルトガルは毎年派遣の船隊では対抗しきれぬと見て、三年任期でインドに副王の職を置き、軍隊を付けた。〇五年、初代の副王にドン・フランシスコ・デ・アルメイダが着任した。彼はキルワ、アンジディブ、カナノール、コチンに要塞を設置した。

ポルトガルのインド洋進出で、貿易関税収入が激減したエジプトのマルムーク朝（ちょう）のスルタン（王）は、スエズで十二隻の艦隊を建造して、エミール・フサインを司令官としてインドへ派遣し、ポルトガル艦隊を攻撃した。フサインはヂウ領主と協同、〇八年三月、副王アルメイダの息子ロレンソ率いる船隊をチャウル沖で破った。

この時には、アルブケルケがインドに来着していて、アルメイダの後任として、アルメイダは彼をインド総督の地位につけて帰国しなければならなかったが、息子の復讐のため交代を承諾せず、〇九年二月、ヂウでエジプト艦隊を破り、復讐を遂げた。

同年九月、彼はようやく副王の職を辞し、アルブケルケの総督就任を認めて帰国の途に就いたが、途中、喜望峰近くで殺された。

インド洋はポルトガルの進出で風雲急を告げていた。

マラッカに来たセケイラは〇八年二月、ポルトガル王から「シナ」に関する調査と、シナ人はいつマラッカに来るか、彼らはマラッカに商館を持っているかの調査もあわせて命ぜられて、インドに来た。そして〇九年八月十五日、五隻からなる船隊を組んでコチンを出航、スマトラのペディル、パセーを経て、九月十一日マラッカに到着した。戦争をするためでなく、調査とヨーロッパで需要の高まっている南蛮（東南アジア）の胡椒など香辛料の通商交渉がその目的であった。

マラッカ王マフムードは当初、ポルトガルと協定を結び、交易及び商館建設の許可を与えた。そして、丁字（ちょうじ）、薬品、荳蔲花（ずくか）などの取引の段取りも決めた。

セケイラはこの協定に基づいて、ルイ・デ・アラウジョをポルトガルのマラッカ商館長とし、また他の商館の役員と、そこに派遣すべき人々およびペロ・ロペス・ド・バストをこの地方の商館長として、陸地に派遣した。

しかし、ポルトガルのインドにおけるイスラム教徒迫害を聞き及んでいたイスラム商人らが、「多くの贈物」を持って、マフムード王にポルトガル排除を働き掛けた。

トメ・ピレスによれば、イスラム商人らは、

《ポルトガル人がこの港に来たからには、彼らは今後も毎回当地に来るに違いありません。かれらは海上や陸上で掠奪するばかりでなく、すでにインディア全体がかれらの手に陥ちたように、引き返してきて当地を占領するために、偵察に来ているのです。ポルトガルは遠いので、かれらを当地で皆殺しにすべきで、その報せはそんなに早くポルトガルに届くことはないでしょうし、また結局届かないかも知れません。そうすればマラカは亡びることも、商人を失うこともないでしょう。》

と、唆（そそのか）したのである。

マラッカ王は彼らイスラム商人に依拠したイスラム・スルタンである。さっそく会議を招集した。

前章でマラッカ王の「傲慢」ぶりについてトメ・ピレスを引用したが、その「傲慢」は国政を独裁的に進めたというのとは、違うようだ。六歳で王位に就き、チヤホヤされ、王宮の「頽廃的な甘い生活」で育った若年王の「我儘」ぶりなのであって、むしろ国政を投げ捨ててのそれだったようである。

このセケイラ船隊の幹部の一人で、マラッカの捕虜となったルイ・アラウジョが、獄中から、ゴアに着任していた新インド総督アフォンソ・デ・アルブケルケに送った書簡に、次のようにある。

書簡といっても、アラウジョは獄舎に幽閉の身で

あるから、ツテを頼った〝密書〟のような形で送られたのであろう。

《マラカ王は統治を行なわず、国の権力を持ってもおらず、王として尊敬もされず、恐れられてもいません。彼は〔聖フランシスコ派の〕厳修派僧のように常に家（王宮）に閉じこもっています。彼は権力と支配権を彼の伯父のベンダラに与えています。このベンダラはあらゆることを手中に収めたので、現在では王といえども、何かの場合に彼を妨げることはできません。これは彼（ベンダラ）がたいへん狡猾で、また当地の主な人々と深い関係を結んでいるからです。しかし彼と関係を持っている人々を別にすると、この国の人々でも外国人でも、彼が破滅することを希望しない人はいません。これは彼らが毎日、彼から侮辱を受けたり品物を奪われたりしているからです。》

ポルトガル人が「ベンダラ」と呼んでいるのは、王家の最大のバックボーンとなっている「ブンダハラ」家の宰領のことで、当代の名はトゥン・ムタヒール（スリ・マハラジャとも）といい、宰相として、王をしのぐ権力を揮っていたのである。

王はいわば彼の傀儡であり、自分では決められないので「会議」を招集したのである。

イスラム商人らが、ポルトガル人らを皆殺しにするよう上奏した時、王は、

「この問題について自分はベンダラと相談して、彼がそれについて適当と思う通りに決定するであろう」

と答えたものである。

イスラム商人らは王に倍する贈物を携えて「ベンダラ」を訪れ、ポルトガルを皆殺しにするよう働きかけて了解させた。イスラム商人らは言った
――

「ポルトガル旗艦は多くの大砲を持っているから、あなたは旗艦を戴きたいと王にお願いされたらよいでしょう」

王の諮問を受けて宰相ベンダラ（トゥン・ムタヒール）と、その息のかかったマンダリ（役職者）らは王に対し、

「彼（ポルトガル人）らを皆殺しにするのがよく、すでにこのための手段を用意してあるので、直ちに実行できます」

と答えた。

王は次に海軍長官ラクサマナと、マラッカでは最も賢明な人間とされる宰相の兄、トゥムングゴン（治安長官）のトゥン・タヒールに問うた。ラサマナとトゥムングゴンは答えた。

「自分たち二人はこのような謀議には参加しません。彼ら（ポルトガル人）を丁寧に待遇して満足させ、彼らの商品を入手すべきであります。これは彼らが安全を信じてこの港に来たからであります。もし人々が言うように、彼らがそんなに悪い人間だとしたら、立ち去って港には来ないように、彼らに言うべきであります」

しかし、王はベンダラの言うとおりに決定するとイスラム商人らに応えているから、答えありきで、ラクサマナの意見を退けた。

「諸君は理解していない。彼らは後で艦隊を率いて来るために国を偵察に来ているのである。自分も知っており、諸君も知っているように、彼らは全世界を占領しつつあり、われわれの聖なる予言者の名前を破壊し、抹殺しようとしている。彼らを殺してしまおう。そしてもし後からどんな人が来たとしても、われわれは彼らを海上と陸上で全滅させよう。われわれの勢力下には他の所よりもジャンコ（船）も黄金も多くある。ポルトガルは遠いのだから全員を殺してしまおう」

王はベンダラに「陸上で計量に従事している人々を襲撃してもらいたい」と命じ、ラクサマナに対しては、

「貴下は、貴下のランシャラを率いて海上に出撃し、ポルトガル人を皆殺しにしてもらいたい。しかし、ポルトガル人の船を沈めてはならない。火砲と旗艦とを自分のために集めてもらいたい。シアン（シャム）人を大洋で滅ぼした者にとって、――その時はわれわれの一隻に対してシアンは百隻もいたが蹴散らしたのであり、今、港に碇泊しているポルトガルなる、こんな小さな船は何ほどのことがあろう。彼らには彼のところに鶏を売り

に行く者がちょうど恰好の相手だろう。聞いたところによると彼らは兵士ではないということだ」

4

王の「傲慢」は八年前にシャムの大軍を破ったことで、いよいよつのっていた。シャムとの戦いに勝利した時、王はマラッカで観兵式をおこなった。

《（観兵式には）九万人の武器を執ることのできる人間が加わった。彼はこのことをたいへん自慢し、理性を失い、傲慢になり、自分だけが世界を破壊するために充分な力を持っており、全世界は〔マラカが〕季節風の吹き終る所に位置しているためにその港を必要としており、またマラカの中にメッカを作らねばならないと語った。彼は彼の父祖が持っていたメッカに行くという意志を持つはずがなかった。学識あるイスラム教徒と人々は、彼のこの傲慢さという罪の為に破滅し、人々が彼に悪意を抱くようになったのだと語っている。》

と、トメ・ピレスが書いているように、ポルトガルに対しても同様に「傲慢」になったのである。

しかし、ラクサマナはこの出撃命令に従わなかった。

「この相談は正義に反しており、私はそれに加わるつもりはありません」

「ベンダラ」の息子がラクサマナをさえぎり、

「殿下、もしラクサマナが希望しないならば私が行きましょう」

と手を上げたので、王は喜んでこれを命じる一方、命令に従わないラクサマナを殺そうと考え、「家を離れるな」と蟄居謹慎を命じた。

このラクサマナというのは、二十九年前の成化十六年（一四八〇）、安南に漂着した琉球人が交趾（コーチ）人と争闘し殺しあっていると聞いて救助に駆け付け、生存者二人を占城（チャンパ）で保護したが一人は病死したという書簡を琉球に送った、あのラクサマナ（楽作麻翁）の後任であろうか。しかし、今回示した正義感は、琉球人の危難を救おうと海上を駆け付けた、かの成化十六年のラクサマナの義侠に通じるものがあるように見える。ラクサマナは世襲だというから、たぶん父子で、子は父の義侠と正義感を引き継いで、毅然たる態度を示したのであろう。

――こうして王は攻撃隊を繰り出し、上陸していたポルトガル人に奇襲をかけ、六十人前後を殺害した。「ベンダラ」の息子と、「ベンダラ」に協力しているジャワ商人で大富豪のウテムタ・ラジャの息子パティ・アコは海上へ繰り出し、とくにパティ・アコはセケイラを刺し殺そうと彼の船に飛び移った。

たまたま船檣（せんしょう）の見張員が陸上と他の船上で繰り広げられている惨劇を目撃し、ふと下を見ると、甲板に出ていたセケイラの背後に忍び寄ったパティ・アコがクリス（剣）を抜こうとしていたので、大声をあげてセケイラにこれを知らせた。セケイラは間一髪のところで難を逃れた。

セケイラは上陸して捕虜になったフランシスコ・セラン、ルイ・アラウジョらの救出隊を送り出した。この救出隊の中に、フェルナン・デ・マガリャンイスがいた。あの〝世界一周〟のマゼランで、この時は一将校として乗り込んでいたのであった。

マラッカ側の海上攻撃は、「ベンダラ」の息子とウテムタ・ラジャの息子パティ・アコらが、「それぞれ一隻のポルトガル船を欲して、それを選ぶのに迷った」りして、欲がつっぱった挙句に反撃されて、結局、拿捕は失敗した。

マガリャンイスら陸上救助隊は、マラッカ側の激しい反撃に遭い、多勢に無勢で進むことが出来ず、結局、船に引き返さざるを得なかった。

セケイラは自ら再上陸して捕虜を救出しようと計画したが、季節風の時期が終わりに近づいていることなどから、断腸の思いで帰帆を決した。残された捕虜は、ルイ・デ・アラウジョら二十四人であったが、翌年二月のアルブケルケへのアラウジョの書簡では生存者は十九人であった。五人は死亡したのである。捕虜たちは悲惨な目に遭ったのである。

ルイ・デ・アラウジョ――読者はご記憶であろうか。

ヨーロッパ人は琉球（人）をゴーレス、あるいはレケオスと呼んだが、最初にゴーレスのことを紹介したのは、このアラウジョであった（第七章）。すなわち、アルブケルケへの書簡で、それが伝えられた。

《この諸港（マラッカ）にジャンクの来る季節は次の如し。ゴール（ゴーレス）は当地へ一月に来たり、四月にその国に向かいて出帆す。ほぼ四十日その往航に要し、当地よりは胡椒と小量の丁字を舶載して行く。彼らはその国王の所有たるジャンクにて毎年来たり、（マラッカ王は）その家臣以外の者の来たるを許さず。》

「ゴール（琉球）は一月に来る」というのは西暦であり、陰暦では十一月頃になる。帰国の四月も陰暦では二、三月のことである。

セケイラ船隊が捕虜二十四人を残してマラッカを去った後、結局一隻もポルトガル船を分捕れなかったマラッカ王マフムード・シャーは地団駄踏んで悔しがり、ラクサマナを呼んで、

「過ぎた事件をどう思うか」

と訊いた。

「悪いことです。しかし今は、防備を固める準備をしなければなりません。ポルトガルは必ず来襲して来るでしょう。その時になって誰が、不敗を誇り世界を征服しつつあるフランク人（ポルトガル人）を防ぐかが、明らかになりましょう」

つまり自分がきっと防いで見せる、と胸を張ったのである。

ラクサマナの警告で、王は恐怖心を抱き、ポルトガル攻撃を勧めた「ベンダラ」を怨むようになり、後に殺すことになる。

絶大な権力を持った「ベンダラ」は、残酷であった。

捕虜を残して敗走したセケイラ船隊の報復と捕虜救出、そしてマラッカのポルトガルへの開港のため、インド総督アルブケルケは一五一一年五月、十七隻の艦隊でコチンからマラッカへ向かったが、スマトラ島北端の港ペディールで、マラッカで捕虜になっているルイ・デ・アラウジョの仲間、ジョアン・ヴィエガスと八人のキリスト教徒を発見した。彼らはマラッカから脱走して来たのであった。

ヴィエガスは次のように語った。

「(マラカ王とベンダラは) われわれを力ずくでイスラム教に改宗させようとして、われわれの手足を縛って割礼させるよう命じ、この割礼で一人が死亡した。しかもわれわれがイエス・キリストの信仰を捨てないのでわれわれを激しい拷問にかけました。そしてある晩、全員が脱走する用意ができていましたが、感づかれてしまい、ルイ・アラウジョと他の仲間は逃げることができなくなったので、まだ留まっています」

割礼は、イスラム教の通過儀礼である。

脱走に成功した九人について、バロスの『アジア史』には、

《かれらは貴族(セニョール)の娘の働きによって脱走に成功し、彼女を連れてペディールに逃れていた》

とある。終始ポルトガルに好意を抱いていたケリン人の大商人が、密かに賄賂を支払って獄吏を買収し、脱出させた、というのがそれである。このケリン人(インド東岸地域の人々)の大商人は捕虜になっているルイ・アラウジョらを保護することにも力を尽くした。アルブケルケへのアラウジョの〝密書〟も彼の手配によるものであったかも知れない。彼は後に、アルブケルケから異教徒の総督に任じられ、ブンダハラ(宰相)にも任じられたが、後に自殺してしまう。

また別の記録では、ルイ・デ・アラウジョ以下六人は未だに囚われているが、他の者はすでにイスラム教に改宗しマラッカから外に連れ出された、とある。

琉球の「康」字号船がマラッカに到着したのは、セケイラ船隊がマラッカを去った後で、マラッカ港内はいつものように、明国、南蛮諸国の交易船でにぎわっていたが、季節風が北東よりに変わって、ベンガル、アラビア諸国の船は大方、出航して行ったということであった。

しかし、港は何やら、ぴりぴりした空気が漂っていた。いうまでもなく、ポルトガル船隊が残した緊張であって、マラッカ役人や、鎗や帯刀した武装の兵士らが、騎馬や徒歩で巡回していたのであった。

西からの季節風の時季は過ぎて、「報復」のポルトガル艦隊が来る恐れは少ないが、イスラム教徒の大量殺戮や迫害などを繰り返した「獰猛」な西洋人らは、どんな手で攻め寄せて来るか知れない。

マラッカの獄舎には二十数人のポルトガル捕虜が収監されており、ポルトガルはその救出に、万難乗り越えてやって来るだろう。季節風が変わったといっても、毎日大風が吹くわけではない。穏やかな日も多い。またポルトガル船は、南蛮諸国の単帆などと違って、数本の大帆小帆を立て、波荒い外洋航海に耐え得る堅牢な造りである。

マラッカ王はラクサマナの助言で軍事力の強化に乗り出したが、一方においては絶大な権勢を誇る「ベンダラ」が、王に怨まれていることを知って、反乱を起こすのではないかと不安にかられた。

そこで、王は「ベンダラ」とその一味を、クリス（剣）で殺した。殺された者たちはトメ・ピレスによると、「ベンダラ」のセリマ・ラジャ（トゥン・ムタヒール）、その息子のトゥアン・アセン（トゥン・ハサン）ら三人、孫一人――彼らは皆パハン、カンパルの諸王より偉かった――、さらに「ベンダラ」の兄、トムンゴ（治安長官）のシリマ・ラジャ（トゥン・タヒール）とその息子三人を殺した。みんなは一族だった。

《（ベンダラ）その残酷さのために、王は誰からも悪く思われ、憎まれた。だがしかし、この〔ベンダラの〕一族はディオゴ・ロペス・デ・セケイラに対する陰謀のために、その〔報い〕を受けなければならなかったのである。》

一族の悲劇は因果応報だと、ピレスは書いているわけだ。

琉球船もまごまごしていたら、ポルトガルとマラッカの戦争、さらにはマラッカの血なまぐさい内紛に巻き込まれかねない。

急ぎ帰国の途につきたいが、その夏のポルトガル船隊の来航と、これを打ち攘（はら）うマラッカの攻撃は、まさに〝戦争〟であって、その影響で諸国の交易品の集積が遅れ、またマラッカ自体が軍備強化のため交易に身が入らず、港務所は停滞した。

折よく北東風がやや強まって、いくら多帆のポルトガル船も、これでは来れないだろうというので、琉球も交易品の集積を待ち、結局、マラッカを出航して帰国の途に就いたのは、例年通り三月末――西暦では四月末になった。

シャムから「シャム国使」の思徳らを同乗させて帰国する「信」字号船の正使鄭玖らは、マラッカの異変をシャムで聞いて、恐らくマラッカへ行った「康」字号船は慌てて帰国し、先になったろうと話し合っていたが、むしろ那覇港に帰港したのは、シャムからの「信」字号船が先になったのであった。

シャム、マラッカからの船の帰港は例年陰暦三月末から四月であり、マラッカへ行った「康」字号船が未だ帰国していないといっても、例年なら何の心配もいらないが、もしかしたら、マラッカとポルトガルの戦争に巻き込まれ、帰れなくなっているのか、もしや犠牲になったのではあるまいかと、琉球は気を揉んだことである。

五月はじめ、その「康」字号船が無事に帰って来て、琉球はホッとしたが、マラッカが今後どうなるか、なお気がかりなことであった。

「康」字号船の正使佳満度（かまど）、そして副使、通事らの話によれば、マラッカではポルトガル艦隊が来ても、追い払う体制を固めており、また季節風の関係で琉球の交易期間はポルトガルもマラッカに来れないであろうから、交易は従来通りなので、安心して来年も来てもらいたいと、マラッカ側では要望しているということであった。

5

「ところで、ご一緒だった、もうお二人はどうなりましたか」

鄭玖は話題を切り換え、思徳に問うた。思徳とともにあった「琉球三人組」のあとの二人のことであった。

思徳は、鄭玖の澄んだ瞳を見詰め、この人なら、すでに信頼しきっていたから、これも隠し立てすることもあるまいと、頷き落として、「はい――」と、経過を語っていった。

「お一人は名前を安慶田といい、尚泰久王が越来グスクにあられた時からの越来の臣で、私の父鬼大城が越来グスクに封ぜられた後も重臣となって仕えていました。越来グスクが攻められた時、私はこちらも越来グスクの古い重臣、田場様と安慶田殿に伴われて落ち延びたのです」

「…………」

　鄭玖は腕を組み、しんみりと俯いて聴いている。

「三人で十年余も山の中に潜んでいたのですが、かつては尚円王様の探索方だった御茶当真五郎が私たちを突き止め、それで私たちは母上のおられた玉城の村へ行ったのです」

「なるほど」

「田場様は当時すでに六十を過ぎて、大分弱っておられましたから、もうこの世の人ではありますまい。南蛮へ一緒に逃げた安慶田殿も先年、六十を過ぎて、亡くなられました。こちらは私のアユタヤの家族に見守られて、静かに息を引き取られました」

「…………」

「もう一人の御茶当真五郎（うちゃたいまごろう）――こちらは尚円王が金丸と呼ばれていた頃から、その探索方だったようで、中城の護佐丸按司討伐、勝連の阿摩和利按司討伐、そしてわが越来グスクの鬼大城討伐でも、金丸の密命をもって背後で走り回ったと、本人が言っていました」

「――して、その御茶当真五郎とやらは？」

「シャムの坊主になりましたよ」

「坊主に……」

「風に吹かれて、南蛮各地を巡るといって、姿を消しましたが、私がマラッカへ遠征し、毒矢を受けて気を失っていた時、どこからともなく現われて私を助けたのが、その真五郎だったのです。私が気を取り戻した時にはその姿はありませんでしたが、この樫の六尺棒は、真五郎がずっと持っていたものです。それっきり、真五郎は姿を現わしませんが、生きておられたら、もう七十……。しかし、不死身の探索方なので、生きて、南蛮の風に吹かれて、あちこち回っているのではありますまいか」

　と、思徳は微笑んだ。思徳は、そう信じていたのであった。

「金丸尚円王の探索方……御茶当真五郎……」

　鄭玖は空を見上げ、顎髭をしごきながら、何か思い巡らしている様子だったが、思い当ったのか、顔を戻して、

「西原の内間というところに、尚円王様の旧宅があるそうで、私は行ったことはありませんが、その近くに、ウチャタイ山というのがあるそうですよ。尚円金丸様の守り人がウチャタイマグラーという者で、その墓があり、それに因んでつけられた名だとか」

「ウチャタイ山……」

「もっとも、そのウチャタイマグラーは、山マジムン（幽霊）になったとかで、村人も近づかないそうですが」

「ウチャタイ山……マグラー墓……山マジムン……」

　遠い昔が甦った。そうだ、あのあたりの山には、母の言い付けで、御茶当真五郎を助けるため、安慶田と入り込み、そして真五郎と合流して、三人で首里の山狩隊を翻弄したのだった。

　あの時、真五郎は山原へ逃げしなに、村人たちに変なことを言っていたものだ。

　――あの山の中で、西原村の御茶当真五郎なる者が斬り合い、何人か死んだ。御茶当真五郎も死んだようだ。死体を放置しておくと、「山マジムン」になると言うぞ。薪取りに山に入れなくなるぞ。弔ってやることだ、とか何とか……。

　あの時は、何でわざわざそんなことを村人たちに言い含めているのか、怪訝に思ったが、

（このことだったのか）

と、今思い当たった。

　首里の国母オキヤカはしゃかりきになって、〝影〟たちに真五郎を追わせているが、「真五郎は死んだ」と思わせようとして、あんなことを言ったに違いない。

　もっとも、山狩隊からの報告で、オキヤカは真五郎が逃げたことを知っただろうが、「真五郎が死んだ」という噂を振り撒き、その噂がやがて一人歩きしていけば、オキヤカも疑心暗鬼になるかも知れぬ、と。

実際には、オキヤカはそれにひっかからず、オキヤカが放った〝影〟たちはその後もしつこく三人を追ってきたが、真五郎とてまさかそんな子供騙しを本気で言ったのではなく、〝遊び〟で言ったのかも。

しかし、「ウチャタイ山」「マグラー墓」「山マジムン」は地元で語り継がれ、三十数年を経た今では、まことしやかに伝わっているのだ。

「あっははは……」

思徳は思わず大笑いした。

何？　と、鄭玖(ていきゅう)が怪訝な目を向けて来たが、思徳がいきさつを語ると、彼もお腹(なか)を抱えて笑い転げた。

6

正徳五年（一五一〇）四月、思徳は那覇港に降り立ち、実に三十年ぶりに〝故郷〟琉球の土を踏んだ。

六、七歳から十六歳まで十年間も、人跡未踏の山原の秘境、そして裏奄美の山中で、守役(もりやく)の田場大親、安慶田とたった三人、険しい山林を獣となって駆け巡り、修行に明け暮れた。

御茶当真五郎に探し出され、運天港から沖縄に入り、玉城の母の許へ行き、思いも寄らなかった母との再会を果たした。首里に追われる御茶当真五郎救出を母に言い付けられて玉城を出、中城、西原山中へ飛び込み、真五郎と合流して首里の山狩隊を切り抜け、さらに山原に潜んで、様子見をしている時に、母は病で亡くなったのであった。

母の死に目にも、逢えなかった……。

真新しい母の墓に詣で、それからさらに追われてまた山原へ逃げ、津堅島へ渡って〝海ンチュ〟になり、南蛮への船に水主(かこ)として潜り込んだ。

「琉球」の思い出と言えば、藪蚊(やぶか)の多い、人跡未踏の山奥と、運天から玉城へ入り、首里の山狩隊や〝影〟たちとの死闘を繰り広げ、津堅の〝海ンチュ〟となって漁船を乗り回した、せいぜい二年間ぐらいのことしかない。それも、つねに首里の追手たちの目を逃れて、隠れるような日々であって、琉球は「懐かしき故郷」などというのかほど遠く、余所島（よそじま）のような存在でしかなかったのだ。真に故郷というなら、それは山原の奥や裏奄美の山中でしかない。

琉球をあっさり捨てて、シャムに帰化したのも、そのように「琉球」への愛着が薄いからであったと言える。

だが、そうではあっても、その琉球は母をはじめ、父祖の生きた地だと思えば、さすがに、血のつながりも覚えはする。そして、遠い南蛮、アユタヤにいても、根っからの「琉球人」たる真五郎や安慶田が側にいることもあって、「琉球」は三人の後ろにつねに横たわっていたことだ。

「琉球」のことは、年々やってくるシャム交易船の使者たちからも、だいたいのことは聞いていて、捨てて来た――といっても、琉球はつねに追い掛けて来ていたのだった。

安慶田が亡くなり、真五郎も南蛮の風に吹かれて放浪の旅へと去ってほどなく、思徳はアユタヤに来た琉球使者から、かつて真五郎にしつこく刺客を送っていた王母オキヤカが亡くなったと聞いた。亡くなったのは弘治十八年（尚真王二十九年、一五〇五）、四年前だが、伝え聞いたのはつい去年のことだ。六十一歳だったという。

琉球を離れて、かれこれ三十年――国母のことなど、とうに忘れていたが、正直のところ、

（えっ、まだ生きていたの……）

と、何やら古い亡霊の影――もっとも思徳はオキヤカの顔も知らないが――を思い浮かべる気持だった。

国母の逝去だけに、琉球では国を挙げて、嘆き悲しみ、尚真王は長く白衣を着て、国廟として尚真王が新しく建設した円覚寺に籠り、喪に服したという。（尚真王がマザコンであったことなども、むろん思徳の知るところではない。）

真っ先に、真五郎に知らせたいが、真五郎の消息はぷっつりと切れていた。

（真五郎殿。メギツネ殿は、亡くなられたそうですよ）

空を見上げて、雲へ、心で呟いた。あの雲に

乗って、呟きは真五郎に届くのではないかと……。

しかし、それが届いたとしても、真五郎は淡々とした気持で、

（そうか、亡くなったか……）

と、それを受け止め、琉球の方へ向いて、手を合わせるのではあるまいか。僧侶となり、琉球に対する供養の旅を続けているわけだし、とうに恩讐は超越したことであろうから。

自分には他島（たしま）のような琉球だが、真五郎や安慶田には、琉球はまぎれもない故郷に違いなく、自分なんかとは違う望郷の念もつねに持っていたかも知れない。しかし、安慶田はついに帰郷することなく異境の土となり、真五郎もなお風に吹かれて南蛮を放浪している……。

今、琉球の土を踏みしめて、自分の感慨というより、安慶田と真五郎に、このことを報せてやりたいと思った。安慶田にはその霊へ……。

埠頭に立った思徳は、眩しいばかりの琉球の青空を、南蛮へつながる南へと眺め渡して、安慶田と真五郎の面影を白雲に思い浮かべた。真五郎はシャム僧の姿ではなく、裏奄美で逢った頃の総髪を後ろに束ねた、探索方としての、精悍な面影であった。

（安慶田殿、真五郎殿。思徳は琉球に来ましたよ。帰って来たというべきか、三十年ぶりに今、那覇の港に立っていますよ。でも、里帰りというわけではありません。琉球人としてではなく、シャム・アユタヤの国使、つまりシャム人として来たのです。逃げてきた琉球への南蛮使者というのも皮肉ですが、お二人に代わっての帰郷というつもりもこめて、使者の役割を勤めることにします）

思徳は心の中で、そんな風に二人に報告した。

思徳ら三人は、久米村の宿館に旅装を解き、二日ほど休養を取った後、交易船の正使鄭玖及び副使、通事に伴われて、首里城へ登り、尚真王に謁（えつ）した。

尚真王は酒や菓子、料理なども用意させて、この異国の使者を手厚く迎えた。

尚真王は確か思徳に一つ下なので、四十七歳になっているはずであった。黒々とした鬚髭をたくわえたふくよかな顔立ちは、威厳に満ちていた。

今や、琉球王国の絶対的な国王であり、おもろという琉球の歌謡にもさまざまに讃え上げられている、ということを、思徳は鄭玖や久米村役人たちから聞いていた。

思徳は、息子の握救に捧げ持たせてきたシャム国王から琉球国王への咨文を、受け取って、恭しく上呈した。

受け取った王府高官は、それを王の前に置かれた文机（ふづくえ）に置き、袱紗（ふくさ）を開いた。

王は開かれた咨文を、黙礼して手に取り、黙読した。明国との通交のために、王は久米村大夫らから漢学も学び、ひと通り漢文が読めるが、南蛮交易の公文書は内容、形式ともにほぼ定まっているので、見慣れてもいる。内容の違いは使者名ぐらいのものである。

ただ、国書の上呈は儀式でもあり、王がそれを手に取ったのを見て、通事梁夔（りょうき）が、懐から紙に包んだ写しを出し、漢語で読み上げた。居並んだ高官たちも、形式の定まった咨文で、毎年のように目にしているから、この程度は漢語でも理解できた。

尚真王はシャム国王への敬意を示して、感慨深げに頷きながら、耳を傾けていた。

咨文の最後は、これもお定まりの礼物目録で、

「今開く――」

と続く。

広間には、持参した礼物が、高く積み上げられていた。

礼物品目はほぼ例年通りだが、今回はとくにシャム国使が直々（じきじき）に渡琉することで、量は上増しされていた。

蘇木三千斤　西洋紅布（こうふ）二十匹（従来十匹）　香花酒（こうかしゅ）上等五埕（てい）（従来二埕）内（うち）椰子酒有り　香花酒五埕　薔薇露水（ばらろすい）五瓶（従来なし）

薔薇露水はバラの花から抽出した香料である。

シャム国使の名は、すでに咨文の中に「握坤（オックコン）」と出ていたが、交易正使の鄭玖は改めて、握坤というのはシャム宮廷における高い位階で、貴族に列することを、とくに付け加えて紹介した。握坤は位階第四位で、思徳はさらに位階を上げていたのである。

鄭玖はまた、その「握坤」が、宮廷に上がる前は諸国との外交交易を司る役所に勤め、琉球との交易の面倒も見ていた関係で、琉球語にも堪能だということを申し添えた。

「ほう、琉球語もなされるとな」

　尚真王が驚き、居並ぶ高官たちも顔を見合わせて、頷き合った。それで、以後は通事を介さず、じかに琉球語での応答を許された。

　しかし、馬脚を顕してはいけない。思徳はその「堪能」な琉球語の言い回しを鄭玖から指摘され、つい出自を明かす羽目になったので、ここでは、ややたどたどしい口ぶりで応答した。鄭玖は悟ってか、口元を緩めていた。

　鄭玖と通事が、改めて「握坤」たる思徳と、従者二人の名を「握（オック）」と「柰（ナイ）」の官名に俗名を添えて紹介したが、外国人の名はクネクネと呪文のようだし、発音は舌が絡んで呼びにくい。

　王も侍臣たちも、鄭玖が紹介していくと、「あ、そう……」と、分かったかのように頷きはしたものの、誰も覚えようなどとは考えていないから、確かめるために聞き直す者はいない。「シャム国使殿」とその「従者」でいいのだ。

　琉球人はどうもこうしたタイガイシーなところがある。悪く言えばいいかげん、よく言えば鷹揚（おうよう）である。

　というより、琉球では名前にあまりこだわらない。同じ家に、男では「思徳」や「蒲戸」「タラー（太良）」「ジラー（二良）」「サンラー（サンダー、三良）」など同じ名の者が二人も三人もいたり、女も嫁に入って来た者の名がその家の娘や母親と同じ名で「真鍋（まなび）」とか「真鶴（まづる）」「真加戸（まかと）」などは重なり合ったりしている。しかし、それでも名前を変えるなどということはしない。

　尚真王自体が、「たまおとんの碑」に刻ませてあるように、その四男も五男も「まさふろかね」（真三郎金）と名付けている。

　名前に意味を求めようとしないので、タイガイシーなのである。

　尚真王は「握坤」の思徳を、琉球人によく似ているとは思ったであろうが、南蛮人と琉球人は似た風貌は多いと聞かされていたから、あくまでシャム国人として疑わないようであった。

　王はアユタヤ王宮の様子を訊いてきた。思徳は、シャム国内は仁徳ある国王のもとで平穏であり、明国をはじめ南蛮諸国との通交も盛んで、南蛮では盟主的な存在として東西の文物が溢れていること、国都アユタヤは、巨大パゴダ（寺院）などが聳え立ち、南国の太陽を浴びて燦々と煌めく華麗な都であることなどを語った。

　尚真王も、思徳の隻腕が気になるようで、どうしたのかと訊いてきた。思徳はシャムとマラッカの戦いについて語り、自分も出陣したが、毒矢を受けて切断したことを語ると、

「ほう！　それはまた……」

と、尚真王は驚いて目を瞠った。

　マラッカとの諍いのことを報告するのも、今回の使者の大きな役目の一つであった。

「南蛮は今、大きな世替わりの節目に差し掛かっております。西洋からポルトガルという国が進出しようとして、前年マラッカにやって来ました。南蛮の胡椒など香辛料を求めての進出のようで、その西洋が南蛮に来ますと、琉球の南蛮貿易にも、少なからぬ影響が出ると思われます」

　尚真王と高官らは「ふむ」頷いた。

　胡椒などの香辛料は琉球の南蛮貿易の目玉でもあるから、西洋が出てくれば必然的に、競合することになろう。

「海峡海岸にあるマラッカにはポルトガルが近づいていますが、シャム・アユタヤは安泰です。シャム国はマラッカの反対側、大きな内海を抱えた内陸部であります。アユタヤの王はこれまでと変わらぬ通交を、琉球に求めております」

「分かった。使者の趣、しかと受け止めた。ご苦労であった。せっかく来られたのだから、ゆっくりなされ、琉球のあちこちご覧になって、貴国の王にもよろしくお伝えされたい」

　尚真王はにこやかに頷いて、座を立った。謁見の儀は終わった。

　王の退座後は、高官らと軽く、お茶、酒を交わし、せっかくなので料理もついて、思徳らは琉

球の現状などを訊いた。

7

尚真王はすでに在位三十三年という長期にわたって「名君」として讃えられていた。その下で、琉球は大きく変わってきていた。

王の側近たる高官たちの自慢は、首里王城の拡充と、三十五年にわたり明国へ陳情し続けてきた進貢の二年一貢から毎年進貢への復活が、やっと三年前――正徳二年（尚真王三十一年、一五〇七）に叶ったことなどを挙げた。明国との進貢貿易は琉球の命綱であり、その毎年進貢は、琉球王府の財政の安定を期す大きなことであった。

首里城については、かつての規模など、もとより思徳の知るところではないが、三年前には、正殿に向かって左手に、新たに北殿を建設し、拡充をはかったと説明を受けた。

首里城は尚巴志王が、中山王府を浦添（浦添グスク）から首里へ遷都して建設した。その首里城は、高麗瓦、大和古瓦などが出土しているように、遷都した当初は浦添グスク、勝連グスクと同じく瓦葺きが含まれていたと思われる。しかし、景泰四年（一四五三）尚金福王が薨じ、王位継承を巡って尚金福王の子の世子志魯（せいしろ）王子と、金福王の弟布里（ふり）王子が王座をめぐって城内で相争い、首里城は全焼してしまった。

王位を継いだ百十踏揚の父、越来王子尚泰久（尚金福王の弟）が、二年後に再建したが、これは、板葺きであった。今、思徳が見上げている首里城は、その尚泰久王――思徳には外祖父に当たる――が再建した板葺きである。母もこの城に入って「百十踏揚」の神名（かみな）を授けられ、神歌（おもろ）にも歌い讃えられたのであった。

尚泰久王即位三年目の景泰七年（一四五六）一月末、済州島を発して漂流し、二月はじめ久米島に漂着した朝鮮船軍（せんぐん）（海軍）梁成（りょうせい）が、沖縄本島に護送されて、この再建されたばかりの首里城を見ている。

《王城は凡（およ）そ三重。外城に倉庫及び厩（うまや）あり。中城には侍衛軍（じえいぐん）二百余之れに居る。内城に二三層閣あり、大概勤政殿（朝鮮の王城）の如し。
……其の閣を覆うに板を以てす、板上鑞を以て之を沃せり。上層に珍宝を蔵し、下層には酒食を置く。王は中層に居り、侍女百余人——》

板葺き、というから簡易な感じがするが、当時の日本の神社仏閣がそうであり、梁成も言うように板の上は鑞（錫）を張って耐久性をつけた荘重な趣であった。

その五年後の天順五年（世祖七年、尚徳王元年、一四六一）、朝鮮羅州を発し宮古島に漂着した肖得誠ら八人も、沖縄本島に護送されて来て、その首里城を見た。

《其の閣は皆、丹雘を着し、覆うに板を以てし、鷲頭毎に鑞（錫）を以て沃す》

と、梁成同様、板葺きに鑞を張っていたことを述べている。層閣の柱、壁などは鮮やかな丹雘（朱色）で彩色した荘重華麗な姿だったのである。正殿は入母屋造りの外見二層、内部三層であった。

思徳はかつて、南蛮へ渡る前に、首里の丘遥かに見上げたことはあるが、世を隠れた日々であったから、まともに首里に上ったことはないが、シャムの広壮華麗な仏塔の林立する大寺院群や、金粉などをまぶした極彩色の壮麗な王宮の建物群を見慣れた思徳には、切石の城壁を巡らした首里王城は、単調といえば単調ではあるが、けばけばしさのない、風土に溶け込んだような、どっしりした落ち着きを感じさせた。むしろ、シャムの煌びやかさが、別世界なのであった。

それに、世を隠れた昔も、首里の城下は何度か通ったが、思徳の思い出の中に、松並木はなかった。それが、城下から首里の丘一帯にかけて、青々と松が覆っている。

シャムは椰子の林や並木が自慢だが、この松林や松並木も見事である。

昨年は、正殿回廊に石欄を設置し、正殿の柱を朱塗りにして昇龍を這わせ、明国宮殿の形式を映した。

また正殿入口に、阿吽一対の青石の「龍柱」を設置した。

この龍柱は、正殿に入り込もうとする魔を祓う、いわゆる魔除けの龍であり、それゆえに、キッと正面を睨んでいた。（現在、復元された首里城正殿の龍柱一対は正面向きではなく、互いに向き合った横向きになっている。正殿に入り込もうとする外部からの魔を祓うというなら正面向きでなければならないが、古絵図では向き合う形になっているので、それに従っているという。ただ、古絵図は一般的に平面描法であり、正面向きはその姿を示すために横向きに描かれたりするので、横向きの古絵図というのはこれであろう。この復元建立の時に正面向きか横向きかの論争があったが、結局古絵図通り横向きにしたのである。これは修正されるべきだとの意見も寄せられているという。）

　首里城の整備とともに、礼節を明らかにするため、金銀のかんざし（簪）とハチマチ（帛）の色を定めて、貴賤上下の制を明確にしたのも、近年のようである。

　それらは尚真王の偉大な事績として、正殿回廊の石欄に、青石で「百浦添欄干銘」を刻み嵌め込んだ。百浦添（ムンダスイと発音する）とは琉球のすべての浦々を支配するの意で、もとより首里王城のことである。

　思徳はその「百浦添欄干銘」を嵌め込んだ回廊に案内され、銘文を読んだ。

　銘文は漢文で十一項目に及んでいた。意訳すれば次の通りである。

①仏を信じ、像を造り、寺を建て（円覚寺のこと）三帰（仏・法・僧の三宝）を以て心とするは漢の明帝、梁の武王の如きである。

②臣に臨むに礼儀を以てし、民に賦斂（税の取り立て）を薄くし兆民（万民）は日月の如くに仰ぎ、百臣は父母の如くに敬し上和下睦している。

③八重山を征討し、住民は服従して年毎に貢を捧げ、国勢はますます盛んになった。

④服は錦銹、器用は金銀、刀剣弓矢を積んで護国の利器とした。

⑤群臣の帛（ハチマチ）の色と簪の金銀によって貴賤上下の身分を明らかにした。

⑥盆に珍花、籬に異木を植え、前殿後宮は春のようになった。

⑦内園、梵刹（寺々）には仮山水をつくり、宴遊の佳境とした。

⑧盛膳を施し、奇珍を賜い、壁には屏軸、床には管弦をもって賓客をもてなし臣民を楽しませた。

⑨大明に属し三年一貢（二年一貢のこと）を一年一貢とした。

⑩中国の風を写して琉球の俗を改めた。

⑪中華宮室の制度にならい、青石をもって殿下に欄干を設けたのは古来ないことである。

この中で、④の「刀剣弓矢を積んで護国の利器とした」というのを、従来の琉球史では、諸按司の首里集居とからめて、「武器携帯の禁止」（刀狩り）と解釈している。「刀剣弓矢の武器を積んだ」というのが、首里城の武器庫に大量に蓄えた意ならば、それは各地にいて勢力を蓄えていた按司たちを首里に集居させることで中央集権をはかり、謀反の芽を摘むために武器も王府の管理下に移したので、これによって首里王権は安泰になったという意であろうか。まさに大きな変革というべきであった。

思徳が琉球に降り立って、

（おや？）

と、首を傾げたのは、港に来た役人たちが皆、無腰であったことだ。

思徳らが南蛮へ向かった時は、首里、那覇を行く百姓以外の身分持ちは皆、大小二刀もしく一刀を差していたし、思徳、真五郎、安慶田も二刀もしくは一刀を差して歩いていたのだ。

何かが大きく変わっている——と感じたのは、まずこのことであった。人々から厳めしさや刺々しさが消え、何となくなごやかさが漂っていた。刀を差した者たちがいないのだ。

鄭玖に訊くと、三、四年前から帯刀禁止になったということであった。首里王府役人たちも城門等の警護兵らを除いて皆、無腰であり、刀の代わりに扇子を前帯に差しているという。

ただ鄭玖は今、刀をたばさんでいたが、これは海賊も出てくる海外交易の際の〝武装〟として、特に許されていたのである。

（刀で斬り合うこともなくなったのか）

しつこい首里の〝影〟たちと斬り合っていたことを思徳は思い出し、隔世（かくせい）の感を覚えた。

刀を差しておれば、他愛（たわい）ないことでもすぐ抜き放ち、血潮を飛ばすものだ。そういうことがなくなったのである。

安心して、道を歩くことが出来る。物盗（ものと）り（フェーレー）もいなくなったのではないか。いや、物盗りは密かに刀を隠し持ち、あるいはいろんな武器を隠し持って襲うだろうが、それでもだいぶ減るに違いない。

琉球は、武器を持たぬ「平和の国」になったというべきであろうか。何と、素晴らしいことではないか、と思徳は、埠頭に群がっている人々のなごやかな雰囲気を、何だか新しい時代、新しい世界を見るような、清々（すがすが）しい気持ちで眺め渡した。

むろん、これはシャムに〝帰国〟したら、アユタヤの王に第一番に報告しよう。王もさぞかし、びっくりするであろう。

「何、武器を禁止したと？　敵をどうするのだ」

「武器があればそれに頼って争いが起きる。武器がなければ争いも起きない、こういう考えのようです」

「国民同士のことではない。敵国が侵略してくるであろう」

「琉球は海洋に浮かぶ島国です。このシャムのように、マラッカやチェンマイやペグーなどのような敵国に陸続きで接しているわけではありませんので、さしあたり他国の侵略は考えられないのでしょう」

「うーむ。争いのない国……ちょっと信じられぬが、琉球王の英断というべきか、愚策というべきか。どう思うか」

「このシャム国のように接している敵国がなく、海洋に孤立してわが道を行く琉球においては、国の乱れはもっぱら内部の争いによるもので、かつては三山対立と申して、中山、南山、北山の三国に分かれて相争っていた時代もあります。今は中山国に統一併合されていますが、そういう歴史に照らせば、内部の争いを止める手段としての武器廃止は、琉球においては英断というべきでありましょう。実際、人々は、兄弟身内のように、和やかに行き交っております」

「ふーむ、琉球王はいくさもなく、うらやましいのう。海に隔てられて他国の侵略もないわけだ。いわば海に守られて、琉球国は安泰というわけじゃな」

「そういうことであります」

思徳は、アユタヤのラーマティボジ王が驚く様を想像して、顔を綻ばせた。

シャムでは、元来武人的なラーマティボジ王が、先のマラッカ遠征の失敗等に踏まえて、軍備の強化を進めているところだった。

徴兵制も改革し、十八歳から六十歳までの健康な男子はすべて兵役に就き、二年間の訓練期間を経て、予備兵の構成員とすることが検討されており、それは近く実施に移される予定であった。

王はまた、優秀な軍を作るために、明国から、戦略と格闘技の専門書などの入手にも努めていた。

それだけに、琉球の武器廃止は、やはり「お伽噺」のように聞こえることだろう。

8

下城に際し、思徳はとくに、尚泰久王が掛けたという「万国津梁の鐘」を拝見したいと願い出、王府高官は喜んで、鐘楼に案内した。

鐘楼は正殿前の御広庭の一角に壇を設けて造営され、ずしりと重量感のある銅製の巨鐘が掛けられていた。「首里城正殿銅鐘」が正式な鐘の名で「万国津梁の鐘」は通称である。

御茶当真五郎がすっかり暗記して、思徳にも教えたことがあったが、思徳自身も今では漢文が読めるので、すらすらと、その銘文を読むことが出来た。やはり、格調高く、気概のこもった名文である。

銘文には、それを撰した日付が「戊寅六月十九日辛亥」とある。

戊寅は天順二年（尚泰久王五年、一四五八）である。思徳はまだ生まれていないが、その年は、琉球は三山時代の戦乱以来の、琉球の運命を大きく変えた激動の年であった。

勝連按司阿摩和利が首里王軍とともに、謀反のかどで中城按司護佐丸を攻め滅ぼした。思徳の父鬼大城は首里王軍を率い、阿摩和利率いる勝連軍に合して、挟み撃ちの形で中城を攻めたのであった。

攻め滅ぼされた中城護佐丸按司は、母百十踏揚の外祖父で、琉球第一の古豪であった。むろん、この段階では、鬼大城は、まさかその護佐丸の外孫たる百十踏揚を妻にするなど、思いもよらぬことであったろう。

護佐丸討伐後、その謀反なるものは実は阿摩和利の讒言（ざんげん）だったとして、首里王軍は再び鬼大城を総大将に勝連を攻め滅ぼしたのであった。

思徳の母百十踏揚は、阿摩和利の妻になっていた。むろん「梟雄（きょうゆう）」阿摩和利を懐柔するための政略結婚であった。鬼大城は、尚泰久王の命令という、御物城御鎖内間金丸（おものぐすくうざす）の言い付けで、画策を巡らして、百十踏揚を勝連グスクから脱出させた上で、勝連を攻めたのである。

その百十踏揚の勝連脱出と勝連阿摩和利討伐では、御茶当真五郎（うちゃたいまごろう）も金丸の探索方（たんさくほう）として、裏で走り回り、鬼大城とともに踏揚の勝連脱出を助けたのであった。

そのいきさつも、思徳は真五郎からすっかり聞いていた。

「万国津梁の鐘」は、勝連を討伐したその年に、尚泰久王が琉球の「平和の回復」を宣言して、晴れやかに掛けられたという。

鬼大城には勝連討伐の軍功により、改めて、尚泰久王より王女百十踏揚が降嫁（こうか）された。鬼大城は越来按司に封じられ、越来グスク城主となった。思徳はその越来グスクで生まれたのであった。

晴れやかに、首里城正殿前に掛けられている「万国津梁の鐘」の背後には、琉球動乱期の陰謀と愛憎が絡まり合っていた。父（鬼大城）も母（百十踏揚）も、その渦に巻き込まれたのだ。

しかし、激動はそれで終わらなかった。

首里ではやがて、易姓革命が起こって尚泰久王の子の尚徳王は謎の死を遂げ、尚泰久王以来の王側近だった内間金丸が即位して尚円王を名乗り、思紹・尚巴志王統は潰え、金丸尚円王統の世となった。前者を第一尚王統、後者すなわち尚円金丸王統を第二尚王統と呼ぶ。

前王統の王女たる百十踏揚を妻としていた鬼大城は、あくまで前王統に忠誠を誓い、金丸への臣従を拒んだために、金丸尚円王下の首里王軍に攻め滅ぼされた。

自分は母とともに越来を脱出したが、母は女の身では逃げおおせぬと見て、幼い自分のみ、田場大親と安慶田に託して、首里王軍に降り、自分は田場大親、安慶田に守られて山原に潜み、それから裏奄美へ逃れ、世を忍んで生きてきたのであった。

そんな激動からもはや四、五十年……。

恩讐を超えて、かの明王、英傑たちは、今は静かに、この琉球を見下ろしているのであろうかと、思徳はそのことをしのびつつ、鐘に手を合わせ、瞑目して、

（どうか、安らかに……）

と、祈らずにはいられなかった。

思徳らシャム使三人は、滞在中、精力的に琉球の〝探訪〟に出かけた。

シャム交易の正使をつとめた久米村正議大夫鄭玖の手配で、三人にはやはり鄭玖に付いてシャム通事を勤めた彼の息子鄭昊、及び久米村役人が付けられ、その案内で、国頭（山原）・中頭・南山を、騎馬で、数日かけて巡った。

山原の七重八重に折り重なった、豊かな原生林の連山。――ああ、あの山中深く潜んだこともあるな、と懐かしさが湧く。裏奄美でもそうであったが、山菜や川の小魚、川エビ、時にはイノシシ、山鳥などを捕えて食べ、ハブ、ネズミ、山ガメ……と、何でも手当たり次第に焼いたり、生でもむしゃぶり食べたなあ、と思い出す。

今帰仁港にも行った。――ここは奄美から帰る時に借り受けた船を着けたところだ。田場大親、安慶田、そして真五郎ともどもに。とうに亡くなったと思っていた母、百十踏揚が真五郎に救われて玉城におり、その母との再会に、胸ふくらませて……。

中頭へ回り、両親――鬼大城と百十踏揚とともに幼い頃を過ごした越来グスクも見た。

越来グスクはなお堅牢な城壁を巡らしていた。思徳はその城壁の中で生まれたのだった。越来王子の所領になっているというが、王子たちも按司たちとともも首里に集居させられ、そのグスクは代官が管理しているという。

越来グスクから、支城の知花グスクへ――。

緑の三角山が知花グスクで、その三角山の洞窟で、越来グスクを脱出して来た父鬼大城は首里軍に火攻めにされ、無念の最期を遂げたのである。知花グスクは廃城となり、鬱蒼と樹木に覆われていた。

（父上、思徳でございます。今は南蛮シャムに暮らしております。このたびはシャムの国使に任ぜられて参りました）

麓からその緑の三角山を見上げ、そっと手を合わせて報告した。

（何？　南蛮シャムの国使だと？）

父が思徳の心の声を聴いたならば、目を丸くして驚いたことだろう。父の顔は思い出そうとしても、ゴワゴワした髭に覆われていた印象しか思い浮かばない。

「思徳、利口だぞ」

と、そのゴワゴワ髭で頬ずりされ、

「痛いよ」

と叫んだことは、かすかに覚えている。

中城――。

ここも見事な城壁が聳えたっていた。母の外祖父、琉球の伝説的な武将護佐丸が座喜味グスクから移って来て、ここで、阿摩和利と首里軍に攻められて滅びたのである。

世子（せいし）「中城王子」というのはこのグスクに因んだ名で、つまりこの中城の支配地域は中城王子の所領であるが、中城王子は次の王たる世子として、首里の御殿（うどぅん）に住んでいる。このグスクも代官が管理しているのである。

それぞれの場所では、思徳は久米の役人の説明を、初めてのような顔で「ほう！　ほう！」と聞き、ぴったり寄り添っている息子には、シャム語でそれを通訳するように装い、しかし、自分に由縁（ゆかり）のあるところでは、そこでこの父が何をしていたかを、簡略に語ってきかせた。

首里に遷都するまでは中山（ちゅうざん）王城だった浦添グスクを経て、かつての「南山」へ。

源為朝伝説を秘めた大里グスクと回って、玉城グスクへ行く。ここへ来るのが、この南山探訪の大きな目的であった。

丸く石を刳り抜いた中門をてっぺんに置いた玉城グスクを見上げてから、

「村人の生活の様子も少し見たいものだ」

と、思徳は案内人に頼み、玉城グスクからの坂道を降り、麓の集落に入った。富里村であった。

9

かつて母が住んでいた家はまだあった。ただ家は建て替えられたであろうし、主が誰かは分からない。隣の多武喜の家もあったが、多武喜には子もいたから、恐らくその子の代になっているのであろう。とすれば、その仏壇には一族の位牌が祀られ、母の位牌もある筈だ。

思徳は案内の役人に、ちょっと家の中と、暮らしの一端を見たいと申し出、久米役人は少しも疑わず、鷹揚に頷いて、多武喜家に入って行き、家人にこの旨を頼んでくれた。

やはり、多武喜の子の代になっていて、立派な仏壇があった。

位牌には戒名だけが表に書かれていて、誰の位牌なのか分からないが、その多武喜の子——といっても、薄くなった頭髪は半分白く、もう五十を過ぎていそうだが、人当たりはよく、いちいち、自慢げに説明してくれた。

その茅葺きの家は確かに他の農家より一回り大きく、村の分限者（ぶげんしゃ）といった感じであるが、何と、そこに祀られている位牌は、前王統の尚泰久王一家のものだったことに、まず久米村役人がびっくりし、思わず、へへーッと、平伏したことであった。

思徳も調子を合わせ、畏れ多いといった顔で平伏し、キョトンとしている息子と従者にシャム語でこれを語ると、二人もへへーッ、と平伏した。

母の位牌を示されて、思徳は万感込み上げる思いで、手を合わせた。

どうして、ここに前王統の王族の位牌があるのか、知らぬふりで、思徳は多武喜二世に訊いた。

王統が代わって、この地に安堵されたのだといい、尚泰久王の墓だけは別にあるが、この地冨里村には、世が世であれば王になるはずであった尚泰久王の長男金橋(かねはし)、二男多武喜、そして長女百十踏揚の墓もあるという。

百十踏揚は、今は聞得大君(きこえおおきみ)と呼び名が変わっている神女最高位の首里大君に次ぐ、セヂ（精霊）高い神女として大振りの神かんざしが授けられ、首里城内の御嶽「京の内(きょううち)」の祭祀での神遊び（神舞い）では「御城(うぐしく)の花」と讃えられていたという。

やがて、勝連按司の阿摩和利に嫁ぎ、そして鬼大城と再婚し、王女ゆえに政略の具にされて、琉球の動乱に翻弄され、波乱に富んだ一生だったことなど、

「あまり大きな声では言えませぬが」

と言いつつ、多武喜二世はやや〝自慢〟げに語ってくれた。

そして、仏壇の下の引き戸を開けて、中から細長い包みを出した。

（あのかんざしだ、母上の……）

思徳は、思わずドキンと、心の臓が躍った。

琉球を去る前に、漆喰(しっくい)もまだ乾ききらない真新しい踏揚の墓に詣で、そこで首里の刺客たちと戦い、馬で彼らの追尾を振り切って山原に籠った。そして津堅島へ渡って漁師となり、いよいよ南蛮の新天地へ向かうべく那覇へ出た時、思徳は馬を借りて玉城へ駆け、多武喜に、

「しばらく琉球を離れることになったので」

と、そのかんざしの箱を預けたのである。

三十年を経て、思徳はそれに巡り合うのである。

箱は丁寧に絹で包んであった。多武喜二世はそれを仏壇の棚にいったん上げて、手を合わせてから、坐っている思徳らの前へ下ろして、包み布を開いた。

細長い桐の箱があらわれ、その蓋が開けられると、紫の袱紗(ふくさ)……それを丁寧に開くと、金色(こんじき)の、

あの大かんざしがあらわれたのだ。思徳はそれを瞼に焼き付けていたので、一瞬、時空を超えたような錯覚を覚えた。

　手を合わせてから、しげしげと眺めた。胸が溢れ、涙がこぼれそうになったので、あわてて身を引き、息子と従者に、それを見せた。

「そのかんざしの主、うみないび百十踏揚様のお墓は、この村にあるのでしょうか」

　と、思徳は訊いた。むろん、裏山にあることは知っている。移設されたのでなければ、今もそこにあるわけだ。

「はい、すぐ裏手の山の麓にあります」

「こうして、せっかくご位牌や、形見(かたみ)の神かんざしまで見せていただいたわけですから、お詣りして、手を合わせたいと思いますが……」

「あ、そうですか。それはうみないびもお悦びになりましょう。遠い異国の方にわざわざお詣りしていただいて。ではご案内いたしましょう」

　と、多武喜二世は立ち上がり、家人たちを急かして準備をさせ、「ではどうぞ」と、思徳らを導いた。

　村は、あれから三十年余を経たというのに、人家もそれほど増えておらず、繰り返し思い出していたこともあって、見覚えのあるようなたたずまいであった。裏山の姿も昔のままであった。

　その山裾の巌の麓に、母のあの岩墓はあった。ひっそりと、何だか独りぼっちに取り残されたように……。

　しかし、墓前の石の香炉には線香の灰が積もり、墓口の両脇には花が活けてあって、それは少し萎れかかってはいたが、恐らく二、三日前に活けたものと思われた。多武喜二世家では、それなりにお詣りを欠かしていないようで、ほっとする思いだった。

　今も多武喜二世は花を持ってきていて、それを活け替え、それから包んできた線香を出して、家から灰籠に入れてきた埋み火で火を点け、石の香炉に束ねて寝かし置いて、手を合わせた。

　思徳らも多武喜二世に続いて、手を合わせた。

　思徳は母に手を合わせながら、今はシャムに暮らしていることや、今回の琉球の旅の任務のことを、心で報告し、

（懐には母上の御遺髪を持っております。さきほどはかんざしも見せてもらいましたよ。この後ろにいる若者は私の息子です。母上には孫になりますよ。異国の孫……シャムにはもう一人、娘がいます。思徳はこのようにシャムで妻を娶り、子供にも恵まれて、幸せに暮らしおりますから、どうぞご安心下さい。こうして、母上のお墓に詣でることが叶い、もう思い残すことはございません。心おきなく、シャムに帰ります）

こんなことを、思徳は心の中で、母に語りかけた。

祈り終えて、ふと、背後の森へ視線を投げた。しばらく見ていたが、白い蝶は、現われなかった。いや、現われないのではなく、時を置いて現われるかも知れなかったが、いつまでもそこに待っていることもできなかった。

帰り際、もう一回、別れの手を合わせた時、思徳は人に気づかれないように、石の香炉に落ちた一枚の落ち葉を取り除けるそぶりで、数本の黒糸のようなものを、そっと置いた。それは、懐の中の母の遺髪から引き抜いたものであった。思徳が来ていましたよ、という〝証拠〟に……。

白い蝶が出て来たかどうか、後ろ髪を引かれる思いで、思徳は母の墓域を後にした。（百十踏揚の墓は現在移設されている。大ぶりの神かんざしは現存する。）

10

琉球を離れる日が近づいていた。

そんなある日、息子の握救（オックキュウ）が、ひそやかに部屋に入って来て、隅のほうに、肩をすぼめるように畏（かしこ）まった。

「…………」

息子は、何か言いたそうに、そっと、父を窺い見する。

思徳は、前シャム交易正使で久米村正議大夫の鄭玖から漢籍を借り受けて、ひもといていた。鄭玖とは、すっかり男ごころも溶け合って、家族同然の付き合いをしていた。

「何だ？」

思徳は、ひっそりと肩をすぼめて蹲（うずくま）っている息子を振り返った。

しかし、息子は、

「はい……」

と、言い難そうに、もじもじして、部屋の出入り口へ、助けを求めるように、チラチラと目を投げている。

その戸が開いて、従者の奈謝（ナイチャオ）が腰をかがめて入って来て、息子の横に、これも畏まり、息子と目配せした。

「一体、何だ。言いたいことがあるのか」

思徳が追及すると、奈謝が息子に頷き、息子が「頼む」というように頷き返すと、奈謝は真っ直ぐ思徳を見上げ、

「はい。実は、握救殿は、シャムには帰らず、このままこの琉球に居残りたいと、申しております」

「何だと？　どういうことだ」

「はい……」

奈謝は、肩をすぼめている握救を見返って、やはり切り出し難そうにしている。

「琉球に居残りたいとは、——琉球が好きになったということか」

はっきりしない奈謝と息子に苛立って、思徳は当て推量に言った。思徳はふと、母百十踏揚の魂が、自分の分身たる〝孫〟を引きとめているのか、とも思ったのだ。

思徳とて、三十年ぶりに帰って来て、もはや恩讐も超えた心地で故郷の風に吹かれ、温もりに包まれて、母の思い出などに浸りつつ、「来てよかった」と、しみじみ思っていたのだった。

もしかしたら、母の魂が、息子に乗り移り、離れ難い気持ちにさせているのではないか。そういうことであれば、何も気がひけることではない。琉球が自分にはしっくりくる、と正直に言えばよいのだ。さすがに、この父の分身、父のふるさとがぴったりくるのかと、何だかほのぼのとしたものが湧いてくるのを覚えながら、

「琉球が好きになったとはいえ、勝手なことは出来ない。我らはシャム国使として、宮廷から派遣されて来たのだ。ともかくシャムに帰るほかないのだ」

と、諭した。

しかし、息子の握救は、肩をすぼめて、思徳の言葉を上の空に聞いているように、もじもじしている。

そういうことではないのか、と思徳は何やらはぐらかされた気持で、

「一体、何だ。はっきり言ってみなさい」

と、うずくまる息子を見下ろした。

奈謝が、肘で握救を突く。

握救は、思いきったように顔を上げた。

握救はその顔を赤らめて、すがりつくように父の顔を見詰めた。思徳が顎で促すと、握救は口ごもるように、

「――と、離れたくないのです」

と、もう目に涙をためて言うのであった。

――？　聞いた覚えのある女名のようだったが、はっきりは聞こえなかった。

「今、何と言ったか？」

息子は、射竦められたように、一瞬顔を伏せたが、奈謝にまた肘を突かれて、決意を込めた眼差しで、父を見上げ、

「真玉津と、この琉球で暮らしたいのです」

はっきりと、そう言った。

「真玉津とは誰だ？」

思い当りながらも、思徳は問い詰めるように訊いた。

「通事鄭昊殿のお妹ご、鄭玖殿の、お娘ごです」

息子に代わって、奈謝が答えた。

「何だと？　どういうことだ？」

思徳は驚愕して息子を睨みつけ、詰問した。息子はさらに肩をすぼめた。思徳は奈謝へ視線を巡らして、促した。

話していいか？　というように、奈謝は息子を振り返った。息子は曖昧に頷いた。奈謝は、きっぱりと思徳を見上げた。

「私から、お話しします――」

奈謝はそう前置いて、語り出した。

思徳は、唖然として、聴いていた。――それは、まこと、驚く話だった。

何と、息子と鄭玖の娘真玉津と、もはや深い仲になっているというのだ。

真玉津は、父鄭玖や兄の通事鄭昊とともに、よく同じ久米村内(むらうち)にある思徳らの宿館にやって来て、食事の世話などをしてくれていた。色の白い、眼鼻立ちのすっきりした美少女であった。十五だという。十六ぐらいで娘たちは嫁入りするので、いわば嫁入り前の娘、ということになる。

息子は彼女を見ると、ほんのりと顔を赤くして、急に気持が上の空になる。息子は十九、恋も芽生える年頃ではある。シャムも一般的に早婚だが、息子には浮いた話は聞こえなかったから、そういう相手はシャムではまだいなかったと思われるが、琉球へ来て、異国の旅情も加わってか、息子は真玉津に、一目惚れしてしまったらしい。

思徳は、息子と真玉津が恥じらうように、それぞれ頬を染めてそわそわするのを、若者に若い娘だ——と、微笑ましく見ていた。「異国」琉球の旅空では、そんな仄かな出会いもまた、旅のいい思い出になるだろうと、邪気(じゃき)なく見ていたことだ。

そこに、抜き差しならぬ「恋」が芽生えていようなどとは、考えもしなかった。

こちらはシャムから来た異国の使者である。琉球は異国である。その「壁」があるから、まさかそれがほんとの「恋」に発展するなど、思いの外だったのである。

しかし、若者たちの純でひたむきな気持に、そんな「壁」などなかった。

鄭玖は割りあい酒好きで、よく暮れなずむ時分から、思徳と酌み交わしにやって来た。そこに思徳の息子と従者奈謝の姿はなかった。どこかへ遊びに行ったようだ。

鄭玖とともに、その息子の通事鄭昊もよく訪ねて来た。その鄭昊が、

「先ほど、二人はわが家へ遊びに来て、妹の案内で、波之上などへ遊びにいったようです」

と言うので、

「どうも、お世話をかけます」

と、思徳は息子らの〝息抜き〟の相手にさせられている真玉津のことを気の毒に思いつつ恐縮した。

「何々——」

と、鄭玖が手を振って、「若い者は若い者どうし。

我らの前では肩も凝るでしょうから」

と、気に止める風もなかった。

むろん思徳も、それが「壁」を越える「遊び」になっているなどとは、つゆ思わない。こっそり息子だけというのではなく、三十歳にもなって、こちらはシャムですでに妻帯していた〝おとな〟の柰謝も加わっての行楽のようだから、何の懸念もなかったのだ。

「こういう異国の若者どうしも、これはもう一つの交流です」

「それもそうですな」

鄭玖と思徳、父親二人は無邪気に笑い、それも酒の肴にして、なごやかに酌み交わし、時を過ごしたことだ。酒は、琉球の焼酎の時もあれば、シャムの香花酒、時にはシャムの椰子酒の場合もあり、また久米村の幹部らも加わっての小宴会となったりしていた。

その琉球焼酎やシャム香花酒、椰子酒などを、親たちが酌み交わしていた時、十九になる思徳の息子と、十五の真玉津はひそかに逢瀬(おうせ)を重ね、時には柰謝も加えて、青春を謳歌していたのである。

宿館では、従者の柰謝はいるが、息子の姿だけが消えていた日も多い。

「握救はどこへ行ったか」

と、思徳が訊くと、柰謝は、

「さぁ、そのあたりを散策しているのでしょう」

柰謝は漠然と答えていたことだ。今にして思えば、柰謝は息子と真玉津の逢瀬のことは知っていながら、答えをはぐらかしていたのだ。

思いもかけぬ告白を受けて、思徳が息子を問い詰めると、息子と真玉津はもう肉体関係を結んでいることが分かった。いよいよ抜き差しならぬ仲になってしまっていたのだ。それも、訊けば、真玉津はもう、女としての生理の変調があるというではないか。琉球へ来て、やがて三月になる。息子はいよいよ、真玉津と、身体も気持も、離れ難くなっている。

息子も琉球を去る日が近づくにつれて、どうしてよいか、思い悩んだ末に、父に打ち明けることにしたのである。

思徳ら三人は、来る秋の、マラッカ行きの船に便乗して帰国の途につくことになっていた。

シャムには去年八月と十月の二回出て、それはこの初夏に帰国したところであり、明国進貢のための南蛮物産もかなり余裕があるので、今年の派遣は見送り、ただマラッカのみに行くことになっていた。このため、思徳らはこのマラッカ行きに便乗し、マラッカからシャムに帰国する段取りをつけていた。

ポルトガル船隊が来た後のマラッカがどうなっているのか、マラッカにはポルトガルの捕虜二十数人がなお拘禁されているといい、ポルトガルがその捕虜救出のため艦隊を派遣し、場合によっては戦争になるかも知れないと伝わっており、その情勢を探るのも、思徳の使命のうちであった。

シャムへの船が出た場合は、パタニあたりで下船し、陸路、もしくはマレーの船便を得て、マラッカ探索に行く密命も、思徳は受けていたのだ。

そのマラッカへの船は、風がよければ八月の末、風待ちが出てくれれば九月じゅうに出る予定で、八月ならもうひと月を切っていたのである。


尚真王からマラッカ国王への咨文は、久米村大夫らがすでに作成していた。それは八月十五日付になっていた。

息子握救の気持としては、真玉津をシャムへ連れて行きたいのだが、琉球船は官船であって、女の乗船など、ご法度(はっと)である。

握救は従者の柰謝に相談する。真玉津を男装させて密航させるはできないか。十九歳の少年は単純にそんなことも考えたが、四、五十日、場合によっては二か月に及ぶこともある長い航海で、男装で切り抜けるのは不可能である。ただでさえ、真玉津は胸がふくよかである。何より真玉津の父が娘の〝出奔〟を許すはずもなく、こっそり乗り込んだとしてもすぐに露顕するはずであり、そうなったら大事(おおごと)になろう。

仮にも「シャム国使」である握救の父も、息子が法を犯したことで、帰国後は厳しく罪に問われよう。

密航させることは不可能である。

残る道は、息子が琉球に残る方法である。

病気と偽って残留するのは、確かに一つの方法であろう。父を説得すれば、不可能ではない。

しかし、そのように残留したとしても、いつまでも病気というわけにはいかない。来年はシャムにも船が出よう。ただ、それまででも残留が出来るのなら、また何とか新たな道が出てくるのではないか……。

そのように考えて、握救は柰謝に父の説得を頼み、柰謝も握救のひたむきな恋心に同情して、思徳の前へ出たのである。

マラッカ行きの「義」字号船の出港は、目前に迫っており、もう待ったなしに、追い詰められていたのであった。

「呆れたものだな」

瞑目して腕を組み、眉根を寄せて、息子と柰謝の訴えを憮然として聴いていた思徳は、目を開き、腕組みを解いて、投げやりに呟いた。

息子と柰謝は、身を縮めて、父の言葉（答え）を待った。

「このことは、鄭玖殿、そして通事鄭昊殿もまだ知らぬであろうな」

「はい、知らないと思います。真玉津殿も打ち明けかねているでしょうから」

柰謝が答えた。

思徳は、息子に訊いた。

「真玉津は、どうしているか」

「はい、ただ泣くばかりです……」

息子は俯いたまま、かぼそい声で言った。

「別れを、覚悟しているようです……」

柰謝が、言い添えた。

「ふむ。別れを覚悟しているというなら、真玉津の方が、しっかりしているようだ。お前たちみたいに、姑息な策を廻らすことばかり考えず、運命（さだめ）を見ている」

真玉津のことへ思いが及んで、思徳は不憫に思うとともに、ふと、ひとつの懸念がさした。

肉体関係まで進み、そして真玉津に女としての身体の変調の兆しがあるのなら、真玉津の身体の中には、もう一つの生命（いのち）が宿っているということであろう。とすれば、……無理に息子をシャムへ連れ帰っても、残された真玉津の身体に、それはやがて表われる。

父の鄭玖、兄の通事鄭昊は真玉津を追及し、そのお腹の中の子の父が、「シャム国使」の息子だと分かれば、一気に思徳への不信が高じ、指弾してくるのは目に見えている。ことが明らかになれば、それはアユタヤの官庁にも伝わる。思徳は「国使」としての不始末を問われよう。

自分が鄭玖や通事鄭昊の立場なら、旅先での異国人——いや、単なる旅人ではない、国の名を背負ってきての無責任は、決して許されない。だが、そういうこと以前の問題だ。

この数か月、鄭玖と通事鄭昊は身内のように自分たちの世話をしてくれた。二人の誠実な人柄を知っている。その信頼をふみにじるような結果になってしまったことが、いたたまれない。

思徳は息子を睨みつけた。

「聴いておれば、何？ 病を装って残留したいだと？ 自分のことばかり考えて、人を欺く仮病など、父は許さぬ。まだしも、琉球が好きになったので、もう少しいたいというなら、分からんでもない。だが、お前の考える残留は、欺いて、琉球に居残るというものだ。それは鄭玖、鄭昊殿を欺き、琉球を欺くものでもあることが、お前には分からぬか」

思徳の中には、その琉球は母の魂の宿る存在であり、息子の姑息な考えは、母まで欺くことのように思われ、怒りが沸いてくるのであった。

思徳は、立ち上がった。

「握救、従いて来い！ これより鄭玖殿の家へ行く。詫びて済む話ではないが、ただ詫びるほかない。本来なら命を以て詫びねばならぬことだが、お前が命を捨てれば、哀れな真玉津の悲しみはいよいよ深まる。命を以て詫びることが出来ねば、どうするか。鄭玖、鄭昊殿と真玉津殿の面前で、お前の男を示せ。莫迦者が！」

息子へ厳然と命じて、部屋を出た。

「父上……」

背中でうろたえる息子の声がしたが、思徳は振り返らず、廊下を大股に、足音を鳴らして進んだ。

11

「何と？」

果たして、鄭玖は驚愕し、部屋の隅にうずくまって身をふるわせている娘真玉津を、呆然と見遣った。

「ぜひ、お娘ごも、ご同席願いたい」

と、思徳がわざわざ呼ばせたのである。その横に真玉津の老いた母も付いていた。「お内儀も――」と、思徳がこちらも同席させたのである。真玉津は母にだけは、すでに打ち明けていたようだ。鄭玖は驚いたが、その妻、真玉津の母真呉勢は驚いた風もなく、黙って俯いていた。

鄭昊は公務で外出しているということであった。

「まことに、何と申して、お詫びすればよいか……」

思徳は手を付いた。

息子握救はその横に、平伏したままであった。後ろには柰謝も肩をすぼめている。柰謝とて常に握救と一緒であり、真玉津を加えた行楽も、むしろ握救と真玉津の仲を、仲立ちするような軽い気持で盛り立てていったりしたのであり、大いに責任があったことだ。

鄭玖は、黙って娘を見詰めていた視線を、思徳へ返した。その険しい視線に、思徳は言葉を継ぐことが出来なかった。修羅場になる。しかし、罵られるだけ罵られようと、思徳は覚悟を決めていた。

まったくもって、どうしてこのようなことになってしまったのか。青天の霹靂とは、こんなことを言うのであろう。

「それがしの監督不十分では、済まされぬ話ではござるが……」

思徳が言葉を詰まらせながら、言い難そうに詫びるのを、鄭玖は「いや――」と手で制し、

「若者たちを、縄で括りつけておくわけにもいくまい。若い者たちの分別は、過ちの多いものじゃ。私も娘をほんの子供に思って、何の懸念もなく、お手前方へ連れ回したのは軽率であったかも知れません。子供子供と思っているうちに、いつしか物

思う乙女になっていたというわけです。ご子息はこうして私が見ても、惚れ惚れするような若者、吸い寄せられるのは、これは自然の流れでしょうな」

険しかった視線がいつしか和らいでいる。いや、険しく感じたのは、鄭玖の驚きの表情をそのように感じただけだったのかも知れぬ。何だか、出来たことは仕方がない、と呑み込んだような言いぶりなのは、意外だった。さすがに、大人というべきか。

「鄭玖殿……」

思徳が、ちょっと怪訝に首を傾げるのへ、鄭玖は苦笑いさえ浮かべて、

「お互い子供のことでは苦労が尽きませんのう」

と、ボヤくように言って、「握救殿——」と、息子へ呼びかけ、

「まず、手を上げられよ。出来たことを今さら責め立てても、元に戻るわけではない」

と、何やら諦めるような言い振りである。

「しかし……」

と、思徳がこだわるのを、

「まあまあ——」

と、鄭玖はむしろ宥めるように遮った。

握救が恐る恐る、顔を上げた。部屋の隅の真玉津は涙で頬を濡らして、祈るように握救を見詰めている。その母真呉勢はなお俯いたまま沈黙している。女の出る幕ではないと、悟っているのだろう。

「握救殿——」

と、鄭玖は握救へ膝を回した。

「はい……」

握救は、縋りつくように鄭玖を見上げた。

「そなたがシャムへ帰らず、この琉球に残ると言ってくれたのは、玉津への思いの深さ、真実、わが娘を愛しく思っていることの証と認めたい。そなたを責めようとは思わぬ」

真玉津の「真」は思徳の「思」と同じ士族の冠称であり、身内が呼ぶ時は省くので、単に「玉津」である。

握救は涙の溢れる目で、真玉津の父を見た。鄭玖は優しく頷き返してから、思徳に向き直った。

「仮病を使い、人を騙して残留しようというの

を、あなたは厳しく叱責(しっせき)されたが、若い者の思慮は、まずそんな目先のことであろう。それが可能ならば、むしろそうして貰いたいところです。騙すというのは、後味(あとあじ)はよくないが……」

鄭玖は苦笑(にがわら)った。思徳はかぶりを振った。

「いくら何でも、許すことは出来申さぬ。われらがシャム国使として参ったことは、首里王府の関わること。そのシャム使の一員がかかる不始末を冒しては、なんとも面目もなく、これはわがシャム国に泥を塗ることにもなります」

「………」

「断じて、知られてはならぬことです」

「………」

鄭玖は腕を組み、瞑目して考え込んでいたが、

「分かりました。若い者たちには気の毒ながら、ここはきっぱりと、別れるということにしましょう。若いうちの好いた惚れたは、事情によっては別れざるを得ないというのは、よくあること」

別れさす他あるまいと、すでに結論を出していた思徳は、重い気持で頷いたが、ふと、濡れそぼった子雀のように身を竦(すく)めている真玉津を見遣って、ハッとした。

そうだ、この真玉津のお腹にはもう……と、そのことへ思い当たったのだ。

「鄭玖殿――」

「はい？」

と、思徳は首を回した。

鄭玖が振り向いた。

「仰(おっしゃ)るように、私も二人は別れさすほかに道はないと思いますが、しかし、真玉津殿のお腹には……」

と、思徳は言葉を呑み込んだ。鄭玖も頷いた。

「確かに玉津のお腹に、もう一つの生命(いのち)が宿っているなら、そのうち腹も膨らんで、隠しおおせなくなりましょうな」

と言ったが、その表情はさして困っている風でもなかった。何か策を持っているのだろうか。

鄭玖は腕を組み、瞑目して天井へ顔を投げていたが、意を決したらしく、顔を戻して、座の者たちを見回してから、

「こういうことにしましょう。事が発覚しないうちに、ということは玉津の腹が膨らまないうちにということじゃが、玉津は嫁に遣るか、婿を取ることにしよう。世間体は取り繕える」

真玉津と握救が同時に、ハッとして顔を上げた。思徳も、ドキリとした。

「そ、それは……」

と、思徳は慌てた。別れさす他はないとはいえ、何か置物でも片付けるかのような鄭玖の言い振りには、さすがに唖然とならざるを得なかった。

みんなの目が険しく集中するのを、鄭玖は受け止めて、

「世間体のことを申したが、これは重いことである。わが鄭家は唐営久米村開闢以来の名門である。代々、久米村の最高位である正議大夫の一員として、久米村を導いて来たし、今は私がその正議大夫であり、久米村総理の立場にもある。まさか、その鄭家の娘が父なし子を産んだ、ふしだら娘と、烙印を押されるなどはもってのほかである。世間体というのは、このことじゃ」

「あの……」

膝の上でこぶしを握りしめていた握救が、鄭玖へ目を上げた。

鄭玖がその握救へ視線を投げ、穏やかな微笑を浮かべた。

「ご不満のようじゃな」

「あの……」

と、握救が口を開こうとするのを、思徳が手で制し、

「黙って聞きなさい。そもそも、お前の不始末で、こうなっているのが分からんか。莫迦者が!」

と、叱りつけた。

握救はガクッと、首を垂れた。膝の上の握りこぶしがかすかに震えていた。その向こうで、小さく蹲った真玉津は、肩を震わせて、すすり泣いている。それを見ると、さすがに哀れを覚える。鄭玖は世間体を取り繕うために、腹が大きくならない今のうちに、嫁に出すか婿を取ると言うが、いくら子供の婚姻は親が決める時代とはいえ、ひたむきな真玉津の気持を一顧だにしない、親の独り

決めには違和感がさす。

別れさす——という結論は、動かない。それ自体が若者たちの純な思いを引き裂く無情なことであり、しかし、それは致し方ないとしても、懇々と諭して、納得させなければならないのではないか。その諭すことを全部省いて、一方的に押し付けるようなやり方は独善というべきであり、懐の広い人柄と信頼していた鄭玖らしくもないと思えるのだ。

真玉津は、じっと俯いて、ただ、しくしくとしのび泣いている。

どんな思いで、淡々と事務的に処理しようとする親の冷たい言葉を聴いているのだろう。息子へ視線を流すと、こちらも俯いているが、肩を怒らし、膝に置いた手を固く握りしめていた。怒っているのだ。

「鄭玖殿——」

思徳は、若者二人の純な気持をどう諭し、別れを納得させるか、話をそこへ切り替えさせようと、鄭玖へ膝を回した。

「はい——」

と、鄭玖が首を回した。一方的に押し付けている独善的な親だが、表情は穏やかであった。何かはぐらかされそうになる。

「いくら嫁にやる、あるいは婿を取ると申されても、真玉津殿のお腹の子のことでは、先々(さきざき)、問題が出てくるのではありますまいか」

と、思徳は懸念を示した。

「何々——」

鄭玖は面前で手をひらひらさせて、思徳の懸念を払い、

「かかる例は、この琉球では多々あることです。嫁に遣る場合でも、また婿を取る場合も、相手には、事情を説明して、納得の上で話を取りまとめましょう。さきほどから申しているように、わが鄭家は久米村の名門。話をもっていけば、誰も否やは申すまいと思う。また、婿という場合、家は息子の鄭昊が継ぎますから、その鄭昊の弟として、鄭昊を補佐させればよいし、分家という道もありますから」

「…………」

表情は穏やかながら、鄭玖はやはり強引であった。思徳はしだいに、辟易する気分になりかかったが、ふと、

(もしかして……)

という考えが閃いた。

鄭玖の穏やかさは、むしろ何も拘らぬ、さばさばしたものに見え、

(ははァ、これか?)

と、思徳は思い当ったことである。

ともすれば深刻になる事柄も、鷹揚で拘らぬ大らかさで、さらりと処理しようとしているに違いない。内心では若者たちの前後を見ない直情に苦虫を噛み潰しているのかも知れないが、問い詰めて追い込むのではない。さすが、大人の対応というべきだろう。

思徳は改めて、鄭玖の大らかな人柄に触れた思いであった。

「鄭玖殿に、おまかせします」

と、思徳は頷いた。

12

項垂れていた握救が、

「あの……」

と、抗議するように、鄭玖へ顔を上げた。

「黙れ」

思徳はその息子を叱りつけた。

「父上……」

握救はキッと、父へ抗議の目を投げた。その握救へ、鄭玖がまた膝を回して、向き合った。

「握救殿。さぞ、無情な処置だと思っておられましょうな。いかにも、今申し上げたことは、世間体を取り繕うためのもので、若い二人の気持など、省みないものに違いない。しかしな、世間体というものは、この狭い世間では大事なことなのじゃ。世間から後ろ指を指されては、生きていけないのじゃ。無論、後ろ指を指す世間は往々にして、偏見でそうする。偏見は正せばよいが、簡単ではない。偏見を産まぬようにするのも、大事な

ことじゃ」

「…………」

　握救は俯いて、膝の上でこぶしを握りしめている。肩にまだ、抗議の意思が見える。

「若者どうしが、割りない仲になるのを、咎めようというのではない。それはごく自然な流れでもあり、そうやって結ばれる者は多い。だが問題は、そなたがただの若者ではないということだ。シャム使として来られたのである。またわが娘の玉津も、ただの娘ではない。久米村を仕切る立場の正議大夫の一人娘、久米村では、いわば姫君といったところだ。その二人が懇ろになったことが世間に知れれば、どうなるであろうか。シャム国使として来られたそなたのお父上は監督不十分を指弾されるでしょう。わが鄭家も、ふしだら娘を出したと、後ろ指を指される。世間に顔向けできぬ」

「…………」

「仮に、二人が思いを遂げて一緒になったとしよう。しかし、女子が船で海を渡ることはご法度で、シャムへ行くことは出来ぬから、一緒に暮らすとなれば、この琉球で、ということになろうが、それが出来たとして、その琉球での二人の暮らしの先には、何が待っていると思う。祝福？　いやいや、嘲笑、軽蔑であろうな。それは二人にただちにハネ返り、二人は身を竦めて生きていかざるを得ない。堪えられないことだ。不幸が待っているわけだ。それはまたわが誉れある鄭家にもハネ返ってくる。世間体というのは、そういうことです」

「…………」

「私から申し上げるのは、それだけです。後は握救殿のご判断にまかせます」

　鄭玖は膝を回した。

　まかせる――とはいうが、否やはあるまい、と押し付けるような紋切り型の口調であったし、父の思徳が睨みつけていて、口答えを許さない。

若者は納得のいかない気持を、呑み込むほかなかった。

　そんな息子の不満を目端（めはし）に収めてから、思徳は真玉津へ膝を回した。そして、

「真玉津殿――」

と、おもむろに手を付いた。

真玉津が、えッ、と言うように、顔を上げた。手を付いたまま、思徳は真玉津の目を真っ直ぐに見た。真玉津の目には、涙が溢れていた。子雀が濡れそぼっているように、哀れだった。

「真玉津殿、許して下され。息子が前後も弁えず、そなたを誑かしてしまったようだ」

「父上――」

横で息子が抗議の声を上げたが、思徳は振り返りもせず黙殺した。思徳もまた、一方的、独善的な父親になっているというべきかも知れなかったが、今は急場である。

「いいえ……」

と、真玉津が、消え入りそうな声を発して、かぶりを振った。

「いや、これは何といっても、息子が悪い。許して下され」

「でも、わたし……」

真玉津が涙をためた目で、すがりつくように思徳を見上げ、何か言い継ごうとするのを、思徳は手で遮って、

「そなたのお父上のお言葉、二人の気持も思いやらず、いかにも無慈悲に聞こえるであろうが、深いお考えの上で仰っておられるのだ。そなたら若い者の気持を引き裂いてしまうが、お父上の仰るほかに、切り抜ける道は見当たらぬ。許して貰いたい」

思徳は真玉津に手を付いて詫びてから、その母に顔を上げ、

「お内儀にも申し訳ござらぬ」

と、頭を下げた。

「いいえ……」

真玉津の母は涙をためた目で、かぶりを振った。抗議するような態度はなく、なりゆきを止む無く受け容れるといった感じであった。元来が優しい心根の人なのであろう。息子が惚れるほどの真玉津の優しさや素直さは、その母を受け継いだものに違いない。

思徳は息子に、

「さあ、鄭玖殿とお内儀、真玉津殿に、しっかりお詫びを申し上げよ」

と、睨みつけた。

握救はすがるように思徳を見上げたが、その父の目に怒りの色を見て、泣き顔になって俯いた。

「さ、どうした。お詫びを申し上げるのだ」

思徳は刺々しく強いた。

「………」

握救は手を付き、頭を垂れたが、言葉は出てこない。そのうずくまるような背が震えていた。咽び泣いているのだった。

「握救！」

思徳は、構わず叱りつけた。

「まあまあ……」

と、鄭玖が思徳を制した。

「そのように無理強いなさっても……。もう握救殿は分かっておられます。これは、われら親の方が無慈悲なので、むしろこちらが詫びるべきことなのです。純な気持を引き裂いて、諦めて貰うわけですから……」

ワッ……と、真玉津が俯伏し、声を上げて泣いた。堪えに堪えていたのだ。

握救も両手をついて、声は上げなかったが、ガックリ首を垂れた。こちらはさすがに肩も背も波打っていた。

鄭玖も、思徳も、その二人を黙して見下ろしていた。

（泣きなさい。気がすむまで……）

思徳は、濡れそぼった、あるいは羽をもがれた子雀のように小さく震え、むせび泣く真玉津の哀れな背にいい、目を閉じて、それがすすり泣きに代わっていくのを聞いていた……。

鄭玖の家を出る時、鄭玖が、

「ちょっと……」

と、思徳を玄関横へ導いた。

みんなから離れ、二人きりになると、鄭玖は声をひそめて、意外なことを言い出した。

真玉津のお腹の子は、堕ろさせると言うのだった。

「あの場では、さすがにそんな無慈悲なことは言えませんでしたが、――あ、いや、むりやり別れさせること自体が、すでにして無情無慈悲というべきですが、子殺しのことまでは……」

と、かぶりを振って、

「この久米村には、明国伝来の堕胎の方法もひそかに伝えられていますし、子堕ろし草というのもあります。そのへんのことは妻の真呉勢が通じていましょう。ひそかに子を堕ろしてしまえば、問題は解決します。ですから、貴殿もそのことでは気を病む必要はありません」

「しかし……」

思徳は、細い肩を震わせてしのび泣いていた真玉津の、哀れな姿を思い出した。その身に、新たな痛み・悲しみがふりかかろうとしているかと思えば、やりきれない思いがしたが、

「何、玉津はあれで、身体も丈夫だし、心根もしっかりしています。心配いりません」

と、鄭玖はそんな思徳の懸念を払うように、目の前で手をひらひら払った。

「………」

思徳は黙って頭を下げ、眼前がふさがってくるような、重い気持で、鄭玖の家を出た。

息子がうなだれて従いて来る。その横に、柰謝が息子を労わるように付いている。

（まったく……）

思徳はむっつりと眉根を寄せ、憤然たる思いを噛みしめていた。

鄭玖に「では、よしなに――」と、すべてを託したが、何か理不尽なことをしているという、砂を噛むような後味の悪さは拭えない。

13

その年（正徳五年、尚真王三十四年、一五一〇）九月、マラッカ行きの「義」字号船は那覇港を出航した。

正使は王麻不度、副使は麻加尼と他魯、通事高賢、高進、火長蔡廸。勘合番号「玄」一八一、乗組員は二百七人だが、思徳らシャム使三人が便乗しているので、総員二百十人であった。

ポルトガル船隊が来た直後のマラッカに行った

「康」字号船はこの五月に帰国したが、マラッカにはなおポルトガル捕虜が二十数人抑留されているといい、いつその奪還にポルトガルから艦隊が来るのかと、マラッカは慌ただしい雰囲気であり、砲台を設置したりして軍備を強化しているという。

　しかし、諸国からの交易船は従前通りであり、琉球からも受け入れるというマラッカ国王の咨回文を携えて、「康（こう）」字号船は帰国したのであった。それで、思徳らも便乗する「義（ぎ）」字号船の派遣となったのであった。

　出航を待つ「義」字号船の船べりに立って、思徳は那覇の街を越えて、遥かに横たわる緑の稜線を眺め渡した。

　いよいよ、琉球を去るとなると、さすがに、感慨が溢れてくる。

　あの稜線の向こう、玉城には母の霊魂が漂っている……しかし、もう二度と来ることもないであろう「故郷」……。

（さらば琉球……さらば故郷……）

　母にも〝永久（とわ）の別れ〟を告げる。

（母上。思徳はもうシャムに帰ります。二度とこの琉球の土を踏むことはないでしょう。思徳はシャムの土になります……）

　懐に隻腕を入れた。懐には母の遺髪を容れた布袋が入っている。

　それに触れながら、

（でも、母上はいつも思徳の懐におられます）

　そう心に呟いた時、ふっと、ある思いが湧いた。

（そうだ、母上。お願いがあります）

　思徳は懐の母の遺髪を握りしめながら、遠く玉城方面へ続く稜線へ視線を投げた。稜線の上には白い雲が浮かんでいた。その雲へ母の面影を浮かべて、

（息子の莫迦が……そう、母上には孫に当たりますが、その莫迦息子、莫迦孫が、この琉球で間違いを犯してしまいまして……）

　簡潔にいきさつを語って、

（真玉津のお腹には、ひょっとしたら、その莫迦息子の子が宿っているかも知れません。いや、宿っているでしょう。鄭玖殿は、その真玉津のお腹の子は堕（お）ろしてしまうので問題ないと申されてい

ます。私はその場ではあえて反対しませんでしたが、よく考えて見ますと、無理矢理に子を堕ろすなど、何やら道に外れた無慈悲なことのように思えます。また強引な子堕ろしは真玉津の身体を傷（いた）め、失敗すれば生命（いのち）に関わってくるかも知れません。それは人殺しともなります。鄭玖殿には子堕ろしのこと、何とか思い止（とど）まってくれるよう、頼んで見るつもりです。

　鄭玖殿は、こうも申されていました。真玉津のお腹の子は、誰の子かは伏せて、それを受け容れてくれる心の広い者に嫁がせてもいいと。鄭玖殿は久米村の名門。正議大夫なれば、相応しい縁組が出来ましょうが、しかし、たとえ身籠った真玉津を迎え入れてくれる人が、理解のある、心広い方でありましょうとも、真玉津は心優しい娘のようですから、ずっと後ろめたい思いを抱いていくかも知れません。どうか母上。そんな真玉津とその生まれてくるかも知れない子、それは母上の孫の子であり、母上には曾孫、母上はすなわち曾祖母となりますから、どうか、お見守り下さい）

（はい、息子は……そう、よく言い含めて、アユタヤで立派な嫁を見つけてやります。まだまだ子供です。若い時は未熟ゆえに色々なことがあり、息子もそのゆえの過ちを犯してしまいましたが、若いから傷が癒えるのも早いでしょう。息子にはアユタヤで私の後継者として、王宮親衛隊での大事なお役目が待っています。よく導いていきますので、この点は、どうかご安心下さい）

　心の中で、そんな風に母に語りかけ、思徳は遥かな玉城の稜線へ手を合わせ、別れを告げた。

　船べりを離れて甲板へ戻ろうと身を返した時、艫の方の帆柱の陰に埠頭を見下ろしている息子の姿を認めた。遠くをじっと見つめ、手で目を拭（ぬぐ）っている。泣いているのである。

（ん……？）

　ふと、思い当って埠頭へ目を投げ、息子の視線の先へ流していくと、見送り人の雑踏から離れた後方の物陰に、小さな人影があった。女……そう、まぎれもなく、真玉津である。声も届かぬような、遠さであるが、その小さな影も、袖で顔を覆って、泣いているのが分かる。

若い別れ……。

引き裂かれる運命(さだめ)……。

船上と埠頭の物陰で、若い二人は、抗えぬ運命に、若い涙を流し、心で今生(こんじょう)の別れを交わしているのだ……。

鄭玖の家へ詫びに行ってから十数日、その間、思徳は息子を宿館から一歩も外に出さず、自分が外出する時は従者の柰謝に監視させて、半ば監禁状態に置いてきた。鄭玖もまた、真玉津をそのように、閉じ込めていたであろう。

しかし、船が出てしまえば、もう二度と顔を拝むこともない、永久(とわ)の別れである。

真玉津も今生の思いで忍び出て来たに違いない。乙女の胸は、張り裂ける思いであろう。

そう思い遣ると、忸怩たる思いであるが、添い遂げることの許されぬ、禁断の恋なのであった。

思徳は心の中で、真玉津を励ますように言った。

(すまぬ。だが、しっかり生き抜いていってほしい。生まれてくる子供については、そなたのお父上は、心の広い、理解ある人にそなたを託し、その人の子として育てさせるようにすると申されておりました。お父上がそのように申される以上、またお兄上も見守っておられますから、そのことでは何の心配もいらぬでしょう。実は私も、母上に見守って下さるよう、お願いした。私の母上、そう、琉球王女百十踏揚のことです。玉城におられました。そなたのお腹(なか)の子には、曾祖母です。きっと見守って下さるでしょう。気を持ち直して、しっかりその子とともに、生き抜いていってほしい。私も遠い南蛮の地から、そなたとその子の幸せを祈っているから……)

通事の高賢がやって来て、艑(へさき)の方に、久米村の正議大夫鄭玖と、通事鄭昊、その他久米村役人や、王府役人らが、思徳らシャム使見送りに来ていることを告げた。

視線を返すと、物陰の向こう、見送りの雑踏の先に、その鄭玖ら役人たちの群れがあり、何人かが手を打ち振っていた。船上では正使王麻不度(おまふと)らが手を振って応えていた。

思徳は正使の側に立った。鄭玖を認めて、手を振って返しながら、視線を戻すと、艫（とも）にいた息子も、埠頭の向こう、物陰に泣いていた真玉津の姿も消えていた。真玉津は父や兄に見つからぬように、消えたのであろう。

（すまぬ……）

思徳は真玉津へ呟き落としてから、舳の方へ移動した。

船はまだ荷物の積み込みがあり、乗組員らも埠頭に掛けた板橋を行き交っていた。

思徳は、船を見上げて手を振っている鄭玖に応えてから、正使の王麻不度に断わって、板橋から埠頭へ降りた。

そして鄭玖に目配せし、人混みから離れた。

「何か？」

鄭玖はにこやかに寄ってきた。

「は。実は例の、真玉津殿の子堕（お）ろしの件ですが……」

「あ、あれ。妻（とうじ）の真呉勢（まごぜ）とも話したんですが、うまくいきそうですよ。ご心配いりません」

「いや、そうじゃなくて。もし、お腹に子が宿っているのでしたら、真玉津殿にはぜひとも、産んで貰いたいと思うんです。そのことでは、鄭玖殿の苦労があるとは思いますが、ぜひ、この間お話しされていたように、嫁ぐ相手の方には意を汲んで貰って……」

「しかし……」

迷う鄭玖に、思徳は、

「実は――」

と、母――百十踏揚の話をした。

玉城の母の家の仏壇には、白木の位牌が五つあり、そのうちの二つは明らかに子供のものと思われる小さな位牌だった。

思徳はそのいきさつを母の兄、多武喜（たむき）伯父から聞いたものだ。

母は初め、勝連按司阿摩和利に嫁いだ。子が出来たが、嵐の夜に流産し、次の子も、勝連から脱出して馬に揺られて首里に戻った疲れで、また流産してしまった。

日の目を見ずに、闇から闇へと流れたその小さな二つの生命を悼んで、母はひそかに白木の位牌を二つ作り、供養を続けていたのだ。

　女は、――いや「母」は、身籠った生命に、かくも断ち切れぬ愛着を抱くものであり、真玉津からその子を引き離しても、身体の健康の問題だけでなく、心の傷がいかに癒えざるものであるかを、知らねばならない。

「おこがましいながら――」

　と、思徳はそのようなことを鄭玖に語り、ぜひ堕胎を思いとどまって欲しい、と訴えた。

　心の中では、

（実は私が、その子の曾祖母となるであろう母上に、真玉津殿とその子を見守って下さるよう、お願いしてありますよ）

　と、呟いていた。

　セヂ（精）の高さで知られたという母の霊魂は、この思徳の願いをきっと聞き届けてくれるに違いないと、思徳は信じている……。

　鄭玖は、顎髭を撫でながら、晴れわたった空を見上げていたが、笑顔を戻し、

「分かりました。産ませましょう。男の子だったら、通事にして、南蛮にも行かせましょう。ま、それまでは、私は生きていないでしょうが」

「ははは。私も。ま、我らの時代は終わりますが、また南蛮にも西洋人が現われて、どうなっていくか分かりませんが、息子たちがまた新しい力で、切り開いていくでしょう」

「そういうこと。ま、悲観しないでおきましょう」

「あははは……」

「あははは……」

「父親」二人、声を上げて笑った。

第十一章　季節風の彼方へ

1

「シャム（暹羅）国使」握坤＝思徳が、「義」字号船（正使王麻不度）に便乗して琉球を発し、マラッカに入ったのは、正徳五年（尚真王三十四年）十月末であった。西暦は一五一〇年十二月である。

三十年ぶりの、思徳の〝帰郷〟は、功成りて故郷に錦を飾る、というような晴れがましいものではなかった。

むろん、シャム国王の使者、すなわち「暹羅国使」という晴れがましい使命には違いなかったし、琉球では堂々と王に謁見し、対面談話を許されるという栄誉に浴したのであった。

だが、本来なら彼は、琉球の現王権が滅ぼした前王統の忘れ形見として〝刈り取られる〟べき存在なのであって、それゆえ、身分を隠しての帰郷なのであった。

しかも、息子の〝不祥事〟により、その故郷に苦い思いを残して、去って来たのであった。生きている間には二度と戻ることのないであろう琉球――〝かりそめの故郷〟というべきか。

思徳はその琉球の島影が、霞の中へ消えて見えなくなるまで、船べりで揺られて眺めていた。母への〝永久の別れ〟を惜しみつつ……。

見渡す限り、青い海原がゆったりと、規則的にうねっていた。

先になり、後になり、まとわりついていた白鳥の群れはいつしか消えていた。外洋へ出たのだ。

そうだ、南蛮へ渡る時、トビウオの群れに行き逢ったっけ。船べりでヒョイヒョイと、手づかみしたな、と思い出して、船べりから首を突き出して海を覗いたが、魚の影などは見えない。白鳥がいなくなったわけだ。

ああ、そうだった、あの時のトビウオの群れは、確か広州沖と思われる頃、にわかの嵐、大きな竜巻に巻き込まれ、何とか逃れ出た後に出会ったのだった。

それにしても、あの嵐が、思徳ら三人を運命づけたのだった……と、つい思い出しつつ空を見上げたが、雲一つない蒼穹であった。

息子は琉球を出て以来、ほとんど船室に籠りきりになっていた。

若い激情にかられ、絶望して、海に身を投げてしまうかも知れぬと、従者の奈謝には、決して息子の側を離れるなと言い含めてあった。

船室はシャム使三人の個室になっていて、塞ぎ込んでいる息子の姿を乗組員らに晒すこともなかったが、閉じ籠りきりでは、さすがに怪しまれよう。また、不機嫌で投げやりな態度は、琉球側に失礼だぞということなどを、懇々と諭してあるので、息子も目立つようなことはしなかったが、毎日毎日、船室に閉じ籠っているのは不自然であった。

「どうも異国の風が合わなかったようで、体調を崩していましたが、加えてこの長の航海がこたえているようです。若いのは軟弱で困ります」

と、思徳は使者らには苦笑いで誤魔化していた。

それでも、側で奈謝が元気づけているのか、息子は十日目ごろからは、奈謝とともに甲板に出て来て、大きく揺れる船上、船べりに掴まって遠くを眺めたりして、無聊を慰めるようになり、船室での食事や憩いの時に、気分はどうかと訊くと、「大丈夫です」と、弱々しく、今一つ心許ないながらも、気を取り戻しつつあるのは見て取れた。

息子には試練の時である。

何といったって、まだ若いのだ。乗り越えられるだろう。そして、この悲嘆を乗り越えることで、息子は一回りも二回りも大きくなるであろう。

悩め！　そして、乗り越えろ！

思徳は、船べりで遠くを見遣っている息子の後ろ姿に、心で檄を飛ばしたことである。

しかし、その一方では、忸怩たるものも覚えていた。

息子を連れて来たことが、そもそも間違いだったのだ。「国使」という公的使命に、己が息子の成長を託そうという私的な思いを〝便乗〟させたのは、まさに公私混同であり、このことに考え至らなかったのは、思慮のなさ、あるいはともすれば自己本位になりがちな、心の驕りにほかならぬ。

琉球では、起きた事態への対処という、目先のことにのみ頭の中がいっぱいになっていたが、この公私の混同に今、ようやく気がついたのだ。が、もう取り返しのつかぬことだ。

(ちっ、俺もまだまだだな……)

己が未熟を思い知らされ、思徳は心の中で舌打ちした。

といって、このことは息子に吐露することでもない。俺もまだまだかも知れぬが、息子はそれ以前の問題である。

2

前年(正徳四年、一五〇九)、ディオゴ・ロペス・セケイラ率いる五隻のポルトガル船隊を追い払ったマラッカは、報復に備えて、防備を固めているところであった。

港には例年通り、東方のジャワ、海峡沿いの西方スマトラをはじめ、マレー半島のパハン、シンガプラなどマラッカ従属国、そして明国、さらにベンガル湾に臨むペグー、ケリンなどの交易船でにぎわっていたが、埠頭や市内を、武装兵や役人が騎馬や徒歩で巡回し、また岸壁では砦の設置などで、役人や兵士たちが声を荒げ、慌ただしい雰囲気であった。

西及び北西からの季節風が終わって、東及び北東からの季節風に変わり、マレー半島と東方のジャワをはじめとする島嶼諸国、琉球、明国、コーチ(交趾)などの船が入って来る季節になっていた。マラッカは実に、東西の季節風が始まり、かつ終わる所であり、東洋と西洋が行き当たり交叉する地であった。

ポルトガルの艦隊も、季節風が変わる三、四月(陽暦では五、六月)ごろまでは来ないだろう。その間は従来通り、交易を進めるべく、マラッカは諸国に通達していたのだが、やがて押し寄せて来るであろう洋敵に備えて、落ち着かない雰囲気で、いつもの交易の喧騒も影をひそめ、むしろ交易のことは上の空といった感じになっていた。

マラッカ貿易の主役はイスラム商人である。彼らがマラッカ王を焚きつけて、ポルトガルにいくさを仕掛けたのであり、必然的に彼らもマラッカ防衛の前線に立たざるを得ず、軍備の強化に財を投じ、また兵力も提供するなど、積極的に手を貸していた。

「どうも、今回の商販は不首尾に終わりそうだな」

と、琉球船上で、使者たちは浮かぬ顔であった。

それに、まごまごしていたら、ポルトガル艦隊の来寇(らいこう)にぶつかり、いくさに巻き込まれかねない。

マラッカでは、ポルトガル艦隊が来るとすれば季節風の関係で早ければ年明けて三、四月――陽暦では五~七月と見ているが、ポルトガルの外洋艦船は多帆で速度も速く、堅牢だというから、逆風を乗り越えて来ぬとも限らない。それらは戦艦として建造され、舷側には石弾・鉄弾・鉛弾を撃ち出す大砲を幾門も並べ、小銃（火縄銃）や、火薬を使って発射する飛距離の長い最新型の弓箭(きゅうせん)などの新兵器を備えているというのだ。

何とか早く、目標量の南蛮物産を収買して帰国の途に就きたいが、諸国物産の集積は、前年のポルトガルとの騒動の煽りを受けて在庫が薄く、季節風の関係で西方のインド、アラビア海からの着船は絶えており、ジャワや東方島嶼諸国の船が入って来るのを待たなければならなかった。

結局、ようやく目標量に近い物産を確保したのは、例年同様、二月過ぎになった。「義」字号船は、マレー半島東方域では東南及び南からの季節風が吹き出すのを待ち、三月末には帰国の途につくことになった。

マラッカ国王から琉球国王へ「礼物」と、咨回(しかい)文(ぶん)が港務所から琉球使者に託されたのは三月中旬であった。

例年の諸国との「礼物」交換は、第七章「南蛮貿易」で触れたが、琉球王からマラッカ王に対しては、

色段(しきだん)五匹　青段(せいだん)二十匹　腰刀(ようとう)五把(は)　扇三十把
大青盤(だいせいばん)二十個　小青盤二百個　青碗二千個

色段・青段は綾絹などの織物、腰刀・扇は日本製、大青盤・小青盤・青碗は、明国の青磁の大皿・小皿・碗である。シャムへの礼物には必ず添えられていた硫黄三千斤は、マラッカにはない。マラッカはスマトラ、ジャワなど火山島に結んで

いるので、硫黄には不自由しない。

琉球王からの礼物に対するマラッカ王から琉球王へは、主として織物であり、アラビア、インド、ベンガラ地域の綿やラクダの毛織物などで、どう読むのかわからないが、目録通りに記せば、

山南不十疋　生巳希十疋　南母十疋　山南不文地里十疋　火外十疋

――などである。ただし、これは王に呈上する「礼物」であり、交易品は別である。

交易品の目録はないが、トメ・ピレス『東方諸国記』によると、「レケオ人がマラカへ携えて来る商品」は、おおむね次のようであった。

《主要なものは黄金、銅、あらゆる種類の武器、小筥、金箔を置いた寄木細工手筥、扇、小麦である。かれらの品物は出来がよい。かれらは黄金を多量に携えて来る。また麝香、陶器、緞子を携えて来る。また玉ねぎやたくさんの野菜を運んで来る。》

そして、彼ら（レケオ人）が自分たちの国へ持ち帰る商品は、「シナ人が持ち帰るのと同じ商品」で、主要なものは、

胡椒、丁子、少量の肉荳蔲、プショ・カショ、各種の香木、多量の象牙、錫、蘆薈（芦草、簾や敷物の材料）、ブルネイ（ボルネオ）の竜脳（香料、薬用）、朱色の数珠玉、蘇木、シンガプラ産の黒い木材、カンバヤ（インド）産の玉髄（瑪瑙か）、緋色の呉絽（ラクダの毛の織物）、各種の織物……

と、多彩であった。

思徳のマラッカ入りは、情報収集が目的であるから、船を降りるとすぐ、「琉球人通事」として、琉装でマラッカ港務所に行き、許可を得て、市内へ入り込んだ。従者の柰謝も琉装だが、息子は髪が短くて結えないので、マレー人に化けた。

マラッカの軍備は相当なものであった。

市の中央を流れるマラッカ川にかかる大橋の袂には要塞が築かれ、大砲数門が据えられていた。大砲はアユタヤも明国製のものを備えているが、マラッカのそれはアラビアかベンガル方面から輸入されたものであろうか。アユタヤのものより優れ、

破壊力が大きいと、マラッカでは自慢していた。

思徳は日陰を求めるように物陰へ入り、息子と柰謝に周囲を見張らせて、要塞をはじめとする防備の様や武器などを紙に写した。これはアユタヤに送るのである。

「しっかり見張れよ。トロトロしていたら、見咎められるぞ」

思徳は息子の気を引き締めた。緊張させることで、その青い迷い心を吹き飛ばし、気持をピリピリと切り換えさせようという思いもあったが、さすがに、〝敵国偵察〟という緊張感から、息子も気持を引き締めているらしく、目をキラキラ輝かせて、油断なく周囲へ投げ回していた。

すでにアユタヤもマラッカに密偵を送っているであろうが、こういう軍事の情報は多いに越したことはない。

作成した〝密書〟は息子と柰謝に持たせ、ひと足先に、北部テナサリあたりから山越えでアユタヤに〝帰国〟させるつもりである。

思徳はついに、南蛮探索方になったのである。

正使の王麻不度や両副使、両通事には、

「私はアユタヤの言い付けもありますので、マラッカの情勢をもう少し探ってから、別途でアユタヤに帰ります」

と、船を降りて、マラッカに居残ることを、すでに告げてある。

三月も中旬となり、

「商品もほぼ目標量に達し、マラッカ国王の咨回文もいただきましたので、風を待って、そろそろ帰国しようと思いますが――」

と、王麻不度が別れを告げに来た。

「そうですか。長の航海、そして数々のご厚意、ありがとうございました。皆さんが帰国なされば、私たちも琉装というわけにはいきませんが、そうですね、これからはシンガプラかパハンのマレー人に化けます」

「どうか、お気をつけて――」

「帰国されましたら、どうぞ、久米村正議大夫の鄭玖殿、通事鄭昊殿の父子にくれぐれもよろしくお伝え下さい。琉球滞在中はひと方ならぬお世話をいただきましたから」

「はい、お伝えします」

　王麻不度と副使の二人麻加尼（まかに）、他魯（たるー）はともに首里王府の高官であり、思徳は彼らには正体を明かしていない。通事の高賢、高進は久米村人でともに鄭玖、鄭昊とは昵懇だから、あるいは思徳の正体を聞いているかも知れないが、航海中は二人とも、そんなそぶりは見せなかった。知っていたとしても、口外しないよう、鄭玖に言い含められていたに違いない。

「このマラッカには、ポルトガルの艦隊がやがてやって来るはずです。マラッカの死活に関わることになりましょう。私もそれまでおれるかどうか分かりませんが、マラッカの運命は南蛮の世替わりに関わることであり、何とか見届けたいと思っております」

「秋には、琉球もマラッカに遣船（けんせん）の段取りになっています。難儀（なんぎ）していることが分かりましたら、どうか助けてやって下さい」

「私もマレー語は出来ますので、手助けできることがあれば……」

「よろしくお願いします」

と、王麻不度は頭を下げてから、ふと視線を埠頭へ走らせ、

「お気づきではありませんか?」

と、思徳を窺い見た。

は? と、思徳は王麻不度が顎をしゃくって示した埠頭へ、目を投げた。

「あの港務所の物陰に、黄衣の南蛮僧の姿があるでしょう。数日前から、われらの琉球船を見張っているようです」

「南蛮僧?」

思徳は思わずハッとした。

王麻不度が顎で示した建物の陰へ視線を投げると、確かに身を隠すように、黄衣が覗いている。

遠いので顔までは分からないが、

もしや?

と胸騒ぎを覚えて、思徳は目を細め、視点を合わせた。

（真五郎……?）

――ではないか？

さらに確かめるように、思徳は目を細めて首を突き出した。

すると、向こうも思徳の姿を認めたのか、物陰から出て、「よう！」というように、黄衣の片手を広げたのである。

（真五郎！）

まぎれもなかった。

3

思徳が驚くのを見て、王麻不度が、

「ご存じの僧侶ですか」

と、訊く。

「向こうが私を知っているようです。あれはシャムの僧でしょう。どうもまだ顔がはっきりしませんが、アユタヤで私が知り合っていた僧侶かも知れません。あるいは、僧侶に姿を変えて、マラッカを探りに来た探索方かも。行ってみましょう」

思徳は樫の六尺棒を杖代わりに、板梯子を降りた。黄衣が軽く片手を上げた。

「真五郎殿！」

と、思徳は叫んで、思わず小走りに駆け寄った。

「思徳金様！」

真五郎僧も眼をしばたきながら、真っ黒に日焼けした、皺くちゃの老顔を綻ばせた。

「どうしてまた、こんなところへ……」

まさか、あてどなく、風に吹かれて来たなどとは言うまい。黄衣をまとっているとはいえ、また年を食っているとはいえ、根は探索方である。目的があって来ているに違いない。マラッカは風雲急を告げているのだ――。

真五郎僧は、ニヤニヤしている。

「マラッカの情勢を探りに来たんですか」

思徳はずばりと訊いた。

「まあな。ポルトガルとはどんな連中なのかと思ってな。何、ただの野次馬根性ですよ。それより、思徳金様は、まさか琉球へ？」

「はい。シャムの国使として、琉球へ行って来ました」

「それはまた！」

真五郎は驚いて、目を瞠（みは）った。

「いろいろ、土産話（みやげばなし）もありますよ」

真五郎は、そうだろうと言うように二、三度軽く頷いたが、

「ま、それは後でおいおい聞くことにして――」

と、琉球のことにはあまり興味なさそうに、手を上げて制してから、

「どうも琉球船を乗り降りしている片腕の男がいるというので、まさかとは思いながらも、気になって見張っていたのですが、やはり思徳金様でしたな。いやあ、驚きましたな。痛みは？」

と、真五郎は思徳の左袖へ顎をしゃくった。

「その節はありがとう。お蔭で命拾いしました。時々、ズキッとくることはありますが、もう問題はありません」

「わしだと分かりましたか」

以前は「俺」とか「私」と言っていたが、今は老人らしく「わし」である。

「気を失っていた時、夢の中で、私を呼ぶ真五郎殿らしい声を遠く聴きましたし、リゴール総督府の役人たちの話を聞き、またこれが遺されていましたから――」

と、樫の六尺棒を、持ち上げて見せた。

真五郎僧は顔を綻ばせて、

「足も腿も矢を受けていたし、当座は杖がいるだろうと……」

「助かりました。して、あれから真五郎殿は？」

「ま、風の吹くままに――」

飄々と、真五郎はまたとぼけてきた。

思徳はニヤッと、それを受けてから、

「琉球の土産話など、真五郎殿にはさして興味もないでしょうが、面白い話がありますよ」

と、ニヤニヤ顔になって、真五郎を窺い見た。

「ふむ？」

と、真五郎は釣られた。

思徳はなおニヤニヤして、

「ウチャタイ山……マグラー墓……山マジムン……」

「何だ？」

真五郎は何か思い出すように首を傾げた。「わしの話か」

「はい。首里の山狩隊を蹴散らして逃げた時、真五郎殿が村人たちに言っていた話——あの時は、私は何の話か分かりませんでしたが、しっかりと、もう伝説になっていましたよ」

「ふん」

真五郎はつまらなさそうに鼻を鳴らしてから、思い直したのか、

「そうか。わしの墓が出来ていたのか」

と、皺くちゃの老顔を、ちょっと照れたようにニタッと綻ばせた。

「山マジムンたちを集めて、夜な夜な酒盛りしているそうですよ」

「埒もない」

「真五郎殿が撒いた話です」

「ふん」

「それと、メギツネ殿は数年前に亡くなっていましたよ」

思徳は話題をオキヤカに移した。

「メギツネ……王母のことか」

「そうです。四年前、六十一だったそうです」

「そうか、死んだか……」

真五郎は、空を見上げて、瞑目した。思い出を辿るのであろう。

しかし、すぐ顔を戻し、

「ま、とうに済んだ話だ。どんなに威勢を張ろうとも、人は死ぬのだ」

投げ捨てるような言い方であった。

「…………」

ざまァ見ろ、というようなことでも吐くのかと、思徳は黙って真五郎の横顔を見詰めたが、真五郎はもうメギツネのことは切り捨てたように、

「まだ尚真王の代か」

と、話題を飛ばした。

「はい。尚真王は今や、明君として、讃えられています」

「ふん。メギツネがいなければ、何も出来なかった童がな」

「治世はもう三十五年に及んでいます。琉球は大

きく変わっていましたよ。首里城の北には、国廟として豪壮な円覚寺が出来、首里城を包んで松林が覆っています」

　と、思徳は首里の変貌を語ったが、真五郎は興味なさそうであったが、

「何よりも驚いたのは、各地の按司たちもみんな首里に住まわされています。もう地方に按司はいません。それと同時に、皆、帯刀禁止になっていました」

　と語ると、

「帯刀禁止？」

　と、首を傾げた。

「刀剣を持ち歩くことが禁止されたのです。今まで帯刀していた身分持ちたちも皆、無腰です」

「どういうことだ」

「按司たちの首里集居、刀剣禁止は、謀反を防ぐためといわれています。昔の護佐丸や阿摩和利のような、地方で勢力を蓄える按司たちを生まないためです。みんな、首里王府の目の届く、首里城下に住まわせ、すべての権力は首里の御主加那志(うしゅがなし)に集中しています。それだけ首里の王権は絶対的なものになっているわけです。琉球はもう、斬った張ったの時代ではなくなったのです。身分持ちたちは刀の代わりに帯に扇子を差して歩いています。争いのない穏やかな琉球、という感じです」

「驚いたな。メギツネがいなければ何もできなかったあのワラバーが、ずいぶん思い切ったことをやっているというわけだ」

「ただ、按司たちの謀反の心配はなくなり、首里王権は絶対的なものとなっていますが、問題は、その首里王権を誰が握るかで、こんどはその王位継承のことで、悶着が起きそうです」

「ふむ……」

「明君と讃えられている尚真王ですが、何やら側室(そくしつ)に誑(たぶら)かされているようですよ」

「側室……」

「正妃(せいひ)はあの追放された尚宣威(しょうせんい)の娘、ほら、真五郎殿が心配されていた尚宣威の娘ごで、彼女には長男が生まれました。次の王を継ぐ世子――中城王子でしたが、どういうわけか幼くして首里から

浦添へ追放され、側室の子の五男が世子の座、つまり中城王子に就いたのです。世子はすげ替えられたのです。真五郎殿が案じていた通りになったのです」

4

「新しいメギツネが現われた……」

真五郎は、思徳を窺い見た。思徳は頷いた。

「そういうことです。牝鶏晨すれば、政乱る――、ことわざ通りです。尚宣威の娘ご――」

「確か、真蒲戸と言ったはずだが」

「その真蒲戸が産んだ長男を追放し、側室の子の五男を、二男、三男、四男も飛び越えて、世子の中城王子に上げたのです。しかも、なお驚いたことには――」

と、思徳は思わせぶりに言葉を切った。

「何だ?」

真五郎は苛ついて目を剥いた。

「はい、まったく驚きましたよ。何と、この世子交替を、わざわざ石碑に刻んで、首里城前に新たに建造された王家の墓陵――『たまうどぅん』というのですが、その墓庭に建てたんです。天下に宣言したわけです。五男の生母、つまり側室が尚真王にねだって建てさせたという噂です。尚真王が心変わりしないよう、また重臣や王家内部から異議が出たり、訴えが出るのを封じ込むための石碑でしょうが、それには何やら恐ろしげな言葉が刻み添えられているんです」

「ふむ……」

「こうです――『後にこの書付に背く者あらば、天に仰ぎ地に伏して祟るべし』、とか何とか」

「おぞましいな」

「正妃の真蒲戸がどうなったか分かりませんが、――亡くなったという話で、側室は今や継妃の如くに振る舞い、世子の生母というわけで、首里城御内原では、かつてのメギツネ、オキヤカのような、抗うことの出来ぬ絶対的な立場にあるわけです」

「いやはや……」

真五郎は呆れたように、かぶりを振り、舌打ちした。

「首里王権は絶対権力を手にしたわけですが、裏では今後とも、女たちの欲が渦巻いていくでしょう」

「権力というものは、欲得の上に成り立っているものだ。まして女が絡むとな。女（いなぐ）はいくさの先走（さちば）いとはよく言ったものだ」

「このマラッカの王権も、こちらは女ではありませんが、欲得が絡んで陰謀渦巻き、ドロドロしています。王権というのは真五郎殿が言うように、どこの国でも、そんな陰謀と欲の上に成り立っているのでしょう」

「ふむ。ま、琉球のことはひとまず置いて、今はこのマラッカ、そしてポルトガルのことだが――」

真五郎は、話を切り換えた。思徳も頷いた。

「ペグーあたりでも、ベンガル方面があわただしくなり、ポルトガルの艦隊はもうアラビア、インディアにいくつも要塞を築いているらしいとの噂も飛んで来たりして、これはこの南蛮、大きな世替わりになるぞと思っていたんですよ。そしたら、遂にこのマラッカにポルトガル船が現われました。しかし、マラッカは無謀にも、このポルトガルにいくさを仕掛け、たくさんのポルトガル人を殺したり捕虜にしたりして、船隊を追い返したとペグーに聴こえてきて、これはいよいよ大いくさになるぞと、様子見に来たわけですよ」

「すると今まで、ペグーに？」

「いや、まあ、あちこち風に吹かれて……」

と、真五郎僧はまたとぼけた。しかし、その黄衣はすっかり色あせて、よれよれに汚れ、風雨にさらされてきたことがひと目で分かる。やはり、風に吹かれて放浪を続けてきたことは一目瞭然であった。

「しかし、ポルトガルは物凄い大砲なども持っていて、次々にイスラムの国々を滅ぼしながら、進撃しているというし、マラッカが仮に滅ぼされたら、必然、シャムにも危険が覆い被さっていくのではないかと。それで情勢を探って、アユタヤに知らせるつもりで来たんです」

「アユタヤというと、もしかして私に？」

真五郎は、ニヤッと笑った。

「わが命に代えて、思徳金様を守ると、うみないびの前に誓いましたからな」

「母上に……」

　真五郎の時空をも超えた律儀さに、思徳は思わず熱いものが込み上げてくるのを覚えた。

　それにしても、真五郎は幾つになっているのだろう。

　自分と三十ほども隔たっているから、もう七十七、八になっているはずだが、風雨に打たれ、灼熱の太陽に焼かれた褐色の皮膚は鮫皮のようにザラザラに枯れていながらも、どこか樫木のように固く見え、弛み(たる)はない。眼光も鋭く、まさに不死身の探索方というべきで、彼のいう放浪は、そのまま行者(ぎょうじゃ)の修行なのだ。

　真五郎僧は琉球船を眺めた。

「あの船はもう琉球に帰るのでしょうな」

「もう荷積みも終わり、マラッカ王の書簡もいただいて、風待ちしているところです」

「思徳金様は?」

「私はここに残ります。私もマラッカの情勢をもう少し探ろうと思いまして。真五郎殿と同じ、探索方です。とても真五郎殿には及びませんが……」

「何々。わしはもう老いぼれ。昔のように飛び回ることは出来ない。しかし、ここでまさか、思徳金様に会おうとはな。手間がはぶけました。一緒に、様子を探りましょう」

「船には息子がいます。一緒に琉球へ行って来ました。もう十九ですよ」

「おお！　名前は何でしたかな」

「今は位階の端切(はしき)れを賜わって握救(オックキュウ)と――。もう一人従者が一緒ですが、二人も船から降ろし、適当な頃合いに、陸路で先にアユタヤへ帰そうと考えています。今まで調べたことなどを託して――」

「このマラッカにはすでに何人か、アユタヤの探索方が入っていますよ。わしも連絡をとっています。彼らに息子殿は託したらいいでしょう」

「やはりアユタヤの探索方は入っているのですか」

「マラッカの命運は直接シャムにも関わってきましょうからな」

「アユタヤは再度のマラッカ遠征を企図していましたから、それがポルトガルとの関係でどうなるか……」

　真五郎僧は頷いて、

「しかし、それはそうと、息子殿とは懐かしいな」

と、話を切り換えた。

「そう、わしが坊主になってアユタヤを出た時は、まだ歩きもしなかったが、そうか、もうそんなに経ってしまったんだ。顔を見たいな」

　と、真五郎は過ぎ去った歳月を眺めるように空を見上げた。

「きょう船を降ろしますから」

「ふむ……」

　真五郎は我に返ったように顔を戻し、

「宴会でもやりたい気分だな」

と、はしゃぐように言った。

「やりましょう。私も船へ戻ってこの琉装を脱ぎ捨て、これからはマレー人になりますから、はばかりなく、街が歩けるでしょう」

　思徳は「では後刻――」と、真五郎僧を残して船に戻った。

　こうして、思徳は琉球船に別れを告げ、真五郎僧とともに、マラッカの市街に潜んだ。今度はマレー人に変装し、頭にはターバンを巻いて――。

　マラッカはイスラム教国になっているが、交易国だけに、明国人や、東西のヒンズー教徒、ペグーなど上座仏教国の商人たちにも開かれており、黄衣の仏僧たちの姿も行き交って、真五郎僧も怪しまれることはなかった。

　琉球の「康」字号船が去ってほどなく、風が西から東向きに変わってきた。

「そろそろかな……」

　真五郎は空を見上げた。

　白い雲がゆったりと、こちらへ流れて来る。

　マラッカ市街と港は、兵士らが行軍したり、要塞を建設したりして、物々しい動きとなった。

　そして、遂に五月末――陽暦七月初め。

　ポルトガルの大艦隊が、マラッカ沖合に姿を現わしたのであった。

5

ポルトガルの総司令官（カピタンモール）にして新インド総督（コベルナドール）のアフォンソ・デ・アルブケルケ（五十五歳）が、大小十七隻の艦隊を率い、マラッカに向けてインドのコチンを出発したのは、一五一一年五月二日（陰暦は正徳六年四月）であった。

艦隊はスマトラ島北部のパセー、ペディールを経由して七月一日、マラッカ港に入った。兵員は「ポルトガル人八百人に、大刀・短刀のマラバール人二百人」——と記録されている。マラバールとは、占領したインド西部のことである。

途中で一隻は沈没し、十六隻になっていたが、その一方で、グジャラート（インド西海岸）のイスラム商船を数隻拿捕して、同行させていた。

旗艦に乗り組んだ総督アルブケルケの側には、一昨年、セケイラ船隊に乗り組み、マラッカに上陸したかのマゼラン（フェルナン・デ・マガリャンイス）が、水先案内を兼ねて、乗り組んでいた。マゼランの正確な生年は分からないが一四八〇年ごろとされており、であればこの年三十一歳である。

アルブケルケの長くふさふさと垂らした紅毛の鬚髭（しゅし）は手入れも行き届いて、威厳を示していたが、若いマゼランも豊かな紅毛の鬚髭をたくわえていた。マゼランも貴族の出であった。

十数隻のポルトガル帆船がひしめき、ボートが行き来しているマラッカ港の賑わいを描いた絵があり、ポルトガルのマラッカ占領の頃のものであろう。まさにポルトガル船は我が物顔にマラッカ港を〝占拠〟しており、アルブケルケ艦隊のマラッカ入りは、いかにもこんな様子であったろう。

アルブケルケは前々年（一五〇九）十一月にインド総督に任じられ、昨年十一月にはゴアを占領した。

このポルトガルのゴア占領は、インド地域、さらには東南アジア諸国に大きな衝撃を与えた。わけても、セケイラ船隊を追い払ったマラッカでは、そのゴア占領の報が伝わってくるや、いよいよポルトガル艦隊の来襲は必至と見て、宰相「ベンダラ」（ブンダハラ）は防備を固めるとともに、拘留中のポルトガル人捕虜、ルイ・アラウジョらの待遇を改めた。

マラッカの獄中から、はじめてポルトガル＝ヨーロッパに「ゴーレス」（琉球人）のことを伝えたアラウジョらの、インド総督宛の書簡は、前年（一五一〇）二月六日付で、インド総督はアルブケルケになっているが、アルブケルケがゴアを占領したのはその年の十一月であるから、アラウジョらの書簡はそのゴア占領前に、ポルトガルの拠点基地コチンあたりに届いていたはずである。

しかし、ゴアを占領したアルブケルケは、すぐマラッカには向かわず、まず紅海征服へ向かったのであった。

だが、航路障害のため、いったんコチンに引き返し、紅海遠征を後回しにして、マラッカに抑留されているアラウジョら捕虜の救出と、前々年のセケイラ船隊の被害に対する賠償、及び商館建設を求めるべく、マラッカに向かったのであった。

トメ・ピレスによると、

《マラヨ人（マレー人）は多くの堅固な胸壁（砦）を持ち、海には多くのランシャラとペラオとがあり、河と海とには多数のグザラテ人のジュンコと船があった。それらは戦争の準備ができていた。》

しかし、マラッカ人はマラッカ防衛軍は、一枚岩ではなかった。マラッカ人はマレー人を主としていたが、同時にケリン人（インド東岸地域）、ジャワ人など多くの民族が雑居し、それらの間の利害は必ずしも一致せず、マラッカ防禦についても一致した行動をとることは困難だった——とも、ピレスは書いている。それだけではなく、王宮においても、主戦派と和平派に分かれていた。

マラッカに入ったアルブケルケは、すぐには攻撃せず、数日は船上からマラッカの様子を静観し、出来るだけ戦争を避けようとして、〝平和の伝言〟を送り、囚われているルイ・アラウジョらの釈放と、その抑留及びセケイラ船隊に与えた損害に対する賠償を求めた。

アルブケルケの〝平和の伝言〟を受けて、マラッカ側にも、賠償金を支払い、捕虜を釈放して通商を開くべしという平和的解決の助言をなす穏健な高官たちがいた。ラクサマナ（海軍長官）らがそうであったが、イスラム商人に担がれた王は、これを容れず、そのため捕虜釈放交渉は進まず、王は逆に、装備した艦隊を港内に展開するという示威行動に出、これ見よがしに、沿岸の防備を固めたのであった。

アルブケルケも対抗して、幾艘ものボートに武装兵らを乗せてマラッカ川に入り、示威運動を起こした。

マラッカ王は捕虜一人を送り帰して、市内の防備の堅さを報せ、アルブケルケを怯ませようとはかったが、アルブケルケは撥ねつけた。

マラッカ側では、ベンガル・グジャラートの大商人シャバンダールがポルトガルとの和睦に反対して抗戦を主張し、自分の商船から大量の武器を陸揚げし、六百人からの武装人員を提供した。

アルブケルケは市内に抑留された捕虜に害が及ぶのを恐れて、攻撃をためらっていたが、捕虜と連絡を取った後で攻撃することを決定した。アルブケルケに内通してくるマラッカ居住者がいたのである。

ベンガル商人のニナ・シャトゥであった。

ジャワ人の大物ウテムタ・ラジャも、密かにアルブケルケに通じてきた。彼は平素から、王と不和になっていて、財産を没収された上に追放もしくは殺されると、危機感を抱いていた。そこで、アルブケルケに通じ、自らの生命と財産、一族の保護を申し入れた。

このような協力者を得て、アルブケルケは市内への攻撃を開始したのであった。

アルブケルケは十隻のボートを送って、海岸の家屋と三隻のグジャラート人の商船を焼き払った。マラッカ側は驚いて、ただちにルイ・アラウジョら捕虜を釈放して、和睦を申し出た。

和睦の条件として、アルブケルケは市内に、ポルトガル人のための堅固な家屋を建築することを呑ませた上で、セケイラ船隊と捕虜に与えた損害の賠償として、三十万クルサド相当を支払うことを要求した。

　これに対し、マラッカ側は賠償を支払うべしとする、ラクサマナ（海軍長官）ら和平派と、あくまでポルトガル艦隊を攻撃すべしとするマラッカ王、パハン王らの主戦派に分かれたが、マラッカ王は軍備への過信と、その傲慢さから主戦に決し、高官、実力者らに市内の防禦地域を割り当てた。

　アルブケルケへの内通を知らない王は、かのジャワ人ウテムタ・ラジャにも市内ウピの防衛を割り当てた。ウピはジャワ人が勢力を張っている地域で、繁華であった。

　一方、港に碇泊していた五隻の中国船の船長は、折から国王と紛争を生じていて、アルブケルケに協力すべく人員の提供を申し入れて来たが、アルブケルケは中国人をまき込むことは出来ぬと、これを謝絶した。

　七月二十五日未明、アルブケルケは攻撃隊を二手に分け、一隊は自ら指揮してマラッカ川にかかる橋へ、もう一隊はドン・ジァアン・デ・リマが指揮して、モスクと王宮付近を攻撃した。

　橋を占拠したアルブケルケ隊は、これを奪還しようとするマラッカ軍と激戦となり、双方に多数の死傷者を出した。橋の防衛に割り当てられていたベンガル人トゥアン・バンダンもここで戦死した。

　モスクと王宮攻撃のドン・リマ隊はアラー・ウッ・ディーン王子と、王自身の率いる軍に反撃された。王と王子は七百人を率い、戦象（いくさぞう）を繰り出し、王も王子も象に乗って、刀を打ち振り、兵士たちに檄を飛ばした。

　ドン・リマは海岸地域を占領されて退路を断たれることを恐れ、象隊を分散させて攻撃した。王は他の象が退却するのを見て、自らの象を強引に進ませ、ポルトガル兵士らを蹴散らして、脅威を与えた。

　マラッカ側はしだいにポルトガル兵らを追い詰め、橋のところに集結した。

　ほぼ赤道直下の暑熱は厳しく、アルブケルケは負傷者の多さと、兵らがまだ食事もとっていないことで、橋の占拠を続けるのは困難と判断、午後二時ごろ撤退を開始した。

　ポルトガル人の死傷者は約七十人、うち戦死は十二人にのぼった。

マラッカはまず、ポルトガルを撃退したのである。報復に備えて、マラッカは防禦を強化した。橋の防禦を一段と強化するとともに、市内に柵を設けたりした。

しかし、市の住民の大部分を占めるジャワ人は、その総帥たるウテムタ・ラジャが密かにアルブケルケと通じていたために、マラッカ防衛に協力をしぶり、王は彼らに報酬を支払うという前例のない処置をして協力させたが、協力は消極的であった。

アルブケルケは市内の外国人商人らに、ポルトガルの目的は市を破壊することではなく、あくまでマラッカ王が先にセケイラ船隊に対しておこなった暴虐の償いを求めているだけである、とのメッセージを発し、商人たちも王に和睦するよう勧告したが、王はこれを拒絶した。

――ここで、どのような武器がこの戦いに使われていたかを、ポルトガル側の資料で、ざっと見ておく。

ポルトガル艦隊は、艦船に多数の大砲を備え付けていたが、これはボンバルダと称する臼砲（きゅうほう）で、石弾（せきだん）や鉄弾・鉛弾を火薬で撃ち出すものであった。破壊力は絶大であった。

各船ともこのボンバルダを、舷側に十数門並べていた。これで市街や港内のマラッカ船へ砲撃を加えてから上陸したのである。

さらに、持ち運びが可能で陸戦でも威力を発揮する小砲ファルコネーテ、同じく小砲クレブリーナ、セルベンティンなどを装備し、これらは上陸作戦にも使った。

上陸戦はアルカブスと呼ぶ先込銃（さきごめじゅう）（火縄銃）が威力を発揮した。すなわちこれが後に、日本の種子島に伝わり「種子島（たねがしま）」と呼ばれる銃であった。

バリェスタは、十字型の大弓で、引き金で発射するが、射程距離も長く、殺傷力が強く、小銃よりも威力があった。接戦用には、鋼鉄の刀剣が有効であった。

これらの西洋の近代兵器を駆使して、ポルトガルはインドを攻めて次々に占領し、そして今、マラッカを攻めているのである。
一方、マラッカ側の武器はどんなものだったのだろう。
鎗・刀剣・弓が主体であったが、明国わたりの大砲や、南蛮で鋳造された砲などもあったようだ。
アルブケルケの報告に基づいて、ポルトガル王がローマ法王レオ十世に送った例の書簡に、このマラッカでのポルトガル艦隊の戦いについて、
《接戦二回、多数の回教徒を殺戮した後、其の地を占領し、略奪の上焼き払えり。象に乗りて戦ひたる其の王は重傷を負ひて潰走す》
とあり、これに続いて、
《――我が軍は多くの捕虜及び絹絲・金色燦爛たる塔車（とうしゃ）を持つ戦象七頭・精巧なる真鍮砲（しんちゅうほう）二千個等の戦利品を得たり》
とある。この「真鍮砲」がどのようなものかは後で見るが、それを二千個も鹵獲（ろかく）したというから、相当なものであった。
この戦いの頃、マラッカ王と紛争を起こしていた例の中国船五隻が、マラッカを離れ、シャム＝アユタヤに行くことになった。
アルブケルケはドゥアルテ・フェルナンデスをシャム使節としてこれに便乗させた。シャム王に対して、イスラム教徒をマラッカから追放することに協力するよう申し入れるとともに、通商を求めた。使節はポルトガル銃をプレゼントに持参した。
港で情報を収集していた思徳と真五郎僧は、中国船にポルトガル使節団が同乗して行くのを知り、かつ「手土産」の銃が数十挺、ボートで明国船に運び込まれるのを見た。そのポルトガル銃はすでに先の市内の交戦で使用され、その威力を二人は目撃している。
「あの銃が使われるようになると、これからのいくさも様相が違ってくるかも知れないな」
と、思徳は懸念を浮かべた。
琉球で武器刀剣の携帯が禁止され、争いがなくなるかも知れぬと、明るい希望のようなものを見てきた思徳には、新たな銃器類の供給により、ここ南蛮では逆に、戦争が拡大していくのではないかと、不安と焦りがわき、気持がふさがっていく

思いだった。

ポルトガルはこの銃器を、今後の貿易品に加え、シャム通商の目玉にするかも知れないとも、明国商人らから耳にしていたからだ。

実際、ポルトガルはシャムへ見本銃を「土産」に持って行って、売買の約束を取り付け、同時にビルマにも同じように銃を「土産（みやげ）」にした使節団を送ってその売買契約を結び、後に、大量輸出して大きな利益を得たのである。そして、それを大量に手にしたビルマは後に、この銃を扱うポルトガル傭兵らを加えてアユタヤを攻めることになるのだった。

6

ポルトガルの要求をあくまで拒絶して抗戦の構えを見せるマラッカ王に対し、アルブケルケは市の完全占領を決意し、攻撃を開始した。

例のファルコネーテなどの小砲や先込銃、強弓などで橋を攻撃して、これを占拠し、他の一隊はモスクと王宮のマラッカ軍を攻撃した。

王は千五百人以上の軍勢を率いて応戦してきた。

アルブケルケは橋を中心に砦を築いて王軍を迎え撃ち、市内では九日間にわたって衝突が繰り広げられたが、王はついにマラッカを放棄し、マラッカの南部ムアルに向かって逃亡した。

王と一緒に逃亡したのは、娘たちと王の義理の兄弟たち――カンパル王（ラジャ・アブドゥラ）、パハン王（スルタン・アブドゥル・ジャリル）らである。

アルブケルケによれば、マラッカ王は戦象に乗って戦ったが重傷を負って潰走したという。

「接戦二回」というが、最後の戦いは八月六日に始まり、九日間に及んだというから、八月十五日ごろまで続いたことになる。

これによって、マラッカは完全に、ポルトガルの占領するところとなったのである。

アルブケルケは避難していた諸国商人に、それぞれの居住地、住居に帰ることを許可した。また将兵に、三日間に限り、市内の掠奪を許した。ただし、ケリン人・ペグー人・ジャオ（ジャワ）人の財は保護された。

こうした戦争掠奪は、司令官が公然と許したもので、これはすなわち、兵士たちによる戦利品の分捕りであり、戦争報酬の一つにほかならなかった。婦女子の凌辱も、この掠奪の中に含まれる。この掠奪が兵士たちの楽しみであった。

この戦勝掠奪では、多量の商品のほかに、三十五マルコの黄金、二十五マルコの銀が埋められているのが発見された。

アルブケルケは、ポルトガル王エマヌエルと王妃へ献上する六つの青銅製の象、腕輪、各国人の少女、耳輪などを取って置き、その他の五万クルサド相当の物品（二十万クルサドと多数の男女の奴隷、との記録も）を将兵の間で分配させた。（王と王妃への献上品は帰途、旗艦フロル・デ・マール号が座礁沈没したため、すべて失われた。）

ポルトガルが鹵獲（ろかく）した戦利品は、先のポルトガル王よりローマ法王への書簡では「真鍮砲二千個」とあったが、実際は火砲三千門、その中の二千門は青銅製で、カレクト（カリカット）王より送られた巨砲もあった。一千門は鉄製であった。マラッカの軍備も、半端ではなかったのである。

マラッカを占領したアルブケルケは、二年にわたりマラッカの捕虜となって迫害されてきた、ディオゴ・ロペス・セケイラ船隊のルイ・アラウジョらを慰労し、アラウジョはこれからマラッカに開くポルトガル商館の館長及びマラッカ市長に任じられた。

さらに、アルブケルケは、マラッカ占領に協力したジャワ人のウテムタ・ラジャを、イスラム教徒の総督に、またベンガル商人のニナ・シャトゥを異教徒の総督に任じて報いた。

新たに任じられた異教徒の総督らは、商館長兼市長のルイ・アラウジョの差配下に置かれたが、この中のベンガル商人ニナ・シャトゥはマラッカ人の総支配たるブンダハラ（宰相）にまで任じられたものの、後に壮烈な自殺を遂げる。

アルブケルケは、イスラム寺院を崩してその跡地に、石造の要塞を建設した。石材が欠乏していたので昔の王の墓や、倒壊した寺院（モスク）の石材を利用し、奴隷を使役して九月中旬に着工、アルブケルケがインドへ帰還する翌一二年一月までに、その大部分は完成した。アルブケルケは「名声城（ファモーザ）」と命名した。

リンスホーテン『東方案内記』によると、二・八メートルの厚さの石壁で取り囲み、一隅には四層の高塔が海浜に暗赤色の美しい姿を投影し、高潮時には荷を積まない二百トン積みの船が容易に塔側に碇泊できる。丘に面した側は城壁の各隅に二つの塔があり、砲撃が可能で、また別の丘を制圧し得るところに大砲がある、という壮大な城砦であった。

この要塞建設中に、マラッカ王に背いてアルブケルケに内通したジャワ人の大商人ウテムタ・ラジャと彼の息子が、ポルトガルに謀反を起こした。

ウテムタ・ラジャは「微賤（びせん）」の出身、貧乏でジャワからマラッカに渡ったが、商才があって成功し、マラッカにおけるジャワ人第一の富豪を誇り、ジャワ人をまとめる頭領になっていた。マラッカに来て、すでに五十数年になり、もうかなりの高齢であったが、傲慢強欲で気が荒く、王に対してもつねに反抗的であった——と、トメ・ピレスは紹介している。

アルブケルケに内通したのも、その「強欲」さから、自らの生命財産と一族を保護して貰うのが条件だった。

占領後はイスラム教の総督に任じられてアルブケルケに服従していたが、逃亡中のマラッカ王マフムード・シャーと、その息子（王子）のアラー・ウッ・ディーンとが不和となったのを見て、「強欲」なウテムタ・ラジャは、この野心に燃えた息子（王子）と手を結んで、マラッカを手に入れるべく、ポルトガルに対する反乱を企てたのである。

しかし、密告により、謀反は事前に露顕してしまった。密告したのは、かねてジャワ人ウテムタ・ラジャと対立していたケリン人だったという。ウテムタ・ラジャとその息子のパティ・アコ、養子のパティ・プラ、及び孫四人が捕えられ、裁判にかけられ、死刑を宣告された。

ウテムタ・ラジャの息子、パティ・アコ——読者はご記憶であろうか。二年前のセケイラ船隊がマラッカに来た時、剽悍な彼はセケイラを殺そうとその船に乗り込み、甲板に出ていたセケイラの背後に忍び寄って、クリス（短剣）を抜いた。たまたま帆柱の上にいた見張員に発見されて、暗殺に失敗したが、あのパティ・アコである。

　ウテムタ・ラジャの妻は、一族はマラッカを退去してジャワに移ること、賠償金十万クルサド以上に相当する黄金を収めることなどを条件に、夫や息子・孫らの助命を嘆願したが、アルブケルケは拒絶した。

　ウテムタらは十六日間の入牢の後、十二月二十七日、市内広場で公開処刑された。

　斬首であった。

　むろん占領者ポルトガルの断固たる姿勢を示すための公開処刑であって、市内に潜んでいた思徳と真五郎も、群衆に紛れて、この公開処刑を見た。

　真五郎僧は黄衣を着し、合掌して、誦経しているのか口中で何やらブツブツ呟きながら、この七人の処刑を見送った。

　侵略と抵抗、強欲、傲慢、征服者、陰謀……どこに正義があるのか、何が正義か――。

（…………）

（…………）

　何とも言えぬ重く暗い気持で、その日は思徳も真五郎僧も、潜んだ市内の小屋で膝を抱き、明かりもつけず、寝もやらず、黙然と、一夜を明かしたことであった。

「何だと？」

　それが思徳と真五郎に伝わったのは、ウテムテ・ラジャらの公開処刑から間もない正徳六年十一月、西暦は一五一一年十二月のことであった。

　アルブケルケはマラッカ占領の体制を敷いて、年明け早々にもインドに帰還することになっていたが、その頃、マラッカに向かう琉球船が、ポルトガルの占領のために、シンガプラで足止めになっていると伝わってきたのであった。

　この秋、琉球がマラッカへ遣船の予定でいたことは、思徳も琉球で聞いていた。

「そろそろかな」

と、真五郎ともそのことを話し、港に注意を払っていたが、十月末（陰暦）になっても姿を見せないので、あるいはマラッカの異変を危ぶんで、遣船を見送ったのかも知れぬとも思ったりしていた。

その琉球船が、予定通り来たものの、マラッカ争乱のために、シンガプラで足止めを食っているというのであった。

逃亡したマラッカ王は、シンガプラあたりへ落ち延び、ポルトガルが追尾しているとも聞こえてきていた。

琉球船は、とばっちりを食うのではあるまいか。

マラッカ王は傲慢だったかも知れないが、琉球の通交には好意的であった。もしかして、マラッカ王は琉球船に身を隠そうとするかも知れないし、深い事情を知らぬ琉球船は、マラッカ王の難儀に同情して、匿うかも知れない。

そうなると、琉球船はポルトガルに攻撃されるのではないか。

「真五郎殿、シンガプラへ飛びましょう」

「おう！　馬を捜しに行こう」

と、二人は飛び出した。

マラッカ市外の農家で、馬を調達した。

買い取る形であったが、断わられないためにかなり弾んだので、馬二頭、すぐ手に入った。

坊主が馬で駆けるのもおかしいので、真五郎はその農家で野良着も調達し、坊主頭にはターバンを巻いて、すっかりマレー人に成り代わった。

走れ、思徳！

急げ、真五郎！

二人は、南へ、駆けに駆けた。

マラッカからシンガプラまでは今日の距離で約二百四十キロ――高速道路を車で約三時間、電車だと十一時間三十分余だが、当時は貫通路もなく、蔦の絡まる鬱蒼たる熱帯の原生林を抜け、道なき山野を越え、橋なき川を渡って行かねばならぬ。

その間にも、琉球船は攻撃されているのではないかと思えば、気が急き、大空をゆったりと舞う

マレー大ワシの姿を見上げて、
「オーイ！　連れてってくれ！」
と、ぶら下がりたい気分にさえなった。

7

マラッカに来た琉球船は、正使馬彼比（まかび）、副使麻美子（まみつ）（真満）・也麻都（やまと）（山戸）、通事梁傑・高賀、火長梁実の「康」字号船（半印勘合「玄」一八八）、乗組員総勢二百十八人であった。

八月十三日付の尚真王の咨文・執照を携帯して、風を待ち、九月になって出航して来たのであった。

マラッカまでの航海は、片道四、五十日であり、十一月初めのシンガプラ水門到着は普通の日程であった。

『アルブケルケ伝』に、彼がマラッカ占領を完了し、インドへ向かった時に、ゴーレス（琉球船）がシンガプラに来着したことが記されている。ということは陰暦十一月末か十二月上旬である。

《アフォンソ・デ・アルブケルケが、マラッカの占拠を終えてインドに向かった時に、彼ら（ゴーレス）の船が二艘、シンガプラの水門に碇泊し、マラッカに赴く途上であったが、マラッカ国の水師（すいし）提督ラサマネの警告により、同地がポルトガル人の占領するところとなったのを知って、航行を見合わせていたのである。》

マラッカの水師提督ラサマネというのは、例の和平派の海軍長官ラクサマナ（楽作麻拿）で、彼もマラッカを逃れたのか、あるいは敗戦処理でポルトガルに許されたのか、シンガプラに来ていた。逃亡した王一行とは、別行動をとっていたのである。

「琉球船二艘」というのは誤認で、琉球船はこの年は一隻だけの派遣であった。ただシンガプラ水門は、マラッカ異変で諸国の交易船が輻湊していて、琉球船によく似た、明国か安南（あんなん）、交趾（コーチ）あたりのジャンクが琉球船と一緒に並んでいたのを、ポルトガルはゴーレスの僚船と誤認したのであろう。

馬を休ませたりしながら、思徳と真五郎の二騎は、ほぼ一昼夜かけて、ようやくシンガプラに到着した。

途中で行き逢ったマレー人らの話では、マラッカ王の一行はシンガプラではなく、内陸部へ逃げたようで、少しは安心したが、シンガプラに辿り着いて、南蛮諸国の船よりもひときわ大きな琉球船が浮かんでいるのを見て、二人はホッと胸を撫で下ろした。

黄地に赤い三角のフリルを付けた、海の魔を刺し航海安全を祈る長いムカデ旗と、吹き流しが風に泳ぎ、帆柱には、やはり黄地に赤フリルを付けた三角の太陽旗（ティーダばた）（日輪旗）が翻っている。このティーダ旗は長四角の場合もあり、「琉球船」の船印であった。

色とりどりの旗を翻し、船体に彩色を施した琉球船は、綾船（あやぶね）とも呼ばれ、ひと目でそれと分かる。これは明（みん）（清（しん））国への進貢船とまったく同じである。というより、進貢船と南蛮貿易船は兼用である。二、三百人乗りの大型船である。

思徳と真五郎は、馬を物陰に繋ぎ、ラクサマナが諸国の船の間を行き来している隙を見て、琉球船の板橋を駆け上がった。

船上では乗組員らがびっくりして、二人を取り囲んだが、もとより危害を加えようというのではなく、思徳は琉装だが、真五郎はターバンを巻いたマレー人の風体なので、情報を持って来たと勘違いしたのであろう。

「私は去年、琉球へ行ったシャム国使、握坤（オックコン）です」

思徳は乗組員たちを見回しながら、声を上げた。琉球語であった。取り囲んだ水主（かこ）たちは「えッ？」と吃驚（びっく）りして、思わず身を引いた。

「シャム国使殿とな！」

乗組員の背後から大きな声が上がって、烏紗帽（うさぼう）を被った正使佳満度が、乗組員らを掻き分けて来た。

「おお！　シャム国使殿！」

正使佳満度は、にこやかに近づいて、

「使者の佳満度でござる。お久し振りでござる」

と、頭を下げたが、思徳は記憶にない。恐らく首里城に上がり、尚真王に謁見をした時、背後に多くの王府高官たちが居並んでいたし、王が退座した後は高官らと打ち解けて、杯を交わしつつ、琉球のこと、シャムのことなどを語り合った。

あの一座に、佳満度もまじっていたのだろう。その時、彼は前面には出ず、背後で会話も控えていたに違いない。それで目立たず、思徳の記憶にも残っていないが、よく見れば、目を合わせたような気もする。

しかし、今さら、誰だっけ？ と訊くのも失礼であり、思徳は覚えているような素振りで、

「しばらくでした。琉球ではいろいろと、お世話になりました」

と、あたりさわりのない礼を述べた。

両副使と両通事もやって来た。両副使も久米村人ではなく王府役人で、初めて見る顔であったが、通事の梁傑、高賀は久米村の宿館で、鄭玖、鄭昊とともに酌み交わしたことがあった。

思徳と通事は、久闊（きゅうかつ）を叙（じょ）してから、

「国使殿はもうてっきりアユタヤにお帰りと思っておりましたのに、どうしてここに？」

と、梁傑が怪訝な顔を向けた。

「ま、いろいろありまして。このことは後ほどお話ししますが、琉球船がここで足止めを食っていると伝わってきたものですから、マラッカから馬を飛ばして来たのです」

と、思徳は埠頭へ顎をしゃくった。

「マラッカから……」

梁傑は驚き、佳満度ら正副使も、思徳が顎で示した埠頭奥に繋がれた二頭の馬へ、視線を投げた。

「マラッカは今、ポルトガルに占領されています。マラッカ王一行は逃亡し、南へ下ったとも聞こえてきて、もしや琉球船も巻き添えになって、ポルトガルの攻撃を受けているのではないかと思ったものですから」

「助けに駆け付けて下さったわけですか」

佳満度が感謝の眼差しで、思徳と真五郎を見回し、頭を下げた。

「いや、われら二人だけでは……あ、こちらはシャムの僧侶ですが、マラッカの様子を探りに入っていまして、怪しまれないためにこうしてマレー人に化けていますが、……ともかく琉球船が

攻撃されているなら、何か手助けできるかも知れぬと。われら、マラッカの言葉も出来ますので……」

「それはそれは。気に掛けていただいて、感謝申し上げます。ラクサマナ殿によれば、マラッカ王一行は取り敢えず内陸部へ逃げたようで、こちらには来ておりません。だけど、いずれ、必ずやって来るだろうと。それまでに、何とかしたいのですが、ポルトガルの指示を待て、ということで……」

佳満度は浮かぬ顔になり、

「あそこに、ポルトガルの船も一艘来ていますが」

と、顎をしゃくった。水門の向こうに、たしかにマラッカの港で見たポルトガル船と同型のやや小ぶりの艦が浮かび、その近くの岩壁を、銃を担いだポルトガル兵士十人ほどが、手持ち無沙汰な感じでゆったり巡回している。

「ラクサマナ殿が戻って来る前に、私ども二人、この琉球船の乗組員に化けたいと思いますが……」

思徳が頼むと、佳満度は悟って「おお」と頷き、傍らの従者に、

「船室に琉球の着物の着替えなどがあるだろう。頭に巻く手巾(てさじ)などもあろう。お二人を船室へご案内して」

と、指示した。

二人は船室へ案内され、真五郎はすばやく琉装に着替え、思徳も新しい琉装に着替えて、甲板に戻った。

8

真五郎は「シャム僧侶」なので、言葉も分からない振りを続け、もっぱら思徳が、ポルトガルに占領されているマラッカの様子を語った。

「マラッカのポルトガル占領の狙いは、このシンガプラの海峡を抜けて東側の島々との交易をおこなうための、拠点にしようというもののようです。東の島々は胡椒を始めとする香料の主産地です。ポルトガルはそこを〝香料列島〟と呼んでい

るようです」

「ポルトガルをはじめとする肉食が主体の西洋諸国では今、香辛料を争い求めているとかで、ポルトガルはいちはやく、この香料列島を我が物にしようと乗り出してきているわけです。先日、数隻の船をその香料列島の探検に派遣したようです」

「ポルトガルが、それほどこの南蛮香辛料に関心を寄せているなら、われらもその南蛮香辛料は明国への進貢に欠かせませんから、競合しますな」

佳満度は懸念を浮かべ、

「しかもマラッカを抑えられたとなれば、われらはもう、マラッカでの商販は閉ざされてしまいますな」

と、顔を曇らせた。

「香辛料に関しては分けて貰うことは無理でしょうが、マラッカには西方の文物――綿や毛織物、錫、鮫皮など、いろいろと入ってきますから」

と、思徳は慰めたが……しかし、それとても、ポルトガルが「琉球分」として特別に回してくれればの話であり、大砲を撃ち込みながら遮二無二乗り込んできたポルトガルが、縁もゆかりもない東北の島・琉球などに、そんな情けを示すとは、考えられない。

「恐らく、この航海が、琉球のマラッカ遣船の最後になるかも知れませんね」

と、佳満度は諦めたように首を振った。

「………」

思徳も慰める言葉がない。

「ここにこうしていても仕方ありませんから、マラッカへ行くのを止めて、戻ろうと思います。何十日もかけて航海してきて、手ぶらで帰っては乗組員たちの手間も払えませんから、国王の執照はないけれど、一つアユタヤかパタニ（太泥尼）あたりへ寄って、交易の交渉をしてみようかと考えています。マラッカへの王の咨文を示し、事情を説明して――」

憂い顔の佳満度に、思徳は頷いた。

「それがいいかも知れませんね。アユタヤなら私が手紙を書きます。パタニも総督府の者を何人か知っています。一緒に行ければいいのですが、私はまだこのマラッカでのポルトガルの動きを見届けなければなりませんので……。そうだ、パタニ総督にも、手紙を書きましょう。私の名も多少は知られていますので、無視はしないと思いますから」

「ありがとうございます。ぜひお願いします」

「分かりました。すぐ書きましょう」

答えて、思徳は通事の梁傑、高賀に、

「鄭玖殿、鄭昊殿はお達者でしょうか。その節は、たいへんお世話になりましたが――」

と、話を向けた。

「はい、お二人ともお元気ですよ。鄭昊殿には二人目のお子が生まれました。こんどは女のお子ですが、第一子のご長男はもう五歳です」

「それはそれは。お子と言えば、鄭玖殿にはお年頃のお娘ごがおられましたな。確か真玉津と。彼女にも滞在中は食事の世話などしていただきましたが、お年頃でしたから、もしかしたら……」

「ああ、真玉津なら、去年の秋、ニービチ（結婚）されました。婿殿を迎えて、分家されましたよ。この夏、玉のような男の子が産まれ、鄭玖殿は毎日、そのお孫をふところに入れて、にこにこと久米村を歩き回られていますよ」

「それは、何より……」

思徳は、笑顔で頷きながらも、胸の奥がうるんだ。

真玉津の子……玉のような男の子……。

その子は恐らく、わが息子握救の子ではなかろうか。

思徳は鄭玖に真玉津の堕胎を思いとどまらせたが、確かに真玉津のお腹に子が宿っていて、それが生まれてきた子だとしたら……。

しかし、それが息子の子であるかどうかを確かめるために、真玉津が結婚したのは何月で、子を産んだのは何月か？　などとほじくり訊くのは止めた。梁傑の曇りのない朗らかな顔を見れば、真玉津は幸せな結婚生活を送っているに違いない。波風立ててはいけない。そっとしておくのだ。

息子には、真玉津が結婚し、子が産まれたことは報せないでおこう、とも思ったが、

（いや――）

と、考え直した。黙っておれば、息子は琉球船が入れば港務所へ駈け込んで、いろいろ聞き回るかも知れない。息子がそんなことをすれば、琉球の使者たちは怪しむはずだし、まして「子供」のことが分かれば、息子は未練を掻き立てられるだろう。

息子には、きっぱりと諦めさせねばならない。

そう、息子には、琉使に会って訊いたが、真玉津に子が宿っていると思ったのは、思い過ごしであり、実際は、子はなかったこと。真玉津はつい先ごろ、親の考えで嫁に出された、と言おう。

息子は打ちのめされるだろうが、若いうちの傷は癒えるのも早いだろう。息子には、真玉津を凌ぐ、美しく愛らしい娘に、巡り合わせよう。

（ふむ……）

と、思徳は自らへ頷き落とし、パタニ総督への手紙を書きに船室へ行こうとした時、碇泊していたポルトガル艦の岸壁から、馬で駆け付けた兵士がいて、他船の巡回から琉球船へ戻りかけていたラクサマナのところへ駆け付けて行った。

話を聞き終ったラクサマナは琉球船に手を上げた。今行くからという合図のようであった。

佳満度ら琉球の使者たちは船べりへ出た。

トントンと、身軽に板梯子を上って来たラクサマナは、アルブケルケから任命されたマラッカ知事が、琉球船のマラッカ入りを許可したと告げ、書付と旗を巻いた長い竿を手渡した。書付は「旅行許可証」、旗は「休戦旗」であった。この旗を掲げて、マラッカの港へ入れ、という。

「マラッカ知事は、マレー人や商販に来ていた諸国人から、ゴーレス——すなわち、あなた方琉球人の評判を聞き取り、マラッカ入りを許可されたということです」

と、ラクサマナは、わがことのように喜んだ。

これについて、『アルブケルケ伝』は次のように書いている。

《マラッカの知事等は、ゴーレスが如何(いか)なる人種であるかを知り、旅行券と休戦旗とを与えた。それでゴーレスはマラッカに来たのである。》

マラッカの知事等——というのは、アルブケルケに任命された司令官ルイ・デ・ブリトと、商館長兼市長のルイ・デ・アラウジョら、マラッカ在住のポルトガル幹部らのことであろう。

例のポルトガル王からローマ法王への書簡にも、このことは記されている。

《当時マラカには、スマトラ、ペグ（ペグー）、ジャウバア（ジャワ）、ゴーレス及び支那の東端より来る外国商人あり。彼らはアルブケルケより貿易を許されて、城砦の近傍に移居し、ポルトガルに忠誠を誓ひ、其の通貨を採用せんことを約したり。》（岡本良知訳）

琉球人については、多くの評判が、ポルトガル側に記録されている。これは第七章「南蛮貿易」で紹介したが、その多くはトメ・ピレスが『東方諸国記』で紹介しているものである。

トメ・ピレスはアルブケルケのマラッカ占領時にはインドに来ていたが、インドに帰還したアルブケルケがマラッカ商館勤務に命じ、それで占領直後のマラッカに来て、ポルトガル商館勤務となり、書記・会計の仕事に就いて、「レケオ」「ゴーレス」についても、聞き取り調査をおこなったのである。

琉球人の評判——こういう「いい話」は何度聞いてもいいものなので、繰り返し紹介する。

《ゴーレスは勇敢にして、マラカ（マラッカ）に於いて畏敬されている。》

《彼らは誠実を尚び、偽言を許さず、マラカの商人で不正の取引をなす者があれば、彼らは直ちにこれを捕える。》

《彼らは常に取引を急ぎ、交易終われば直ちに帰路に就く。彼らはこの地に植民地を営まず、母国を長く離れるのを好まない人種である。》

《彼らはシナ人より気質よく、かつ取引も円滑になした。……シナ人よりも正直な人々で、また恐れられている。》

《彼らは信義を重んじ、美風に富む敬愛すべき人種にして、異国人と交易することを公正なる行為と考え、かくの如く信義を重んじているのである。》

《マラヨ（マレー）人はマラカの人々に対し、ポルトガル人とレキオ人との間に何の相違もないが、ポルトガル人は婦人を買い、レキオ人は

それをしないだけである、と語る。》
《われわれの諸王国でミラン（ミラノ）について語るように、シナ人やその他のすべての国民はレキオについて語る。彼らは正直な人間で、奴隷を買わないし、たとえ全世界とひきかえてでも、自分たちの同胞を売るようなことはしない。彼らはこれについては死を賭ける。》
《彼らは、気位が高い》
――これらの評判記については、もとより思徳や真五郎は知らないが、穏健和平派のマラッカ海軍長官ラクサマナは、
「琉球人は特別なはからいでマラッカに入ることを許されたのだ。それはこれまでの誠実な商販を、マラッカのポルトガル人も認めたからで、私からも、琉球人の実直誠実については助言を送った」
と、明かしたことであった。
ラクサマナが船を降りて行った後、琉球船は出航準備に取り掛かった。思徳と真五郎も同船することにした。
思徳はいったん船を降りて、物陰に繋いであった馬二頭の手綱をその首に巻き、来た道へ向かって、その尻を叩いて走らせた。

9

ところで――。

マラッカに関しては『アルブケルケ伝』やバロスの『アジア史』とともに、トメ・ピレスの『東方諸国記』（岩波書店『大航海時代叢書』V＝生田滋・池上岑夫・加藤栄一・長田新治郎共訳、池上除き〔注〕も、〔補注〕は生田）を多く用いたが、トメ・ピレスについては、彼が何者なのか、とくに紹介しておくべきだろう。

彼はインドで、アルブケルケと実際に面談し、彼に任じられて占領直後のマラッカに派遣された、まさに同時代の〝生き証人〟だからである。

マラッカの琉球人についてはルイ・アラウジョの獄中書簡で初めて紹介されたが、よりくわしく、「琉球人の評判」をマラッカで聴取し記録したのが、トメ・ピレスであって、彼が書かなければ

ば、マラッカにおける（ひいては南蛮諸国における）琉球人の評判は、型通りの通交文書（公文書）の背後に、埋もれてしまったはずである。

生田滋によれば、ピレスの生い立ちはよく分からないが、一四六六年ごろリスボンで生まれたようで、貴族（フィダルゴ）出身ではなく、国王付き薬剤師の息子だったという。彼自身が『東方諸国記』の序文で、

《私はルシタニア人で、身分の低い平民の出身であります》

と、謙遜している。「ルシタニア」とは古代ローマの地方名でポルトガルの雅号である。

彼自身も薬剤師として、一時は王子付きになったが、王子が死亡したので同職を離れ、兄弟とリスボンで薬種商店を経営した。薬種商として、伝説的な東洋の香料諸島などのことを耳にしていたであろう。

が、インドへ行くことを決心したのは、その香辛料を求めてではなく、「金儲け」のためだったようだ。一五一一年、四十五歳の頃である。この頃には妻とは死別し、子供のことは不明だが、身軽になったからでもあろう。

当時のポルトガルのインド庁長官、そして宮廷侍医長が、親戚になっていて、彼らに働きかけてマヌエル国王から年俸三万レアルと黄金二十キンタル（一キンタル＝百kg）の支給を条件にインド勤務の商館員に任ぜられ、インド総督アルブケルケへの推薦状を携えて、一五一一年四月二十日リスボンを発し、九月上旬、インドのカナノールに着いた。

しかし、アルブケルケはマラッカに出かけていた。ピレスはマラッカ占領の報をカナノールで聞く。

年明けて一五一二年一月、コチンに帰還したアルブケルケはカナノールのピレスをコチンに呼んだ。

アルブケルケは、マラッカで部下の間でトラブルが発生していたのを、そのままにして帰還したので、ピレスをマラッカ商館員に任じ、現地司令官ルイ・デ・ブリト・バタリン及び商館長ルイ・アラウジョを助けて紛争を収拾するよう命じた。

トメ・ピレスは四月（もしくは五月）にコチンを発ち、六月（または七月）マラッカに到着した。

だが、ピレスがマラッカに来た時には、商館長ルイ・アラウジョはすでに、ジャワ人との戦いで戦死し、ペロ・ペアソが後任に就任していた。

ペアソはアラウジョよりずっと年少で、ピレスはその下で働く気はしなかったが、アルブケルケの任命だし、ともかく商館の書記兼会計掛及び薬種の知識があったことから香辛料管理人の職に就いた。が、赤道下の暑熱に負け、間もなく熱病に冒されて、二、三か月も病床に就いた。

明けて一三年二月末に、病はすっかり恢復した。そして、同三月十四日、司令官のルイ・ブリトがジャワに派遣した四隻の船隊の事務長（フェイトール）として参加した。船隊は東部ジャワのチレボン、グリシーなどで香辛料を入手して、六月二十二日マラッカに帰着した。

一五年一月（もしくは二月）、ピレスは一定の蓄えも出来たので帰国しようと思い、マラッカを離れ、二月末コチンに戻った。アルブケルケに帰国願いを出すことにしていたが、アルブケルケはちょうどオルムズ海峡に遠征していた。そして、その帰途十二月十六日、ゴア港外まで来て没したので、結局、アルブケルケとの再会はかなわなかった。

アルブケルケの後任の総督はロボ・ソアレス・デ・アルベリガリアで、彼はピレスの古い友人であった。

新総督の任務の一つは、中国へ船隊を派遣し、中国宮廷に使節を送ることであり、使節団長としてフェルナン・ペレス・デ・アンドラーテが一緒に本国から来た。総督は「古い友人」のピレスを、使節の一員に任命した。

ピレスが加わったポルトガル初の中国使節一行は一六年二月、コチンを発ち、マラッカを経て一七年八月広州に達したが、その前に使節団はパタニに寄港している。

バロスの『アジア史』に、次のようにある。

《――マラカを出航して、そこより暹羅（シャム）に走る大陸の岸沿いに行き暹羅国パタネに入港せり。この港には支那人、レキオ人、ジャワ人その他凡（すべ）ての近隣諸島より多くの船輻湊（ふくそう）す。蓋（けだ）しその地、通商に於て甚だ著名なればなり。》

これは一五一六年のことである。

琉球船はこの前年（正徳十年、一五一五）八月十八日付の尚真王咨文を携えて、「寧」字号が出ている。正使毛是（もうし）、副使呉実（ぐし）・馬山魯（まさんるー）、そして通事はかの鄭昊（ていこう）と高義である。半印勘合「玄」二〇五号、乗組員総勢二百十六人。秋に出て年越しをするから、一六年の三、四月なら、同船がいたかも知れない。またこの一六年秋には九月十三日付の尚真王咨文を携えて「寿」字号（二百四十五人乗り）も派遣され、同年十一月ごろにはパタニに到着している。

このポルトガルの中国使節団は、さまざまな行き違い、トラブルがあって、目的を達成することができなかったが、ピレスはそのまま帰国することなく、ついに中国の土となった。没したのは一五二四年、享年五十八ごろという。

話をポルトガルのマラッカ占領時（一五一一年）へ戻す。

琉球船がまだマラッカに入らない前、アルブケルケはマラッカ攻撃を継続しながら〝香料諸島〟モルッカ探検に、アントニオ・デ・アブレウを指揮官とする三隻を派遣した。

ポルトガルのインド洋、マラッカ進出は、実に、伝説的な東方の〝香料諸島〟獲得が、最大の目的であった。

一四九七年、バスコ・ダ・ガマが開いたインド洋航海に続いて、ポルトガルのマヌエル王は一五〇〇年、ペドロ・アルバレス・カブラルを指揮官に十三隻の大船団をインド洋に派遣、カブラル船団はインドのカレクーに商館を開設したが、アラブ商人の反発で商館は焼き討ちされ、約五十人のポルトガル人が虐殺された。カブラルは報復にアラブ人の船十隻を焼き、カレクーの街を砲撃した。

カブラルはコチン、カナノールで大量の香辛料を仕入れたが、富裕で「傲慢」な——三年前にはバスコ・ダ・ガマを子犬でもあしらうように追い返したカレクーの領主ザモリンが、八隻の武装船を送って攻撃してきたので、カブラルはやむなく帰国の途についた。

しかし、結果として、カブラル船団は大量の香料を直接リスボンに運び入れ、これが、ヨーロッパの香料市場に、革命をもたらすのである。

これまで、香料取引はヴェネツィア（イタリア）、アントワープ（ベルギー）などが中心であったが、カブラル船団が大量にリスボンに直接持ち込んだことにより、いきおいリスボンが香料の一大集積地となったのである。以後も香料は直接リスボンに運ばれ、こうしてヨーロッパの香料取引はヴェネツィアからリスボンとアントワープに移った。しかし、アントワープの香料自体もポルトガルが送ったものであった。ポルトガルはインドから輸入する香料の四分の一をアントワープに送ったのである。こうして、ポルトガルはヨーロッパの香料貿易の中心となったのである。

一四九九年当時、ヴェネツィアでは胡椒一キンタル（一〇〇キロ）は八〇ドゥカード、一五〇五年には、カイロで一キンタルの香料は一九二ドゥカードにもハネ上がっていたが、出荷地のインド・カレクーではわずか三ドゥカードだった。リスボンでは大量入荷のため値下がりし、一五〇四年には一キンタル四〇〜二〇ドゥカードに下がった。諸港は、安くて大量にあるリスボンには太刀打ちできなかった。安いと言っても、現地価格は一キンタル三ドゥカードであったから、大量に捌いたポルトガルの利益は莫大なものであった。

こうして、ポルトガルはインドに根拠地を確立して、東方の香料産地へ直接乗り出すことをはかり、再度のガマの派遣、そしてアフォンソ・アルブケルケを、続いてフランシスコ・アルメイダを初代インド副王に任じて派遣し、ディオゴ・ロペス・セケイラをマラッカに派遣したが、セケイラのマラッカ入りは、すでに見てきたように失敗した。

ポルトガルは再びアルブケルケを、初代副王アルメイダの後任として新インド総督に任じ、アルブケルケはついにマラッカに乗り込んで来たのであった。

アルブケルケはマラッカを占領すると、東方の伝説的な香料の宝庫モルッカ諸島の支配権を、他のヨーロッパ諸国に先んじて確保すべく、急ぎ、アブレウ船隊をモルッカ諸島探検に派遣したのであった。

マラッカ海峡を抜けて、初めて東洋へ出て行ったアブレウの航海は、未知の海の風波に翻弄され、船隊はバラバラになり、難渋を極めた。

船隊は途中ジャワのグリシーに寄り、ブールー、アンボン、セーラン南岸を巡航して、バンダ海に到った。丁子・肉荳蔲（にくずく）等を得て、アブレウは翌一二年二月マラッカに帰港したが、参加したポルトガル人百二十人のうち、三十人が航海中に死亡し、十人を現地に残留させて、マラッカに帰着したのは八十人であった。

船隊の中に、フランシスコ・セーラーンという将校がいた。彼は九人の部下を率いてジャンク一隻で本隊から離れてバンダ海へ出、暴風雨で難破するなど、苦難の末に、アンボン（ハルマヘラ）西岸のテルナテ島に漂着した。これが、ポルトガル人として初のモルッカ到達であった。

このセーラーンは、アルブケルケに付いていた将校の一人、フェルナンデス・マガリャーンイス（マゼラン）の従兄弟（いとこ）で、二人は非常に親密だった。

マゼランも東の〝香料諸島〟に強い関心を抱いていたが、この探検から外れたのは、アルブケルケの従官という立場からだったかも知れない。

しかし、テルナテ島から送られてきた従兄弟セーラーンの手紙に、マゼランはいよいよ〝香料諸島〟を強く印象づけられた。これが七年後（一五一九）の大航海――幻の〝世界一周〟航海の出発へと、つながっていくのである。

このアブレウ、セーラーンの航海に続いて、ポルトガルはマラッカからジャワ、モルッカへ次々に船を出して香料取引の独占をはかった。

10

もう一つ付け加えておかねばならないのは、トメ・ピレスのところでチラッと触れたが、ヨーロッパ（ポルトガル）に初めて「ゴーレス」（琉球人）のことを紹介する書簡を書いた、ルイ・デ・アラウジョの「戦死」についてである。

アルブケルケのマラッカ占領に協力した富豪のジャワ人ウテムタ・ラジャは、マラッカをわが手に入れようとしてアルブケルケに謀反を企て、息子、養子、孫四人、計七人は死刑判決を下され、マラッカ市内の広場で公開処刑された。

その妻は十万クルサド以上の黄金をもって助命嘆願をおこなったが、一蹴された。

ラジャの妻は、復讐を誓った。

彼女は夫に次ぐマラッカの要地ウペの有力者で、アルブケルケからジャワ人の総督に任じられていたパテ・ケティールに、この復讐を託すべく、彼女の娘と結婚させ、また夫の遺産を与えた。パテ・ケティールはこの資金で密かに軍備を整え、復讐に乗り出した。

パテ・ケティールは、アルブケルケにウテムタ・ラジャのことを密告したのはケリン人だとして、まずケリン人への報復を始めた。彼らの家を兵士たちに襲わせ、彼らを殺し、財産を奪った。それは執拗で、実に十日間にも及んだ。

その後、アルブケルケと和睦したが、彼がゴアに帰還すると、ポルトガル人を攻撃し始めた。ポルトガル人は要塞を中心に砦を築いて反撃したが、パテ・ケティールは夜襲を掛けた。

ポルトガルは陸と海から彼の陣取るウペを攻撃した。ケティールは頑強な抵抗を見せたが、ポルトガルはこれを撃破した。ケティールは内陸部の彼の拠点に逃げ、やがてウペから約六キロ離れた海岸に砦を築いた。

パテ・ケティールは逃亡中のマラッカ王マフムード・シャーに手紙を送り、ラクサマナ率いる艦隊に命じてマラッカ港を封鎖させるとともに、ジャワからの食糧輸送の護衛を頼んだ。

ポルトガルは海上からケティールの砦を攻撃した。ルイ・アラウジョはこの指揮官として参加したのである。しかし、猛烈な反撃を受け、攻撃は失敗した。この時、ルイ・アラウジョは戦死したのである。

トメ・ピレスがマラッカに来たのは、一五一二年六月または七月であるが、その時にはすでに、アラウジョは戦死して、ペロ・ペアソがその後任に任じられていたから、このアラウジョのジャワ人との戦争は一二年の五、六月のことであろう。

この攻撃のあと、パテ・ケティールとマラッカ王マフムード・シャーはラクサマナ指揮の艦隊でマラッカを攻撃させたが、失敗した。

この攻撃のことと思われるが、トメ・ピレスはその戦闘の模様を次のように書いている。

《ジャオア（ジャワ）は全勢力を集め、百隻の船を集めてマラカ前面に来航した。その中に四十隻のジュンコと六十隻のランシャラ〔とがあり、その他に〕百隻のカラルスがやって来た。彼らは五千人の人々を率いていた。彼らに対してわれわれの船が出航した。ジャオア人はそれによって妨げられ、引き潮と共に退却し、（慌てていたために）あらゆるものを残して、カラルスに乗り込み、一隻の大きなジュンコと他の二隻で逃げ出した。他の船は全部焼き払われ、乗っていた人々は溺死し、他の人々は捕えられた。これはポルトガル人が今までインディアで全然見たことがないほど立派な艦隊で、非常に身分の高い人も多かった。それはまったくみごとに破壊されてしまった。》

まさに〝乾坤一擲（けんこんいってき）〟の大海戦が繰り広げられ、最終的にジャワ人艦隊は蹴散らされたようである。

ポルトガルの攻撃に晒されたマラッカは、一方的に押しまくられ、あっさり敗北したのではなく、繰り返し反撃し、頑強な抵抗を見せていったようであり、その最後の最強部隊が、このパテ・ケティール率いるジャワ人の兵軍であったようだ。

ただ、パテ・ケティールの戦いは、マラッカ（王）のためというより、ジャワ人の復讐戦だった。

パテ・ケティールはその後も、ジャワから食糧を運んで抵抗を続けていたが、ポルトガルのフェルナン・ペレス・アンドラーデの艦隊は海峡に出て行き、ジャワからパテ・ケティールのところへ食糧を運ぶ船を拿捕した。

これによって、パテ・ケティールは食糧が欠乏し、ついにジャワに逃亡した。しかし、彼は密かに逃げたので、三日間は誰もこのことを知らなかった。一五一三年九月のことであった。

逃亡を続けたマラッカ王マフムード・シャーがどうなったかも、見ておこう。

彼は、マラッカ奪還を策して、しばらくはマラッカ近郊の内陸部に拠点を移し、勢力の結集を図ったりしていた。

まずマラッカ南部のブレタンに行き、同地でスマトラのカンパル王で義理の兄弟に当たる若きアウデラ王（アブドゥラ）に決起を促したが拒絶されたので、同王を殺そうとした。若き王はカンパルに逃亡し、二人の縁はこれで切れた。

一五一二年六月、マラッカ王はビンタン王の援助で、艦隊を組み、マラッカを奪還すべく攻撃を加えたが、にわか仕立ての艦隊は、ポルトガルのフェルナン・ペレス・アンドラーテの艦船の反撃を受け、ムアンで撃破され、マラッカ奪還は失敗した。ここにマラッカ王国は完全に瓦解したのであった。

逃亡王は従属していたパハンに行ったが、同地でパハン王の息子が、逃亡王が携えてきた宝物を奪うため、彼を殺そうとした。もはやマラッカ王の威厳、威勢は地に墜ちていた。

王はシンガプラの南東ビンタン島に逃れたが、その後の〝逃亡王〟の消息も、ざっと見ておく。一五一八または一九年に、彼はパゴに移ったものの、さらにポルトガル人に追われてビンタンに戻り、二六年まで留まった。その後、ウジョン・タナに移り、さらに二七年十一月以前にカンパルに移り、二七年十一月〜二八年七月までの間に同地で死去した。四十七、八歳になっていたが、王は六歳で即位、「傲慢」な王として君臨したのは、その少年時代を含めて二十一年間であり、マラッカ滅亡から十六年は、逃亡と隠棲の流転の日々を送ったということになる。

一方、彼の息子アラー・ウッ・ディーン・リアヤット・シャーはジョホールバルに本拠をおいて、マラッカの再建ではないが、独自の王国を樹立した。そして、このジョホールは、マラッカに代わり、国際貿易の中心地となっていったのである。

もう一つ、後に述べると約束したベンガル人ニナ・シャドゥの「壮絶な自殺」についても、ここで見ておこう。

ニナ・シャドゥは一五〇九年のセケイラ船隊の来航の時から、ポルトガルには好意的で、捕虜となったルイ・アラウジョらにも何かと援助の手を差し伸べていた。

アルブケルケのマラッカ占領にも協力し、これによって、彼はアルブケルケから異教徒の総督に任じられてアラウジョの差配下に入った。後にはブンダハラ（マラッカ宰相）にも任じられた。

しかし、ニナ・シャドゥは、アラウジョがジャワ人との戦いで戦死した後、新任のマラッカ司令官と折り合いが悪く、司令官はインドのアルブケルケの指令だとして、彼を解任し、カンパル王アブドゥラをその後任に任じようとするなど、旧マラッカ支配階級が、ニナ・シャドウの追放運動を起こし、彼は新司令官によって罷免された。

ニナ・シャドゥはこの罷免を、信頼していたアルブケルケの指令だと聞かされ、裏切られた気持で憤激、マラッカ市内の広場に高価な絹織物などを高く積み上げて、その上に座し、群衆が見守る中、自ら火を点けて、焼身自殺を遂げたのであった。

11

アルブケルケが、マラッカ攻撃中にドゥアルテ・フェルナンデスをシャム使節として、帰国する中国船で派遣したことは、前に見た。その出立は、思徳と真五郎も、マラッカの埠頭で見送ったものである。

これがポルトガルとシャムの最初の接触で、それはシャムにとっても大きな結節点となったことである。

ポルトガル使節のシャム国王への要請は、マレーのイスラム教徒を討つために、協力してほしいということと、友好を求めるものであったが、シャム＝アユタヤにとっても、イスラム教徒のマラッカをはじめとするその従属国には、積年の怨みがあり、再遠征を企図していた時に、西からポルトガル艦隊がやって来て、マラッカ王を攻撃しているのだから、まさに「わが意を得たり」といったところであって、喜んでこの協力申し入れを受けたのである。敵の敵は味方である。

そのことを示すために、アユタヤのラーマティボジ王はマラッカへ帰還するポルトガル使節のドゥアルテに、シャムの使節を同行させたのであった。

シャム使節一行十数人は、かつてならただちに攻撃されたであろうシャムの官帽シャダーを、これ見よがしに堂々と被り、ポルトガルの衛士に守られて、マラッカの都大路に現われたのであった。

「…………！」

「…………！」

思徳と真五郎は群衆とともにこれを見て、唖然として、顔を見合わせた。

市内各所に潜んでいたシャムの探索方も、穴から這い出るように、表へ出て来た。潜り込んでいた探索方は六、七人もおり、その責任者の二、三人とは、すでに思徳らは接触していた。

「このように使節の交換もおこなわれるようになれば、そして、このマラッカが完全にポルトガルに占領されれば、我らが潜んでいる必要もなくなるわけですな」

思徳は少し、拍子抜けした気分で言った。

「まあな。しかし、内陸部に逃れたマラッカの残党は、まだまだ動くでしょう。ポルトガルは手を焼いてしまうかも知れない。もう少し、様子を見ましょう」

真五郎はまだ、慎重であった。

アユタヤから来た使節は、思徳も見知っている若手の官僚で、思徳が出て行けば、吃驚（びっくり）するだろう。経緯（いきさつ）を語りに出るのも面倒なので、思徳は出ていかなかった。

思徳と真五郎はまた、ターバン姿で市内に潜んだ。

ドゥアルテがシャム使節を連れて来たのを受けて、アルブケルケはすぐに、アントニオ・デ・ミランダ・ダゼヴェドを第二陣のシャム使節に命じてアユタヤに派遣、ミランダもまた新たなアユタヤ使節を同行して来た。

この時には、マラッカはすっかりポルトガルに占領され、アルブケルケもインドへ帰還して行った。

アルブケルケはアントニオ・ミランダをシャム

に派遣した時、同時に、ルイ・ダ・クーニャをペグー（ビルマ）に派遣している。

ペグー使節クーニャとシャム使節ミランダは同じ船で、マレー西海岸を北上、シャム使ミランダを降ろして、クーニャはそのままペグーへ航海、ミランダはアユタヤから来た使節とともにテナサリから陸路を馬で越え、シャムに向かった。

クーニャとともにペグーへ行ったその副官は、ペグーで友好的に迎えられたと、通信を送っている。ペグーはシャムと並んで、米の供給地で、ポルトガルはこれを重視した。

このように、交流の道が開けると、思徳と真五郎がマラッカに潜む必要はほとんどなくなっていた。

ただ、港の琉球船は、まだ商販が出来ず、様子見している状況であった。

ポルトガルは占領体制を整えるのにあわただしく、旧マラッカの仕切りに則った交易品の仕分けには、ほとんど手が回らなかった。

それに、胡椒をはじめとする東洋の香辛料はもうほとんどポルトガル商館の倉庫に納められていたのだ。

正使佳満度は、商館長ルイ・アラウジョに掛合って、香辛料を分けて貰えぬかと交渉した。思徳が側で、この交渉を助けた。

たびたび紹介してきたように、ルイ・アラウジョは、マラッカの獄中で、中国やゴーレス（レケオス）のマラッカ交易のことを聞き、去年二月、インド総督に書簡を送ったものだ。その中で、はじめて「ゴーレス」（琉球人）のことを報告したが、その「ゴーレス」が眼前に現われたので、ポルトガルはいよいよ驚いていた。

結局、ポルトガルの倉庫に収めた物産は、改めて仕分けは出来ぬということになり、しかし、琉球が携えて来た産物は、出来るだけポルトガルで買い取る、そして、アラビア、ベンガル地域の産品を琉球には斡旋するということになった。

アラウジョはこの点、好意的であった。（アラウジョのジャワ人との戦争と、その戦死は、琉球船がマラッカを去って数か月後のことである。）

しかし、ポルトガルのマラッカ占領は、東洋の

〝香料諸島〟支配が、その大きな眼目であってみれば、琉球の今後のマラッカにおける香辛料貿易は、ほとんど絶望的であった。

しょげ返る佳満度ら使者たちに、思徳は、

「帰りはパタニに寄っていきましょう。蘇木や香料は、ある程度調達できるでしょう。パタニはアユタヤに直結しています。前には手紙を書くと言いましたが、私ももうここにいる意味がありませんので、一緒に行きます。パタニの総督とは懇意ですから、私が事情を話し、特別な取り計らいをして貰いましょう。パタニでも理解してくれるでしょう。パタニと琉球はすでに通商の道も開かれておりますし」

「分かりました。よろしくお願いします」

佳満度と使者たちは、思徳に頭を下げた。

真五郎は、船べりに両手を突いて、遠くベンガル方面の空へ、目を投げている。

その姿が、何となく小さくしぼんだように、思徳には感じられた。さすがに、〝老い〟が見えたのである。

今までは、マラッカとポルトガルの狭間で、シャムの探索方としての緊張感から気持が張り詰め、真五郎の〝老い〟など意識しなかったが、コトが終わり、〝開放〟された気分で見回すと、急にあたりの景色も〝色づいて〟見え、ああ、マラッカの背後の山々はあんなに高々と聳え、鬱蒼たる熱帯樹林が折り重なっていたんだと、大自然が横たわっているのが見えた。改めて、目についたのである。

はるかな空に、マレーの大ワシも舞っている。

十年前、マラッカへ遠征した時、山越えに聴いたサルや山鳥、ケモノの鳴き声など、密林のざわめきまで、ワッとよみがえってくるようだった。

そうして、ふと船べりの真五郎へ視線を移すと、よれよれの老僧が行き暮れて呆然と佇んでいる、という感じがしたのであった。

いくら不死身の探索方——と思って見ても、真五郎はもう八十である。颯爽と、風を切って行く、昔の面影は、もはやなく、歩き尽きた、という感じにも見える。

「真五郎殿。一緒にアユタヤに帰りましょう」

と、思徳はいたわりを込めて、誘いを掛けた。

「…………」

真五郎は返事をせず、黙って空を見上げたままであった。白い雲は、ゆったりと西へ動いて行く。季節風が変わりつつあるようだ。

黙ってその雲を見上げている真五郎の背は、明らかにその雲を追っているようである。

まさか……まだ……？

思徳はちょっと呆れ気味にかぶりを振って、真五郎の想念を阻むように、

「もう十分に歩いてきました。走ってもきました。もういいではありませんか。アユタヤへ帰って、ゆっくりしましょう」

説得する気持で言った。

「…………」

真五郎が、黙って振り返った。苦笑いを浮かべていた。

「わしはもう、風になっているのだよ。立ち止まれば、風は止まり、息も止まる。歩いて行くしかないということだ」

「真五郎殿……」

「吹かれて行くだけさ。気楽なもんだ。余生、というのはそんなところだろう。そうだな、天竺にでも行くかな」

「天竺……」

もとよりインドの古称であるが、これはまた、ずいぶんと古めかしい言葉を持ち出してきたものだ。むろん、今でもインド方面をさしてそのように総称したり、釈迦、仏典、極楽、浄土をその古称に重ねたりしている。

琉球でも、海のかなたにあるという〝幻の楽土〟をニライ・カナイというが、天竺はそうした漠然とした楽土ではなく、厳然としてある仏の原郷であり、存在感がある。

真五郎はその仏の原郷たる天竺へ、風に吹かれて行くのだという。いや、風になって――。

「…………」

超然たる真五郎の言葉に打たれて、思徳が言葉を失っていると、真五郎はニヤッと、皺くちゃな老眼を綻ばせて、

「何、天竺はそう遠くない。もう目の前にあるよ。このベンガルの海を越え、ペグーに上がれば、そのペグーの山の向こうは、もう天竺だ。ほら、ワシも飛んで行く――」

頭の白いマレー大ワシが、海上高く、北へ舞って行く。

「………」

何かしら、若き憧れを追うように、真五郎はそれを見送っている。

もう、引き留めることはできない。

「しかしわしも、何や彼や言っても、もう八十だ。天寿を迎えているわけだ。天竺へ辿り着く前に、どこかの野山に、野垂れ死んでしまうかも知れぬがな。でも、ペグーから先の野山は、天竺に続く野山だ。野垂れ死にも、天竺の懐に抱かれてのそれだと思えば、本望だな。菩提樹か、沙羅双樹の樹陰に身を横たえれば、なおのこと、それに越したことはないが……いやいや、不遜かな、あはは……」

真五郎は、思徳を振り返って笑ってから、じゃ、というように手を上げて、船室へ入って行ったが、まもなく黄衣に着替えて出て来た。黄衣はすっかり色褪せ、すり切れてもいたが、洗い晒しであった。

もはや、引き留めるすべはなかった。

風に吹かれて行く……やはり、それが、真五郎にはいちばん相応しいか。

思徳は、思い切った。

しかし、いよいよとなると、胸に熱いものが込み上げてくる。

「真五郎殿……」

思徳の目に、じわっ、と涙が溢れてきた。

真五郎もしんみりと頷いて、

「思徳金様。長い間、楽しい夢を見さして貰いましたよ。わしはもう年だ。思い残すことはない。風になって、気ままに吹かれて行くから……」

「………」

「じゃ、思徳金様。おさらばでござる」

真五郎は黄衣から出ている片手を上げた。その腕も、さすがに干からびて細く筋っぽくなっている。しかし、足腰は、しゃきっとしていた。

「これを――」

　思徳は杖にしていた樫の六尺棒を、真五郎に差し出した。もともと真五郎愛用の六尺棒だ。

「そうか……」

　真五郎は素直に、それを受け取った。

　そして、〝旧友〟に巡り合ったように、しみじみと眺めわたしてから、トントンと二、三度、甲板に突き、

「それじゃ……」

　と、思徳を見返した。その真五郎の目が少し潤んでいるように見えたのは、思徳自身の目が潤んでいたのかも知れない。

「…………」

　真五郎は、じゃあ、というように黙って頷いて、六尺棒を持ち直して身を返し、埠頭に掛け降ろした板橋を、あたかも未練を振り切るように背筋を伸ばして、降りて行った。

　埠頭に降り立って、もう一度振り返り、六尺棒を軽く上げて頷いてから、人ごみの中へ紛れて行った。

　そのまま、真五郎の姿は、消えた。季節風の彼方へ……。

　埠頭に風が立ち、土埃(つちぼこり)が舞った。――

　真五郎を見送った後、思徳は改めて、数隻のポルトガル艦船が浮かび、小舟が行き交うマラッカの港を眺め渡して、

（ああ……）

　と、思い当たった。こういうことがあるんだ、と。

　真五郎に琉球の按司たちの武装解除・帯刀禁止の話をしながら、琉球が、謀反や覇権を呼ぶ武器・武力と縁を切って、何やら「平和の邦」になったような気がし、琉球でもアユタヤに帰ったら、いの一番に王にこのことを報告し、陸続きでなく海に隔てられているから、他国に侵略されることもない、海は琉球の守りだと言おうと思っていたことが、どこか違うような気がしてきたのは、このポルトガルのマラッカ進出に遭遇してからであった。

ポルトガルがどこにあるか分からないが、海の彼方、世界の裏からいきなり現われて、大砲を撃ち、あれだけ威勢のあったマラッカを滅ぼし、我が物にしてしまったのだ。

海は守りにならず、逆に、敵を運び入れもするのだ。

そうだ、琉球船は今でも、海上では倭寇に狙われているという。明国は海禁策を講じ、冊封国としか交易を許さない。

毎年、明国との進貢貿易で、どっさりと陶磁器類、絹織物などを仕入れ、日本に転売して多大な利益を挙げている琉球は、日本の諸国（諸藩）から見れば、羨ましいのではあるまいか。

その琉球の利を掠め取ろうとして、将来、海を越えて来る強藩が出てくるのかも知れない。

その時、武器を廃してしまった琉球は、どうなるのだろう。

一国だけでの武器・武力の廃止が、必ずしも、平和につながるわけではないのか……と思い至り、尚真王のそれが英断ではなく、愚策にも思われてくるのだったが、かと言って、武器（刀）をひけらかし、あるいは懐にして、武威を誇示していくなら、人々は刺々しく、何かといえば、すぐに刀を抜き合うのではあるまいか。〝行き逢えば兄弟（イチャリバチョーデー）〟と、和やかに触れ合う前に、人々は疑心暗鬼にかられ、猜疑や不信、名誉、意地、恥辱、私怨、欲得などが絡み合って、人々の諍いは深まる。侵略に対する備えの前に、内部からヒビ割れていくだろう。

確かに、かつては――いや数年前まで、琉球でも、〝身分ある者〟が刀を差してその特権を誇示し、胸をそびやかして闊歩していた。〝身分なき者〟すなわち百姓階級は、その刀を差した特権階級の〝武威〟の前に、有無を言わさず跪（ひざまず）かされ、無理難題にも従わされてきた。反抗したり異議を申し立てれば問答無用に斬り殺されもする理不尽も罷り通っていた。

刀を身に付けているから、抜きたがるのであり、それがなければ、斬り合いもなくなり、すぐに斬り殺されることもなくなった。

その点、〝安心〟できるかも知れない。

だが、その〝安心〟は保障されているのであろうか。

刀を差すことはなくなったが、その代りに琉球は、帛（ハチマチ）とかんざしの制を設けて、貴賤上下の〝身分〟を目に見える形で明確にした。

帛は紫・黄・赤・青、かんざしは金・銀・錫（真鍮）など……。

そして、かつて刀を差していた〝身分ある者〟は刀の代わりに扇子を差し、すぐにそれを抜いて〝身分なき者〟や下位の者を指図する。理非曲直はほとんど無関係に、ただ上位者の驕りで、命令するのだ。

彼らが付き出す扇子は抗うことを許さない、まさに刀と同じだ。すぐに斬れるわけではないが、後で咎められよう。刀を差さないというのは、身分持ちどうしでは確かにすぐ斬り合いにならず、そのぶん和やかになったかも知れないが、身分なき百姓階級には、扇子そのものが刀なのであり、刀を差さないというのは、見せ掛けの融和なのであり、むしろ、帛やかんざし、衣服、履き物など、目に見える身分制によって、支配の仕組みはこまかく定められ、人々をがんじがらめにしていく。

そして、その〝みせかけの融和〟は、外――海外から、まさに今マラッカに押し寄せているポルトガルのような、強力な侵略者が現われた時、一挙に破綻しよう。

かつて、尚泰久王は「万国津梁の鐘」を首里城に掛ける前に、仏の道を求めて、多くの寺を創建し、その寺々には迷いを打ち破り、平和を求める梵音を響かせようと、次々に梵鐘を掛けていった。それらの銘には、

《君臣道合、蛮夷不侵》

（君臣心を一つにせば、外敵から侵されることもない）

と刻んだのであったが……。

エピローグ

○

琉球のマラッカ通交は、ポルトガルがマラッカを占領した正徳六年（尚真王三十五年、一五一一）が最後となった。

ポルトガルのマラッカ進出も、胡椒をはじめとする香辛料を求めたものであり、もはや従来のような交易は出来ぬと見て、琉球はマラッカから撤退したのである。

思徳が便乗して、パタニに回航した「康」字号船が、マラッカ最後の琉球船であった。

しかし、これが琉球の南蛮貿易の終焉というわけではなかった。

琉球はまだまだ、海外貿易に夢を賭けていた。

琉球の命綱とも言える明国との進貢貿易は、五年前の正徳元年（尚真王三十年、一五〇六）、ようやく二年一貢の制限を解かれて毎年進貢となり、いよいよ盛り上げていきたいところだ。その進貢貿易の目玉は、蘇木、香料などの南蛮物産であり、マラッカを失った分、新たな開拓に迫られたことだ。

シャムとの交易を軸に、パタニとの通交にも力を入れた。〝地の涯・海の涯〟のジャワ島、スマトラ島との交易はすでに中断久しいが、スンダ（巡達）国が栄えてきているのを見て、同国との交易を模索した。

しかし、スンダとの通交は、うまくいかなかったと見え、二通の交易文書（執照）を残して途絶える。二通のうちの一通は、マラッカ撤退二年後の正徳八年（一五一三）八月七日付、もう一通は正徳十三年（一五一八）九月十八日付であるが、初めてスンダに通じた正徳八年の通事の一人は、思徳と親交のある、かの鄭昊であった。

船は「寿」字号（半印勘合「玄」一九六号、総員二百三十三人）、正使栢古、副使吾剌毎・高彼比、通事は蔡璋と鄭昊の二人であった。

鄭昊は二年後（正徳十年、一五一五）には、やはり通事として「寧」字号船（正使毛是、総員二百十六人）でパタニへ行き、正徳十三年（一五一八）には通事としてシャムへ、その翌十四年にはパタニへ、十五年にはパタニ経由でシャムへと、相次いで活躍した。

鄭昊は南蛮貿易とは別に、明国との進貢貿易では、正徳九年（一五一四）及び正徳十四年（一五一九）に「都通事」を勧めた。「都通事」というのは、久米村で、中議大夫に昇叙される前段の官爵で、鄭昊もしだいに久米村中枢に陞ってきていたのだった。

　正徳十三年と十五年、シャムへ来た時は、思徳は港務所で彼に会い、旧交を温めた。

　鄭昊の妹真玉津は、この十五年にはもう二子の母となって、幸せに暮らしており、鄭昊の父鄭玖は、家督を鄭昊に継いでからは、久米村長老として相談役になっているが、閑職なので悠々自適、閑を持て余して、よく分家の真玉津の家を訪れて、その子らと遊んでいるという。

「そうですか。それは何より」

　思徳は安心した。真玉津の二人の子のうち長男は恐らくわが息子の子であろうが、思い遣りの深い鄭玖であるから、分け隔てなく、いたわり育てているに違いない。

　思徳の息子も先年、ようやく結婚し、子供も生まれた。男の子で、正徳十五年にはもう三歳であった。息子はアユタヤの宮廷に出仕して、位階を上げていることを、思徳は鄭昊に報告した。

「私ももう五十八になりましたよ。来年あたり隠居して、私も息子の子らと遊びますかな、悠々自適に。あははは……」

と、思徳は屈託なく笑った。

　琉球久米村では鄭玖から鄭昊へ、そしてここでは自分から息子へ……と、時代は確実に移り変わっていた。

　風に吹かれて去った真五郎も、もはやこの世にはいまい。いや……真五郎のことだ、

（あるいは……）

とも思う。まだ九十そこらではないか。

　思徳は、空を見上げて、流れゆく雲を追い、飄々と風に吹かれて行く真五郎僧を重ねて、ニヤッと含み笑った。

○

　スンダとの通交のように、琉球はマラッカ喪失後、進貢貿易との絡みで、南蛮貿易の新たな開拓

を模索したのであったが、ポルトガルのジャワ、モルッカ進出、そしてスペインの進出で、活動の場は逆に狭められていった。

スンダとの通交が、二通の文書を残して途絶えたのも、ポルトガルのマラッカ海峡進出によるものであった。

こうして琉球の南蛮貿易はシャムとパタニのみになったが、パタニとも飛び飛びの通交で、鄭昊が初めて行った正徳十年以来、南蛮貿易が終焉するまでの五十五年間にわずかに七回（七船）しか通ぜず、尚清王十七年（嘉靖二十二年、一五四三）をもって途絶える。

これに対してシャムは同期間十八回（十八船）に及んでいて、やはりシャムが南蛮貿易の軸であった。

だが、そのシャムとの交易にも、暗雲がかかってきていた。隣国ビルマが、アユタヤを圧迫してきていたのである。

○

ビルマでは一五三一年、タウングー王朝が成立、ダビンシュエディ王（在位一五三一～五〇年）が、ポルトガルの援助のもとに三九年、ペグー朝を滅ぼした。ベンガル湾交易の拠点ペグーは、タウングー朝の首都となった。

ポルトガルの援助というのは、マラッカを占領したポルトガルから大量の重火器（鉄砲）を買い付け、かつそれを扱うポルトガル傭兵を入れ、そうした軍事力で、タウングー朝は急速に勢力を伸ばしていったのである。

ペグーを吸収すると、さらにベンガル湾交易の主導権を強化するため、シャム＝アユタヤを攻撃し始めた。

アユタヤに対しては、かねて抗争を続けていた北部シャムの宿敵チェンマイが、ビルマの後押しで、反旗を翻してきた。これははね返したものの、折しもアユタヤの十一代王は天然痘で倒れてしまい、また四五年にはアユタヤが大火に見舞われ、王都の大半、約一万戸が焼失するという悲運に見舞われ、国力は衰えた。

チェンマイは五八年、完全にビルマ（タウングー朝）の属国となってしまった。ビルマはいよいよ勢いづき、ダビンシュエディ王を継いだバインナウン王（在位一五五一〜八一年）も対外膨張政策を取って、アユタヤ攻略を本格化させ、六二年末、七百頭の象部隊を含む三十万の大軍でアユタヤを包囲し、戦いは数か月に及んだ。

この戦いで、シャム＝アユタヤ十五代チャクラパット王の妃、スリヨータイの活躍は伝説となった。王妃スリヨータイは象に乗って鎗を、また刀をかざし、王を包囲した敵陣に突撃し、王を救出したのである。

シャム＝アユタヤの兵らは王妃の活躍で奮い立ち、この時のビルマの攻略を退けたが、王妃はビルマ兵の鎗に突かれて象から落下、その傷がもとで亡くなった。王は彼女を悼んで寺院「スリヨータイ・パゴダ」を建設した。このパゴダは今も人々の尊崇を集めている。

ビルマは二年後の六四年に再攻撃を仕掛けてきた。アユタヤはこれを跳ね返す力はなく、ついに占領された。

ビルマはシャム＝アユタヤ住民をごっそり、〝戦利品〟として、ビルマに連れ帰った。当時の戦いでは、アユタヤがクメール帝国を攻めた時もそうであったように、人民を捕虜として連れ帰り、各分野の労働力としたのである。連行されたシャム人は約一万人にのぼったという。

アユタヤは抜け殻同然となり、シャム＝アユタヤの統治は、ビルマ＝タウングー朝に忠誠を誓った旧スコータイ朝ピサヌローク総督に任じられたマハ・タマラジャに委ねられた。

マハ・タマラジャはチャクラパット王とスリヨータイ妃の間に生まれた長女と結婚し、ナレスワンという息子がいた。六四年にアユタヤが陥落した時、ナレスワンは十歳であったが、ビルマ王の養子として連行され、ビルマ王宮で育てられた。つまりは人質で、シャムへの帰国は五年後であった。

〇

正徳十五年（一五二〇）には、思徳は五十八歳で、シャム＝アユタヤに来た琉球船を訪れて、通事の鄭昊に会っており、その時「そろそろ隠退する」と鄭昊に洩らしていたが、その後の思徳の消息は不明である。シャムとビルマの戦乱に巻き込まれたのかも知れない。しかし、シャム＝アユタヤがビルマに占領された一五六四年には、もう思徳はこの世にはいなかったろう。生きていれば百二歳だから。

　思徳の息子もアユタヤの王宮で位階を上げていたが、このビルマとの戦いの時、どうしていたか分からない。彼が父の思徳とともに琉球へ渡った正徳五年（一五一〇）には十九歳であったから、六四年のビルマの攻略時なら、彼も七十三歳、生きていたとしても、とうに隠居していたであろう。

　琉球のシャム通交は、尚真王晩年から尚清王初期には三年置きなど間遠になりつつも継続されていたが、尚清王晩年にはシャムのビルマとの戦争などのため七年置き、四年置きとさらに間遠になっていき、尚元王代に入ると十年置きに再開されたものの、この年は、先年の王妃スリヨータイの活躍も空しく、シャム＝アユタヤがビルマに占領された年であり、住民は捕虜としてごっそりビルマへ連行され、アユタヤは抜け殻同然になって、交易都市の面影もなくなっていた。琉球船はほとんど手ぶらでアユタヤを後にするほかなかった。

　六年後の隆慶四年（尚元王十五年、一五七〇）、琉球は様子見もかねてシャムへ船を出したものの、アユタヤはなお打ち捨てられていて、この先、再興されるのかどうかも見極められず、空しく帰国した。

　ここに、思紹王十四年（永楽十七年、一四一九）、三隻をもって本格化したシャムとの通交は、その百五十一年の幕を閉じ、琉球の南蛮貿易は終焉したのである。

○

「南蛮」——東南アジアとの貿易は、琉球が手を引いた後、豊臣秀吉、次いで徳川家康が発行した朱印状（海外渡航許可証）により、「朱印船貿易」として、担われた。家康は慶長八年（一六〇三）に征夷大将軍に任ぜられて、江戸に幕府を開き、翌年から、将軍家として朱印状の発行を始めた。

関ヶ原の戦いの翌年、慶長六年（万暦二十九年、一六〇一）から、寛永十二年（崇禎八年、一六三五）の鎖国令による廃絶までの三十四年間に、南洋に渡った朱印船は、約三百六十隻にのぼったが、統計の不備、記録漏れなどがあって、実数はこれをはるかに超過していたと見られる。

日本からは銀、銅、鉄、樟脳、刀剣、陶磁器、漆器、七宝、米、硫黄、蒔絵（道具）、絵屏風、京染小袖、打掛、蚊帳、扇子などを輸出し、南洋からは生糸、絹、綿織物、羅紗（羊毛織物）、天鵞絨、鉛、錫、黄金、硝石、鹿皮、虎皮、鮫皮、象牙、珊瑚、瑪瑙、肉桂・沈香・白檀などの香木、黒檀などの高級材、医薬品などを輸入した。

渡航者は一船平均二百人として約七万二千人、統計から洩れている分、また日本から帰航する諸外国船の便乗者などを含めれば、ゆうに十万人を超えていたであろうといわれる。その一部が日本に帰らず、東南アジア各地に移住し、貿易主要地には「日本人町」を創建して、日本との通交の架け橋となり、また現地の雇用員や傭兵となったり、進出して来た西洋人の雇用員となった。

これらの移住者の多くは、関ヶ原の戦い、そして大坂冬・夏の陣によって溢れた浪人たちが南海に新天地を求め、またキリシタン弾圧を逃れた亡命者、南海で一旗揚げようという商人らで、彼らは朱印船の乗組員となって渡り、また飛び乗り（密航）や、外国船に乗り組んだりして移住したのだった。

日本人町はシャム（アユタヤ）、カンボジア（ピニャールー、プノンペン）、交趾（ツーラン、フェフォ）、呂宋（ディラオ、サン・ミゲル）に出来たが、日本人町を形成せず、諸国、諸島に分散居住した移住者も多く、モルッカ諸島、ボルネオ、ジャワ・スンダ島、スマトラ島、マレー半島、ビルマなど広範囲に及んでいた。

この南洋で活躍した日本人で、とくに伝説的に語られているのは、シャムの山田長政であろう。

ここでは、その長政の活躍したシャムについてのみざっと見ていくが、ビルマの侵攻で荒廃していたシャムも、かの女傑、王妃スリヨータイの孫、ナレーアンスによって復興された。

　ナレーアンスは王位に就いて、ビルマ支配から脱する独立戦争を起こして、一五九三年ビルマを撃退、実に二十九年ぶりに独立を果たし、奪われていたシャムのベンガル湾交易の拠点港も奪回、シャム＝アユタヤは、再び国際交易都市として活況を取り戻していた。

　シャムの日本人町は、王都アユタヤの南方郊外、チャオプラヤー川東岸に、オランダ商館区と隣合せにあり、対岸にはポルトガルの居留地があった。（前代のシャム通交の琉球船碇泊所は、アヤタヤ郊外に設けられた幕府の朱印船貿易時代の「日本人町」より奥、すなわち王宮に近い位置だったと思われるが、痕跡はない。）

　ポルトガルやオランダが商館長のもとで居留地を運営していたように、日本人町もそれぞれ頭領を置いて自治行政を敷いた。そして、日暹通交の橋渡しとなる一方、用兵を王宮親衛隊に送り込んで貢献し、信頼を得て、活動の場を広げていった。長政がシャムに来た頃には、日本人町から約三百人の用兵がアユタヤの王宮親衛隊に送られていたといわれる。長政も王宮親衛隊で名を挙げていった。

○

　長政は駿河沼津の出で、天正十七、八年（一五八九、九〇）頃の生まれと見られる。沼津藩主の陸尺（六尺＝轎夫）をしていたが、二十歳前後、つまり慶長十五〜七年（一六一〇〜一二）頃、シャム行きの朱印船に飛び乗ったようだ。

　彼がアユタヤの日本人町で頭角をあらわし、「頭領」になったのは、元和六年（一六二〇）で、三代目の頭領であった。

　彼は時の国王ソンタムからも絶大な信頼を得、日本人町の頭領に就任した時には、シャム宮廷の位階第四位「握・坤・采耶・惇」を授けられ、その後、王宮に上がって、第三位「鸞・采野・惇」、寛永三年（一六二六）四月には第二位「握浮哪・司臘昆目・納斜・文低氂」に叙せられていたことが、シャムの外務長官から江戸幕府の老中酒井忠世、土井利勝への書状にある。それからまもなくして長政は、異国人に対しては例のない、位階最高位の「握雅（オヤ）・司臘昆目（セナピモク）」に叙せられ、国政にも深く関与することになったのである。

ソンタム王が薨（こう）じた時（一六二八年十二月二十二日）、アユタヤは後継問題で紛糾する。この時、長政は日本人隊八百人、シャム兵二万人を率いて反乱を鎮圧し、長政と同じく位階第一位の重臣オヤ（握雅）・カラホム（プラサートーン）とともに、新王を擁立する。

しかし、折しもシャム属下のマレー半島リゴール（六昆（ろっこん）、ナコーン・シー・タマラート）とパタニが反目し合って抗争、これを収めるべく、長政とともにアユタヤの新王政の重役となったカラホムが、長政にリゴール太守（総督）就任を要請し、長政はこれを受け入れてリゴールに赴任する。

事実上の左遷であり、またアユタヤから長政を遠ざけようとするカラホムの陰謀なのであったが、カラホムを盟友と信じていた長政は、このリゴール太守就任はパタニを抑え、シャムにしっかり結び付けるためのものと考えていたのかも知れない。

リゴール太守となった長政は、パタニの反徒を退けたが、この戦闘で長政も脚に負傷した。侍臣のシャム人が塗り薬を塗布し続けて〝治療〟したが、実はこの軟膏には毒が練り込まれていた。長政は「毒殺」されたのである。

長政に付いていたシャム人侍臣というのは、カラホムの回し者だったという。寛永七年（一六三〇）七月末か八月初旬だったと見られる。

その後、シャム軍は日本人の報復決起を恐れ、日本人町を焼き払った。これは長政毒殺から間もない、九月二十一日（陽暦十月二十六日）のことであった。

日本人町は、その後まもなくして、復興する。

長政が活躍したのは、琉球のシャム通交が断絶して半世紀後であり、思徳ら「琉球三人組（三勇士）」がアユタヤの王宮で活躍してから百数十年後であって、アユタヤ郊外の「日本人町」に、そういう琉球人たちの先駆的な活躍のことが伝わっていたかどうか、長政がそのことを聞き及んでいたかどうかは分からない。

○

南蛮貿易から撤退した琉球は、もっぱら明国との進貢貿易に頼っていたが、徳川将軍家発行の朱印状による「朱印船貿易」が始まった頃、琉球は薩摩の侵略を受けて、国家崩壊の激動にさらされた。

慶長十四年（尚寧王二十一年、万暦三十七年、一六〇九）五月、島津家久の薩摩軍が兵船百、兵三千で琉球を攻め、占領して尚寧王を捕え、摂(せっ)政(せい)・三司官(さんしかん)らとともに薩摩へ連行したのである。尚真王代の〝武装解除〟はやはり、「平和」の保障とならなかったのであり、「海」は海邦の擁壁とはならなかったのである。

思徳は琉球で、ちょうど尚真王の〝武器撤廃〟を見た。一本あるいは大小二本差しで、胸を反らして闊歩する者はなく、刀の代わりに扇子を前帯に差して、刺々しさは消え、穏やかに手を上げて行き交う人々を見、琉球は争いのない平和の邦(くに)になったのだと、何だか豊かな気持になり、そして大海中の琉球は海が外敵を阻む守りになって、まさに、思徳の祖父尚泰久王が創建した寺々の梵鐘銘文に刻ませた「蛮夷不侵(ばんいふしん)」の平和な海邦を実現していると思ったものだ。

しかし、ポルトガルに占領されるマラッカを見て、海は守りにならず、また武器のあるなしが、その国の運命を左右するものであるのをじかに見て、琉球の〝武器撤廃〟を「平和」の証(あかし)のように見ていたことが、幻想であると知り、打ちのめされる思いであった。

西洋列強は野心を燃やし、堅牢な武装艦隊を編成し、圧倒的な大砲・銃火器を備えて、大洋を押し渡ってマラッカへやって来たのだ。

そして――まさに今、琉球も、薩摩の武力の前に、呆気なく組み伏せられてしまったのであった。むろん、思徳はもういないが、それは思徳がマラッカに立って思い当っていたことが、現実となったのであった。

ただ、思いもかけぬ外敵の武力侵略の前に、ほとんど無防備ゆえに一も二もなく屈服させられたとはいっても、内的には武器携行を排した尚真王の政策は、中央集権化のためとはいえ、私闘を防ぐ手立てとして、その意味では平穏・平和な琉球の道筋を付けたものといえた。

人は、刀を差しているから、ちょっとしたことですぐ抜き合わせ、話し合いで紛争を解決せず、力でコトを決しようとする。刺々しくなる。無腰で「よう」「よう」と行き逢う人々を見て、三十年ぶり帰郷した思徳が、隔世の感を抱き、「平和」への大きな示唆を受けたのはそれであった。

琉球は「王国」とはいえ、大海に漂う狭小な島々である。武力を誇る外部の大国と戦う力はない。ゆえに、交易活動で「万国の津梁」を心掛けて来たのである。

交易は国家的であろうと私的であろうと、平和・友好があってはじめて成立し持続する。「万国の津梁」とは、まさしく平和外交の言い換えにほかならなかった。

琉球内においていくつかの戦争はあったが、それは国の形を整える過程における内部抗争であり、それも収まって、琉球は内に武器不携行、外に交易という〝平和〟の両輪をもって進んできたのであって、外から侵略されることを想定していなかった。想定がないから、武力による防備もせず、その点では〝丸裸〟であった。

そういう、よく言えば〝人のよさ〟、悪く言えば見通しのなさ、情勢分析のない〝ぼんやり〟〝平和ボケ〟では、外交力も失い、薩摩の一撃で無惨に打ち砕かれたのであった。（薩摩に連行された尚寧王一行は、島津氏への服従を宣誓する起請文に王以下摂政三司官が連署して、二年ぶりに帰国したが、三司官のうち鄭迵＝謝名親方は最後まで起請文への署名を拒否、反逆者として薩摩で斬首された。ちなみにこの鄭迵は唐栄久米村から初めて出た三司官であるが、鄭姓なので、成化、正徳年間に進貢貿易や南蛮貿易で活躍し、思徳とも交流の深かった、かの鄭玖、鄭昊の一族であった。）

○

昭和八年（一九三三）――。

東恩納寛淳は、文部省と東京府から在外研究員として一年間、東南アジアとインドへ派遣された。

東恩納は那覇東町に生まれ、沖縄県中学校（後の県立一中）から熊本五高、東京帝大を出て、東京の私立、府立中学教諭を経て、東京府立高等学校教授であった。時に五十一歳。

シャムでは、琉球人の交易活動の痕跡を調べ回った。

しかし、何の痕跡も見つからなかった。

《（アユタヤには）山田長政の遺跡すら残つてゐないのであるから無理もないのではあるが……》

と、失望を覚えながら、「暹羅随一の史家で、王立図書館の創設者たるダムロン親王」を訪ね、琉球人ゆかりの物がないかを訊ねた。

親王は思い巡らして、

「ワッポーに、琉球人の石像と銘が遺っている筈だ」

と、教えてくれた。

「ワッポー」とは、バンコクの王宮近くのタイ三大寺院の一つ、ワット・ポー（Wat Po）の略称、「ワット」は寺院のことである。正式な名は「ワット・プラチェートゥポンウィモンカラーラーム＝ラーチャウォーラマハーウィハーン」と長々しくてとても覚えきれず、人々は「ワッポー」「ワット・ポー」の略称で呼んでいる。

アユタヤ王朝末期、プラペートラチャ王代（在位一六八八～一七〇三）に創建されたといい、バンコク最古の寺院である。

バンコクに遷都したラーマ一世（在位一七八二～一八〇九）が整備したバンコク王宮の鎮護寺で、ラーマ三世（在位一八二四～一八五一）が、十七年をかけて改修した。

全長四十六メートル・高さ十五メートルの巨大な黄金の寝釈迦像を祀る本堂と回廊、礼拝堂、七十一の仏塔を従えた、王宮を守護する格式第一級の王立寺院である。

ワット・ポーは「菩提の寺」の意だが、巨大な黄金の寝釈迦仏を本尊として「寝釈迦の寺」「涅槃寺」とも呼ばれる。

シャムの中央を貫流するチャオプラヤー川（メナム川）の東、プラナコーン区に、威風堂々に聳え立っている。

ラーマ三世はシャム＝タイと交流のあった諸外国人の石像を刻ませ、それぞれに簡単な銘文を付して、同寺苑に建立させたというが、東恩納が訪れた時には、それらの像は大方散逸して、わずかに五、六体が遺っているに過ぎなかった。残存するそれらの像は、「二尺五寸位のもので、起坐種々の姿勢を取って」いたが、それらの中に、ダムロン親王が言っていた琉球人像らしいのは見当たらなかった。

東恩納は王立図書館で、ワッポー関係の文書をあさった。

すると、一九二八年ごろ、ルワン・ヴィケッドという人が、王妃と王女との葬式の記念に、会葬者一同に配布した二冊本の印刷物があった。シャムでは王族の本葬の時に、故人の遺著か、または伝統を記念出版して、会葬者に配布する習慣になっていて、ヴィケット配布のその記念本に「琉球人像」の銘文があった。が、肝心の像は、散逸してしまっていた。

がっかりしながら、寺に訊いてみると、

「以前は、像は相当あったが、破損したので取り片付け、破片は物置の中に積んである」

と言うのであった。

一縷の望みを抱いて、東恩納は寺僧らとともに、物置を丹念に調べた。そして、ようやくそれらしい髷（まげ）のある像を発見したのであった。寺僧も「これが琉球人像でしょう」と言うので、物置から外へ運び出して調べたが、どう見ても「琉球人」らしくない。

《実際は琉球の風俗と余程かけ離れて、むしろ支那人やビルマ人に近く、現にビルマの寺院にも似通った石像があるのであるが、仔細に点検すると、支那人は鉢巻をしてゐないし、ビルマ人は簪をさしてゐない。それに銘文に云うてある風俗の説明と悉く符号している。》

そこで東恩納は、この像を銘文にある「琉球人像」と断定し、写真撮影した。そのモノクロ写真は東恩納の著書『黎明期の海外交通史』（昭和16年刊）の扉を飾っている。

白っぽい石像で、髪を結っていて、頭に茶碗でも伏せたような丸いとんがりのある帽子のようなものを被っている風に見えるが、東恩納の先の説明に照らして見ると、これは鉢巻をしているのであり、写真では判然としないが、東恩納の解説をなぞれば、頭頂の丸いものは髷（まげ）で、かんざしを挿している、という。

服装は洋服のように体にぴったりした長袖、ガウンのようであり、前裾を開いている。襟はV字型。足元は定かではないが、やはり東恩納が言うように「琉球の風俗と余程かけ離れ」いる。

この像は交易時代の実写生ではなく、後年、中国装束をさせられて江戸上りした琉球人行列図を写したものではないかと、東恩納は推測する。

とくに天保三年（一八三二）の江戸上り行列図はかなり市販され、広く流布した。天保三年はラーマ三世の即位九年目にあたり、内外情報の蒐集に熱心だった同王は、この絵図を入手し、それを下図に、琉球人像を造らせたのではないか、と。

この像は、東恩納が調査した後、寺側でも「琉球人像」と見做（みな）して、そのまま寺の展示室の一角に展示しているが、東恩納写真のような白っぽい石像ではなく、意外にも色鮮やかである。東恩納写真が白っぽいのは、モノクロ写真で光線等の具合でそのように写っているのかも知れないが、姿勢などから同一だと分かる。

展示されている彩色像は、確かに黒髪をぐるぐる巻きに髷を結っている。ハチマキは赤で手ぬぐいを巻いているように見える。ガウンは褐色でV字型の襟はハチマキと同じ赤、腹部の黒いボタンからガウンの前裾は開いているが、その内側も同じ赤色である。顔は色白で、太い眉をしかめてやや下方を見詰め、口元はへの字に結んでいる。耳は大きい。取り片付けの際にそうなったか、両足ともに膝下からもぎれたように切れてしまっており、一一三センチの高さしかない。

確かに、頭の髷とハチマキ以外は、琉球人の特徴はない。

この像に関する銘文というのは、現在「プラチェートゥポン寺（ワット・ポー）碑文集」に収録されている。同碑文集は二〇一一年にユネスコの「世界記憶遺産」に登録された。これには三十二か国の民族についての記載があり、とくに「琉球」も紹介されているのは、歴史的に関わりの深かったことを示していよう。

「琉球人像」の銘文について、東恩納は「暹語（せんご）の韻文で当地在住の宮川岩二氏を煩はした」という訳文を紹介しているが、その銘文はかの「琉球人像」に付けられていたのであり、かの寺の物置に取り片付けられていた像がやはり「琉球人像」に違いないと、東恩納は確信し、「ダムロン親王に説明して戴いたのも矢張りその通りであつたから間違いないと思はれる」と書いている。

その銘文は、次の通りである。

琉球人像
琉球人は南海の
　とても遠い処に居る
容姿は全く
　この通りである
巻髪を高く結つてゐるのは
　恰度子供の巻髪のやうである
肉體の色は
　薄褐色である
着物は濃褐色で
　膝の下まである
頭に布の鉢巻をする
　習慣である
東の方の
　国に棲んでゐる
彼等は
　支那に貢献してゐる

了

※本書は、二〇一五年十一月二十四日～一六年十二月八日、琉球新報に連載（二九六回）したものです。

与並　岳生（よなみ・たけお）
1940年、沖縄宮古島に生まれる。

〈おもな作品〉
歴史小説・小説
『琉球王女 百十踏揚（ももとふみあがり）』（新星出版）
『思五郎（うみごろう）が行く―琉球劇聖・玉城朝薫（たまぐすくちょうくん）』上下２巻（琉球新報社）
『南獄記』（琉球新報社）
『新 琉球王統史』全20巻（新星出版）
『南島風雲録』（新星出版）
『琉球吟遊詩人 アカインコが行く』（琉球新報社）
『舟浮の娘／屋比久少尉の死』（新星出版）
『島に上る月』全８巻（新星出版）
『沖縄記者物語 1970』（新星出版）
『沖縄記者物語２ キセンバル』（新星出版）
『沖縄記者物語３ 南濤遺抄（なんとういしょう）』（新星出版）

その他
『琉球史の女性たち』（新星出版）
『グスク紀行―古琉球の光と影』（琉球新報社）
『世界遺産・琉球グスク群』（共著、琉球新報社）
『名城をゆく26―首里城』（共著、小学館）

写真集
『炎の舞踊家 宮城美能留』（新報出版）

続『琉球王女 百十踏揚』
走れ 思徳

二〇一七年十二月十八日　初版第一刷発行

著　著　与並 岳生

発行者　富田詢一
発行所　琉球新報社
〒900-8525
沖縄県那覇市天久905
問合せ　琉球新報社読者事業局出版事業部
電　話(098)865-5100
発　売　琉球プロジェクト
印刷所　新星出版株式会社

ISBN 978-4-89742-231-2 C0093
定価はカバーに表示してあります。
万一、落丁・乱丁の場合はお取り替えいたします。